KÖLN KRIMI

13

W0186610

im Emons Verlag Köln
herausgegeben von Christel Steinmetz

Frank Schätzing, Jahrgang 57, beschäftigt sich mit Werbung, Kommunikationswissenschaften und Zukunftsforschung. Vortragsreihen über Chaostheorie, Utopie und Satiren. Im Emons Verlag bereits erschienen: *Tod und Teufel*, *Mordshunger*, *Keine Angst*.

Frank Schätzing

Die dunkle Seite

Emons Verlag Köln

Umschlaggestaltung: Atelier Schaller, Köln
Umschlagzeichnung: Heribert Stragholz
Zeichnungen Innenteil: Frank Schätzing
Druck und Bindung: Clausen & Bosse GmbH, Leck
Printed in Germany 1997

ISBN 3-924491-85-2

Für Britta.
Dein, Dein und nochmals Dein!

Im Anhang finden Sie eine Kurzchronik des Golfkriegs sowie die Übersetzung der französischen Dialoge.

Und dies Geschöpf der Finsternis erkenn ich
Für meines an.

Prospero, Shakespeare, Der Sturm

Kuwait, 1991

Dienstag, 26. Februar

15.02 Uhr. Jeep

Der Scharfschütze wußte sehr genau, daß Sand eine Farbe hat. Dennoch fühlte er sich wie in einem Schwarzweißfilm, und Schwarz herrschte vor.

Er saß mit angezogenen Beinen hinten im Jeep, das Maschinengewehr auf den Knien, und starrte auf die rußigen Finger am Horizont. Seit die Iraker damit begonnen hatten, Ölquellen anzuzünden, war es selbst den Söldnern mulmig geworden. Die Vorstellung, Saddam könne der Welt die Sonne nehmen, hatte etwas ungemein Deprimierendes. Im Grunde war es dem Schützen gleich, wer aus diesem Krieg als Sieger hervorgehen würde, solange man ihn gut bezahlte. Die Alliierten schrieben Schecks aus, also führte er den gerechten gegen den heiligen Krieg. Hätte der Diktator das Angebot verdoppelt, wäre er unter Umständen bereit gewesen, seine Rolle zu überdenken. Aus der Deckung des gegenüberliegenden Sandwalls auf den eigenen zu schießen, machte keinen Unterschied. Ob Saddam oder Bush, Sand blieb Sand, und der Feind war ein Verbündeter, weil es ohne ihn nichts zu verdienen gab.

Jetzt allerdings, im Angesicht der öligschwarzen Gespenster, begann der Söldner den irakischen Diktator zu hassen. Er dachte an das Haus gleich oberhalb von Nizza, das er kaufen wollte, an die Terrasse, auf der er sich so oft schon hatte sitzen sehen, während ihm die Sonne die schäbigen Reste seiner käuflichen Vergangenheit aus den Poren brannte, und fühlte sich betrogen.

Saddam brachte den Winter.

Kein dunkelblauer Himmel mehr über Frankreichs Küste. Kein feuriger Ball, der abends im Meer versank. Kein nach Kräutern duftender, frischer Fisch zum Abendessen. Nur Ruß und Schwermut, nuklearer Winter, Endzeit.

Manche Dinge verdienten kein Pardon.

Der Jeep rumpelte ostwärts.

Mit jeder Erschütterung glitt ihm die Sonnenbrille einige Millimeter über den schweißglatten Nasenrücken nach unten. Seine Linke fuhr hoch und brachte das Gestell wieder in Position, ein mechanischer Sisyphusakt im Sechzig-Sekunden-Takt, während sein Blick träge das Terrain absuchte. Ihm war, als schwitze auch sein Hirn. Von Zeit zu Zeit, wenn sie über einen Gesteinsbrocken fuhren, schlug ihm der Stahlrahmen ins Kreuz, und er rutschte unruhig hin und her, begab sich von dieser Unbequemlichkeit in die nächste und umklammerte das Gewehr fester mit der Rechten, während sich die Linke erneut bereitmachte, die Sonnenbrille auf ihren Platz zu verweisen. So starrte er hinaus in die Gleichförmigkeit und fühlte Geist und Gliedmaßen schwerer werden.

Der Fahrer des Wagens drehte sich zu ihm um und grinste. »Wir haben's bald«, sagte er fast entschuldigend. »Halbzeit ist lange rum.«

Der Scharfschütze nickte. Sie waren seit über drei Stunden unterwegs. Sie würden weitere ein bis zwei Stunden fahren müssen, um das Nachschublager nahe der irakischen Grenze zu erreichen, einen von Dutzenden Luftlandestützpunkten der alliierten Streitkräfte.

Zwei Tage zuvor waren mehr als dreihundert Helicopter hinter den feindlichen Linien gelandet. Die Nachschublager lagen teilweise bis zu fünfzig Kilometer weit im Innern des Irak. In einer Nacht- und Nebelaktion hatte Norman Schwarzkopf, Oberbefehlshabender der Streitkräfte, das siebte Corps vom Persischen Golf nach Westen verlegt. Saddams gefürchtete republikanische Garde saß hoffnungslos in der Falle.

Aber niemand wußte, wozu die Garde fähig war. Sie machte den Alliierten angst. Wer in der Falle saß, hatte nichts zu verlieren, und über Saddams Elite erzählte man sich die fürchterlichsten Dinge. Je länger das Warten auf den Bodeneinsatz gedauert hatte, desto monströsere Auswüchse nahmen die Berichte an.

Im Laufe des Nachmittags begannen sich die Meldungen zu überschlagen. Wie es aussah, hatte sich das siebte Corps unbeschadet bis zu der Hafenstadt Basrah und nach Kuwait City durchgeschlagen. Araber, Amerikaner und Ägypter stießen aus dem Süden dazu. Von allen Seiten begannen Verbände der Alliierten die letzten Bastionen der Iraker einzukreisen. Dann neue Funksprüche. Offenbar hatte die Garde den Ausfall gewagt. Informationen kollidierten. Einmal hieß es, Gardisten sei die Flucht gelungen. Dann wieder, alliierte Luftverbände hätten den Konvoi der Iraker nahezu eingeebnet, und daß die Hauptausfahrtroute an einem kilometerlangen Stau explodierter und brennender Fahrzeuge ersticke. Schwarzkopfs Einkesselungsstrategie schien aufzugehen. Ein zweiter Hannibal schickte sich an, Cannae zu wiederholen. Hundertzwanzig äußerst amerikanische Kilo Eitelkeit mit Grenada-Erfahrung, verliebt in Oper und Magie, triumphierten. Schwarzkopf hatte viele tote Iraker versprochen. Sehr viele. Blut genug, daß es reichte, um Vietnam abzuwaschen.

Der Scharfschütze spähte in den Himmel.

Dort, wo sie hinwollten, wurden schon lange keine Kämpfe mehr ausgefochten und Waffen nur noch in Anschlag gebracht, um Scharen gegnerischer Soldaten in Empfang zu nehmen, die mit weißen Fahnen und erhobenen Händen vor ihrem eigenen Oberbefehlshaber flohen. Der Krieg näherte sich einem absurden Ende. Eine geschlagene irakische Armee, zermürbt durch wochenlanges Bombardement, halb verhungert und verdurstet in ihren subterranen Wüstenbunkern, dem Wahnsinn näher als ihrem Propheten, küßte GIs die Hände. Demgegenüber Osten und Westen in seltener Eintracht, bis an die Zähne bewaffnet, unendlich überlegen. Und doch unfähig, Saddams Höllenfeuer zu verhindern, das eine Katastrophe heraufbeschwor, in deren Schatten sich ein weitaus schlimmerer Konflikt ankündigte.

Der Kampf ums ökologische Überleben.

Neben dem Fahrer döste der Techniker vor sich hin. Von Zeit zu Zeit zuckten seine Gesichtszüge. Sein Mund stand halb offen. Der Scharfschütze wußte, daß die Käuflichkeit des Technikers mit diesem Krieg ihr Ende gefunden hatte. Er war nicht zum Söldner geboren. Ein Kopfabenteurer. Sein erster wirklicher Einsatz hatte häßliche Kratzer im glatten Gefüge der Mythen und Legenden hinterlassen, denen er gefolgt war. Irgendwann würde es ihn erwischen. Die Schwelbrände afrikanischer Territorialpolitik, das heraufdämmernde Ende Jugoslawiens, der fundamentalistische Terror Algeriens, das Gespenst der Zukunft. Überleben hieß, heimzukehren. Seine Tage in der Wüste waren gezählt, so oder so.

Der Jeep quälte sich eine Anhöhe hinauf. Der Kopf des Technikers fiel zur Seite. Er öffnete die Augen und strich sich mit der Hand den Schweiß von der Stirn. Dann setzte er sich aufrecht und fingerte nach einem Päckchen getrockneter Datteln. Er pulte die harten, runzligen Früchte nacheinander heraus, schob sie zwischen die Zähne und begann genußvoll darauf herumzubeißen.

Der Fahrer sah kopfschüttelnd zu ihm herüber.

»Wie kannst du bloß diesen Mist fressen?«

»Es ist kein Mist«, sagte der Techniker kauend. Er nahm das Päckchen und hielt es dem Fahrer hin, der heftig das Gesicht verzog.

»Gib mir eine«, rief der Scharfschütze.

Das Päckchen wanderte nach hinten. Eine Zeitlang wurden Datteln verspeist, ohne daß ein Wort fiel. Sie redeten wenig miteinander. Die Wüste förderte keine längeren Konversationen.

Schließlich waren die Datteln alle.

»Ihr seid widerlich«, brummte der Fahrer. »Jeden Mist freßt ihr, jeden Dreck.«

»Sie sind nahrhaft«, erwiderte der Techniker gleichmütig.

»Bah! Ich träume jede Nacht von Lamm mit grünen Bohnen, und du hältst mir trockene Kamelscheiße unter die Nase. Haben wir noch was von der Schokolade?«

»Ist geschmolzen.«

»Quatsch! Du hast sie aufgefressen.«

»Sie war geschmolzen, Herrgott noch mal! Kannst du mir irgendwas nennen, was bei der Hitze nicht schmilzt? Mir ist schleierhaft, warum du diesen Affenaufstand machst. Gerade du! Warum probierst du nicht einfach, was die Leute im Ausland essen?«

»Wenn du schon verreisen mußt«, fügte der Scharfschütze sarkastisch hinzu.

»In Kuwait, ja?«

»Und warum nicht?« Der Techniker leckte sich die Lippen. »Sie kochen phantastisch hier. Gebratenes Hühnerfleisch mit Nüssen und Rosinen. Gefüllte Taube hab ich gegessen, umwerfend! War Hirse drin, gewürzt wie Weihnachtsplätzchen, daß es dich schier überkommt! Pudding von Kokos und Honig. Kaffee aus kleinen Tassen hinterher, von dem du nur die Hälfte trinken darfst wegen dem Modder am Boden, aber dafür läßt du alles andere stehen.«

»Ich nicht.«

»Weil du zu blöde bist, es zu probieren.«

»Mir hat einer erzählt, sie würden Kakerlaken grillen, so groß wie Portemonnaies. Und Skorpione.«

»Tun sie nicht.«

»Er war aber dabei.«

»Dabei, dabei, jeder war immer irgendwo dabei.« Der Techniker machte eine wegwerfende Handbewegung. »Und wenn schon! Wo ist der Unterschied zu ... sagen wir mal, einem Hummer?«

»Was? Wieso?«

»Beide haben ein Exoskelett, acht Beine und einen segmentierten Schwanz, der lecker schmeckt.«

»Du würdest also auch Skorpione fressen?«

»Ich fresse nicht, damit geht's nämlich schon mal los, mit deiner Ausdrucksweise, sondern ...«

»He!« rief der Scharfschütze. Plötzlich war er hellwach. »Seht mal!«

Seine ausgestreckte Linke wies auf einen länglichen dunklen Gegenstand, der ein gutes Stück entfernt hinter einer Erhebung zum Vorschein gekommen war. Er flimmerte und blinkte im Sonnenlicht.

»Was ist das?« fragte der Techniker mit gerunzelter Stirn.

Der Fahrer trat auf die Bremse, brachte den Jeep zum Stehen und drehte sich zu dem Mann auf der Rückbank um.

»Du hast die Karte. Müßte da irgendwas sein?«

Der Scharfschütze legte das Maschinengewehr vor sich hin und zog eine Karte aus einer Tasche, die er sorgfältig, um sie nicht an den falschen Stellen zu knicken oder zu zerreißen, auf dem Sitz ausbreitete. Die beiden anderen beugten sich zu ihm nach hinten. Sein Finger strich über das Papier, folgte ihrer Route.

»Nein.«

»Vielleicht ein Lager?« mutmaßte der Techniker.

»Nein, gar nichts.«

»Amis?« meinte der Fahrer. »Die sind wie Bakterien. Überall.«

Der Scharfschütze schüttelte den Kopf. »Die Karte hier ist von den Amis, und sie ist auf dem letzten Stand. Alle Landepunkte sind verzeichnet. Wenn die da was hingesetzt hätten, wär's drin.«

Er griff nach einem schweren Feldstecher, hielt ihn gegen die Augen und justierte die Schärfe.

»Die Iraker haben sich an den unmöglichsten Stellen eingegraben«, gab der Techniker zu bedenken. »Wir sollten weiterfahren.«

»Das sind keine Iraker. Irakische Bunker siehst du erst, wenn du drinliegst.«

»Vielleicht haben sie's ja mit Absicht nicht verbuddelt.«

»Eine Falle?«

»Ja.«

»Glaube ich nicht. Hast du je irgendwas gesehen, was Saddams Leute nicht verbuddelt hätten? Das da ist in Sichtweite, also sind wir's auch. Wenn da Iraker wären, hätten sie längst das Feuer eröffnet oder kapituliert.«

»Die feuern nicht immer sofort«, meinte der Fahrer, während er zusah, wie der Scharfschütze mit dem Feldstecher das Terrain absuchte. »Aber du hast recht. Wir sind jenseits der irakischen Routen. 'ne ganze Weile hin bis zu den nächsten Quellen. Es gibt keinen Grund für die Irakis, sich ausgerechnet in dieser Gegend rumzudrücken.«

»Die Iraker sind verrückt«, murmelte der Techniker. »Die drücken sich noch ganz woanders rum.«

Der Scharfschütze runzelte die Stirn. Dann ließ er das Sichtgerät sinken und kratzte sich hinterm Ohr.

»Und? Was entdeckt?«

»Weiß nicht. Irgend etwas ist da hinten, aber es ist definitiv kein Bunker. Wir können es ignorieren und weiterfahren. Oder wir sehen uns die Sache aus der Nähe an.«

»Entfernung?« fragte der Fahrer.

»Schätzungsweise ein Kilometer.« Der Scharfschütze versuchte, sich seine Unsicherheit nicht anmerken zu lassen, aber die anderen wußten auch so Bescheid. Es war schwer, in der Wüste Entfernungen abzuschätzen. Im Zweifelsfall rechnete man lieber ein paar Meter drauf. Zu viele Menschen nahmen ein böses Ende, weil sie ihren Augen trauten.

»Naja.« Der Fahrer setzte seine forscheste Miene auf. »Wenn sie bis jetzt nicht geschossen haben, könnte man es ja mal wagen, hinzufahren.«

»Und wozu?« fragte der Techniker düster.

»Wozu? He, wir sind im Krieg! Die bezahlen uns dafür, daß wir mit den Scheißkerlen aufräumen, sie übern Haufen schießen oder gefangennehmen, je nachdem. Wenn wir ein paar von den Burschen dingfest machen, werden sich die Saudis nicht lumpen lassen.«

Der Techniker schüttelte unglücklich den Kopf.

»Leute, wir sind zu dritt. Wir sind nicht die amerikanische Armee. Ich halte das für keinen guten Vorschlag.«

»Vielleicht doch«, sagte der Scharfschütze. Er hatte den Feldstecher wieder hochgenommen. »Ich will's nicht beschwören, aber wenn es das ist, was ich vermute, kann es uns nicht mehr gefährlich werden.«

»Wieso?«

»Es sieht kaputt aus.«

»Und was vermutest du, das es ist?«

Der Scharfschütze kniff die Augen zusammen. Dann ließ er sich wieder nach hinten sinken, nahm das Maschinengewehr auf die Knie und nickte dem Fahrer zu.

»Wir sehen nach«, sagte er, ohne auf die Frage einzugehen.

»Ich halte das immer noch für keinen guten Vorschlag«, murrte der Techniker.

Der Fahrer ließ den Motor anspringen.

»Für gar keinen guten Vorschlag! Wir haben keinen entsprechenden Auftrag. Wenn ihr mich fragt ... «

»Dich fragt aber keiner«, sagte der Scharfschütze, ohne unfreundlich zu klingen.

»Er ist der Boß«, meinte der Fahrer mit einer Kopfbewegung nach hinten, zuckte die Achseln, trat aufs Gas, und das Thema war durch.

15.20 Uhr. Konvoi

Sie näherten sich dem Objekt sehr langsam, auf äußerste Vorsicht bedacht. Ganz geheuer war dem Scharfschützen dabei nicht, aber er hatte nun mal so entschieden. Natürlich wußte er, daß der Techniker recht hatte. Ihr Auftrag lautete, auf schnellstem Wege den Stützpunkt anzusteuern. Vor allem den Techniker brauchten sie dort und den Wagen.

Inzwischen jedoch, da die Mutter aller Schlachten ihre Söhne fliehen und kapitulieren sah, fühlte er sich den Regularien von Befehl und Gehorsam immer weniger verpflichtet. Saddam höchstpersönlich hätte einem amerikanischen GI vor der Nase herumspazieren können, ohne daß der Mann den kleinen Finger gerührt hätte ohne entsprechende Order.

So verhielt sich kein Söldner. Söldner waren anders. Sie waren keine Soldaten, sondern Abenteurer. Sie gehorchten, aber ebenso waren sie in der Lage, zu handeln, und trafen Entscheidungen.

Sie waren frei.

Und da war etwas im Sand.

Etwas, das jetzt, da sie näher heranfuhren, die Konturen eines langgestreckten Fahrzeugs mit gewaltiger Schnauze und Kettenrädern annahm. Daneben tauchte ein weiteres Gebilde auf, einem kleinen Panzer ähnlich, und dahinter …

»Du meine Güte!« entfuhr es dem Fahrer.

Sie umkreisten das massige Gefährt, das halb eingegraben auf dem Rücken lag, und starrten es an. Seitlich des Kühlers ragten die Läufe beweglicher Maschinengewehre in den Himmel. Die komplette rechte Seite war wie von einer Riesenfaust aufgerissen.

»Was ist denn da passiert?« rief der Techniker ungläubig.

»Minen!«

»Das waren keine Minen«, sagte der Scharfschütze. Er wies mit dem Gewehr auf das kleine panzerartige Fahrzeug. Die Unterseite hatte sich in ein Gewirr aus verbogenen Metallstreben und verschmorten Kabelsträngen verwandelt. Stellenweise schien der Stahl geschmolzen zu sein. »Nur Raketen knacken solche Kaliber von Kampfwagen.«

»Wenn das Kampfwagen sind«, rief der Fahrer, »was ist dann *das da*?«

Er hielt auf ein drittes Vehikel zu, das ein Stück abseits der Panzerfahrzeuge auf der Seite lag. Der Scharfschütze hob den Kopf und packte das Maschinengewehr fester. »Keine Ahnung. Fahr dichter ran.«

Er lief durch den Sand zu dem Fahrzeug, die Waffe im Anschlag, als der Jeep noch nicht ganz stand. Hinter sich hörte er das Geräusch des Motors ersterben, dann, wie die anderen ihm folgten.

Sekunden später standen sie um das absonderlichste Wrack versammelt, das sie je zu Gesicht bekommen hatten.

»Du kriegst die Motten!« Der Techniker blinzelte verwirrt. »Wie kommt denn so was in die Wüste?«

»Was ist das überhaupt für ein Ding?«

Der Scharfschütze ging mit langsamen Schritten bis dicht an den Kühler heran und legte den Kopf schief. Etwas war darauf eingraviert.

»Gentlemen«, rief er überrascht, »wir haben die Ehre mit einem Rolls Royce.«

»Was? Auf Raupenketten? Wer baut denn so was?«

»Keine Ahnung. Sieht aus, als hätten sie zwei von den Kisten aneinander geschweißt und auf das Fahrgestell eines Panzerspähwagens gesetzt.«

»Das macht doch keinen Sinn«, sagte der Techniker.

»Doch«, erwiderte der Fahrer. »Für die Ölscheichs macht so was Sinn. Würde mich nicht wundern, wenn sie das Scheißding mit Blattgold überzogen hätten.«

»Gib dich keinen Hoffnungen hin«, meinte der Scharfschütze. »Wenn, ist sowieso alles geschmolzen.«

Er umrundete das zerfetzte Unikum mit entsicherter Waffe und fragte sich, ob er verrückt war. Es war unvernünftig, daß sie diesen Zwischenstop eingelegt hatten. Überall konnten Minen verborgen sein, Überlebende in den Trümmern lauern, um sie aus dem Hinterhalt abzuknallen wie Kirmesenten. Dennoch fühlte er ein seltsames, teils beglückendes, teils verstörendes Glühen in der Magengrube, einen lustvollen Selbstzerstörungstrieb, dem er sich nicht zu widersetzen vermochte. Den Tod herauszufordern, sich immer absurderen Situationen auszuliefern, konnte zur Sucht werden. Der Scharfschütze wußte, daß ein fataler Größenwahn von ihm Besitz ergriffen hatte, wie ihn

Menschen durchleiden, die Flugzeugabstürze oder Schiffskatastrophen unverletzt überlebt haben. Jede Konfrontation mit der Gefahr, jeder Sieg steigert diesen Wahn. Das Leben wird öde ohne Gefahr und lebenswert erst angesichts der tödlichen Bedrohung. Eine Schlange, die sich in den Schwanz beißt, um sich eines Tages aus Versehen aufzufressen.

Der Schweiß lief ihm in die Augen. Ungeduldig rieb er ihn heraus, ging ganz um das Fahrzeug herum und starrte auf die Szenerie, die sich ihm bot.

Das Dach des Rolls hatte sich mindestens zwanzig Meter vom Rumpf des Wagens entfernt in den Sand gebohrt. Von der Wucht der Detonation war es zu einer gigantischen Zunge verbogen worden, die sich ihm entgegenstreckte, als gehöre sie einem monströsen, im Untergrund verborgenen Tier. Was von den Insassen im Diesseits verblieben war, konnte als Entwarnung verstanden werden und war dennoch angetan, selbst ihm die Magenwände zusammenzukrampfen.

»Hast du was entdeckt?« hörte er die Stimme des Fahrers jenseits des Wracks.

Die Scharfschütze nickte. Er vergaß einen Augenblick, daß die anderen es nicht sehen konnten.

»Ja«, murmelte er.

Von der gegenüberliegenden Seite tauchte der Techniker auf. Er warf einen Blick auf den rotgesprenkelten Sand, drehte den Kopf weg und ließ sich niedersinken.

»Immer wieder schön«, preßte er hervor.

Der Scharfschütze starrte weiter auf die blutigen Körperteile und versuchte, seine Gedanken auf einen roten Faden zu reihen.

Die Schultern des Technikers zuckten.

»So ist das nun mal«, sagte der Scharfschütze. »Heul nicht. Das ist eben so.«

Er straffte sich und begann, das aufgeplatzte Fahrzeug genauer zu untersuchen. Das Armaturenbrett war gesplittert und herausgerissen. Aus den Sitzen quollen angesengte Schaumstoffetzen. Die Türverkleidungen baumelten lose herab, und überall waren rotbraune Blutflecken, als seien die Körper der Insassen selber explodiert und nach allen Seiten auseinandergespritzt. Die Überreste im Sand verstärkten den Eindruck.

Er überlegte. Was konnte hier passiert sein?

Alles sah danach aus, daß eine Gruppe superreicher Kuwaitis versucht hatte, über die saudiarabische Grenze zu gelangen. Der Rolls und die Panzerfahrzeuge waren Einzelanfertigungen, es gab nichts Vergleichbares. Bodentruppen hätten kaum eine Chance gehabt, dem Konvoi größeren Schaden zuzufügen, geschweige denn ihn aufzuhalten. Der Scharfschütze schloß nicht aus, daß das riesenhafte, blauschimmernde Ungetüm an der Spitze, auf das sie zuerst gestoßen waren, sogar Bodenminen wegsteckte.

Die republikanischen Garden hatten im Angesicht ihrer Niederlage in Kuwait City schrecklich gewütet. Mit den Plünderungen waren Folter, Vergewaltigung und Mord einhergegangen, ohne daß die Einwohner über den Stand der Befreiung informiert waren. Sie erlebten die plötzliche Konfusion der Invasoren als Steigerung des Grauens. Kein Ende abzusehen. Potenzierter Wahnsinn.

Kein Wunder, daß diese hier versucht hatten, Leben und Reichtum in Sicherheit zu bringen. Fast hätten sie es geschafft. Bis zur Grenze war es nicht mehr weit.

Nur auf eines war der Konvoi nicht vorbereitet gewesen. Auf einen Angriff aus der Luft.

Warum hier?

Die Gardisten hatten genug damit zu tun, die Stadt zu verwüsten und ihre eigene überstürzte Flucht in die Hand zu nehmen, und sie verfügten nur über Bodenfahrzeuge. Von Saddams Luftwaffe hieß es, sie sei vernichtet.

Aber wer wußte schon alles?

Rafhji, dachte der Scharfschütze. Dort hatten die alliierten Bomber versehentlich die eigenen Bodentruppen beschossen.

Nein. Rafhji hatte sich nicht wiederholt. Nicht hier. Das war unmöglich.

Der Techniker hatte sich erhoben. Er trat zu dem Scharfschützen, sah ihn an und schien seine Gedanken zu erraten.

»Ich dachte, die Amis hätten Saddams Luftwaffe in Grund und Boden gebombt.«

Der Scharfschütze sog die Luft durch die Zähne und versuchte, sich zu entspannen. Ein Geruch lag in der Luft, über dessen Herkunft es keine Zweifel gab.

»Offenbar nicht. Einige scheinen weiter aktiv zu sein.«

»Warum haben sie den Konvoi angegriffen?«

»Weil Krieg ist.«

»Trotzdem! Sie hatten nichts davon.«

»Es waren Kuwaitis in den Wagen, das hat gereicht.«

Er legte das Maschinengewehr in den Sand und machte sich daran, den zerfetzten Innenraum des Rolls genauer in Augenschein zu nehmen. Um die Halterung einer Kopfstütze war eine Hand mit rotlackierten Nägeln gekrallt. Nichts weiter als die Hand. Ein Ring steckte am Mittelfinger, der wertvoll aussah. Der Scharfschütze zögerte, dann ging er weiter.

Der Fahrer lief herbei und wedelte mit den Armen.

»Sie sind alle tot!« schrie er.

»Nicht so laut!« fuhr ihn der Scharfschütze an. »Wer ist tot?«

Der Fahrer kam keuchend zum Stehen und sah sich um. Sein Blick fiel auf die verstreuten Überreste ringsum. Alle Farbe wich aus seinem Gesicht.

»Verdammt!« stieß er hervor. »Oh Scheiße! Verdammt!«

»Wo bist du gewesen?«

»Alle sind tot! Mein Gott! Ich hab mir die Panzerwagen angesehen. Sie sind da drin gebraten worden.«

»Ja. Und?«

»Verdammter Mist!«

»Hast du sonst was Wichtiges gefunden?«

»Das muß doch nicht sein. Gnädiger Gott! Irgendwann muß doch mal Schluß sein mit der Scheiße!«

»Reiß dich endlich zusammen! Die Scheiße bringt Geld. Ich will wissen, ob du was gefunden hast?«

»Nein.« Der Fahrer schien wie aus schweren Träumen zu erwachen. Er sah den Scharfschützen an. »Was meinst du überhaupt? Was erwartest du denn, das man hier finden könnte? Laß uns abhauen, sage ich.«

Der Scharfschütze betrachtete ihn nachdenklich. Dann drehte er sich ohne Antwort um und setzte die Observierung des Rolls fort.

Das komplette Heck war abgebrochen. Tücher, Stoffballen, Kisten und Kistchen quollen daraus hervor, Anzüge, Kleider, Kerzenleuchter, Bücher, Golfschläger, die Reste einer Stereoanlage, die wahrscheinlich mehr Geld gekostet hatte als er in diesem Krieg verdienen würde, ein unmögliches Sammelsurium. Zu seinen Füßen lag der Kopf einer Puppe und fixierte aus einem Auge teilnahmslos den schlierigen Himmel. Das andere war geschlossen.

Der Scharfschütze konnte den Blick nicht von dem Puppenkopf abwenden. Weiter hinten im Sand hatte er etwas gesehen, das vielleicht ein Kind gewesen war. Bevor es sich in eine blutige Masse verwandelt hatte.

Kind, Frau, Mann, was machte das für einen Unterschied? Tot war tot. Müßig, darüber nachzugrübeln. Er packte die verformte Heckklappe mit beiden Händen und versuchte sie weiter aufzudrücken. Der Fahrer besann sich einen Augenblick, dann eilte er ihm zur Hilfe. Sekunden später war auch der Techniker an seiner Seite. Zuletzt siegte die Söldnerseele über das Grauen. Gemeinsam wuchteten sie den abgerissenen Kofferraumdeckel zur Seite, bis er dröhnend im Sand landete und sich der übrige Inhalt des Kofferraums vor ihre Füße ergoß.

»Was für ein Durcheinander«, sagte der Fahrer kopfschüttelnd.

Die Flüchtenden mußten eingepackt haben, was immer ihnen in die Finger kam, ohne System, ohne Plan, in heilloser Verwirrung. Der Scharfschütze bückte sich und zog ein Schachspiel aus dem Haufen, die schwarzen Felder aus Onyx, die weißen aus Elfenbein. Er warf es weg und griff nach einer kleinen Schatulle.

Das Schloß war geborsten, aber verklemmt. Seine Finger brauchten eine Weile, dann sprang es auf und gab den Inhalt preis.

Die anderen suchten weiter nach verborgenen Schätzen zwischen den Trümmern, fluchten und stolperten durch das Chaos aus Luxusgegenständen, bis ihnen gleichzeitig auffiel, daß der Scharfschütze schon längere Zeit nichts mehr gesagt oder getan hatte. Stumm und andächtig saß er da und starrte in ein kleines Kästchen. Nie zuvor hatten sie ihn so gesehen. Er schien entrückt und zugleich hochkonzentriert. Seine Züge hatten etwas Weiches angenommen, das sie verwirrte, weil sie nichts Weiches oder Nachgiebiges an ihm kannten. Sie warfen einander einen raschen Blick zu und näherten sich zögernd, um ihm über die Schulter sehen zu können.

Dem Techniker verschlug es den Atem.

Der Scharfschütze drehte sich zu ihnen um. Der Glanz aus dem Kästchen hatte sich auf seine Augen übertragen. Dann fing er leise an zu lachen.

Der Fahrer sah in die Schatulle und fühlte sich den Tränen nahe.

»Donnerwetter!« stieß er hervor.

»Ja«, nickte der Scharfschütze. »Und soll ich euch was sagen? Ich glaube, da ist noch mehr von dem Zeug!«

16.26 Uhr. Beute

Nach einer Stunde konnten sie sicher sein, daß sich keine weiteren Schatullen an Bord des Rolls befanden. Insgesamt waren es drei. Sie stießen auf eine zerfetzte Stahlkiste und konstatierten, daß sie die Schatullen geborgen hatte, bevor der Luftangriff über den Konvoi hereingebrochen war. Die Kiste hatte das schlimmste abgefangen, weshalb die Schatullen weitestgehend unversehrt geblieben waren.

Und das war gut so. Denn andernfalls hätten sich einige Tausend haselnußgroßer Diamanten auf ewig im Wüstensand verloren.

Nicht auszudenken!

Sie durchsuchten die Panzerwagen. Auch hier bildeten Armaturen und Kabel wirre Knäuel, zwischen denen blutige und verbrannte Körper und Körperteile hingen. Sie hatten keinen Blick dafür. Die Gier hatte den Schrecken eingeholt. Diesmal blieb die Mühe umsonst. In den Wagen fanden sie nichts mehr, aber was sie im Rolls entdeckt hatten, reichte, jeden Anflug von Enttäuschung im Keim zu ersticken.

Der Scharfschütze lächelte in sich hinein. Sie hätten ihm die Füße küssen sollen. Er hatte sie hierhergeführt.

Andächtig ließen sie die funkelnden Steine durch die Finger rinnen und fragten sich, ob sie in Zukunft Millionäre oder Milliardäre sein würden.

»Millionäre.«

»Milliardäre!«

»Sagst du! Ich hab keinen Schimmer, was das wert ist.«

»Warte mal. Ein Einkaräter bringt so zwischen fünf- und fünfzehntausend Mark. Das hieße ...«

»Quatsch! Woher willst du das wissen, Schafskopf? Viel mehr!«

»Ja, bis zu vierzigtausend.«

»Das hieße ...«

»Nein, nicht ganz so viel. Die sind im Laden ...«

»Was? Jeder der Klunker da reicht, um Ivana Trump zu kaufen!«

»Bah. Wer will denn die?«

»Dann Sharon Stone.«

»Schon besser. Aber ernsthaft, nehmen wir mal ganz bescheiden an, jedes der Steinchen brächte nur zehntausend ...«

»Komm, wir zählen sie!«

»Dazu haben wir keine Zeit. Aber ich würde übern Daumen peilen, das sind ... pro Schatulle tausend Steine.«

»Drei Schatullen, dreitausend Steine. Mal zehntausend.«
»Äh ...«
»... ein Stein zehntausend ... mal drei ...«
»Drei Millionen?«
»Dreißig, du Schwachkopf!«
»Verdammt, das stimmt. Dreißig Millionen! Dreißig Millionen!!!«
»Durch drei!«
»Durch drei.«
Sie starrten einander an und versuchten sich auszumalen, was man mit dreißig Millionen alles anstellen konnte.
Beziehungsweise mit zehn.
Für jeden.
Das Haus in Frankreich, dachte der Scharfschütze. Ein Boot. Mehr fiel ihm nicht ein, aber es würde ein Haus sein, um das ihn die Ölprinzen beneideten. Ein Schmuckstück oberhalb der Küste, so daß er nachts auf die Stadt herabsehen konnte. Und seine Ruhe wollte er haben. Keine abgerissenen Puppenköpfe. Vielleicht ein privater Flieger zum Fallschirmspringen. Eine eigene Tauchbasis! Die als erstes. Aber nie mehr kämpfen müssen. Nie wieder!
Wieviel Seelenfrieden konnte man für eine Schatulle Diamanten kaufen?
Die Zunge des Technikers entdeckte einen Dattelrest zwischen den Zähnen. Er schob ihn von rechts nach links und spuckte ihn aus. Plötzlich sah er sehr nachdenklich aus.
»Das ist ja alles schön und gut«, sagte er. »Aber wohin nun mit dem Zeug?«
Der Fahrer starrte ihn mit betroffener Miene an.
»Wie meinst du das?«
»Er hat recht«, sagte der Scharfschütze. »Wohin damit? Das ist die entscheidende Frage. Wir können nichts davon mitnehmen, ohne aufzufallen. Die Zeiten sind nicht danach. Die Alliierten machen kurzen Prozeß mit Plünderern, und wir gehören nicht den regulären Verbänden an.«
»Wieso Plünderer?« Der Fahrer schnappte nach Luft. »Die hier sind ja wohl mausetot, oder wie? Die brauchen das Zeug nicht mehr.«
»Es gehört uns nicht.«
»Jetzt fang nicht so an. Sollen wir's liegenlassen? Seid ihr noch ganz gescheit?«
»Beruhige dich. Wir können's nicht mitnehmen. Wir kämen über

keine Grenze. Willst du, daß sie dich durchsuchen und Diamanten in deinen Gürteltaschen finden?«

»Aber wenn wir sie hierlassen, fallen sie irgendeinem Arschloch in die Hände!«

»Wir lassen sie nicht hier.« Der Scharfschütze dachte einen Augenblick nach. Dann erhob er sich. »Südlich unserer Route liegt ein zerklüftetes Gebiet. Gar nicht weit. Jede Menge Felsspalten. Uninteressant für die Iraker ebenso wie für die Kuwaitis. Die Alliierten wirst du da erst recht nicht sehen. Ein paar Skorpione hausen in der Gegend, sonst nichts.«

»Du willst es verstecken!« rief der Fahrer.

»Ja.«

»Na, ich weiß nicht. Ich würde in der Wüste nichts mehr wiederfinden. Ein, zwei Sandstürme, und ...«

»Die Felsen sind geschützt. Wir müssen uns halt ein wenig in Geduld fassen. Laßt den Krieg zu Ende gehen, Saddam zu Kreuze kriechen ...«

»Wird er nicht.«

»Egal. Er wird nicht winseln, aber er wird verlieren. Ich schätze, zwei, drei Jahre, und wir haben hier die erforderliche Ruhe. Wir können ganz regulär wieder einreisen und die Steinchen holen.«

»Ja. Für nichts und wieder nichts«, sagte der Techniker und starrte auf die Rauchsäulen am Horizont. Plötzlich wirkte er deprimiert.

Der Scharfschütze grinste freudlos.

»Für soviel prachtvolles Gefunkele finden wir ein Plätzchen an der Sonne, auch, wenn Saddam die ganze Welt anzündet. Im übrigen ist ja nicht raus, ob das Feuer tatsächlich die Auswirkungen haben wird, die neuerdings jeder herbeiphantasiert.«

»Aber die schönen Steinchen!« jammerte der Fahrer, der ihnen mit verständnislosem Blick zugehört hatte. »Können wir nicht wenigstens eine Handvoll mitnehmen?«

»Nein. Kommt, hängen wir nicht rum. Hier können wir nichts mehr tun.«

Sie packten die Schatullen auf die Ladefläche des Jeep und überlegten, ob es nicht doch noch etwas einzusacken gab, da sie schon mal hier waren. Der Scharfschütze ging zurück zu dem Rolls, und dabei stieß er unbeabsichtigt mit dem Fuß gegen einen Körper, den es nicht ganz so schlimm erwischt hatte.

Eine Frau.

Sie hing mit den Beinen noch in dem Fahrzeug, der Oberkörper lag mit ausgebreiteten Armen im Sand. Um den Hals trug sie ein Collier.

Diesmal konnte der Scharfschütze nicht widerstehen. Er ging in die Hocke und griff nach dem Schmuck. Seine Finger berührten den Hals der Frau.

Er stutzte.

Der Leichnam war noch warm.

Mit einem Satz war er auf den Beinen und rannte zurück zum Jeep.

»Laß den Motor an! Wir müssen weg hier.«

»Was ist los? Warum so eilig?«

Der Scharfschütze sprang auf die Ladefläche und boxte den Fahrer zwischen die Schulterblätter.

»Mach schon! Ich weiß nicht, wann das hier passiert ist, aber es ist nicht so lange her, wie ich dachte.«

»Vergiß es. Keiner der Wagen hat gebrannt oder geraucht, als wir kamen ... «

»Mag sein, daß ich spinne. Trotzdem. Ich will nicht hier sein, wenn die zurückkommen.«

»Okay. Wohin?«

»Da entlang!« Der Scharfschütze wies in eine Richtung, die sich von ihrer Route in spitzem Winkel entfernte. Am Horizont war tatsächlich etwas auszumachen, das wie ein kleines Gebirge anmutete.

»Wie lange werden wir brauchen?«

»Nicht lange.«

Der Motor heulte auf. Sie ließen den zertrümmerten Konvoi hinter sich und hielten mit erhöhter Geschwindigkeit auf die Hügel zu. Ein paarmal schoß der Jeep über den Kamm einer Düne und schwebte einen Augenblick lang in der Luft, und der Fahrer lachte auf. Er machte seine Sache gut. Sie waren ein gutes Team.

Ein reiches Team.

Stinkreich!

Der Scharfschütze suchte nervös den Himmel ab. Vielleicht hatte er sich geirrt, und die Wärme des Körpers rührte von der Sonne her.

»Fahr schneller«, rief er nach vorne.

»Alles, was du willst«, grinste der Fahrer, und sie flogen ihrem Ziel entgegen.

Es dauerte dennoch eine knappe Viertelstunde, bis sie die ersten Ausläufer der Felsen erreicht hatten. Die Ritzen zwischen den Steinen waren mit graugrünen Flechten bewachsen. Sie parkten den Jeep im

Schatten eines Überhangs, stiegen aus und trugen die Schatullen ins Innere des Felsgebiets, jeder eine, obschon auch einer alle drei hätte nehmen können. Es war ein symbolischer Akt des Teilens, da sie den Reichtum hierlassen mußten. Der Scharfschütze ging ihnen voraus, seine Schatulle unter den Arm geklemmt, das Maschinengewehr im Anschlag.

»Hier sieht alles gleich aus«, sagte der Fahrer nach einer Weile entmutigt.

Der Scharfschütze blieb stehen.

»Du mußt Augen haben, um zu sehen. Schau mal nach rechts.«

»Wo?«

»Noch mehr. Siehst du die vier Felsnadeln?«

»Ja.«

»Sehen aus wie Papa, Mama und zwei Kinder«, bemerkte der Techniker.

»Auf jeden Fall ein Ort, den man wiederfindet.«

Der Techniker setzte seine Schatulle ab, peilte die Lage und schrieb etwas in den kleinen Block, den er mit sich führte.

»Wir werden trotzdem suchen müssen«, sagte er. »Aber wir werden's wiederfinden.«

Sie gingen weiter bis zu der Formation. Unterhalb der rechten größeren Felsnadel entdeckte der Fahrer eine Reihe dornig bewachsener Spalten, die tief in den Felsen einschnitten. Eine davon erwies sich als geräumig genug, die Schatullen aufzunehmen.

Sie standen davor und fühlten ihre Herzen schwerer werden.

»Kopf hoch. Wir kommen ja zurück«, sagte der Techniker schließlich.

Der Fahrer nickte.

»Hoffentlich«, flüsterte er.

Zügig packten sie die Schatullen in den Felsspalt, schoben Geröll und Sand nach und zogen die zurückgebogenen Sträucher wieder davor.

Die Beute war verschwunden. Nichts deutete mehr darauf hin, daß an diesem Ort dreißig Millionen lagerten.

»Na schön«, sagte der Scharfschütze. »Wir haben unsere Altersvorsorge eingezahlt. Gehen wir.«

Er drehte sich um, ohne einen weiteren Blick an das sorgsam getarnte Versteck zu verschwenden, schulterte das Maschinengewehr und stapfte den Weg zurück.

Der Fahrer folgte ihm.

Der Techniker ließ sie gehen und rieb sich nachdenklich das Kinn. Seine Augen wanderten zum Himmel.

Etwas ließ ihn erschauern, ohne daß er wußte, was es war.

Dreißig Millionen ...

Plötzlich fühlte er schreckliches Unheil über sie kommen und fragte sich, ob sie nicht schon alle längst ihr Todesurteil unterzeichnet hatten.

Im Laufschritt eilte er den anderen hinterher, bevor sie begannen, ihm böse Absichten zu unterstellen.

18.10 Uhr. Jäger

Nichts hatte sich geändert und doch alles.

Sie rumpelten weiter dem Stützpunkt entgegen wie wenige Stunden zuvor, der Fahrer unmelodisch vor sich hinsummend, der Scharfschütze mit angezogenen Beinen auf der Rückbank, die Waffe auf den Knien und in regelmäßigen Abständen mit der nach unten rutschenden Sonnenbrille befaßt.

Nur der Techniker döste nicht länger in der Sonne. Er saß schweigsam da und starrte mit zusammengezogenen Brauen auf die entfernten Rauchsäulen.

Der Fahrer sah zu ihm herüber.

»Lach mal.«

»Wozu?«

»Du hast Grund zu lachen.«

»Die Körper sind warm gewesen«, murmelte der Techniker.

»Bei dem Wetter ist alles warm«, erwiderte der Fahrer. Er blickte nach hinten und schien zu erwarten, daß der Scharfschütze seiner Bemerkung beipflichtete.

»Nein.« Der Techniker schüttelte unmutig den Kopf. »Ich meine, alles deutet doch darauf hin, daß die Iraker ihre Aktivitäten in dieser Region verstärkt haben. Sie haben ihren Aktionsradius erweitert.«

»Quatsch. Die Iraker haben keinen Aktionsradius mehr. Die sind hinüber! Ihre allerletzte Klapperkiste hat sich verflogen, ist zufällig auf den Konvoi getroffen und hat ihn mit der allerletzten Bordrakete plattgemacht. Glaubst du im Ernst, die Iraker hätten überhaupt noch irgendeinen Plan?«

»Und wenn doch?«

»Wenn doch, was kann denn passieren, he? Minen sind hier keine, das hab ich dir schon vor der Fahrt erklärt. Erinnerst du dich?«

»Ja, aber ... «

»Hier hatten die Schweine die Dinger gar nicht erst verbuddelt. Saddam hat geblufft. Es gibt keinen Minengürtel. Sie haben nur die Ölquellen vermint. Mach dir keine Gedanken.«

»Ich weiß nicht.«

Der Scharfschütze drehte den Kopf nach vorne.

»Ihr könnt euch das Spekulieren sparen. Sehen wir zu, daß wir weiterkommen.«

»Wir sind zu reich, um jetzt noch Pech zu haben«, sagte der Fahrer und grinste. Er grinste fast nur noch, seit sie den Konvoi verlassen hatten.

»Seltsame Logik.«

»Was kaufst du dir von deinen Millionen?«

Der Techniker überlegte.

»Ich kauf mir den Arsch von Saddam Hussein und verticke ihn an George Bush. Der zahlt mindestens fünfzig Millionen dafür.«

Der Scharfschütze lachte.

»Dann mußt du Saddam im Ganzen kaufen. Er *ist* ein Arsch.«

Kichern auf allen Sitzen. Sie entspannten sich. In einer Felsspalte warteten dreißig Millionen auf sie. Vielleicht sogar mehr.

Vor ihnen stieg das Terrain sanft an, und der Fahrer legte einen anderen Gang ein.

»Da ist ein Hochplateau«, sagte der Scharfschütze. »Wenn man der Karte glauben darf, fällt die Ebene dahinter ein ganzes Stück ab. Wir müßten den Stützpunkt sehen können, wenn wir auf der Kuppe sind.«

»Dann nichts wie rauf«, schrie der Fahrer. Er begann zu singen: »*We are the champions ...* «

»*We keep on fighting ...* «, fiel der Techniker mit ein.

Der Scharfschütze lächelte und lehnte sich zurück. Nicht mehr lange, und der Krieg würde vorbei sein. Der Irak war niedergerungen.

Dann noch zwei, drei Jahre ...

»*We are the champions, weee are the Chaaampions ...* !«

Der Jeep näherte sich der Anhöhe. Zerzauste Büsche wuchsen darauf und sogar ein paar dürre Bäumchen. Darüber stachen die Silhouetten einiger großer, kreisender Vögel gegen den Himmel ab.

Und der irakische Jäger.

So plötzlich tauchte das Flugzeug hinter der Kuppe auf, daß sie noch einen Moment weitersangen, bevor der Fahrer zu schreien begann und das Steuer verriß. Die Maschine hielt genau auf sie zu. Sie war so nah und so niedrig, daß der Scharfschütze einen Moment versucht war, aus dem Wagen zu springen und sich flach auf den Boden zu pressen.

Rechts und links von ihnen peitschten die Bordgewehre des Jägers den Sand auf.

Der Fahrer fuhr eine viel zu enge Kurve, so daß der Scharfschütze das Gleichgewicht verlor und mit Kopf und Rücken gegen den Rahmen knallte. Ihm wurde schwarz vor Augen. Er hörte den Techniker und den Fahrer wild durcheinanderschreien, das Dröhnen der Triebwerke, als der Jäger über sie hinwegzog, packte die Lehne des Beifahrersitzes und stemmte sich hoch.

»Fahr über die Kuppe«, brüllte er.

Der Fahrer reagierte nicht. Er steuerte den Jeep zurück in die Richtung, aus der sie gekommen waren, so daß es jetzt aussah, als verfolge er die Maschine.

Das Flugzeug wurde rasch kleiner. Der Scharfschütze hielt den Atem an. Einen Moment lang hoffte er, der Pilot werde es bei dem einen Angriff bewenden lassen. Es war eine kleine Maschine, ein russisches Aufklärermodell, veraltet und mit geringem Zerstörungspotential. Kaum anzunehmen, daß sie an der Vernichtung des Konvois beteiligt gewesen war.

Irgendeine verdammte Flugbasis mußte den Alliierten durchgegangen sein.

»Dreh um!« schrie er den Fahrer an.

Dann sah er, wie sich der Jäger auf die Seite legte, eine Hundertachtziggradkurve beschrieb, für Sekunden in der Sonne aufblitzte ...

Und zurückkam.

Er jagte sie.

»Nein, bleib so!«

»Ich kann doch nicht auf das Scheißding zufahren!« brüllte der Fahrer.

»Doch! Das ist unsere einzige Chance!«

Der Jäger flog noch niedriger als zuvor. Seine Bordgewehre feuerten aus allen Rohren.

Der Scharfschütze preßte sich gegen die Lehne der Rückbank, um Halt zu finden, legte die Waffe an und zielte so sorgfältig, wie es ihm bei dem Gerumpele möglich war.

»Schieß doch!« schrie der Techniker.

Er beachtete ihn nicht. Die Maschine flog auf Kollisionskurs, kam rasend schnell näher.

»Schieß!«

Nein, er hatte sie noch nicht richtig im Visier. Da war das Cockpit, der Kopf des Piloten nur zu erahnen hinter den reflektierenden Scheiben.

Zwei Sekunden noch, eine.

»Mach doch!!!«

Jetzt.

Er riß den Abzug durch.

Siebenhundert Schuß in der Minute durchschlugen die Panzerung des Jägers. Das Knattern der Salve mischte sich mit dem Brüllen der Triebwerke und den Schüssen aus dem Flieger. Der Scharfschütze feuerte weiter, hielt auf die Scheiben, sah etwas splittern. Dann raste plötzlich der Himmel um ihn herum, und er wurde aus dem Jeep geschleudert. Das Gewehr landete in hohem Bogen im Sand. Er fiel auf den Rücken, daß es ihm die Luft aus den Lungen preßte. Über ihn hinweg schoß der Jäger, so tief, daß er meinte, den Bauch der Maschine mit bloßen Händen berühren zu können. Das Brüllen wurde zu einem Kreischen.

Er rollte herum und sah, wie die Maschine kippte und tiefer ging. Eine Tragfläche streifte den Boden.

Dann explodierte sie.

Seine Hände krallten sich in den Sand. Beinahe bewundernd starrte er auf den Feuerball, fassungslos und glücklich, daß sie es geschafft hatten.

Daß er es nicht geschafft hatte, wurde ihm erst bewußt, als er den Schmerz in seinen Eingeweiden spürte.

Voller Panik versuchte er sich aufzurichten.

Seine Ellbogen knickten ein, und er fiel mit dem Gesicht in den Sand.

Vor seinen Augen wurde es rot.

»... ihn mitnehmen.«

Er öffnete die Augen.

Der Techniker sah zurück. Er kniete neben ihm im Sand und hatte eine Hand auf seinen Rücken gelegt.

»Es ... tut so ... weh ...« flüsterte der Scharfschütze.

»Beweg dich nicht.« zischte der Techniker. »Und sprich nicht. Wir holen dich hier raus.«

»Was ist mit ihm?« rief die Stimme des Fahrers. Hastige Schritte knirschten über den Sand und näherten sich.

Der Techniker runzelte die Stirn, während er den Scharfschützen unverwandt ansah.

»Ist er okay?«

Der Scharfschütze versuchte zu sprechen, aber seine Zunge versagte den Dienst. Rote Funken tanzten vor seinen Augen. Er schloß die Lider.

»Nein«, sagte der Techniker. »Er ist tot.«

»Tot?«

Tot?

»Oh, mein Gott! Ach du Scheiße!!!«

»Ja. Er hat's nicht geschafft.«

»Mist! Oh Mist! Bist du sicher? Komm, wir heben ihn ...«

»Ich habe gesagt, er ist tot«, wiederholte der Techniker mit scharfer Stimme.

Ich bin nicht tot, dachte der Scharfschütze. Ihr müßt mich sofort zum Lager bringen. Helft mir, bitte! Helft mir!

»Du meinst ...«, sagte der Fahrer.

»Ja. Es könnten noch weitere Jäger in der Nähe sein. Wir müssen zusehen, daß wir hier wegkommen. Später können wir ihn holen.«

»Aber ...«

»Er ist tot! Begreifst du das nicht?«

»Wo ist sein Gewehr?«

»Da, da liegt es. Starte den Wagen, ich hole es.«

Nein! Nein!!

»Verdammte Schweine! Mist! So eine gottverdammte Schweinerei!«

Schritte, Türenknallen.

Der Motor des Jeep sprang an.

Sie fuhren weg.

Sie fuhren tatsächlich weg und ließen ihn hier liegen.

Ich bin nicht tot!!!

Der Jeep entfernte sich.

Nein! Kommt zurück!!!

Nein!

NEIN!!!

Köln, 1999

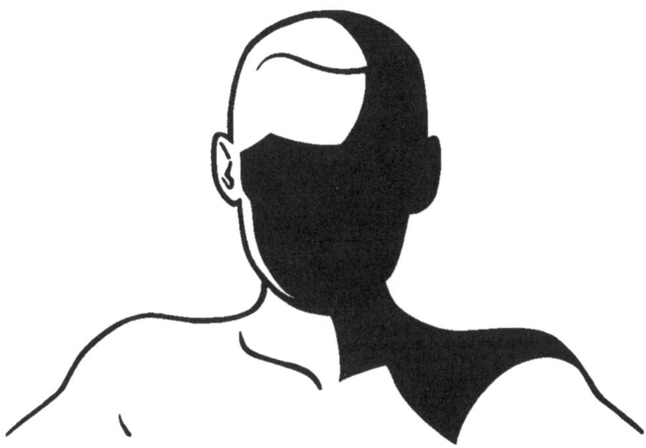

Samstag, 21. August

17.00 Uhr. Lindenstraße

Die alte Frau lauschte in die Stille des Hausflurs hinein.

»Herr Üsker?«

Sie hörte schlecht, aber für ihre Begriffe war in der Wohnung im zweiten Stock etwas Schweres umgefallen, als sie eben daran vorbeiging.

Ohnehin verwunderte es sie, daß sie den Mieter seit Tagen nicht zu Gesicht bekommen hatte. Mehmet Üsker besaß einen kleinen Lebensmittelladen an der Ecke, dort, wo die Händelstraße auf die Lindenstraße stieß, nur wenige Häuser weiter. Im allgemeinen verging kein Tag, an dem er ihr nicht etwas mitbrachte, einen Apfel oder frisches Gemüse. Sie verstanden sich gut. Die alte Frau nahm nicht übermäßig viel Miete, und er dankte es ihr in Form von Naturalien.

Aber Mehmet Üsker schien wie vom Erdboden verschluckt. Der Laden hatte nicht mehr geöffnet, seit sie ihm das letzte Mal im Treppenhaus begegnet war, und das lag mit Sicherheit eine Woche zurück.

Sie zögerte, dann ging sie mit schlurfenden Schritten bis zur Wohnungstür und klopfte zaghaft.

»Herr Üsker, ist alles in Ordnung? Sind Sie da?«

Wieder ein Poltern. Etwas war umgestürzt. Sie fuhr zurück und fühlte ihr Herz heftig pochen.

Vielleicht wäre es sinnvoll, nachzusehen.

Sie besaß einen Schlüssel. Nicht, daß sie im entferntesten die Absicht hatte, in Üskers vier Wänden herumzuschnüffeln. Trotzdem. Seit sie im vorigen Jahr in ihrer eigenen Wohnung gefallen war und Stunden gelegen hatte, bis endlich die Putzfrau kam, lebte sie in ständiger Angst. Mehmet Üsker war ein großer, kräftig gebauter Mann, aber was hieß das schon.

Während sie langsam die Treppe zu ihrer Etage hinaufstieg, das linke Bein nachziehend, überlegte sie, was zu tun sei. Am oberen Absatz blieb sie stehen und horchte noch einmal angestrengt, ohne daß von unten ein weiteres Geräusch an ihr Ohr drang.

War Üsker verreist?

Er hätte etwas gesagt. Bestimmt hätte er sie besucht oder wenigstens eine Nachricht hinterlassen. Auch am Laden war kein Zettel gewesen. Nichts.

Nacheinander öffnete sie die drei Sicherheitsschlösser zu ihrer Wohnung, trat ein, verriegelte alles wieder sorgfältig und holte das schwere Telefonbuch vom obersten Regalboden neben der Garderobe. Ihre Finger zitterten, als sie die Nummer der Polizei nachschlug.

Etwa zwanzig Minuten später standen zwei Beamte vor ihrer Tür. Durch den Spion konnte sie eine Polizistin mit blonder Dauerwelle erkennen, die seltsam unförmig in ihrer braunen Hose und der grünen Jacke wirkte. Ihr Kollege schob seine Mütze ein Stück zurück und fuhr sich mit dem Ärmel über die Stirn. Es war August und heiß in Köln.

Augenblicklich beschloß sie, den Beamten ein erfrischendes Glas Wasser anzubieten und wollte gehen, um es zu holen. Dann fiel ihr ein, daß die Polizisten kein Wasser trinken konnten, solange sie draußen vor der Tür standen.

Die Schlösser wurden wieder entriegelt.

»Frau Bremer?« fragte die Polizistin mit einem Anflug von Desinteresse.

»Ja«, strahlte sie. »Möchten Sie ein Glas Wasser?«

Die beiden starrten sie verwirrt an. Dann lächelte der Mann und schüttelte den Kopf.

»Danke, sehr freundlich. Sie hatten angerufen wegen ...«

»Ich habe den Herrn Üsker seit Tagen nicht gesehen«, sagte sie mit Nachdruck.

»Herr Üsker?«

»Mein Mieter. Er wohnt in der Wohnung drunter. Da kann doch irgendwas nicht stimmen, oder?«

Ihr entging nicht das Zucken der Belustigung um die Mundwinkel der Polizistin. Das ärgerte sie. Sie mochte alt sein, blöde war sie nicht. Die Beamten hielten sie offenbar für eines dieser verschrumpelten Klatschweiber, die ihre Nase in alles und jedes stecken und sofort Unsitte und Verrat witterten, wenn mal was über ihren Horizont hinausging.

»Vielleicht ist er ja verreist«, meinte der Polizist.

»Junger Mann«, sagte Frau Bremer sehr bestimmt, » wie stellen Sie sich das vor? Eben gehe ich an seiner Wohnung vorbei, da höre ich diesen bösen Krach. Wenn der Herr Üsker verreist ist, wer macht dann den Krach?«

»Augenblick. Was denn für Krach?«

»Sind Sie sicher, daß er nicht verreist ist?« fragte die Polizistin.

Frau Bremer starrte sie an. Konnten junge Leute eigentlich nie richtig zuhören, wenn man etwas sagte?

»Das hätte er mir doch erzählt«, gab sie vorwurfsvoll zurück. »Herr Üsker erzählt mir alles.«

»Und was schlagen Sie vor?«

Sie kramte den Generalschlüssel aus der Tasche ihres Kittels und hielt ihn den Beamten hin. Der Polizist nahm ihn und nickte.

»Na schön. Sie müssen es wissen. Welcher ist es?«

»Der mit dem eckigen Kopf. Der andere ist für den Keller.«

»Gut. Schauen wir mal nach.«

Unverhohlen gelangweilt schritten die Polizisten die Treppe hinunter. Frau Bremer humpelte hinterher. Die Hüfte würde es nicht mehr lange machen. Mittlerweile hatte sie alles über künstliche Hüftgelenke gelesen. Wahrscheinlich wußte sie mehr darüber als die Ärzte. Wie sollte sie aber einen Arzt an ihre Hüfte lassen, wenn er weniger über Hüftgelenke wußte als sie selber?

Es war eine einzige Sorge mit der Gesundheit.

»Ist es hier?« fragte der Polizist.

»Ja«, sagte sie schwer atmend. »Da ist ja sein Namensschild neben der Tür. Sie müssen nur hinsehen.«

»M. Üsker«, las der Polizist. Er steckte den Schlüssel ins Schloß und hielt plötzlich inne.

»Was ist?« fragte seine Kollegin.

»Riechst du das?«

»Was?«

»Komm mal näher.«

Sie trat neben ihn bis dicht vor die Tür und holte tief Atem. Frau Bremer hielt sich in respektvollem Abstand. Die Furcht kroch ihr noch mehr in die Knochen.

Die Polizistin verzog das Gesicht.

»Ja. Widerlich.«

»Was sagten Sie, Frau Bremer? Wie lange haben Sie Herrn Üsker nicht gesehen?«

»Eine Woche, schätze ich. Vielleicht weniger. So ungefähr.«

»Würde reichen«, sagte der Polizist in gedämpftem Tonfall zu seiner Kollegin.

Frau Bremer beugte sich ängstlich ein Stück vor.

»Wollen Sie nicht reingehen?«

»Doch.«

Der Beamte drehte den Schlüssel, und die Tür sprang einen Spalt auf. Ein unerträglicher, süßlicher Gestank drang ins Treppenhaus. Frau

Bremer wurde augenblicklich schlecht. Sie schnappte nach Luft und wich zurück.

»Scheiße!« keuchte der Polizist.

Im selben Moment war aus der Wohnung ein Scharren zu hören, dann knallte etwas von innen gegen die Tür. Die Polizistin kreischte auf, packte den Griff und zog heftig daran. Die Tür fiel wieder ins Schloß. Frau Bremer sah, daß der Mann seine Dienstwaffe zückte, und merkte, wie ihre Beine einknickten.

»Ruf das Einsatzkommando«, sagte der Polizist. »Schnell.«

Die Frau zückte ein Funkgerät.

Wieder rummste etwas gegen die Tür, und diesmal meinte Frau Bremer ein Geräusch zu hören wie von einem schreienden Kind.

»Kommen Sie, Frau Bremer. Kommen Sie mit.«

Willig ließ sie sich von dem Polizisten unter die Arme greifen und hinaus auf die Straße führen, wo sie sich nach Luft ringend an die Hauswand lehnte.

»Rrrrhhhgg ...« krächzte sie.

»Wie bitte?«

»Ich ... kriege keine ...«

»Warten Sie«, sagte der Mann mit einem Blick auf das Café Central schräg gegenüber. »Ich hole Ihnen ein Glas Wasser.«

18.15 Uhr. Menemenci

»Wann ist es passiert?«

Der Polizeiwagen schoß mit achtzig Sachen über den Barbarossaplatz.

»Der erste Befund ist unklar«, quäkte Krantz' Stimme aus dem Sprechfunkgerät. »Es kann einige Tage her sein, aber wie viele, darauf mag man sich hier nicht festlegen. Warum kommen Sie erst jetzt?«

»Wir sind erst jetzt verständigt worden.«

»Ja, das ist typisch. Die Drecksarbeit machen immer die anderen.«

»Ich bin sicher, ihr werdet genug Dreck für uns übriggelassen haben. In der Zentrale hieß es, der Tote sei ein Türke.«

»Keine Ahnung, ob sie da immer warten, bis die Nationalität feststeht, bevor sie einen rausschicken. Sie wissen natürlich, warum man Sie ausgewählt hat.«

Menemenci seufzte. Natürlich wußte er es. Als einziger türkischstämmiger Kommissar geriet er mit ermüdender Regelmäßigkeit an Fälle, in die Türken verwickelt waren, sei es als Opfer oder Täter. Zwecklos zu erklären, seine Familie sei Ende der Vierziger nach Deutschland gekommen, Vorreiter der Einwanderungswelle. Daß er hier geboren und fünfundachtzig das letzte Mal in Istanbul war. Er fragte sich, was sie machten, wenn das Opfer Tibetaner oder Senegalese war. Hatten sie im Waidmarkt tibetanische Kommissare?

»In Ordnung«, sagte er. »Ich schalte ab. Wir fahren eben über die Roonstraße, in einer Minute sind wir bei euch.«

Vor dem Haus in der Lindenstraße saß eine alte Frau auf einem Stuhl und redete aufgeregt auf einen Polizisten ein. Mitglieder der Einsatztruppe in Kampfanzügen und Helmen standen um den Eingang versammelt, andere trugen Kisten mit Gegenständen in Plastikbeuteln nach draußen.

Es herrschte ein ziemliches Durcheinander. Die Straße war blockiert von eilig dahingeparkten Mannschaftswagen. Menemenci wuchtete seine drei Zentner aus dem Beifahrersitz und fragte sich, was an einem einzelnen Toten dran sein mochte, um einen Großeinsatz wie zu Baader-Meinhof-Zeiten auszulösen.

Krantz stand an einem der Streifenwagen und sprach in ein Funkgerät. Als er Menemenci sah, beendete er das Gespräch und kam herübergelaufen. Er war ein schmächtiger Mann mit schütterem Haar und randloser Brille, der unter einer chronisch verstopften Nase litt.

»Was soll die Veranstaltung?« fragte Menemenci. »Habt ihr Jack the Ripper aufgetrieben?«

Krantz schüttelte den Kopf.

»Nicht direkt.«

»Was heißt das?«

»Tja.« Krantz ging eilig voran in den Hausflur und begann, die Treppen hochzusteigen. Er nahm immer zwei Stufen auf einmal, was den Kommissar mit mehr Schaudern erfüllte als die zu erwartende Leiche. Menemenci hatte die Statur des späten Orson Welles und wahrscheinlich auch dessen Kondition. »Sieht eher so aus, als hätten wir's mit einem Fan von Jack the Ripper zu tun.«

»Noch mal: Wozu der Aufmarsch?«

»Erst waren's nur zwei Beamte. Sie fanden, daß es im Treppenhaus ein bißchen müffelt und vermuteten, es käme aus dem zweiten Stock.

Also versuchten sie in die Wohnung reinzukommen, aber dann krachte und schepperte es drinnen und jaulte und schrie und sie dachten, sie würden angegriffen, und bekamen Schiß.«

»Und?«

»Wir haben ein Dutzend Schwerbewaffnete nach oben geschickt. Sie schossen das Schloß auf. Dann kam ihnen etwas entgegengeflogen, und sie schossen noch mal.«

»Könnten Sie zur Sache kommen?«

Krantz drehte sich zu Menemenci um.

»Die Katz ist tot.«

»Wie bitte?«

»Es war die Katze. Sie war halb verhungert und vollkommen panisch. Hat in der Wohnung rumgewütet und Krach gemacht, was dann die Alte auf den Plan rief.«

»Augenblick mal! Wir haben einen Großeinsatz gefahren, um eine *Katze* zu erschießen?«

Sie waren vor der Wohnung angelangt. Krantz wies durch die offene Tür ins Innere.

»Nein«, sagte er ruhig. »Um das hier zu finden.«

Menemenci drückte sich an ihm vorbei in eine schmale Diele. Auf dem Teppichboden und an den Wänden war Blut.

»Das ist noch von der Katze«, sagte Krantz. »Richtig lustig wird's weiter hinten.«

Am Ende des Flurs hing ein Perlenvorhang. Menemenci schob die leise klackenden Schnüre auseinander und betrat ein spartanisch eingerichtetes Wohnzimmer mit Ledercouch, kleinem Eßtisch, Fernseher und Videorecorder. Über der Couch waren diverse vergrößerte Fotografien in Rahmen aufgehängt. Manche zeigten Reisemotive, auf anderen waren Personen allen Alters zu sehen, dem Äußeren nach durchweg Türken.

In der Mitte des Raumes stand ein einzelner Stuhl, der normalerweise wohl zum Eßtisch gehörte. Jemand hatte ihn so plaziert, daß man von allen Seiten bequem herankam.

Ein Mann war darauf festgebunden.

Als Menemenci näherkam, stoben dicke, schillernde Fliegen von dem Körper auf.

Krantz reichte ihm ein Tuch.

»Halten Sie sich das hier vor die Nase. Man verkraftet es dann besser.«

Menemenci trat dicht vor den Leichnam, der deutliche Anzeichen von Fäulnis aufwies. Aber nicht das alleine war es, was den Gestank produzierte und die Insekten anlockte.

Es waren die zahllosen Verletzungen.

Fassungslos schüttelte er den Kopf und ging um den Stuhl herum.

»Er dürfte eine Woche tot sein, vielleicht auch länger«, meinte Krantz mit ausdruckslosem Gesicht. »Genauer kann man das erst sagen, wenn wir ihn in der Pathologischen haben. Bei der Hitze schreitet die Verwesung rasch fort.«

»Unglaublich.«

»Naja. Alles im Bereich des Spekulativen, was wir bis jetzt herausgefunden haben. Eines ist allerdings sicher. Der Tod dieses Mannes hat sich hingezogen.«

»Er ist gefoltert worden.«

»Ja, bis der Körper nicht mehr mitgemacht hat.«

Krantz zog ein paar transparente Handschuhe über seine feingliedrigen Finger und begann, den Toten nacheinander an verschiedenen Stellen zu berühren.

»Der Arzt glaubt, sein Mörder wollte ihn die ganze Zeit über bei Bewußtsein halten. Zum Beipiel hier, was er an den Genitalien gemacht hat... das ist ziemlich gekonnt. Das Opfer durchleidet Höllenqualen, aber die Folter ist so angelegt, daß der arme Kerl nicht wegdämmert. Wir haben Hinweise darauf gefunden, daß sein Peiniger ihm mehrfach Aufputscher verabreicht hat, um ihn wieder hochzupäppeln. Es lagen Spritzen rum.«

Krantz wies auf die Augen.

»Das ist typisch für diese Art der Folter. Sie werden keine Verletzung entdecken, die lebensbedrohlich ist. Das Entfernen der Augenlider beispielsweise kann mit einem Skalpell so praktiziert werden, daß der Augapfel keinen Schaden davonträgt. Oder das, was er mit den Händen gemacht hat. Nur darauf angelegt, das Opfer zu quälen.« Er zögerte. »Alle Finger haben wir übrigens noch nicht gefunden.«

»Großer Gott. Wie lange kann man so was durchziehen?«

»Irgendwann ist der Organismus so geschwächt, daß die Summe der Beeinträchtigungen zum Tode führt. *Falls* er an der Folter gestorben ist.«

»Sagen Sie schon, wie lange?«

Krantz legte die Stirn in Falten.

»Im Zweifel ein paar Tage. Aber das dürfte hier nicht der Fall sein.

Schätzungsweise wenige Stunden, dann hat er ihn einfach verbluten lassen. Oder sie. Soll ja auch rabiate Frauen geben.«

Menemenci starrte auf den Leichnam. Es gab kaum eine Stelle an dem geschundenen Körper, die nicht der perfiden Kreativität des Mörders ausgeliefert gewesen war.

»Fingerabdrücke?« fragte er mutlos.

Krantz sah ihn an.

»Natürlich nicht.«

Menemenci schüttelte den Kopf.

Warum?

»Wir sind dabei, die Wohnung auszuräumen«, sagte Krantz, während er einem der Spurensicherer den Vorhang aufhielt, der mit einer großen Kiste nach draußen wollte. »Viel hat er nicht besessen.«

»Können Sie schon sagen, wie der Mörder reinkam?«

»Nur vermuten. Bis jetzt deutet nichts darauf hin, daß er sich mit Gewalt Einlaß verschafft hat.«

»Soll heißen, das Opfer hat ihn reingelassen?«

»Möglich. Wenn, dann könnte es in den Unterlagen Üskers Hinweise auf den Täter geben.«

»Na schön. Vernehmung der Hauswirtin, der weiteren Bewohner ...?«

»Hat noch nichts ergeben.« Krantz grinste ihn an. Ein spöttischer Zug stahl sich um seine Mundwinkel. »Sie sehen blaß aus. Ich weiß, das macht alles keinen Spaß. Wollen Sie einen Brandy? Zufällig weiß ich, daß unser Onkel Doktor was davon im Köfferchen hat. Zu medizinischen Zwecken«, fügte er süffisant hinzu.

Menemenci warf noch einen Blick auf den faulenden Leichnam und schüttelte schwach den Kopf.

»Wie, sagten Sie, hieß der Mann?«

»Üsker. Mehmet Üsker.«

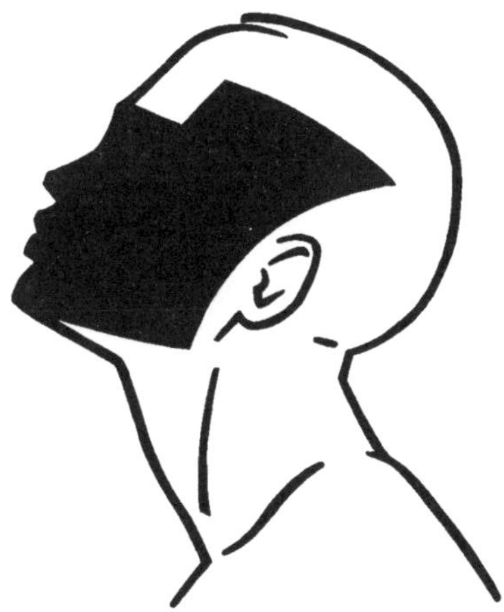

Montag, 23. August

11.07 Uhr. Vera

Sie sah auf das Blatt, den kleinen Spiegel vor sich hingestellt, und überlegte, was sie mit der Nase falsch gemacht hatte.

Zu lang?

Der Mund lächelte, der war gelungen. Es mußte die Nase sein. Irgendwie paßten Mund und Nase nicht zusammen.

Irgendwie paßte alles nicht zusammen.

Unschlüssig drehte sie den Bleistift zwischen den Fingern, legte ihn vor sich hin, nahm den Spiegel und hielt ihn dicht vor ihre Augen. Die Iris war eisblau mit dunklem Rand. Die Brauen breit und dicht. In der Mitte gezupft, weil sie sich sonst zu einer einzigen goldenen Welle verbunden hätten. Eine kleine Nase mit runden, aufgeworfenen Flügeln behauptete sich trotzig über einem breiten, dunkel geschminkten Mund.

Langsam entfernte sie den Spiegel von ihrem Gesicht und sah zu, wie es ganz darin auftauchte. Breite Wangenknochen, niedrige Stirn, ein runder Schädel mit millimeterkurzen blonden Haaren. Von der Unterlippe zog sich eine haardünne weiße Narbe quer über das kräftige Kinn.

Es gab schönere Gesichter, fand Vera. In ihrem wollte nichts so richtig zum anderen passen.

Vor allem nicht zum Rest der Familie.

Sie hielt den Spiegel jetzt so weit von sich, wie sie ihren Arm strecken konnte. Die Frau, die ihr entgegensah, nun um Hals und Schultern ergänzt, trug keinen Schmuck. Schwarzes T-Shirt, schwarzer Blazer. Sonst nichts.

Beide Teile allerdings von edelster Qualität.

Vera gönnte sich ein anerkennendes Grinsen. Viel besaß sie nicht, aber das wenige hatte Stil. Sie weigerte sich, wertlose Dinge zu tragen oder sich mit Schund zu umgeben. Ihr Büro zierte neben einigen verchromten Aktenschränken nur ein massiver schwarzglänzender Schreibtisch. Stühle davor, weiter hinten zwei Sessel und ein Doppelsitzer von Le Corbusier, gleichfalls schwarz, warteten auf anthrazitgrauem Teppichboden auf Besucher.

Sie hielt den Spiegel ein Stück höher und führte ihn langsam näher an ihr Gesicht, bis er wieder ausgefüllt war von den Augen. Ihre Augen fand sie schön. Den Rest nicht so sehr. Aber die Augen waren nicht schlecht.

Langsam führte sie den Zeigefinger ihrer linken Hand zur Nasenspitze und drückte sie hoch, bis sich die Oberlippe von der Unterlippe löste und ihre Schneidezähne freigab.

Blondes Kaninchen, dachte sie. Irgendwie drollig .

»Verzeihung«, sagte eine Stimme.

Sie ließ den Spiegel sinken und betrachtete den Mann, der in der Türe stand.

»Hallo«, sagte sie kühl. »Ich habe ein Vorzimmer.«

Jedesmal, wenn sie längere Zeit nicht gesprochen hatte, kam ihr die eigene Stimme fremd vor. Zu tief, zu heiser, als habe ihr jemand seine geliehen, weil ihre abhanden gekommen war.

Der Fremde wies mit dem Daumen hinter sich.

»Da saß niemand. Wenn's gerade nicht paßt, ich kann auch noch ein bißchen warten.«

Wo, zum Teufel, war Strunk? Wozu bezahlte sie einen Mitarbeiter? Warum konnte er nicht Bescheid sagen, wenn er rausging?

»Bitte.« Sie legte den Spiegel vor sich auf die Schreibtischplatte und wies auf einen der Sessel.

Er machte keine Anstalten näherzukommen, sondern sagte: »Sie müssen wirklich entschuldigen, aber ...«

»Ich entschuldige ja schon. Setzen Sie sich. Wie kann ich Ihnen helfen?« Sie breitete die Hände aus und hob die Brauen. »Falls ich kann.«

Der Mann lächelte. Er war nicht allzu groß, hatte kastanienbraunes, ziemlich langes Haar und trug einen auf Millimeter gestutzten Vollbart. Er kam zu ihr herüber, setzte sich, schaute sich mit verhaltener Neugierde um. Dann zog er ein Päckchen Zigaretten aus der Innentasche seines Jacketts und hielt es Vera hin.

»Möchten Sie?«

»Nein.«

»Darf ich?«

»Bitte.« Sie schob ihm einen Aschenbecher rüber, lehnte sich zurück und wartete.

Er förderte ein Feuerzeug zutage und setzte die Zigarette ohne Hast in Brand. Seine Bewegungen waren geschmeidig und kontrolliert. Im nächsten Moment umgab ihn ein Schleier aus Rauch. Er blies ihn weg.

»Vera Gemini, vermute ich?«

Vera nickte.

»Sie genießen einen ausgezeichneten Ruf. Ich war bei einem ihrer Kollegen, der mich an sie weiterverwies.«

»Das freut mich.«

»Nehmen Sie noch Kunden an?«

Die Frage überraschte sie. Im allgemeinen fingen die Leute sofort an loszuplappern. Daß eine Detektivin ausgebucht sein könnte, schien niemandem in den Sinn zu kommen.

»Hängt davon ab, was Sie wollen. Ich bin ziemlich beschäftigt«, sagte sie wahrheitsgemäß.

»Ich möchte, daß Sie jemanden für mich finden.«

Er beugte sich vor, griff erneut in seine Jacke und legte ein Foto auf den Schreibtisch. Sie nahm es. Sofort sah sie, daß links ein Stück weggeschnitten war. Das Bild zeigte einen schwarzhaarigen Mann mit Bürstenschnitt vor dem Hintergrund einer Wüstenlandschaft. Er stand mit nacktem Oberkörper in der Sonne und trug eine Waffe im Arm. Schultern, Brust und Arme waren perfekt proportioniert. Das Gesicht war von tiefem Braun, der Blick wachsam, die Augen dunkel und stechend. Um die Mundwinkel lag ein spöttischer Zug. Er sah in die Kamera, als wolle er etwas einfordern, das ihm gehörte.

Im Moment forderte er Veras Aufmerksamkeit. Sie gab ihrem Besucher das Bild zurück und stützte die Ellbogen auf die Schreibtischplatte.

»Okay, zwei Fragen. Erstens, wer sind Sie? Zweitens, wer ist er?«

Ihr Gegenüber zuckte kaum merklich zusammen.

»Oh, tut mir leid. Wie unhöflich von mir.« Er zögerte. »Bathge. Simon Bathge.«

»Wer? Der oder Sie?«

»Ich. Der Mann auf dem Foto heißt Andreas Marmann.«

»Sie müßten mir schon etwas mehr erzählen.«

»Sind Sie eigentlich teuer?«

»Ja.«

Bathge schürzte die Lippen und verharrte.

»Na gut«, sagte er schließlich. »Warum ich Andreas Marmann suche, bleibt meine Sache. Einverstanden?«

»Nur bedingt. Im Grunde ist es Ihr Bier, allerdings muß ich wissen, ob der Job gefährlich ist.«

»Nein. Nicht … wirklich.«

»Was heißt das?«

»Sagen wir mal, nicht für Sie. Ich kann Ihnen über Marmann soviel erzählen, daß er in Köln aufgewachsen ist. Sie müßten Unterlagen über ihn finden, wenn Sie sich an die Leitung der Realschule Frankstraße wenden. Marmann hat sich mit allem möglichen beschäftigt, was Geld bringt. Das meiste ging irgendwie schief. Ich will nicht sagen, daß es einzig seine Schuld war, er hätte etwas mehr Glück verdient. Blöd war er nicht. Andererseits, wer auf dem hohen Roß sitzt, muß sich nicht wundern.« Bathge machte eine Pause. »Ich kam gut mit ihm zurecht, andere weniger. Vor zehn Jahren ging er mit vorgehaltener Waffe in eine Bankfiliale, wurde gefaßt und verurteilt. Beim Transport in den Ossendorfer Knast gelang es ihm zu fliehen. Von da an verliert sich seine Spur.«

»Für die Polizei. Auch für Sie?«

»Nein. Ich hatte bis Anfang der Neunziger Kontakt zu ihm.«

»Welche Art von Kontakt?«

»Das tut nichts zur Sache. Maßgeblich ist, daß er siebenundachtzig aus Köln verschwand, genauer gesagt aus dem Leben. Es gibt einen sehr einfachen Weg, sich in Luft aufzulösen.«

Vera betrachtete ihn. Bathge wirkte äußerlich ruhig und entspannt, aber unter der glatten Oberfläche spürte sie deutliche Anzeichen von Nervosität.

»Ich kenne viele einfache Wege, zu verschwinden«, sagte sie. »Welchen hat Ihr Freund gewählt?«

Bei dem Wort Freund verhärtete sich Bathges Gesichtsausdruck.

»Er ging zu den Legionären«, sagte er.

»Legionäre?«

»Zur Fremdenlegion. Da, wo viele hingehen, die es aus irgendwelchen Gründen nicht geschafft haben. Das Auffangbecken für die Gescheiterten. Fünf Jahre trieb er sich in Dschibuti und Guayana herum, um französische Interessen zu schützen, wie es die Okkupatoren immer so schön auszudrücken pflegen.« Er lächelte. »Ich muß Ihnen nichts über Käuflichkeit erzählen. Krieg ist ein Job.«

Vera nickte.

Bathge nahm einen letzten Zug aus seiner Zigarette, drückte sie in dem kleinen verchromten Aschenbecher aus und lehnte sich zurück.

»Vor neun Jahren habe ich seine Spur verloren«, sagte er. »Oder er meine, wie man's betrachten mag. Das ist alles.«

»Das ist wenig.«

»Mehr werden Sie nicht brauchen.«

»Warum glauben Sie überhaupt, daß er in Köln ist?«

»Es wäre möglich. Aus verschiedenen Gründen. Marmann wollte immer hierher zurück, aber das gestaltete sich nach seiner Flucht natürlich schwierig. In der Legion war er fürs erste sicher. Wie gesagt, fünf Jahre, dann schloß er sich einer Söldnertruppe an, die insgesamt auf einem höheren Level agierte. Alles Spezialisten. Viele von denen waren später in Jugoslawien, aber Kuwait brachte den ersten wirklichen Einsatz. Man verdient einen Haufen Geld in so einer Truppe. Im Unterschied zur regulären Armee will der Söldner, was der Wehrpflichtige muß.«

»Kämpfen.«

»Ja.«

»Ich dachte, im Golfkrieg hätten genug Armeen zusammengestanden, um auf Söldner verzichten zu können.«

Bathge schüttelte den Kopf, nahm sich eine zweite Zigarette und zündete sie an.

»Die Armeen«, sagte er paffend, »haben das durchgezogen, was man später den sauberen Krieg genannt hat. Vernichte die Truppen, schone die Zivilisten, erringe einen ehrenvollen Sieg.« Er sah Vera durchdringend an. »Aber man gewinnt keine Kriege, wenn man ehrenvoll ist. Es gibt eine Menge Dinge, an denen sich Armeen und Regierungen der sogenannten freien Welt nicht gern die Finger schmutzig machen. Dinge, die die Genfer Konvention verbietet. Die der Präsident der Vereinigten Staaten gerne täte, wenn er nur dürfte. Aber weil er nicht darf, instruiert Onkel Sam die Rekrutierungsstellen, Söldner anzuheuern. Ganz offiziell und gebettet auf dem Wohlwollen der öffentlichen Meinung. Was dem Söldner geschieht, betrifft ja den anonymen Abschaum und nicht den gottesfürchtigen Vaterlandsverteidiger mit Frau und Kind in Übersee. Das ist das Schöne an den Söldnern, daß sie alles auf sich nehmen. Im Zweifel bekennen sie sich sogar noch zu den Greueltaten der Armeen, Hauptsache, daß es sich rentiert. Der Söldner steht außerhalb jeglicher Überzeugungen, man kann ihm nicht vorwerfen, eine politische Geisteshaltung zu verraten, weil er keine hat. Das macht es hübsch einfach, mit ihm zu arbeiten. Er sprengt die Wohnblocks der Zivilisten, wenn es erforderlich ist. Er mordet Frauen und Kinder. Er führt Verhöre durch, an deren Ende man die Opfer nicht mehr wiedererkennt. Verstehen Sie, was ich meine?«

»Marmann war so ein Söldner?«

»Als ich ihn das letzte Mal gesehen habe, ja. Er sprach davon, das erkämpfte Geld«, Bathge grinste säuerlich, »in eine neue Identität zu investieren, um eines Tages zurückkehren zu können.«

»Ein neues Gesicht?«

»Nicht unbedingt. Ein neuer Name, ein neuer Paß. Oder nichts davon, aber ein neues Land.«

»Möglicherweise kann ich mit dem Foto nichts mehr anfangen.«

Bathge zuckte die Achseln.

»Ich habe nichts anderes.«

Vera dachte nach. Sie würde einige Recherchen anzustellen haben, aber das konnte ebensogut Strunk erledigen.

»Ich koste achtzig am Tag plus Spesen. Falls Ihnen der Spruch bekannt vorkommt, Bogart kostete sechs Dollar. Die Zeiten haben sich geändert.«

»Sie *sind* teuer.«

»Ja.«

»Gut. Würden Sie den Auftrag annehmen?«

»Ja.«

»Sie haben ihn. Dafür erwarte ich natürlich, daß Sie Marmann finden.«

»Natürlich. Wo kann ich Sie erreichen?«

»Versuchen Sie es gar nicht erst.«

Vera schüttelte den Kopf und beugte sich vor.

»Passen Sie mal auf«, sagte sie, »die Zeiten haben sich auch diesbezüglich etwas geändert. Wir sind hier nicht im Kino. Detektive schließen Verträge ab. Wenn Sie wollen, daß ich einen Job für Sie mache, brauche ich Ihren Namen, Ihre Anschrift, Ihre Personalausweisnummer und tausend andere Sachen. Sie können hier geheimnisvoll durch mein Büro geistern, das imponiert mir nicht. Mir imponiert nur Geld.«

Bathge schwieg und sah sie erwartungsvoll an.

»Entweder Sie geben mir Ihre Anschrift und eine Telefonnummer«, fuhr Vera etwas ruhiger fort, »oder Sie verschwinden und suchen sich jemand anderen.«

Bathge schüttelte den Kopf.

»Ich will niemand anderen. Ich weiß nicht, warum, aber ich habe das Gefühl, als könnten Sie mir wirklich weiterhelfen. Hören Sie, ich habe meine Gründe, so wenig wie möglich von mir preiszugeben, zumindest, solange ich die Wahl habe. Was halten Sie also ... davon?«

Er legte ein Bündel Geldscheine auf den Tisch.

»Das müßte für zwei Wochen reichen«, sagte er. »Wenn ich danach nicht wiederkomme, stellen Sie Ihre Nachforschungen einfach ein. Damit sind Sie auf der sicheren Seite und ich auch. Was meinen Sie?«

Vera betrachtete das Geld und legte die Fingerspitzen aufeinander. Manchmal war es eben doch wie im Film.

»In Ordnung«, sagte sie.

Bathge lächelte dankbar. Er betrachtete die halbgerauchte Zigarette zwischen seinen Fingern und quetschte sie zu dem Stumpen der anderen in den Aschenbecher.

»Ich sollte damit aufhören«, sagte er. »So was kann einen umbringen.«

Sein Blick fiel auf das Selbstporträt.

»Das sind Sie!« sagte er überrascht.

Er sah Vera an und dann wieder die Zeichnung. Vera verfluchte sich dafür, das Blatt nicht vom Tisch genommen oder gleich in den Papierkorb geworfen zu haben.

»Ja«, stieß sie mürrisch hervor.

»Wer hat das gezeichnet? Entschuldigen Sie die Indiskretion, aber ...«

»Ich.« Sie griff danach.

»Darf ... darf ich das mal sehen.«

Sie war drauf und dran, ihn rauszuwerfen. Aber seine plötzliche Schüchternheit berührte sie auf seltsame, versöhnende Weise. Anstatt das Blatt verschwinden zu lassen, schob sie es zu ihm herüber.

Er studierte es mit leuchtenden Augen.

»Es ist sehr gut«, sagte er.

»Danke.«

»Aber irgend etwas stimmt nicht. So, als hätten Sie sich nicht entscheiden können, ob Sie lachen oder ernst sein wollen.«

»Wie meinen Sie das?«

»Ich meine, der Mund lacht. Alles andere nicht.«

Sie nahm ihm die Zeichnung aus der Hand und starrte sie an. Bathge hatte recht. Das war es.

»Darf ich Sie was fragen, Herr Bathge?«

»Sicher.«

»Warum wollen Sie Marmann finden?«

»Ich dachte, wir hätten ...« Er hielt inne. Plötzlich schien ihm bewußt zu werden, daß er ihr was schuldig war. Sie hatte ihm ihr Selbstporträt gezeigt. Das war etwas Persönliches, das es auszugleichen galt.

Er stand auf und schloß den mittleren Knopf seines Jacketts. Das Leuchten in seinen Augen war erloschen.

»Damit er mich nicht findet«, sagte er knapp.

12.35 Uhr. Roth

Der Himmel über Köln war wie ein leerer Bildschirm. Jeder Winkel der Stadt kochte. Die vergangenen Stunden hatten Autos, Busse und Bahnen derart aufgeheizt, und viele Kölner zogen es vor, zu Fuß zu gehen, um sich nicht am glühendheißen Steuer die Finger zu verbrennen oder zwischen schwitzenden Leibern erdrückt zu werden. Die Hölle verkaufte sich als Sommerparadies.

Vera behielt ihren Blazer dennoch an. Superleichtes Material, Mikrofaser. Zu teuer eigentlich, aber neu und vielversprechend wie die Entdeckung der Teflonpfanne auf halber Distanz zwischen Erde und Mond. Sie haßte die herüberstarrenden Typen in ihren turbobeschleunigten Bausparkisten. Die Spießer, die sich in ihrer Mittelmäßigkeit so sehr gefielen. Die Sprücheklopfer mit den öligen Locken, immer zu dritt oder zu viert, im irrigen Empfinden ihrer Unwiderstehlichkeit. Bevor sie in Versuchung geriet, auszusteigen und einem von ihnen die Zähne einzuschlagen, trug sie Arme und Schultern lieber bedeckt. Nichts wäre schlimmer gewesen, als sich entschuldigen zu müssen bei denen, deren hervorstechendstes Merkmal der Brustpelz war.

Sie steuerte das Cabrio über den Neumarkt und redete sich ein, Fahrtwind zu spüren. Es war mehr wie Umluft in einem Backofen, was ihr entgegenschlug. Einen Moment lang erinnerte sie sich, wie es gewesen war, als der Wind mit ihren Haaren spielte, wenn sie offen fuhren, Karl am Steuer und sie mit wehenden blonden Locken daneben.

Es war anders gewesen. Es war Karls Auto gewesen. Jetzt war alles besser, auch der Wagen. Der Boxster gehörte ihr, und er war nicht rot, sondern silbern, und die Haare fielen ihr nicht mehr über die Schultern, sondern waren auf eine einheitliche Länge von sechs Millimetern gestutzt.

Sie stellte den Boxster im Kaufhofparkhaus ab und lief ein paar hundert Meter zurück in Richtung Neumarkt, bis sie die Tische auf dem Gehsteig sah. An einem saß ein Mittfünfziger und las Zeitung. Als er sie herannahen sah, legte sich sein Gesicht in tausend entzückte Falten. Er schob die Zeitung in einem unordentlichen Haufen zur Seite und erhob sich andeutungsweise von seinem Platz.

»Vera. Du wirst jeden Tag schöner.«

Sie lachte und ließ sich ihm gegenüber auf einen der Klappstühle fallen.

»Ich werde jeden Tag älter«, sagte sie. »Und spar dir bitte jegliche Dementi.«

Das Restaurant *Zur Tant* war ein Kompromiß, auf den sie sich geeinigt hatten. Es lag zwischen Veras DeTechtei in der Schaafenstraße und dem Polizeipräsidium am Waidmarkt. Roth besaß kein Auto und konnte zu Fuß von dort herüberkommen. Das Essen war durchgebraten und preiswert. Es hätte ein idyllisches Plätzchen sein können hier draußen, wenn nicht wenige Meter weiter der Verkehr entlanggebraust wäre.

»Wenn ich mich recht entsinne, bist du achtunddreißig«, bemerkte Roth.

»Ich sagte, ich werde älter, nicht, daß es ein Problem ist. Wie geht's Marga?«

Roth seufzte.

»Nicht so gut. Sie nimmt weiter ab. Der Arzt meint, es sind die Depressionen. Sie mag nichts essen und wird immer knochiger.«

»Ihr solltet endlich in die Stadt ziehen.«

»Das hat der Doktor auch gesagt.«

»Marga braucht ein bißchen Leben um sich rum. In Rösrath geht sie vor die Hunde.«

»Ja«, nickte Roth unglücklich. »Ich weiß. Aber dann müßten wir das Haus aufgeben. Es war immer schön in Rösrath, weißt du noch?«

»Es war schön, solange die Kinder bei euch gewohnt haben. Die alte Leier, Tom. Ihr seid nicht die einzigen, denen es so geht. Marga wollte nie raus aus der Stadt, sie hat es für die Familie getan. Wie wär's, wenn die Familie jetzt mal was für sie täte?«

»Tja.« Roth straffte sich und lächelte der Kellnerin zu, die an ihren Tisch gekommen war, dankbar für die Unterbrechung. »Zwei Kölsch dann.«

»Für mich nicht«, winkte Vera ab. »Wasser.«

»Was essen?«

»Nein.«

Roth bestellte einen Salat und wartete, bis die Kellnerin verschwunden war.

»Und du?« fragte er mit der Herzlichkeit verheirateter Vaterfiguren. »Wie geht's dir so?«

Vera überlegte. Wie ging es ihr?

»Ich komme klar.«

»Das ist schön. Gestern habe ich übrigens Karl gesehen.«

Sie schwieg. Das Thema war jedesmal aufwühlend und unangenehm. Aber Thomas Roth war der einzige, mit dem sie über Karl reden konnte, ohne zu Eis zu erstarren.

»Was sagt er?«

Roth grinste. »Er verflucht dich in Grund und Boden. Wenn du mich fragst, ist das besser als die weinerlichen Sprüche, die er noch vor einem Jahr abgelassen hat. Wie leid ihm alles tut und daß er ohne dich nicht leben kann und all den Quatsch.«

»Er ist nur sauer, daß ich den Prozeß gewonnen habe«, sagte Vera achselzuckend.

Die Kellnerin brachte das Wasser. Sie nippte daran.

»Klar ist er sauer«, feixte Roth. »Das Ganze hat ihn einen Haufen Geld gekostet.«

»Ich scheiße auf sein Geld. Es gibt ein paar andere Dinge, die ich gern von ihm zurückhätte, aber ... na egal. Reden wir von was Erfreulicherem.«

»Erfreuliches kann ich im Augenblick nicht bieten. Die Arbeit ist widerlich. Manchmal glaube ich, die Leute murksen sich aus purer Langeweile ab.«

»Genau das tun sie. Tom, ich habe eine Bitte! Ich brauche Informationen über einen Mann. Ihr müßtet eine Akte über ihn haben.«

»Ich soll in die Datenbank?«

»Ja.«

»Hm.« Roth zog die Stirn kraus, was den tausend Falten in seinem Gesicht noch einige hinzugesellte. »Wir haben strikte Order, nichts herauszugeben.«

»Ich weiß.« Vera lächelte ihr liebstes Lächeln. »Die hattet ihr aber doch schon immer.«

»Es betrifft speziell die Zusammenarbeit mit euch Pack von Detektiven, weißt du. Die Kripo hat ihre geregelten Probleme mit Schnüfflern.«

»Aus welchem Film hast du nun wieder dieses Wort?«

»Du weißt, was ich meine. Was sich alleine an ehemaligen Stasileuten in deinem Berufsstand tummelt! Grauenhaft. Detekteien schießen wie Unkraut aus dem Boden. Ihr seid unkooperativ und tanzt der Kripo auf der Nase rum. Letzthin hörte ich wieder, irgendein Fall sei vermasselt worden, weil einer von deiner Sorte seine Finger mit im Spiel hatte.«

»Die Polizei hat Detektive noch nie gemocht. Das ist nichts Neues.

Wer sollte das besser wissen als ich, schließlich habe ich dem Verein mal angehört.«

»Ja«, lachte Roth, »allerdings.«

»Also, um der alten Zeiten willen.«

Roth drehte nachdenklich sein Kölschglas zwischen Daumen und Zeigefinger.

»Du weißt, daß das verboten ist. Grundsätzlich. Wir dürfen nichts rausgeben.«

»Mhm.«

»Was ist es? Routine?«

»Reine Routine. Ich versprech's dir hoch und heilig.«

»Das mußt du auch.« Er sah sie mißtrauisch an. »Wenn du uns in die Ermittlungen pfuschst, hat keiner was davon.«

»Ich suche jemanden, das ist alles. Nichts, was gefährlich wäre. Ich will lediglich wissen, ob die Person nach neunzig irgendwo gesehen wurde.«

»Hast du was in der Hand?«

»Wenig. Ein paar Fakten. Und ein Foto. Hier.«

Sie zog eine Farbkopie des Bildes aus ihrem Jackett und legte sie vor Roth auf den Tisch. Die Kopie war zerknickt, aber Vera haßte Umhängetaschen. Dieses Horten in Säcken, daß man sich fragen mußte, was Weiber ständig mit sich rumzuschleppen hatten.

»Andreas Marmann«, sagte sie. »Wird oder wurde gesucht wegen bewaffneten Raubes. Ihr müßtet das in euren Akten haben. Fünf Jahre Fremdenlegion, dann Söldner in einer anderen Truppe.«

»Kölner?«

»Ja, gebürtig.«

Roth studierte die Fotografie. Wenn er nicht lachte, war sein Gesicht eine einzige Hängepartie, und er glich mehr denn je einem Bernhardiner.

»Ich kann dir nichts versprechen. Wann brauchst du die Informationen?«

»So bald wie möglich.«

»Ich werde sehen, was sich machen läßt. Darf ich das Bild behalten?«

»Natürlich!«

Roth steckte die Fotokopie weg und bedachte Vera mit einem Augenzwinkern. »Fast wie früher, was?«

Sie waren ein Team in der Spurensicherung gewesen, bevor Vera den Dienst quittiert und die DeTechtei gegründet hatte. In letzter Zeit hatten sie seltener Kontakt, aber es war eine jener Freundschaften, die keiner ständigen Erneuerung bedurfte.

»Du solltest mal zum Essen kommen«, sagte Roth, während er daranging, ein triefendes Ungetüm von Salatblatt mundgerecht zusammenzufalten. »Marga würde sich freuen. Deine Gesellschaft würde ihr guttun.«

»Bald mal«, erwiderte Vera. »Laß mich den einen Fall zu Ende bringen, dann gerne.«

»Was glaubst du? Wirst du lange brauchen?«

Sie stürzte den Rest ihres Wassers herunter und schüttelte den Kopf.

»Nein. Nicht lange. Das ist nur eine Recherche. Nichts Aufregendes.«

Roth nickte. »Ja, aufregend ist eigentlich nichts mehr. Heute ist alles nur noch widerlich, und man wird selber widerlich, weil man sich dran gewöhnt.« Er schluckte. »Du hattest schon recht, auszusteigen. War gut so. Von den ganz bösen Sachen bleibst du jetzt wenigstens verschont.«

13.55 Uhr. Präsidium

Eine halbe Stunde später setzte sich Roth hinter seinen Schreibtisch und nahm die Kopie näher in Augenschein.

Das Foto hatte unregelmäßige Kanten, was in der Vergrößerung deutlich zutage trat. Es war zerschnitten worden. Außer dem Schwarzhaarigen mit der Waffe – ein Maschinengewehr Modell 1952, Kaliber 7,5mm x 57, wie Roth sofort erkannte – mußte noch jemand anderer mit abgelichtet worden sein. Es gab sonst keinen Grund, ein Foto zu halbieren, ausgenommen vielleicht, um die Identifikation der Örtlichkeit zu erschweren. Aber dieser Bathge hatte Veras Bericht zufolge Dschibuti, Guayana und Kuwait erwähnt, und hinter dem Mann auf dem Foto erstreckte sich klar und deutlich eine Wüste.

Es ging nicht um den Ort.

Die Zensur galt dem oder denen, die mit auf dem Bild gewesen waren. Mindestens einer, schätzte Roth. Die Schere war links angesetzt worden, fast das halbe Foto fehlte. Veras Auftraggeber schien peinlich darauf bedacht zu sein, ihre Aufmerksamkeit ausschließlich auf diesen Marmann zu lenken.

Warum? Was hätte Vera mit irgendwelchen anderen Personen anfangen sollen?

Nichts.

Dieser Bathge war ein Geheimniskrämer, wie es schien. Viele versuchten sich auf diese Weise wichtig zu machen. Möglicherweise hatte er das Foto auch schon lange vorher zerschnitten und nicht eigens für Vera.

Falls aber doch, ließ sich immerhin eines daraus schließen. Daß nämlich ...

Ein Kollege betrat den Raum und verwickelte Roth in ein Gespräch.

Roth schob die Kopie unter seine Schreibtischablage und vergaß, was er hatte fertigdenken wollen.

15.45 Uhr. Vera

Warum wollen Sie Marmann finden?

Damit er mich nicht findet.

Ebensogut hätte Bathge sagen können: Ich will ihn finden, bevor er mich findet.

Vera runzelte die Stirn, weniger über Bathges tiefgründige Bemerkung als vielmehr über sich selber. Das war nicht ihr Auftrag. Bathge hatte zur Bedingung gemacht, daß sie sich nicht in seine Angelegenheiten mischte, sondern schlicht und einfach diesen Marmann fand.

Warum saß sie jetzt da und machte sich Gedanken über den weggeschnittenen Teil eines Fotos, wenn sie für den sichtbaren Teil bezahlt wurde?

Wer war Simon Bathge?

Sinnlos, die Frage.

Wer ist Andreas Marmann, daran sollte sie sich halten. Nein, anders: Wo ist Andreas Marmann? Nichts weiter. Wo? Ah, hier! Dankebitte. Ciao!

So hatte das abzulaufen.

Damit er mich nicht findet ...

Was war denn so schlimm daran, von Andreas Marmann gefunden zu werden?

Vera drehte das Foto um, aber die Rückseite war glatt und leer. Sie vermutete, daß Roth zu denselben Schlüssen gekommen war wie sie. Sie pflegten eine innere Verwandtschaft. Wenn Vera aus dem abgeschnittenen Teil des Fotos folgerte, daß Bathge ihr etwas oder jemanden vorenthalten wollte, würde Roth das genauso sehen.

Sie nahm sich vor, mit ihm darüber zu reden. Alles konnte wichtig sein.

Andererseits ...

Vielleicht war das Foto schon ein Fragment gewesen, lange bevor Bathge beschlossen hatte, sie mit der Suche nach Marmann zu beauftragen.

Sie hatte kein Recht, seine Motive auszuloten.

Aber konnte sie ihm vertrauen?

Gab es überhaupt jemanden, dem sie vertrauen konnte außer Thomas Roth?

Die immer gleiche Frage. Die immer gleiche Antwort.

15.50 Uhr. Menemenci

Stell dir vor, das Dach platzt auf und eine riesige rosa Zunge entrollt sich in das Polizeipräsidium am Waidmarkt. Sie windet sich durch die zahllosen Gänge, einer wie der andere. Wen immer sie streift, der bleibt an ihr hängen, wild zappelnd, bis Hundertschaften an ihr kleben und sie sich, schwer von Beute, wieder herauszieht und die schreienden Körper einem monströsen Maul einverleibt.

Arik Menemenci klemmte Fotos vom Tatort Lindenstraße auf eine Metallschiene und fühlte sich verspeist.

Er hatte von dieser Zunge geträumt. Mehrfach. Er war zu einem befreundeten Psychologen gegangen und hatte ihm von den Träumen erzählt. Der Psychologe kannte seinerseits einen Traumforscher und erzählte dem die Träume weiter.

Darum wußte Menemenci mittlerweile, was die Zunge symbolisierte.

Hilflosigkeit. Ohnmacht.

Genau das, was er augenblicklich empfand.

Es gab Verbrechen, die Menemenci verstand. Er begriff die absurde Notwendigkeit bewaffneter Überfälle. Er konnte Prostitution, Betrug und Unterschlagung nachvollziehen. Insgeheim hatte er den einen oder anderen eingeschlagenen Schädel gebilligt, wenn die Opfer schlimmer gewesen waren als die Täter. Wer die Not der Gepeinigten mitempfand, lief Gefahr, sich an ihrem Haß zu berauschen. Menemenci wußte das und versuchte, die Gerechtigkeit den Paragraphen zu entreißen, ohne selbstgerecht zu sein. Es war ein Gang auf Messers Schneide, aber es konnte funktionieren.

Und dann gab es die unbekannte, fremde Welt, durch die er taumelte wie ein Blinder, unfähig, auch nur das geringste zu begreifen. Selbst wenn es ihm gelang, die Ungeheuer darin dingfest zu machen und bis ans Ende ihres Lebens einzukerkern, blieben sie fremde Wesen. Einen Verrückten einzusperren hieß, seinen Körper hinter Schloß und Riegel zu bringen. Seine Seele blieb unfaßbar.

Derjenige, der Mehmet Üsker zwischengehabt hatte, war ein Ungeheuer. Vor allem aber war er Üsker völlig fremd. Hier lag das Problem.

Warum war ein Ungeheuer ein Ungeheuer?

Es mochte Gründe geben, Üsker zu töten. Vielleicht sogar verständliche.

Nicht aber, ihm *das* anzutun.

Das Telefon schreckte Menemenci aus seinen Gedanken.

»Haben Sie die Zeitung gelesen?« fragte Krantz.

»Wozu?«

»Die reinste Prosa: *Der Lindenschlächter: Schlimmer als der Teufel!*«

»Was zum Teufel ist ein Lindenschlächter?«

»Das, was sich die Presse unter einem Schlächter aus der Lindenstraße vorstellt. Halt ein Lindenschlächter.«

»Die sind ja nicht gescheit.«

»Das war erst die Headline. Ich zitiere weiter: *Mehmet Üsker, über dessen schrecklichen Foltertod wir vergangene Woche exklusiv berichteten, mußte noch weit schlimmere Qualen erdulden als bislang angenommen. Informationen aus dem Pathologischen Institut der Stadt Köln zufolge wurde ihm die Haut ...* «

»Wieso denn das Pathologische Institut? Die haben nie im Leben irgendwas gesagt!«

»Anscheinend doch. Aber das beste kommt noch. Angeblich war's die PKK.«

»Was? Die ist verboten!«

»Wenn sie verboten ist, dann ist sie ja nicht weg.«

»Und wer soll das nun wieder gesagt haben?« stöhnte Menemenci.

»Wir«, erwiderte Krantz trocken.

»Das ist doch Unsinn!«

»Üsker hat vor zwei Jahren irgendwelche antikurdischen Pamphlete unterzeichnet. Ich vermute, jemand aus der Redaktion spielt gerade Sherlock Holmes.«

»Die haben nichts!« sagte Menemenci wütend. »Wenn die nicht wissen, was sie auf die Titelseite bringen sollen, dann schustern sie sich was zusammen! Als nächstes haben wir die Kurden an der Backe. Ich kann's nicht glauben. Diese Schmierfinken!«

»Tja. *Bad news are good news.* Sie lieben Üsker.«

»Und sonst?«

Es war zum Kotzen.

»Wir könnten etwas Hilfe gebrauchen«, sagte Krantz in nörgeligem Tonfall. »Ich habe Üskers halben Hausstand hier.«

»Quengeln Sie nicht. Ich hab die andere Hälfte.«

»Schon klar. Wir kramen alles durch, aber ich hab noch sieben weitere Fälle laufen. Offen gesagt, wir sind ein bißchen unterbesetzt.«

»Mhm. Na gut. Ich sehe, was sich machen läßt.«

Menemenci legte auf und überlegte, was als nächstes passieren würde. Irgend etwas mußte es geben, um den Tag vollends zu ruinieren.

Die Tür ging auf, jemand steckte den Kopf herein. Ein neues Gesicht.

»Sie sind bestimmt Herr Menemenci.«

»Bingo.«

»Haben Sie Hunger? Ich geh für alle was holen.«

Menemenci überlegte. Er war tatsächlich hungrig. Worauf hatte er Appetit?

»Vielleicht ein Döner Kebab?« fragte der andere mit strahlendem Gesicht. »Weil Sie doch ...«

Menemenci starrte ihn an.

Der Tag war vollends ruiniert.

18.10 Uhr. Vera

Ganz allmählich wurde es erträglicher. Immer noch brannte die Sonne vom wolkenlosen Himmel, aber ein paar Böen fegten durch die Straßen und kündigten das längst fällige Gewitter an.

Im Grunde war es zu heiß zum Joggen. Ausgenommen, man hieß Vera Gemini.

Sie lief federnd unter den Baumspalieren hindurch, die den Weg zum

Haus am See säumten. Von Zeit zu Zeit überholte sie andere Jogger, die verrückt genug waren, gegen zweiunddreißig Grad im Schatten und achtzig Prozent Luftfeuchtigkeit anzutreten. Die Qual stand ihnen ins Gesicht geschrieben. Vera hingegen fühlte sich, als liefe sie auf einem Teppich aus Energie, die sie, wann immer die Sohlen der Nikes auftrafen, wieder hochkatapultierte. Sie war vollkommen entspannt. Ihr Körper war durchtrainiert genug, Strapazen zu ertragen, an denen starke, ausdauernde Männer scheiterten. In den letzten drei Jahren hatte es keinen Tag gegeben, an dem sie nicht irgendeine Form von Sport betrieben hatte.

Die winzigen Ohrstöpsel jagten ihr Bowie ins Ohr. *Space Boy*, hundertvierzig *beats per minute*.

Auftreffen, abfedern, hochschnellen.

Ein fiependes Geräusch mischte sich in die Musik. Ohne im Laufen innezuhalten, drückte sie einen Knopf an dem ovalen Gehäuse, das sie am Gürtel trug.

Die Musik endete abrupt.

»Was treibst du gerade?« fragte Roths Stimme.

Vera lächelte. Der Sony-Transmitter arbeitete gut. Sie hatte sich für das kleinste und beste der Systeme entschieden. Der DAT-Recorder an ihrer Hüfte war mit einem Telefon und einem digitalen Aufnahmegerät gekoppelt. Die Ohrstöpsel übertrugen jetzt die Stimme Roths. Von ihrem linken Ohr bog sich, mit einer federleichten Klemme befestigt, ein dünnes Rohr bis kurz vor ihren Mund. Ein Hochfrequenzmikro.

»Ich laufe.«

»Was? Bist du wahnsinnig? Bei der Hitze?«

»Ich versuche in Form zu bleiben«, sagte sie. Ihre Stimme war ruhig wie ihr Puls. Kein Keuchen.

»Du könntest für die nächsten zehn Jahre aufhören, dich zu bewegen, ohne aus der Form zu kommen«, bemerkte Roth. »Ich wäre heilfroh, wenn ich zehn Prozent deiner Kondition hätte.«

»Selber schuld. Warum läufst du nicht mit?«

»Weil du mir davonläufst.«

Das traf zu. Ebenso wie der Umstand, daß sie ohnehin die Einsamkeit bevorzugte, wenn sie ihre Runden zog. Es half ihr, einen klaren Kopf zu bekommen. Laufen war Konzentration, Verinnerlichung, Reinigung.

Und Laufen war Unabhängigkeit.

Von allem und jedem.

Sie brauchte niemanden, dem sie hinterher- oder davonlief. Der sie zwang, ihr Tempo nach ihm auszurichten. Vera hatte beschlossen, daß nur ein Mensch wichtig genug war, um mit ihm Schritt zu halten.

Sie selber.

Weit vor ihr tauchte das *Haus am See* auf. Im kräuseligen Wasser spiegelte sich die Terrasse, als sei sie in Millionen Splitter zerborsten.

»Hast du was rausgefunden?« fragte Vera.

»Ja.«

»Und?«

»Du wirst enttäuscht sein. Marmann ist nach neunzig nicht mehr in Erscheinung getreten.«

»Aber es gibt eine Akte?«

»Ja. Im wesentlichen, was du schon wußtest. Anständiges Elternhaus, durchschnittlicher Lebenslauf. Schule, Studium, muß ich wohl nicht wiederholen. Dann arbeitslos. Vorbestraft wegen irgendeiner Schlägerei, eigentlich mehr verwarnt. Fünfundachtzig kam die Sache mit der Dresdner Bank am Rudolfplatz. Verurteilt zu sieben Jahren. Während der Fahrt ins Gefängnis schaffte er es, seinem Aufpasser die Waffe abzunehmen ...«

»Im Ernst? Wie kann man nur so blöde sein.«

»Weiß nicht. Vielleicht hat's was damit zu tun, daß Marmann seinerseits nicht blöde war. Ich hab sein Vernehmungsprotokoll gelesen. Kein dummer Mensch, wenngleich unbeherrscht und mit einem deutlichen Hang zur Gewalttätigkeit.«

»Mhm. Und weiter?«

»Nichts weiter. Er hat Köln verlassen. Was die Fremdenlegion betrifft, da weißt du mehr als wir. Es gab Hinweise, er habe sich nach Frankreich durchgeschlagen, das ist alles.«

»Was ist mit den Angehörigen?«

»Die Eltern haben in Ossendorf ein Häuschen. Sie wußten ebensowenig wie wir, wo ihr Sohn geblieben war.«

»Laufen die Ermittlungen noch?«

»Sind eingestellt. Ich kann dir also auch nicht sagen, ob seine Eltern noch leben oder unter der Adresse zu erreichen sind. Wenn du selber nachsehen willst, bitte.«

Sie schaltete den Recorder zu und zeichnete Straße und Hausnummer auf.

»Sonst was Bemerkenswertes?«

»Nein. Wäre der Job damit erledigt?«

»Was eure Daten angeht, ja. Vielleicht kannst du das Foto hier und da mal rumzeigen.«

»Es wird nichts dabei herauskommen«, sagte Roth. »Aber wenn du unbedingt willst.«

»Wär lieb von dir. Rufst du mich an, wenn du was hast?«

»Mach ich.«

Sie beendete das Gespräch und wählte die Nummer ihres Büros.

»DeTechtei Gemini, Strunk am ... «

»Ich bin's.«

»Ah, Vera. Thomas Roth hat versucht, Sie zu erreichen.«

»Ja, ich hab mit ihm gesprochen. Die sind da auch nicht schlauer als wir. Haben Sie was für mich?«

»Nein. In Köln ist kein Andreas Marmann abgestiegen. Ich habe die Hotels gecheckt. Wir können das Umland mit dazunehmen und die Privatpensionen, aber ... «

»Tun Sie das.«

»Ich glaube nicht, daß es viel bringt.«

»Machen Sie's trotzdem.«

»Wenn Sie meinen«, sagte Strunk mürrisch. »Es ist Ihr Geld.«

»Stimmt.«

»Na schön. Morgen setze ich mich dran und ... «

»Heute setzen Sie sich dran«, sagte Vera.

Einen Moment lang herrschte Schweigen.

»Vera«, sagte Strunk sehr ruhig, »ich habe Feierabend. Das erste Mal seit Wochen.«

»Was soll ich diesem Bathge sagen? Daß wir seinen Fall nicht weiter bearbeiten können?«

»Feierabend, Vera! Keine Ahnung, ob Sie wissen, was das ist, aber ich habe ihn und werde ihn auch antreten, und zwar jetzt.«

»Sie werden gar nichts! Detektive haben keinen Feierabend, geht das in Ihren Kopf? Wenn ich Sie schon jeden zweiten Vormittag als verschollen melden muß, kann ich wenigstens erwarten, daß Sie Ihre Hausaufgaben abends machen.«

»Ich war beim Arzt. Das wissen Sie genau.«

»Sie sind entschieden zu oft beim Arzt. Lassen wir die Diskussionen, ja? Sie checken die Pensionen und das Umland. Morgen nehmen wir uns die Makler vor.«

Am anderen Ende der Leitung stieß Strunk ein entnervtes Keuchen aus.

»Wir hatten kürzlich über Geld gesprochen«, sagte er.

Vera verdrehte die Augen.

»Ich dachte, ich hätte Ihnen meinen Standpunkt klargemacht.«

»Sie hatten einen Standpunkt, richtig.«

»Also.«

»Klargemacht würde ich das nicht nennen.«

»Erledigen Sie Ihre Hausaufgaben, dann reden wir.«

»Ich erledige meine Hausaufgaben! Vera, alles wird teurer! Das dürfte doch auch Ihnen nicht entgangen sein. Dann diese Mieterhöhung, und die Fahrtkosten hauen rein, und die Versicherungen schießen in die Höhe, was erwarten Sie denn?«

»Ich erwarte, daß Sie Ihren Job machen.«

»Ich verdiene zuwenig. Gehen Sie mal zu anderen ...«

»Sie verdienen zuviel.«

»Ach ja?«

»Was ist? Machen Sie nun, worum ich Sie gebeten habe?«

»Du kannst mich mal«, knurrte Strunk. »Ich hab's satt!«

»Wie war das?«

»Kahlgeschorene Frustzicke! Warum fickst du dich nicht selber, wenn's kein andrer tut?«

Die Leitung war plötzlich tot. Strunk hatte das Gespräch beendet. Vera fühlte, wie das Adrenalin in ihr hochkochte. Sie ballte die Fäuste und versuchte, nicht laut loszuschreien.

Neben ihr tauchte ein Jogger in grellbunten Leggins auf und grinste sie an.

Sie warf ihm einen zornigen Blick zu und beschleunigte ihr Tempo.

Wenige Sekunden später war er wieder an ihrer Seite. Verspiegelte Brille, sonnenbankgegerbt. Durchaus gutaussehend. Goldschmuck auf der glänzenden Brust.

»So allein?« keuchte er. Offenbar machte ihm das Klima zu schaffen.

Sie ignorierte ihn.

»Redest wohl nicht mit jedem, was?«

»Hau ab.«

Das Grinsen wurde breiter. Er rückte näher an sie heran.

»Warum so unfreundlich, Süße? Wir können doch ein Stück zusammen laufen.«

Vera biß die Zähne aufeinander.

»Hey! Lach doch mal. Ich heiß Luigi. Du wirst mich mögen. Alle mögen mich.«

Sie sah ihn an und grinste zurück.

»Zusammen laufen?« fragte sie. »Ein Stück?«

»Ein großes Stück«, nickte Luigi. »Und dann ...«

»Ist gut.«

Blitzschnell schoß ihre Rechte zu ihm hinüber. Sie packte sein Ohr und zog es nach unten. Luigi schrie vor Überraschung und Schmerzen auf. Er versuchte sich zu befreien, während er verkrümmt und fluchend neben ihr herstolperte.

»Süßer Luigi«, zischte Vera. »Dann wollen wir mal sehen, was du draufhast.«

Sie spannte die Muskeln und spurtete los, ohne den Jogger loszulassen. Luigi schlug nach ihr. Vera zog ihn weiter nach unten, bis sein Kopf auf Höhe ihrer Hüfte war.

»Du Mistvotze!« schrie Luigi. »Laß mich los. Ich schlag dich zusammen, ich ...«

Vera knurrte wütend und steigerte ihre Geschwindigkeit, bis sie über den ausgetrockneten Boden dahinfegten, sie mit kraftvollen, geschmeidigen Bewegungen, Luigi neben ihr eine lächerliche Erscheinung, zu beschäftigt mit Laufen, um sich wehren zu können, außerstande, sich loszumachen. Wann immer seine Hände hochfuhren, um sie zu packen, drückte sie zu und riß heftiger an seinem Ohr.

Der Knorpel knackte zwischen ihren Fingern.

Der Italiener heulte und schrie. Abermals legte sie Tempo zu und fühlte, wie er neben ihr erschlaffte.

»Was ist?« fuhr sie ihn an. »Machst du schlapp?«

»K ... kann nicht mehr ...«

»Du wolltest doch mit mir laufen. Auf einmal nicht mehr? Was ist denn los mit euch Kerlen?«

»... bitte ...«

Sie zerrte ihn ein weiteres Stück mit, angestarrt von den Spaziergängern, bis er sich plötzlich an die Kehle faßte und heftig taumelte. Er schaffte es, ihr sein Gesicht zuzuwenden. Der Blick war glasig, die Zunge hing heraus.

Endlich ließ sie ihn los. Sofort schlug er der Länge nach hin und blieb zuckend und keuchend liegen.

Vera lief weiter, ohne noch einen Blick an ihn zu verschwenden.

Sie fühlte sich etwas besser.

Dienstag, 24. August

8.55 Uhr. Vera

Als sie das Vorzimmer betrat, war Strunk nicht da. Mit bösen Vorahnungen ging sie weiter in ihr Büro.

Auf ihrem Schreibtisch lagen zwei Briefe.

Der eine war Strunks fristlose Kündigung. In dem anderen entschuldigte er sich für seinen Tonfall und teilte ihr mit, er habe seinen letzten Job in diesem Arbeitsverhältnis mit aller Gewissenhaftigkeit erledigt. Ein Andreas Marmann sei im Großraum Köln weder in einem Hotel noch in einer Pension abgestiegen. Er bedauerte die unerfreuliche Entwicklung ihrer Zusammenarbeit und wünschte ihr alles Gute.

Er hatte es keine drei Monate ausgehalten.

Immerhin. Zwei Wochen länger als sein Vorgänger.

Vielleicht sollte sie aufhören, Männer einzustellen. So schlecht war Strunk im Grunde nicht gewesen, nur daß er es nicht fertiggebracht hatte, einer Frau zuzuarbeiten.

Aber sie wollte keine Frau.

Einen Moment lang spielte sie mit dem Gedanken, Roth anzurufen und sich bei ihm auszuheulen. Aber sie wußte, was er sagen würde. Hör auf, deine Angestellten büßen zu lassen, dann werden sie bleiben.

Sie würde schuld sein. Wie immer.

Achselzuckend ging sie ins Vorzimmer, um Kaffee zu machen. Der Anrufbeantworter blinkte. Sie drückte »Message« und suchte zwischen Würfelzucker und Kaffeepulver nach den Filtern.

»Bathge hier. Geht's Ihnen gut?«

Sie horchte auf.

»Wenn es Ihnen paßt, würde ich Sie gerne heute mittag treffen. Sagen wir um zwölf. Ich erwarte Sie unterhalb der Bastei am Rheinufer. Mir ist noch etwas eingefallen, das Sie vielleicht wissen sollten.« Er machte eine Pause. »Ich hoffe, es ist kein Problem, wenn ich so einfach über Ihre Zeit verfüge. Falls Sie bis ein Uhr nicht da sind, werde ich wieder gehen und nachmittags noch mal anrufen. Aber es wäre schön. Bis dann.«

Vera überlegte. Sie hatte in anderen Fällen verschiedenes zu recherchieren. Eine Scheidungssache, wiederholte Langfingerei in einer Werbeagentur am Hohenzollernring, Sabotage in einer Firma für Detektoren. Nachdem Strunk gekündigt hatte, mußte sie wieder alles alleine machen.

Sie beschloß, das Treffen wahrzunehmen. Falls Bathge weitere Informationen für sie hatte, würde sich der Weg auf alle Fälle lohnen.

Kurz überlegte sie, ob sie Bathge sympathisch finden sollte.

Hinter einer Dose Kekse entdeckte sie endlich die Filter, füllte einen davon mit Kaffeepulver, goß Wasser in die Maschine und schaltete sie ein. Nach wenigen Sekunden begann die Maschine zu gurgeln und zu zischen. Sie ging zurück in ihr Büro.

Unsympathisch war er jedenfalls nicht.

10.18 Uhr. Präsidium

Den Vormittag über spazierte Roth, wann immer er Zeit hatte, in alle möglichen Zimmer. Er lobte die erfrischende Wirkung des Gewitters, das in der Nacht krachend und blitzend über Köln hereingebrochen war, ließ sich zum Kaffee einladen und zog das Bild hervor.

Niemand wußte etwas über Marmann. Niemand kannte sein Gesicht. Diejenigen, die ihn damals festgenommen und verhört hatten, waren alle versetzt worden. Marmann schlummerte als Akte im Archiv und als Datei im Speicher.

Roth hatte nichts anderes erwartet. Er überschlug im Geiste die Menge Kaffee, die er getrunken hatte, kam auf fünf Tassen und befand das als genug.

Er würde Vera sagen, daß sie woanders suchen mußte.

Auf dem Weg in sein Büro kam ihm Krantz entgegen. Roth mochte ihn nicht sonderlich. Ein ewig schlechtgelaunter Kahlkopf. Arbeitete mit dem dicken Kommissar zusammen, dessen Nachname Mementschi war oder so ähnlich.

Dennoch wünschte Roth ihm einen guten Morgen, obgleich es fast zwölf war.

Krantz blieb stehen.

»Wüßte nicht, was an dem Morgen gut sein sollte.«

»Tja.« Roth bemühte sich um eine mitfühlende Miene. »Die Welt ist schlecht.«

»Sie ist grauenhaft«, erwiderte Krantz. Er ging langsam weiter. Roth schloß sich ihm an. »Haben Sie von der Mordsache Üsker gehört?«

»Der Türke, den sie totgefoltert haben?«

»Mein Fall«, sagte Krantz und kniff die Lippen zusammen. »Hab mich nicht gerade drum gerissen.«

Roth senkte seine Stimme. »Ist es wahr, was die Zeitungen geschrieben haben?«

»Das mit der PKK? Quatsch.«

»Ich meine, was die mit ihm gemacht haben.«

»Der, die, keine Ahnung. Ja, Üsker hatte lieben Besuch, er war nicht wiederzuerkennen.«

»Schrecklich.«

»Wollen Sie Bilder sehen? Ich bin gerne bereit, diese entzückende Erfahrung mit aller Welt zu teilen.«

»Offengestanden, nein ... «

Sie erreichten den Fahrstuhl. Krantz zog ein Päckchen Zigaretten hervor und stellte fest, daß es leer war. Sein Gesicht nahm endgültig den Ausdruck düsterster Verzweiflung an.

Roth wandte sich zum Gehen um. Dann entschied er sich anders und bot Krantz eine von seinen an.

Krantz' Stirn glättete sich. Er nahm die Zigarette und steckte sie in den rechten Mundwinkel. Roth gab ihm Feuer.

Vor ihnen schoben sich die Aufzugtüren auseinander.

»Kommen Sie«, sagte Krantz. »Ich lade Sie auf einen Kaffee ein.«

Schon wieder.

»Ich müßte eigentlich zurück«, sagte Roth zögernd.

»Dann einen Espresso. Geht schnell. Wir haben auf der Etage einen Automaten, der mischt Kaffee mit Kakao. Gar nicht so übel.«

Während sie gemeinsam nach unten fuhren, dachte Roth, daß er Krantz nun eigentlich auch das Foto zeigen könnte.

Krantz' Büro lag im ersten Stock. Als sie eintraten, glaubte Roth zuerst, in einen Bazar geraten zu sein. Jeder Winkel war vollgestellt mit irgendwelchen Sachen.

»Was tun Sie hier?« fragte er.

Krantz' Arm beschrieb eine Geste, die gleichermaßen allumfassend wie resignierend wirkte.

»Persönliches Hab und Gut von Üsker.«

»Warum ist das nicht bei uns?«

»Die Spurensicherung hat schon das meiste. Das hier untersuchen wir auf Anhaltspunkte aus seiner Vergangenheit.« Er deutete hinüber auf eine Metaplanwand. »Fotos und Briefe. Zeug, das er in einer Kiste verwahrt hielt. Viel hat er nicht besessen. Milch?«

»Was?«

»Wollen Sie Milch in Ihren Espresso?«

»Äh … nein, danke.«

»Warten Sie, bin gleich zurück.«

Krantz verschwand nach draußen auf den Gang. Roth rieb sich die Nase und bedauerte es, hergekommen zu sein. Der Mann mochte zehnmal Espresso für ihn holen, das machte ihn nicht sympathischer. Er fingerte nach der Kopie in seiner Jackentasche und hoffte, sich schnell wieder verdrücken zu können, ohne unhöflich zu wirken.

Krantz ließ auf sich warten.

Langsam ging Roth vor der Metaplanwand auf und ab. Er hatte schon zuviel Zeit vertrödelt. Auf seinem Schreibtisch stapelte sich die Arbeit nicht weniger als hier.

Pech für Vera.

Seine Finger bekamen die Kopie zu fassen und zogen sie hervor. Im gleichen Moment fiel sein Blick auf die Metaplanwand.

Und da war …

Er konnte es nicht glauben!

»So, zweimal Espresso!«

Hastig fummelte Roth die Kopie wieder in seine Innentasche und wandte sich um.

»Das ist aber nett.«

»Naja.«

Krantz trat vor seinen Schreibtisch und machte sich zwischen Stapeln von Akten zu schaffen.

»Wir kommen keinen Schritt weiter«, sagte er. »Da wird einer bei lebendigem Leib zerschnippelt, und wir haben nicht die Ahnung einer Spur.«

»Wann haben Sie ihn gefunden?«

»Vergangenen Samstag.«

Roth deutete auf die Metaplanwand. »Und diese Fotos hier … «

Krantz sah auf und kam zu ihm herüber. Sein Finger tippte energisch gegen das Bild, das Roth so sehr in Bann geschlagen hatte.

»So! So hat die arme Sau mal ausgesehen.«

»Das ist Üsker?«

»Das war Üsker!«

Roth starrte das Foto an.

»Danke für den Kaffee«, murmelte er.

10.56 Uhr. Ossendorf

Sie war aufs Geratewohl hingefahren, aber offenbar kam sie zur falschen Zeit.

Vera schellte noch einmal und wartete. Ihr Blick wanderte über die braunen und anthrazitgrauen Reihenhäuser zu beiden Seiten. Fenster und Türen auf Öffnungen reduziert, fast zwanghaft sachlich. Mit Vorgärten, in denen Ganzjahrespflanzen ein zurechtgestutztes Leben führten. Sie fragte sich, ob man den eilig hochgezogenen Nachkriegsbauten nicht wenigstens eine Andeutung von Charme hätte verleihen können. Nichts Aufwendiges. Nichts, was die Bauarbeiten in die Länge gezogen hätte. Nur eben soviel, daß Häuser draus geworden wären und keine Kästen.

Aber vielleicht hatten sie damals ohne Liebe gebaut aus Angst, es könne erneut alles in Trümmer fallen. Die Mühe schien nicht zu lohnen. Noch einmal etwas schaffen, das man lieben könnte, nur um es dann wieder zu verlieren, da bediente man lieber den Kopf und ließ das Herz außen vor. Die Vernunft war freudlos, aber unverwundbar.

Vera fröstelte trotz der Hitze.

Ein Fensterchen war in die Tür des Einfamilienhauses eingelassen. Dahinter strafften sich billige weiße Gardinen. Ihr Gesicht spiegelte sich in dem Glas. Mit zusammengezogenen Brauen drehte sie leicht den Kopf und betrachtete sich im Halbprofil. Was sie sah, beunruhigte sie, ohne daß sie zu sagen wußte, warum. Sie beschloß zu gehen.

Im selben Moment wurden hinter der Türe Schritte laut.

»Was wollen Sie?« rief eine Stimme dumpf von innen.

Also doch.

»Mein Name ist Gemini«, sagte Vera. »Ich bin auf der Suche nach Andreas Marmann.«

»Der wohnt hier nicht.«

Vera lächelte freundlich. Sie wußte, daß sie durch das Fensterchen beobachtet wurde.

»Ich weiß, daß er hier nicht wohnt«, sagte sie. »Könnte ich vielleicht mit Ihnen sprechen?«

»Wer sind Sie?«

»Ich bin Privatdetektivin und ... «

»Eine Detektivin? Verschwinden Sie!«

Vera runzelte die Stirn und verstaute das Lächeln wieder in der Requisite. So kam sie nicht weiter.

»Frau Marmann?«

Schweigen.

»Sie sind doch Frau Marmann?«

Hinter der Tür war ein Schlurfen zu hören, dann ein unterdrücktes Husten.

»Die Polizei interessiert sich für Ihren Sohn«, log Vera. »Es wäre besser, wenn wir uns kurz unterhalten. Ich meine, es wäre besser für Sie und Ihren Sohn.«

Kein Laut.

»Ich kann Ihnen vielleicht helfen.«

Es verging ein weiterer Augenblick der Stille. Dann hörte Vera das Zurückschnappen des Riegels und das Klacken der Kette.

Langsam schwang die Türe auf.

Vera mußte den Kopf senken, um der Frau ins Gesicht sehen zu können, die jetzt vor ihr stand. Die Alte war krumm vom Rheuma. Das spärliche graue Haar trug sie streng zurückgekämmt und zu einem Knoten gebunden. Mißtrauische Augen blinzelten sie zwischen zugeschwollenen Lidern an.

»Was ist denn nun so wichtig?« fragte sie barsch.

Vera versuchte es wieder mit Lächeln.

»Darf ich einen Augenblick reinkommen?«

»Hm.« Frau Marmann legte den Kopf schief, kniff die Augen noch mehr zusammen und sah nach hinten.

»Kurt?«

Ein Mann trat aus dem Dunkel der Diele. Vera schätzte ihn mindestens so alt wie die Frau. Trotzdem wollte er nicht zu ihr passen. Er war hochgewachsen und schlank, fast athletisch, mit vollem schwarzem Haar und schmalem Schnurrbart. Eindeutig hatte er einmal sehr gut ausgesehen.

Und ebenso eindeutig war er der Vater des Mannes auf dem Foto.

»Alles ist immer wichtig«, sagte er grußlos. »Alle wollten uns damals helfen und haben uns ständig erzählt, wie wichtig alles sei. Wen soll das noch interessieren?«

»Sie«, sagte Vera und sah ihn an. »Es geht immerhin um Ihren Sohn.«

»Haben Sie was von ihm gehört?«

»Nein. Sie?«

Der Mann betrachtete sie prüfend. Er schien zu überlegen, ob er ihre Frage beantworten sollte oder nicht.

Schließlich schüttelte er den Kopf.

»Niemand weiß, wo er geblieben ist. Warum kommen Sie jetzt nach all den Jahren und stellen diese Frage?«

Vera zog das Foto hervor und gab es der Frau. Sie beugte sich darüber, bis ihre Nasenspitze fast das Papier berührte.

»Das ist Andi!« rief sie überrascht. Offenbar hatte sie das Bild noch nie gesehen.

Der alte Marmann nahm es ihr wenig behutsam aus den Fingern und starrte es eine Weile an.

»Es ist Andi«, wiederholte sie wie ein Kind. Plötzlich klang ihre Stimme sehr weich. Sie zupfte ihn am Ärmel und sah zu ihm auf. Er schenkte ihr keine Beachtung, sondern fixierte weiter das Foto.

»Wo haben Sie das her?« knurrte er.

Vera zuckte die Achseln.

»Ich kann Ihnen nicht helfen, wenn Sie mir nicht helfen.«

Er schob angriffslustig das Kinn nach vorne. »Junge Dame, Sie machen einen großen Fehler, wenn Sie glauben, daß wir an Andis Verbleib interessiert wären. Unser Sohn hätte was werden können. Statt dessen zog er es vor, eine Bank zu überfallen und dann sang- und klanglos das Weite zu suchen.«

»Nachdem man ihn verhaftet hatte.«

»Er hätte die paar Jahre absitzen sollen wie ein Mann!« sagte der Alte zornig.

»Hat er sich nie bei Ihnen gemeldet?«

»Nein. Warum suchen Sie ihn überhaupt?«

»Ich habe den Auftrag, ihn zu suchen.«

»Von wem?«

»Ich darf vorerst keine Namen nennen. Tut mir leid.«

»Dann tut's mir auch leid.« Er grinste boshaft. »Ich kann Ihnen nicht helfen, wenn Sie uns nicht helfen.«

»Glauben Sie denn, daß Sie Andreas finden können?« fragte die alte Frau. Alle Härte war aus ihren Zügen verschwunden. Sie sah zu ihrem Mann hoch, verdrehte mühsam den Kopf, weil ihr zusammengepreßter Rücken es nicht anders zuließ.

»Sie wird niemanden finden«, sagte Marmann mürrisch.

Ihr Blick bekam etwas Flehendes. »Aber wenn ...«, begann sie zaghaft.

»Nein!« Er schlug mit geballter Faust gegen den Türrahmen. »Andreas hätte bleiben sollen. Alles andere war falsch, ganz gleich, was er danach getan hat.«

»Was hat er denn danach getan?« fragte Vera schnell.

Er verstummte.

»Vielleicht finde ich ihn ja«, sagte Vera leise.

Er schüttelte den Kopf, drehte sich um und ging mit hängenden Schultern wieder in den düsteren Flur.

»Verschwinden Sie«, murmelte er.

Seine Frau blickte ihm nach. Dann rückte sie ein Stück näher an Vera heran.

»Bitte sagen Sie mir ehrlich, warum Sie Andi suchen.«

Vera zuckte die Achseln. »Ich habe kein persönliches Motiv. Ein Freund hat mich beauftragt. Ein Freund von Andreas. Er hat ihn damals aus den Augen verloren.«

Sie nickte. »Können Sie mir den Namen dieses … Freundes sagen?«

»Nein. Beim besten Willen, nein.«

»Und dennoch glauben Sie, daß Sie uns helfen können.« Sie machte eine Pause. »Nein, nicht glauben. Sie behaupten es ja nur. Warum? Sie kennen uns doch gar nicht. Sie haben kein ehrliches Interesse an uns. Wobei wollen Sie uns helfen?«

»Ihren Sohn zu finden. Wäre das keine Hilfe?«

Die alte Frau starrte an ihr vorbei die Straße hinunter. Ihr Blick verlor sich zwischen den graugrünen Pflanzen in den Vorgärten.

»Andi hatte komische Freunde. Er«, sie wies mit schwacher Geste hinter sich; »Er« war offenbar ihr Mann, »tut ständig so, als sei es ihm egal. Selbst jetzt noch, nach all den Jahren. Mittlerweile weiß ich nicht mehr, was in seinem Kopf vorgeht. Was er tun würde, wenn Andi jetzt in der Tür stünde.« Plötzlich verzogen sich die müden, verquollenen Züge zu einem Lächeln, und sie sah Vera an. »Sie müssen entschuldigen. Wir wissen wirklich nichts.«

»War Ihr Sohn ein guter Junge?« fragte Vera. Ungewollt mischte sich Zynismus in ihren Tonfall.

»Gut?« Frau Marmann zögerte. »Jedes Kind ist gut, wenn es das eigene ist.«

»Ja, natürlich.«

»Ich weiß, worauf Sie hinauswollen. Dieser Überfall. Und wenn schon! Hatten Sie nie das Gefühl, sich revanchieren zu müssen, wenn alle auf Ihnen herumtrampeln?«

Vera suchte nach einer Antwort, die ihr ein ›Doch‹ ersparen würde.

»Sind Sie auch auf ihm herumgetrampelt?« fragte sie statt dessen. »Sie und Ihr Mann?«

Sie wußte, daß sie zu weit ging. Aber manchmal funktionierte es.

Frau Marmann stieß ein leises Lachen aus.

»Glauben Sie bloß nicht, Sie wären die erste, die nach Andi sucht«, sagte sie, ohne auf Veras Frage einzugehen. »Für Leute wie Sie haben wir damals eine Menge Geld ausgegeben. Keiner ist sonderlich weit gekommen. Wir sind seine Eltern, und wir haben aufgegeben, können Sie das verstehen? Und da erzählen Sie uns was von einem Freund. Welcher Freund, Herrgott noch mal? Was sollte uns interessieren, wer ihn alles sucht?«

»Wer denn noch?«

»Niemand. Seit Jahren nicht.«

»Hat er sonst keine Verwandten?«

»Hören Sie zu, mein Kind. Ich weiß nicht, wer Sie sind und was Sie von Andi wollen. Wahrscheinlich ist es dumm, Ihnen zu vertrauen, aber es läuft ohnehin alles verkehrt. Ich mag sie irgendwie. Andi hat eine Schwester. Suchen Sie bei ihr. Wir pflegen nicht sonderlich viel Kontakt untereinander, aber sie wird Ihnen mehr erzählen können, als ich es kann.«

»Warum sollte sie mir mehr erzählen können als Sie?«

Die Frau schüttelte den Kopf und griff unendlich langsam nach dem Türknauf.

»Gehen Sie zu ihr«, sagte sie.

12.00 Uhr. Rheinufer

Um die Mittagszeit glich die Stadt einer überbelichteten Fotografie. An Stelle des sommerlichen Blaus war reines Weiß getreten. Es war drückend schwül. Dennoch zog Vera es vor, den Blazer auch diesmal anzubehalten.

Sie sah Bathge schon von weitem am Geländer unterhalb der Bastei lehnen. Sein Blick war aufs Wasser gerichtet.

»Haben Sie keine Angst, erkannt zu werden?« fragte sie spöttisch, als sie neben ihn trat.

Er wandte ihr den Kopf zu und lächelte.

»Doch«, sagte er.

»Marmann«, konstatierte sie.

»Marmann kann nicht überall zugleich sein. Übrigens wollten Sie keine Fragen stellen.«

»Ich habe keine Frage gestellt. Sagen Sie mal, Herr Bathge, wohnen Sie eigentlich in Köln?«

»Sie wollten immer noch keine Fragen stellen.«

Vera lehnte sich neben ihn und kniff die Augen gegen das gleißende Licht zusammen.

»Ich war bei Marmanns Eltern«, sagte sie.

»Und? Konnten sie Ihnen weiterhelfen?« Bathge schien nicht sonderlich beeindruckt.

»Wie man's nimmt. Der Vater scheint seinen Sohn in die Hölle zu wünschen, die Mutter hebt ihn in den Himmel. Sie wissen nichts.«

»Das war schon immer so. Immer hat der Alte auf ihm rumgehackt.«

»Sie kennen seine Eltern?«

»Natürlich. Als Kind bin ich oft dagewesen.«

Vera schwieg.

»Okay, was soll das alles?« sagte sie nach einer Weile. »Sie hätten ebensogut selber hingehen können. Wozu schicken Sie mich?«

»Sie werden dafür bezahlt.«

»Dafür? Wofür?«

»Daß ich Sie notfalls an den Südpol schicke.«

»Nein, falsch. Ich werde dafür bezahlt, daß ich mir Gedanken mache. Augenblicklich denke ich darüber nach, ob ich Ihren Fall weiter bearbeiten will.«

»Na, kommen Sie, nicht so empfindlich. Was sollte Sie daran hindern?«

»Ihr blödes Getue.«

»Oh. Vielen Dank.« Er stieß sich vom Geländer ab und berührte sie sacht am rechten Oberarm. »Sollen wir ... ?«

Sofort entzog sie sich ihm.

»Gehen wir ein Stück?« schlug er zögerlich vor.

»Ja. Können wir machen.«

Sie verfielen in einen langsamen Schlenderschritt. Bathge war nicht größer als sie, stellte sie fest. Es hatte Zeiten gegeben, da konnten ihr die Männer nicht groß genug sein.

Keine Sekunde dachte sie daran, den Fall sausen zu lassen. Aber wenn sie ihn zappeln ließ, würde sie womöglich mehr über ihn erfahren.

»Mir ist schon klar, daß Sie die Geheimniskrämerei nicht mögen«, sagte Bathge. »Natürlich hätte ich zu Marmanns Eltern gehen können, aber wozu das Risiko?«

»Sie fürchten Marmann.«

»Ob ich ihn fürchte, können Sie sich selbst beantworten. Gestern haben Sie mich gefragt, warum ich ihn finden will. Ich hab's Ihnen gesagt.«

»Ja, ich weiß.«

»Marmann ist schlau. Es gibt tausend Möglichkeiten, ihn auf meine Spur zu locken. Ich habe daran kein ausgeprägtes Interesse.«

»Warum?«

»Aus verschiedenen Gründen.«

»Vielleicht hat er Sie ja schon längst gefunden.«

Bathge schüttelte den Kopf. »Warum stellen Sie unablässig Fragen? Der Job ist mit keinerlei Risiken für Sie verbunden. Finden Sie Marmann, nehmen Sie das Geld, und der Rest ist meine Sache.«

»Na gut. Einiges weiß ich schon. Offiziell ist Marmann nicht in der Stadt, soviel kann ich sagen. Nicht gemeldet, nirgendwo abgestiegen, zumindest nicht unter seinem Namen.«

»Hat die Kripo was von ihm gehört?«

Bathge schien vorauszusetzen, daß sie über entsprechende Kontakte verfügte.

»Nein.«

»Das dachte ich mir.«

Schweigend gingen sie nebeneinander her. In kurzen Abständen kamen ihnen Skater entgegen, die mal elegant, mal ungeschickt zwischen Spaziergängern, Fahrradfahrern und Hunden hindurchkurvten.

»Marmann war fünf Jahre in der Fremdenlegion«, sagte Bathge. Er zog ein Päckchen Zigaretten hervor und zündete eine an. »Danach verdingte er sich bei ZERO. Eine ganz andere Qualität als die französische Halunkentruppe. Den Begriff Qualität müssen Sie relativieren, es geht hier nicht um Ehre, sondern um Effizienz. ZERO war ein Verbund von Spezialisten mit Sitz in Marokko – Fallschirmjäger, Kampftaucher, Scharfschützen, Leute, die Expeditionen durch die halbe Welt geleitet hatten und wußten, wie man in sengender Hitze und eisiger Kälte überlebt. Techniker, Zeichner, Klimatologen, Sprengstoffexperten und Bombenentschärfer. Sogar Psychologen. Ich kann Ihnen nicht genau sagen, was Marmann dort gemacht hat. Er war vor allem ein guter Schütze, also denke ich, sie werden ihm die entsprechenden Aufgaben zugewiesen haben. Unser Kontakt zu dieser Zeit war mehr als dürftig. Ein Brief, aus dem ich erfuhr, wo er gelandet war. Seither Funkstille. Wie gesagt, nach neunzig verlor ich vollends seine Spur.«

»Und er Ihre.«

Bathge zwinkerte. »Wie kommen Sie darauf?«

»Sie wollen Marmann finden, bevor er Sie findet. Also tappt er hinsichtlich Ihres Aufenthaltsorts im dunkeln. Sind Sie damals umgezogen, nachdem er Ihnen geschrieben hatte?«

»Ja.«

»Und bis dahin lebten Sie in Köln?«

»Es tut nichts zur Sache, wo ich lebte. Wenn Sie die oberste Heeresleitung von ZERO ausfindig machen, werden Sie einen guten Schritt weiterkommen. Mehr wollte ich Ihnen eigentlich nicht sagen.«

»Das hätten Sie mir ebensogut gestern sagen können.«

»Ich dachte, Sie kämen von selber drauf. Aber ich hab's wohl ein bißchen übertrieben.«

»Sie denken komische Sachen. Gibt's noch was, das ich wissen müßte?«

»Nein.«

»Warum gehen Sie nicht selber an ZERO ran?«

»Aus demselben Grund, warum ich den Kontakt zu Marmanns Eltern meide. Wenn Sie aufkreuzen oder Fragen stellen, ist das bei weitem unverfänglicher. Sie könnten Marmann aus tausend Gründen suchen. Es gibt einen Haufen Leute, die gern wüßten, wo er sich rumtreibt. Sagen Sie den Söldnern einfach, Marmanns Familie habe Sie beauftragt. Daran wird keiner Zweifel hegen.«

»Frau Marmann machte Andeutungen, die Familie hätte schon früher sehr viel Geld für Detektive ausgegeben«, sagte Vera. »Ohne Erfolg.«

Bathge lächelte. Zigarettenrauch floß über seine Lippen.

»Die wußten eben nicht, was ich weiß. Nichts von ZERO. Wahrscheinlich auch nichts von der Legion.«

»Aber Sie wußten es.«

»Ja.«

Vera runzelte die Stirn.

»Wenn Sie als einziger Marmanns Aufenthaltsort kannten, müssen Sie und er sich ziemlich nahe gestanden haben.«

»Das würde ich nicht bestreiten.«

»Hm.« Sie sah nachdenklich hinaus auf den glitzernd dahinfließenden Strom. »Sie suchen Marmann, er sucht Sie. Doch wohl nicht, weil er Sie immer noch so lieb hat.«

»Ich habe nicht gesagt, daß er mich sucht.«

»Sie haben gesagt, Sie wollen nicht von ihm gefunden werden.«

»Das ist was anderes.«

»Ach so. Tja. Schade.«

Bathge schwieg. Als er merkte, daß sie ohne Aufforderung nicht weitersprechen würde, sagte er mit einem Seufzen: »Okay. Was ist schade?«

»Daß Sie einen solchen Affenzirkus um Ihre Person veranstalten. Wenn ich mehr über Sie wüßte, könnte ich Marmann schneller aufstöbern.«

Zwischen Bathges Brauen entstand eine steile Falte.

»Was hat das mit mir zu tun?«

»Er scheint sich ja wohl irgendwie für Sie zu interessieren.«, sagte Vera. »Verraten Sie mir, warum, und ich setze dieses Wissen ein, um ihn zu finden.«

»Ach, die gute alte Falle. Und Sie meinen, er wird kommen?«

»Vielleicht.«

»Wer oder was wäre der Köder?«

»Das weiß ich eben nicht. Ich habe nicht die geringste Ahnung, was zwischen Ihnen und Marmann vorgefallen ist.«

Er lachte. »Sagen Sie's doch geradeheraus. Der Köder wäre ich.«

»Naja.«

»Sehr schön gedacht. Aber ich glaube, dieses Wissen würde Ihnen gar nichts nützen, nicht das geringste. Ich will Marmann nicht anlocken, ich will einfach nur in Erfahrung bringen, wo er sich aufhält. Halten Sie einem Hund irgendwas unter die Nase, und er läuft los und findet die dazugehörige Person. Der Hund stellt keine Fragen, er macht seinen Job. Ich habe Ihnen ZERO unter die Nase gehalten, das ist weit mehr, als ich vorhatte. Warum tun Sie nicht einfach so, als gäbe es mich gar nicht, laufen los und suchen?«

Vera blieb stehen und ließ ihren Blick über die Silhouette der Domtürme wandern. Fesselballons hingen am Himmel wie riesenhafte umgedrehte Wassertropfen. Von Zeit zu Zeit konnte sie das Fauchen der Feuerstöße hören.

Es sah aus, als sei die Welt zum Stillstand gekommen.

Bilder, die sich einbrennen. Das erste, was du siehst, wenn du nach dem plötzlichen Schmerz und dem Schock die Augen öffnest. Unwichtig und banal, irgend etwas. Dennoch, du starrst darauf und wirst den Anblick nie vergessen, weil der Moment unmittelbar davor alles verändert hat.

»In Ordnung«, sagte sie. »Ich mache meinen Job. Sie werden Ihren Marmann bekommen.«

»Gut.«

»Im übrigen, sollten Sie es noch einmal wagen, mich mit einem Hund zu vergleichen, wird der Hund Sie beißen. Dahin, wo's am meisten weh tut. Habe ich mich einigermaßen verständlich ausgedrückt?«

Bathge erwiderte ruhig ihren Blick.

»Es tut mir leid«, sagte er.

Es tut mir leid.

Wie oft schon hast du das gehört. Weinerlich, pathetisch, salbungsvoll, in allen nur erdenklichen Variationen. Eine Folter aus vier Worten.

Es tut mir leid.

Aber diesmal klang es anders.

Aufrichtig.

Sie betrachtete Bathge. Kein Pathos. Kein falsches Bereuen. Er schien es ernst zu meinen.

Hatte sie überreagiert?

Ach, wissen Sie, die blöde Kuh hat überreagiert, Sie kennen ja die Weiber, und da habe ich ...

Verdammt, es ist doch gar nichts gewesen! Vera hat völlig überreagiert, sie ...

Schatz, reg dich nicht auf, du hast ein bißchen überreagiert ...

Sie ist hysterisch, sie hat ...

Vera nahm ihren Schlenderschritt wieder auf. Bathge schloß sich ihr an.

»Und wie bleiben wir in Kontakt?« fragte sie.

»Ich rufe Sie an«, erwiderte er. »Sind Sie ständig erreichbar?«

»Im allgemeinen ja.« Sie zog ein flaches Etui aus Sterlingsilber aus der Tasche des Blazers und gab ihm eine Karte. »Die oberste Nummer haben Sie schon, mein Büro. Die beiden anderen sind Handynummern. Unter einer bekommen Sie mich immer, wenn ich nicht gerade irgendwo hinterm Vorhang stehe und glotze.«

»So was tun Sie?« grinste er.

»Um Ihnen alle Illusionen zu nehmen – ja. Mein Vorhang ist der Monitor. Meine Augen sind Kameras. Aber es läuft auf dasselbe hinaus.« Plötzlich, obwohl sie immer noch ärgerlich war, mußte auch Vera grinsen. »Der Hund macht seinen Job.«

Bathge nickte. »Ja, irgendwas muß man tun, um nicht verrückt zu werden.« Er sah sie forschend an. »Waren Sie eigentlich jemals weg? Ich meine, so richtig. Auf einem anderen Planeten.«

»Hm.« Der plötzliche Themensprung überraschte sie. »Komische Idee.«

»Nein, gar nicht. Sie sitzen da und betrachten die Erde aus einer gewaltigen Distanz. Ein Lichtpünktchen. Aber Sie spüren, was Sie mit diesem Punkt verbindet, ganz gleich, wo Sie sich aufhalten. Es ist die Erde, Ihre Erde, die Sie sehen. Und da ist jemand, der sieht auch Sie. Er sieht zu Ihnen hin und paßt ein bißchen auf.«

Vera schwieg.

»Aber dann«, fuhr Bathge fort, »eines Tages, suchen Sie den vertrauten Punkt, und er ist einer unter Milliarden geworden. Die Erde ist verschwunden. Je mehr Sie nach ihr suchen, desto endgültiger wird die Gewißheit, daß die Verbindung abgerissen ist und daß auch Sie nicht mehr gesehen werden. Diese letzte Erkenntnis ist die schlimmste. Daß die anderen Sie nicht mehr sehen können.«

»Und warum nicht?«

»Weil Sie auf der dunklen Seite sind.«

Vera stieß die Luft durch die Nase. »Wozu erzählen Sie mir das alles?«

»Sie wollten, daß ich Ihnen mehr erzähle.«

»Ich wollte mehr Informationen.«

»Das *ist* eine Information.«

Sie überlegte.

»Und? Wie ist es auf der dunklen Seite?«

»Das frage ich Sie.«

»Ich weiß nicht, was Sie meinen.«

»Doch, das wissen Sie genau. Wir alle kennen die dunkle Seite.« Er lächelte. »Meine Geheimnisse gegen Ihre.«

»Sie können Ihre Geheimnisse behalten.«

Bathge hüllte sich in Rauch.

13.09 Uhr. DeTechtei

Vera fuhr in ihr Büro und setzte sich vor den leeren Schreibtisch. Als sie sich darüberbeugte, spiegelte sie sich einen Augenblick lang in der schwarzglänzenden Platte.

Sie legte die rechte Hand auf eine bestimmte Stelle und wartete.

Im nächsten Moment leuchteten Bedienungssensoren in der Platte auf. Mit leisem Summen wuchs ein Bildschirm aus dem hinteren Teil der Fläche, bis er fast senkrecht stand. Der ganze Tisch war eine Datenbank mit mehreren, größtenteils ausfahrbaren Monitoren. Er bot Zugriff auf diverse Verzeichnisse, Karteien und Enzyklopädien, Übersetzungsprogramme, einfache Analyseprogramme für Fasern, diverse Proben und Fingerabdrücke, Stimmerkennungsprogramme und eine ausgefeilte Grafik-Software zur Erstellung virtueller Porträts. Über Satellit wurden zudem vierundsechzig Fernsehkanäle eingespeist.

Das Ding war eine Spezialanfertigung von IBM und eigentlich unerschwinglich. Daß es trotzdem in ihrem Büro stand, verdankte sie dem Umstand, für IBM zu arbeiten. Sie hatte einige Fälle von Unterschlagung aufgedeckt und millionenschweren Schaden von dem Unternehmen abgewendet. Der Leiter der Abteilung Künstliche Intelligenz mochte sie und hatte sich dafür stark gemacht, daß sie sich anstelle einer regulären Bezahlung etwas aus dem Spielzeugladen der Entwicklung aussuchen durfte, das ihrer Arbeit dienlich wäre.

Veras High-Tech-Besessenheit obsiegte. Sie verliebte sich in den Tisch und bekam ihn.

Sie ließ das Programm ihre Kontakte bei der Bundeswehr aufrufen und einige Nummern selektieren. Der Computer wählte und stellte die Verbindung zu einem Oberstleutnant her, der seit kurzem die Schule für Personal in integrierter Verwendung in Köln-Longerich leitete. Er wußte nichts über eine Gruppe namens ZERO. Auch der zweite Versuch brachte nichts Neues, außer daß sie sich eine Viertelstunde lang anhören mußte, auf welche Söldnerverbände man in Bosnien gestoßen sei und was sie angerichtet hätten. Ihr Kontaktmann, ein Major, der eineinhalb Jahre in Dubrovnik stationiert gewesen war und unter Einsamkeit und Depressionen litt, trank. Trinker waren gute Informanten. Er beharrte darauf, jede Gruppierung zu kennen, und bezweifelte, daß ZERO überhaupt existierte. Mehrfach riet er Vera, ihre Fähigkeiten in den Dienst der Bundeswehr zu stellen. Bevor er eine weitere Viertelstunde mit Kasernenkriminalität rumbringen konnte, schaffte es Vera, ihm mit warmen Worten zu danken und das Gespräch abzubrechen.

Nummer drei war nicht am Platz. Ein Feldwebel aus Bonn, Panzerdivision. Vera vertiefte sich in die Akten der anderen Fälle, die seit Bathges Besuch und Strunks Kündigung liegengeblieben waren, und überließ dem Computer alle weiteren Versuche, eine Verbindung herzustellen.

Nach zwanzig Minuten meldete sich die Dienststelle des Feldwebels und verband sie.

Vera erklärte dem Mann, wonach sie suchte.

»Ich dachte, ZERO sei in alle Winde verstreut«, wunderte sich der Feldwebel.

»Also gibt es die Gruppe?«

»Es gab sie. ZERO war eigentlich keine typische Söldnertruppe, ich würde eher sagen, eine ... Agentur für Spezialisten.«

»Ist einer, der gut schießen kann, ein Spezialist?«

Der Feldwebel lachte. »Das würde ich im Zweifel hoffen. Ja, ich denke schon.«

»Und kennen Sie jemanden, der Kontakt zu ZERO hatte?«

»Nein. Aber ich kenne jemanden, den Sie fragen könnten. Ein pensionierter General der Fremdenlegion in Orléans. Umgänglicher alter Knabe. Soweit ich mich erinnere, sind viele von der Fremdenlegion zu ZERO gegangen.«

»Ich hörte, ZERO sitze in Marokko.«

»Das weiß ich nicht. Rufen Sie meinen französischen Freund an. Bestellen Sie ihm schöne Grüße und sagen Sie ihm, der Krieg sei vorbei.«

Er gab ihr den Namen und die Nummer. Vera holte sich einen Kaffee und versuchte ihr Glück.

Es dauerte eine Weile, dann wurde der Hörer abgenommen. Eine dünne Stimme meldete sich. Sie erklärte dem General auf französisch, was sie von ihm wollte. Er hörte ihr geduldig zu und sagte auf deutsch:

»Unterhalten wir uns in Ihrer Sprache, *Mademoiselle. Ça ne te déranges pas?*«

»*Madame*, bitte. Ist mein Französisch so schlecht?«

»Nein«, erwiderte die dünne Stimme. Ein kratziges Lachen schloß sich an. »Aber ich bin Deutscher. Nur sehr aus der Übung nach den vielen Jahren. Ich würde sehr gerne einmal wieder deutsch reden.«

»Natürlich.«

Ein Deutscher. Davon hatte der Feldwebel nichts gesagt.

»Die Deutschen haben immer schon den größten Teil der Legion gestellt«, sagte der General. »Mehr als jedes andere Land.«

»Wie lange sind Sie schon dabei?« fragte Vera.

»Fast mein ganzes Leben. Jetzt nicht mehr, aber mein Leben ist auch vorbei. Wie kann ich Ihnen helfen?«

Sie bestellte ihm die Grüße des Feldwebels und fragte ihn nach ZERO.

Der General lachte noch mehr. Dann ging sein Lachen in keuchendes Husten über. Vera wartete geduldig.

»Natürlich kenne ich ZERO«, sagte er endlich. Sein Atem kam schwer und rasselnd. »Sie waren die besten.«

»Waren?«

»Fouk hat das Interesse verloren. Er ist … wie sagt man? stinkendreich geworden. Stinkend reich! So viele schöne Krisen. Jetzt hat er angefangen, Bücher zu schreiben und ist ein ehrbarer Mann in Marokko, der Expeditionen organisiert. Sie verstehen? Fouk läßt ZERO schlafen.«

»Schlafen?«

»ZERO schläft. Fouk ist ZERO, und er hat gerade keine Lust auf Krieg. Vielleicht macht er wieder was, wenn er sein Geld verspielt hat. Ich dachte, ZERO wird aufwachen für Zaire, ein schöner Konflikt. Aber jetzt heißen sie seit zwei Jahren ›Kongo‹, und ich glaube nicht, daß Fouk dabei war. Er wühlt nur im Geld und lacht den ganzen Tag. Den ganzen Tag!«

»General, ich bin Ihnen sehr dankbar, daß Sie mir so bereitwillig helfen wollen …«

»Ich kann viel erzählen. Niemand fragt mich mehr.«

»Ich schon. Mich würde zum Beispiel interessieren, wer dieser Fouk überhaupt ist.«

Eine Weile herrschte Schweigen in der Leitung.

»Fouk war mein Schüler«, sagte der General langsam. »Ich habe ihn zur Legion geholt vor vielen Jahren. Sehr guter Mann. Gute Männer kann man nicht anketten, *Mademoiselle*.«

»Kann man die Legion denn so einfach verlassen?«

»Seine zweiten fünf Jahre waren um. Was sollte ich tun? Zwecklos, zu kämpfen mit jemandem, der nicht will. Ich habe ihm gesagt, wenn du gehen mußt, dann verschwinde. Hat nicht lange gedauert und ich hörte, daß er ein paar Männer versammelt hat, um eine Organisation zu … wie sagt man noch? Begrunden?«

»Gründen.«

»Gründen! *Mais oui*. Viele aus der Legion sind zu Fouk gegangen. ZERO hat besser bezahlt.«

»Haben Sie noch Kontakt zu Fouk?«

»Oh ja! Wir telefonieren, er ist wie ein Sohn. Aber ich glaube, ich bin nicht wie ein Vater in seinen Augen. Fouk liebt nur Fouk. Manchmal kommt er mich besuchen. Wissen Sie, es ist schwer für mich zu reisen ohne ...«

Er stockte.

»Ohne Geld?« ergänzte Vera vorsichtig.

»Ohne Beine«, sagte er.

Sie schwieg.

»Sie müssen nicht sagen, daß es Ihnen leid tut«, fuhr er fort. »Ich war dumm. Ein dummer, alter Knochen, der dreiundachtzig in Beirut in eine Kneipe ging, um zu pinkeln. War eine Bombe auf der Toilette. Ich flog bis auf die Straße, der größte Teil von mir jedenfalls. Jetzt sitze ich in einem Stuhl. Naja. *C'est la vie*. Darf ich Sie auch etwas fragen, Mademoiselle?«

»Natürlich.«

»Was wollen Sie von Fouk?«

Sie zögerte. »Ich bin nicht sicher, ob ich etwas von ihm will. Ich suche jemanden, der vor neun Jahren die Legion verließ, um sich ZERO anzuschließen.«

»Haben Sie seinen Namen?«

»Marmann. Andreas Marmann.«

Wieder machte der General eine lange Pause. Dann räusperte er sich trocken.

»Die Legion ist groß«, sagte er. »Ich kann mich nicht an jeden einzelnen erinnern. So viele, die liegengeblieben sind. Nach einigen Tagen sahen immer alle gleich aus. Marmann ... ich müßte überlegen ... nein. Viele tausend Männer in der Legion. Nein, ich kann mich nicht erinnern.«

»Schwarze Haare, stechender Blick. Sehr muskulös.«

»Nein. Ich müßte überlegen ... Vielleicht kann Fouk weiterhelfen, er ist jünger. Ich bin ein alter Mann.«

»Wären Sie so lieb, mir Fouks Adresse zu geben und seine Telefonnummer?«

»Ja, gerne. Geben Sie mir Ihre, ich rufe Sie zurück. Ich muß suchen.«

»Das ist sehr freundlich.«

Er kicherte. »Sie wundern sich, Mademoiselle? Ein General der Legion, der freundlich ist. Wir sind doch allesamt Mörder, *n'est-ce pas?*«

»Ich weiß nicht. Ich weiß zuwenig über die Legion.«

»Wenn die Freundlichkeit an den Falschen gerät, gebiert sie die Verzweiflung. Baudelaire. Viele von uns sind an die Falschen geraten. Verstehen Sie? Die Legion ist nicht böse. Wir sind eine Familie für Menschen, denen ihre Freundlichkeit nichts eingebracht hat außer Not und Verzweiflung. Ich will, daß Sie das wissen.«

»Ich werde es mir merken«, sagte Vera. »Ganz bestimmt.«

»Kommen Sie mich besuchen? Ich möchte Ihr Gesicht sehen. Sind Sie hübsch?«

Nein, wollte sie sagen, ich habe eine Bulldoggenfresse. Du wirst mich nicht mögen, alter Mann.

Statt dessen sagte sie: »Ja. Einigermaßen.«

»Kommen Sie mich besuchen. Ich rufe Sie zurück.«

Sie gab ihm die Büronummer und vertiefte sich wieder in die anderen Fälle. Zehn Minuten später rief er tatsächlich zurück, früher, als sie erwartet hatte, und gab ihr, worum sie ihn gebeten hatte.

Sie versprach, ihn ganz bestimmt zu besuchen. Er lachte leise. Natürlich wußte er, daß sie es niemals tun würde, aber es war wenigstens ein nettes Versprechen.

In welcher Sprache würde sie mit Fouk zu reden haben? Sie hatte vergessen, den General danach zu fragen.

Vera stützte das Kinn in die Hände und durchforstete ihr Gedächtnis nach einigen zusammenhängenden Fetzen Arabisch. Irgendwann hatte sie einen Kurs absolviert, als sie sich für kurze Zeit mit dem Gedanken getragen hatte, der GSG 9 beizutreten. Viel war nicht hängengeblieben.

Ihre Hände glitten über den Tisch. Ein weiterer Monitor leuchtete auf. Sie lud Translogic 3.5 auf den Bildschirm, gab einige Fragen ein, die sie zu stellen beabsichtigte, und wartete. Das Übersetzungsprogramm brauchte eine Weile. Vera hoffte, das Resultat werde nicht allzu blumig ausfallen. Das Programm konnte eine Menge, verstieg sich aber bisweilen zu den absonderlichsten Auslegungen. Zum Teil lag das an der Groß- und Kleinschreibung. Sie hatte spaßeshalber einmal *Der gefangene Floh* eingegeben und prompt eine englische Übersetzung mit dem Wortlaut *The captive escaped* erhalten. Aus einem Kugellager wurden, wenn man nicht aufpaßte, runde Sofas. Derlei Ungereimtheiten passierten ständig. Trotzdem hatte das Programm seine Vorzüge. Es war schnell und half über die ersten Verständigungsschwierigkeiten hinweg.

Sie wartete, bis sie den Ausdruck in Händen hielt. Dann wählte sie Fouks Nummer.

Eine Frau meldete sich auf arabisch.

Vera fragte, ob Fouk zu sprechen sei. Die Frau gab ihr zu verstehen, Fouk sei auf Reisen. Was sie danach sagte, überstieg Veras Sprachvermögen. Sie schien wissen zu wollen, worum es ging. Vera geriet ins Schlingern und schlug vor, zu Französisch überzugehen. Die Frau stimmte zu, aber ihr Französisch war grauenhaft, immer wieder durchsetzt von arabischen Brocken. Vera versuchte es auf englisch, was die babylonische Verwirrung komplett machte.

Sie radebrechten eine Weile hin und her. Die Frau sprach nicht besser englisch als französisch, aber mit Hilfe von zwei Fremdsprachen und den Übersetzungen des Programms ergab sich so etwas wie ein Informationsaustausch. Die Frau sagte, Fouk werde frühestens in zwei Tagen zurückerwartet, und es sei besser, mit ihm direkt zu sprechen. Damit hatte sie zweifellos recht.

Vera starrte ärgerlich vor sich hin. Nachdem sie zweimal weitergereicht worden war, steckte sie nun fest.

Dann hatte sie eine Idee und schrieb:

ZERO. Treffen der Legionäre.

Sie setzte ihre Büronummer darunter und summte eine Weile unschlüssig vor sich hin. Dann rief sie nacheinander die Kölner Redaktionen an und bettelte so lange, bis man ihr versprach, die Anzeige am folgenden Tag zu schalten.

17.10 Uhr. Boxster

Vera fuhr über die Zoobrücke auf die andere Rheinseite zu dem Vertriebsstützpunkt für Detektoren, in dem radioaktives Material entwendet und Meßgeräte beschädigt worden waren, als das Handy piepte.

Sie schaltete auf Lautsprecher.

Es war Roth.

»Vera«, sagte er mit besorgter Stimme, »wir müssen über deinen Fall reden.«

»Was meinst du?«

»Dieser Typ, der dir das Foto gegeben hat. Was weißt du über ihn?«

»Nicht viel. Nur, was ich dir schon erzählt habe.«

»Dann versuch, mehr über ihn rauszukriegen. Oder am besten, du läßt die Sache einfach sausen.«

»Was?«

»Sag ihm, er soll sich jemand anderen suchen.«

»Bist du wahnsinnig? Der Kerl hat für zwei Wochen Kohle auf den Tisch gelegt.«

»Vergiß es. So schlecht kann's dir gar nicht gehen.«

»Tut's auch nicht. Ich mache einfach ein Geschäft bei der Sache. Für ein bißchen Recherche.« Sie wartete, wann Roth auf den Punkt kommen würde. Er liebte es, andere auf die Folter zu spannen. Jedesmal war es so gewesen, wenn er etwas Bedeutsames herausgefunden hatte. »Wie kommst du überhaupt darauf? Spuck's aus, was hast du?«

»Ich bin ein bißchen unterwegs gewesen mit Marmanns Konterfei«, sagte Roth. »Wollte eigentlich schon aufhören, da kam mir Krantz über den Weg gelaufen.«

»Krantz?«

»Du kennst ihn nicht. Kripomann. Was sagt dir der Name Mehmet Üsker?«

Vera brauchte nur einen Augenblick. Sie hatte die Zeitungen gelesen.

»Das ist der, den sie zu Tode gefoltert haben, richtig?«

»Richtig. Ich stehe also etwas unlustig in Krantz' Büro herum und warte darauf, daß er mir einen Kaffee holt. Der Raum ist vollgestopft mit Üskers persönlichem Kram, und alles hängt voller Bilder. Offenbar hatte die arme Sau irgendwo einen Schuhkarton Fotos rumstehen, und jetzt glauben sie, darauf den Mörder entdecken zu können oder was weiß ich. Das übliche Procedere. Jedenfalls, ich sehe mir diese Bilder an, und da trifft mich doch glatt der Schlag!«

Vera verdrehte die Augen und trat aufs Gas.

»Mach's nicht so spannend.«

»Spannend? Vera, weißt du, was die da haben? Das Bild, das du mir gegeben hast.«

»Was?« sagte sie ungläubig.

»Nur, daß diesmal keiner was abgeschnitten hat. Da steht Andreas Marmann mit seiner Knarre im Arm, und neben ihm mit breitem Grinsen Üsker. Der, den sie totgefoltert haben, genau der! Neben Marmann.«

Sie überlegte fieberhaft. Warum hatte Bathge die andere Hälfte des Fotos abgeschnitten?

Er hatte vermeiden wollen, daß sie Üsker sah. Und warum? Weil er wußte, daß Üsker tot war. Weil sie keinen Zusammenhang zwischen Üsker und Marmann herstellen sollte. Oder zwischen Üsker und ihm.

Neben ihr hupte jemand. Sie schreckte hoch und merkte, daß der Boxster auf die linke Fahrbahn driftete.

»Vera?«

»Ja, schon gut. Alles in Ordnung.«

»Nein, nichts ist in Ordnung. Dein Klient hat dich belogen, als er sagte, der Fall sei ungefährlich.«

»Augenblick mal. Niemand behauptet, daß Marmann gleich auch Üskers Mörder sein muß.«

»Nein, natürlich nicht. Aber überleg doch mal! In Köln wird jemand totgefoltert. Schreckliche Sache. Zur gleichen Zeit beauftragt dich Bathge, einen Mann zu suchen, und es stellt sich raus, daß dieser Mann und das Opfer einander kannten. Es muß eine Verbindung geben, Vera!«

Roth hatte recht. Bathge kannte Üsker. Warum hatte er sie angelogen?

»Gibt es schon irgendwelche Spuren in diesem Mordfall?« fragte sie.

»Ich glaube, sie sind einigermaßen ratlos. Solche Verbrechen passieren hier nicht alle Tage.«

»Was ist mit diesen PKK-Gerüchten?«

»Das haben die Zeitungen geschrieben. Wenn es die PKK war, dürfte sich das Problem verlagern, dann haben wir es vielleicht tatsächlich nur mit einem unglaublichen Zufall zu tun. Aber glaubst du dran?«

Sie schwieg.

»Vera, du solltest da aussteigen. Geh zur Polizei.«

»Du hältst den Mund«, sagte sie schnell.

»Ich hab versprochen, den Mund zu halten, also halte ich ihn auch. Aber dieser Mord tangiert deinen Fall. Und dein Klient spielt irgendwelche Spielchen mit dir. Du solltest dir das wirklich gut überlegen.«

»Tom?«

»Ja.«

»Kannst du mir das Foto etwas näher beschreiben?«

»Da gibt's nicht viel zu beschreiben. Sie stehen in der Wüste, alle beide. Üsker mit nacktem Oberkörper wie Marmann, die Hände in die Hüften gestemmt. Das ist eigentlich alles.«

»Trägt er eine Waffe?«

»Keine Waffe.«

Würden Sie jemanden, der gut schießt, als Spezialisten bezeichnen?

»Was sonst noch?«

»Ein paar Leute im Hintergrund, ein Jeep, Zelte. Alles auf der abgeschnittenen Hälfte. Ein typisches Erinnerungsfoto, wie es im Krieg aufgenommen wird oder während einer Übung.«

Die Legion.

ZERO.

Üsker war mit von der Partie gewesen!

Warum wollen Sie Marmann finden?

Damit er mich nicht findet.

Damit er mich nicht findet ...

Vor ihr tauchte das Ausfahrtschild Frankenforst auf.

»Tom, ich muß darüber nachdenken.«

»Tu das. Geh zur Polizei. Wir sollten vielleicht mal deinen Simon Bathge unter die Lupe nehmen.«

»Ich werd's mir überlegen.«

Roth seufzte. »Gar nichts wirst du dir überlegen. Ich seh's schon kommen.«

»Kannst du mir noch einen Gefallen tun?«

»Nein. Das Ding ist gelaufen. Ich habe dir gesagt, daß ich dir nur so lange helfen kann, wie unsere Ermittlungen nicht betroffen werden. Jetzt sind sie betroffen. Wenn ich nicht ein solcher Idiot wäre, müßte ich dich einkassieren lassen. Deine Information kann wichtig sein.«

»Es ist mein Fall.«

»Dann sorg dafür, daß es deiner bleibt.«

»Tom, ich mach schon keine Dummheiten.«

»Nein. Du rennst nur wie immer mit dem Kopf gegen die Wand. Ich muß Schluß machen, Vera. Denk darüber nach und sag mir, wie du dich entschieden hast.«

»Bestimmt.«

Sie schaltete ab und bog mit quietschenden Reifen in die Ausfahrt ein. Der Wagen fuhr immer noch hundert.

20.02 Uhr. Studio

Auf dem Rückweg beschloß sie kurzerhand, nicht zu joggen wie vorgesehen. Statt dessen fuhr sie ins Fitneßstudio. Die Sportsachen hatte sie wie immer im Auto. Das Studio, in dem sie dreimal wöchentlich trainierte, wurde vornehmlich von Schwulen besucht, und niemand dort kam auf die Idee, sie anzustarren oder zu belästigen.

Sie war wütend und fühlte sich zugleich hilflos und enttäuscht. Sie hatte Bathge vertraut, obwohl sie ihn kaum kannte und er wenig unternommen hatte, ihr Vertrauen zu gewinnen. Aber er hatte das Selbstporträt vom Tisch genommen und etwas Wesentliches darin erkannt. Ob sie es wollte oder nicht, ihre Bekanntschaft war von Anfang an auf eine persönliche Ebene geraten, und sie hatte ihm diesen einen Schritt zugestanden.

Keine weiteren mehr, beschloß sie zornig.

Mit steinerner Miene absolvierte sie ihr Programm, setzte sich an die Bar und trank eine Diät-Cola. Danach fühlte sie sich nicht mehr ganz so angespannt.

Früher hatten Hilflosigkeit und Wut ein emotionales Chaos in ihr verursacht. Ständig war sie versucht gewesen, irgend etwas kaputtzuschlagen, damit der Druck aus dem Kopf wich und sie wieder klar denken konnte. Dann gesellte sich die Angst hinzu, sie könne sich verlieren und zu dem werden, was sie am meisten haßte, und sie verkroch sich, ließ sich ins schwarze Loch der Depression fallen, bis sie irgendwann wieder daraus hervorgeschwemmt wurde, um ins Leben zurückzukehren, als sei nichts gewesen.

Noch einmal ging sie Wort für Wort durch, was Roth gesagt hatte.

Alles lief auf die gleiche Frage hinaus:

Worin bestand die Verbindung zwischen Simon Bathge und Mehmet Üsker?

Üsker war gestorben, bevor Bathge auftauchte. Montag hatte die Presse darüber berichtet.

Es konnte gar nicht anders sein, als daß Bathge von dem Mord gehört hatte. Warum hatte er das Foto halbiert? Doch nicht ihretwegen. Es gab nichts, was Vera mit Üsker verband.

Es sei denn, Bathge fürchtete, mit dem Mordfall in Verbindung gebracht zu werden.

Nur so konnte es sein.

Er hatte gesagt, Marmann sei nicht gefährlich. Ein Mann, der ein Maschinengewehr im Arm trug, womöglich schon damit getötet hatte und neben einem Menschen posierte, dessen gewaltsamer Tod erst wenige Tage zurücklag.

Nicht gefährlich.

Wenn Marmann Üsker getötet hatte, war er weiß Gott gefährlich. Dann hatte Bathge allen Grund, ihn finden zu wollen, bevor Marmann noch weitere Menschen umbrachte. Und ebenso mußte er daran interessiert sein, unentdeckt zu bleiben, solange Marmann sich in Sicherheit wiegte.

War Bathge selber so etwas wie ein Detektiv?

Ein Jäger?

Sie schüttelte heftig den Kopf und fuhr sich mit Daumen und Zeigefinger über die Augen. Was für eine abstruse Theorie wegen eines Fotos.

Aber hätte sie den Auftrag angenommen, wenn sie das komplette Bild gesehen hätte?

Nüchtern betrachtet konnte sie Bathge verstehen. Er hatte nicht mal gelogen. Nur verschiedenes ausgelassen.

ZERO ...

Plötzlich kam ihr die Anzeige wieder in den Sinn, die sie am Nachmittag aufgegeben hatte. Eigentlich hatte sie lediglich wissen wollen, ob irgend jemand sonst in Köln ZERO kannte und vielleicht neugierig wurde, ohne daß sie sich große Hoffnungen auf Erfolg machte.

Jetzt gewann ihr kleiner Vorstoß eine völlig neue Bedeutung. Sie wußte nicht, ob das Foto in der Legion aufgenommen worden war oder erst später bei ZERO. Aber es lag durchaus im Bereich des Möglichen, daß Üsker und Marmann sich schon damals in Köln gekannt hatten. Marmann mochte erst nach seiner Flucht auf die Idee gekommen sein, daß er in der Fremdenlegion am besten aufgehoben sei, aber Vera bezweifelte es. Mit Sicherheit hatte er schon zu einem früheren Zeitpunkt erwogen, sich den Legionären anzuschließen. Und ebenso sicher hatte er mit Üsker darüber gesprochen. Zwei Kölner, die Söldner wurden, zur gleichen Zeit.

Nur zwei?

Vielleicht war es eine größere Gruppe gewesen, die damals beschlossen hatte, Köln den Rücken zu kehren. Durchaus möglich, daß nicht nur Üsker den Weg hierher zurückgefunden hatte, nachdem ZERO auseinandergebrochen oder ›eingeschlafen‹ war, wie der französische General sich ausgedrückt hatte.

Jetzt war Üsker tot, und es hatte in der Zeitung gestanden. Wer immer Veras Anzeige las und ZERO von früher kannte, würde auch Üsker kennen. Die Anzeige mußte ihn aufschrecken. Irgend jemand würde sich melden, sehr bald schon, wahrscheinlich voller Unruhe.

Falls es diesen Jemand gab.

Bathge schickte sie vor, soviel stand fest. Er wollte Marmann finden.

War er bereit, jemanden dafür zu opfern?
Sie?
Er wollte Marmann finden, um was zu tun?
Vera seufzte und ließ sich vom Barhocker rutschen, um unter die Dusche zu gehen.
Frag nicht, Hund. Lauf los und such. Oder gib auf.

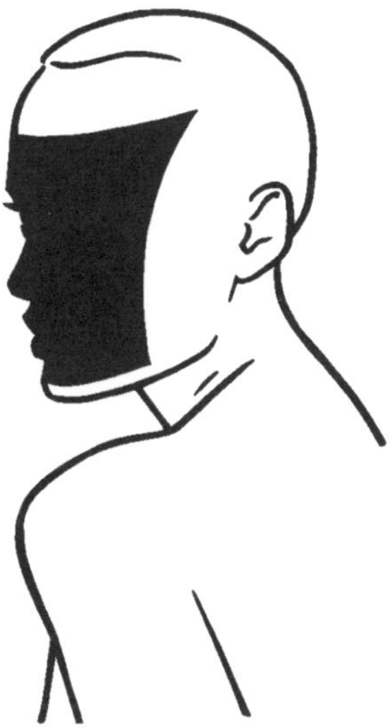

Mittwoch, 25. August

8.07 Uhr. Decksteiner Weiher

In der Nacht waren erneut Gewitterstürme über Köln gezogen und hatten die Luft ein wenig abgekühlt. Als Vera den Waldweg zum See hinunterlief, verbarg sich die Sonne hinter einem grauen Schleier.

Sie hatte das Ufer noch nicht erreicht, als sich Bathge meldete.

»Wenn Sie Mehmet Üsker sprechen wollen«, sagte Vera trocken, »der kann gerade nicht ans Telefon kommen. Soll ich ihm was ausrichten?«

In der Leitung blieb es still. Sie konnte Bathges Verblüffung mit Händen greifen.

»He? Sind Sie noch dran?«

»Äh ... ja.«

»Was haben Sie heute auf Lager? Daß Marmann der Nikolaus ist?«

Bathge räusperte sich. »Worauf wollen Sie hinaus?«

»Sagen wir einfach, ich bin im Zuge meiner Nachforschungen über die Leiche eines armen türkischen Gemüsehändlers gestolpert. Er schlug kurz die Augen auf und meinte, ich solle Marmann und Ihnen einen schönen Gruß bestellen.«

»Sie sprechen in Rätseln.«

»Sie haben mich ganz gut verstanden. Wir müssen uns unterhalten, Bathge. Ich kann nicht für Sie weiterarbeiten, wenn ich das Gefühl habe, daß Sie sich auf meine Kosten amüsieren.«

»Sie urteilen vorschnell«, wandte Bathge ein. »Tatsache ist, daß ... «

»Ich will das nicht am Telefon besprechen«, unterbrach ihn Vera. »Kommen Sie in mein Büro. Geht das um elf?«

»Schlecht. Aber meinetwegen.«

»Gut. Und überlegen Sie sich bis dahin ein paar Antworten.«

»Ich habe Ihnen die Wahrheit gesagt!«

»Nein, haben Sie nicht«, erwiderte Vera. »Aber Sie haben drei Stunden Zeit, sich die Wahrheit zu überlegen.«

Sie hörte, wie er Luft holte, um zu einer Antwort anzusetzen.

»Ab – jetzt«, fügte sie hinzu.

Bathge schwieg.

»Na schön«, sagte er. »Vertrauen gegen Vertrauen.«

»Klingt gut. Bis später.«

Es klang zu gut, um wahr zu sein.

Vera lief noch ein Stück, dann gab sie die Privatnummer von Roth ein und erwischte ihn auf dem Sprung. Er wollte gerade losfahren.

»So früh? Was hast du auf dem Herzen, Kleines?«
Sie erklärte es ihm.
»Schlag dir das aus dem Kopf!« fuhr er sie an.
»Bitte, Tom! Du gehst rein, wenn dieser Krantz mal wieder Kaffee holt, nimmst das Bild von der Wand und machst eine Kopie. Ich weiß, daß ihr einen Farbkopierer habt. Wir hatten damals schon einen.«
»Vera, das tangiert unsere Ermittlungen. Das kann ich nicht machen.«
»Du mußt. Du solltest. Du könntest. Ach Scheiße, ich denke ernsthaft darüber nach, den Fall abzugeben.« Das war gelogen. »Wenn ich das Foto sehen könnte, würde mir die Entscheidung leichter fallen.«
»Vera, du bringst mich in Teufels Küche«, stöhnte Roth.
»Bitte, Tom.«
»Bitte! Bitte! Du bist schlimmer als ein kleines Kind. So was kann meinen Arsch kosten, Herrgott noch mal! Warum lasse ich mich bloß immer wieder von dir breitschlagen?«
»Also machst du's?«
Roth brummelte etwas Unverständliches.
»Danke, Tom. Du bist der Beste.«
»Ich muß verrückt sein.«
»Und sag Marga, ich komme euch bald besuchen«, rief Vera, bevor er auflegen konnte.
»Jaja.«
Roth hatte das Gespräch unterbrochen. Vera blieb stehen und sah hinaus auf den schwarzen See.
Dann reckte sie die Arme, bis es in den Schultergelenken knackte, und lief mit erhöhtem Tempo weiter.

9.55 Uhr. Präsidium

Krantz hatte um zehn schon mehr als einen Liter Kaffee getrunken und fühlte sich immer noch sterbensmüde. Die Üsker-Akten unter den Arm geklemmt, hastete er den Gang hinauf zu seinem Büro. Um tausend Dinge mußte er sich kümmern. Kaum, daß er Zeit an seinem Schreibtisch zubrachte. Sieben Fälle zur gleichen Zeit, und die Üsker-Schweinerei als Krönung. Die letzte Stunde hatte er zwischen Bücherregalen verbracht und sich durch endlose Aneinanderreihungen von Mordfällen mit prämortaler Verstümmelung gewühlt.

Nichts glich der Lindenstraße.

Er trat die Tür zu seinem Büro auf, warf die Akten auf den Schreibtisch und heftete seinen Blick auf die Metaplanwand mit den Fotos. Das war zur Besessenheit geworden. Üsker anzustarren, wie er ausgesehen hatte. Ein intakter Mensch. Ein Mensch, der mal ein Baby gewesen war. Der herangewachsen war, den andere Menschen geliebt und in den sie Hoffnungen gesetzt hatten, bis irgend jemand Frikassee aus ihm gemacht hatte.

Sofort sah er, daß ein Foto fehlte.

Er ging näher ran und versuchte sich zu erinnern, was darauf zu sehen gewesen war.

Üsker in der Wüste mit einem Mann, der ein Maschinengewehr im Arm hielt. Vermutlich aus der Zeit, als Üsker bei der Fremdenlegion gedient hatte. Mittlerweile hatten sie seinen Lebenslauf einigermaßen rekonstruiert.

Es gab Bilder, die Krantz wichtiger erschienen. Aber vielleicht hatte Menemenci es von der Wand genommen, weil er anderer Meinung war.

Klar, Menemenci. Wer sonst?

Während er zu ihm rüberging, beschloß Krantz, sich wegen des Fotos bitter zu beklagen. Das dicke Arschloch mochte ein guter Polizist sein, aber er neigte zu Alleingängen. Menemenci hätte ihn fragen können, ihm einen Zettel hinterlassen, irgendwas. Es gehörte sich einfach nicht, in anderer Leute Büro zu gehen und Bilder von der Wand zu nehmen.

Der Kommissar telefonierte. Auf seinem Schreibtisch türmten sich dickleibige Berichte. Er winkte Krantz heran und bedeutete ihm, sich zu setzen.

Krantz wartete, bis Menemenci zu Ende telefoniert hatte, und versuchte, freundlich auszusehen.

»Was ist los mit Ihnen?« knurrte Menemenci. »Haben Sie schlechte Laune?«

»Wieso?«

»Sie sehen aus, als hätten Sie die Nacht in Essig gelegen.«

»Ich wollte Sie bitten ...«

Menemencis Telefon schellte. Der Kommissar zuckte die Achseln, ging ran und hörte eine Weile zu. Dann knallte er den Hörer auf die Gabel und sah Krantz in die Augen.

»Jetzt haben wir den Salat«, sagte er.

»Was? Wieso?«

»Es gibt eine offizielle Verlautbarung der PKK, wonach sie sich von dem Mord an Üsker distanziert.«

»Ist doch schön.«

»Nein, gar nicht. Heute morgen haben wir das hier erhalten.«

Menemenci reichte ihm einen beschriebenen Bogen Papier. Krantz überflog ihn.

Es war ein Bekennerschreiben der PKK, in dem sie die Verantwortung für den Mord an Mehmet Üsker übernahm und weitere Opfer ankündigte.

»Minus mal Plus ist Plus«, sagte Krantz trocken und gab Menemenci das Papier zurück.

»Sie halten das für echt?«

»Was weiß denn ich.«

»Hm.« Menemenci schüttelte nachdenklich den Kopf. »Nein. Ich glaube, das sind Trittbrettfahrer. Die Kurden haben Üsker nicht auf dem Gewissen.«

»Warum nicht? Üsker war antikurdisch eingestellt.«

»Mag sein. Vielleicht hätten sie ihn hingerichtet. Irgendeine Show hätten sie abgezogen, was Theatralisches. Aber die gehen nicht hin, quälen jemanden zu Tode und lassen ihn dann in der Wohnung vermodern, ohne sich damit dicke zu tun.«

Menemenci fischte eine Halbbrille aus seinem Jackett, schlug eine Kladde auf und blätterte darin herum.

»Sind wir übrigens weitergekommen mit den Namen aus dem Notizbuch, das wir in seiner Wohnung gefunden haben?« fragte er wie beiläufig.

Wir, wir, dachte Krantz wütend. Nicht Menemenci hatte das Buch gefunden, sondern die Spurensicherung. Er hatte nur dagestanden, auf die Leiche gestarrt und die Gesichtsfarbe gewechselt.

»Wir konnten noch nicht alle überprüfen«, brummte er.

»Sie bekommen Verstärkung«, erwiderte Menemenci. »Ich habe das Dezernat gebeten, zwei Leute abzustellen.« Er rückte die Brille zurecht. »Was ist mit der hier? Ina Heinrich?«

»Vom Gewerbe. Scheint ihn hin und wieder besucht zu haben. Seiner Vermieterin hat er weisgemacht, sie sei seine Verlobte.«

»Rührend. Maria Bremer?«

»Die Vermieterin. Sie werden sich erinnern.«

»Paul Wasserscheidt?«

»Installateur. Hat Üsker verschiedenes im Bad gemacht. Kommt nicht in Frage.«

»Die anderen drei Dutzend?«

»Es ist Mittwoch. Wir tun, was wir können.«

»Hm. War da nicht auch ein Haufen Briefe in der Fotokiste?«

Was sollte die Frage? Menemenci wußte genau, daß Briefe in der Kiste gewesen waren. Mit Sicherheit würde er jeden einzelnen lesen, so weit er ihn entziffern konnte. Sein Türkisch war ziemlich eingerostet.

»Freunde. Familie.« Krantz sah betont desinteressiert in die Luft. »Türkei bis zum Abwinken. Das meiste lassen wir noch übersetzen.«

»Sonst nichts?«

»Doch«, sagte Krantz gereizt. »Eine Frau hat ihm geschrieben, aus Lübeck. Irgendein Urlaubsflirt. Dann was aus Frankreich, Aubagne. Von fünfundachtzig.«

»Aubagne?«

»Keine Ahnung, wo das ist. Es klebte ein Foto auf dem Brief mit einem komischen Klotz von Denkmal drauf, wahrscheinlich hat er ihn darum behalten. Von einem, der zur Fremdenlegion gegangen ist und will, daß Üsker nachkommt. Der Soundso und der Soundso wären auch schon da.«

»Der Soundso und der Soundso? Soso.«

Krantz beugte sich vor.

»Wir wissen, daß er bei der Legion war. Na und? Das liegt Jahre zurück! Vielleicht hat ihn einer aus dem Kindergarten umgebracht, was weiß denn ich! Üsker hat alles mögliche aufgehoben. Die Namen dieser Legionäre müßten auf der Liste stehen. Ich glaube, einer hieß Jens Lubold, der zweite ... warten Sie mal ... «

»Schon gut. Sonst noch was Schriftliches?«

»Korrespondenz mit einer Liga Ferenc Bilac. Klingt interessant. Wird übersetzt.«

»Die Liga Ferenc Bilac ist ein Haufen weichgekochter Polemiker. Sie geben sich gerne radikal. Nicht mal die Fundamentalisten nehmen die ernst.«

Krantz lehnte sich zurück und rieb sich das Kinn. Er fühlte sich unbehaglich, weil sie bis jetzt so wenig herausbekommen hatten. Fünf Tage waren vergangen, seit Üsker gefunden worden war. Krantz hatte das Gefühl, als spaziere er jeden Tag in ein großes Maul, das seine Zeit in großen Happen auffraß.

Sieben Fälle ...

»Verhören Sie noch mal die Leute aus dem Haus«, sagte Menemenci und legte die Kladde beiseite.

»Das haben wir doch schon.«

»Verhören Sie sie noch mal.«

Krantz zuckte die Achseln. »Sie sind der Boß. Was sollen wir wegen der Presseberichte unternehmen?«

»Nichts. Eigentlich doch gar nicht so schlecht, wenn die glauben, daß die PKK dahintersteckt. Da können wir in Ruhe unserer Arbeit nachgehen.« Menemenci grinste säuerlich. »Wie wir's auf der Akademie gelernt haben.«

»Ich habe nicht gelernt, wie man Psychotiker fängt.«

»Das macht nichts«, sagte Menemenci. »Er ist kein Psychotiker.«

Krantz sah ihn an und beschloß, Menemencis letzte Äußerung zu ignorieren. Er fand sie abgeschmackt und selbstgefällig. Dann fiel ihm ein, daß er irgend etwas von dem Kommissar gewollt hatte, als er reinkam.

Menemencis Telefon schellte erneut. Krantz dachte noch einen Augenblick darüber nach, gab es auf und ging zurück zu seinem Büro.

Auf halber Strecke sah er Roth daraus hervorkommen und in entgegengesetzter Richtung davonhasten.

Krantz stutzte.

Was hatte Roth in seinem Büro zu suchen?

»Wollen Sie zu mir?« rief er.

Roth ging weiter. Er schien ihn nicht gehört zu haben.

Will wahrscheinlich Kaffee trinken und sich was über Üsker erzählen lassen. Vergiß es, dachte Krantz. Es gibt nichts zu erzählen. Wir sind schlechte Polizisten. Wir haben nichts. Wir haben nicht mal alle Namen aus Üskers lausiger Korrespondenz gecheckt.

Mißmutig trat er an seinen Schreibtisch, um das zu erledigen.

11.00 Uhr. DeTechtei

»Sie haben also ZERO aufgespürt«, sagte Bathge. Zwischen seinen Händen knisterte es, als er eine Zigarette aus dem Päckchen zog.

Er war früher gekommen als vereinbart. Seine Miene wirkte einigermaßen zerknirscht. Natürlich mußte er auf der Stelle rauchen. Bis jetzt hatte sie ihn keine Minute ohne Zigarette gesehen.

»Wie sind Sie dahintergekommen?« fragte er.

»Ich ...«

Vera biß sich auf die Lippen. Sie war drauf und dran gewesen, ihm zu erzählen, daß sie den Rest des Fotos kannte. Aber das mußte er nicht unbedingt wissen.

Statt dessen zauberte sie ein Wegwerffeuerzeug hervor, auf dem in blauen Lettern »DeTechtei Gemini« und ihre Büronummer standen, und hielt ihm die Flamme vors Gesicht.

Bathge beugte sich vor und begann zu paffen.

»Danke«, sagte er.

»Behalten Sie's.« Sie schob ihm das Feuerzeug hin. »Ich hab noch mehr davon.«

Er nahm es und las die Aufschrift. »Verstehe. Kleine Geschenke erhalten die Freundschaft, was?«

»Besser als Fähnchen verteilen.« Sie lehnte sich zurück und legte die Hacken ihrer Pumps auf die einzige Stelle des Datentischs, die einfach nur Tisch war. Sie spiegelten sich in dem schwarzen Lack. Sämtliche Monitore waren ausgeschaltet. Im Augenblick sah das Terminal wieder aus wie eine gut gestaltete Arbeitsfläche. »Ich sollte allmählich mal die Fragen stellen, meinen Sie nicht auch?«

Er seufzte.

»Na schön. Die Sache ist im Grunde ebenso einfach wie uninteressant. Marmann hat mir damals geschrieben, kurz, nachdem er die Legion verlassen hatte und zu ZERO gewechselt war. Sein letztes Lebenszeichen, bevor der Kontakt ganz abbrach. Durch den Brief habe ich überhaupt erst von Üskers Existenz erfahren. Marmann meinte, er sei ein alter Freund aus Köln ...«

»Den Sie nicht kannten«, höhnte Vera. »Ich dachte, Sie hätten mit Marmann ins selbe Bett gemacht.«

»Ich habe Üsker nie persönlich kennengelernt«, erwiderte Bathge. »Nur zweimal gesehen. Einmal auf einem Foto, das andere Mal in der Zeitung, nachdem er tot war.«

»Reden wir von dem Foto, das Sie mir gegeben haben?«

»Ja. Marmann hat es mir geschickt. Zusammen mit dem Brief.«

»Und das soll ich glauben?«

»Ja.«

»Ich glaub's aber nicht. Sie haben mich angelogen.«

»Wann?«

»Als Sie sagten, Marmann sei nicht gefährlich.«

»Ach du lieber Himmel!«

»Haben Sie's gesagt oder nicht?«

»Nein!« rief Bathge. Plötzlich wirkte er verärgert. »Habe ich nicht. Sie wollten wissen, ob der Job gefährlich ist. Ich sagte, nicht wirklich. Ich sagte, nicht für Sie. Der Job, verdammt! Wir haben über den Job geredet.«

Das stimmte. Sie fragte sich, ob es einen Unterschied machte.

»Warum haben Sie dann die linke Hälfte von dem Foto abgeschnitten?«

Bathge schickte einen Blick gen Zimmerdecke.

»Das liegt doch auf der Hand. Als ich bei Ihnen reinspazierte, war Üsker ein paar Tage tot und die Zeitungen voll davon. Hätten Sie zugestimmt, Marmann für mich zu suchen, wenn Sie Üsker darauf gesehen hätten?«

»Ich weiß nicht.«

»Das wissen Sie sehr wohl!«

Sie dachte nach.

»Ist Marmann ein Killer?« fragte sie unvermittelt.

Bathges Antwort ließ auf sich warten.

»Ja.«

»Hat er Üsker umgebracht?«

»Nein.« Er machte eine Pause. »Ich weiß es nicht. Nein. Warum hätte er das tun sollen? Natürlich ist er ein Killer, er war bei der Legion und hinterher bei ZERO, was soll er denn sonst sein?«

»Was hat Üsker bei der Legion gemacht? Oder bei ZERO?«

»Keine Ahnung, wirklich nicht. Irgendwas. Das ist doch gar nicht von Belang.«

»Doch, ist es wohl. Ich frage Sie noch mal: Ist der Job gefährlich? Und sagen Sie mir jetzt verdammt noch mal die Wahrheit!«

»Nicht für Sie.«

»Für wen dann?«

»Hören Sie«, erklärte Bathge geduldig. »Ich habe meine Gründe, Marmann aufzuspüren, aber es hat nichts mit Üsker zu tun. Das alles ist ein dummer Zufall.«

»Klar doch.«

»Himmel, was hätte ich denn machen sollen? Wäre Üsker noch am Leben, hätte ich das Foto nicht zu zerschneiden brauchen. Aber so dachte ich, es könnte Sie auf falsche Gedanken bringen. Keine Ahnung, ob Marmann irgendwas mit Üskers Tod zu tun hat, aber warum sollte er? Wie viele Fotos gibt's von Ihnen? Mit wieviel verschiedenen Leuten sind Sie darauf zu sehen? Warum sollte ausgerechnet Marmann Üskers Mörder sein?«

»Weil Sie das Bild zerschnitten haben.«

»Um *mich* zu schützen! Begreifen Sie das nicht? Ich habe nur das eine Bild von Marmann. Und da wird plötzlich dieser Türke abgemetzelt. Hätten Sie sich nicht gefragt, ob *ich* vielleicht der Mörder bin?«

Vera strich sich nachdenklich übers Kinn. Bathge hatte recht. Auch ihr war die Idee gekommen, mitten in der Nacht.

»Warum wollen Sie Marmann finden?« fragte sie.

»Vergessen Sie's.«

Längere Zeit sagte niemand etwas

»Ich dachte, ich hätte das vermeiden können«, sagte Bathge. »Na egal. Wollen Sie den Job noch, oder sollen wir das Ganze lassen?«

Es klang nicht wütend, eher traurig und enttäuscht.

Vera überlegte.

»Damit die Spielregeln klar sind. Ich werde Ihren Marmann finden. Aber ich will, daß Sie mir die Wahrheit sagen. Das heißt in Reindeutsch, alles, was ich wissen muß, um mich nicht plötzlich in der Scheiße wiederzufinden. Ist das klar?«

Er nickte.

»Völlig klar.«

»Keine Spielchen.«

»Okay.«

»Falls ich zu der Ansicht gelange, daß Sie nicht mit offenen Karten spielen, schmeiße ich alles hin. Begriffen?«

»Okay.«

Sie atmete langsam aus. »Na fein. Was wollten Sie noch sagen?«

Er lächelte.

»Nicht viel. Oder vielleicht doch. Haben Sie noch das Bild von sich? Das Selbstporträt?«

Sie zögerte. »Ja.«

»Haben Sie auch noch andere?«

Etwas in ihr knotete sich zusammen.

»Nein. Ja. Warum wollen Sie das wissen?«

»Das hat nichts mit dem Job zu tun. Ich dachte nur, es ist schade, daß sie wahrscheinlich nie jemand gesehen hat.«

»Ich habe sie gesehen. Das reicht.«

»Mhm. Haben Sie sich darauf erkannt?«

»Spielen Sie jetzt den Psychologen?«

Bathge schüttelte den Kopf. »Nein. Es ist nur ehrliches Interesse. Weiter nichts.« Er stand auf. »Ich rufe morgen wieder an. Konnte ich Sie wenigstens von meiner Aufrichtigkeit überzeugen?«

Vera nickte langsam. »Ich denke schon.«

»Okay.«

»Vergessen Sie Ihr Feuerzeug nicht.«

»Oh!« Er griff danach und steckte es in die Jackentasche. »Meine neueste Flamme.« Er grinste. »Das war ein Scherz. Bis morgen also.«

Sie wartete, bis er gegangen war.

Dann berührte sie eine Stelle auf dem Tisch, und links hinten schob sich ein kleiner Bildschirm im 45-Grad-Winkel nach oben und leuchtete grün auf. Ein Raster formte sich darauf. Bei genauerem Hinsehen war es ein Stadtplan.

In dem Stadtplan bewegte sich ein roter Punkt!

Gleichzeitig baute sich am unteren Bildrand eine Textleiste auf. Der Name »Schaafenstraße« erschien. Der Punkt bewegte sich weiter und bog nach einer Minute scharf ab. Aus »Schaafenstraße« wurde »Habsburgerring«.

Der Peilsender in dem Feuerzeug arbeitete einwandfrei.

Vera erhob sich, trat zu einem verchromten Schubladenschrank und holte ein schwarzes, flaches Gerät von der Größe einer Kinder-Schultafel daraus hervor. Zwei Drittel der Oberfläche wurden von einem Bildschirm eingenommen. Die *portable station* ließ ein dünnes, sägendes Summen hören, als Vera den ON-Knopf drückte, und auf dem Bildschirm erschien dasselbe grüne Raster mit dem roten Punkt darin wie auf dem Tisch.

Der Punkt bewegte sich weiter.

Ohne ihn aus den Augen zu lassen, das Gerät in der Linken, verließ Vera ihr Büro, schloß hinter sich ab und ging zum Wagen.

11.20 Uhr. Menemenci

Er hatte versucht, von dem Fall zu träumen, aber seltsamerweise tauchte Üsker in seinen Träumen nicht auf. Das reale Bild des Schreckens ließ den nächtlichen Metaphern keine Macht. Menemenci träumte andere Dinge, die allesamt nicht wesentlich angenehmer waren, aber sie hatten ausschließlich mit ihm selbst zu tun. Meistens waren es Fallträume oder Visionen von Hilfslosigkeit und Ausgeliefertsein.

Lösungen verhieß nur der Tag. Aber dieser hatte nicht besser begonnen als die Tage davor.

Vorwiegend mit Ratlosigkeit.

Menemenci trat zum Fenster und sah hinaus auf den Verkehr tief unter ihm. Er war ins Dachgeschoß gefahren, um nachdenken zu können. Hier lagen die Konferenzräume, und mindestens einer davon stand immer leer. Nichtssagend eingerichtete Orte mit Resopaltischen, Rohrstühlen und Leuchtstoffröhren, die es ihm ermöglichten, einen Persönlichkeitswechsel vorzunehmen und sich in die Rolle des Mörders hineinzuversetzen.

Und in die des Opfers.

Menemenci seufzte.

Er wußte, daß Krantz verärgert war. Jahrelang die Rolle des ewigen Zweiten einzunehmen, der zum Tatort fuhr, Schlüsse zog, Maßnahmen einleitete, um im entscheidenden Augenblick jemanden wie Menemenci vor die Nase gesetzt zu bekommen, da mußte einer irgendwann die Lust verlieren.

Aber so war es nun mal. Krantz spielte die zweite Geige. Einfach darum, weil er nie einen guten ersten Mann abgeben würde. Sein Verstand weigerte sich, Meinungen heranzubilden, und darum konnte er auch keinen Psychotiker von einem Psychopathen unterscheiden. Er empfand jede Hypothese als unrein, solange sie sich nicht hart an der Grenze zur Gewißheit bewegte. Von den zwei Polizistentypen, die man bei der Kripo fand, verkörperte er in seltener Vollendung den Faktenmenschen.

Menemenci hingegen war die Inkarnation des Meinungsmenschen. Er wußte, daß sein Talent die Kreativität war, ohne die man die gerissensten Verbrecher nicht zur Strecke bringen konnte. Ständig bewegte er sich im Grenzgebiet des Potentiellen, dachte in Szenarien und Wahrscheinlichkeiten, auch wenn sie noch so vage sein mochten. Solange er nicht wußte, was den Mörder getrieben hatte, mußte er es annehmen. Er mußte die Wahrheit erfinden.

Das erforderte Courage. Die Annahme mündete zwangsläufig in die Voraussage, was der Mörder als nächstes unternehmen würde. Was bedeutete, daß jeder Schritt, um ihn an weiteren Taten zu hindern, auf Vermutungen basierte. Vermutungen, die man zu verantworten hatte. Erwies sich eine Annahme als irrig, wartete man am verkehrten Ort oder verhaftete den Falschen, konnten die Folgen verheerend sein, und man verschuldete, was man zu verhindern versucht hatte.

Es war diese Vorstellung, die in Menemencis Eingeweiden wütete, daß er manchmal glaubte, seine Furcht habe sich zu Geschwüren verknotet oder in noch Schlimmeres verwandelt. Es war nicht das Opfer, das ihn um den Schlaf brachte, wie grausam es auch zugerichtet sein mochte. Es war die Angst, den nächsten Mord nicht verhindern zu können oder ihn sogar zu provozieren. Sich vom Glauben leiten zu lassen, um festzustellen, daß man sich auf fatale Weise geirrt hatte.

Speziell Psychopathen wiesen sich oft durch komplexes, unberechenbares Verhalten aus. Sich ihnen auf psychologischem Wege zu nähern, konnte durchaus gelingen. Allerdings auch schrecklich danebengehen.

Fälle von Vergewaltigungen gingen ihm durch den Kopf, in denen die Grenzen der Psychologie offenbar geworden waren.

Frauen hatten die Wahl, sich zu wehren, zu schreien und gegen ihren Peiniger anzukämpfen – oder aber zu kooperieren. Psychologen hatten irgendwann begonnen, zur Kooperation zu raten. Das klang verständig, brachte milde Vernunft und männliche Selbstgerechtigkeit sogar auf einen Nenner. Tatsächlich konnte es sinnvoll sein, auf den Täter einzugehen, mitzumachen und sogar Lust vorzutäuschen.

Es konnte funktionieren.

Aber was, wenn der Vergewaltiger in die fixe Idee verrannt war, alle Frauen seien Huren und Schlampen, die es mit jedem trieben, nur nicht mit ihm? Würde er nicht bestätigt finden, was er immer schon geahnt hatte? Man konnte sie überfallen, quälen und zum Sex zwingen, sie genossen es noch! Sie *waren* Huren und Schlampen! Das vermeintlich kluge Einlenken fachte seine Wut erst richtig an und führte letzten Endes zum Mord.

Seltsamerweise schienen Richter und Anwälte immer noch der Meinung zu sein, als Opfer habe man sich ruhig, besonnen und richtig zu verhalten, auch wenn man gerade von zwei wildgewordenen Zentnern Mensch zu Boden gedrückt und geprügelt wurde, der zudem versuchte, einzudringen. Aber was war richtig? Existierte ein richtig oder falsch? Konnte man angesichts der extremen Unterschiede in der Psyche von Tätern überhaupt richtig oder falsch reagieren?

Es gab Juristen, deren Verständnis in Vergewaltigungsfällen einzig auf vorgefertigten Verhaltensmustern gründete. Daraus leitete sich ihr Faktenverständnis ab. Danach bewerteten sie. Danach urteilten sie. Nicht nach dem, was in der Frau vorgegangen sein mußte, als sie gepackt und brutal geschlagen wurde, als man ihr die Kleider vom Leib riß und ihr ein Messer an die Kehle setzte, als man ihr drohte, sie aufzuschlitzen oder zu quälen. Die Fakten sagten, die Frau hat geschrien, und da hat er ihr eben den Mund zugehalten, bis sie erstickte. Sie hätte nicht schreien dürfen. Die Fakten sagten, die Frau hat nicht geschrien, also hat sie auch nicht alles versucht, die Vergewaltigung zu verhindern. Und so weiter, und so fort.

Ebensowenig fragten sie danach, was in dem Täter vorgegangen war. Warum er die Tat abgebrochen hatte. Warum er sich in seiner Brutalität gesteigert hatte. Warum er die Frau hatte laufen lassen. Warum er sie ermordet hatte. Was geschehen war und dann geschehen war und dann geschehen war und davor und vor dem Davor, daß es so weit hatte kommen können. Sie schienen Opfer und Täter mit Entwürfen von Opfern und Tätern zu verwechseln, die beide einem vorgegebenen Schema zu folgen hatten. Und machten beiden eigentlich nur den Vorwurf, sich nicht daran gehalten zu haben. Einfach, weil sie sich nichts anderes vorstellen konnten. Selbstgefällig und publikumswirksam stocherten sie im Vorleben der Beteiligten herum, ohne zu registrieren, daß der so gern zitierte leichte Lebenswandel und die schwere Kindheit ebensolche Klischees waren wie das Märchen von der reinen Unschuld und der Bestie. Sie folgten anwaltlichen Ritualen, in denen scheinbar psychologische Argumente Versatzrhetorik darstellten und zuletzt der siegte, der das meiste davon aus dem Hut zaubern konnte.

Auf der Strecke blieben die Opfer. Manchmal auch die Täter. Speziell, was vergewaltigte Frauen im Gerichtssaal zu erdulden hatten, war oft schlimmer als alles, was man ihnen zuvor angetan hatte. Nicht, weil Richter und Anwälte ein perfides Vergnügen daran fanden, sie weiterhin zu quälen. Sondern weil ihre beschränkte Phantasie einfach nicht ausreichte, sich in die jeweilige Situation hineinzudenken. Das Opfer mit den Augen des Täters und den Täter mit den Augen des Opfers zu sehen. Nachzuvollziehen, was wirklich geschehen war. Es ergründen zu wollen. Sie verstanden nicht, daß ihre Aufgabe weniger darin bestand, den Täter für das Geschehene zu bestrafen, als vielmehr zu verhindern, daß er es wieder tat, was Verstehen erforderte. Sie schematisierten Fälle und degradierten Opfer wie Täter zu Klischees ihrer selbst. Sie verurteilten oder sprachen frei, aber sie hatten auch nach dem Prozeß keine Erklärung, sondern nur ein Resultat.

Natürlich war es einfacher, sich an Daten, Schemata und Klischees zu halten.

Es vereinfachte die Rechtsprechung. Es beschleunigte die Arbeit der

Polizei in vielerlei Hinsicht. Und es entlastete das Gewissen. Denn der Faktenmensch, der sich keine Individuen vorstellen konnte und darum niemals individuelle, sondern immer nur schablonierte Entscheidungen traf, konnte nichts verschulden. Es war nicht seine Meinung, um derentwillen dies und das geschehen war. Es war nicht seine Hypothese, die den nächsten Mord gefördert hatte. Es war nicht seine Phantasie, die ein ungerechtes Urteil erwirkt hatte. Er hielt sich ausschließlich an die Fakten, und die befreiten die Ermittelnden und Rechtsprechenden von jeder persönlichen Schuld.

Weil er nüchtern und sachlich an seine Aufgabe ging, war der Faktenmensch unbestechlich. Krantz wäre auch ein ausgezeichneter Pathologe gewesen, hätte er Medizin studiert. In gewisser Weise waren Faktenmenschen eine unschätzbare Hilfe, weil sie das Bekannte objektivieren und zugänglich machen konnten.

Um zu ergründen, was man nicht wußte, waren sie wertlos.

In früheren Zeiten, als die Kriminalpsychologie ein Schattendasein fristete und Hypothetiker als Spinner galten, hatten sie die Polizei dominiert. Ihre Philosophie war einfach: Eliminieren, was unrecht war. Die Frage, ob ein Mörder als solcher geboren oder erst zu einem gemacht wurde, stellte sich ihnen nicht. Die Todesstrafe war eine Erfindung der Faktenmenschen. Die Endgültigkeit war faktisch. Ihnen beizubringen, Mörder als Menschen mit Vorgeschichte zu begreifen, deren Kenntnis die Verbrechensaufklärung vorantreiben und andere Verbrechen verhindern konnte, hätte ebensowenig funktioniert wie einem Computer das Lügen beizubringen.

Dennoch fragte sich Menemenci manchmal, ob die Faktiker mit der Todesstrafe nicht recht gehabt hatten.

Dann wiederum haßte er sich dafür, die Frage überhaupt gedacht zu haben. Auch das gehörte dazu, wenn man die Emotion zur Strategie erhoben hatte. Meinungen zu entwickeln hieß, Gefühle zuzulassen und Leiden in Kauf zu nehmen.

Menemenci hätte nicht tauschen wollen. Es war ihm immer noch lieber, sich für die Folgen einer Fehlentscheidung schuldig zu fühlen, weil er ein Fabulierer und Erfinder war, als in der Technokratie abzustumpfen. Um Verbrechen wie das an Üsker aufzuklären, mußte man fabulieren und erfinden können. Man mußte sich die immer gleiche Frage immer wieder aufs Neue versuchen zu beantworten:

Warum war ein Ungeheuer ein Ungeheuer?

Wie konnte man ihm beikommen, wie konnte man sein Verhalten

prognostizieren? Was hatte es dazu gebracht, die Tat zu begehen? Was hatte sein Opfer getan, um es die Tat begehen zu lassen?

Was hatte Mehmet Üsker getan?

11.31 Uhr. Vera

Der Boxster stand vor dem Haus auf der anderen Straßenseite. Vera lief hinüber. Sie hatte ihn dort geparkt, um Bathge sofort folgen zu können, wenn er mit dem Feuerzeug in der Tasche die DeTechtei verließ. Mittlerweile hatte er ausreichend Vorsprung, daß sie die Beschattung unbemerkt aufnehmen konnte.

Wie nicht anders zu erwarten, klemmte ein Strafzettel unter dem Scheibenwischer. Vera zerknüllte ihn, stieg ein und ließ die *portable station* in eine dafür vorgesehene Halterung gleiten. Es klickte leise, als das Gerät einrastete.

Der rote Punkt bewegte sich weiter über den Bildschirm und strebte dem Rudolfplatz zu.

Die Finger ihrer Rechten glitten über eine Fläche aus geschwärztem Glas direkt über dem Radio. Mit leisem Summen schaltete sich der nachträglich eingebaute Bordcomputer ein und verwandelte den Porsche binnen Sekunden in die perfekte Erweiterung ihres Büros.

Der Wagen war nun Kontrollraum und Kommunikationszentrale zugleich. Ausgestattet mit einer Laptopeinheit, die man ebenso wie die *portable station* herausnehmen und mit sich führen konnte. Auch hier hatten die Zauberlehrlinge aus der IBM-Entwicklung Hilfestellung geleistet. Der Computer empfing seine Daten direkt aus dem Tisch in ihrem Büro, und der zapfte bei Bedarf einen Satelliten an. Vera wußte, daß man ihr nicht aus purer Freundlichkeit so sehr entgegengekommen war. In den Augen der Abteilung Künstliche Intelligenz hatte sie den Status eines Versuchskaninchens. Ihre Gönner setzten voraus, daß sie über Funktionstüchtigkeit und Probleme der Anlage reportete. Es war in Ordnung so. Weit und breit gab es kein vergleichbares Gefährt, zumal nicht in privatem Besitz.

Langsam rollte der Boxster die Schaafenstraße entlang. Trotz der Hitze verzichtete Vera darauf, offen zu fahren. Sie wollte kein Risiko eingehen. Der Peilsender verriet ihr, wo Bathge war, nicht aber, ob er sie sehen konnte. Besser, sich geschlossen zu halten.

»Rudolfplatz. Zoom 2.8. Freeze«, sagte sie.

Auf einfache und akzentuiert ausgesprochene Wörter und Sätze reagierte das Programm mittlerweile recht gut. Auf dem Monitor öffnete sich ein neues Fenster. Der Rudolfplatz entstand als Festbild in Vergrößerung, so daß sie sehen konnte, wohin genau sich der rote Punkt bewegte. Der Anblick hatte etwas Gespenstisches. Das Holiday Inn, das Hahnentor und die umliegenden Gebäude waren als strahlende grüne Linien erkennbar. Eine virtuelle Stadt, die zur Abwechslung einer realen nachempfunden war.

Leider war das Programm noch nicht so weit, vertikale Standorte anzuzeigen. Vera konnte nur vermuten, daß Bathge sich augenblicklich in die Tiefe bewegte.

Die U-Bahn fiel aus. Sie lag unterhalb der Straße. Bathge ging in die entgegengesetzte Richtung. Entweder wollte er ins Holiday Inn oder in das darunterliegende Parkhaus.

»Zoom 3.5!«

Es war das Parkhaus.

Sie trat aufs Gas und schaffte es, rechtzeitig gegenüber der Ausfahrt zu sein, als der rote Punkt sich auf dem Monitor mit wachsender Geschwindigkeit auf sie zubewegte.

Nacheinander verließen vier Fahrzeuge das Parkhaus. Vera kniff die Augen zusammen.

In welchem saß Bathge?

Sie hatte es nicht erkennen können. Fürs erste blieb ihr nichts übrig, als an allen gleichzeitig dranzubleiben.

»Move«, befahl sie.

Die starre Ansicht des Rudolfplatzes verschwand, der Zoom schaltete sich automatisch aus. Jetzt war der Stadtplan wieder in ständiger Bewegung.

An der Ringkreuzung bogen zwei der Wagen in unterschiedliche Richtungen ab. Der Punkt bewegte sich weiter geradeaus.

Die Auswahl reduzierte sich auf einen dunkelblauen BMW und einen Mitsubishi mit Rallyestreifen und gewaltigem Spoileraufsatz. Zwischen Vera und den beiden Wagen waren drei andere Fahrzeuge. Genug Sicherheitsabstand, um nicht gesehen zu werden.

Bald würde sie wissen, in welchem Wagen Bathge saß.

Sie schloß eine schnelle Wette mit sich selber ab und tippte auf den BMW. Der Mitsubishi paßte nicht zu ihm. Aber noch fuhren beide in Richtung Rhein.

Während sie versuchte, sich auf den Verkehr zu konzentrieren, wanderten ihre Augen zwischen den Wagen vor ihr und dem Punkt auf dem Bildschirm hin- und her.

Neben ihr dröhnte schweres Motorengeräusch.

Ein Tanklaster drängte rüber. Vera gab Gas. Der Laster hupte und beschleunigte seinerseits, bis er auf Höhe des Mitsubishi war. Wieder hupte er und blinkte, um auf die linke Spur zu gelangen.

Der Mitsubishi bremste und ließ ihn vor.

Von einem Moment auf den anderen kam der Verkehr zum Erliegen. Der Laster fand zuwenig Platz und blockierte nun zwei Spuren. Vera fluchte und starrte auf den Bildschirm. Der rote Punkt machte sich mit erhöhter Geschwindigkeit davon, während der Mitsubishi im Schrittempo hinter dem Lkw herzockelte. Weiter vorne sah sie eine Ampel auf Rot springen und wußte, daß der BMW entwischt war.

»Scheiße!« schrie sie.

Auf dem Bildschirm erschien ERROR, dann wieder der Stadtplan. »Scheiße« war dem Programm nicht geläufig.

Sie sah nach rechts, aber es war unmöglich, rüberzukommen. Auf den Nebenspuren drängten sich die metallenen Leiber der Autos. Ungeduldig wartete sie, bis die Ampel wieder auf Grün umschaltete. Der Tanklaster brauchte quälend lange, um seine vierzig Tonnen in Bewegung zu setzen. Als Vera endlich bis auf wenige Meter an die Ampel herangekommen war, sprang sie erneut auf Rot.

Langsam ließ sie die Luft entweichen und lehnte sich zurück. Dann eben nicht.

Sie würde Bathge auch so finden. Der Sender zeigte einigermaßen präzise an, wo er war. Nur daß sie jetzt nicht sehen konnte, welchen Hauseingang er betrat. Die Zoom-Funktionen erfaßten die wesentlichen Plätze und größten Straßen der Stadt. Um jeden Straßenzug im Detail heranzuholen, war das Programm nicht ausgefeilt genug. Es unterlag Unschärferelationen von zehn bis zwanzig Metern

Sie hätte auf das normale Ortungsprogramm umschalten können, mit dem die Polizei seit Jahrzehnten arbeitete, aber dann wäre ihr die Ansicht des Stadtplans verlorengegangen. Für eine Verfolgung wie diese war die grafische Darstellung unerläßlich. Vera wußte, daß der Prototyp der nächsten Generation bereits vorlag und völlig neue Möglichkeiten eröffnete. Keine *portable station* mehr, sondern etwas, das man sich wie eine Sonnenbrille auf die Nase setzte, um die Welt in Wärmeabstufungen zu erleben oder als transparente Struktur, die es ermöglichte, gesuchte Objekte durch mehrere Häuserblocks hindurch wahrzunehmen. Der Computer digitalisierte das gesamte Umfeld und übertrug es auf die Oberfläche der Cyberbrille.

Nur moderne Kampfflugzeuge waren ähnlich ausgestattet. Zwischen Auge und Umgebung schob sich die virtuelle Oberfläche, weil der Computer mehr sah als der Mensch, beziehungsweise das sah, worauf es ankam.

Der nächste Schritt würde die Steuerung durch Gedankenkraft sein. Es gab Maschinen, die bereits mit *brain boxes* flogen. Testweise. Und es gab einen Konzern, der begonnen hatte, Autos damit auszustatten. Das Drehen an Steuerrädern würde der Vergangenheit angehören. Zurücklehnen, Brille aufsetzen, konzentrieren. Das war alles.

Inmitten der Blechlawine, das nächste Jahrtausend vor Augen, beschloß Vera, die Einladung zum Essen anzunehmen, die der Leiter der Abteilung Künstliche Intelligenz vor kurzem ausgesprochen hatte. Natürlich wußte sie genau, was er von ihr wollte. Aber sie konnte es so einrichten, daß er glaubte, etwas zu bekommen, während sie etwas bekam.

Als es endlich weiterging, war Bathge schon auf der Rheinuferstraße. Vera gab sich keine Mühe, ihn einzuholen. Sie behielt den Punkt im Auge und sah, wie er am Schokoladenmuseum vorbeizog und das Hafenamt passierte. Kurz hinter der Südbrücke bog er plötzlich scharf zum Fluß hin ab und stoppte.

Vera fuhr weiter. Sie schwenkte in die Rheinuferstraße ein. Hinter dem Schokoladenmuseum parkte sie auf dem Seitenstreifen und starrte auf den Monitor.

Der Punkt bewegte sich sehr nahe am Fluß entlang, nun aber erheblich langsamer. Offenbar hatte Bathge den Wagen verlassen und ging zu Fuß weiter.

Soweit Vera sich erinnerte, gab es dort nur halbverfallene Fabrikbauten und leerstehende Kontore. Ein paar rostige Kähne lagen vor Anker. Hier und da wurde gearbeitet, aber im großen und ganzen wartete das Gelände auf die längst fällige Totalsanierung.

Sie ließ zwei Minuten verstreichen, bis der Punkt zum Stillstand gekommen war, dann nahm sie die Verfolgung wieder auf. Der Boxster rollte auf der rechten Spur unter der Severinsbrücke hindurch, passierte das Hafenamt, die Einmündung zum Ubierring und die Alte Universität. Unter der Südbrücke parkte sie. Sie öffnete ein Fach, entnahm ihm eine Perücke und mutierte vom blonden Sechsmillimeterkopf zur langgelockten Brünetten. Rasch schminkte sie sich die Lippen dunkler, zog den Blazer aus, legte ihn sorgfältig zusammen und deponierte ihn auf dem Beifahrersitz. Der Blazer war schwarz, so hatte Bathge sie eben noch gesehen. Mit dem weißen, ärmellosen Top darunter und der anderen Frisur hätte ihre eigene Mutter sie nicht wiedererkannt.

Vera grinste freudlos. Wann hätte die jemals irgendwen erkannt außer sich selber.

Uninteressant.

Prüfend betrachtete sie sich im Rückspiegel.

Die Verkleidungsnummer erschien den meisten Detektiven lächerlich und kompliziert. Vera fand sie praktisch und einfach. Sie war alt wie die Welt, aber dennoch fielen alle mit schöner Regelmäßigkeit darauf rein.

Sie hatte die Langhaarperücke eine ganze Weile nicht getragen. Langsam drehte sie den Kopf hin und her und spürte die Vergangenheit heraufsteigen.

Vera neben Karl im Wagen, mit wehender Mähne ...

Ihre Finger griffen nach einer Sonnenbrille, schoben sie auf den Nasenrücken. Mit einem Schwung war sie aus dem Boxster, schloß ab und stöckelte mit Hüftschwung über die Fahrbahn hinüber zur Rheinseite. Die *portable station* hatte sie im Wagen gelassen. Das Gerät hätte sie nur behindert. Diese Gegend war keine Zoom-Region. Sie war überhaupt keine Region, in der es irgend etwas gab außer Ratten, Dreck und Unbehagen.

Die Alte Werft.

Ein Gebäudekomplex, der sich über eine Distanz von gut zweihundert Metern am Ufer entlangzog. Wenig einladend. Dunkelbraunrote Kästen mit zerschlagenen Scheiben. Was an Scherben geblieben war, wuchs aus den Fensterlöchern wie verfaulte Zähne. Dahinter war alles schwarz.

Vera trat durch ein verrostetes Tor in einen Vorhof und sah sich um. Überall lag Gerümpel. Ein paar Wagen parkten jenseits des Gitters zur Straße hin. Der blaue BMW war nicht darunter. Auf dem Gelände selber schien kein Mensch zu sein.

Sie legte den Kopf in den Nacken und suchte die Fassaden ab. Wäre sie schreckhaft gewesen, hätte sie die Atmosphäre als unheimlich empfunden. So flößte ihr die Verkommenheit nur Abscheu ein. Es war hellichter Tag. Als Frau mit langen brünetten Haaren und einem Nichts von Oberteil hier durchzulaufen, nachdem es dämmerte, wäre mit Sicherheit keine gute Idee gewesen. Nicht jeder beherrschte drei Kampfsportarten.

Mit zügigen, geschäftsmäßigen Schritten lief sie weiter und ließ den Blick umherschweifen. Zwischen den Gebäuden taten sich schmale Schluchten von Gassen auf, die zum Wasser führten. Sie ging näher an eine heran und sah hinein. Trotz der Hitze wehte ihr daraus ein kühler, modriger Geruch entgegen. Ihr Blick verlor sich im Unbestimmten. Am Ende war ein Streifen weißlichen Himmels auszumachen und etwas, das vielleicht zu einem Schiff gehörte. Vera besann sich einen Moment, dann trat sie in den Schatten der Gasse und schritt eilig aus.

Nach wenigen Metern begann es zu stinken. Sie mußte über undefinierbare Abfallhaufen steigen und achtgeben, daß sie sich an verbogenen Metallresten nicht die Knöchel zerschnitt. Weiter vor ihr huschte etwas über den Weg und verschwand zwischen Ansammlungen von Unrat.

Es war vielleicht der unauffälligste und schnellste Weg, um auf die andere Seite zu gelangen. Aber mit Sicherheit auch der widerlichste.

Vera hielt die Luft an und ging schneller. Als sie endlich das Ende der Gasse erreicht hatte, entluden sich ihre Lungen stoßartig. Sie hätte viel darum gegeben, ins Sonnenlicht treten zu dürfen, das sich eben wieder durch die Wolkenschleier hindurchkämpfte, aber für den Moment blieb sie im Schatten und streckte nur den Kopf vor.

Sie blickte hinaus auf die Alte Werft.

Hier hinten sah es nicht besser aus als vorne, von wo sie gekommen war, aber wenigstens lag nicht soviel Zeug herum. Rechts zeichneten sich zwei Kräne dunkel gegen den Himmel ab. Im Wasser direkt vor ihr lag ein Frachter vor Anker. Das Schiff stand hoch aus dem Wasser. Es war entladen und machte einen verkommenen Eindruck.

Vorsichtig spähte sie zur anderen Seite. Ein Stück weiter entwuchs dem Haupthaus ein Seitentrakt bis hin zum Fluß. Er war durchbrochen von einer Durchfahrt. Dahinter zog sich ein Stück offenes Gelände am Fluß entlang und führte auf eine schmale, kopfsteingepflasterte Straße, die einen Knick beschrieb und hinter dem Gebäudekoloß verschwand. Vera schätzte, daß sie auf die Rheinuferstraße führte.

Unter der Einfahrt stand der BMW.

Sie überlegte.

Bathge war irgendwo da drin. Was tat er hier? Suchte er das gottverlassene Gelände auf, um jemanden zu treffen? Hielt er sich hier versteckt?

Er war nirgendwo in Köln gemeldet. Wahrscheinlich hatte er hier nicht mal einen festen Wohnsitz.

Und er wollte nicht gefunden werden.

Dazu eignete sich die Alte Werft allerdings hervorragend.

Einen Moment lang erwog sie, sich in das Gebäude zu schleichen und Umschau zu halten. Aber Bathge mußte nicht unbedingt merken, daß sie ihn an der Angel hatte. Zumal sie erhebliche Zweifel daran hatte, das Richtige zu tun.

Er hatte sie gebeten, ihm zu vertrauen. Er war ihr Klient, und er hatte ein Recht darauf, anonym zu bleiben, wenn er es wollte.

Aber er hatte auch gelogen.

Nein, nicht gelogen.

Er hatte nicht alles gesagt.

Warum empfand sie plötzlich solche Skrupel? Was war mit dem Foto? Mit Üsker? Warum sollte sie ihm vertrauen, nur weil er ein Bündel Bares über ihren Tisch geschoben hatte?

Was hatte Simon Bathge vor?

Das ist alles nicht dein Bier, sagte sie sich.

Sie hatte versprochen, seinen Fall weiter zu bearbeiten. Von nun an würde sie ihn sehen können, vorausgesetzt, er hielt ihr Feuerzeug in Ehren. Bei seinem Zigarettenkonsum stand nichts anderes zu erwarten.

Es wurde Zeit, sich wieder um Andreas Marmann zu kümmern. Aussteigen konnte sie immer noch.

Lautlos drehte sie sich um und ging zurück zu ihrem Wagen. Von Zeit zu Zeit sah sie sich um. Niemand folgte ihr. Bei dem Gedanken, jemand könne ihr aus den toten Fensterlöchern nachstarren, überkam sie ein ungehagliches Gefühl, aber sie ging deswegen keinen Schritt schneller. Bathge konnte nicht wissen, daß sie ihm gefolgt war. Und selbst wenn, würde er sie nicht erkennen.

Als sie sich auf den Fahrersitz fallen ließ, riß sie sich als erstes die Perücke vom Kopf und betrachtete sich im Spiegel. Wie gut es tat, das Ding loszusein. Wie gut, ein kurzes, borstiges, blondes Fell zu haben.

Dann fiel ihr Blick auf die dünne weiße Narbe.

Sie glitt in den Blazer und rief Roth an.

»Du kommst mir gerade richtig!« knurrte er.

»Ich weiß, daß du sauer auf mich bist«, sagte Vera. »Aber du hättest nein sagen können.«

»Ich habe nein gesagt. Du hast bitte gesagt. Ich habe wieder nein gesagt, und hast dreimal bitte gesagt. Quälgeist!«

»Und?«

»Was und?«

»Hast du's?«

»Ja, habe ich. Und das ist der letzte Liebesdienst, den ich dir in dieser Sache erweise, daß wir uns richtig verstehen.«

»Danke, Tom. Wann ...«

»Und ein paar Takte werde ich dir dazu auch noch erzählen!«

»Wann kann ich das Bild haben?«

»Hörst du mir zu? Die Sache ist nicht so einfach, wie du dir das vorstellst.«

»Ja«, sagte Vera gedehnt. »Du hast ja recht.«

»Also gut. Was ist mit heute mittag?«

»Das ist jetzt.«

»Halb eins?«

»Okay.«

11.40 Uhr. Menemenci

Üskers Mörder war kein Psychotiker.

Der Unterschied zwischen Psychotikern und Psychopathen bestand im wesentlichen darin, daß erstere nicht zurechnungsfähig waren. Psychopathen schon. Menemenci erinnerte sich an einen albernen Spruch, den sie ihnen auf der Akademie beigebracht hatten:

Schuldig ist der Psychopath.

Denn er wußte, was er tat.

Was auch immer in Üskers Mörder vorgegangen war, er hatte die Tat sorgfältig und mit klarem Verstand vorbereitet und durchgeführt.

Menemenci zog einen Stuhl heran und setzte sich an den großen Konferenztisch. Er holte ein kleines Buch hervor, blätterte darin, bis leere Seiten kamen, und schrieb oben auf das Blatt:

MÄNNLICH.

Der Grund dafür war fast erschreckend simpel.

Frauen taten so etwas nicht.

Sie erschlugen, erschossen und erstachen ihre Ehemänner und Geliebten. Sie erstickten ihre Kinder und versteckten die Leichen in Mülltonnen. Es kam vor, daß sie jemanden mit der Schere entmannten. Aber fast immer handelte es sich dabei um Affekthandlungen. Eine kaltblütige und langwierige Tötung wie die von Üsker mochte eine Frau vielleicht fertigbringen. Aber über ein Jahrhundert Polizeiakten sagte, daß es so gut wie nie vorgekommen war.

Kaltblütig ...

Menemenci stützte den Kopf in die Hände und dachte darüber nach. Die extremen unter den Killern handelten nie wirklich kaltblütig. Es gab enorm kontrollierte Typen, aber das Gros folgte sexuellen Obsessionen. Wie gut sie ihre Taten auch vorbereiteten und ihre Spuren verwischten, während der Tat empfanden sie Lust und höchste Erregung. Es ging nur um die Befriedigung dieses Triebs.

Aber das galt für Männer, die Frauen ermordeten. Üsker war männlich.

Hatte Üskers Mörder einen Trieb befriedigt?

Nichts wies darauf hin. Er hatte so ziemlich alles mit seinem Opfer angestellt, was man sich vorstellen konnte, nur mißbraucht hatte er es nicht. Nur Üskers Sperma hatte sich gefunden, der im Augenblick höchster Qual oder des Todes ejakuliert hatte. Folterspuren im Genitalbereich. Aber keine Anzeichen einer Vergewaltigung.

Es würde sich zeigen, ob der Mord an Üsker der Beginn einer Serie war oder ein einzelnes Verbrechen. Aus verschiedenen Gründen glaubte Menemenci nicht an einen Serienmörder im klassischen Sinne. Er hatte nicht den Eindruck, daß der Mann von etwas getrieben worden war, das er tun mußte, um sich zu verwirklichen. Er war kein Lustmörder, ganz sicher aber ein Sadist. Seine Psyche war deformiert, wenngleich sich ein beunruhigendes Maß an Sachlichkeit mit in die Tat mischte.

So seltsam es klingen mochte, die Tat ergab offenbar einen Sinn.

Zögernd schrieb Menemenci:

PSYCHOPATH. SADIST.

Aber warum? Nur aus Lust am Quälen?

Er strich den Sadisten wieder aus und ersetzte ihn durch:

SADOPHIL.

Das traf es eher. Der Mörder mußte natürlich eine sadistische Veranlagung haben, er hätte es sonst nicht über sich gebracht, all diese Dinge zu tun. Andererseits war es nicht das Verbrechen eines Sadisten im eigentlichen Sinne. Der Zweck, soweit man das Wort darauf anwenden konnte, war ein anderer.

Da war noch mehr ...

Die Pathologie hatte die Vermutung des Arztes, der die erste Untersuchung am Tatort durchgeführt hatte, zugleich bestätigt und widerlegt. Üsker war zwischen den Folterungen tatsächlich mit schnell wirkenden Medikamenten behandelt worden, um ihn bei Bewußtsein zu halten. Sein Leiden war fürchterlich gewesen, und wie es aussah, hatte die Schwere der Mißhandlungen sukzessive zugenommen.

Zu allen Zeiten aber war Üsker in der Lage gewesen, zu hören und zu sprechen. Sein Mörder hatte Wert darauf gelegt, daß er kommunikationsfähig blieb.

Warum?

Schreien konnte man auch ohne Zunge. Hatte sich der Mörder daran berauscht, wie sein Opfer um Gnade winselte? Das hatte Üsker mit Sicherheit getan. Bis zum Schluß mußte ihm bewußt gewesen sein, daß keine seiner Verletzungen tödlich war. Er mußte eine Chance gesehen haben, weiterzuleben, wenn sein Peiniger nur aufhörte. Ein Leben zwar mit Verstümmelungen und unter Schmerzen, aber immerhin ein Leben.

So schrecklich die Tat war, schien sie Menemenci doch auf seltsame Weise vertraut.

Und plötzlich wußte er, woran ihn das alles erinnerte.

Ort und Zeit paßten nicht, es hätte Krieg herrschen müssen oder zumindest ein totalitäres Regime. Ansonsten war die Mordsache Üsker ein typischer Fall professioneller Folter mit inoffizieller Genehmigung offizieller Stellen.

Zugleich wurde Menemenci bewußt, warum es kein Lustmord war und die Tat auf so perfide Weise vernünftig erschien. Es war die Art Folter, wie sie immer noch in vielen Ländern angewendet wurde, um Menschen Geheimnisse zu entreißen und sie dazu zu bringen, andere zu denunzieren. Das probate Mittel der Tyrannen.

Üsker hatte etwas verraten sollen.

Daher der Eindruck von Sinn und Zweck. Üskers Peiniger war ein Profi. Ein professioneller Folterknecht, der sich der Wirkung jeder einzelnen Maßnahme voll bewußt war und die Klaviatur der Quälerei perfekt beherrschte. Das Procedere, dem er Üsker unterworfen hatte, war zu ausgeklügelt, als daß es ein Laie hätte erfinden können. Das hier war hohe Kunst. Was er seinem Opfer angetan hatte, schien wie aus einem Katalog entnommen. Kaltblütig. Nur darauf ausgerichtet, eine bestimmte Kette von Resultaten zu erzielen. Wie bei der Inquisition. Ein Job, mehr nicht.

Menemenci lehnte sich zurück und strich sich durchs Haar. Er fühlte, wie seine Finger Schweiß verteilten.

Wenn das alles stimmte, brachte es eine weitere Erkenntnis. Der Mörder mußte Erfahrung gesammelt haben im Dienste einer Institution, die die Menschenrechte verletzte. Das hieß, er hatte eine gewisse Zeit im Ausland zugebracht, in einem Krisengebiet oder in einem totalitären Staat. Er hatte schon einmal gefoltert, mehrfach, oft.

Und wahrscheinlich auch getötet.

Mehrfach.

Oft.

Wie viele Länder gab es, in denen Menschen gefoltert wurden? Fünfzig, wie Amnesty International derzeit anführte? Oder noch mehr?

Menemenci schrieb:

PROFESSIONELLER FOLTERER. AUSLANDSAUFENTHALT IN KRISENGEBIET/EN.

ALTER: 30 BIS 40 JAHRE.

Sexualverbrecher waren jünger. Demgegenüber zeigte die Erfahrung, daß die Quote der Extremtäter jenseits der vierzig rapide sank. Zudem glaubte Menemenci nicht, daß die Zeiten, in denen der Mörder das Foltern gelernt hatte, allzu lange zurücklagen. Die letzten zehn Jahre hatten vor allem in den reichen Industrienationen eine Bereitschaft zur bewaffneten Auseinandersetzung mit sich gebracht. Jünger als dreißig würde er nicht sein, weil er gewisse Erfahrungen hatte sammeln müssen, älter als vierzig aber auch nicht. Folterer waren selten politische Idealisten, sie vertraten entweder sehr einfache Ideen und wiesen sich durch geringe Intelligenz aus, oder sie waren auf abgründige Weise kreativ und verdingten sich für Geld, damit sich ein anderer nicht die Finger schmutzig machen mußte. Im allgemeinen geschah das, wenn sich herausstellte, daß sie im normalen Leben gescheitert waren, und das wußten sie wenige Jahre nach Schulabschluß. Sie waren durch die Bank sadistisch veranlagt, wenngleich ihr Handeln zweckgerichtet war und man sie in den wenigsten Fällen als Lustmörder bezeichnen konnte.

Im Grunde waren sie wie alle, die sich eine Arbeit suchen. Sie versuchten, ihr Geld mit etwas zu verdienen, das ihnen Spaß machte.

Wenn Üskers Mörder sich, wie Menemenci vermutete, verkauft hatte, konnte er nicht älter als vierzig und nicht jünger als dreißig sein.

Außerdem war er alles andere als dumm. Er brauchte keine Anweisungen und richtete es ein, ungesehen aufzutauchen und wieder zu verschwinden. Alles an seiner Tat wies auf einen sorgfältig planenden Menschen hin, der es verstand, sein Handeln unterschiedlichen Entwicklungen anzugleichen. Kein dumpfer Schlächter, sondern in höchstem Maße geordnet und kontrolliert, extrem zielorientiert und psychisch hochbelastbar. Weder war er an Ort und Stelle in Panik geraten, was sich im Hinterlassen von Fingerabdrücken, Erbrechen oder Tatabbruch ausgedrückt hätte. Noch hatte er ein schlechtes Gewissen gezeigt. Viele Mörder schämten sich ihrer Tat und bedeckten die Leiche mit einem Tuch oder einem Kleidungsstück. Ihre absurde Art, Reue zu demonstrieren.

Er hatte nichts dergleichen getan.

Nur gefoltert, zugehört und weiter gefoltert.

In seiner Vergangenheit würden sich erste Anzeichen finden. Quälen und Verstümmeln kleiner Tiere. Ungewöhnliche Brutalität gegenüber Schulkameraden. Kaputte Familienverhältnisse, wie sie bei allen psychopathisch veranlagten Mördern anzutreffen waren. Zurückweisungen, Spott, Vernachlässigung, Liebesentzug, seelische Schläge, handfeste Prügel. Vielleicht hatte er irgendwann aus Wut begonnen, sich an einer Gesellschaft zu rächen, die ihn verhöhnt und seine Fähigkeiten herabgewürdigt hatte. Also würde er nun die Gesellschaft verhöhnen. Als Folterer besaß er die Macht dazu. Dominanz, Manipulation und Kontrolle waren die drei Hauptwesenszüge des Psychopathen. Damit paßte Üskers Mörder durchaus ins Bild der Serienmörder, wie sie vom FBI Anfang der Achtziger kategorisiert worden waren. In gewisser Weise war er tatsächlich einer. Mit Sicherheit hatte er schon andere Menschen umgebracht.

Allerdings aus sehr speziellen Gründen.

Es mochte Sinn machen, jemandem im Auftrag einer zahlenden Macht ein Geständnis abzuringen und in Kauf zu nehmen, daß er dabei starb.

Aber welchen Sinn machte es in Köln?

Was hatte Üsker getan, um diesen Teufel auf seine Spur zu bringen?

Die Antwort formte sich im selben Moment in Menemencis Kopf. Üsker war in der Fremdenlegion gewesen. Bislang hatten sie dem Umstand keine besondere Bedeutung beigemessen. Es lag fast ein Jahrzehnt zurück. Er hatte sich dafür bezahlen lassen, gegen andere zu kämpfen, und war dann zurückgekehrt, um ein Leben als Gemüsehändler aufzunehmen.

Was, wenn er seinen Mörder aus dieser Zeit kannte?

Und sein Mörder ihn?

Nach der Zeit bei der Legion haben sie sich aus den Augen verloren, dachte Menemenci weiter. Jetzt, nach Jahren, taucht der andere plötzlich wieder auf und will etwas von Üsker wissen. Um es in Erfahrung zu bringen, greift er zu extremen Mitteln, also muß auch die Information von extremer Wichtigkeit sein.

Was hatte er wissen wollen?

Anders gefragt: Hatte Üsker ihm erzählt, was er wissen wollte? Hatte er es überhaupt erzählen können?

Offenbar nicht.

Hätte Üsker gewußt, was sein Peiniger zu erfahren suchte, hätte er sich nicht so zurichten lassen. Er hätte früher geredet. Der Mörder hatte alles unternommen, bis er sicher sein konnte, daß Üsker tatsächlich keine Informationen mehr zurückhielt. Er hatte hundertprozentige Sicherheit erlangen wollen.

Und dann, ein einziges Mal, hatte er die Kontrolle verloren.

Menemenci starrte wieder aus dem Fenster.

Etwas störte das Bild vom eiskalten, professionellen Folterer. Während der ganzen schrecklichen Prozedur mußte er Üsker als Sache behandelt haben. Ein natürlicher Schutzmechanismus vieler Psycho- und Soziopathen bestand darin, ihre Opfer zu entpersönlichen.

Aber Üsker war nicht, wie ursprünglich angenommen, an der Summe seiner Verletzungen gestorben. Hier hatte der erste medizinische Befund geirrt. Nichts davon hatte ausgereicht, um ihn zu töten.

Er hatte drei Schüsse aus einer .22er-Pistole in den Bauch bekommen.

Der Mörder hätte ihn mit einem Kopfschuß töten können, nachdem er wußte, daß Üsker ihm nichts erzählen konnte. Statt dessen hatte er ihn qualvoll an drei Bauchschüssen verrecken lassen.

Das war seine ganz persönliche Signatur.

Und der Schlüssel.

Vielleicht.

12.32 Uhr. Vera

Sie trafen sich im Lichhof, einem wunderlichen Plätzchen an der Rückseite von St. Maria im Capitol. Hier schien ein Teil dessen überlebt zu haben, was man sich landläufig unter dem alten Köln vorstellte. Kleine, verwinkelte Häuser mit vorkragenden Stockwerken, steinerne Portale, mächtige Bäume und Bänke mit Blick auf den Kirchenchor.

Roth wartete auf der mittleren der drei Bänke, als Vera kam. Er hatte den Kopf in den Nacken gelegt und die Augen geschlossen. Sein Gesicht wirkte fahl und verfallen. Vera setzte sich neben ihn und zog ihn am Ohr.

»Marga geht's schlecht«, sagte Roth, ohne die Augen zu öffnen.

Vera schwieg.

»Sie wollte heute morgen nicht aufstehen«, fuhr er fort. »Ich weiß nicht mehr, was ich machen soll. Manchmal redet sie tagelang kein Wort, das wäre ja noch zu ertragen. Allmählich fürchte ich, ihre Angst vor dem Leben ist größer als die vor dem Tod.«

»Nein«, sagte Vera. »Das glaube ich nicht.«

Roth drehte den Kopf und sah sie an.

»Ich kann nicht nachempfinden, was sie durchmacht«, sagte er. »Das ist das Schlimmste für mich. Wenn ich ihr wenigstens helfen könnte. Der Arzt sagt, Depressionen seien eine Krankheit wie Schnupfen oder Rheuma. Aber ich denke, irgendeinen Grund muß es doch geben.«

»Sie hat keine Aufgabe mehr. Das ist der Grund.«

»Früher war sie lebenslustig und froh. Ich weiß nicht, was ich tun soll.«

»Zieh in die Stadt«, sagte Vera.

Roth zupfte an seinem Schnurrbart.

»Wenn du sie vielleicht doch mal besuchen kämest ...« sagte er zögernd.

»Ganz bestimmt.«

»Wann?«

»Vielleicht heute abend, wenn ich es schaffe.«

»Ja, heute abend wäre gut.« Er machte eine Pause und sah zum Himmel empor. »Jeder Abend wäre gut. Einer wie der andere. Egal welcher. Egal, ob überhaupt irgendein Abend. Verzeih mir, Engelchen, aber ich hab's auch einfach satt.«

Vera nickte stumm.

Nie wird irgend jemand irgendwen verstehen, dachte sie. Unser Inneres ist eine Festung, aus der wir keinen Ausweg wissen.

Roth stieß ein unwilliges Brummen aus und reichte ihr einen braunen DIN A4 Umschlag.

»Da. Dein Foto. Ich bin wie ein Dieb in das Büro von diesem Krantz geschlichen, hab's von der Wand genommen und kopiert. Dann das Original zurückgebracht und mich davongemacht.«

»Danke, Tom.«

»Wenn es dir weiterhilft.« Er schüttelte den Kopf und warf ihr einen ungnädigen Blick zu. »Du solltest mit uns zusammenarbeiten. Möglicherweise weißt du mehr als wir.«

»Ich weiß gar nichts. Was sollte ich denn wissen, was der Polizei entgangen wäre?«

»Das, was du *mir* erzählt hast, Vera. Daß der Typ mit der Knarre Andreas Marmann heißt. Daß jemand diesen Marmann sucht, während Üsker ermordet wird. Findest du das alles nicht ein bißchen merkwürdig?«

»Wenn ich es alltäglich fände, hätte ich dich nicht gebeten, das Foto zu kopieren. Aber erwarte nicht, daß ich euch helfe. Es gibt nicht den geringsten Grund.«

»Warum nicht, in Gottes Namen?«

»Noch nicht! Hör zu, Tom, noch ist Bathge mein Klient. Es gibt eine ärztliche Schweigepflicht. Wie du sehr wohl weißt, gibt es ebenso eine für Detektive.«

Er schüttelte noch heftiger den Kopf.

»Nein, du hast unrecht.«

»Meinetwegen.«

»Arbeite mit uns zusammen. Ich kann sonst nichts mehr für dich tun.«

»Du hast genug getan.«

»In deinem eigenen Interesse.«

»Ich arbeite in meinem eigenen Interesse.«

»Zu deinem Schutz.«

»Ich kann mich selbst am besten schützen.«

»Herrgott, Vera! Dann im Interesse anderer!«

Vera seufzte und begann den Umschlag aufzureißen.

»Ich habe lange genug gebraucht, um das Kapitel Kripo hinter mir zu lassen«, sagte sie. »Ich brauche sie nicht mehr und sie mich ebensowenig.«

»Du brauchst sie nicht mehr? Du brauchst doch mich.«

»Ja. Als Freund.«

»Gut«, nickte Roth bekräftigend. »Dann hör auf deinen Freund. Arbeite mit uns zusammen.«

»Ich arbeite mit euch zusammen, wenn ich es für richtig halte. Noch ist das nicht der Fall.«

»Die Kripo ist nicht Karl«, sagte Roth.

Vera verharrte in ihren Bewegungen und sah ihn an.

»Für mich schon.«

Einige Sekunden lang maßen sie einander mit Blicken. Dann zuckte Roth die Schultern und sah vor sich hin. Vera starrte auf den halb aufgerissenen Umschlag in ihrer Hand. Sie drehte ihn hin und her. Dann beugte sie sich zu Roth herüber und gab ihm einen schnellen Kuß auf die faltige Wange. Er schmeckte nach billigem After Shave.

»Ich bin nun mal so«, sagte sie leise.

»Nein«, antwortete er müde. »Du bist so geworden. Kannst du die Vergangenheit nicht mal vergessen?«

»Wie denn?«

»Indem ... ach, was weiß ich!« Er verschränkte die Arme und wies mit einer ruckartigen Kopfbewegung auf den Umschlag. »Was ist nun? Willst du ihn nicht endlich aufmachen? Wozu riskiere ich eigentlich meinen Job?«

Vera öffnete den Umschlag ganz und zog das Bild hervor. Im selben Moment wußte sie, warum sie es hatte sehen wollen.Roth hatte es vergrößert. Ihr Blick fiel auf Marmann mit dem Maschinengewehr. Neben ihm stand der Mann, dessen Gesicht sie in der Zeitung gesehen hatte, und lachte in die Kamera. Mehmet Üsker.

Sie erfaßte die Szenerie drumherum. Ein Zeltlager, wie man es aus Kriegsfilmen kannte. Im Hintergrund parkten Jeeps und etwas, das wie ein kleines Panzerfahrzeug mit Geschützturm aussah. Weitere Männer waren auszumachen, die umherliefen und Gegenstände schleppten, Kisten und Taschen, manche Waffen. Einer von ihnen, der Üsker und Marmann am nächsten war, sah herüber und grinste.

Seltsamerweise fühlte Vera kaum Überraschung.

Es war Simon Bathge.

14.15 Uhr. DeTechtei

Im Grunde hatte sie es geahnt.

Ihr erster Impuls war, Bathge den Job vor die Füße zu werfen. Er hatte sie belogen, und sie hatte es satt, sich belügen zu lassen.

Dann mischte sich ein Gefühl der Unruhe mit in die Wut. Bathge war bei der Legion gewesen und vermutlich auch bei ZERO, ebenso wie Marmann und Üsker. Sie alle hatten für Geld gekämpft, vielleicht sogar gemordet.

Und jetzt war Üsker tot.

Alles ein dummer Zufall, wie Bathge ihr weiszumachen versuchte?

Lächerlich! Warum hatte er ihr nicht gesagt, daß er Üsker persönlich kannte und selber bei der Legion gewesen war? Nachdem sie ihn schon einmal zur Rede gestellt hatte, hätte das keinen Unterschied mehr gemacht.

Kurz erwog sie, Roth anzurufen. Sie war zurück in ihr Büro gefahren, ohne ihm zu sagen, daß sie Bathge auf dem Bild erkannt hatte. Aber Roth hatte natürlich recht. Wie es aussah, hielt sie den Schlüssel zur Aufklärung des Falles in Händen. Daß Bathge aufgetaucht war, um Marmann suchen zu lassen, wenige Tage, nachdem Üsker ermordet worden war, konnte kein Zufall sein. Am Ende stellte sich eigentlich nur die Frage, wer von beiden Üsker auf dem Gewissen hatte, Marmann oder Bathge. Und warum.

Du spinnst, sagte sie sich. Was phantasierst du dir da zusammen, bloß weil ein paar Leute zusammen auf einem Foto zu sehen sind?

Bathge war ihr Klient. Nur das galt. Er hatte sie für zwei Wochen bezahlt. Sie hatte vielleicht das Recht, ihm Fragen zu stellen, nicht aber, ihn aufgrund einer vagen Verdächtigung an die Kripo auszuliefern. Natürlich wollte er von ihr nicht mit dem Mord in Verbindung gebracht werden. Natürlich hätte sie den Fall abgelehnt, wenn sie Üsker mit Marmann auf dem Bild gesehen hätte. Zumindest würde sie einen Haufen Erklärungen verlangt haben, und Bathge wollte nichts erklären. Sie war Dienstleisterin. Er bezahlte.

Er hatte ihr gar nichts zu erklären.

Und natürlich hatte er auch dann noch lügen müssen, als sie ihm auf den Kopf zusagte, daß er Üsker kannte. Warum sollte er sie ins Vertrauen ziehen? Die Wahrheit machte ihn nur verdächtig. Je offensichtlicher seine Verbindung zu dem toten Türken wurde, desto eher mußte sie ja davon ausgehen, daß er in den Fall verwickelt war. Eben das hatte er verhindern wollen. Bathge wollte, daß sie etwas für ihn tat, nicht, daß sie ihm Schwierigkeiten machte.

Klang das passabel?

Es klang lausig!

Also noch mal von vorn: Suchte Bathge nach Marmann, um ihn daran zu hindern, weitere Morde zu begehen? Oder um ihn auszuschalten, so wie Üsker? Hatte er Angst vor Marmann, worauf Vera gewettet hätte? Oder hatte Marmann Grund, Bathge zu fürchten?

Oder versteckten sich beide vor Üskers Mörder, der nämlich ganz jemand anderer war, und zwar ...

Sie kam nicht weiter. Nichts von alledem brachte sie weiter. Sie steckte fest.

Jede andere, dachte sie, würde zur Polizei gehen oder den Fall abgeben. Warum du nicht, blöde Ziege? Was ist an dem Typ dran, daß du nicht auf der Stelle Roth anrufst? Selbst wenn er's nicht gewesen ist, könnte Bathge Hinweise geben. Sie konnte sich lebhaft vorstellen, was augenblicklich im Waidmarkt los war. Nach jedem Strohhalm würden sie greifen. Ein Anruf, und Bathge wanderte in Untersuchungshaft.

Vera lehnte sich in ihrem schwarzen Ledersessel zurück und betrachtete mißmutig ihre Fingernägel.

Sie wollte den Fall nicht abgeben.

Er reizte sie. Er verhieß die Chance, möglicherweise das ganz große Ding aufzuklären.

Sie. Und nicht die Kripo.

Die Kripo ist nicht Karl, hatte Roth gesagt.

Sie schnaubte unwillig. Was hatte das damit zu tun? Sie stand vor dieser Sache wie vor einer halboffenen Tür, hin- und hergerissen zwischen Weglaufen und Hineingehen. Es war dieser Reiz und die Aussicht, Presse für die DeTechtei zu bekommen. Darum ging es. Wer fragte nach Karl?

Sollte die Kripo zusehen, wie sie zurechtkam.

Im Grunde hatte sie die besseren Karten. Sie war Bathge voraus. Das Foto war ihr Trumpf. Er wußte nicht, daß sie eine Kopie des Originals besaß.

Und sie hatte ihn angepeilt.

Er würde ihr einiges zu erklären haben, sicher. Sehr bald schon. Aber noch sah sie keine Veranlassung, die Arbeit für ihn einzustellen. Auf unbestimmte Weise schien es ihr, als wolle er sogar, daß sie sein Geheimnis aufdeckte.

Und sie wollte es auch.

Vera seufzte.

Also jagte sie augenblicklich zwei geheimnisvollen Unbekannten hinterher. Ihrem eigenen Klienten und dem, den er suchte.

Auch gut. Verdopplung der Trefferquote.

Als erstes checkte sie die Nummer des BMW.

Bathge fuhr einen Mietwagen. Vera hatte nichts anderes vermutet.

Sie widmete sich der Werft.

Eine halbe Stunde später und nach etlichen Telefonaten mit Auskunfteien und Sektionen des Grundbuchamts konnte sie sich ein halbwegs umfassendes Bild von den Eigentumsverhältnissen der Alten Werft machen. Ob die Informationen ihr weiterhelfen würden, blieb dahingestellt. Unwichtig für den Augenblick. Schaden würden sie auf keinen Fall.

Wie sie es geahnt hatte, befanden sich ausgedehnte Teile in städtischem Besitz. Große Areale hatte Anfang der Neunziger eine Vereinigung von Spekulanten erworben, die sich BKA nannte und nichts mit dem Bundeskriminalamt zu tun hatte. BKA stand für Bund Kölner Architekten. Weitere Eigentümer beziehungsweise Pächter hielten ein Fitneßstudio, das nie richtig eröffnet hatte, diverse kleine Handelskontore, drei Reedereien und einen Großhandel für Tiefseetauch- und Hochseeangelbedarf – was immer der am betulich dahinfließenden Rhein zu suchen hatte.

Sie rief eine Verwaltung an, die man ihr genannt hatte und die in Sachen Alte Werft tätig war. Vera gab sich als Maklerin aus und erntete mildes Bedauern. Offenbar gab es in der ganzen Stadt keinen Makler, der nicht hinter der Werft her war und notfalls seine Großmutter verkauft hätte, um ein Stück von dem Kuchen abzubekommen. Umsonst. Eine Immobilienfirma am Ring hatte das Areal bereits seit Jahren unter Vertrag und ließ das Objekt im Auftrag des BKA verfaulen. Wie es aussah, wollte man erst die Besitzverhältnisse auf einen Nenner bringen, bevor die Vereinigung daranging, die Industrieruine in ein Getto überteuerter Eigentumswohnungen umzuwandeln. Die meisten der Kontore und Geschäftsräume waren irgendwann aufgelassen worden. Die große, düstere Welt der Werft wurde vom BKA stückweise geschluckt, so wie Krokodile ihre Beute tagelang unter Wasser halten, bis sie aufgeweicht genug sind, sie in Brocken reißen zu können. Mittlerweile hatten die meisten Mitbesitzer die Lust verloren und verkauft. Abgesehen von den Angestellten zweier Reedereien, sagte man ihr, werde sie dort kaum jemanden antreffen. Kein lebensbejahender Mensch fand Vergnügen daran, den lieben langen Tag leibhaftig in den Werftanlagen zuzubringen.

Das Gelände war tot bis zum kapitalgewaltigen Dornröschenkuß.

Vera rief eine der Reedereien an und erkundigte sich nach den Möglichkeiten organisierter Vergnügungsfahrten. Natürlich war sie an der falschen Adresse, verwickelte die Frau am Telefon jedoch in ein längeres Gespräch. Wenig später wußte sie, daß auch diese Reederei kurz vor dem Verkauf stand, in dem Fitneßstudio lediglich ein Lager für Fitneßgeräte war, die im wöchentlichen Turnus an- und ausgeliefert wurden, und daß der Großhandel für Tiefseetauch- und Hochseeangelbedarf seit mindestens acht Jahren nicht verkauft werden könne, da der Besitzer nicht auffindbar sei. Irgendeiner Klausel zufolge werde, falls er weiterhin verschollen blieb, wohl so etwas wie eine Zwangsveräußerung anberaumt, aber vorerst waren die angemieteten Räume tot wie das ganze Gelände. Die Frau verwies Vera an die Köln/Düsseldorfer, erzählte von Touren nach Königswinter und bedauerte, ihr nicht weitergeholfen zu haben.

Das würde sich herausstellen.

In jedem Fall bot die Werft ein gutes Versteck für jemanden, der gleich welcher Beschäftigung auch immer nachgehen oder einfach nicht gesehen werden wollte. Aufgelassene Kontore, leerstehende Fitneßstudios und ein herrenloser Großhandel für Tauchbedarf, da hatte Bathge die Auswahl.

Vorausgesetzt, er campierte in der Werft und nicht irgendwo anders.

Sie schaltete den Monitor ein.

Er hatte die Werft verlassen.

Der rote Punkt war über den Rhein auf die andere Seite gewandert. Um ihn herum schloß sich die schematische Darstellung des Hyatt.

Sie, beziehungsweise Strunk hatte sämtliche Hotels gecheckt. Ein Simon Bathge war im Hyatt nicht abgestiegen, aber was besagte das schon. Er würde irgendeinen Namen benutzen.

Also das Hyatt.

Gut zu wissen.

Vera ließ den Nachmittag verstreichen und arbeitete sich weiter in den Fall der Detektorenfirma ein. Sie war fast sicher, daß Bathge sich noch vor dem Abend melden würde. Nachdem sie auf scheinbar wundersame Weise Marmanns Bekanntschaft mit Üsker aufgedeckt hatte, würde er sich unruhig fragen, was sie als nächstes herausfinden mochte. Vera schätzte, daß er sich mit der üblichen Freundlichkeit nach dem Fortgang der Ermittlungen erkundigen und nochmals scheinheilig dafür entschuldigen würde, ihr nicht die ganze Wahrheit gesagt zu haben.

Dann würde sie ihn an die Wand nageln.

Nachdem sie lange genug in ihrer Wut geschmort hatte, begann Vera sich plötzlich auf diesen Augenblick zu freuen.

Um 17.10 rief Bathge an.

Und alles kam anders.

»Wir müssen uns noch mal sehen«, sagte er. »Ich habe Sie belogen.«

Sie war zu verblüfft, um gleich antworten zu können.

»In welcher Hinsicht?« stieß sie endlich hervor.

Bathge räusperte sich.

»In jeder.«

18.02 Uhr. Rheinpark

»Sie machen mich fertig«, sagte Vera, als sie neben ihm Platz nahm, darauf bedacht, Abstand zu wahren. »Was haben Sie jetzt schon wieder verschwiegen?«

Bathge zog an seiner Zigarette.

»Danke, daß Sie gekommen sind«, sagte er, ohne auf ihre Frage einzugehen.

»Es gibt keinen Grund, sich zu bedanken«, erwiderte sie unterkühlt. »Sie bezahlen mich dafür.«

Bathge nickte.

»Ja«, sagte er. »Natürlich.«

Vera spürte die Lehne der Parkbank hart im Rücken. Sie haßte Bänke. Wenn sie Leute darauf hocken sah, schien es ihr jedesmal, als warteten sie auf den Tod. Schulbänke, Tod durch Noten. Gerichtsbänke, Tod durch Bloßstellung, Verurteilung, Ächtung. Bänke in der Notaufnahme, bevor sie einen zusammenflickten, Tod durch Maul halten.

Sie sah hinaus auf den Fluß. Im diesigen Spätnachmittag erschien ihr die Silhouette der Stadt wie aus grauem Karton geschnitten.

Plötzlich fürchtete sie, er könnte den Mord an Üsker gestehen.

War es das, was er ihr sagen wollte?

Um dann was zu tun?

Verstohlen musterte sie ihn. Bathge drehte den Kopf. Der Rauch seiner Zigarette trieb an ihr vorbei. In diesem Moment wußte sie, daß sie auf eine Fassade blickte. Unter der Oberfläche spürte sie Anzeichen einer fiebrigen Präsenz, die seine Lässigkeit Lügen strafte. Die Art, wie er die Zigarette hielt, das Zucken seiner Kinnmuskulatur, seine gesamte Motorik, alles deutete auf eine enorme innere Anspannung hin. Er betrachtete sie seinerseits, und sie sah den gehetzten Ausdruck in seinen Augen, den sie nur allzugut kannte von den unzähligen Malen, die sie in ihrem eigenen Spiegelbild nach einem Rest von Würde und Bedeutung gesucht hatte, während die Angst in ihr wuchs, wegreduziert zu werden und aus der Welt zu verschwinden. Einfach so, leise und unauffällig. Für ungültig erklärt zu werden. Nicht stattgefunden zu haben. Entpersönlicht, verdinglicht, in winzige Stückchen zerrissen, atomisiert und in den Wind geblasen.

Die Angst vor der Angst.

Wie nah das alles noch lag. Der beinahe unmenschliche Kraftaufwand, sich nicht lähmen zu lassen, nicht aufzugeben. Endlich die Transformation der Hilflosigkeit in ein Inferno aus zerstörerischer Wut, eine Explosion des Hasses, wenn die Wände näherrückten und es keine Möglichkeit zur Flucht mehr gab. Die Mutation der Beute in ein Monstrum. Die Umkehrung der Rollen.

Tod oder Befreiung.

Sie wußte nicht, ob es das war, was sie einen Moment lang in Bathge zu erkennen glaubte, bevor sich seine Miene wieder verschloß. Ob er sie überhaupt wirklich einen Blick in seine Untiefen hatte werfen lassen oder sie in ihre eigenen zurückgeschickt hatte. Seine Augen waren von einem obsidianfarbenen Schwarz. Gut möglich, daß er sich offenbart hatte. Ebensogut möglich, daß sie sich in ihm gespiegelt hatte.

Sie wartete.

»Wissen Sie, was komisch ist?« sagte Bathge nach einer Weile des Schweigens, »Orte wie dieser Park. Wenn man zu lange weg war ... ich meine, zu lange nicht mehr Kind war, beginnen sich solche Orte in der Erinnerung mit einer Magie zu beseelen, als könnten sie jeden Kummer heilen. Die Welt wieder ins Lot bringen, egal, wie schief sie vorher dagehangen hat! Man muß nur hingehen. So einfach.« Er rieb die Hand an seinem Kinn, und sie hörte das Schaben der Stoppeln. »Ich hatte ständig dieses Bild vor Augen. Wie ich über die Wiesen renne und Farben riechen kann! Haben Sie schon mal Rot gerochen? Erstaunlich. – Dann kehrt man nach einer Ewigkeit zurück und stellt fest, es war gar nicht der Ort, der einen damals verzaubert hat. Kinder verzaubern Orte, nicht umgekehrt. Wenn die Zauberkraft erloschen ist und alle Magie zum Teufel, dann ist man offenbar erwachsen.«

Er betrachtete den Stummel seiner Zigarette und schnippte ihn weg. »Eben habe ich festgestellt, daß dieser Park ein Park ist. Nichts weiter.«

Vera zögerte. Dann sagte sie: »Was wollen Sie eigentlich, das ich für Sie finde? Marmann oder Ihren Seelenfrieden?«

Bathge stieß ein leises Lachen aus.

»Meinen Seelenfrieden? Schöne Vorstellung. Dafür müßten Sie weit reisen. Sagen wir mal, mit Marmann wäre mir schon sehr gedient.«

Er zog eine neue Zigarette hervor und entzündete sie mit einem anderen Wegwerffeuerzeug. Vera fühlte Befriedigung in sich aufsteigen. Der Peilsender mußte in der Jacke vom Vormittag sein. Bathge trug sie nicht. Er hatte sie offenbar im Hotel gelassen. Ein letzter Blick auf den Monitor hatte den roten Punkt unverändert im Hyatt anzeigt.

Wie es aussah, war die Frage nach Bathges Unterschlupf damit hinreichend geklärt.

»Also gut«, sagte er nach einem tiefen Zug. »Die Stunde der Wahrheit. Widmen wir uns ... der Wirklichkeit. Sofern wir nicht beschließen, grundsätzlich jede Vorstellung von Wirklichkeit abzulehnen und die Welt als Show zu betrachten. Seit Kuwait bin ich da nicht mehr so sicher.«

»Sie waren da.«

»Ich war Legionär wie Üsker, ja. Fouk hat uns als Team abgeworben. Auf diese Weise landeten wir bei ZERO.«

Vera hatte nicht erwartet, daß er so freimütig zum Kern der Sache kommen würde. Sein Tonfall war beiläufig, als spreche er über die Erlebnisse eines anderen. Viele umgaben die Wahrheit mit der Aura des Beliebigen, um sich ihr gefahrlos nähern zu können.

»Und Marmann?«

»Lange her, das mit Marmann«, sagte Bathge. »Wissen Sie, ich war ein schlechter Schüler, meine Faulheit war an allem schuld.« Er lachte kurz, und das Lachen verschwand und war nie dagewesen. »Über dem Grenzgebiet zur zehnten Klasse drehte ich ein paar gewaltige Pirouetten, zweimal in Folge. Sie nahmen mich vom Gymnasium runter und überantworteten mich der Realschule, die auch Andreas Marmann besuchte.«

Bathge stieß Rauch durch die Nasenlöcher.

»Da habe ich ihn kennengelernt. Ein Windbeutel! Noch fauler als ich. Aber gerade darum schien er mir freier, kühner und weiträumiger in seinen Plänen und Gedanken zu sein, als ich es je gewesen war. Er schaffte es, die Schule mit einem halbwegs diskutablen Abschluß hinter sich zu bringen. Obwohl ich definitiv weiß, daß er nie eine einzige Sekunde dafür gearbeitet hatte! Danach verloren wir uns aus den Augen. Ich schaffte es wieder aufs Gymnasium, bestand mein Abitur, trieb mich beim Bund rum und machte mir ein gutes Leben, indem ich Unteroffiziere porträtierte. Irgendwann schüttelten sie mir die Hände, gaben mich der zivilen Welt zurück, und ich ging daran, mich zu verwirklichen. Großes vollbringen. Kunst studieren. Musik! Keine Sekunde kam mir der Gedanke, der Liebling des Offizierskasinos könne auf die Schnauze fallen.«

Er hielt inne und schüttelte den Kopf, als amüsiere er sich über seine eigene Naivität.

»Man legte keinen Wert auf Leute, die Kunst oder Musik studieren wollten«, fuhr er fort. »Ich büßte also Zeit ein. Vertrieb mir die Monate des Wartens mit dem Studium philosophischer Schriften, las Unmengen klassischer Literatur und hoffte, mich auf diese Weise für irgend etwas zu qualifizieren, was nicht in einem BWL-Studium enden würde.«

»Und was haben Sie studiert?« fragte Vera in Vorahnung dessen, was kommen würde.

Er sah sie an.

»Wissen Sie, es gibt einen Punkt, da setzen sich ernsthafte Leute mit Ihnen an den Tisch und sagen, so, mein Junge, laß uns mal vernünftig sein, du wirst jetzt immer älter, und das Leben ist kein Zuckerschlecken. Man geht noch einmal alle Möglichkeiten durch in der Hoffnung, irgendeinen leuchtenden Pfad übersehen zu haben, und sei er noch so schmal. Und bewirbt sich schließlich für einen Studienplatz in Betriebswirtschaftslehre. Fatalerweise wird man unverzüglich angenommen. Gut, solange sich nichts Besseres bietet. Also absolviert man das erste Semester, nur mal schauen, dann das zweite, und plötzlich hat man BWL studiert.«

Bathge zog an seiner Zigarette und blies eine Skulptur aus Rauch in die Luft.

»Na schön. Was tat ich also? Gottlob war ich nicht nur musisch, sondern auch technisch einigermaßen interessiert, also ging ich zu Ford und bewarb mich in der Entwicklungsabteilung. Sie nahmen mich. Ich will nicht sagen, daß sie gut bezahlten, aber der Job klang interessant, und die Aufstiegschancen waren vielversprechend. Ich begann ein ebenso strebsames wie langweiliges Leben zu führen. Und das täte ich wohl immer noch.«

»Wenn Sie nicht eines Tages Marmann wiedergetroffen hätten.«

»Richtig.«

»Was war aus ihm geworden?«

»Alles und nichts. Er sah gut aus und schwärmte mir von irgendwelchen Projekten vor. Natürlich lachte er mich aus, als er von meiner glanzvollen Karriere hörte. Er prophezeite mir ein ödes Spießerdasein und pries seinen Lebenswandel als das Tonikum der wahren Lust! Es schien ihm Spaß zu machen, sich ständig auf Messers Schneide zu bewegen. Ich konterte mit Altersvorsorge und gesunder, stetiger Entwicklung, aber leider muß ich sagen, daß er das schickere Auto fuhr, die besseren Frauen abschleppte und Restaurants besuchte, die ich nicht mal von außen kannte. Je mehr wir zusammen unternahmen, desto beunruhigender fand ich die Vorstellung, den Rest meines Daseins als Betriebswirtschaftler zu verbringen.«

Unverändert haftete seinen Worten eine analytische Kälte an, als schildere er Figuren aus einem Theaterstück. Selbstschutz, dachte sie. Die eigenen Erinnerungen so behandeln, als gehörten sie jemand anderem. Ein Trick, Distanz zu wahren. Sie selber wußte sehr genau, wie man so etwas machte. Sie hatte ausreichend Grund dazu gehabt.

Aber warum er?

»Sie hätten wieder zur Bundeswehr gehen können«, sagte sie aufs Geratewohl. »Da war doch alles hübsch einfach, oder?«

Er warf ihr einen mitleidigen Blick zu.

»Ich wollte kein einfaches Leben. Die Bundeswehr ist ein Büro mit abgewetztem Schreibtisch und Linoleumfußboden. Noch langweiliger als Ford. Nein, ich ... fühlte plötzlich, daß ich ähnlich wie Marmann darauf brannte, Grenzen auszureizen. Ich hatte mich mit der Vernunft arrangiert. Marmann mochte ein Spinner sein, aber wenn, dann wollte ich lieber mitspinnen, als weiter zu versauern. Ein völlig anderes Leben führen. Nur daß ich nicht wußte, welche Art Leben. – Dann ließ sich Marmann Mitte der Achtziger auf einen Deal ein, der schlicht eine Nummer zu groß für ihn war. Von heute auf morgen besaß er gar nichts mehr. Man sollte erwarten, er hätte auch das mit charmantem Verlierergrinsen weggesteckt, aber erstmalig erlebte ich ihn ratlos und verzweifelt. Und dann schien es plötzlich, als habe der Himmel ein Einsehen.«

»Die Legion.«

»Wir waren mit einem Offizier bekannt, der dreiundachtzig unehrenhaft entlassen wurde. Ein charismatischer Bursche von perfider Freundlichkeit, auf den die Leute reihenweise reinfielen, bis sie sein wahres Gesicht zu sehen bekamen. Er war mir suspekt, aber er hatte die Idee, sich bei der Legion zu verdingen. Leider waren sie zu dem Zeitpunkt in Frankreich etwas wählerisch. Wir blitzten erst mal ab.«

»Ich dachte, jeder Halunke käme da unter«, sagte Vera erstaunt.

»Halunken gibt es bei der Legion im Überfluß, aber man muß bestimmte Qualifikationen mitbringen. Manche sind hochqualifiziert, eben weil sie dumm sind und brutal. Aber Truppen sind auf dem freien Markt einem enormen Wettbewerbsdruck ausgesetzt. Wir leben nicht mehr im Dreißgjährigen Krieg. Mit zwei Dutzend Schlagetots machen Sie heute kein Geschäft mehr. Krieg ist Management, Strategie, Logistik, Effizienz, und die gewinnbringendste Handelsware heißt Intelligenz. Viele Waffenträger verdienen ihr Geld mit dem Kopf. Wer genug drin hat, wird entsprechend bezahlt. Und sie brauchten bei der Legion auch Techniker. – Kurz, ich hatte beschlossen, dem Haufen beizutreten. Will sagen, dem denkenden Teil, wo man sich eines gewissen ... Niveaus erfreut.«

»Schick«, sagte Vera mit kaum verhohlenem Spott.

Bathge zuckte die Achseln.

»Sie treffen beide Sorten dort, die Schweinehunde und die Philosophen. Glauben Sie's oder nicht, aber auch Gewalt ist eine Philosophie. Nichts, was sich mit ein paar wohlgesetzten Worten nicht begründen ließe.«

»Ich will Ihnen nicht zu nahe treten, aber Sie werden es auch mit wohlgesetzten Worten begründet haben.«

Er hob die Brauen.

»Das gleiche setze ich in Ihrem Fall voraus.«

»Ich bin auf der Seite der Guten«, sagte Vera und mußte unwillkürlich grinsen.

»Hübsch formuliert. Tragen Sie eine Waffe?«

»Grundsätzlich nicht.«

Bathge schien nachzudenken. Sein Blick schweifte für den Bruchteil einer Sekunde ab.

»Sind Sie eine Waffe?«

»Ja.«

»Hätten Sie gegen Saddam Hussein gekämpft?«

»Ich weiß es nicht.«

»Gegen Karadzic?«

»Vielleicht.«

»Sehen Sie, die Legion ist ein komischer Verein. Asoziale, Akademiker ... Sie begegnen Leuten, die mit einer Waffe ebensogut umgehen können wie mit Worten. Ich will nichts beschönigen. Im nachhinein erscheinen mir die Ideale der Legion höchst fragwürdig. Aber damals war ich durchaus überzeugt, was Besseres zu sein als jeder x-beliebige Soldat. Was sich zum Beispiel darin ausdrückte, daß ich mehr verdiente.«

Vera schwieg. Sie überlegte, ob eine Detektivin besser war als jeder x-beliebige Polizist.

Oder umgekehrt.

»Okay«, sagte sie. »Kommen wir zu Üsker.«

»Üsker. Netter, einfacher Bursche. Testfahrer bei Ford, daher kannte ich ihn. In der Türkei geboren, sprach aber ausgezeichnet deutsch. Wußte alles über Autos, absolut alles! Seine Schuld war's sicher nicht, daß sie ihn rausgeworfen haben und er plötzlich auf der Straße stand. Ich erzählte ihm von meinen Plänen. Er fragte, ob sie bei der Legion auch Fahrer brauchten, und die brauchten sie natürlich in besonderem Maße.«

»Womit das Trio infernale geboren war.«

»Sie schmeicheln. Fahrer und Techniker. Nicht sehr infernalisch. Marmann schon viel eher. Der blühte auf und entwickelte Fähigkeiten, die ich ihm nie zugetraut hätte. Ich wußte, daß er ein ausgezeichneter Schütze war, nicht aber, daß er sich unsichtbar machen konnte, wenn er wollte. Ein Taktiker mit Treffergarantie. Die Sorte intelligenter Kämpfer, den man hoffentlich nie zum Gegner haben wird.«

»Und? Haben Sie ihn jetzt zum Gegner?«

»Nachdem feststand, daß wir zur Legion gingen«, fuhr Bathge fort, ihre Frage ignorierend, »beschloß Marmann, vor seinem Abgang schnell noch mal das große Ding zu drehen. Das war ein Fehler. Sie schnappten ihn, und natürlich hatten wir anderen keine Lust, vier oder fünf Jahre zu warten, bis sie ihn wieder rausließen. Also verdingten wir uns ohne ihn. Aber dann gelang es ihm zu fliehen, und er kam schneller nach, als wir gedacht hatten. Zu diesem Zeitpunkt waren wir ... Freunde?« Er runzelte die Stirn. »Ich weiß es nicht. Mir ist unklar, ob uns je so etwas wie Freundschaft verbunden hat oder nicht eher eine zweckgerichtete Komplizenschaft, die irgendwann ihren Sinn einbüßte und ins Gegenteil umschlug. – Ja, ich denke, falls er noch lebt, dann habe ich ihn jetzt zum Gegner.«

»Falls er noch lebt?« rief Vera überrascht. »Sie haben mir nie gesagt, daß er tot sein könnte.«

Bathge gestattete sich den Anflug eines Lächelns.

»Ich habe Ihnen das meiste nicht gesagt.«

Er machte eine Pause.

»Anfang neunzig«, fuhr er fort, »entschloß sich Fouk, dessen Name Ihnen mittlerweile ein Begriff sein dürfte, ZERO aufzubauen. Eine Spezialistentruppe. High-Tech-orientiert. Bei ZERO konnte man *wirklich* viel verdienen! In den Ohren vieler klang das besser als die ewigen Lieder der Legion. In meinen auch. Binnen kurzem hatte Fouk der Legion die besten Leute abgeworben.«

»Unter anderem Sie, Üsker und Marmann.«

»Sie müssen verstehen, das Einsatzgebiet war extrem verlockend! Bush hatte mächtig mit dem Säbel gerasselt, und jeder bei ZERO hoffte, der Irak würde das Ultimatum der Amerikaner verstreichen lassen, ohne sich aus Kuwait zurückzuziehen. Fouk baute auf Saddams Sturheit und behielt recht. Über Nacht waren wir im Geschäft und arbeiteten wieder als Team. Üsker, Marmann und ich.«

Er biß sich auf die Unterlippe.

»Sparen wir uns die Einzelheiten. Am letzten Tag dieser Farce von Krieg näherten wir uns einem Luftlandestützpunkt nahe der irakischen Grenze. Im Grunde war alles gelaufen. Keiner von uns war reich geworden, aber es genügte, um irgendwo wieder Fuß zu fassen. Marmann hatte signalisiert, weiterkämpfen zu wollen. Jugoslawien, da tat sich einiges. Üsker und mich zog es zurück nach Köln. Wir fuhren durch Terrain, das militärisch nicht viel hergab. Kaum zu erwarten, hier auf irakische Truppen zu treffen. – Aber dann stießen wir doch auf etwas.«

»Was?«

»Einen Konvoi. Das heißt, wir stießen auf die Überreste. Ein Raketenangriff, wie es schien. Wir stiegen aus, um den Schlamassel zu untersuchen. Als uns dämmerte, daß der Angriff offenbar erst kurz zuvor erfolgt war, bekamen wir es mit der Angst. Wir rannten zurück zu unserem Fahrzeug und machten uns davon, aber diesmal hatten wir das Pech auf unserer Seite. Keine Ahnung, warum überhaupt noch irakische Flugzeuge unterwegs waren, es hieß ja, alle Flugbasen Saddams lägen in Schutt und Asche. Aber was uns dann aufspürte, war eindeutig ein verdammter irakischer Jäger, und er eröffnete das Feuer, ohne lang zu fragen.«

Bathge zog eine Zigarette aus der Packung und drehte sie zwischen den Fingern, ohne sie anzuzünden. Sein Blick war ins Leere gerichtet.

»Üsker verfiel in Panik. Er machte alles falsch, was man nur falsch machen kann. Ich selber hatte keine Waffe, aber Marmann schoß zurück und holte das verdammte Ding vom Himmel. Er hat es tatsächlich geschafft, den Schweinehund abzuschießen.«

Vera sah, wie sich die Zigarette zwischen Bathges Fingern zu knicken begann.

»Plötzlich war alles vorüber. Wir standen, und Marmann lag ein Stück weiter im Sand und rührte sich nicht. Üsker war am Rande des Nervenzusammenbruchs, und mir erging es nicht viel besser. Er schrie, laß uns abhauen, da sind noch mehr von denen, wir werden alle sterben. Bei der Vorstellung verloren wir vollends den Kopf. Ich lief zu Marmann und wollte ihm auf die Beine helfen. – Dann sah ich die Blutlache. Üsker rannte wie aufgescheucht um uns herum, fluchte und heulte. Von irgendwo dröhnten Flugzeuge heran. Wir waren außer uns vor Angst.«

Die Zigarette zerbrach. Bathges Kinnladen mahlten.

Vera schwieg.

»Dann sind wir gefahren«, sagte er.

Vera spürte einen schmerzhaften Druck auf der Brust und stellte fest, daß sie die Luft angehalten hatte. Langsam ließ sie den Atem entweichen und entspannte sich.

»Sie haben Marmann liegenlassen«, sagte sie und versuchte, es nicht vorwurfsvoll klingen zu lassen.

»Wir haben ihn … zurückgelassen«, flüsterte Bathge.

In Vera stieg Entsetzen hoch.

»Sie wollen sagen … «

»Ich weiß es nicht. Ich dachte wirklich, er sei tot. Wir hätten ihn trotzdem mitnehmen sollen, aber jeder von uns wollte nur noch weg. Die Panik hatte uns jeden klaren Gedanken geraubt. Als wir ein Stückweit gefahren waren und nichts passiert war, kehrte allmählich wieder so etwas wie Vernunft in unsere Köpfe zurück. Wir schafften es unbehelligt bis zum Stützpunkt und meldeten Marmann als tot.«

»Aber er könnte … «

Bathge nickte.

»Er könnte noch gelebt haben. Und ich denke, Üsker hat es gewußt. Er kniete neben Marmenn, als ich schon im Wagen saß. Ja, ich bin mir fast sicher, daß Marmann, als wir ihn verließen, noch lebte.«

Eine Zeitlang herrschte Schweigen.

»Was für eine Scheißgeschichte«, seufzte Vera.

Bathge nickte. Seine Schultern waren nach vorne gesackt. Plötzlich richtete er sich mit einem Ruck wieder auf und sah Vera an. Keine Regung sprach aus seinen Zügen.

»Üsker war leicht zu finden«, sagte er kalt. »Was mich betrifft, ist das schon schwieriger. Andererseits gebe ich mich keinen Illusionen hin. Marmann wird mich aufspüren, wenn er nur will. Wenn ich daran denke, was er mit Üsker gemacht hat, kann ich mir kaum vorstellen, daß er mich *nicht* finden will.«

»Sie glauben tatsächlich, er ist zurückgekehrt?«

»Es sieht ganz danach aus.«

Vera sah ihm direkt in die Augen.

»Und das ist die ganze Geschichte?«

Bathge ließ eine Weile verstreichen, bevor er sagte: »Nein. Es ist die Geschichte, die ich Ihnen erzählen wollte. Ich habe Ihnen den größtmöglichen Vertrauensbeweis gegeben, zu dem ich mich imstande sah.«

Es klang einfach und aufrichtig.

»Warum sind Sie mit alldem nicht schon viel früher rausgerückt?« fragte Vera kopfschüttelnd.

»Ich wollte, daß Sie so wenig wie möglich über mich wissen. Sie hätten auf falsche Gedanken kommen können.«

»Das bin ich auch so.«

»Hinweise auf mich hinterlassen.«

»Das wäre nicht passiert.«

»Unabsichtlich. Die schlimmsten Fehler passieren unabsichtlich.«

»Und Sie glauben wirklich, Marmann hat Üsker umgebracht?«

»In der Zeitung stand, wie Üsker gestorben ist. Wir hatten eine Menge von dem mitbekommen, was man gemeinhin Folter nennt. Einiges von dem, was ich gelesen habe ... kommt mir leider verdammt bekannt vor.«

»War Marmann ein Folterer?«

»Er wußte Bescheid.«

»Grausig, was Sie ihm da unterstellen.«

»Es ist auch ziemlich grausig, jemanden in seinem Zustand in der Wüste liegenzulassen.«

Vera schwieg.

»Fühlen Sie sich Marmann gegenüber schuldig?« fragte sie nach einer Weile.

»Ich trage das seit Jahren mit mir herum«, sagte Bathge. »Aber ich weiß auch, daß wir uns in einer extremen Situation befanden. Das soll keine Entschuldigung sein, nur eine Erklärung. Was immer Marmann erlebt hat, was immer ihn gerettet hat, durch welche Hölle er gegangen ist, es muß den Wahnsinn in ihm entfacht haben. Üsker ist nicht das Opfer eines Rachsüchtigen, sondern eines Wahnsinnigen.«

»Und jetzt wollen Sie Marmann finden ...«

»Bevor er mich findet. Ja.«

Vera stützte das Kinn in die Hände und starrte auf den Dom. Er leuchtete in einem ungesunden Graugelb. Seine Formen schienen sich im Gleißen des Himmels zu verflüssigen.

»Und ich soll das für Sie machen?« fragte sie matt.

Bathge schwieg.

Sie schloß die Augen und versuchte das Dröhnen aus ihrem Kopf zu verbannen.

»Sie haben Nerven«, flüsterte sie.

Er grinste schiefmäulig.

»Reste davon.«

22.30 Uhr. Menemenci

Die Wohnung war klein, düster und beherrscht von unzeitgemäßen Brauntönen. Hin und wieder wünschte sich Arik Menemenci einen Grund, das zu ändern. Er fand keinen.

Inmitten der Verwohntheit erhob sich schlank und glänzend ein Turm mit Leuchtanzeigen. Er stand da, als habe eine fremde Macht ihn abgestellt, ähnlich wie den Monolithen in Kubricks 2001, um die Menschen auf den Weg der Erkenntnis zu bringen. Aus seinen Tiefen erklang jedoch nicht György Ligeti wie im Film, sondern die 1. Symphonie von Gustav Mahler in der Einspielung des Chicago Symphony Orchestra unter der Leitung Leonard Bernsteins.

Menemenci lehnte mit halbgeschlossenen Lidern in dem Sessel, den er dort plaziert hatte, wo sich die Schallkegel der Boxen überschnitten. Die Finger seiner rechten Hand umklammerten ein Buch mit dem Titel »Fremdenlegion – Ausbildung, Bewaffnung, Einsatz«. Er hielt es gegen den Bauch gepreßt, als könne es die Schmerzen unter der gewaltigen Wölbung lindern.

Ich werde Krebs bekommen, dachte er. Es ist nur eine Frage der Zeit. Ich werde daran sterben, daß die Gesamtheit aller üblen Subjekte im Großraum Köln meine Zellen frißt. Sie werden siegen, und ich kann nichts dagegen tun.

Unerfindlicherweise war sein Arzt anderer Meinung und riet ihm, seine Psyche in Ordnung zu bringen.

Was wußte der schon!

Menemenci richtete sich ein Stück auf und griff nach dem 94er Les Terrasses, der so unvergleichlich nach Brombeeren schmeckte, daß er sich ein zweites Glas erlaubte. In letzter Zeit trank er fast ausschließlich Wasser und Säfte. Regelmäßiger Genuß von Alkohol langweilte ihn. Aber dieser Wein war etwas ebenso Außergewöhnliches wie Bernstein mit seinen großen Ohren und dem leid- und lustvollen Blick unter den schwarzwuchernden Brauen.

Mit dem Essen nahm es Menemenci weniger genau. Ein Fluch! Sein Körper schien keine Sättigung zu kennen. Mitunter war es ihm, als lenke ihn die Fresserei von irgend etwas Offensichtlichem und Wichtigem ab, das er seit Jahren übersah, einer elementaren Erkenntnis, die sein Leben von Grund auf verändern könnte, wenn er sich ihrer nur bewußt würde, und er begann danach zu suchen.

Dann wieder fragte er sich, warum er mit zweiundfünfzig sein Leben ändern sollte.

Auch dafür zeigte sich kein Grund.

Mahlers Klänge durchwoben die Räume. Menemenci schlug das Buch auf und blätterte darin herum. Bis heute hatte er von der Fremdenlegion immer nur eine verschwommene Vorstellung gehabt. Hartgesottene Männer mit weißen Mützen, die sich in Marlene Dietrich verliebten und dann weiterziehen mußten. Der Abschaum der Gesellschaft, wie er sich erinnerte. Fahnenflüchtige, Schwerverbrecher, Schuldner und anderer Auswurf. Entwurzelte aller Nationen, denen die Legion zur Familie geworden war, die einen mörderischen Drill über sich ergehen ließen, um den schmalen Grat zwischen Abenteuer und Verderben entlangbalancieren zu dürfen, hungrig nach Erleben. Und demgegenüber ein seltsamer Ehrenkodex bis in den Tod, fast eine Sehnsucht, aus der Welt gerissen zu werden, die letzte aller Fluchten.

Aber die Legion hatte an ihrem Image gearbeitet. Augenblicklich dienten rund fünfzigtausend Legionäre in Europa, Afrika und Südamerika, im Indischen und Pazifischen Ozean, vertraten die Interessen Frankreichs und nahmen sogar Aufgaben der Friedenssicherung wahr. Ein neues Betätigungsfeld für eine Offensivarmee, der man seit ihrer Gründung 1831 das höchste Maß an kollektiver Aggression bescheinigte, das eine Armee je ins Feld geführt hatte. Die Wölfe waren nicht unbedingt zu Lämmern geworden, aber sie trugen das Fell modisch gelockt. Die Legion hatte sich rehabilitiert, ohne ganz aus dem Zwielicht herauszutreten, das letzten Endes ihren Reiz ausmachte.

Brachte eine Armee, ungeachtet ihrer Härte und Moral, Ungeheuer hervor?

Oder erschufen sie sich selber?

Menemenci nippte an seinem Glas. Die Frage beschäftigte die Kriminalpsychologie mit schöner Regelmäßigkeit: Werden Mörder, insbesondere Serienkiller, geboren oder geformt? Die meisten *entstanden*, weil die Gesellschaft sie entstehen ließ. Liebesentzug, physische und psychische Folter, traumatische Kindheit, starkes Empfinden von Minderwertigkeit, Ausgestoßen- und Anderssein, all das ließ die Monster erst wachsen, bis sie ihre Wut nach außen richteten. Bill Tafoya vom FBI, einer der Pioniere moderner Täterprofilerstellung, hatte nach Jahren in der Spezialeinheit für Serienverbrechen resümiert, die Gesellschaft brauche nicht mehr Polizei, sondern eine Armee von Sozialarbeitern und dafür ein Budget in Höhe dessen, was der Golfkrieg verschlungen hatte. John Douglas, der auf psychologischem Wege mehr Serienkiller zur Strecke gebracht hatte als jeder andere, blieb nur die schlichte Feststellung: Wir brauchen mehr Liebe.

Angesichts dessen, was manche der schwarzen Seelen trieb, war das ein nachvollziehbarer Standpunkt. Im Fall einiger Sadisten allerdings, die Vergnügen daran fanden, Frauen in eigens dafür hergerichteten Lieferwagen zu Tode zu foltern, wie Lawrence Bittaker und Roy Norris es Anfang der Achtziger mehrfach getan hatten, fragte sich Menemenci, ob der Leibhaftige nicht doch bisweilen Kinder zeugte, die in menschlicher Gestalt über den Erdball wandelten, ohne je etwas anderes gewesen zu sein als das personifizierte, gewollte Grauen, das Böse an sich.

Geistige Verwirrung, oft und gerne herangezogen, sprach nach Menemencis Ansicht kaum einen Täter von seiner Schuld frei. War er nicht definitiv wahnsinnig und unfähig, sein Handeln in der realen Welt zu verstehen, konnte er wählen. Schmerzen zufügen oder nicht. Töten oder nicht. Er hatte die freie Entscheidung.

Wahre Verrückte fing man leicht.

Psychopathen nicht.

Üskers Mörder war kein Wahnsinniger. Er hätte ein Teufel sein können, wäre da nicht die Sache mit den Bauchschüssen gewesen. Kriminelle schossen ihre Opfer fast ausschließlich in Kopf, Brust oder Rücken.

Wie kam man an einen Bauchschuß?

Im Krieg, dachte Menemenci.

Natürlich!

Und die Fremdenlegion führt Kriege.

Er ging es durch. Üsker und sein Mörder hatten gemeinsam in der Legion gedient. Vorstellbar. Da gab es diesen Brief in seinen Unterlagen. Jemand wollte, daß er sich rekrutieren ließ, jemand, den er schon vor der Legion gekannt hatte, vielleicht aus Köln. Würde man auf Üskers Spuren wandeln bis zum Tag der Rekrutierung, müßte dieser Jemand in Erscheinung treten. Dann nachforschen, mit wem Üsker in der Legion besonders oft zusammengewesen war, Parallelen herstellen ...

Genau hier lag das Problem.

Wir haben nichts zu verbergen, wurde ein General der Legion in dem Buch zitiert, *außer vielleicht das Vorleben unserer Legionäre*. Augenzwinkernd formuliert. In Tat und Wahrheit verbarg die Legion Frankreichs fremde Söhne durchaus, wenn sie es wünschten. Aus einem gebürtigen Londoner mit Namen Trevor Brown wurde über Nacht Karl Schwan aus München. Die Legion gewährte die totale Anonymität für jeden, der sich partout nicht finden lassen wollte. Üskers Mörder konnte jeden Namen getragen haben.

Menemenci schürzte unwillig die Lippen.

Üsker war der Legion im Frühjahr 1985 beigetreten. Sie würden sich der mühsamen Aufgabe unterziehen müssen, herauszufinden, wer aus Üskers Umfeld in dieser Zeit noch rekrutiert worden war. Der Brief war ein Hinweis, aber vielleicht nicht der ausschlaggebende.

Ein fast chancenloses Unterfangen. Viele traten der Legion ja eben darum bei, damit man ihren weiteren Weg nicht nachverfolgen konnte. Ebensogut mochte es sein, daß Üsker seinen Mörder erst in Frankreich oder an einem der weltweiten Stützpunkte kennengelernt hatte.

Wer sollte das alles recherchieren?

Krantz.

Der Soundso und der Soundso wären auch schon da ...

Die meisten Namen aus Üskers Briefen und Aufzeichnungen waren noch nicht überprüft. Und mindestens zwei bezogen sich eindeutig auf die Legion.

Krantz würde ihn zur Hölle wünschen.

Menemenci gähnte und verkorkte den wunderbaren Rotwein. Mahler und Bernstein hatten den lackschwarzen Turm in der Mitte des Raumes verlassen, er war nun ein Monument der Stille. Menemenci wuchtete sich aus dem Sessel, versuchte seine Schmerzen zu ignorieren und überlegte, wen er anrufen könnte, um ein bißchen über Belanglosigkeiten zu reden.

Eine Weile kratzte er sich das Kinn.

Dann entnahm er Bernstein dem Turm, legte eine andere silberne Scheibe in den CD-Player und vertraute sich dem Trost Tschaikowskis an.

23.50 Uhr. Wohnung

Vera lauschte.

Mit dem Zeichenblock auf den Knien forschte sie nach Lebenszeichen. Irgend etwas, das von der Straße heraufdringen würde oder vom Flur. In letzter Zeit hatte sie kaum noch die schleifenden Schritte des alten Mannes gehört, der unter ihr wohnte und nach Mitternacht gerne das Haus verließ, um eine merkwürdig deformierte Promenadenmischung durch die Straßen zu führen. Früher hatte sie die Uhr danach stellen können. Einmal war sie hinaus an die Balustrade des Treppenhauses getreten und hatte seinen Schatten über die Stufen kriechen sehen, gezogen von ungeduldig scharrenden Hundepfoten. Sie war drauf und dran gewesen, ihn zu fragen, was ihn so spät noch umtrieb. Der Köter konnte es nicht sein, das ließ sich früher erledigen. Wonach suchte der alte Mann im Dunkeln, was der Tag nicht preisgab?

Unter welchem Traum litt er?

Was immer ihn in Bewegung hielt, schien seinen Einfluß verloren zu haben, denn die Exkursionen fanden seltener statt. Eine Zeitlang hatte sie befürchtet, er könne gestorben oder weggezogen sein, und zugleich Befremdung empfunden angesichts ihrer Angst um einen Unbekannten, mit dem sie kaum je ein Wort gewechselt hatte. Das Scharren und Schlurfen war ihr vertraut geworden. Wenn einem die Stille den Atem raubt, beginnt man, sich mit Geräuschen anzufreunden.

Das war in Ordnung so. Keine Frage, alleine aufzuwachen. Wen sie für die Dauer weniger Stunden mitnahm, hatte zu verschwinden, bevor Hände, Mund und Unterleib zu einer Person zusammenfanden, die Auseinandersetzung forderte.

Sex war gut. Ruhe war gut.

Nur die Stille war oft grausam und dröhnend wie von Paukenschlägen.

Vera warf einen Blick in den Standspiegel und betrachtete prüfend das neue Selbstporträt, das sie gezeichnet hatte. Sie versuchte herauszufinden, ob das Lächeln zu den Augen paßte. Das Bild war besser gelungen war als dasjenige, das Bathge gesehen hatte. Einen Moment lang freute sie sich darauf, es ihm zu zeigen. Im gleichen Augenblick erschien ihr der Gedanke absurd und ärgerlich. Er war ihr Klient. Auch wenn sie ihn mochte, durfte sie nicht zulassen, daß er Macht über sie gewann. Es war nicht an ihm, Vera Gemini einer Beurteilung zu unterwerfen, weder sie noch ihr Konterfei. Es war einzig und alleine ihr Ding.

Mochte sie ihn?

Sie trennte das Blatt ab und erhob sich von dem Drehhocker, auf dem sie die letzte Stunde zugebracht hatte. Während sie den Wohnraum durchquerte, fiel ihr ein, daß sie Kerzen kaufen mußte. In den Leuchtern, die überall wie Schilf aus dem dunklen Parkett herauswuchsen, zerschmolzen nur noch Stumpen. Sie liebte es, in einem Meer huschender, atmender Lichter zu baden. Nie hätte sie Kerzen in ihrem Büro entzündet. Nie brannte eine einzige Kerze, wenn sie die Zeit bis kurz vor Morgengrauen mit jemandem teilte. Die Kerzen flackerten ausschließlich für sie. Sie gaben Dinge preis, die niemanden etwas angingen.

Veras Licht war zigfach und unteilbar.

Augenblicklich mußte sie sich mit Halogen und dem Glimmen der drei Monitore im Nebenraum begnügen. Der Terminal war ihre Nabelschnur zur Detektei, wenn sich die Arbeit zu Hause fortsetzte.

Versonnen trat sie zu einem Zeichenschrank, zog die obere Schublade auf und legte das Porträt zu den anderen.

Bathge hatte sie nach dem Gespräch im Rheinpark, am Ende seiner monologisierten Vergangenheit, nicht noch einmal ersucht, für ihn zu arbeiten. Ebensowenig hatte er von ihr verlangt, ihm zu glauben. Als feststand, daß er sie um nichts bitten würde, hatte sie von sich aus zugesagt, Marmann weiterzusuchen, durchglüht von einem plötzlichen Vertrauen, dessen Heftigkeit sie irritierte und das augenblicklich von Zweifeln zersetzt wurde. Zweifel, ob sie soviel Vertrauen überhaupt zulassen durfte. Ob die Ursache ihres Vertrauens noch nüchterner Analyse entsprang oder schon am Grunde ihrer Gefühle zu suchen war.

Letzteres wäre fatal gewesen. Und schien sich dennoch als Gewißheit zu erweisen. Sie hatte einen Anflug von Wärme gespürt, der sie beunruhigte. Bathge festigte sich zur Person, und wie es aussah, wollte sie es nicht anders. Sie war sich der Gefahr bewußt, Objektivität und Abstand einzubüßen, wenn die Ursache eine tiefere Verlockung war, als die Vernunft ergründen konnte.

Sie brauchte einen stärkeren Schutz.

So hatte sie ihm nicht verraten, daß sie im Besitz des unzerschnittenen Fotos war und daß ein Sender ihr verriet, wohin er ging.

Aber sie hatte ihn angehört und die ureigene Sprache der Angst vernommen, die kein Zittern und kein Flehen in der Stimme braucht. Die sich in Ausdruckslosigkeit und Sachlichkeit mitteilt. Die hinter Unbefangenheit und Lachen lauert. Die in jeder Sekunde dein Denken und Empfinden beherrscht, während du der Welt ins Angesicht schaust und Theater spielst, um sie nicht merken zu lassen, was los ist.

Schritt für Schritt weichst du zurück. Die Wände rechts und links rücken näher, schließen sich zur Ecke. Du versuchst hineinzukriechen in den rechten Winkel. Darin zu verschwinden. So überwältigend ist deine Panik, daß du wie ein Kind die Augen schließt in der Hoffnung, nicht mehr gesehen zu werden.

Aber das Ungeheuer, das deine Angst frißt und sich davon nährt, sieht dich.

Es erhebt sich, verdunkelt dich, kommt über dich. Es fährt in dich hinein und macht sich breit, brennt dich mit seinem feurigen Atem in diese Ecke, obwohl du allen Platz des Universums für dich hättest, verwandelt dich, macht dich zu seinesgleichen.

Niemand, der dir hilft.

Niemand, der dich sieht.

Diese letzte Erkenntnis ist die schlimmste. Daß die anderen Sie nicht mehr sehen können.

Ganz allmählich, ohne es zu merken, wirst du zu dem, was du am meisten haßt.

Dann sind Sie auf der dunklen Seite.

Dann bist du auf der dunklen Seite.

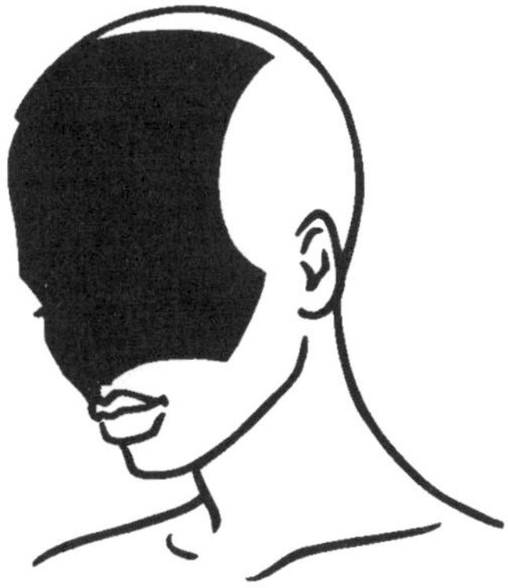

Donnerstag, 26. August

8.22 Uhr. Präsidium

Sid Sonnenfeld aus der Datenerfassung betrat Krantz' Büro mit einem Pappkarton voller Ausdrucke und suchte nach einem Platz, um ihn abzustellen.

»Hierhin«, hörte er Krantz sagen.

Überrascht schaute er sich um. In dem Büro sah es aus, als hätte eine Bombe eingeschlagen. Der Besitzer der Stimme war nirgendwo zu sehen. Überall lag Papier verteilt, hingen Fotos, Schriftstücke und Artikel des täglichen Gebrauchs an Metaplanwänden, stand irgend etwas im Weg. Wo die vollgepflasterten Flächen Lücken aufwiesen, hatte vermutlich das Zeug gehangen, das Krantz ihm zur Überprüfung geschickt hatte.

»Wohin, meinen Sie?« fragte Sonnenfeld schüchtern.

»Was? Na, direkt vor Ihre Füße. Da wo Platz ist! Herrgott noch mal!«

Hinter dem Schreibtisch tauchte der spärlich bewachsene Schädel von Krantz auf. Die Augen hinter der randlosen Brille blitzen ihn böse an.

»Es ... ähm ... ist nirgendwo mehr Platz«, gestattete sich Sonnenfeld zu bemerken.

Krantz kam vollständig zum Vorschein, umrundete den Schreibtisch und nahm ihm den Karton aus der Hand. Sonnenfeld sah, daß sich auf der Hose seines Gegenübers dunkle Flecken ausbreiteten. Er blickte verlegen zur Seite. Krantz stellte den Karton auf den einzigen freien Stuhl und begann darin herumzukramen.

»Mir ist der verdammte Kaffee über die Beine gelaufen!« sagte er zornig. »Sieben Fälle! Eine Hektik jagt die andere. Beim Telefonieren umgefallen, weil man vor lauter Arbeit nicht mal mehr in Ruhe Kaffee trinken kann, so eine Scheiße.«

Daher die Flecken, registrierte Sonnenfeld erleichtert.

»Wenn man ihn mit Kakao mischt, schmeckt er besser und ist natürlich teurer«, fügte Krantz hinzu. »Du verbrühst dich für zwei Mark fünfzig und hast nichts davon gehabt.« Er hielt eine Akte hoch und warf sie ungeduldig auf den Schreibtisch. »Du lieber Himmel! Was um Gottes willen ist denn das alles?«

Sonnenfeld räusperte sich.

»Sie wollten Informationen über einen Haufen Leute haben ...« begann er.

»Sieben Fälle!«

»Ich weiß. Das ist ... ähm, eine ganze Menge, würde ich sagen.« Er sah sich um. »Müßte aber schon einiges dabei sein, das Ihnen weiterhilft. Der Raubüberfall im Stadtgarten, da haben wir drei Personalakten, sieht ganz gut aus. Der Fahrer des roten Alpha ist, glaube ich, identifiziert ...«

»Alpha?«

»Ähm, also die Sache mit dem Unfall an der Ecke Luxemburger Straße, der Alpha, ja. Dann sind da ...«

»Habt ihr was über Üsker.«

Sonnenfeld schüttelte den Kopf. »Nicht viel. Was wir bis jetzt gefunden haben, taugt nichts. Bekannte, Nutten, der Klempner, Mitglieder der Liga Ferenc Bilac, alle mit wasserdichtem Alibi.«

»War mir klar. Von denen hatte keiner einen Grund.«

Warum haben wir's dann nachprüfen müssen, du Arschloch, dachte Sonnenfeld. Laut sagte er: »Es stehen noch Jens Lubold, Andreas Marmann und die anderen Namen aus, die in dem Brief gestanden haben. Der Brief, in dem es um die Fremdenlegion geht. Kein Absender, das heißt, da ist unten ein Stück weggerissen.«

»Ja, schon klar. Viel habt ihr wirklich nicht«, seufzte Krantz und lehnte sich gegen die Schreibtischkante.

Sonnenfeld zuckte die Achseln.

»Tut mir leid. Dafür weiß ich, wo Aubagne liegt und was das Denkmal auf dem Foto darstellt.«

»Der Klotz?«

»Es ist kein Klotz«, sagte Sonnenfeld stolz, weil er diese Sache ganz alleine herausgefunden hatte. »Das sind Fremdenlegionäre. Überlebensgroß. Sie flankieren eine ... ähm, Weltkugel, wohl wegen Frankreichs Kolonialpolitik. Wenn Sie genau hinsehen ...«

»Ich habe genau hingesehen.«

»... steht da was eingraviert. Haben Sie das auch gesehen?« fügte Sonnenfeld hinzu.

Krantz schüttelte müde den Kopf.

»Entschuldigung«, sagte er. »Nein.«

»La Légion à ses Morts. Also, das ist ein Denkmal für gefallene Legionäre, das ist es. Bis in die Sechziger hatte die Fremdenlegion ihr Hauptquartier in Sibi-bel-Abbès. Algerien war über hundertfünfzig Jahre lang sozusagen die Heimat der Truppe, aber dann gab es einen ziemlich fatalen Unabhängigkeitskrieg mit einer Menge Toter, und ...

ähm, also die Legion kehrte zurück nach Frankreich, dezimiert auf ein paar tausend Mann, und brachte das Denkmal mit. Sie nennen es Le Monument aux Morts.«

»Gut. Ich fürchtete schon, wir müßten nach Algerien.«

»Nein, Aubagne liegt in der Nähe von Marseille. Da hat die Legion ihren Hauptsitz. Das Monument steht auf dem Place de l'Armée, es ist das erste, was die neuen Freiwilligen zu Gesicht bekommen, wenn sie durch das Haupttor des Lagers fahren. Schon möglich, daß die meisten ziemlich beeindruckt sind.«

»Bin ich auch«, sagte Krantz ehrlich erstaunt. »Woher wissen Sie das alles?«

Sonnenfeld lächelte verlegen.

»Irgendwann wird es langweilig, immer nur Namen und Wohnsitze zu überprüfen.«

»Schätzen Sie sich glücklich«, sagte Krantz.

»Naja. Es ist ... ähm, sicher interessant, hochinteressant, ein Verbrechen wirklich aufzuklären, ich meine, nicht nur nach Daten zu suchen, sondern den Job zu machen, ihn zu Ende zu bringen.«

»Sie wären also gerne ein richtiger Spürhund?«

»Oh ja!« sagte Sonnenfeld.

Krantz nickte versonnen.

»Ich schlage vor, Sie gehen gleich mal rüber zu Menemenci. Schauen Sie sich an, was er da auf der Wäscheleine hängen hat. Es sind Fotos. Dann essen Sie ein Steak, schön blutig. Wenn Sie danach nicht kotzen müssen, daß Ihnen die Zehennägel hochkommen, reden wir noch mal drüber.«

Sonnenfeld starrte ihn an und kratzte sich die Nase.

»So schlimm?«

»Noch schlimmer.«

»Warum ...« Er stockte.

»Warum so was passiert? Die Frage dürfen Sie nicht stellen. Ich habe mich darauf beschränkt, die Fälle aufzuklären. Wenn ich es persönlich nehmen würde, daß irgendein Spinner einem anderen die Brustwarzen abkneift, während der noch lebt, hätte ich keine ruhige Minute mehr.« Krantz machte eine Pause. »Menemenci würde sagen, ich mache mir das alles zu leicht. Jeder ist eben anders. Ich kann's mir nicht schwerer machen, weil ich es sonst nicht aushalten würde.«

»Oh.«

»Ja, oh! Gibt es sonst noch was?«

»Ich ...« Sonnenfeld deutete auf den Karton. »Nein. Da ist alles drin. Wir.. ähm, kümmern uns dann um Lubold und Marmann.«

»War da nicht noch einer? Ümir oder Imir ...«

»Ymir Solwegyn. Der aus dem Notizbuch. Ja, okay. Natürlich.«

»Sid.«

»Mhm?«

»Hören Sie zu, mein Junge. Sie machen einen guten Job. Man muß nicht unbedingt Sherlock Holmes sein, ich meine, er wäre einigen Dingen vielleicht nicht auf die Spur gekommen, wenn ihm nicht jemand im richtigen Augenblick die Pfeife gestopft hätte. Verstehen Sie, was ich meine?«

Sonnenfeld überlegte.

»Ja«, sagte er, ohne seine Enttäuschung verbergen zu können. »Ich denke schon.«

8.30 Uhr. Vera

An diesem Morgen war es ihr egal, wie lange sie unter der Dusche stand. Sie ließ heißes Wasser über ihren Körper laufen, als könne es das Mißtrauen abwaschen, während ihr Denken um Simon Bathge kreiste.

Sollte sie ihm gestehen, daß sie via Sensor seine Position verfolgte?

Wenn ich ihm wirklich vertraue, dachte sie, wäre es nur konsequent, ihm auch die Wahrheit zu sagen. Inkonsequentes Vertrauen gibt es nicht.

Entweder oder.

Was Bathge ihr erzählt hatte, weitestgehend ohne dabei eine Miene zu verziehen, war so voller versteckter Schmerzen gewesen, daß sie gar nicht anders konnte, als ihm zu glauben. Er hatte zugegeben, daß er auch diesmal Aspekte seiner Geschichte verschwieg. Seltsamerweise verspürte Vera keine Dringlichkeit, diesen Restgeheimnissen nachzuforschen. Das Bekenntnis, Geheimnisse zu haben, war auch eine Form der Offenlegung.

Es war an ihr, darauf einzugehen.

Nach so langer Zeit fürchtete Vera plötzlich, sich mit ihrer Zurückhaltung im Wege zu sein.

Los, dachte sie. Sag ihm, was mit dem Feuerzeug ist. Erzähl ihm, daß du in der Werft warst und den BMW gesehen hast.

Nein!
Was, wenn sie einen Fehler machte?
Shampoo lief ihr in die Augen. Vera fuhr sich durchs Gesicht. Jedesmal kleckerte sie zuviel von dem Zeug auf ihre Sechsmillimeterborsten. Zwinkernd und mit gekrauster Nase fingerte sie nach einem Handtuch und rubbelte sich damit trocken.
Der große Spiegel gegenüber der Dusche, aus deren Becken Wasser lief, weil kein Vorhang Vera von der Außenwelt trennen sollte, zeigte ihr ein hellbepelztes Wesen von eigenartiger Schönheit.
Sie trat näher heran und betrachtete sich. Immer noch fand sie ihr Gesicht zu breit, die Lippen aufgeworfen, das Kinn massiv. Nach wie vor erschien ihr der Umstand, daß sie naturgewollt von Kopf bis Fuß silberblond war, als bemerkenswert bis merkwürdig.
Erstmals seit langem aber gefiel sie sich.
Beinahe schüchtern drehte Vera sich zur Seite und reckte den Oberkörper nach hinten. Gebannt verfolgte sie das lebendige Spiel der Muskeln. Nichts an diesem Körper wirkte übertrainiert. Arme und Beine waren schlank, der Po fest, flacher Bauch, kleine straffe Brüste.
Eigentlich perfekt.
Sie näherte sich dem Spiegel, bis ihre Nasenspitze fast das Glas berührte, und betrachtete ihre Augen.
Gletschereis mit dunklem Rand.
Fas ... zinierend ...
Was ist denn plötzlich los, dachte sie.
Hey, Bulldoggenfresse! Größenwahnsinnig geworden?
Sie drehte den Kopf. Gut, die Nase war zu klein geraten. Der Mund zu dominant. Wie eine fleischfressende Pflanze.
Dennoch ...
Halt. Da war immer noch die Narbe.
Okay, eine Narbe! Wenn schon. Dann hatte sie jetzt eben eine Narbe. Beziehungsweise seit einigen Jahren. Na und? Manche Naturvölker ritzten sich die Haut auf und rieben Schmutz in die Wunden, um einem Schönheitsideal zu entsprechen, das sie bereits verkörperte.
Der Gedanke ernüchterte sie schlagartig. Wenn ich jetzt noch anfange, die Narbe schön zu finden, dachte sie, muß ich vollkommen durchgeknallt sein!
Leichtfüßig wandte sie sich von ihrem Spiegelbild ab, hüllte sich in den Morgenmantel, ging ins Arbeitszimmer und fragte die Mailbox ab.
Jemand hatte angerufen. Spät in der Nacht.

Zuerst verstand sie den Sprecher nicht. Sie drückte auf REPLAY und hörte genauer hin. Der Anrufer sprach mit slawischem Akzent.

»Donnerstag morgen, drei Uhr fünfzehn«, sagte er. »Mein Name ist Ymir Solwegyn. Anschluß neun-drei-eins-neun-neun-zwei-eins. Sie haben eine Anzeige aufgegeben. Rufen Sie mich zurück ... bitte.«

9.35 Uhr. Krantz

Nachdem Sonnenfeld gegangen war, machte sich Krantz daran, den Inhalt der Kiste zu untersuchen.

Sonnenfeld hatte gut gearbeitet. Irgendwie tat ihm der Junge leid. Er war noch nicht lange bei der Truppe und hatte ziemlich romantische Vorstellungen von der Verbrecherjagd. Mit der Zeit würden sie sich abschleifen. Aber augenblicklich sah er voller Ehrfurcht empor zu den Männern ohne Nerven, die versuchten, ein Ungeheuer wie Üskers Mörder zur Strecke zu bringen.

Dabei sah er natürlich einiges verkehrt.

Wahrscheinlich würde er vor Menemenci auf die Knie fallen, dachte Krantz grimmig. Auch wenn der Alte nicht gerade aussah wie Pierce Brosnan oder Jodie Foster.

Aus unerfindlichen Gründen genoß dieser Türke, der keiner war, einen richtig guten Ruf. Das Dezernat bescheinigte ihm eine ungewöhnlich scharfe Beobachtungsgabe. Man attestierte ihm, schneller auf den Punkt zu kommen als die meisten seiner Kollegen. Über das bessere Abstraktionsvermögen zu verfügen. Schneller denken zu können. All das.

Warum, in Teufels Namen? Gerade Menemenci nahm sich in dieser angespannten Lage aus wie seine eigene Zeitlupe.

Krantz schnaubte. Der Fettsack schien buchstäblich nichts zu tun, als im zwölften Stock herumzulungern und dem Kölner Verkehr zuzusehen, wie er sich in Richtung Deutzer Brücke quälte.

Gut, er dachte nach.

Na und? Warum handelte er nicht und dachte nach, während er etwas tat? Es gab haufenweise Fakten und Anhaltspunkte, Vernehmungen, Vorladungen, alles mögliche. Krantz erstickte in Arbeit, und Menemenci dachte nach. Ein Grünschnabel hielt aus purer Langeweile Vorträge über die Fremdenlegion, und Menemenci dachte nach. Der heilige Zorn kam über Köln, und Menemenci dachte nach.

Krantz fühlte seinen Mißmut wachsen. Was hatte er eigentlich falsch gemacht?

Vor sich hingrummelnd sortierte er die zurückgegebenen Üsker-Dokumente zusammen und trug sie zu der Metaplanwand, um sie wieder einzuordnen.

Sein Blick streifte das Foto, auf dem Üsker zusammen mit dem Mann zu sehen war, der das Maschinengewehr trug.

Im Hintergrund die Wüste ...

Das Bild war wieder da!

Krantz überlegte. War es denn weg gewesen?

Natürlich war es weg gewesen! Deswegen hatte er sich ja bei Menemenci beschweren wollen.

Unverzüglich rief er den Kommissar an und sagte: »Ich habe gerade festgestellt, daß Sie meine Bilderwand wieder komplettiert haben. Ist irgend etwas mit dem Foto, das ich wissen sollte?«

»Wovon reden Sie?« fragte Menemenci. Er war ganz offenbar verwirrt.

»Von dem Foto, das Üsker in der Wüste zeigt«, erklärte Krantz. »Ich schätze, Sie haben es kurzzeitig entführt.«

»Ich habe was?«

Krantz stutzte. »Sie sind nicht in mein Zimmer gegangen und haben da was weggenommen?«

»Was denn, um Himmels willen?«

»Ein Foto! Das Foto halt.«

»Nein.«

»Dann ... tut mir leid.«

»Was ist denn mit dem Foto?«

»Nichts«, sagte Krantz. »Schon gut, ich muß mich geirrt haben. Alles okay.«

»Sind Sie mit der Namensliste weitergekommen?«

»Nicht sonderlich.«

»Treten Sie denen auf die Füße, sie sollen schneller machen. Wir haben nicht das ganze Jahr Zeit.«

»Wie läuft's bei Ihnen?«

»Schleppend«, sagte Menemenci. »Ich trete mir selber auf die Füße. Kommen Sie rüber, ich erzähl's Ihnen.«

Krantz legte auf und fixierte mit gerunzelter Stirn die Metaplanwand.

Wer zum Donnerwetter ging in sein Büro, wenn er nicht da war, und nahm Bilder von der Wand, um sie kurze Zeit später ebenso verstohlen wieder hinzuhängen?

Er versuchte zu rekapitulieren, was gestern gewesen war.

Das Bild hatte gefehlt. Als Folge war er losgezogen, um Menemenci danach zu fragen, aber dann hatte er aus irgendeinem Grund vergessen, die Sache zu klären.

Hatte es schon wieder dort gehangen, als er in sein Büro zurückgekehrt war?

Als dieser Roth aus seinem ...

Moment mal. Er hatte dem Kerl einen Kaffee spendiert. Sonst gab es nicht das geringste, was sie miteinander verband. Krantz hatte ihn aus seinem Zimmer kommen sehen. Er hatte ihm hinterhergerufen, aber Roth hatte ihn nicht gehört und war weitergegangen.

Oder hatte er nur so getan, als höre er ihn nicht?

Was wollte Roth mit dem Bild? Er arbeitete nicht an dem Fall. Genaugenommen tangierte seine Arbeit nicht im mindesten das, was hier geschah.

Eine Weile stand Krantz unbeweglich vor der Wand. Dann verließ er schnellen Schrittes sein Büro, um Menemenci aufzusuchen.

9.55 Uhr. DeTechtei

Als erstes versuchte sie, Solwegyn zu erreichen. Es war längere Zeit besetzt. Endlich meldete sich eine Männerstimme, ohne einen Namen zu nennen.

»Kann ich mit Ymir Solwegyn sprechen?« fragte Vera.

»Er ist nicht hier.«

»Ich hatte eine Nachricht von ihm auf meiner Mail Box. Er hat in meinem Büro angerufen, kurz nach drei Uhr morgens, und um Rückruf gebeten.«

»Wer sind Sie?«

»Ist Solwegyn wirklich nicht da? Es ist dringend!«

»Ich muß Ihren Namen wissen.«

Vera überlegte.

»Sagen Sie ihm, ZERO ist am Telefon.«

In der Leitung entstand ein kurzes Schweigen.

»Moment«, sagte der Mann.

Es rumpelte, als er den Hörer aus der Hand legte. Sie hörte Schritte, die sich entfernten, und gedämpfte Stimmen. Dann kehrten die Schritte zurück.

»Hören Sie?«

»Ja.«

»Ich stelle Sie durch.«

Vera wartete, während süßliche Orchestermusik in ihr Ohr dudelte. Nach einer halben Minute brach die Melodie abrupt ab.

»Solwegyn«, sagte die Stimme, die sie schon von der Mail Box kannte. Sie klang tief und weich, fast schnurrend.

»Vera Gemini. Sie haben auf meine Mail Box gesprochen.«

»Gemini«, wiederholte er nachdenklich. »Ja, heute früh. Entschuldigen Sie die unorthodoxe Zeit. Sollten wir uns kennen, Frau ... Gemini?«

»Nein«, sagte sie. »Aber Sie kennen ZERO, habe ich recht?«

»Ich weiß noch nicht«, sagte Solwegyn vorsichtig. »Was wollen Sie überhaupt?«

»Mich mit Ihnen unterhalten, wenn Sie nichts dagegen haben.«

»Und warum?«

»Ich bin Privatdetektivin.«

»Eine Privatdetektivin.« Solwegyn stieß ein kurzes Lachen aus, mehr die Vibration eines Lachens. Der Gedanke schien ihn zu amüsieren. »Warum haben Sie die Anzeige aufgegeben?«

»Um ehemalige Fremdenlegionäre oder Mitglieder von ZERO kennenzulernen. Leute, die Mehmet Üsker kannten und Andreas Marmann.«

Wieder herrschte Schweigen.

»Sie sind an der falschen Adresse, mein Fräulein.« Solwegyns Sprechweise klang schleppend und lasziv. Jetzt mischte sich ein abweisender Unterton mit hinein. »Ich habe von Üsker in der Zeitung gelesen. Ich kann Ihnen nicht helfen.«

»Mir geht's weniger um Üsker als um Marmann«, versicherte Vera hastig. »Sagt Ihnen der Name was?«

»Marmann? Vielleicht.«

»Ich brauche ein paar Informationen, nur ein paar Minuten Ihrer Zeit. Darf ich Sie besuchen kommen?«

»Was für Informationen?«

»Über die Fremdenlegion. Vielleicht auch über ZERO.«

»Was bringt Sie auf die Idee, ich könnte Ihnen dabei von Nutzen sein?« fragte Solwegyn.

»Ihr Anruf«, sagte Vera knapp.

Solwegyn schien zu überlegen.

»Also gut«, sagte er langsam. »Kommen Sie vorbei. Um die Mittagszeit, ich bin auf jeden Fall da. Wir treffen uns in meinen ... Geschäftsräumen.«

»Wo ist das?«

»Porz. Kommen Sie mit dem Auto?«

»Ja.«

»Ich werde Ihnen sagen, wie Sie fahren müssen. Es ist nicht ganz einfach zu finden. Klingeln Sie im *Red Lion*.«

»Okay.«

Solwegyn erklärte ihr den Weg. Es klang nicht kompliziert, aber er bestand darauf, sie würde sich mindestens einmal verfahren. Dabei lachte er wieder auf seine gutturale, fast unhörbare Art.

Vera legte ihre Hand auf die linke vordere Kante der schwarzen Schreibtischplatte. Mit kaum hörbarem Summen fuhr der Großbildschirm aus, den sie für Verzeichnisse und umfangreiche Dokumente bevorzugte. Sie rief das Telefonverzeichnis auf, eine erweiterte, inoffizielle Fassung, für die sie einige Kontakte hatte spielen lassen. Es enthielt im wesentlichen die Kölner Eintragungen, allerdings unter Hinzufügung diverser Geheimnummern und illegaler Anschlüsse. Sie wußte, daß sie dieses Verzeichnis nicht hätte besitzen dürfen.

Aber wer wußte davon?

Sie hatte Marmann bereits darin gesucht, direkt als erstes. Natürlich war er nicht verzeichnet.

Ebensowenig tauchte in Köln ein Ymir Solwegyn auf. Da Vera nicht wußte, wie man den Namen schrieb, versuchte sie es nacheinander mit Sol, Sul, Syol, Zol und so weiter, rief dann das Großraumverzeichnis auf und kam zu dem gleichen Ergebnis. Kein Ymir Solwegyn weit und breit.

Sie versuchte es unter der Nummer, die er ihr gegeben hatte. Diesmal hatte sie mehr Glück. Das Programm fand eine Adresse in Porz: RED LION. PRIVATCLUB.

Das *Red Lion* war also ein Club. Einer nach britischem Vorbild, in dem geschäfts- und ehemüde Millionäre die Rätsel im ZEIT-Magazin lösten?

Wohl kaum.

Solwegyns persönliche Geheimnummer schien jedenfalls mehr als geheim zu sein. Falls er überhaupt eine besaß.

Ob Bathge diesen Solwegyn kannte?

Er hatte sich noch nicht gemeldet. Wie viele ehemalige Söldner und Legionäre lebten in Köln? Auf jeden Fall hatte ihre Anzeige jetzt schon mehr gebracht als erhofft. Solwegyn verhieß Aufklärung. Ihre erste heiße Spur auf der Suche nach Marmann.

Vera ließ einen zusätzlichen kleineren Monitor ausfahren und aktivierte das Peilprogramm.

Sie fand Bathge auf der anderen Rheinseite. Er war im Hyatt. Zumindest das Feuerzeug.

Jetzt, da sie seinen Aufenthaltsort kannte, würde es ein leichtes sein, an eine Liste der Hotelgäste zu kommen. Wann eingecheckt, bis wann gebucht, all das.

Was mochte er den Tag über tun außer warten?

Sie hatte ihn nicht danach gefragt. Bis gestern hatte es sie nicht mal interessiert.

Natürlich ging es sie auch nicht das geringste an.

Aber ebensowenig ging es sie etwas an, was in Kuwait passiert war. Dennoch hatte er sie auf eine Weise ins Vertrauen gezogen, als suche er ihre persönliche Nähe. Wie hätte er wissen sollen, daß sie nichts schwerer ertragen konnte als Nähe?

Oder änderte sich auch das?

Einen Moment lang kam sie sich schäbig vor, ihn so zu observieren. Dann schaltete sie den Monitor ab.

Sie würde keine weiteren Nachforschungen über ihn anstellen.

Vorerst zumindest.

10.02 Uhr. Präsidium

Roth war eben damit befaßt, eine Reihe von Materialproben auszuwerten, als die Türe aufging. Ein sehr beleibter Mann in einem schlecht sitzenden Anzug trat ein und lächelte. Seine Gesichtszüge waren weich und freundlich, das strähnige graue Haar erweckte den Eindruck, als sei die Zuführung von Shampoo einen Tag überfällig. Unter dem Doppelkinn schlang sich eine schlechtgeknotete Krawatte.

Die Augen straften die gemütliche Tapsigkeit seiner Erscheinung Lügen. Über dem Lächeln stachen sie silbrig hervor wie Seziermesser.

Ein Blick, dem nichts entging.

»Guten Morgen«, sagte der Mann.

Roth fröstelte.

Er wußte, wer ihn da besuchte, ohne daß er je direkt mit Arik Menemenci zu tun gehabt hatte. Intuitiv begriff er, was der Besuch zu bedeuten hatte.

Er lächelte zurück und hoffte, er möge sich irren.

»Morgen. Kann ich was für Sie tun?«

Menemenci deutete auf einen freien Stuhl zu Roths Rechten. Sie waren alleine in dem Büro.

»Erlauben Sie, daß ich mich setze?«

»Bitte.« Roth machte eine einladende Handbewegung.

»Sehr freundlich.« Menemenci ließ sich vorsichtig, als könne der Stuhl unter seinem Gewicht Schaden nehmen, darauf nieder. »Ich hoffe, ich störe Sie nicht bei irgend etwas Wichtigem.«

»Nein, es geht schon.«

»Gut.«

Er schürzte die Lippen und sah Roth nachdenklich an. »Ich bin mir nicht sicher, wie ich anfangen soll. Sagen wir mal, ich habe eine Vermutung. Um sie zu bestätigen, bin ich auf Ihre Hilfe angewiesen, also müßten Sie mir versprechen, wahrheitsgemäß mit Ja oder Nein zu antworten.«

Roth seufzte.

»Natürlich«, sagte er.

Menemenci nickte befriedigt.

»Bestens. Sehen Sie, wir arbeiten gerade an dem Mordfall Üsker. Ich kann nicht sagen, daß wir in Hinweisen ersticken. Um genau zu sein, haben wir erschreckend wenig. Aber möglicherweise kreisen wir auch um uns selber, und ein ganz anderer könnte den Schlüssel zur Lösung bereithalten, vielleicht sogar ohne es zu wissen. Wenn also beispielsweise jemand in das Büro meines Mitarbeiters geht und ein Foto von der Wand nimmt, um es kurze Zeit später wieder hinzuhängen, ist das erst mal nichts Besonderes. Wenn er es aber heimlich tut, beginnt man sich Fragen zu stellen. Eine mögliche Antwort wäre, daß dieser Jemand glaubt, auf etwas von Interesse gestoßen zu sein, sich aber erst vergewissern möchte, bevor er die ermittelnden Beamten verrückt macht. Verständlich, meiner Meinung nach. Was denken Sie? Könnte es so gewesen sein?«

Roth sah ihn an und suchte nach etwas Diplomatischem, das er erwidern könnte. Die silbrigen Augen schnitten sämtliche Ausflüchte ab. Er fühlte sich verwirrt und beschämt.

»Ich sehe, Sie sind meiner Meinung«, sagte Menemenci sanft. »Das beruhigt mich, entfacht nun aber erst recht meine Neugierde. Natürlich, selbst wenn die fragliche Person ihrerseits zu dem Schluß gelangt wäre, einer falschen Spur gefolgt zu sein, würde ich gerne wissen, welcher. Ich muß mich mit dem Fall rumschlagen. Eine schweißtreibende Sache. Das heißt, ich bin auf absolute Kooperation angewiesen.«

Roth füllte seine Lungen langsam mit Luft und ließ sie dann stoßartig entweichen.

»Ich ... hatte das Foto gesehen, als ich in Krantz' Zimmer war«, sagte er.

»Ja, da hing es«, sagte Menemenci. »Beziehungsweise hängt es wieder. Krantz dachte erst, ich hätte es weggenommen. Warum haben Sie es getan?«

»Ich wollte es überprüfen.«

»Das ist sicher sehr vernünftig. Wir tun den ganzen Tag nichts anderes. Was mich nur wundert, ist, daß Sie mit dem Fall doch gar nichts zu schaffen haben. Warum dieses ausgeprägte Interesse an diesem einen Foto? Es hängen jede Menge da. Warum dieses?«

»Weil ... es könnte sein, daß jemand auf dem Bild ... «

Roth stockte.

So ein verdammter Mist!

Er hätte es wissen sollen. Bitte, Tom, bitte! Und jetzt? Was sollte er tun? Er würde Ärger kriegen, und er würde Vera verraten.

»Ja?« sagte Menemenci erwartungsvoll.

Roth schwieg.

»Wissen Sie, was ich glaube?« sagte Menemenci nach einer Weile. »Wenn Sie persönlich jemanden darauf erkannt hätten, wären Sie zu uns gekommen. Komisch, aber mir scheint eher, als ob Sie gar kein persönliches Interesse an dem Foto haben. Leider haben Sie auch keine Antwort auf meine Frage.« Er runzelte die Stirn. »Nun weiß ich – weil ich mich ein bißchen schlau gemacht habe –, daß Sie ein verläßlicher und guter Mann sind, dem wir keine Schwierigkeiten machen sollten. Ich bin immer geneigt, zuallererst an das Gute zu glauben. Sprich, Sie werden gute Gründe haben, zu schweigen. Ich muß meinerseits den Kerl zur Strecke bringen, der das arme Schwein zerstückelt hat. Das heißt, ich kann Ihr Schweigen unmöglich akzeptieren, so gern ich es vielleicht täte. Ich hoffe, Sie verstehen meine unangenehme Lage.«

Roth nickte.

»Was ich allerdings kann«, fuhr Menemenci fort, »ist, mir Ihre

Gründe anzuhören und darüber zu entscheiden, ob die Sache hier im Raum bleibt.«

Menemenci baute ihm die goldene Brücke. Roth wußte, daß dieses Angebot einmalig war. Wenn er weiterhin auf stur machte, käme dennoch alles raus, aber dann würde es richtig unangenehm.

»Ich habe eine Kopie von dem Bild gemacht«, sagte er schlicht.

»Ah ja. Wozu?«

»Weil jemand, den ich kenne, mit einem Fall beauftragt worden ist, der ... in dem das gleiche Foto eine Rolle spielt. Es war purer Zufall, daß ich in Krantz' Büro darauf stieß. Ich erzählte der Person davon, und sie bat mich, die Kopie zu machen.«

Menemenci wiegte den Kopf.

»Sie wissen, daß Sie das in allergrößte Schwierigkeiten bringen kann.«

»Ich weiß«, sagte Roth unglücklich.

»Wer ist die Person?«

»Sie heißt Vera Gemini. Detektivin. Sehr fähig, sehr integer. Früher hat sie in meiner Abteilung gearbeitet, ich kenne sie gut.« Er sah Menemenci an. »Ich habe Vera gebeten, mich da rauszuhalten. Aber sie ist ein bißchen wie eine Tochter, verstehen Sie? Ich meine, sie hat einiges durchgemacht, und jetzt ist sie endlich auf geradem Kurs. Ich wollte die Ermittlungen nicht behindern, es war einfach nur ein persönlicher Gefallen, damit sie in ihrer Sache weiterkommt.«

»Vera Gemini«, sinnierte Menemenci.

»Das ist die Wahrheit.«

»Gut. Erzählen Sie mir alles, was Sie wissen.«

Zerknirscht gab Roth wieder, was er von Vera erfahren hatte. Am liebsten hätte er sich pausenlos geohrfeigt. Dennoch schaffte er es irgendwie, Veras Klienten rauszuhalten. Auf Menemencis Frage, ob er ihren Auftraggeber kenne, antwortete er wahrheitsgemaß mit einem Nein.

Es war das einzige, was er noch für sie tun konnte. Aber sie würde Menemenci reinen Wein einschenken müssen.

Nachdem Roth geendet hatte, saß Menemenci eine Weile still da und sah vor sich hin. Dann griff er in sein Jackett, zog das Foto hervor und zeigte auf den Mann mit dem Gewehr.

»Das ist also Andreas Marmann?«

Roth überlegte. »Vera sagt, er sei es.«

»Sonst jemand darauf, den Frau Gemini zu kennen glaubt?«

»Nein. Nicht daß ich wüßte.«

»In Ordnung. Hören Sie, Roth, Sie haben mein Verständnis als Mensch, nicht aber als Polizist. Ist Ihnen das klar?«

Roth sackte in sich zusammen.

Menemenci musterte ihn scharf. Dann erhob er sich und steckte das Foto wieder ein.

»Danke für Ihre Zeit«, sagte er freundlich. »Ich werde darüber nachdenken.«

Das war's dann, dachte Roth. Herzlichen Glückwunsch.

Menemenci ging zur Tür und hielt inne.

»Vielleicht lassen Sie sich hin und wieder von Frau Gemini auf den letzten Stand bringen. Falls sie nicht kooperieren will, könnten Sie sich ja als Doppelagent versuchen. Ich meine, Sie hat von unserem Wissen profitiert. Ab jetzt informieren Sie mich über das, was *sie* weiß. Finden Sie's irgendwie raus. Wie gesagt, ich möchte Ihnen keine Schwierigkeiten machen. – Wenn es sich vermeiden läßt.«

Mit einem Lächeln, so wie er gekommen war, verließ der Kommissar den Raum.

12.45 Uhr. Red Lion

Solwegyn hatte recht gehabt. Zweimal fuhr sie an der grüngestrichenen Toreinfahrt vorbei, die sich mit den Hecken entlang der Straße zu einem monotonen Streifen verband. Ein Stück weiter entdeckte sie einen kleinen Parkplatz. Sie stellte den Wagen ab, schloß das Verdeck und ging die paar Schritte zurück. Links von dem Tor war ein schmaler verschlossener Durchgang. Dahinter konnte sie das Dach eines villenartigen Hauses ausmachen.

Neben der einzigen Klingel stand in kleinen Druckbuchstaben:

RED LION. PRIVATCLUB.

Auch hier kein Ymir Solwegyn.

Sie klingelte.

Eine Weile tat sich nichts. Vera schätzte, daß man sie beobachtete. Sie ließ den Blick wie zufällig schweifen und suchte das Tor und die mächtigen Bäume ab. Zwischen zwei Astgabelungen, außer Reichweite und hoch genug, um auf eventuelle Besucher herabblicken zu können, entdeckte sie die beiden elektronischen Augen. Vermutlich kontrollierten sie ein gutes Stück der Straße.

Etwas summte. Sie drückte gegen die schmale Tür und trat ein. Vor ihr erstreckte sich eine Wiese, die zu einer Terrasse anstieg. Eine Auffahrt führte vom Tor zu einer großen Garage rechts vom Haus. Zwischen der Villa und der Garage öffnete sich ein Rundbogen, dahinter schien sich das Grundstück fortzusetzen.

Die Villa selber war im Stil der Sechziger erbaut. Erdgeschoß, zurückgesetzter erster Stock, ebenfalls mit Terrasse. Großzügige Fensterfronten mit zugezogenen Gardinen.

Das Ganze machte den Eindruck eines gepflegten, etwas biederen Anwesens.

Vielleicht doch ein Geschäftsclub?

Vera ging die Auffahrt hoch und schaute sich um. Die Haustür war geöffnet, aber keiner schien sie zu erwarten. Sie sah ins Innere und trat, als immer noch niemand auftauchte, um sie zu begrüßen, ein.

Ihre Augen brauchten einige Sekunden, um sich an das Dämmerlicht zu gewöhnen. Dann sah sie zu ihrer Überraschung, daß ein einziger großer Raum das Erdgeschoß einnahm. Wo früher Wände gewesen sein mußten, standen nur noch vereinzelte Säulen.

Dazwischen verloren sich auf dunklem Teppichboden die absonderlichsten Möbelstücke in den Schatten. Skulpturen kniender Frauen und Männer, einander zugewandt, unter gläsernen Tischplatten. Kerzenständer in Gestalt verschlungener Paare. Zwei überdimensionierte Körper mit ausgebreiteten Armen, die unter der Decke schwebten und deren Finger sich um gläserne Kugeln bogen, die pulsierendes rotes Licht ausstrahlten. Wo die Wände nicht durch Spiegel verdeckt wurden, hingen Bilder, Teppiche und Seidentücher mit erotischen Darstellungen. Diwane lagerten um einen goldenen Flügel, auf dem mehrere Kandelaber standen.

Und überall Pflanzen.

Sie rankten sich um die Klauen der Diwane, wucherten über die Statuen und krochen die Säulen empor, wo sie unter der Decke bizarre Blüten trieben. Wahrscheinlich bestand der größte Teil aus Plastik, aber im Halbdunkel schienen sie zu leben und sich sanft zu wiegen.

Gleichermaßen belustigt wie in Bann geschlagen von dem Anblick drang Vera tiefer in die dämmrige Welt des *Red Lion* ein und versuchte sich vorzustellen, was hier abends los sein mochte. Es nahm kein Ende. Im Zentrum der Kitschorgie ein Brunnen mit kopulierenden Steinfiguren. Nicht in Betrieb, allerdings von unten beleuchtet, wodurch er rot glimmte. Gegenüber der riesigen Fensterfront zum Garten, durch deren Vorhänge kaum Licht drang, die Bar, tiefschwarz. Dahinter reckte die riesige Gestalt eines Baphometen mit geschwungenen Hörnern und ausgebreiteten Schwingen Arme und Klauen. Das Monstrum sah aus, als wolle es sich jeden Moment über den Tresen stürzen. Auch seine Augen leuchteten in fahlem Rot. Es saß hoch genug, daß Vera seinen gewaltigen Phallus sehen konnte. Das Ziegenmaul war leicht geöffnet und entblößte ein spitzes Raubtiergebiß. Die Kreatur schien zu lächeln.

Sie fragte sich, wie Solwegyn an diese Verkörperung teuflischer Geilheit gelangt war. Im Laufe ihrer Arbeit hatte sie einige Nachtclubs von innen gesehen. Die meisten waren bieder und plüschig ausgestattet und seit dem Ende des Wirtschaftswunders nicht mehr renoviert worden. Manche versuchten sich in Exotik, andere schwelgten in Neon, Stahl und Glas. Keiner aber glich dieser verwunschenen Höhle, die sich ausnahm wie eine Mischung aus Satanskirche, botanischem Garten und Operettenfundus.

Vera umrundete den Brunnen und trat an die Bar.

»Ist jemand da?« rief sie.

Die Luft war schwer von süßem, aufdringlichem Parfüm. Sie lauschte auf Schritte oder Stimmen.

»Herr Solwegyn?«

Immer noch blieb alles still. Vera sah sich um. Wenige Meter von ihr entfernt öffnete sich ein Mauerbogen zu einer Treppe, die nach unten führte. Von dort drang stärkeres Licht herauf.

Sie trat bis an den Bogen und spähte hinab. Die Treppe mündete in einen kleinen Vorraum, mehr konnte sie nicht erkennen. Mit zögernden Schritten stieg sie die Stufen hinunter. Der Raum verengte sich zu einem Durchgang. In den Wänden rechts und links öffneten sich große kreisrunde Löcher. Vera bückte sich und sah hinein. Boden, Wände und Decke der dahinterliegenden Räume waren gepolstert und durchbrochen von Hunderten kleiner Leuchtkörper. Abgesehen von einigen Kissen ging die Einrichtung gegen Null. Es roch muffig und nach Ausdünstungen.

Das hatte sie schon anderswo gesehen, vor Jahren während einer Razzia. Zimmer wie diese, ausgestattet mit Mikrophonen, reagierten auf Dezibelstärken. Je lauter es wurde, desto heller leuchteten und blinkten die Lichter. Eine elektrische Orgie, bei der es darum ging, sich im Stöhnen und Schreien gegenseitig zu überbieten. Sie richtete sich auf und ging weiter. Der Gang verbreiterte sich und mündete in einen großen Raum. Ketten mit Ringen und Haken baumelten von der Decke. Absonderliche Maschinen ließen nur Vermutungen über ihren Sinn und Zweck zu, aber keine der damit verbundenen Vorstellungen war im geringsten angenehm.

Nachdenklich betrachtete Vera das Instrumentarium des Schrekkens und überlegte, ob sie wieder nach oben gehen sollte.

Aber irgend jemand hatte ihr aufgedrückt.

Vor ihr bauschte sich ein roter Vorhang. Sie schob ihn mit beiden Händen auseinander und trat hindurch.

Ihr erster Eindruck war der eines Tempels. Die gegenüberliegende Wand wurde von einer sitzenden Frau eingenommen, die den Baphomet im Erdgeschoß an Ausmaßen noch übertraf. Sie saß mit gespreizten Beinen da. Aus ihrer Mitte ergoß sich Wasser in ein kreisrundes beleuchtetes Becken. Die Brüste standen groß und mächtig hervor. Das Gesicht wirkte ägyptisch und war eingerahmt von funkelndem Kopfschmuck. Zwischen ihr und dem Becken lagen große Kissen.

Vera hatte genug gesehen. Sie drehte sich um und stand vor einem Mann mit dunkler Brille und Vollbart.

Sein untersetzter Körper steckte in einem cremefarbenen Anzug mit zu breitem Revers. Das Haar war straff zurückgebürstet und zu einem Zopf gebunden. Unter dem weit geöffneten Hemd wurden diverse schimmernde Ketten und Anhänger sichtbar.

»Frau Gemini?«

»Ja.«

»Entschuldigen Sie, wenn ich Sie warten ließ«, sagte er in seinem eigentümlich schleppenden Tonfall. »Wie ich sehe, wußten Sie sich zu beschäftigen.«

Er streckte ihr seine Rechte entgegen. Vera ergriff sie. Es war, als packe sie in eine Besteckschublade. Gut ein Dutzend Ringe stahlen einander die Schau.

Sie drückte fest zu.

»Ymir Solwegyn, nehme ich an.«

»Zu Ihrer Verfügung.« Er neigte kaum merklich den Kopf. Sein Bart spaltete sich und gab zwei Reihen langer gelber Zähne frei. »Sie haben sich ein bißchen umgesehen? Das ist schön. Wie gefällt Ihnen meine kleine Stätte der Begegnung?«

»Wohnlich.«

»Die passendste aller Umschreibungen. Ja, Sie haben recht, es hat einen sehr persönlichen Stil. Bitte.«

Er raffte den Vorhang zur Seite, um sie durchzulassen. Als Vera zurück in den Gang trat, erblickte sie eine Frau in einem engen Catsuit. Sie lehnte an einer der durchlöcherten Wände und bedachte Vera mit einem unergründlichen Lächeln. Zwei Männer in dunklen Anzügen standen dicht hinter ihr.

»Katya, die Königin der Nacht«, erklärte Solwegyn fast entschuldigend, »und zwei Freunde aus meiner schönen Heimat. Sie müssen verstehen, mir war nicht klar, wen ich zu erwarten habe. Tragen Sie eine Waffe?«

»Grundsätzlich nicht.«

»Ihr Wort ist die Wahrhaftigkeit. Dennoch lehrt uns die Geschichte den Irrtum. Ich schätze, Sie werden nichts dagegen haben, wenn Katya kurz auf Tuchfühlung geht.«

Die Frau stieß sich von der Wand ab und lächelte Vera an. Sie war hübsch, wenngleich zu stark geschminkt. Mit wiegenden Hüften trat sie dicht an Vera heran und blickte ihr in die Augen. Ihre Hände legten sich auf Veras Schultern

»Kurz«, sagt Vera kalt.

Katya zog amüsiert die Brauen hoch. Dann tastete sie mit schnellen, professionellen Bewegungen Veras Körper ab, nickte bestätigend und trat beiseite. Solwegyn kraulte sich den Bart und gab den Männern ein Zeichen. Ohne ein Wort verließen sie den Gang.

»Aufrichtigkeit macht schön«, sagte Solwegyn. »Ich hatte keinerlei Zweifel. Gehen wir in mein Büro.«

»Ich dachte, das hier sei Ihr Büro«, erwiderte Vera spöttisch.

Solwegyn lachte sein unhörbares Lachen.

»Ich arbeite ungern in den Gästezimmern. Hier unten ist die Hölle, darüber das Sündenbabel. Als gläubiger Christenmensch ist mir das Himmelreich am nächsten. Leider verfügt das Haus nur über einen ersten Stock.«

Sie stiegen zurück ins Erdgeschoß und weiter hinauf, Solwegyn voran, dann Vera, gefolgt von Katya. Die obere Etage wurde durch den obligatorischen roten Vorhang abgeteilt. Dahinter eröffnete sich ein großer Raum mit barocken Möbeln und Parkettböden. Solwegyn führte sie zu zwei einander gegenüberstehenden Sofas.

»Damit wir uns recht verstehen, ich habe diesem Treffen zugestimmt, weil ich beunruhigt bin. Bevor ich also meinerseits Informationen preisgebe, sollten Sie vielleicht den Anfang machen. Möchten Sie etwas trinken?«

»Danke. Im Augenblick nicht.«

Solwegyn ließ sich in die Polster sinken und vollführte eine Geste, eben einladend genug, um nicht als Befehl gedeutet zu werden. Vera nahm ihm gegenüber Platz. Katya postierte sich mit verschränkten Armen hinter Solwegyn und fixierte sie unter halbgeschlossenen Lidern. Ein belustigtes Zucken umspielte ihre Mundwinkel.

»Also?«

»Es gibt nicht viel zu erzählen«, sagte Vera. »Ich bin auf der Suche nach Andreas Marmann.«

»Ja, ich weiß. Warum?«

»Um ihn zu finden.«

»Präziser, wenn ich bitten darf.«

»Um ihn seinen Eltern zurückzugeben. Seine Familie hat mich beauftragt.«

Solwegyn strich sich über den Bart und wiegte den Kopf. Die dunklen Gläser ließen ihn ausdruckslos erscheinen. Offenbar dachte er darüber nach, ob er Vera glauben sollte. So wie sie ihn einschätzte, lebte er in ständigem Mißtrauen.

»Der alte Marmann?«

»Er und seine Frau.«

»Seltsam. Was wollen die von ihrem Sohn?«

»Die Frage birgt die Antwort«, sagte Vera. »Sie wollen ihren Sohn.«

»Unsinn«, entgegnete Solwegyn mit plötzlicher Heftigkeit. »Jahrelang haben sie sich einen Dreck darum gekümmert, wo er steckt. Und plötzlich wollen sie ihn wiederhaben?«

»Späte Reue. Was weiß ich? Soweit ich unterrichtet bin, haben sie schon vor Jahren Detektive beauftragt.«

»Und jetzt Sie?«

»Jetzt mich.«

»Wie ungewöhnlich. Sind Sie sicher, daß der Auftrag nicht von Marmanns Schwester kommt?«

»Die kennen Sie auch?« staunte Vera. »Donnerwetter. Woher?«

Solwegyn lächelte dünn. »Madame! Wir sollten das Protokoll einhalten. Augenblicklich stelle ich die Fragen. Steht Ihr Auftrag in irgendeiner Verbindung mit Üskers Tod?«

Das klang nach Falle.

Veras Gedanken überschlugen sich. Sie war drauf und dran, die Frage zu bejahen. Es war hübsch einfach, aus dem Tod des Türken elterliche Besorgnis für seinen ehemaligen Kampfgefährten abzuleiten.

Zu einfach.

»Nein«, sagte sie statt dessen. »Ich bin mir nicht mal sicher, ob die Marmanns überhaupt eine Ahnung haben, wer Üsker war.«

»Sie wissen nichts«, sagte Solwegyn geringschätzig. »Andis Vater trägt seit Jahren einen absurden Stolz vor sich her, der es ihm verbietet, ihn weiterhin seinen Sohn zu nennen. Er würde die Wahrheit gar nicht vertragen. Aber gut. Sie dürfen Fragen stellen.«

Offenbar hatte er beschlossen, ihr zu glauben. Katya zwinkerte Vera aufmunternd zu.

»Es gibt nur eine Frage. Wo ist Andreas Marmann?«

»Er ist tot.«

Vera verschlug es die Sprache.

Solwegyn nickte.

»Er ist tot, weil er es so wollte. Wir sprechen von seiner Identität. Sagen wir einfach, Andreas Marmann wurde in einem Reißwolf beigesetzt.«

»Also ist er doch nicht tot?«

»Wie man's nimmt.«

»Er lebt unter falschem Namen?«

Solwegyn legte den Kopf schief und öffnete mit fatalistischer Gebärde die Handflächen.

»Was ist schon falsch? Spätestens wenn Sie in einem städtischen Vorposten der Legion auf Ihre Rekrutierung warten, haben Sie beschlossen, Ihr ganzes bisheriges Leben zu verneinen. Warum nicht postulieren, alles bis zu diesem Augenblick sei falsch gewesen, und jetzt erst hebe sich der Schleier der Täuschung von den Tatsachen?«

»So läuft das also bei der Legion.«

»So kann es laufen. Sie müssen sich nur ein paar Dinge ins Gebetbuch schreiben. Ihre Eltern sind gar nicht Ihre Eltern, weil in Wahrheit die Legion Ihre Familie ist. Sie sind auf den falschen Namen getauft worden, und der Pfarrer war ein Schwindler. Ihr ganzes bisheriges Dasein war eine tragische Verkettung von Irrtümern, Mißverständnissen und Lügen. Ein Andreas Marmann, um ihn exemplarisch zu zitieren, hat einzig in seiner Phantasie existiert.«

»Klingt eher nach Gehirnwäsche, finden Sie nicht?«

»Die Legion? Ich bitte Sie. Die meisten Hirne dort sind viel zu klein, als daß sich eine Wäsche lohnte. Die Legion kann einen Menschen zerbrechen. Sie kann ihn töten. Aber im Grunde zwingt sie ihn zu nichts.«

»Ich habe anderes gehört.«

Solwegyn erbebte unter verhaltenem Gelächter.

»So? Was denn?«

»Daß Deserteure gejagt und krankenhausreif geschlagen werden, wenn sie sich schnappen lassen. Was noch nicht das Schlimmste ist.«

Katya starrte Vera in gespieltem Erschrecken an. Dann grinste sie wie über einen guten Witz.

»Passen Sie mal auf«, sagte Solwegyn herablassend. Er beugte sich vor und legte die Unterarme auf die Knie. »Wenn ein Mensch beschließt, zur Fremdenlegion zu gehen, ist das eine sehr einsame Entscheidung. Selbst wenn er in eine Horde Gleichgesinnter kommt. Den letzten Ruck hat er sich selber geben müssen. Es vergehen Wochen, bis überhaupt die Eignungstests beginnen. Spätestens hier beschleicht ihn der Verdacht, daß die Legion auf jede nur erdenkliche Weise bestrebt scheint, seinen Eintritt zu *verhindern*. Und eben das tut sie. Sie schafft Barrieren. Sie sondert aus. Sie will nicht jeden, sondern die Besten. Was meinen Sie? Klingt das nach Zwang?«

Vera schwieg.

»Dann schickt man ihn nach Castelnaudary zur Grundausbildung. Vier Monate, die er nie vergessen wird. Man nimmt ihm seine persönliche Habe und sagt ihm, daß man sie verkaufen wird. Der Hintergrund ist die Eliminierung seiner bisherigen Identität, nicht seiner Persönlichkeit. Auch jetzt hat er wieder die Wahl. Bitte verstehen Sie, was ich Ihnen damit nahebringen will. Wenn wir uns über Legionäre unterhalten, müssen Sie wissen, daß diese Männer freiwillig und in völliger Geistesklarheit alle Brücken hinter sich abbrechen. Sie entwurzeln sich. Verleugnen ihre Frauen, ihre Kinder, ihre Eltern, ihr Land. Sie haben nur noch sich, und darum werden sie bereit sein, für die Legion zu sterben.«

Solwegyn machte eine Pause und nickte dann bekräftigend. »In keiner anderen Armee der Welt wird soviel Wert darauf gelegt, daß Sie freiwillig bleiben. Sie haben Ihre körperliche Hochleistungsfähigkeit erlangt. Sie verfügen über umfangreiche militärische Grundkenntnisse, sind geübt im Nahkampf und in Gefechtstaktiken und haben sich beim Singen der Legionslieder die Seele aus dem Leib gebrüllt. Sie wissen, daß jeder Einsatz Ihren Tod bedeuten kann. Kennen die Geschichten der Opfer von Indochina, und was die Viet Minh mit ihnen gemacht haben, bevor sie starben. Und wenn Sie dann immer noch wollen, bekommen Sie das weiße képi. Über solche Männer reden wir. Das ist Andreas Marmann, der kein Interesse mehr daran hatte, sich von seinem Vater als Versager titulieren zu lassen. Das ist Üsker, der in Deutschland keine Arbeit mehr bekam. Das sind die anderen, die mit ihnen gingen.«

»Welche anderen?« hakte Vera ein.

Solwegyn fuhr sich durch den Bart und schwieg. Dann nahm er langsam die Brille ab. Sein linkes Auge war eine milchigweiße Masse. Das rechte blickte Vera ruhig und prüfend an.

»Kommt es mit nur so vor, oder stellen Sie die falschen Fragen?« sagte er langsam.

»Ich will einfach nur wissen, wer Marmann begleitet hat, als er zur Legion ging«, sagte Vera. »Wer ihn kannte. Wenn Sie mir nicht helfen, tut es vielleicht ein anderer. Wenigstens die Chance müssen Sie mir geben.«

Solwegyn runzelte leicht die Stirn. Dann wandte er sich zu Katya um und sagte etwas in einer Sprache, die Vera nicht verstand. Katya nickte und ging zu einem antiken Schrank, dem sie eine Kristallkaraffe entnahm.

»Portwein von 1954«, sagte Solwegyn. »Wollen Sie ein Glas? Sagen Sie nein, das Zeug ist selten.«

»Dann sage ich ja.«

Katya brachte die Karaffe und zwei Gläser. Sie zog den Pfropfen heraus, schenkte eines der Gläser halbvoll und gab es Solwegyn. Dann ließ sie die dunkle Flüssigkeit in das zweite Glas laufen und stellte es vor Vera hin. Ihre Bewegungen waren geschmeidig und von eigenartigem Zauber. Die ganze Zeit über ruhte ihr Blick auf der Besucherin. Sie verschloß die Flasche, stellte sie zurück und bezog wieder Stellung.

Vera versuchte sie einzuschätzen. Auf ihren Zügen lag unverändert das halb laszive, halb entrückte Lächeln. Sie wirkte undurchdringlich.

Eine Sphinx.

Stand sie dort in der Absicht, Solwegyn zu schützen?

Vera ergriff das Glas, trank und schnalzte anerkennend mit der Zunge.

»Sie sind sehr freundlich«, sagte sie. »Auf wieviel Freundlichkeit kann ich hoffen, was Marmann angeht?«

Solwegyn schüttelte den Kopf.

»Ich bin nicht freundlich. Machen Sie mir ein Angebot.«

Fast hätte sie sich verschluckt. Sie hatte mit allem gerechnet, nur nicht mit solcher Direktheit.

»Ich kann Ihnen kein Angebot machen ohne Rücksprache mit meinen ... Klienten«, sagte sie und versuchte, sich ihre Überraschung nicht anmerken zu lassen.

»Dann klären Sie das. Dreißigtausend halte ich für angemessen.«

Dreißigtausend!

Bathge würde begeistert sein.

Sie stellte das Glas ab.

»Das ist verdammt viel. Warum wollen Sie mir nicht einfach helfen?«

»Weil ich glaube, daß Sie mich belügen«, sagte Solwegyn ruhig. »Ich könnte sehr schnell in Erfahrung bringen, ob Marmanns Eltern Sie wirklich beauftragt haben. Das ist Sache eines Anrufs. Was meinen Sie, würde die Wirklichkeit Ihrer Behauptung standhalten?«

Vera starrte ihn an.

»Ist es so wichtig für Sie zu wissen, wer mich beauftragt hat?«

»Versetzen Sie sich in meine Lage. Ich lese in der Zeitung, Üsker sei tot. Jemand scheint Vergnügen daran zu finden, ehemalige Fremdenlegionäre abzuschlachten, und irgendwie beschleicht mich das dumpfe Gefühl, den Täter zu kennen. Zumindest sein Umfeld. Nun tauchen Sie hier auf und suchen Marmann, ebenfalls Legionär a.D. Sie sagen, Sie sind Detektivin. Weiß ich, ob Sie lügen? Was wollen Sie von Marmann? Was wollen Sie von mir? Was will dieser ominöse Killer?«

»Was sollte er von Ihnen wollen?«

»Sie begreifen nicht!« In Solwegyns Stimme mischte sich ein deutlicher Anflug von Ungeduld. »Die Methoden, mit denen Üsker umgebracht wurde, sind mir bekannt. Das bißchen, was in der Zeitung stand, reicht, um die Handschrift eines Profis zu erkennen. Beunruhigenderweise erinnert mich einiges davon an die Praktiken der Viet Minh. Legendäre Scheußlichkeiten, die man sich heute noch mit ehrfürchtigem Schaudern weitererzählt.«

»Augenblick! Die Legion hätte gegen die Genfer Konvention verstoßen? Das glaube nicht mal ich.«

»Hat sie auch nicht«, sagte Solwegyn. »Aber dafür die eine oder andere Vereinigung, der sich ehemalige Legionäre angeschlossen haben.«

»ZERO.«

»Zum Beispiel. Wer Üsker getötet hat, stammt aus seinem damaligen Umfeld. Das könnte die Legion sein oder ZERO. Und jetzt kommen Sie und fragen nach Marmann. Das macht mich nervös. Sie kommen zu mir, auch ich ein Ehemaliger. Weiß ich, ob ich Ihnen trauen kann?«

»Prüfen Sie's nach. Ich stehe im Telefonbuch.«

Solwegyn betrachtete sie lange, ohne ein Wort zu sagen.

»Und selbst wenn es so wäre, daß ein Zusammenhang besteht«, sagte Vera eindringlich, »müßte Marmann gewarnt werden, und ... «

Du redest dich um Kopf und Kragen, dachte Vera. Verdrehst alle Tatsachen. Der Mann hat dich schon einmal durchschaut.

Dennoch hatte sie das deutliche Gefühl, diesmal das Richtige zu tun.

»Ich könnte helfen, Üskers Mörder aufzuspüren«, fügte sie hinzu. »Damit Leute wie Sie besser schlafen. Meinen Sie nicht, das sollte den Preis für Ihre Bemühungen etwas senken?«

Solwegyn schien zu überlegen.

»Dreißigtausend«, sagte er. »Mein letztes Wort.«

Vera seufzte.

»Und dafür werden Sie mir Marmanns Aufenthaltsort verraten?«

»Nein. Dafür werde ich eine Reihe von Kontakten herstellen, an deren Ende Sie erfahren, ob eine bestimmte Person bereit ist, ihren Aufenthaltsort preiszugeben.«

»Sie haben Schweinepreise, wenn ich mir die Bemerkung gestatten darf.«

»Das stimmt.« Solwegyn hob die Brauen. Sein gesundes Auge nahm den Ausdruck milden Bedauerns an. »Aber die Zeiten haben sich geändert. Vor Jahren war das hier ein ganz normaler kleiner Club für Paare. Heute zelebrieren wir schwarze Messen – Geister, Dämonen, Satans entfesselte Gespielinnen, der ganze Quatsch. Der Göttin im Keller werden Opfer gebracht. Es kostet Unsummen, diesen Schwachsinn ständig neu zu inszenieren, allein, was so ein dämliches Kostüm verschlingt. Trotzdem öffnen wir nur noch am Wochenende. Die Leute ziehen Sex auf dem Bildschirm vor.«

Er nippte an seinem Glas und grinste Vera mit seinen gelben Zähnen an.

»Warum helfen Sie mir nicht, den Umsatz zu beleben? Sie gäben eine hübsche Vampirin ab. Was meinst du, Katya? Oder eine Göttin? Ein Opfer für die Göttin?«

Katyas Lächeln verbreiterte sich eine Spur.

Vera schüttelte den Kopf.

»Vergessen Sie's. Ich würde Ihnen das Geschäft vermasseln. Das Problem ist, daß ich Männer immer gleich verdresche.«

»Das wäre kein Problem, sondern ein Segen.« Solwegyn kippte den Inhalt seines Glases herunter und leckte sich die Lippen. »Schade. Aber gut. Reden wir von anderen Geschäften.«

»Sie hätten gerne dreißigtausend Mark.«

»Sehr gerne.«

»Gut. Ich sehe, was sich machen läßt. Sie erwähnten andere, die mit Üsker und Marmann zur Legion gegangen sind.«

Solwegyn lehnte sich zurück und schlug die Beine übereinander.

»Es waren vier«, sagte er.

»Vier?«

»Anfang der Achtziger machte ich Geschäfte mit einem Offizier der Bundeswehr. Er handelte mit Extremsportartikeln. Eines Tages warfen sie ihn raus. Es hieß, er hätte Rekruten gequält. Beweisen konnten sie ihm nichts, aber es reichte, daß sie ihn unehrenhaft entließen. Ich hatte fünf Jahre in der Fremdenlegion gedient und wußte, was sie da für Männer brauchen. Ich schlug ihm vor, sein Glück bei der Legion zu versuchen.«

Solwegyn schloß einen Moment lang die Augen, als koste es Kraft, sich zu erinnern.

»Er hatte selber schon daran gedacht. Zwei Grünschnäbel wollten mitmachen, die sich furchtbar langweilten und nach Abenteuern sehnten. Sie beteten ihn an. Ein Vierter kam ins Spiel. Der Offizier bat mich, einen Kontakt herzustellen, um weiter oben in die Hierarchie der Legion einzusteigen. Aber das hat man da nicht so gerne. Ich versuchte es trotzdem. Überflüssig zu sagen, daß es nicht funktionierte. Zwei Jahre verstrichen, dann standen sie wieder vor meiner Tür.«

»Der vierte war Mehmet Üsker?« mutmaßte Vera.

Solwegyn nickte.

»Und die anderen?«

»Andreas Marmann und ein Simon ... Bartel, glaube ich.«

»Bathge?«

»Ja, Bathge.«

Vera fühlte, wie sich ihr Puls beschleunigte.

»Haben Sie noch Kontakt zu Bathge?«

»Nein. Das hatte ich auch damals nicht. Er und Marmann kannten sich von der Schule. Der Zufall wollte es, daß ich selber gerade darüber nachdachte, mir ein paar weitere Jährchen bei der Legion zu gönnen, also schlug ich vor, zusammen hinzugehen.«

»Marmann kam etwas verspätet nach ... «

»Der verdammte Idiot!« entfuhr es Solwegyn. »Aber daß er ihnen entwischt ist, war schon eine stolze Leistung.«

»Wie hieß der Offizier?«

»Lubold.« Solwegyn zog eine Grimasse. »Jens Lubold. Er schnitt bei weitem am besten ab. In Frankreich hatte ich wenig mit ihm zu tun, aber die Ausbilder und später sein Vorgesetzter in Guayana erzählten mir, daß sie ihn für enorm gefährlich hielten. Sie fanden, er habe etwas ... Teuflisches an sich. Ein Verführer zum Bösen.«

»Wie romantisch. Ich dachte, Legionäre kann so schnell nichts schrecken?«

»Schrecken ist der falsche Ausdruck. Ich glaube, sie haben ihn bewundert, aber was ihnen Sorgen machte, war, daß sie ihn nicht verstanden.«

»Mhm. Und Marmann?«

»Ich fand ihn gar nicht so übel. Ein Glücksritter. Er hing viel mit Üsker herum. Sie waren anfangs in Dschibuti. Viele neue Legionäre kommen nach der Grundausbildung erst mal nach Dschibuti. Die Gegend ist extrem unwirtlich, die Hitze läßt einen bei lebendigem Leib verschrumpeln, bis man einer getrockneten Dattel gleicht. Bestens geeignet als Vorbereitung für einen Wüstenkrieg.«

»Kuwait.«

»Kuwait. Es hat der Legion nicht gefallen, ihre besten Leute an einen Abtrünnigen zu verlieren.«

»Sie meinen Fouk.«

»Said-Asghar Fouk. Er hatte schon neunundachtzig prophezeit, Saddam werde die Kuwaitis um ihre Millionen prellen, die sie ihm für sein Gerangel mit Khomeini geliehen hatten. Anfang der Neunziger hagelte es Drohungen und Verwünschungen aus Bagdad. Tarik Asis machte sich nicht mal die Mühe der Verschlüsselung, er drohte offen mit dem Einmarsch. Aber was unternahm George Bush? Er fuhr fischen und tat, als wisse er von nichts. Fouk hat darüber gelacht, er sagte: Dieser Cowboy wird Krieg führen, und er weiß es jetzt schon. Am 1. August, Sie werden sich erinnern, rollten irakische Panzer durch Kuwait City. Wenige Tage später begann Fouk, *seine* Legion zu rekrutieren. Er zielte auf die Spezialisten ab, die Saboteure und Scharfschützen der Compagnies de Combat, die Anti-Terror-Einheiten der Para-Commandos, Luftfahrt- und Computertechniker, Kampftaucher, Logistiker et cetera. Während Bush öffentlich verkündete, er werde auf jede Intervention verzichten, bereitete sich Fouk auf den Golfkrieg vor.«

»Was hat er den Leuten geboten, was die Legion nicht bieten konnte?«

»Geld und Unmoral.«

»Unmoral?« fragte Vera erstaunt.

»Sie werden es vielleicht erstaunlich finden, aber die Legion ist moralisch. Sie *glaubt* an Dinge. Legionäre verdienen mehr als die meisten Soldaten anderer Armeen, aber nicht so viel, um jegliche Ideale über Bord zu werfen. ZERO bezahlte besser und verlangte keinen Idealismus. Lubold war sofort dabei, Marmann und Üsker folgten, dann Bathge. Den letzten Kontakt zu ihnen hatte ich, als Lubold versuchte, auch mich abzuwerben.«

»Sie sind geblieben?«

»Ja. Ich bin geblieben.«

»Warum?«

Solwegyn sah zu Boden und grinste schief.

»Ich bin ein alter Legionär, Madame. Ich bin zweiundfünfzig Jahre alt. Meine Vorstellungen davon, wie man sein Leben zu leben hat, sind alt. Meine Moral ist alt. Ich mache Geschäfte mit Sex und niederen Instinkten, aber für seelenlose Kohorten wie ZERO bin ich zu sentimental und war es damals schon. Kurz nach Ende des Golfkonflikts bin ich nach Köln zurückgekehrt.« Er zuckte entschuldigend die Achseln. »Verstehen Sie, ich war ein bißchen ... müde.«

Vera musterte ihn. Dann sah sie hoch zu Katya. Das Lächeln war von ihren Zügen verschwunden. Ihr Blick ruhte auf Solwegyn. Vera glaubte so etwas wie Zärtlichkeit darin zu entdecken. Schnell wandte sie ihre Augen wieder ab und nahm einen kleinen Schluck von ihrem Wein.

»Angenommen, wir würden die dreißigtausend zahlen ...« sagte sie zögernd. »Könnten Sie den Kontakt vermitteln?«

»Zu wem?« fragte Solwegyn.

Vera überlegte.

»Fürs erste zu mir. Dann zu einem Freund, der, glaube ich, das gleiche Interesse hat wie Sie.«

»Und welches wäre das?«

»Am Leben zu bleiben.«

Solwegyn schwieg. Plötzlich herrschte Totenstille.

»Ich werde darüber nachdenken«, sagte er leise.

»Bis wann?« drängte Vera und sah, daß Katya ihr spöttisch mit dem Finger drohte. Solwegyn blickte entnervt zur Seite und hob die Hand.

»Ich lasse Sie meine Antwort kurzfristig wissen. In Ordnung?«

»Okay.«

Solwegyn brummte etwas und nickte. Vera erhob sich und blieb unschlüssig vor dem seltsamen Paar stehen.

»Darf ich Sie noch etwas fragen, Herr Solwegyn?«

»Bitte.«

»Sie sagten, das Umfeld des Mörders sei Ihnen bekannt. Könnte ... wer könnte Ihrer Meinung nach den Mord begangen haben?«

Solwegyn hatte seine dunkle Brille wieder aufgesetzt. Er hob den Kopf. Plötzlich erschien er Vera wie ein fettes altes Insekt. Eine Spinne im Zentrum ihres flickbedürftigen Netzes, groß und furchteinflößend, aber zu träge, um ein neues zu weben.

»Ich weiß es nicht«, sagte er tonlos.

»Glauben Sie, Marmann weiß es?«

»Sie stellen immer noch die falschen Fragen. Wollen Sie hören, ob Marmann dazu fähig wäre? Ob er es war? Auch das weiß ich nicht.«

»Er wurde verwundet und ... «

»Genug!« Solwegyn winkte ihre Worte hinweg wie Fliegen. »Er wurde verwundet, ja. Haben Sie Geduld. Ich lasse Sie meine Antwort wissen, basta!«

»Wäre er dazu fähig?« fragte sie hartnäckig.

Solwegyn nahm die Frage ausdruckslos entgegen. Dann sagte er ruhig: »Folter ist kein Job für Dummköpfe. Die Vieth Minh haben ihre Gefangenen gekreuzigt. Die Füße berührten nicht den Boden. Die Hände haben sie ihnen hinter dem Pfahl zusammengebunden, so daß sie sich daran festhalten mußten, um nicht nach unten zu rutschen. Dann haben sie ihnen die Rückenhaut horizontal eingeritzt und an den Querbalken genagelt. Mit jedem Zentimeter, den die Opfer nach unten rutschten, weil sie keine Kraft mehr hatten, den Pfahl zu umklammern, zogen sie sich die Haut ein Stück mehr vom Rücken. Sie häuteten sich selber bei lebendigem Leib, aber es dauerte Tage, bis sie starben. Es ist eine Wissenschaft, Menschen zu foltern, verstehen Sie? So zu foltern, daß die Opfer erst sterben, wenn man es wünscht. Es ist die Hölle. Man muß ein Künstler sein, um so foltern zu können, und ein Teufel, um es zu tun. Ich wüßte nur einen, der unter Umständen fähig gewesen wäre, diese Kunst anzuwenden.«

Vera hielt den Atem an. Sie traute sich nicht, ihn nach dem Namen zu fragen.

»Lubold«, sagte Solwegyn. »Ihm hätte ich es zugetraut. Allenfalls ihm. – Aber er kann es nicht gewesen sein.«

»Warum nicht?«

Solwegyn erhob sich. »Ich hörte, er sei tot. Einige haben das bedauert. Aber ich glaube, es ist besser so. Er war kein guter Mensch. Er hat niemandem gutgetan.« Er neigte den Kopf. »Bitte entschuldigen Sie mich jetzt. Katya bringt Sie zur Tür. Ich rufe Sie an.«

Vera zog eine Visitenkarte hervor und legte sie auf den Tisch.

»Ich bin rund um die Uhr zu erreichen.«

Katya trat in ihr Blickfeld. Sie sah Vera unter langen, schwarzgetuschten Wimpern an. Ihre Lippen lächelten, aber ihr Blick schien zu sagen, daß sie sich zum Teufel scheren solle.

Vera sah zurück und machte einen Kußmund.

Das schien Katya aus der Fassung zu bringen. Sie prallte nach hinten und verzog angewidert die Lippen.

»Danke.« Jetzt war es an Vera zu lächeln. »Die Welt ist schön und voller Liebe, nicht wahr? Ich finde schon hinaus.«

15.32 Uhr. DeTechtei

Sie trat aus dem Fahrstuhl im zweiten Stock, um die DeTechtei aufzuschließen, und sah einen Mann vor der Glastür stehen. Er war dick und ziemlich groß, hatte strähniges graues Haar und schwitzte.

»Wollen Sie zu mir?« fragte sie, während sie sich an ihm vorbeischob und aufschloß.

Der Mann lächelte.

»Wenn Sie Vera Gemini heißen, will ich zu Ihnen.«

»Da haben Sie Glück. Kommen Sie rein.«

Sie ging voraus, öffnete den stählernen Wandschrank im Vorzimmer und stellte nacheinander Kaffeepulver, Filter, Milch und Zucker neben die Maschine.

»Haben Sie einen Termin?« fragte Vera. Sie wußte, daß er keinen hatte, aber es klang besser als: Wer sind Sie? oder Was wollen Sie?

Der Dicke sah sich um und deutete hinter sich zur Tür.

»Was ist eine DeTechtei?« fragte er freundlich.

»Eine Detektei mit technischem Know How.« Sie füllte den Tank der Maschine mit Wasser. »Ich laufe den Leuten nicht in die Schlafzimmer nach. Die DeTechtei Gemini macht alles via Elektronik und Fernüberwachung. Ist sauberer.«

Der Mann hob die Brauen.

»Beeindruckend.«

Vera drehte sich zu ihm um und lächelte geschäftsmäßig.

»Was kann ich für Sie tun? Außer Ihnen einen Kaffee anzubieten?«

»Danke, Kaffee ist nicht gut für mich. Aber Sie könnten mir ein paar Minuten Ihrer kostbaren Zeit widmen. Falls ich nicht ungelegen komme.«

Vera schüttelte den Kopf.

»Nicht im geringsten. Gehen wir in mein Büro.«

»Das ist ein Vorzimmer«, sagte der Mann, während sie den Raum wechselten. »Hat Ihre Sekretärin frei?«

»Mein Sekretär. Und er hat nicht frei, sondern gekündigt.« Sie zog eine resignierte Miene. »Männer haben Probleme, sich von einer Frau bezahlen zu lassen. Sie glauben dann, in ihrer Entwicklung sei irgendwas schiefgelaufen. Alle Welt predigt mir ständig, ich soll eine Frau einstellen, und der Spuk hätte ein Ende.«

»Das wäre zu einfach«, sagte er.

»Setzen Sie sich. Genau der Meinung bin ich auch.«

Veras Besucher warf einen mißtrauischen Blick auf die Le Corbusier-Sessel. Dann ließ er sich vorsichtig in einem nieder. Seine Körpermasse konturierte sich zu einem schwarzen Block von eleganter Sachlichkeit.

»Bequem«, meinte er nicht sonderlich glücklich.

Vera trat hinter den Schreibtisch und aktivierte mit schnellem Fingerspiel ein paar Funktionen. Ihre Augen glitten über den ihr zugewandten Rand der Schreibtischplatte. Ein schmales Display zeigte ihr an, daß die Firma aus dem Bergischen zweimal versucht hatte, sie zu erreichen. Sie stieß lautlose Verwünschungen aus. Es war schlecht, wenn sie nicht ständig erreichbar war. Es war aber auch schlecht, bei Gesprächen wie dem vorangegangenen vom Quengeln des Handys unterbrochen zu werden.

Sie brauchte Unterstützung. Ob männlich, weiblich oder außerirdisch.

Das Display wies einen weiteren Anruf aus. Keine Nachricht. Von einem Funktelefon, sagte der Computer. Sie tippte auf Bathge, deaktivierte das Programm und wandte sich zu dem Mann, dessen ausufernde Proportionen soeben mit ihrer Sitzgruppe verschmolzen waren.

»Also«, sagte sie liebenswürdig. »Wo drückt der Schuh?«

»Mein Name ist Arik Menemenci. Kriminalpolizei.« Er beugte sich vor und reichte ihr eine Visitenkarte. »Wir haben einen gemeinsamen Freund, mit dem ich mich heute vormittag angeregt unterhalten habe.

Er rühmte Ihre kriminologischen Qualitäten und fand, es könne hilfreich sein, Sie aufzusuchen.«

Vera erstarrte. Sie ahnte, von wem die Rede war.

»Wissen Sie«, fuhr Menemenci fort, als rede er über seinen letzten Urlaub, »im Augenblick scheint alles wie verhext. Wenige Monate vor der Jahrtausendwende steht Köln auf der Rangliste der zehn kriminellsten Städte Europas auf Platz acht. Das macht mir Kummer. Die Art der Delikte macht mir Kummer. Hemmschwellen wie noch vor wenigen Jahren? Nicht die Spur! Haben Sie von dem Mordfall Üsker gehört?«

»Der Türke, der gefoltert wurde. Natürlich. Wer hat das nicht?«

»Mein Fall«, seufzte Menemenci. »Sehen Sie, und nun dachte ich, Sie könnten mir helfen, in dieser Sache weiterzukommen. Oder vielleicht einer Ihrer Klienten. Unser gemeinsamer Freund hat sich in einigen Punkten nicht klar ausgedrückt, aber es klang so, als wüßten Sie mehr über den Fall als die Polizei.«

»Sie reden ein bißchen um den heißen Brei herum«, sagte Vera. »Kann das sein?«

Menemencis Augen verengten sich. Plötzlich wich alle Herzlichkeit aus seinen Zügen.

»Das tue ich nie«, sagte er leise. »Ich plaudere nur gerne. So wie unser Freund Roth, von dem ich beispielsweise weiß, daß Sie die Kopie eines bestimmten Fotos besitzen.«

»Was ich besitze, ist meine Sache«, sagte Vera schroff.

Verdammt, dachte sie, was ist passiert? Warum hat Roth sich erwischen lassen?

Menemenci schüttelte langsam den Kopf.

»Ihr Auftraggeber sucht einen Mann, der Üsker gut gekannt hat. Und Üsker ist eben mal eine Woche tot. Ich glaube nicht an Zufälle. Sie?«

»Mitunter schon.« Vera beugte sich vor und bemühte sich um einen versöhnlichen Gesichtsausdruck. »Hören Sie, es tut mir leid, wenn ich Tom in Schwierigkeiten gebracht habe. Es ...«

»Tom?«

»Thomas Roth.«

»Oh ja. Natürlich.«

»Es *ist* ein Zufall. Ich konnte nicht ahnen, daß er sich in einen akuten Fall einmischen würde. Er war selber von den Socken. Danach habe ich ihn um nichts mehr gebeten, weil er nichts mehr für mich getan hätte. Tom ist ehrenwert, das müssen Sie mir glauben. Seien Sie ihm nicht böse, das ist alles ein Mißverständnis.«

Menemenci kratzte sich am Hinterkopf und setzte ein ratloses Gesicht auf.

»Ja, das mag schon sein. Möglich, daß ich die Flöhe husten höre. Aber ich bin grundsätzlich jedem böse, der meine Ermittlungen sabotiert, und das hat Roth getan. Und stinksauer werde ich, wenn so was dann zu weiteren Morden führt, die ich nicht verhindern konnte, weil irgendein Arschloch nicht kooperieren will. – Entschuldigen Sie meine gewählte Ausdrucksweise. Kurz, Frau Gemini, ich bin sicher, Ihr Klient wäre imstande, Licht in die Angelegenheit um Üskers Ableben zu bringen, wenn wir ihn nur fragen könnten.«

»Ich kann ihn für Sie fragen.«

Menemencis Mundwinkel zogen sich leicht nach oben. Er sah aus, als wolle er gleich zuschnappen.

»Mir wäre es weitaus lieber, Sie verrieten mir seinen Namen«, sagte er.

»Das kann ich nicht.«

»Darf ich wissen, warum nicht?«

»Er ist mein Klient. Klienten haben Anspruch darauf, daß ihre Sachen vertraulich behandelt werden.«

Menemenci schien das zu durchdenken. Er legte die Stirn in Falten und schürzte die Lippen.

»Frau Gemini«, sagte er nach einer Weile. »Ich wurde vor einigen Tagen in eine Wohnung in der Lindenstraße gerufen. Das ist nicht weit von hier. Da saß ein Toter auf einem Stuhl und verfaulte. Ich bin mehrfach um diesen Toten herumgegangen und habe Dinge gesehen, von denen ich nie gedacht hätte, daß man sie einem Menschen antun kann. Heute weiß ich mehr. Um so weniger weiß ich über den Mörder. Vielleicht würden Sie eine andere Haltung einnehmen, wenn Sie auch um diesen Toten herumgegangen wären. Ich möchte nicht, daß so etwas noch mal passiert. Und ich habe keinerlei Verständnis dafür, wenn Sie das anders sehen.«

»Ich sehe das nicht anders.«

»Offenbar doch.«

Sie empfand Zorn und zugleich Unsicherheit darüber, was sie tun sollte. Bathge vertraute ihr. Sie konnte seinen Namen unmöglich preisgeben, ohne daß Menemenci ihn in die Mangel nahm. Sie hatte kein Recht, ihn zu verraten.

Aber ebensowenig hatte sie das Recht, Informationen zurückzuhalten, die zur Ergreifung von Üskers Mörder führen konnten.

Menemenci musterte sie.

»Waren Sie nicht selber mal bei der Polizei?«

»Bis vor einigen Jahren, ja.«

»Das ist gut. Dann wissen Sie, wovon ich rede. Was würden Sie an meiner Stelle tun, wenn Sie hier säßen?«

»Nichts anderes als Sie.« Vera seufzte. »Ich weiß, das muß Ihnen alles ziemlich seltsam erscheinen. Ich kann und will Ihnen den Namen meines Kleinten nicht verraten, das müssen Sie verstehen. Aber ich kann Ihnen sagen, daß der Mann auf dem Bild neben Üsker Andreas Marmann heißt.«

»Das weiß ich mittlerweile auch«, sagte Menemenci. »Von Roth, und der weiß es von Ihnen. War Ihr Klient mit Üsker bekannt?«

»Die Frage wird aus dem Protokoll gestrichen.«

»Was will er von Marmann? Warum sucht er ihn überhaupt?«

»Die Frage wird aus dem Protokoll gestrichen.«

»Hat er mit Ihnen über den Fall gesprochen?«

»Die Frage wird aus dem Protokoll gestrichen.«

Menemenci tippte sich an die Stirn. »Nicht aus meinem. Wissen Sie, wie Üsker gestorben ist?«

»Ja sicher«, sagte Vera, erstaunt über die Frage. Jeder, der Zeitung gelesen hatte, wußte, wie Üsker gestorben war. »Man hat ihn gefoltert.«

»Was glauben Sie, wer so etwas tut?«

Vera dachte nach.

»Ein Wahnsinniger«, sagte sie.

Menemenci nickte. Dann sagte er: »Was meinen Sie? Was könnte der Grund für ein Verbrechen dieser Art sein? Perversion?«

»Möglich.«

»Was noch?«

»Vielleicht ... Rache.« Vera tat, als müsse sie nachdenken. »Ja, es sieht ganz nach Rache aus.«

Wenigstens den Fingerzeig konnte sie Menemenci geben. Sie fühlte sich ein wenig besser. Die Kripo war nicht dumm. Menemenci würde schon von selber darauf kommen, wen er zu suchen hatte.

Der Kommissar verzog keine Miene.

»Wußten Sie, daß Üsker und Marmann bei der Fremdenlegion waren?« fragte er.

»Ja«, sagte Vera. »Herzlichen Glückwunsch. Sie sind genauso schlau wie ich.«

»Ich weiß nicht, wie schlau Sie sind. Ich weiß auch nicht, was man Ihnen erzählt hat.« Menemencis Stimme wurde leiser und eindringlicher. »Aber jetzt erzähle ich Ihnen was. Hören Sie gut zu. Ich dachte auch zuerst, wir hätten es mit einem Wahnsinnigen zu tun. Einem Sexualverbrecher. Ich bin unverändert der festen Überzeugung, daß er ein gewisses Vergnügen an seiner ... Arbeit gefunden hat. Aber mittlerweile weiß ich, daß keine sexuellen Handlungen vorgenommen wurden. Also was blieb? Rache, ja, gut möglich. Nur, bitte sagen Sie mir, warum hat der Mörder die Folter so lange rausgezogen?«

»Keine Ahnung. Um seine Rache auszukosten.«

»Er kostet also seine Rache aus, indem er Üsker quält und immer wieder Sorge trägt, daß er sich zwischendurch erholt, um ihn dann unversehens mit drei Bauchschüssen zu erledigen?«

Vera blinzelte verwirrt.

»Er ist an Bauchschüssen gestorben?«

»Üskers Verletzungen waren zwar schrecklich, aber er hätte die Folter überlebt. Der Mörder hat die Sache abgekürzt, allerdings auf recht originelle Art. Er hätte Üsker ja auch mit einer Kugel in den Kopf exekutieren können. Warum schießt er ihn in den Bauch?«

»Er hat eben geschossen. Irgendwohin.«

»Jemand, der die Klaviatur der Folter offenbar perfekt beherrscht, schießt blindwütig irgendwohin? Kommt es Ihnen nicht auch so vor, als wären da eher zwei Täter am Werk gewesen?«

Zwei Täter ...

»Zwei ganz unterschiedliche Verhaltensweisen«, sagte Menemenci. »Wie von zwei verschiedenen Personen. Einer rächt sich mit akribisch kunstvollen Quälereien, der andere zieht es vor, irgendwohin zu schießen.«

Nein, dachte Vera, das macht keinen Sinn.

»Oder aber«, fuhr Menemenci fort, »es gibt noch eine Möglichkeit. Es war doch nur einer, und tatsächlich hat er sich gerächt. Die Bauchschüsse. Sie müssen sich auf irgend etwas bezogen haben, etwas aus der Vergangenheit. Sie sind gewissermaßen ein Zitat.«

Sie haben Marmann im Sand liegen lassen und sind losgefahren. Der Flieger hatte ihn erwischt.

Hatte Marmann mit Bauchschüssen in der Wüste gelegen?

»Aber wozu dann die Folter?« fragte sie.

Menemenci sah sie an. Sein Blick war kalt und analytisch.

»Um an Informationen zu gelangen. Üsker ist gefoltert worden, weil es nüchtern betrachtet das Vernünftigste war. Er sollte reden. Aber es stellte sich heraus, daß er nichts wußte, sonst hätte er die schreckliche Prozedur sicher nicht so lange über sich ergehen lassen. Erst als sein Peiniger sicher sein konnte, daß von Üsker nichts zu erfahren war, griff er zur Waffe und vollendete sein Werk. Er schaltete seinen Verstand aus und ließ nur seinen Haß sprechen.«

Vera lauschte gebannt.

»Wenn wir wissen, wofür die Bauchschüsse stehen, haben wir den Mörder«, schloß Menemenci. »So einfach ist das.«

»Warum erzählen Sie mir das alles?«

Menemenci wuchtete sich aus dem Sessel.

»Damit Sie nachdenken. Augenblicklich wollen Sie mir nicht helfen. Gut, ich kann Sie nicht zwingen. Aber ich kann Sie wenigstens warnen.«

»Wovor?«

»Vor Ihrer eigenen Dummheit.«

Er betrachtete sie, als wolle er noch etwas Bedeutungsvolles hinzufügen. Dann zuckte er die Achseln.

»Überlegen Sie es sich. Falls Sie mich anrufen wollen, Sie haben meine Karte. Danke für Ihre Zeit.«

15.45 Uhr. Red Lion

Wenige Stunden, nachdem die Detektivin gegangen war, saß Solwegyn im Erdgeschoß an der Bar vor einer fast leeren Flasche 1954er Old Tawny Port. Nach mehreren Gläsern hatte der Alkohol seine Geschmacksnerven soweit betäubt, daß er ebensogut etwas Billigeres hätte trinken können. Er wußte, daß er den alten Jahrgang verschwendete, aber es war genug davon da. Er hatte die Restbestände aufgekauft.

Er hatte das verdammte Recht, ihn zu verschwenden!

Solwegyn stützte den Kopf in die Linke und überließ sich trüben Gedanken. Sein zerstörtes Auge schmerzte. Er hätte es vorgezogen, seine Sehkraft an der Front eingebüßt zu haben. Im Tschad oder bei der Geiselbefreiung von Loyada. Lieber noch in Kolwezi, als Mobutu die Legion zur Hilfe gerufen hatte, um dreitausend Europäer aus den Klauen der Katanganer zu retten. Das waren noch Einsätze gewesen.

Aber in der Legion wurde nicht mehr gestorben wie in Indochina, als der Kampf gegen die Viet Minh mehr als zehntausend Männer das Leben gekostet hatte. Die letzte blutige Schlacht hatte man sich zu Beginn der sechziger Jahre in Algerien geliefert. Danach las sich die Statistik der Opfer wie eine Reihe von Druckfehlern. Acht Gefallene in Dschibuti. Fünf in Zaire. Einer im Tschad. Niemand in Gabun, niemand am Golf.

Solwegyn empfand keinen romantischen Schauder beim Gedanken an hohe Verluste, wie sie manch einen angesichts des *Monument aux Morts* überkamen. Aber sein Verständnis, was ein Krieg war und wie er geführt wurde, kam ohne Opfer nicht aus. Auch wenn es zu begrüßen war, daß immer weniger Legionäre bei Einsätzen starben, drängte sich zugleich der Gedanke auf, die Legion habe sich überlebt. Mittlerweile – und das war es, was Solwegyn wirklich beunruhigte – wurden Kriege geführt, die er nicht mehr verstand. In Zaire hatte man die Legion gebraucht. Am Golf schien es eher, als habe sie dabeisein dürfen, so wie der Veteran im Rollstuhl, dem man ein Fernglas in die Hand drückt, damit er sehen kann, wie am Horizont gekämpft wird. Aber dieser Horizont erstreckte sich über die Oberfläche von Monitoren, und das Kampfgebiet war eine Datenlandschaft. Ob und wie viele Tote es tatsächlich gab, war nicht mehr zu ermessen. Die Amerikaner waren freundlich und kooperativ, ohne eine Erklärung dafür abzuliefern, warum sie alle unversehrt zurückkehrten, während sich die Leichen der Gefallenen in Indochina zu Bergen getürmt hatten.

Welche Art Krieg war das, die Männern wie Solwegyn schmerzlich bewußt machte, daß ihr Schlachtfeld ein heruntergekommener Club in Porz war? Noch vor wenigen Jahrzehnten hätte man auf seine Erfahrung nicht verzichten wollen. Heute verwies man seinesgleichen an das Altersheim der Legion in Puyloubier mit seinen Weinbergen und Gesellschaftsräumen, in denen sich der faulige Geruch alter Geschichten ausbreitete.

Solwegyn hatte es vorgezogen, sein eigenes schäbiges Reich zu gründen. Alles war besser als die Erniedrigung.

Dann war vor zwei Jahren jemand in den Club gestürmt mit einem Messer in der Hand, der seine Frau suchte. Im anschließenden Handgemenge hatte er Solwegyns Auge zerfetzt. Seine Männer hatten den Kerl halbtot geschlagen und nur von ihm abgelassen, um die Existenz des Clubs nicht zu gefährden. Von diesem Tag an schimpfte sich Solwegyn einen Halbweltveteranen. Der Club war für die Dauer einiger

Wochen geschlossen worden. Danach kamen viele nicht wieder, und das Geschäft geriet ins Stocken.

Solwegyn prostete dem Baphomet hinter der Bar zu und stürzte ein weiteres Glas herunter. Zwei Tage noch, und er würde wieder in das Kostüm des Hohepriesters schlüpfen, um schwarze Messen zu zelebrieren.

Es war zum Kotzen.

Eine Weile starrte er trübsinnig vor sich hin. Katya war zu einer Freundin gefahren. Sie mochte es nicht, wenn er trank, und er tat es selten. Aber diese Detektivin hatte zuviel heraufbeschworen.

Auch Üsker war nicht für die Legion gefallen oder für irgendeinen höheren Zweck. Er war abgeschlachtet worden, nachdem er zu einem harmlosen Gemüsehändler mutiert war. Allesamt verkamen sie zu Karikaturen und Spottobjekten.

Natürlich gab es tausend Möglichkeiten, wer ihn getötet haben konnte. Die Welt wimmelte von verdrehten Hirnen. Nur sein Instinkt sagte Solwegyn, daß Üsker eine Konfrontation mit der Vergangenheit gehabt hatte. Der Mörder *mußte* aus dem Umfeld der Legion stammen. Oder noch eher aus der Zeit des Golfkonflikts, als Üsker sich in die undurchsichtigen Strukturen ZEROs eingereiht hatte. Auch wenn seinesgleichen aus der Mode gekommen war, wußte Solwegyn, daß er sich auf seinen Instinkt verlassen konnte. Bis heute hatte er jedesmal recht behalten.

Er schob das Glas beiseite und ging nach oben, wo er in einem Stapel Notizen und Dokumente kramte. Dann wählte er eine Nummer und wartete. Es klingelte ein Dutzend Mal, bis der Hörer abgenommen wurde.

»Wie geht's dir?« fragte Solwegyn.

Er konnte hören, wie die Person am anderen Ende der Leitung überrascht nach Luft schnappte.

»Ymir?«

»Ja. Wer denn sonst?«

»*Merde!* Verdammt noch mal, was für eine Überraschung! Ich bin platt. Wundert mich, daß du überhaupt noch meine Nummer hast.«

»Tu nicht so, als hätte ich mich nie um irgendwas gekümmert«, sagte Solwegyn. Seine Zunge lag wie ein Klumpen Filz an seinem Gaumen. »Hör zu, ich muß mit dir sprechen. Es ist wichtig, sonst hätte ich nicht angerufen.«

Sein Gesprächspartner schien nachzudenken.

»Ist was mit meiner Schwester?«

Solwegyn stieß ein heiseres Lachen aus.

»Nein, du kannst dich beruhigen. Alles bestens.«

»Ah! Na gut.« Der andere machte eine Pause. »Und wie geht's dir?«

»Den Umständen entsprechend. Ich muß dich was fragen.«

»Eh bien. Schieß los.«

»Kannst du überhaupt noch deutsch?«

»Was? Natürlich kann ich deutsch, du Idiot. *Un petit peu, un tout petit peu.* Sag schon, was los ist.«

Solwegyn schnaufte. Der Alkohol schnürte ihm die Luft ab.

»Erinnerst du dich an Jens Lubold?«

Schweigen.

»Lubold«, wiederholte Solwegyn sehr betont.

»Natürlich erinnere ich mich an Lubold«, zischte der andere mit bebender Stimme. »Was soll die Frage? Du weißt genau, daß ich Lubold nie vergessen werde.«

»Und? Ist er tot?«

»Bist du noch zu retten? Solwegyn, was ist los? Bist du betrunken?«

Solwegyn runzelte die Stirn.

»Ja«, sagte er.

»Versteh mich nicht falsch, ich freue mich, daß du anrufst, aber was stellst du mir für dämliche Fragen?«

»Andere stellen sie. Bist du sicher, daß Lubold tot ist?«

Wieder blieb es still.

»Bist du sicher?«

»Pourquoi me le demandes-tu?«

»Parce que des choses se sont passées ici, qui me laissent dubitatif. Quant Lubold sera mort, tu devras me désigner quelqu'un d'autre qui serait capable de torturer un homme à mort.«

»Quoi? De qui parles-tu?«

»De Mehmet Üsker.«

»Üsker? Üsker est mort?«

»Du hörst doch, was ich sage.«

»Mais c'est épouvantable! Was sagst du? Zu Tode gefoltert? Was erzählst du da für schreckliche Sachen?«

»Tja, mein Freund. Mir kam nur der Gedanke, Lubold hätte sich aus dem Grab erhoben. Ich wüßte sonst keinen, der ... – Aber was weiß ich! Ja, Üsker ist tot. Ich muß dich noch was fragen.«

»Was?«

Solwegyn erklärte es ihm.

Mit jedem Wort wurde er nüchterner und seine Stimme fester und artikulierter. Dreißigtausend reichten, seinen Geist zu klären.

16.03 Uhr. Labor / Frankenforst

»Es ist unpraktisch, daß ich Sie nicht erreichen kann«, sagte Vera, als Bathge endlich anrief.

»Ich weiß«, sagte er. Der winzige Knopf in ihrem Ohr übertrug seine Stimme klar und deutlich. »Wir müssen das ändern. Gibt's was Neues?«

»Und ob.«

Während sie in das Stabmikro sprach, das sich entlang ihres Kinns bis zum Mundwinkel bog, klappten ihre Finger vorsichtig ein winziges Gerät auseinander. Es sah aus wie eine transparente Spinne mit einem einzigen dunklen Auge auf der Oberseite.

»Wo sind Sie?« fragte Bathge.

»Brötchen verdienen. Sie sind nicht mein einziger Kunde.«

»Wäre es nicht besser, wir treffen uns, als die Neuigkeiten am Telefon zu besprechen?«

Vera schwieg. Behutsam installierte sie die letzte der winzigen Spider-Cams über der Bürotür des Firmenchefs. Das spinnenartige Gebilde hockte nun direkt über dem Türrahmen und war dort so gut wie unsichtbar.

»Frau Gemini?«

»Entschuldigung, ich mußte mich gerade mal konzentrieren. Wir haben uns doch gestern erst getroffen.«

»Naja.«

»Was ist los? Haben Sie Angst, man könnte unser Gespräch anzapfen?«

»Nein, ich ...« Bathge stockte. »Ich würde mich einfach nur freuen, Sie zu sehen.«

Vera hielt inne.

»Ja«, sagte sie etwas ratlos. »Warum nicht.«

»Geht es Ihnen gut?«

Sie stieg von dem Stuhl, auf dem sie gestanden hatte, um die Kamera anzubringen.

»Ich glaube schon.«

»Was halten Sie davon, heute abend mit mir essen zu gehen?«
»Ist das ein Versuch, mich anzumachen?«
»Es ist ein Versuch, mit Ihnen essen zu gehen.«
»Warum?«
»Weil ich jeden Abend etwas esse. Die meisten Menschen, die ich kenne, tun das. Ich habe also die Wahrscheinlichkeit hochgerechnet, nach der Sie es auch tun, und bin zu ermutigenden Resultaten gelangt.«
»Ah.«
Bathge räusperte sich.
»Wir müssen ja nicht essen gehen«, sagte er. »Meinetwegen erzählen Sie mir am Telefon, was Sie rausgefunden haben.«
»Sind Sie verrückt?« Vera krauste die Nase und ging aus dem Büro nach draußen in den angrenzenden Lagerraum. »Seit wann geben Sie so schnell auf?«
Bathge lachte.
»Wir müssen ja nicht essen gehen«, äffte sie ihn nach.
»Nein, wir können uns am Telefon ins Guinness Buch der Rekorde quatschen. Okay. Also wann und wohin? Die Kölner Szene ist mir nicht mehr so geläufig, schlagen Sie was Nettes vor.«
Vera überlegte.
»Hätten Sie's gerne abgeschieden?«
»Die Abgeschiedenheit steht mir bis sonstwohin«, erwiderte Bathge säuerlich. »Korrigieren Sie mich, aber ist manchmal nicht Rummel das beste Versteck?«
»Sprach Arsène Lupin und hatte recht. Was halten Sie von Russisch?«
»Klingt gut.«
»Am Rathenau ... kennen Sie den überhaupt? Rathenauplatz?«
»Natürlich!«
»Es gibt da eine Kneipe. Das Hotelux.« Sie zögerte, dann fügte sie hinzu: »Ich wohne gleich um die Ecke.«
Wen interessiert das, blöde Kuh?
»Gut«, sagte Bathge.
»Neun Uhr, ist das okay für Sie?«
»Okay.«
»Im Hotelux.«
»Fein. Ich freue mich.«
Ich mich auch, dachte sie. Komisch. Warum? Der Bursche bereitet nur Probleme.

Der Firmenchef kam ihr entgegen. Der Mann, der sie engagiert hatte, um die Diebstähle und Sabotageaktionen aufzuklären, die sein Unternehmen seit einiger Zeit auf Trab hielten.

»Wir haben immer noch Ärger mit dem Kerl von nebenan«, seufzte er.

»Der klagen will?«

»Ja, das blöde Arschgesicht! Scheiße! Er begreift einfach nicht, warum wir radioaktives Material lagern dürfen. Ich habe ihm erklärt, daß es sich um winzige Mengen handelt. Zu Testzwecken. In Blei versiegelt. Ungefährlicher als der Verzehr einer Currywurst.«

»Wir werden sehen«, sagte Vera in Anspielung auf die vorgefertigte Meinung ihres Gegenübers. Für ihren Auftraggeber stand der Schuldige fest. Der impertinente Nachbar schien überhaupt an allem schuld zu sein, was in der Welt und ganz speziell im Frankenforst schiefging.

»Das Arschloch macht einen Aufstand, als würde hier morgen alles in die Luft fliegen«, ereiferte sich ihr Auftraggeber. »Ich hab gesagt, hier ist nicht Tschernobyl. Hier ist eine Vetriebsfirma für Detektoren. Detektoren, um deinen blöden Koffer am Flughafen zu durchleuchten! Er labert mich voll mit Krebs und entstellten Kindern. Dieser Scheißkerl. Er weiß überhaupt nichts. Bloß weil das Fernsehen irgendeinen Mist erzählt.«

Vera betrachtete ihn. Gepflegte Erscheinung. Sauber frisiert, dunkler Anzug.

Warum klang der Mann wie ein Fäkalienwörterbuch?

Sie konnte das Funkeln in seinen Augen sehen, das anstelle der Faust zuschlug, immer und immer wieder. Würde man ihm einen Freibrief ausstellen, stand zu erwarten, daß sein übereifriger Nachbar innerhalb der nächsten zehn Minuten in seinem Blut schwamm.

Der kleine Psychopath. Eine Gesellschaft kleiner Psychopathen.

»Ich habe drei Spider-Cams installiert«, sagte sie ruhig. »Das müßte reichen.«

Ihr Gegenüber verzog das Gesicht.

»Drei was?«

»Digitalkameras. Die Daten werden mir über Satellit zugespielt. Sobald jemand die Räumlichkeiten nach neunzehn Uhr betritt, erhalte ich die Information in Echtzeit. Ich kann die Polizei rufen, wenn Sie es wünschen. Oder ich rufe Sie an und Sie tun es. Die andere Möglichkeit ist, daß ich mir die Aufzeichnungen morgen ansehe.«

»Was ist denn besser?«

»Wenn sich Ihr nächtlicher Einsteiger sicher fühlt, müssen wir ihm das Gesetz nicht postwendend auf den Hals hetzen. Es reicht, wenn ich die Aufzeichnungen sichte.«

»Wie bitte? Das sind mehr als zwölf Stunden Material! Wie wollen Sie das schaffen?«

»Ich schaff's in zehn Minuten. Möchten Sie einen Pieper?«

»Einen, ähm ... was?«

Sie drückte ihm einen flachen, schwarzen Gegenstand in die Hand.

»Ein Pieper. Er informiert sie, wenn jemand widerrechtlich eindringt. Wir können ihn im Raum anbringen. Ein Bewegungsmelder.«

»Das heißt, ich könnte ... wenn das Ding piept, fahre ich hierher und sehe nach, ob ... also, ich weiß nicht. Halten Sie das für notwendig?«

»Es gibt Klienten, die so was wollen.«

»Ich eigentlich eher nicht.«

»Kein Problem.« Vera nahm ihm das Ding wieder ab und setzte ihre zuversichtlichste Miene auf. »Mir ist es lieber so. Er wird uns auch so auf den Leim gehen.«

»Soviel Elektronik«, wunderte sich der Firmenchef und lachte nervös. »Früher haben Detektive noch hinterm Vorhang gestanden, was?«

»Früher sagte man auch: Hände hoch, oder ich schieße.«

»So?« Der Firmenchef klang verwirrt. »Und was sagt man heute?«

»Nichts. Heute schießt die Kamera.«

19.00 Uhr. Nicole

Nicole Wüllenrath, geborene Marmann, wohnte am Volksgarten in einem modernen Haus, das sich schmucklos und häßlich zwischen die würdigen Altbauten drängte.

Vera war zu Fuß gegangen und wünschte sich, sie hätte es gelassen. Mittlerweile machten sich die Scharen eigenwilliger Gestalten, die um Geld und Zigaretten bettelten, auf dem gesamten Ring und sogar entlang der Volksgartenstraße breit. Kurz hinter dem Eifelplatz stellte sich ihr ein Bursche, der aussah wie vierzig und wahrscheinlich eben mal zwanzig war, in den Weg.

»Ich stecke in einem sozialökonomischen Desaster«, sagte er mit flatternden Lidern.

Vera ging weiter, ohne ihn zu beachten. Er blinzelte und heftete sich an ihre Fersen.

»Ich brauche achtzehn Pfennige«, sagte er atemlos. »Das ist ein zu ungewöhnlicher Betrag, als daß Sie einfach weitergehen können. Und ich weiß mich auszudrücken. Apokryph! Kryptisch! Epistemologie! Ich kann Fremdwörter. Sie können was von mir lernen, gnädige Frau. Für achtzehn Pfennige.«

»Verzieh dich«, knurrte Vera ihn an.

»Wir haben ein Fernsehgerät in der Gruppe«, plapperte er weiter. »Einer von uns hat einen festen Wohnsitz, und wir haben zusammengelegt. Aus dem Fernsehen erfährt man immer noch die nützlichsten Sachen. Daher weiß ich soviel. Ich passe eben auf, ich bin ja nicht blöd. Wollen Sie nicht wissen, was ein sozialökonomisches Desaster ist?«

»Ich vermute, es kostet achtzehn Pfennige, mir das zu erklären?«

»Nein, ich mach's kostenlos. Und gerne. Nicht wie die Drecksäue auf der Ehrenstraße, die Ihnen einen schönen Tag an den Kopf werfen, auch wenn Sie gar nichts gegeben haben. Die wünschen Ihnen im selben Atemzug die Pest an den schlanken Hals, gnädige Frau. Ich bin nicht so wie die. Ich sag Ihnen, was ein sozialökonomisches Desaster ist.«

»Und?«

»Ein sozialökonomisches Desaster ist, wenn Sie Geld haben, um Bier zu kaufen, aber zuwenig für Starkbier.«

Vera blieb stehen und drehte sich zu ihm um. Er ging ihr nicht mal bis zum Kinn.

»Warum denn ausgerechnet Starkbier?«

Er sah sie unschuldig an.

»Ich rauche starke Zigaretten. Dazu gehört nun mal Starkbier.«

»Ach so.«

»Ich wär fast schon hops gegangen wegen der Zigaretten. Meine Lunge liegt in Fetzen. In mir ist alles kaputt.«

»Ich mach dir einen Vorschlag«, sagte Vera. »Hör auf zu rauchen, dann geht's dir besser, und du hast Geld für Starkbier.«

»Das geht nicht.«

»Warum nicht?«

»Starkbier schmeckt nur zu Zigaretten.«

Der Kreis seiner Argumentation hatte sich geschlossen. Er sah an ihr hoch und lächelte selbstzufrieden.

Vera konnte nicht anders: Ein Fünfmarkstück wechselte den Besitzer. Sie wußte, daß es ein Fehler war, aber es lief jedesmal auf dasselbe hinaus. Entweder gab sie nichts oder zuviel.

Er sah den Fünfer an. Dann spuckte er vor ihr auf den Boden und rannte davon.

Vera vergaß es im selben Moment und ging weiter.

Sie hätte es wissen müssen.

Der Kerl war immer noch harmlos, aber er gehörte zu denen, die den echten Berbern das Geschäft kaputtmachten. Am Friesenplatz hatte eine Gruppe seinesgleichen im letzten Jahr so etwas wie Wegezoll erhoben. Kaum, daß man an ihnen vorbeikam. Vera hatte sie mehrfach ignoriert, bis einer sie an der Schulter gepackt hatte, um ...

Sie lächelte grimmig. Immer noch konnte sie ihn schreien hören. Sehen, wie er seine Knie anschrie, weil ihm der aufrechte Gang abhanden gekommen war.

Vera ging schneller. Nicole Wüllenrath erwartete sie ab 19.00 Uhr.

Diesmal war sie angemeldet. Im Gegensatz zu den Eltern hatte sich die Tochter als kooperativ erwiesen. Gleich nach Veras Besuch hatte die alte Marmann sie angerufen und Nicole gebeten, sich mit der Detektivin zu unterhalten. Nicole hatte freundlich geklungen am Telefon, allerdings glaubte Vera in ihrer Stimme einen Anflug von Hysterie bemerkt zu haben.

Es war offensichtlich, warum Nicoles Mutter so interessiert an einer Kontaktaufnahme war. Damals hatte sie sich nicht getraut, Vera ins Haus zu bitten. Ihr Mann hätte es nicht gebilligt. Über Nicole ergab sich jedoch die Möglichkeit, in Verbindung zu bleiben. Frau Marmann wünschte sich nichts sehnlicher als die Rückkehr ihres Sohnes, auch wenn sie es ihrem Ehemann gegenüber nicht zugab. Wie es aussah, hatte Vera in der alten Frau das Feuer der Hoffnung neu entfacht. Damit waren es schon zwei, für die sie Marmann finden sollte.

Vorläufig.

Sie klingelte. Ihr wurde aufgedrückt, und sie durchschritt eilig den Flur. Das Haus war innen so schmucklos und abweisend wie seine Fassade. Stufen aus billigem Marmor führten nach oben.

Nicole Wüllenrath lehnte im Türrahmen. Sie hatte struppiges schwarzes Haar und die Augen ihres Bruders. Vera schätzte sie auf Ende zwanzig. Die Ähnlichkeit mit Andreas Marmann war so verblüffend, daß Vera einen Moment lang erwartete, sie würde in der nächsten Sekunde ein Maschinengewehr hervorzaubern und lässig über den Unterarm legen.

»Du bist die Detektivin«, konstatierte Nicole.

»Stimmt.«

»Komm rein.«

Sie führte Vera durch einen mit Computergrafiken vollgehängten Flur in ein großes, helles Zimmer. Das Mobiliar war weniger als spärlich. Ein einzelnes Sofa im Rokoko-Stil stand mitten im Raum. Mehrere Computer teilten sich die gesamte hintere Wandfläche. Drumherum stapelten sich Zeitschriften und lose Blätter, standen leergetrunkene Colaflaschen und Gläser herum. Einige der Bildschirme zeigten Schrifttafeln, andere Grafiken. Auf einem drehte sich beständig ein Symbol um seine Achse.

»Ich kann dir nichts anbieten«, sagte Nicole und lächelte verlegen. »Wahrscheinlich werde ich irgendwann in der Bude hier verhungern, aber ich komme einfach nicht nach draußen.«

»Woran arbeiten Sie?« fragte Vera neugierig und trat zu den Bildschirmen. Im selben Moment verschwand das Symbol.

Die Darstellung eines Wohnzimmer baute sich auf, in dem mehrere Leute saßen.

Nicole zog eine Grimasse.

»Eigentlich müßte ich zwei Typen eine Homepage einrichten. Aber es ist gerade ein bißchen blöde. Im Grunde hab ich überhaupt keine Zeit. Hast du schon?«

»Was? Zeit?«

»Ob du eine Homepage hast.«

»Nein.« Vera überlegte einen Moment, dann beschloß sie, Nicoles Vertraulichkeit zu akzeptieren. »Wenn du keine Zeit hast, machen wir's kurz. Okay?«

»Ach was, bleib hier. Es ist bloß, weil ... « Sie stockte. »Eben ist Besuch gekommen, und ich sollte wohl lieber mal was anbieten oder so.«

»Um Himmels willen«, wehrte Vera ab. »Mach dir meinetwegen keinen Kopf.«

Nicole starrte sie verständnislos an.

»Nicht für dich. Nicole, ich meine, die andere Nicole hat Besuch bekommen.«

Sie zeigte auf das Wohnzimmer im Monitor.

»Freunde. Ganz überraschend.«

»Freunde?«

»Ja. Das gehört zum Spiel. Ein paar wirklich clevere Leute haben es entwickelt. Mittlerweile ist es ganz schön populär geworden. Pass mal auf!«

Nicole beugte sich über die Tastatur und gab in rascher Folge eine

Reihe von Befehlen ein. Der Kopf einer Frau erschien plötzlich in einem separaten Datenfenster am oberen Bildschirmrand. Zugleich begann sich der Blickwinkel auf das Wohnzimmer und die Leute darin leicht zu verschieben. Sie erwachten zum Leben und wandten einander hölzern die Köpfe zu.

Vera betrachtete das Gesicht der Frau im Computer und hob die Brauen.

»Das bist du«, sagte sie überrascht.

Dann sah sie genauer hin.

Es war tatsächlich Nicole, und doch wieder nicht. Die Nicole auf dem Bildschirm war deutlich hübscher und besser proportioniert. In jeder Hinsicht verkörperte sie die Idealversion des Originals.

»Ist das die andere Nicole?« fragte sie. »Die, die Besuch bekommen hat?«

»Ja«, sagte Nicole. »Wirklich ganz unerwartet, tut mir leid. Um den Besuch muß Nicole sich jetzt kümmern, also ich, sonst werden die Freunde sauer und gehen wieder. Siehst du, ich bin auf Subperspektive gegangen. Wir erleben alles durch Nicoles Augen, und die Besucher sehen sie auf ihren Screens durch ihre Augen.«

»So wie oben abgebildet?«

»Ja.«

»Wessen Wohnzimmer ist das?«

»Meines. Ich meine, das von Nicole. Ich sag ja, Nicole hat Besuch bekommen, sie muß irgendwas machen, hallo sagen und so. Man kann Freunde verlieren, wenn man sie ignoriert, und dann dauert es lange, bis man wieder welche findet.«

»Was ist das, dieses Spiel? So was wie ein Tamagotchi?«

»Ach was!« Nicole winkte ab. »Viel besser. Tamagotchis sind scheiße, die taugen zu nichts.«

Das stimmte bedingt. Die erste Tamagotchi-Generation war Schnee von gestern. Vera erinnerte sich, wie die Dinger siebenundneunzig in Mode gekommen waren. Kleine eiförmige Computerchen mit Minibildschirmen, die man sich an den Gürtel hängen und überallhin mitnehmen konnte. Auf dem Bildschirm schlüpfte, sobald man das Ding aktivierte, ein kleines Geschöpf mit Augen und Mund. Man mußte es füttern, liebkosen, mit ihm spielen und seine Scheiße wegmachen, die es in Form von Flüssigkristallhäufchen hinterließ. Tamagotchis waren genügsam, mitunter schliefen sie mitten am Tag ein, und der Bildschirm zeigte nur: ... z... z... z... Aber sie konnten auch Freude und Trauer zum Ausdruck bringen, krank werden, wenn man sich nicht um sie kümmerte – und sterben.

Eine Weile waren alle Kinder und auch Erwachsene mit Tamagotchis herumgelaufen. Die schmucklose Darstellung des Wesens machte wenig her, auch nicht das einfallslose Programm, weil das Tamagotchi im Grunde nichts anderes konnte als schlafen, essen, scheißen, herumhüpfen oder den Kopf hängen lassen. Bemerkenswert war der Umstand, daß dieses nichtlebende Lebewesen sich den Zeitpunkt seiner Aktivitäten selber aussuchte. Der Zufallsgenerator erlaubte keinerlei Prognosen. Unmöglich zu sagen, wann es einschlafen oder aufwachen und Hunger signalisieren würde. Wenn es schlief, schlief es. Wenn es Nahrung brauchte, piepste es und wollte gefüttert werden.

Im Zweifel piepste es um drei Uhr morgens.

Als Folge waren Eltern nachts aufgestanden und hatten die Pflege der Kreatur übernommen, damit ihre Kinder nicht mit grauen Gesichtern zur Schule gingen. Sie kamen dennoch unausgeschlafen dort an und waren mehr damit befaßt, den Wünschen der kleinen Quälgeister nachzukommen, als dem Unterricht zu folgen. Das Tamagotchi, so hilflos es anmutete, spielte seine Macht aus und vertauschte die Rollen. Das Programm übernahm die Rolle des Users, die Abrufbarkeit des Besitzers wurde vorausgesetzt. Im Prinzip gebärdete sich das Tamagotchi nicht anders als ein Haustier oder Baby. Auf seine putzige Art leitete es jedoch eine völlig neue Entwicklung ein. Der Computer nutzte den Menschen – wann immer er ihn brauchte. Er aktivierte und deaktivierte das menschliche Wesen, das in seinem Sinne sofort funktionierte, seine augenblickliche Tätigkeit unterbrach, wie befohlen auf Tasten drückte und die erforderlichen Maßnahmen in die Wege leitete. Tamagotchis ließen sich nicht abschalten, aber sie schalteten menschliche Wesen ein und aus, wie es dem Zufallsgenerator gerade paßte.

Sie waren out, weil ausgefeiltere Systeme an ihre Stelle getreten waren. Die kommende Generation war Haustieren nachempfunden und konnte fortlaufen, wenn sich das Programm vernachlässigt fühlte. Um so mehr wurde notwendig, was die Tamagotchis der Frühzeit erforderlich gemacht hatten: Eine völlig neue Art von Psychiater. Spezialisiert auf die Betreuung tamagotchigeschädigter Kinder, die es nicht verkrafteten, daß durch ihre Schuld ein Wesen gestorben war, außerstande, die Künstlichkeit der Kreatur zu begreifen.

Diese Kinder hatten gegen ein Gesetz verstoßen. Ein göttliches Gesetz.

Du sollst nicht töten.

Vera starrte auf das virtuelle Wohnzimmer vor ihr und runzelte die Stirn. Die schleichende Okkupation des freien Willens hatte im Spielzeugladen begonnen und setzte sich nun offenbar im Internet fort.

Sie zeigte auf die Gruppe der Besucher.

»Was passiert, wenn du sie einfach sitzenläßt?«

»Ganz schlecht.« Nicole warf einen nervösen Blick auf den Bildschirm. »Sie werden mich eine Weile schneiden und nicht mehr zu sich einladen. Wirklich zu blöde, daß du ausgerechnet jetzt gekommen bist. Aber es ist eigentlich immer blöde.«

»Wer sind überhaupt sie? Programme?«

Nicole schüttelte heftig den Kopf.

»Menschen!« sagte sie, als gäbe es nichts Offensichtlicheres. »Das ist doch der ganze Witz. Immer neue Leute kommen hinzu und klinken sich ein. Alles spielt sich in Intertown ab, das ist eine große Stadt, eine Megapolis wie Hongkong oder New York. Man kann da eine Wohnung mieten oder kaufen, einen Beruf ergreifen und richtig da leben. Abends geht man aus oder bleibt zu Hause. Man verdient auch Geld, und es gibt eine Menge wirklich toller Geschäfte, wo man es wieder ausgeben kann.«

Nicole zeigte auf die Gestalt eines jungen Mannes, der steif und mit leerem Gesicht auf der Kante eines Sessels hockte.

»Das ist Jochen«, lächelte sie. »Er ist sehr süß. Findest du nicht auch, daß er süß ist?«

»Doch«, murmelte Vera. »Sehr süß.«

»Oh Mist!« Augenblicklich nahm Nicoles Gesicht wieder den Ausdruck tiefster Verzweiflung an. »Wahrscheinlich ist die Unterhaltung schon im vollen Gange. Ich müßte zu ihnen rübergehen, um dran teilnehmen zu können. Wenn ich mich nicht bald dazusetze, werden sie wieder gehen.«

»Na und? Du bist eben einfach nicht zu Hause.«

»Sobald man für die anderen sichtbar wird, ist man zu Hause. Und ich hab mich eingeklinkt. Sie können mich sehen.«

»Sag Ihnen einfach, du bist krank.«

»Aber Jochen ist mitgekommen. Ich kann doch nicht krank sein. Weißt du ... äh ... sag mir noch mal deinen Namen ...«

»Vera.«

»Weißt du, Vera, ich bin der Meinung, dir fehlt da irgendwie der Zugang.«

»Mag sein.«

»Ich glaube, du kannst nicht abstrahieren. Das muß es sein. Du kannst nicht abstrahieren.«

Du liebe Güte!

»Eines habe ich tatsächlich noch nicht ganz begriffen«, sagte Vera, die eigentlich gekommen war, um über Marmann zu reden. »Was ist der ... Sinn dieses Spiels?«

Nicole sah sie verständnislos an.

»Sinn?«

»Warum spielt man es? Ich meine, es ist witzig, aber wozu ist das alles gut?«

»Es ist eine zweite Welt, ein zweites Leben«, sagte Nicole sehr dramatisch. »Sieben Tage, vierundzwanzig Stunden rund um die Uhr. Verstehst du, man lebt zweimal. Augenblicklich sind die Möglichkeiten noch begrenzt, es dauert alles ein bißchen lange und die Auflösung ist pixelig und scheiße, aber am Ende führst du ein komplettes zweites Leben im Internet. Hier und heute bist du ... also du zum Beispiel bist Detektivin, aber in Intertown kannst du alles mögliche andere sein. Schauspielerin, wenn du willst. Börsenmaklerin. Du kannst ein Vermögen machen und wieder verlieren, du kannst dich verschulden, bis dir der Arsch abfällt. Du kannst sogar in den Knast kommen, stell dir das mal vor.«

»Es gibt also auch Verbrechen in Intertown?«

»Theoretisch schon. So weit sind wir noch nicht, aber das wird kommen. Ich meine, es gibt alles! In Intertown hast du Arbeitskollegen und Freunde wie hier auch, und du kannst dich verlieben und heiraten. All das. Jochen könnte sich allmählich auch in mich verlieben«, fügte sie verdrießlich hinzu.

»Augenblick mal. Jochen ist eine reale Person?«

»Ja.«

»Und du bist in ihn verknallt?«

Nicole kicherte.

»Ein bißchen. Er ist süß.«

»Ja, er ist süß. Weißt du denn, wie er aussieht? Hast du ihn schon mal gesehen?«

»Natürlich. Er sitzt ja da.«

Vera schüttelte den Kopf.

»Nein, ich meine, ob du ihn wirklich und leibhaftig schon mal gesehen hast.«

Zwischen Nicoles Brauen bildete sich eine Falte.

»Wozu?« fragte sie vorwurfsvoll. »Im Internet sieht er so aus, wie er aussieht, basta. Das wirkliche Leben hat hier nichts zu suchen.«

Vera fragte sich, ob Nicole noch wußte, welches das wirkliche Leben war.

»Ich sehe auch ein bißchen anders aus, siehst du?« sagte Nicole. »Es gibt Programme, die helfen dir, dich so zu modulieren, wie du gerne sein willst. Guck mal, das ist doch super! Zum Beispiel, wenn du fett und häßlich bist. So eine arme fette Sau, die sich nicht unter Menschen traut, aber ein Herz aus Schokolade hat, kann schön und schlank sein und kriegt endlich mal jemanden ab.«

»Verstehe. Und wie läuft das dann mit dem Vögeln?«

Nicole zuckte die Achseln.

»Natürlich kann man auch Sex haben. Aber du hast recht, da hakt's. Es gibt ein Orgasmometer, das Energiestöße mißt, aber das bringt's nicht. Im nächsten Schritt werden wir wohl einen speziellen Anzug brauchen mit einer Million Sensoren. Gibt's schon ewig, ist aber alles noch viel zu teuer.«

»Man könnte sich ja im Internet kennenlernen und dann im wirklichen Leben verabreden«, stichelte Vera. »Lauter Fettsäcke mit Nelke im Knopfloch.«

»Quatsch. Erst mal geht es darum, eine funktionierende Infrastruktur aufzubauen. Wenn Intertown steht, rufen wir Interstate aus. Dann sehen wir weiter.«

Intertown. Interstate.

Irgendwann, dachte Vera, gehen andere Spinner hin und gründen eine andere Interstadt in einem anderen Interstaat. Gibt es dann Krieg um Speicherplätze?

Krieg im Internet?

»Na schön«, sagte sie. »Das ist alles wirklich faszinierend. Könntest du dennoch fünf Minuten deiner Zeit erübrigen?«

»Ja, sicher.« Nicole wandte sich von dem Bildschirm ab und sah Vera in die Augen.

»Du denkst bestimmt, ich bin vollkommen durchgeknallt«, sagte sie. »Täusch dich nicht. Ich weiß ganz gut, was Priorität hat. Mein Bruder zum Beispiel. Du suchst Andreas, sagt meine Mutter. Warum?«

Vera ging langsam zu dem Sofa, setzte sich und schlug die Beine übereinander.

»Ein Freund von Andreas hat mich beauftragt.«

»Mein Vater fand das gar nicht gut. Er hat einen Haß auf Detektive.« Sie kicherte selbstgefällig, während ihre Finger Haarsträhnen zu Löckchen drehten. »Warum hast du denen nicht irgendwas erzählt? Daß du selber eine alte Freundin bist oder so was?«

»Ich dachte, es wäre ausnahmsweise besser, den Leuten reinen Wein einzuschenken. Eine Detektivin könnte Andreas schließlich finden, stimmt's?«

»Hat Mama auch gesagt. Was will denn dieser Jemand von Andreas?«

»Nichts Böses. Mehr kann ich im Augenblick nicht sagen. Meine Klienten genießen Diskretion. Aber ich säße nicht hier, wenn es darum ginge, Andreas Schaden zuzufügen. Erst mal geht es darum, daß er keinen Ärger mit der Polizei bekommt.«

»Den hat er schon.«

»Den hatte er. Möglicherweise läßt sich auch daran was drehen.«

Nicole nickte. Vera sah, wie hinter ihr die Personen aus dem virtuellen Wohnzimmer verschwanden. Marmanns Schwester hatte soeben ein paar Freunde verloren.

»Deine Eltern haben angeblich keinen Schimmer, wo Andreas abgeblieben ist«, sagte sie. »Zumindest deinem Vater scheint es egal zu sein.«

»Der Arsch!«

»Naja. Er macht einen ziemlich zornigen Eindruck. Wie kommt deine Mutter übrigens darauf, du wüßtest mehr als er?«

»Hat sie das gesagt?«

»Indirekt.«

Nicole beugte sich vor.

»Was weißt *du* denn überhaupt, Detektivin?«

»Zu wenig. Das ist ja das Problem.«

»Mhm.« Nicole wirkte enttäuscht. »Ich dachte eigentlich, du hättest ihn schon gefunden. Oder wenigstens eine Spur. Meine Mutter glaubt das.«

»Nein.« Vera schüttelte den Kopf. »Möglich, daß ich ihm nähergekommen bin, aber mir ging's nicht anders als dir. Eigentlich hatte ich gehofft, *du* könntest *mir* weiterhelfen.«

»So? Nun, ich ...« Nicole stockte und biß sich auf die Lippen.

Vera wartete.

»Ich weiß nicht. Ja, vielleicht. Vor ein paar Jahren kam mal ein Mann zu mir. Quatsch, zu uns. Ich war damals noch verheiratet. Er sagte,

Andreas hätte ihn geschickt, und ich solle mir keine Sorgen machen, es ginge ihm gut. Ich wollte natürlich wissen, wo er ist, aber der Mann sagte, er dürfe mir das nicht erzählen, Andi lebe im ... was hat er gesagt? Im Schatten seiner selbst. Irgend so was Komisches. Ich schätze, er wollte zum Ausdruck bringen, daß Andreas sich in Deutschland nicht blicken lassen kann wegen dem Banküberfall. Dann drückte er mir einen Umschlag in die Hand und meinte, mein Bruder sei mit unseren Eltern fertig, das könne ich ihnen ausrichten, und sie hätten absolut gar nichts von ihm zu erwarten.«

»Wann war das?«

»Vor ... oh Mann, das ist schon eine Weile her. Sechs oder sieben Jahre, würde ich meinen.«

»Und weiter?«

Nicole kniff die Augen zusammen, als müsse sie ihre Gedanken wieder auf Kurs bringen.

»In dem Umschlag war Geld«, sagte sie. »Ziemlich viel Geld sogar. Der Mann sagte, es sei für mich und ich solle selber entscheiden, ob ich meinen Eltern was davon abgeben will oder nicht. Er fragte nach meiner Bankverbindung und kündigte regelmäßige Überweisungen an. Das war geil. Meine komische Ehe ging gerade den Bach runter, da lief gar nichts mehr. Meine Eltern hatten sowieso keine Kohle, also mußte ich irgendwie zusehen, daß ich klarkam. Seit damals geht's mir nicht gerade schlecht. Ich meine, es ist nicht die Welt, aber es reicht, daß ich nicht an den Nägeln kauen muß.«

»Hast du mal versucht rauszufinden, woher das Geld kommt?«

»Einmal. Es läuft über ein Konto in der Schweiz. Keine Ahnung. Wenn es wirklich von Andi stammt, hat er jedenfalls dafür gesorgt, daß ihn keiner findet.« Sie lächelte. »Auch du nicht. Andi ist nicht blöde, verstehst du? Er will sich nämlich nicht finden lassen.«

Vera überlegte.

Dann sagte sie: »Der Mann, der dich damals aufgesucht hat ... erinnerst du dich, wie er aussah?«

Nicole kräuselte die Lippen.

»Irgendwie fies. Er war ganz nett, aber ... ich weiß nicht.«

»Sprach er deutsch?«

»Ja, aber komisch.«

»Wie?«

»Komisch halt. Er hat geklungen, als ob er die Worte hinter sich herschleift.«

»Slawisch?«

»Mhmmm ... ja. Schon.«

»Schwarze Haare, schwarzer Bart?«

»Schmierig. Ja, ich glaube, er hatte einen Bart. Und überall Schmuck. Irgendwie uncool.«

»Hat er seinen Namen genannt?«

»Nein. Ich hab ihn auch nur dieses eine Mal gesehen. Danach nie wieder.«

Vera nickte. Es konnte kein Zweifel darüber bestehen, daß Nicoles mysteriöser Besucher identisch war mit jenem Mann, den sie heute mittag kennengelernt hatte. Der einäugige Herrscher über das schäbige kleine Sündenbabel in Porz.

Ymir Solwegyn hatte zu jeder Zeit gewußt, wo Andreas Marmann war.

Und er wußte es auch jetzt.

Sie musterte Nicole und fragte sich, ob dieses ewige Kind fähig war zu lügen.

»Weißt du, wohin dein Bruder verschwunden ist, nachdem er den Bullen entwischen konnte?«

»Nein.«

»Du weißt nicht, daß er zur Fremdenlegion gegangen ist?«

Nicole sprang auf. Ihre Augen blitzten.

»Warum sagst du mir das erst jetzt?« schrie sie in plötzlicher Wut. »Du weißt ja doch, wo er ist, du blöde Schlampe! Du ... «

»Ich weiß gar nichts«, sagte Vera ruhig. »Setz dich hin und hör mir zu.«

»Ich denke nicht daran.«

Vera stand auf und machte einen Schritt auf Nicole zu.

»Setz dich. Bitte!«

Die Frau, die aussah wie eine Erwachsene, verstummte und holte tief Luft. Dann ließ sie sich mit herabgezogenen Mundwinkeln wieder in ihren Drehsessel sinken. Die kindliche Seite ihrer Persönlichkeit reagierte auf Veras autoritären Tonfall mit Gehorsam, ganz wie erwartet.

Vera kannte die Sorte Menschen, deren Persönlichkeit nicht mitgewachsen war. Die Kinder in Erwachsenenkörpern und ihre unbezähmbare, hilflose Wut. Ihre jämmerliche Niedergeschlagenheit, wenn man ihnen Paroli bot, so daß nur noch der Lutscher fehlte, um sie zu trösten.

»Tut mir leid«, sagte sie.

Nicole zuckte die Achseln.
»Andreas ist schon lange nicht mehr bei der Legion«, sagte Vera. »Anfang der Neunziger hat er sich einer Truppe von Söldnern angeschlossen. Dann verliert sich seine Spur. Ich habe keine Ahnung, wo er sich aufhält.«
»Ach so«, sagte Nicole schwach. Sie sah hinter sich auf den Bildschirm und zuckte zusammen.
»Mist!« flüsterte sie. »Jetzt sind sie weg.«
»Ja. Sie sind weg.«
»Scheiße. Es ist wirklich blöde, daß du ausgerechnet jetzt gekommen bist. Ich meine, du kannst ja nichts dafür, aber es ist Mist. Großer Mist. Schon ist man wieder allein.«
Vera fühlte sich von Unruhe ergriffen. Nicole versank in einem Strudel. Sie war ein Junkie, ein Telejunkie. Vera dachte an ihren Datentisch und die rollende Kommunikationseinheit des Boxster. Kurz hatte sie die Vision, Seite an Seite mit Nicole herabgerissen zu werden in eine Welt, die nur noch aus Daten bestand.
Sie schob den Gedanken beiseite und versuchte, sanft und freundlich zu klingen.
»Nicole, ich muß dich was fragen.«
»Du fragst mich doch schon die ganze Zeit«, sagte Nicole. Ihre Wut war zur Schau gestellter Gekränktheit gewichen.
»Hältst du Andreas für fähig, einen Mord zu begehen?«
Nichts in Nicoles Mimik und Motorik deutete darauf hin, daß sie die Frage verstanden hatte. Sie sah an Vera vorbei und spitzte die Lippen.
Dann schüttelte sie langsam den Kopf.
»Du willst ihm gar nicht helfen«, sagte sie. »Du willst ihn reinlegen.«
»Ich schwöre, daß ich das nicht will.«
»Du suchst ihn, weil dir einer Geld dafür bezahlt. Ist dir doch egal, was dein komischer Auftraggeber von ihm will.«
Vera beugte sich vor.
»Das ist es nicht.«
»Doch!«
Sie war tatsächlich wie ein Kind. Wie zwei Kinder, schoß es Vera durch den Kopf. Nicole und Nicole. Zwillinge in Schein und Sein.
»Und wenn ich ihn finden und zurückbringen würde?«
Nicole blickte auf.

»Andreas bringt niemanden um«, sagte sie leise. »Hörst du? Niemals!«

»Menschen ändern sich.«

Das Kindergesicht verschwand. Nicole sah Vera an. Die erwachsene Nicole. Ende zwanzig, verheiratet, geschieden. Programmiererin.

»Er ist mein Bruder«, sagte sie ruhig. »Du willst wissen, ob er jemanden ermorden könnte?«

»Ja.«

»Er könnte es nicht.«

»Bei den Legionären haben sie ihm das aber beigebracht.«

»Möglich. Kann sein, daß er schießen würde, wenn man ihn bedroht. Hast du das gemeint?«

»Weniger.«

»Dann bleibt es beim Nein.«

Vera schwieg und fragte sich, ob Bathge im Irrtum war.

»Vera?«

»Ja?«

»Kannst du ihn finden?«

»Ich weiß nicht, Nicole. Ich weiß es wirklich nicht.«

»Er ist doch nicht in Gefahr?«

Nicole sah sie mit großen unglücklichen Augen an. Wieder schlug ihre Stimmung um. Wie bei allen, die zu lange vor dem Bildschirm sitzen und an Schlafmangel leiden, dachte Vera. Sie werden sprunghaft, aggressiv oder sentimental.

Vera erwiderte ihren Blick.

»Du würdest mir doch sagen, wenn er in Gefahr ist«, drängte Nicole. »Er ist mein Bruder, ich meine, er ist seit fünfzehn Jahren verschwunden, aber er hat mich gern. Er schickt mir Geld. Ich hab dir alles erzählt, was ich weiß. Du würdest mir sagen, wenn irgend etwas nicht in Ordnung wäre. Du würdest es sagen, nicht wahr? Vera! Du würdest es mir sagen!«

»Ja, Nicole. Ich würd's dir sagen.«

21.16 Uhr. Hotelux

»Sie tut mir leid«, sagte Vera zu Bathge.

Er schaute von der Speisekarte auf.

»Kommt auf die Betrachtungsweise an. Wer lebt schon zweimal?

Verrückt war sie immer. Als ich sie das letzte Mal gesehen habe, muß sie fünfzehn gewesen sein. Wie, sagten Sie, heißt Nicole jetzt?«

»Wüllenrath. Sie war mit einem Wüllenrath verheiratet, aber es scheint nicht lange gehalten zu haben.« Vera überlegte. »Vielleicht hatte er einfach keine Lust, sich ein- und ausschalten zu lassen.«

»Sie hat also zwischendurch geheiratet«, sagte Bathge nachdenklich. »Kein Wunder, daß ich sie im Telefonbuch nicht finden konnte.«

Vera verzog das Gesicht.

»Schon klar, daß Sie wieder selber rumgeschnüffelt haben. Sie hätten mir trotzdem veraten können, daß es da eine Schwester gibt.«

Bathge grinste.

»Wozu? Die Marmanns haben's Ihnen doch auch so erzählt. Ich wollte, daß Sie zu Ihren eigenen Schlußfolgerungen gelangen. Zu viele Soldaten haben in der Vergangenheit ihren Auftrag vermasselt, weil sie informationsblind waren.«

»Danke. Wollen Sie mir meinen Job erklären?«

»Nein«, sagte Bathge sanft. »Im Moment erkläre ich Ihnen meinen. Interessiert es Sie?«

»Ich weiß nicht. Offengestanden, mir ist schleierhaft, warum Soldaten von nichts anderem reden können als von Krieg.«

»Sie waren ja auch nicht dabei.«

»Jeder führt seinen eigenen Krieg«, sagte sie unwirsch.

»Gut, reden wir von was anderem.«

»He. Jetzt schnappen Sie nicht ein.«

»Ist kein Problem.«

»Doch.«

»Was, doch?«

»Es interessiert mich. Wirklich.«

Bathge sah sie prüfend an.

»Na schön, ein simples Beispiel: Stellen Sie sich vor, Sie müssen in den Dschungel. Nie zuvor drin gewesen. Man sagt Ihnen nicht, was Sie erwartet, außer daß es gefährlich ist. Was werden Sie tun?«

Vera dachte einen Augenblick nach.

»Ich versuche mich auf alles einzustellen, was gefährlich werden könnte.«

»Und was ist das?«

»Wieso? Ich denke, das soll ich nicht wissen.«

»Nein, anders: Was glauben Sie selber, was Ihnen gefährlich werden könnte?«

»Hm. Alles. Wenn ich's nicht besser weiß, ist alles gefährlich.«

Bathge lächelte. Er drückte die Zigarette im Aschenbecher aus und klappte die Speisekarte zu.

»Sehen Sie, genau darum sind einige Kämpfer erfolgreicher als andere«, sagte er. »Weil sie einfach voraussetzen, daß es eine Gefahr an sich gibt. Nicht die vielen Schlangen in dem Urwald sind gefährlich, nicht die gegnerischen Scharfschützen, nicht die giftigen Spinnen, nicht die Sümpfe. Der ganze Wald ist gefährlich. Nicht die Wüste ist gefährlich, sondern der Zeitraum, in dem man sie durchquert. Als gefährlich gelten Länge mal Breite mal Höhe mal die Stunden, die man in diesem Kontinuum verbringt. Also schlichtweg alles. ZERO verfügte über ein hervorragendes Informationsnetz. Das war auch gut so, weil wir als Späher und Saboteure früher hinter die feindlichen Linien vordrangen als andere. Über manches ließ man uns allerdings bewußt im unklaren. Das mußten wir selber rausfinden. Ob Sie es glauben oder nicht, es half uns, zu überleben.«

»Wir sollten allmählich mal was bestellen«, schlug Vera vor. »Das hilft uns auch, zu überleben.«

»Ich wußte, daß es Sie nicht interessiert.«

»Doch, verdammt noch mal! Ich hab nur Hunger. Was soll ich ohne Verpflegung in der Wüste?«

»Einverstanden.« Bathge lachte leise. »Wie ist der Borschtsch hier nach dem Zusammenbruch des Warschauer Pakts?«

»Immer noch dunkelrot.«

Sie winkten eine Bedienung heran. Vera bestellte Salat und Wasser. Mit dem täglichen Sport hatte sich das Verlangen nach Alkohol gegeben. Bathge bestellte seinen Borschtsch und Krimsekt.

»Vietnam ist für die amerikanischen Soldaten unter anderem darum zum Desaster geworden, weil ihre Vorgesetzten ernsthaft versucht haben, ihnen den Dschungel zu erklären«, sagte er. »Sie haben gesagt, hütet euch vor den Schlangen, und die armen Kerle sind durchs Gestrüpp gekrochen und haben sich so sehr auf die Schlangen konzentriert, daß der vietnamesische Scharfschütze im Baum über ihnen nur noch abzudrücken brauchte, als sei's ein Scheibenschießen. Jeder, der zurückkehrte, wußte was anderes zu erzählen. Mal waren es die Tiger, dann die Heckenschützen, dann die Fallen, dann die Minen. Namentlich die Ameisen, die Spinnen, die Sümpfe. Die Schlingpflanzen, die Klettergewächse, die giftigen Farne. Die Blutegel, die Mücken und Libellen, das Wasser, die Bakterien, die Einzeller. Auf alles mußten sich die armen Schweine einstellen. Genau das war der Fehler. Man kommt durch keinen Dschungel, wenn man ständig von Horrorvisionen geplagt wird. Fouk sagte, denkt einfach, alles da draußen will euch töten. Was, spielt erst mal keine Rolle. Geht mit offenen Augen, Ihr werdet es schon erkennen.«

»Schön und gut. Wenn Sie dem GI nicht sagen, daß die Schlangen giftig sind, wird er aber gebissen werden.«

»Er wird davon ausgehen, daß alle Schlangen giftig sind und ihnen einfach aus dem Weg gehen. Wenn Sie ihm hingegen sagen, die schwarzen sind giftig und die grünen nicht, dann wird er gebissen, und zwar von den roten.«

»Welche Sorte hat Sie gebissen?«

Bathge lächelte. »Einige.«

Interessiert es dich wirklich, dachte sie? Warum, verdammt? Du sollst Marmann finden. Erzähl ihm endlich von Solwegyn, das ist wichtiger.

Bleib auf Distanz.

»Was haben Sie und Marmann bei ZERO überhaupt gemacht?«

»Wir haben chirurgische Eingriffe vorgenommen«, sagte Bathge und paffte. »Sehen Sie, die Atombombe ist gebaut worden, um das *größt*mögliche Zerstörungspotential freizusetzen. Ob sie einen Kilometer nach links oder rechts fällt, spielt keine Rolle, und es sterben Millionen Zivilisten. Die Stealth Fighter hingegen, die Bagdad bombardierten, plazieren das *genauest*mögliche Zerstörungspotential. Heute bekommen Sie es auf dem Schlachtfeld mit fliegenden Computern zu tun. Als das irakische Nachrichtenzentrum in die Luft gesprengt wurde, war das so ein Eingriff. Punktgenau, mit relativ geringer Sprengwirkung, die aber ihren Zweck erfüllte. F-15 Jäger haben in der ersten Nacht den Großteil der irakischen Scud-Rampen zerstört, nicht, weil sie irgendwelche dicken Dinger draufgeschmissen hätten, sondern per Infrarot und Laser. Die ganze Golfoffensive war darauf ausgerichtet, mittels chirurgischer Eingriffe einen Massenvernichtungskrieg zu verhindern und die Zivilbevölkerung rauszuhalten.«

»Soweit ich mich erinnere, ist das ein paarmal schiefgegangen.«

»Eigentlich nur, als der Amiriah-Bunker vor Bagdad zerstört wurde. Vierhundert Zivilisten gingen dabei drauf. Behauptete Saddam! Ich denke, da hat er ausnahmsweise nicht gelogen, aber er kann es auch selber gewesen sein, um den Haß auf die Alliierten zu schüren. Für ähnliche Aktionen diente ZERO, mit dem Unterschied, daß wir vorwiegend militärische Ziele angingen. Wir wurden noch vor der Bodenoffensive losgeschickt, um Missionen hinter den feindlichen Linien durchzuführen.«

»Also Sabotage.«

»Auch. Spionage, Sabotage. Und Geiselbefreiung. Eingriffe, wie sie die fliegenden Hochpräzisionswaffen der Alliierten nicht leisten konnten, weil sich diese Ziele nicht so einfach orten ließen. Wir mußten sie gewissermaßen ausbuddeln. Aber wir kannten das Terrain sehr gut. Einige von uns drangen bis weit über die irakische Grenze vor.«

»Stimmt es, daß Bush auf Saddams Kopf einen Preis ausgesetzt hatte?«

»Mit Sicherheit.« Bathge machte ein Pause. »Bei ZERO stand Geheimhaltung an erster Stelle. Manchmal zog ein Dutzend los, aber nur einer wußte, wo die Reise hinging. Dennoch sickerte hier und da was durch. Einige von uns waren darauf trainiert, Saddam zu töten.«

»Ein Combat-Kommando.«

»Ja.«

»Was ist aus ihnen geworden?«

»Nichts, soweit ich weiß. Es hieß, sie seien gar nicht erst zum Einsatz gekommen. Offenbar hatten es sich Bush und Schwarzkopf wieder anders überlegt.«

Bathge drückte seine Zigarette aus, griff nach dem Päckchen, das er vor sich auf den Tisch gelegt hatte, zog eine neue heraus und zündete sie mit Veras Feuerzeug an. Sie hatte gleich zu Beginn gesehen, daß er es wieder bei sich trug. Es erfüllte sie gleichermaßen mit Befriedigung wie Unbehagen.

Ihr Klient.

Warum konnte sie ihm nicht endlich ganz vertrauen?

Die Kellnerin kam mit den Getränken. Vera nahm ihr Glas und sah den aufsteigenden Bläschen zu. Dann prostete sie Bathge zu.

»Wo wir gerade bei Gerüchten sind«, sagte sie, »hätten Sie Lust, einen Ihrer alten Kumpels wiederzutreffen?«

Bathge verfehlte fast sein Glas.

»Haben Sie Marmann gefunden?« stieß er hervor.

»Marmann? Nein.«

»Schade. Ich dachte schon ...«

»Aber jemanden, der ihn für uns finden wird, sofern er Lust dazu hat.« Vera zuckte die Achseln und trank. »Leider ist ihm seine Lust lieb und teuer.«

»Wie teuer?« fragte Bathge gedehnt.

»Dreißigtausend.«

»Wollen Sie mich auf den Arm nehmen?«

»Kein Interesse.«

»Ich bezahle *Sie*, damit Sie Marmann finden. Dreißigtausend! Heiliger Bimbam! Von wem reden Sie überhaupt?«

»Von Ymir Solwegyn.«

Bathge starrte sie an.

»Solwegyn ist hier?«

»Leibhaftig.«

»Nicht zu glauben. Ich dachte, der wäre mit der ganzen Legion verheiratet. Was um Gottes willen tut Solwegyn in Köln?«

Vera grinste böse.

»Sie wollen mir doch nicht weismachen, daß Sie ihn beim Blättern im Telefonbuch vergessen haben.«

»Ich schwöre, daß ich nicht an Solwegyn gedacht habe. Ich wäre nie darauf gekommen, daß er wieder hier ist. Als wir nach Frankreich gingen, hatte er schon fünf Jahre Legionserfahrung auf dem Buckel und wollte unbedingt wieder zurück. Der alte Gauner war unglücklich ohne seine Familie.«

»Familie gleich Legion?«

»Ja.«

»Möglicherweise hat er jetzt eine andere Familie. Es gibt da eine Frau, die ihm bemerkenswert selten widerspricht, weil sie nämlich überhaupt nichts von sich gibt. Sagt Ihnen der Name Katya was?«

Bathge runzelte die Stirn.

»Nein. Damals lebte er alleine. Sie vergessen, daß das alles fünfzehn Jahre her ist.«

»Schon, aber ungeachtet der fünfzehn bitterlich langen Jahre scheint Solwegyn sehr genau zu wissen, wo Marmann zu finden ist. Er weiß auch, daß Marmann nicht mehr Marmann heißt.«

»Sie meinen ...«

»Ich meine, er wird das Geld haben wollen und Marmann dann fragen, ob er bereit ist, sich mit uns in Verbindung zu setzen.«

»Augenblick mal.« Ein Flackern kam in Bathges Blick. »Wenn das wirklich stimmt, sind Sie womöglich auf die Mutter aller Spuren gestoßen. Wenn wir Solwegyn als Vermittler gewinnen könnten ... er könnte Marmann sagen, alles sei ein schrecklicher Irrtum gewesen. Daß ich ihn nie in der Wüste zurückgelassen hätte, wenn ...«

»Fein. Ich sehe, Sie haben's kapiert.«

»Natürlich, das ist es.« Er ballte die Fäuste. »Marmann war schwer beeindruckt von Solwegyn. Immer schon. Ihm wird er glauben. Oh Vera, das ist gut! Das ist sehr, sehr gut! Das könnte funktionieren.«

Ihr Vorname aus seinem Mund war wie eine kleine Menge Strom. Sie versuchte es zu ignorieren. Umsonst.

Unwillig sagte sie: »Es wird vor allem funktionieren, wenn Sie die dreißgtausend berappen. Können Sie überhaupt soviel erübrigen?«

»Niemand kann dreißigtausend erübrigen«, erwiderte Bathge trocken. Dann breitete er ergeben die Hände aus. »Aber gut, ich hätte das Geld. Ich würde es zwar ungern Ymir Solwegyn in den Rachen schmeißen, andererseits, wenn er diesen Wahnsinn stoppen kann ... Was meinen Sie, läßt er mit sich handeln?«

Vera zuckte die Achseln.

»Ich glaube schon. Sein Laden läuft nicht besonders.«

»Was macht er überhaupt? Sie haben mir immer noch nicht gesagt, was der Hurensohn treibt!«

Vera erzählte ihm vom *Red Lion*.

»Ja, das paßt zu ihm. Unfaßbar. Dreißigtausend will der Mistkerl. Aber was wundere ich mich? Solwegyn, wann hätte der je irgendwas umsonst getan?«

»Was soll ich ihm sagen? Sie überlegen es sich?«

»Wenn er für die dreißigtausend meinen Arsch rettet, soll er seinen Willen haben. Wie sind Sie mit ihm verblieben?«

»Daß ich den Preis mit Ihnen diskutiere. Aber ich glaube, er dürfte den Kontakt schon angeleiert haben. In spätestens zwei Tagen wird er anrufen, um sich rückzuversichern, daß Sie bereit sind, die Summe zu zahlen.«

»Er kann sie haben. Hauptsache, er schafft mir Marmann vom Hals. Er muß mit ihm reden. Sagen Sie ihm das.«

Vera nickte.

»Frau Gemini?«

Und andererseits war es enttäuschend, daß er nicht bei ihrem Vornamen blieb.

»Ja?«

»Danke.«

»Keine Ursache.« Sie versuchte sich an einem kleinen Lächeln. »Der Hund macht seinen Job. War's nicht so?«

Bathge grinste.

»So war's. Hören Sie, ich würde Sie gerne zu was Richtigem einladen.« Er zeigte auf sein Glas. »So was hier. Darf ich?«

»Nein, ich ... « Sie biß sich auf die Lippe. Dann gab sie auf. »Na gut. Einen. Dafür müssen Sie mir noch was erzählen.«

»Was?« fragte Bathge, immer noch grinsend, aber mit vorsichtigem Unterton.

»Warum haben Sie Ihren Job nicht mehr gemacht?« fragte sie. »Was hat dem Hund die Lust genommen?«

Er zögerte. »Dem Hund?«

»Seinen Job zu machen. Bei ZERO. Warum sind Sie ausgestiegen?«

»Ich denke, Sie wollen keine Kriegsgeschichten hören.«

»Um zu entscheiden, was ich hören will, muß ich überhaupt was hören. Ihre Geheimnisse gegen meine. Schon vergessen?«

»Nein. Warten Sie.«

Er stand auf und ging hinüber zur Theke, wo er kurz mit der Bedienung sprach, um den Krimsekt zu bestellen. Als er zurückkam, hatte sich seine Miene umwölkt.

»Wenn ich ehrlich sein soll, ich weiß es nicht mal richtig. Warum ich aufgehört habe? Vielleicht, weil ich in der kuwaitischen Wüste plötzlich feststellte, daß die Toten tatsächlich tot sind. Wir hatten ein elegantes Videospiel verfolgen dürfen, das sich Luftschlacht nannte. Ein Spektakel, in dem ständig von intelligenter Munition und Lichtgeschwindigkeit die Rede war. Auf sauberen, glänzenden Bildschirmen. Der Golfkrieg war ein High-Tech-Krieg par excellence, ein einziges brillantes Manöver. Aber Soldaten bleiben Menschen. Ob sie nun für Geld kämpfen oder für Ideale.«

»Na und? Wozu die Heulerei? Sie wurden doch bezahlt. Ich meine, kein Mensch hat Sie gezwungen, da mitzumachen. Laut Solwegyn sind Söldner der freie Wille in Naht und Zwirn.«

»Natürlich wurden wir bezahlt. Dennoch kann Ihnen kein Geld der Welt die Angst abkaufen. Vor den Panzern im Sand. Vor Saddams Minenwall. Vor dem Giftgas und den chemischen Waffen. Vor der republikanischen Garde. Geld bringt Sie nur dazu, trotz der Angst weiterzulaufen und draufzuhalten. Aber für's Vaterland sterben, das ist heute nicht mehr süß und ehrenvoll. Und für Geld ebensowenig. Sterben ist Sterben. Blut ist rot, und abgerissene Gliedmaßen führen jeden humanen und klinisch sauberen Krieg ad absurdum. Die Dinge haben sich geändert. In einer Zeit der Überrüstung und technischen Dominanz verkraften es selbst Berufssoldaten kaum noch, jemanden wirklich zu töten und körperlich in Gefahr zu sein. Du möchtest überall sein, wenn es soweit ist, nur nicht da, wo du gerade bist.«

»Zum Beispiel im Rheinpark«, lächelte Vera.

Er sah sie überrascht an. Dann nickte er.

»Am ersten Tag der Offensive sind wir in eine kuwaitische Kleinstadt eingerollt. Ein Bild des Grauens. Als wir in kleinen Trupps ausschwärmten, um Widerstandsnester auszuheben, nahmen uns irakische Panzerverbände unter Beschuß. Die Amerikaner in ihren Abrahams feuerten zurück.«

»Abrahams?«

»Panzer. Unglaubliche Maschinen. In allem überlegen. Sie schossen die Iraker in Grund und Boden, während wir zwischen den wild manövrierenden Tanks eingekesselt waren. Und ich dachte, jetzt haben sie dich. Sie haben dich in der Zange. Das war's. Ich hatte keinerlei Zweifel daran, daß ich sterben mußte, und es war die grauenhafteste Empfindung meines Lebens.« Er machte eine Pause. »Aber ich bin nicht gestorben. Binnen Minuten war alles vorbei. Wir rannten raus aus unserer Deckung und sahen, daß wir gewonnen hatten. Panzer kann man wie Nüsse knacken. Es brannte und qualmte. Ich glaube, ich bin auf die Knie gefallen und habe zum Himmel gebetet, daß das aufhören soll, für alle Zeiten aufhören, aber über den Himmel erstreckte sich eine dreihundert Kilometer lange schwarze Wolke aus verbranntem Öl, und Gott konnte uns wahrscheinlich gerade nicht sehen. Es hörte nicht auf.«

Die Kellnerin brachte den Krimsekt. Vera nahm ihr Glas und stieß es leicht gegen seines.

»Manchmal hört es erst auf, wenn man den Feind an Grausamkeit noch überbietet« sagte sie leise.

Er musterte sie.

»Sprechen Sie aus Erfahrung?«

»*Ihre* Geheimnisse.« Sie erwiderte seinen Blick und kam sich plötzlich dumm vor. »Tut mir leid. Ich habe kein Recht, Sie auszufragen.«

»Das ist schon okay. Es gab einen zweiten Grund, warum ich plötzlich das Gefühl hatte, aufhören zu müssen. Es war die Frage nach dem Sinn.«

»Der Sinn war das Geld, denke ich.«

»Ich meine etwas anderes. Die persönliche Bedeutung. Natürlich haben wir uns gut bezahlen lassen, aber wofür? Die Hälfte unserer Einsätze scheiterte.«

»Warum?«

»Ich weiß es nicht. Während die Herren der Lüfte in Glanz und Gloria das dritte Jahrtausend der Kriegsführung einleiteten, herrschte am Boden Konfusion und Desinformation. Man hat den Golfkrieg auch den Krieg der Mathematiker genannt. Da ist was dran. Von Lageanalysen oder Feindpsychologie keine Spur. Hatte Schwarzkopf nicht gewußt, daß viel weniger Iraker in der Wüste eingegraben waren, als von Saddam behauptet? Daß es den gefürchteten Saddam-Wall mit seinen Minengürteln und schwerbewaffneten Verbänden gar nicht gab? Daß die irakischen Soldaten nach wochenlangem Bombardement in ihren Sandbunkern demoralisiert und kaum noch kampffähig waren?«

»Woher hätte er das wissen sollen?«

»Weil unsere Späher schon Wochen vorher dazu geraten hatten, die Bodenoffensive vorzuziehen, solange es in Kuwait noch jemanden zu befreien gab. Viele haben sich dafür ausgesprochen. Aber die Amerikaner wollten davon nichts hören. Sie hatten Angst vor jeder kleinen Abweichung. Sie wollten nicht schon wieder eine Eigendynamik wie in Vietnam. Was sie wollten, war die Absolution von Vietnam, also warteten sie. Aus Kuwait kamen Schreckensmeldungen über Hinrichtungen, Folterungen und Plünderungen. Saddam drohte mit einem ökologischen Desaster. Immer noch weigerten sich die Streitkräfte, die Bodenschlacht vorzuziehen, obwohl mittlerweile jeder Mensch auf der Welt, der ein Fernsehgerät besaß, wußte, daß die Iraker zu Tausenden kapitulierten.«

»Vielleicht konnten die Alliierten den Wüstensturm nicht vorziehen. Vielleicht waren sie gar nicht darauf eingerichtet.«

Bathge schwieg und blickte in sein Glas.

»Sie haben Saddam falsch eingeschätzt. Seine militärische Kraft wurde überschätzt, seine Bereitschaft zum Terror unterschätzt. Als der Wüstensturm begann, war im Grunde alles schon gelaufen. Über sechshundert Ölquellen brannten, das Land war zerstört. Zudem hatten sich über Nacht die Kriegsziele unmerklich verschoben. Ursprünglich hatte Schwarzkopf damit geprahlt, man werde die komplette irakische Armee einkesseln und vollkommen vernichten. Jetzt schien es plötzlich, als habe man ihr bewußt Fluchtschneisen eröffnet. Warum? Um diese Armee zu erhalten? Aus welchen dubiosen Gründen gestand man Saddam seine Herschaft weiter zu, anstatt ihn in den Arsch zu treten? Wofür kämpfte man hier überhaupt? Um eine Familie kuwaitischer Despoten wieder auf den Thron zu bringen? Denen ging's doch nur um den persönlichen Machterhalt und Geld. Um Ölquellen zu retten? Zu spät, die brannten. Um Saddam fertigzumachen? Der lebte, weil man ihn leben ließ. Ein Islam ohne Saddam, die hätten sich ja plötzlich einigen können. Sterben für Kuwait? Wozu? Was wäre das für ein schäbiges Opfer gewesen?«

Seine Distanziertheit war dahin. Schon im Rheinpark hatte er für Sekunden die Maske des Berichterstatters fallengelassen. Vera fragte sich, ob sie einander nicht ähnlich waren. Jeder versuchte, das Vergangene abzuschließen. Bathge redete, sie lauschte in sich hinein.

War das immer so gewesen?

Vera neben Karl im offenen Wagen, mit fliegenden Haaren, lachend und erzählend ...

Wann hatte sie aufgehört zu reden?

Plötzlich wurde ihr bewußt, daß sie Bathge unverwandt anstarrte, obwohl er schon längere Zeit nichts mehr gesagt hatte. Das Blut schoß ihr in die Wangen. Er lächelte und hielt eine Flamme an die nächste Zigarette.

»Sie wollten meine Gründe hören. Ein kluger Mensch hat gesagt, die Grenzen des Wahren sind nicht das Falsche, sondern das Sinnlose. Als ich das Ergebnis des irakischen Terrors sah, wußte ich, daß wir versagt hatten. Ich fragte mich, was ich mit meinem Geld tun sollte, nachdem die Sonne ausgelöscht war. Verstehen Sie? Nichts machte mehr Sinn, die Invasion nicht, die Befreiung nicht. Es gab keinen Grund, weiterzumachen.«

Das Essen wurde ihnen eilig hingeknallt. Der Laden war voll. Bathge schien für die Unterbrechung dankbar zu sein. Er lobte den Borschtsch und führte sie über ein paar rhetorische Umwege weitab vom Thema. Offenbar verspürte er keine Lust mehr, über die Vergangenheit zu reden. Vera hätte gerne gewußt, was er in den Jahren nach dem Krieg gemacht hatte, aber sie fragte nicht. Sein Vortrag hatte geendet wie eine Symphonie. Dicht, bewegt, endgültig.

Sie haßte die Wortlosigkeit, wenn die Konversation abriß. Jeder marode Motor war leichter wieder in Gang zu bringen, als minutenlang Pausen zuzuquatschen, bis es wieder interessant wurde.

Was sollte folgen, was nicht zu persönlich wurde?

Mit einemmal begann sie sich unbehaglich zu fühlen und wünschte sich, der Abend möge sie gnädig in ihr Kerzenreich entlassen und in ihre Badewanne. Besser, er sagte überhaupt nichts mehr.

Dann fiel ihr etwas ein.

»Um noch mal auf Marmann zu kommen.« – Das sichere Terrain des Klientengesprächs. »Können Sie sich unter Umständen vorstellen, daß Sie sich einfach ... irren?«

»Irren?« echote Bathge verdutzt.

»Ja.« Vera schob den halbgegessenen Salat von sich weg. »Daß er Üsker gar nicht umgebracht hat. Daß er auch Ihnen nichts tun wird. Daß Sie einfach auf der falschen Fährte sind.«

»Wie kommen Sie darauf?«

»Solwegyn kam darauf. Er war beunruhigt. Natürlich hatte er von Üskers Tod gelesen und war zu der gleichen Schlußfolgerung gelangt wie Sie. Ein Profi, der seine Erfahrungen nicht auf dem Spielplatz gesammelt hat.«

»Sie hätten ihm nicht sagen dürfen, warum ich Marmann suche.«

»Habe ich nicht. Ich sage ja, er kam von selber drauf. Aber ich habe ihn gefragt, was Marmann für ein Mensch war. Ich habe auch Nicole gefragt.«

»Und?«

»Tja. Das ist komisch. Keiner traut ihm eine solche Schweinerei zu. Sie sprechen ihn beide nicht gerade heilig, aber ein Mörder ...«

Bathge schüttelte den Kopf und blies in seine Suppe.

»Ich hätte ihm das ebensowenig zugetraut. Aber ich habe auch gesehen, was aus ihm geworden war, nachdem er monatelang nur in der Wüste herumgesessen und auf seinen ersten Einsatz gewartet hatte. Eine Situation wie am Golf verändert das ganze Denken.«

»Gut, aber haben Sie ihn jemals solche Dinge *tun* sehen?«

»Zimperlich war er nicht. Nein, aber er wußte über Foltermethoden Bescheid.«

Vera ließ einen Augenblick verstreichen, dann sagte sie:

»Haben Sie Jens Lubold solche Dinge tun sehen?«

Bathges Miene vereiste. Er ließ den Löffel sinken.

»Wie um Himmels willen kommen Sie auf Lubold?«

»Ich habe mich ein bißchen schlau gemacht. Bathge, Marmann, Üsker, Lubold und Solwegyn. Das war doch wohl die Konstellation von fünfundachtzig.«

Bathge verzog anerkennend die Mundwinkel.

»Natürlich haben Sie mir auch von Lubold mal wieder nichts erzählt«, sagte sie tadelnd.

»Doch. Lubold war der Offizier, der uns damals den Floh ins Ohr gesetzt hat hat. Was hätte ich Ihnen über den erzählen sollen? Er spielt in der Geschichte keine Rolle.«

»Gut. Ich dachte nur.«

Bathge hörte auf zu essen und sah sie an.

»Was dachten Sie?«

»Solwegyn meinte, wenn überhaupt einer zu dem Mord an Üsker fähig gewesen wäre, dann Lubold.«

»Mag sein«, sagte Bathge. »Aber er kommt aus zwei Gründen nicht in Frage.«

»Warum nicht?«

»Ich kann beim besten Willen keine Verbindung zwischen ihm und unserem Trupp herstellen. Er ist andere Einsätze gefahren, und als das mit Marmann passierte, war er Gott weiß wo.«

»Wer sagt, daß Üskers Tod irgendwas mit Marmann zu tun haben muß?«

Bathge zögerte.

»Und zweitens ist er tot.«

»Solwegyn hat es anders ausgedrückt. Er sagte, aller Wahrscheinlichkeit nach sei Lubold tot.«

»Okay. Ich hab's auch nur gehört. Aber er ist als tot gemeldet worden.«

»Wann war das?«

»In der Schlußphase der Bodenoffensive.«

»Haben Sie seine Leiche gesehen?«

Bathge beugte sich vor.

»Wenn wir so anfangen, könnte es jeder gewesen sein.«

»Nicht unbedingt. Wie viele Leute kennen Sie, denen Sie einen professionellen Foltermord zutrauen würden? Oder besser gesagt, die Kaltblütigkeit, ihn auszuführen?«

»Marmann.«

»Wenn wir den mal beiseite lassen.«

»Hm.«

»Ich kenne auch niemanden. Und wenn wir die Leute ringsum fragen, werden sie wahrscheinlich ebensowenig jemanden kennen, den sie für fähig halten. Ich denke, Solwegyn hat in seinem Leben mehr Lumpenpack getroffen als wir beide zusammen, aber selbst er wußte nur einen zu nennen, und der kannte Üsker, und alle zusammen stammen aus Köln. Habe ich recht?«

Bathge nickte langsam.

»Na schön. Nehmen wir an, Lubold ist nicht tot. Nur mal angenommen. Wen würden Sie außer Marmann noch für fähig halten, Folter anzuwenden?«

»Lubold«, sagte Bathge tonlos.

»Ich will nicht die Pferde scheu machen«, sagte Vera. »Aber denken Sie mal darüber nach. Vielleicht bestand eine Verbindung zwischen Lubold und Üsker, die Sie nicht kennen. Möglicherweise haben Sie selber nicht das geringste zu befürchten. Was immer er von Üsker wollte, muß er ja nicht auch von Ihnen wollen.«

»Aber das ergibt doch alles keinen Sinn«, sagte Bathge mit gefurchter Stirn. Er senkte die Stimme. »Mittlerweile steht fest, daß Marmann lebt, von dem wir dachten, er sei tot. Dafür ist Üsker tot, und der hat ihn damals liegenlassen. Nennen Sie das einen Zufall?«

»Seit damals sind zehn Jahre vergangen«, sagte Vera. Unwillkürlich verfiel auch sie in einen scharfen Flüsterton. »Warum nimmt er Rache, nachdem er zehn Jahre ganz gut ohne leben konnte?«

»Er kannte die Foltermethoden, mit denen Üsker ... «

»Kannten Sie die auch?«

»... Ja.«

»Gab es überhaupt einen bei ZERO, der sich damit nicht zumindest theoretisch auskannte.«

»Natürlich nicht. Das blieb ja nicht aus.«

»Also geht es nicht darum, diese Methoden zu kennen, sondern sie in die Tat umzusetzen. Um die Bereitschaft.«

»Aber Lubold ist tot.«

»Sie hörten, daß er tot ist.«

Bathge legte den Löffel neben den Teller und stützte das Kinn in die Hände. Sein Blick spiegelte völlige Verwirrung.

»Wenn Sie – oder meinetwegen wir – Lubolds Verbindung zu Üsker zurückverfolgen, werden Sie vielleicht feststellen, daß Ihre Sorgen umsonst gewesen sind.«

»Das wäre zu schön, um wahr zu sein«, murmelte Bathge. »Auch wenn es noch so schrecklich ist.«

»Sind Sie immer noch hundertprozentig davon überzeugt, daß Marmann Sie bedroht?«

Bathge fuhr sich mit der Hand über die Augen. Plötzlich sah er müde und abgespannt aus.

»Ich weiß nicht mehr, was ich glauben soll«, sagte er.

»Denken Sie drüber nach.«

»Wir müssen dennoch mit Solwegyn sprechen.«

»Er wird mit uns sprechen.«

»Ich kann mich schlecht mit dem Gedanken anfreunden, jetzt auch noch Lubolds lebende Leiche suchen zu müssen.«

»Müssen Sie ja nicht. Aber wenn Solwegyn mit Marmann spricht, kann er ihn gleich mal fragen, was der eine Auferstandene über den anderen weiß.«

Sie trank den letzten Schluck Krimsekt.

»Schlafen Sie drüber«, sagte sie. »Rufen Sie mich morgen an und sagen Sie mir, was Sie von der Sache halten. Ich bin ebenso unsicher wie Sie.«

»Unsicher ist gar kein Ausdruck!«

Menemenci kam ihr in den Sinn.

»Noch etwas«, sagte sie. »Welcher Art war eigentlich Marmanns Verletzung?«

Bathge nagte an seiner Unterlippe.

»Er blutete stark. Ich weiß nicht ... «

»Bauchschüsse?«

»Möglich.«

»Oder was anderes?«

»Auch möglich.« Sein Mund wurde ein schmaler Schlitz. »Warum?«

Vera zögerte.

»Nur so.«

Sie konnte sich ausmalen, was in ihm vorging. Hoffnung gegen Angst. Ein zermürbender Kampf.

Bathge hatte keine Alternative. Er mußte herausfinden, ob Lubold real war oder nur ein Phantom aus der Vergangenheit. Oder sich für alle Zeiten unsichtbar machen.

Sie drehte die Worte um und um.

»Bleiben Sie in Köln, wenn die Sache ausgestanden ist?« fragte sie.

Warum kam das so mädchenhaft? Blöde Göre. Zicke! Ist das deine Sache?

»Ja«, sagte er. »Auf jeden Fall.«

Es *war* ihre Sache.

»Gut.« Sie nickte knapp. »Dann bringen Sie mich jetzt die paar Meter nach Hause und machen anschließend einen schönen Spaziergang, um sich wieder einzugewöhnen.« Ehe sie sich zügeln konnte, hatte sie hinzugefügt: »Damit Sie mal was anderes sehen als den Rhein.«

Bathge lächelte.

Hatte er die Anspielung verstanden?

Er griff nach dem Feuerzeug und ließ es in seiner Jacke verschwinden.

0.42 Uhr. Red Lion

Mit dem Hereinbrechen der Nacht hatte die Wirkung des Alkohols nachgelassen und war nüchternem Unbehagen gewichen.

Wäre Marmann nicht so sentimental gewesen, hätte Solwegyn die falschen Papiere damals auf Dupont ausstellen lassen oder irgendeinen anderen französischen Allerweltsnamen. Aber Marmann hatte an seiner Identität gehangen. Als Ergebnis war er über Nacht zu André Mormon geworden. Weil Solwegyn selber sentimental war, hatte er das verstanden und gutgeheißen. Niemand würde in der Millionenmetropole Paris auf den Gedanken kommen, ein André Mormon könne identisch sein mit Andreas Marmann.

Falls ihn überhaupt einer suchen würde.

Das wiederrum hatte Solwegyn nicht verstanden, als Marmann vor sechs Jahren plötzlich vor seiner Türe stand: was ihn so furchtbar ängstigte.

»Ich habe zwei Probleme«, hatte Marmann gesagt, nachdem sie die erste Flasche Sekt auf das Wiedersehen geleert hatten. »Das eine habe ich gelöst. Ich bin nach Deutschland reingekommen, ohne daß sie mich erwischt haben.«

»Ich glaube nicht, daß sie dich noch suchen«, hatte Solwegyn geantwortet.

»Bankraub verjährt nicht so schnell. Aber es gibt ein ganz anderes Problem. Ich will, daß Andreas Marmann aus der Welt verschwindet. Diesmal endgültig.«

Solwegyn hatte wortlos eine zweite Flasche aufgemacht, um Marmanns Ende zu begießen. In gewissen Kreisen galt, daß er in Fällen der Identitätsumwandlung gute Arbeit leistete. Wenn jemand diskret und gegen einen entsprechenden Obolus neue Papiere ausstellte, dann Solwegyn. Marmann hatte das gewußt. Vermutlich war Solwegyn ohnehin der einzige, dem er traute.

»Was brauchst du? Paß, Führerschein, Impfbescheinigung, Zeugnisse, Lebensläufe?«

»Alles.«

»Neue Nase?«

»Nicht unbedingt. Aber ein neues Leben. Ich dachte an Paris. Paris ist schön.«

»Wozu brauchst du eine neue Identität? Du kannst auch so in Paris leben. Selbst wenn sie rausfinden, wo du bist, glaube ich nicht, daß die deutsche Kripo deine Auslieferung verlangen kann.«

»Darum geht's nicht«, hatte Marmann nach einer Weile des Schweigens gesagt. »Es ist ein bißchen vertrackter. Ich besitze etwas, das andere auch gern hätten. Vielleicht wird es nie so weit kommen, aber sollte mich einer von ihnen aufspüren, könnte es schmerzhaft für mich werden. Verstehst du, ohne weiter nachzufragen?«

Solwegyn hatte verstanden und war diskret zum Preis übergegangen. Er pflegte hoch zu pokern. Marmann hatte beim ersten Angebot eingewilligt, ohne mit der Wimper zu zucken, was Solwegyn zeigte, daß er offenbar an eine Menge Geld gelangt war.

Kamerad Marmann hatte Geld und Angst im Überfluß. Die ideale Basis für Geschäfte.

Seit jenem Tag war Solwegyn der einzige, der wußte, daß André Mormon identisch mit Andreas Marmann war. Marmann hatte sich einige Tage lang im neueröffneten *Red Lion* versteckt gehalten und war dann, ausgerüstet mit seinen falschen Dokumenten, nach Frankreich entwischt. Wenig später hatte Solwegyn seinen Anruf erhalten. Marmann bat ihn, seiner Schwester auszurichten, es ginge ihm gut. Er wollte, daß sie fortan in regelmäßigen Abständen Zahlungen erhielt. Solwegyn hatte die erste Rate in bar abgeliefert und anschließend dafür gesorgt, daß Marmanns Zahlungen über den Schweizer Umweg auf Nicoles Konto eingingen, ohne daß man die Zahlungen zurückverfolgen konnte.

Ebenso war er der einzige, der Marmanns Adresse kannte und ihn anrufen konnte, falls es etwas Dringendes gab.

Jetzt, als Solwegyn durch das dunkle Erdgeschoß des Clubs zur Treppe ging, spürte er das Gewicht der Andeutungen, die diese Detektivin gemacht hatte. Andeutungen über eine mögliche Verbindung zwischen Üskers Tod und Marmann.

Eine tödliche Verbindung.

Was für ein Unsinn! Marmann war nicht der Typ, der so etwas fertigbrachte.

Lubold?

Der schon eher.

Solwegyn wußte, daß der ehemalige Bundeswehroffizier im Irak an dubiosen Aktionen beteiligt gewesen war. Marmann hatte schlimme Geschichten erzählt. Es habe am Rande der saudischen Wüste einen unterirdischen Bunker gegeben und darin einen Trakt, der besonderen Verhören vorbehalten war. Offiziell wußte niemand davon. Das Oberkommando widmete sich anderen Problemen, und wer informiert war, sah einfach weg. Die Verhöre waren nie durchgeführt worden und reihten sich ein in die unzähligen nie stattgefundenen Vorfälle, die im Pentagon ganze Festplatten füllten.

Aber Lubold war tot.

Unkonzentriert fingerte Solwegyn nach dem Schalter im Durchgang und tauchte die Treppe in gedämpftes Licht. Erst übermorgen würde es hier wieder rundgehen. Er trottete die Stufen hinauf und stellte sich vor, wie eine Kakophonie aus Stöhnen, Jauchzen und Schreien den gesamten Keller in grellbuntes Licht tauchen würde.

Fast konnte er es hören.

Er *konnte* es hören.

Solwegyn blieb auf halber Höhe stehen und lauschte. Jetzt war alles wieder still.

Da, erneut!

Es waren Katzen! Jaulende Katzen, die den Garten unsicher machten und nichts weiteres als bumsen wollten.

Solwegyn lachte und stieg weiter nach oben. Kein Grund, sich verrückt zu machen.

Oder doch?

Nach wenigen Schritten hielt er abermals inne.

Etwas anderes war von draußen an sein Ohr gedrungen. Ein Knacken, als ob jemand kleine Äste zertrat. War Katya zurückgekommen? Aber sie hatte bei ihrer Freundin übernachten wollen, um am folgenden Tag Requisiten für die Schwarze Messe abzuholen. Wozu hätte sie im Garten herumschleichen sollen?

Solwegyn spürte, wie sich sein Herzschlag beschleunigte. Langsam und möglichst leise stieg er die Treppe wieder herunter und ging auf Zehenspitzen zu der verhängten Glasfront. Die Kugeln in den Händen der schwebenden Skulpturen unter der Zimmerdecke verbreiteten schwaches Licht. Der Baphomet fletschte ihn aus dem Halbdunkel an. Seine Zähne schimmerten. Solwegyn schob den Vorhang eine Handbreit zur Seite und spähte nach draußen.

Der Garten lag still im Mondlicht.

Nichts war zu sehen.

Nachdenklich machte er kehrt und stieg die Treppe nach oben. Er betrat den Wohnraum, ging weiter in ein abgeteiltes Zimmer und warf einen Blick auf die bläulichen Monitore, die den Straßenabschnitt vor der Einfahrt zeigten. Nacheinander drückte er eine Reihe von Knöpfen. Die Kameras begannen sich zu drehen und filmten im dreihundertsechzig-Grad-Winkel den Garten ab, bevor sie wieder die Straße erfaßten.

Nichts. Nicht das geringste.

Gespenster.

Du bist doch ganz schön alt geworden, dachte er. Es ist nicht gut, im Alter so allein zu sein. Wenn wenigstens Katya dagewesen wäre.

Seine Gedanken wanderten wieder zu der Detektivin.

Was war das für eine seltsame Geschichte mit Üsker und Marmann und dem Auftraggeber der Frau, der nicht genannt sein wollte? Was steckte hinter dieser Suche nach Marmann? Ging es auch um ihn, um Solwegyn?

Wieder Unsinn. Üsker war einem Verrückten zum Opfer gefallen. Was sollte Solwegyn damit zu schaffen haben?

Und hatte Marmann nicht bestätigt, Lubold sei tot?

Aber Marmann konnte auch lügen.

Solwegyn kratzte sich den Bart. Dann trat er zu einem Sekretär und entnahm ihm einen Revolver mit Schulterhalfter, das er überzog. Er lud die Waffe, legte ein paarmal probehalber an und ließ sie in das dafür vorgesehene Futteral gleiten. Jetzt fühlte er sich besser.

Lange Zeit hatte er keine Waffe mehr getragen. Vielleicht war es klug, wieder damit anzufangen.

Er dachte an das Geheimnis, das unter den Fußböden im Keller lagerte und von dem nicht einmal Katya wußte. An die Geschäfte, die er heimlich neben dem Club betrieb. Nicht auszuschließen, daß seine Abnehmer irgendwann auf dumme Gedanken kamen. Die Mafia seiner Heimat war ohne Stil und Ehre. Solwegyn hätte lieber mit den Italienern zu tun gehabt, aber die waren zu sehr damit beschäftigt, nicht von der Bildfläche zu verschwinden.

Die Waffe tat gut.

Er knöpfte sein Jackett zu, ging nach unten, öffnete die Haustür und trat hinaus in die drückend schwüle Nacht.

»Ist irgend jemand hier?« rief er drohend.

Nicht mal der Wind rauschte als Antwort in den Ästen.

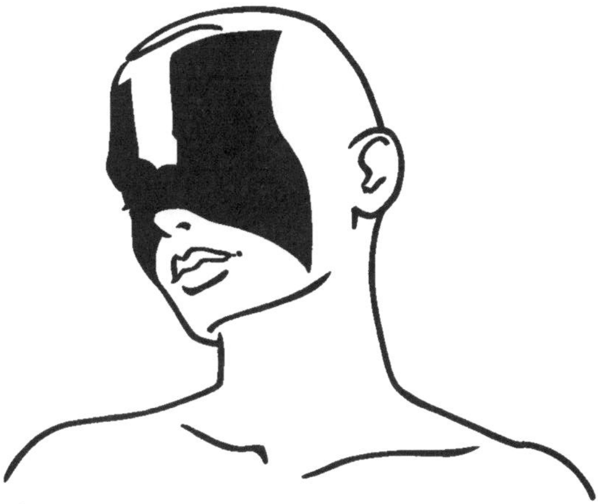

Freitag, 27. August

10.00 Uhr. Vera

Zwei Rechtsanwälte, die sie zur Detektivin ihres Vertrauens erkoren hatten, schoben Aufträge rüber. Nichts Spektakuläres. Arbeit, von der sich leben ließ. Da Solwegyn augenblicklich die fruchtbarsten Resultate im Fall Bathge verhieß, wollte sie seinen Anruf abwarten, um sich einstweilen anderen Dingen zu widmen. Sie war froh über die Abwechslung. Seit Strunk gekündigt hatte, brach die Arbeit über sie herein wie eine Lawine. IBM hatte weitere Jobs in Aussicht gestellt. Die Überwachung der Detektorenfirma lief auf vollen Touren.

Einen Mitarbeiter konnte sie sich leisten. Auch dann wäre sie kaum zur Ruhe gekommen. Der Fluch guter Empfehlungen war nun mal die Schlaflosigkeit.

Aber sie war alleine.

Selbst schuld, dachte sie. Du mußt ja immer alles selber machen. Wer nicht abgibt, kriegt auch nichts zurück.

Sie fuhr die hintere Monitorleiste aus. Fünf kleine Bildschirme, die ihr gleichzeitig die Aufzeichnungen von maximal fünf unterschiedlich plazierten Kameras zeigten. In diesem Fall hatten die Spider-Cams, die sie am Vortag in der Detektorenfirma plaziert hatte, die ganze Nacht über gesendet.

»Spider 1, 2, 3«, sagte sie.

Zwei Bildschirme blieben dunkel, die anderen flackerten auf und zeigten bläuliches Schneegestöber. Das Sprachprogramm schien heute guter Laune zu sein.

»Replay.«

Das Labor erschien aus drei verschiedenen Blickwinkeln und in unterschiedlichen Zooms. Es wäre ein Ding der Unmöglichkeit gewesen, die Aufzeichnungen der letzten zwölf Stunden in voller Länge Revue passieren zu lassen. In der Vergangenheit hatte man entweder die Nacht am fraglichen Ort verbringen und mit der Müdigkeit ringen müssen, oder man war um das Dauerkino nicht herumgekommen. Mit den Möglichkeiten digitaler Aufzeichnung und der angeschlossenen Software hatte sich das Problem erledigt. Das Wiedergabeprogramm selektierte Bewegungszustände, was hieß, daß die Aufzeichnungen einer starr ausgerichteten Spider-Cam in statische und nichtstatische Signale unterteilt wurden. Der Computer sichtete die Aufzeichnungen in Sekundenschnelle und zeigte erst Bilder, wenn jemand den observierten Raum betrat oder sonst etwas darin in Bewegung geriet. Man konnte das Programm abstufen, so daß es schon auf winzige Veränderungen im Erfassungsraster reagierte oder aber erst auf eine Herde hereinbrechender Elefanten.

Vera hatte eine Grobjustierung vorgenommen. Sie ließ die Daten der drei Spider-Cams simultan anlaufen, um zu sehen, ob alle einwandfrei aufgezeichnet hatten. Nachdem sie sich eine Minute lang davon überzeugt hatte, sagte sie:

»Selektion 3,3.«

Das war die Feinjustierung. Wieder erschien Schnee auf den Monitoren. Das Programm suchte nach Stellen, in denen etwas von der Größe eines Kindes an aufwärts den Raum betrat.

Lange brauchte sie nicht zu warten.

»Scheiße!«

Ein Riesenschnauzer spazierte ins Bild und begann die Ecken auszuschnüffeln.

»*Cue*!«

Das Program hastete weiter, stoppte, lief, stoppte. Der Schnauzer legte sich hin, stand wieder auf, lief herum und fand endlich einen Platz, der ihm für ein Nickerchen geraten schien.

Erneut Schnee. Erneut Bilder vom Hund.

Wütend ließ Vera die Launen des Köters über sich ergehen, bis er den Raum wieder verließ. Von da an zeigte der Computer keine Aufzeichnungen mehr. Niemand hatte den Raum danach betreten.

Sie rief den Firmenleiter an.

»Es gibt ein Problem«, sagte sie.

»Haben Sie den Einbrecher?«

»Ja.«

»Verdammt. Das ist toll. Er war's, stimmt? Es war dieser dämliche ...«

»Besitzen Sie einen Riesenschnauzer?«

»Äh ... ja.«

»Dann war's Ihr Hund.«

Verdutztes Schweigen.

»Wenn wir die Observierung heute nacht wiederholen«, sagte Vera sehr freundlich, »wäre ich Ihnen dankbar, wenn Sie ihn mit nach Hause nähmen.«

»Er ist ... ich lasse ihn manchmal auf dem Grundstück. Ich dachte, als Wachhund.«

»Erstens lassen sich Einbrecher von Wachhunden in weit geringerem Maße abschrecken, als man gemeinhin glaubt. Zweitens irritiert er meine Software.«

»Tut mir leid.«

»Kein Problem.«

Sie legte auf und nahm sich die Unterlagen von einem der Rechtsanwälte vor.

Nach einigen Minuten legte sie die Kladde wieder aus der Hand und starrte über den Tisch hinweg durch den offenen Durchgang in ihr leeres Vorzimmer. Sie war unkonzentriert. Ihre Gedanken kreisten um Solwegyn, um Marmann und Üsker und die neue mysteriöse Größe mit dem Namen Jens Lubold.

Und um Bathge kreisten sie.

Wie rasend.

Er hatte sie brav bis vor die Haustür gebracht und ihr einen gefalteten Zettel in die Hand gedrückt. Darauf stand unter den Lettern S.B. eine Funknummer.

»Ich sollte Ihnen wohl mehr vertrauen«, hatte er gesagt und dabei gelächelt. Mittlerweile war sie zu der Überzeugung gelangt, daß es nur einen Menschen auf der Welt gab, der lächeln konnte wie Simon Bathge, während Zigarettenrauch sein Gesicht verschleierte, und das war Simon Bathge.

»Haben Sie das denn bis jetzt nicht?« fragte sie.

»Ehrlich gesagt, ich war mir nicht sicher. Sie hätten den Fall immer noch abgeben können. Oder die Polizei anrufen.«

»Stimmt«, sagte sie nach einer Weile. »Aber ich habe es nicht getan.«

»Nein.«

»Und? Was ist umgekehrt? Kann ich Ihnen vertrauen?«

»Es gibt ein paar Dinge, die ich Ihnen vorenthalten habe«, sagte Bathge. »Erwarten Sie nicht zuviel und nicht zuwenig. Aber … ja. Sie können mir vertrauen.«

»Okay.«

»Was ich Ihnen über Kuwait erzählt habe, steht auf einem anderen Blatt. Das war persönlich.« Er machte eine Pause. »Über die eigene Angst zu reden, ist immer persönlich. Gute Nacht.«

Sie hatte ihm hinterhergesehen, wie er mit schnellen Schritten fortgegangen und um die nächste Ecke verschwunden war. Eine durchschnittlich große und breite Gestalt ohne besondere Merkmale.

Dennoch beherrschte er für Sekunden die Straße.

Es waren seine Bewegungen. Kraftvoll und geschmeidig, katzengleich, haftete ihnen zugleich etwas seltsam Körperloses an, schienen sie ineinander zu fließen wie der Zigarettenrauch, ohne den er nicht existieren konnte. Noch ehe er die Ecke erreicht hatte, war es Vera, als habe er sich vor ihren Augen aufgelöst.

Plötzlich wünschte sie sich, er wäre geblieben. So etwas wie Verlustangst versuchte sich in ihr festzusetzen.

Sie ließ das Gefühl vor der Haustür und ging nach oben.

Es klingelte.

Das Telefon holte Vera in die Gegenwart zurück. Es war der Anwalt, dessen Fall sie bearbeiten sollte. Sie versprach, bis zum Nachmittag eine Strategie zu entwickeln und richtete ihre Gedanken wieder auf Bathge.

Solwegyn verhieß die Lösung. Für dreißigtausend Mark.

Aber es gab noch einen zweiten Weg. Warum sollte sie sich auf den kleinen Unterweltfürsten verlassen? Da war immer noch Marokko.

Sie wählte Fouks Nummer und wartete. Rauschen mischte sich in das Freizeichen, bis jemand abnahm. Die Stimme der Frau war sehr klar, als spräche sie aus dem Zimmer nebenan. Obwohl Telekommunikation in all ihren Facetten zu Veras Alltag gehörte, wunderte sie sich jedesmal aufs neue, daß Fernverbindungen oft besser klangen als ein Anschluß drei Straßen weiter.

»*Gemini, bonjour*«, sagte sie. »*J'aimerais parler à Said-Asghar Fouk.*«

»*C'est à quel sujet, si je peux me permettre?*«

Die Frage kam in einwandfreiem Französisch. Das war nicht dieselbe Frau, mit der Vera vor zwei Tagen um Verständigung gerungen hatte.

»*C'est au sujet d'amis communs de l'époque de ZERO. Des gens qu'il connaît.*«

»*Vous avez déjà appelé il y a quelques jours, n'est-ce pas?*«

»*Oui.*«

»*Attendez un instant, s'il vous plaît. Rappelez moi votre nom?*«

»*Gemini. Vera Gemini.*«

Es dauerte eine Weile, während der ihre Telefonrechnung mitleidlos in die Höhe kletterte. Dann wurde der Hörer wieder aufgenommen.

»*Ici Fouk*«, sagte eine wohltönende Stimme.

»*Gemini. Bonjour, je vous dérange ou bien vous avez deux minutes?*« Sie sprach weiter französisch. Es schien ihr das sinnvollste.

»J'ai le temps. D'ou appelez-vous?«

»D'Allemagne.«

»Êtes-vous allemande?«

»Oui.«

»Dann sollten wir uns in Ihrer Muttersprache unterhalten«, sagte Fouk mit arabischem Einschlag und österreichischem Akzent. »Für Sie ist es leichter, und ich komme nicht aus der Übung.«

»Sie sprechen ausgezeichnet«, beeilte sich Vera zu versichern.

»Danke. Ich hatte das Vergnügen, in Wien zu studieren.« Sein Tonfall klang sehr förmlich. »Was kann ich für Sie tun?«

»Sie könnten einer verzweifelten Mutter helfen, ihren Sohn zu finden. Jemanden, den Sie kennen. Er hat während des Golfkonflikts für Sie gearbeitet.«

Fouk räusperte sich.

»Viele rufen mich an und wollen, daß ich helfe. Woher haben Sie meine Nummer?«

Vera nannte ihm den Namen des französischen Generals. Das schien Fouks Reserviertheit aufzubrechen.

»Der alte Mann.« Es klang durchaus respektvoll. »Wie geht es ihm?«

»Er ist einsam, schätze ich.«

»Wie schade. Bitte haben Sie die Freundlichkeit, ihn von mir zu grüßen.«

»Gerne. Wenn Sie Ihrerseits die Freundlichkeit hätten, mir zu helfen, wäre ich Ihnen ausgesprochen dankbar.«

»Sofern nicht der Nebel des Vergessens die Morgenröte der Erinnerung verschleiert ... Um wen handelt es sich?«

»Andreas Marmann. Erinnern Sie sich an diesen Namen?«

Eine Weile war es still in der Leitung.

»Andreas Marmann ...«, wiederholte Fouk. »Ich bin mir nicht sicher.«

»Er ist vor neun Jahren von der Fremdenlegion zu ZERO gekommen. Als Scharfschütze, soviel ich weiß.«

Fouk lachte höflich.

»Bei ZERO war jeder ein guter Schütze«, sagte er. »Ich vermute, er ist bei der Fremdenlegion zum Scharfschützen ausgebildet worden. Dort macht man solche Unterschiede.«

»Gut möglich.«

»Scharfschütze. Das grenzt den Kreis unwesentlich ein ... Marmann ... Marmann ... Und er war mit am Golf?«

»Ja. Vielleicht sagen Ihnen ein paar andere Namen mehr. Mehmet Üsker.«

»Üsker. Hm. Warten Sie mal. Ein Türke?«

»Ja!«

»Ich bin mir nicht sicher. Wir hatten einige Türken dabei.«

»Simon Bathge.«

»Ja, ich glaube schon. Hat dieser ... Marmann mit Bathge gearbeitet?«

»Sie waren ein Team.«

»Ah. Nein, ich muß mich irren. Ich meinte jemand anderen.«

»Marmann ist sehr schwer verwundet worden.«

»Wann war das genau?«

»Am letzten Tag der Bodenoffensive. Es hieß, er sei tot. Aber das stimmt nicht. Tatsache ist, daß er lebt, aber nach dem Golfkrieg ist er von der Bildfläche verschwunden.«

»Von der ... was meinen Sie mit Bildfläche?«

»Er ist untergetaucht. Verschwunden. Man hat nichts mehr von ihm gehört. Ich dachte, er hätte vielleicht Ihnen gegenüber erwähnt, wohin er geht.«

»Das ist unwahrscheinlich. ZERO hat nie nach der Vergangenheit gefragt, uns ging es nur um die Qualifikation. Ebensowenig haben wir nach der Zukunft gefragt. Wir haben den Männern und Frauen eine Zukunft gegeben, indem wir sehr viel Geld bezahlt haben für ihre Dienste, aber wir haben sie nach nichts gefragt. Wer gehen wollte, ging. Niemand wurde gebunden.«

»Vielleicht hat er einem Freund gegenüber erwähnt, wo er hinwollte.«

»Marmann ...«, sinnierte Fouk. »Sie müssen entschuldigen, das ist alles lange her. Mein inneres Auge hat sich getrübt. Scharen drängen sich davor und wollen erkannt werden. Ich muß gestehen, daß mein Erinnerungsvermögen eher visueller Natur ist. Ich müßte diesen Marmann sehen.«

»Ich habe ein Foto«, sagte Vera.

»Können Sie es schicken?«

»Ja, sicher! Es geht heute raus.«

»Wir verfügen über ISDN, falls Ihnen das von Nutzen ist.«

»Sehr.«

Das war ja noch besser.

»Ausgezeichnet. Dann werden wir bald voneinander hören. Scannen Sie es ein und schicken Sie mir die Daten. Es würde mich beschämen, die Blume des Westens warten zu lassen.«

Fouks Ausdrucksweise stand in seltsamem Kontrast zu seiner Stimme, hinter deren Kultiviertheit und sonorer Ruhe etwas Kaltes, Seelenloses mitschwang. Wie ein Messer, das in den Gehörgang schnitt.

Vera zögerte, dann sagte sie:

»Es gibt noch jemanden, an den Sie sich vielleicht erinnern. Sein Name ist Lubold.«

»Jens Lubold?«

Veras Herz machte einen Satz.

»Ja.«

»Er ist tot«, sagte Fouk.

»Bitte mißverstehen Sie mich nicht, wenn ich deswegen nachfrage. Ist er wirklich tot?«

»Er ist als tot gemeldet worden, wenn Sie das meinen. Viele sind nicht zurückgekommen. Der Sand hat ihre Seelen mit sich fortgetragen. Lubold war ein sehr guter Mann. Es hat mich betrübt, ihn zu verlieren.«

»Er hatte nicht zufällig Kontakt zu Üsker?«

»Dafür müßte ich wissen, wer Üsker ist. Ich glaube ihn zu kennen, aber ich weiß es nicht.«

»Ich hörte, Lubolds Qualifikation hätte primär in seiner Skrupellosigkeit bestanden«, sagte Vera beiläufig.

»Skrupel?« Wieder lachte Fouk, oder besser, er machte kleine Lachgeräusche. »Ich bin sicher, er kannte nicht einmal das Wort.«

»Wie ist Lubold eigentlich ums Leben gekommen?«

»Sie beschämen mich, da ich auch das nicht mehr mit Exaktheit sagen kann. Der Golfkrieg hat mehr irakische Seelen gefordert als die unsrigen, aber viele sind dennoch dem Wüstenwind verfallen. Die Mutter aller Schlachten verstand es, Kinder um sich zu sammeln. Auch Bosnien hat Blut gefordert. Tausende habe ich einzeln ausgebildet, aber Sie müssen mir nachsehen, daß ich nicht jedes Schicksal in meinem Herz versiegeln konnte. Es wäre fatal gewesen, wenn die Toten meinen Blick auf die Zukunft verschleiert hätten. Ich wußte, sie sind tot. Das Wie mag andere beschäftigen. Mich kümmert nur der neue Tag.«

»Darf ich fragen, was ZERO heute macht?«

»ZERO schläft. Wenn der große Gott des Krieges wieder die Ebenen erzittern läßt, wird er vielleicht auch ZERO wecken.«

Es klang nicht gut, wie er das sagte.

»Sie hatten übrigens Glück«, fügte er hinzu. »Ich stand kurz davor, das Haus zu verlassen. Derzeit organisiere ich eine gewaltige Expedition. Ich muß mich schon jetzt entschuldigen, wenn ich nicht umgehend zurückrufe, aber ich verspreche Ihnen, die Sache so schnell wie möglich zu prüfen. Geben Sie die Nummer meinem Sekretariat.«

»Danke«, sagte Vera und hoffte, ZERO würde auf ewig weiterschlafen.

Nach dem Gespräch trat sie zu einem mattsilbernen Stahlschrank, entnahm ihm einen Hängeordner und holte die Farbkopie hervor, die Marmann, Bathge und Üsker zeigte. Eine Weile betrachtete sie es. Bathge hatte sich nicht sonderlich verändert. Seine Gesichtszüge waren kantiger geworden, die Falten tiefer, und er trug die Haare länger. Sonst aber sah er in die Kamera, als wolle er gleich einen Schwall Rauch von sich geben und lächelnd dahinter verschwinden.

Sie schrieb mit schwarzem Filzstift die Namen an die jeweiligen Personen auf dem Foto und begann mit der Übertragung.

Danach unternahm sie einen erneuten Versuch, die Akte des Rechtsanwalts zu studieren. Es dauerte keine drei Minuten, und das Telefon riß sie heraus.

»Hat Ihr Klient nachgedacht über die dreißigtausend?«

Sofort erkannte sie die schleppende Stimme.

»Er ist bereit, die Summe zu zahlen«, sagte Vera. »Aber er knüpft eine Bedingung daran.«

»Welche?«

»Eine annehmbare. Besser, er erzählt es Ihnen selbst.«

»Er will mich treffen?«

»Ja.«

Solwegyn ließ eine Weile verstreichen.

»Gut, meinetwegen. Die Person, die Sie als Marmann bezeichnen, signalisiert ihr Einverständnis, der Botschaft Ihres Klienten Gehör zu schenken. Ich hoffe in Ihrem Interesse, Frau Gemini, daß Sie nicht versuchen, mich aufs Kreuz zu legen. Üskers Tod ist keine gute Referenz.«

Vera jubelte innerlich. Marmann war gefunden! Sie hatte ihren Auftrag erfüllt. Schneller, viel schneller, als sie zu hoffen gewagt hatte.

»Ich bin sehr fdroh, daß Sie uns helfen wollen«, sagte Vera. »Mein Klient ist begierig, den Kontakt so schnell wie möglich herzustellen.«

»Schlecht in den nächsten Tagen. Wir inszenieren eine dreitägige Orgie zu Ehren des Mitras. Katya ist losgefahren, um einen Minotaurus aufzutreiben.«

»Gehört der Minotaurus nicht eher zu Minos?«

»Was weiß ich«, sagte Solwegyn lustlos. »Der Mitraskult hat auch was mit Stieren zu tun gehabt. Nehmen Sie's nicht so genau, am Ende geht es nur ums Bumsen. Sagen Sie Ihrem Klienten, heute abend hätte ich eine Stunde Zeit. Andernfalls muß er sich eine Woche gedulden.«

»Sieben Uhr?«

»Acht. Kommen Sie um acht.«

»Wir werden kommen.«

»Und, Frau Gemini ... «

»Ja?«

»Seien Sie so freundlich und bringen Sie das Geld mit. Oder wenigstens einen Teil.«

»Ich weiß nicht, ob das so schnell zu machen ist.«

»Hm. Kommen Sie erst mal. Das weitere werden wir dann schon besprechen.«

Vera legte auf und fühlte sich in Hochform.

Nur die Sache mit den dreißigtausend machte ihr noch Kopfzerbrechen. Bathge hatte gesagt, er wolle das Geld investieren. Aber es wurmte sie trotzdem, daß sie keinen günstigeren Weg für ihn gefunden hatte.

Vielleicht half ihr Fouk ja doch noch aus der Klemme.

Sie wählte die Funknummer auf dem Zettel und rief Bathge an. Zugleich holte sie ihn auf den Bildschirm.

Der Punkt bewegte sich mit hoher Geschwindigkeit Richtung Innenstadt. Wenn er das Feuerzeug nicht mittlerweile irgendwo liegengelassen hatte und ein anderer es mit sich rumtrug, saß er wohl in seinem BMW. Oder er fuhr Taxi oder Straßenbahn.

Was tat er den ganzen Tag?

Bathge ließ es zweimal klingeln, dann ging er dran.

Auto, wußte Vera, noch bevor er sich meldete. Und er fährt selber. Mit einiger Übung hörte man heraus, ob jemand vorne oder hinten im Wagen saß.

»Was machen Sie heute abend?« fragte sie.

»Oh!« Er lachte. »Wollen Sie wieder mit mir ausgehen?«

»Solwegyn hat sich gemeldet.«

»Verdammt, das ging schnell. Und?«

»Ich habe ihn vorläufig im unklaren gelassen, was Sie alles von ihm wollen. Aber er ist einverstanden, sich mit uns zu treffen.«

»Wann?«

»Heute abend um acht. Ich würde ja sagen an Ihrer Stelle.«

»Auf jeden Fall! Wo?«

»In seinem Club.« Sie überlegte. »Da ist noch etwas. Solwegyn will Geld sehen.«

»Was, so schnell?« Bathge pfiff durch die Zähne. »Der alte Ymir hat's aber ausgesprochen eilig.«

»Er ist halt Geschäftsmann.«

»Dann soll er sich gedulden. Ich zahle, aber erst, nachdem er mit Marmann gesprochen hat.«

»Wir können's versuchen. Seien Sie um neunzehn Uhr dreißig in der DeTechtei.«

»In Ordnung.«

Sie schwieg. Das wesentliche war gesagt, die Informationen ausgetauscht.

»Geht es Ihnen gut?« fragte sie.

»Oh ja! Abgesehen davon, daß mir der Schweiß in Strömen runterläuft. Es ist verdammt heiß, ich denke darüber nach, mich ein bißchen durch die klimatisierte Kölner Kultur zu schleichen. Können Sie was empfehlen? Was ist überhaupt dieses komische Schokoladenmuseum?«

»Kommerz und Karies. Die Exponate des ausgehenden zwanzigsten Jahrhunderts. Gehen Sie lieber ins Kino und kaufen Sie sich die Schokolade im Foyer.«

»Okay. War übrigens ein schöner Abend.«

»Oh. Finden Sie?«

»Sie nicht?«

Schön? Ein Haufen Kriegserzählungen und ihre verkniffene Schweigsamkeit?

»Doch«, sagte Vera wahrheitsgemäß. »Aber vielleicht ein bißchen einseitig.«

»Kommt auf die Betrachtungsweise an. Ihr Hinweis auf Lubold hat mich ordentlich ins Grübeln gebracht.«

»Und? Wie denken Sie darüber?«

»Ich weiß nicht. Die ganze Idee erscheint mir ziemlich abwegig, aber sie klebt irgendwie an mir. Wir sollten Solwegyns Meinung einholen.«

»Ja. Ich denke, das werden wir.«

»Okay.« Es rauschte einige Sekunden in der Leitung. »Sie machen Ihren Job sehr gut«, fügte er hinzu.

»Danke.«

»Vielleicht… möglicherweise sollten wir doch mal nachsehen, was Lubold mit Üsker zu schaffen hatte.«

Vera grinste.

»Schon dabei.«

15.01 Uhr. Red Lion

Es war verrückt.

Jemand, der dreißigtausend bezahlte, um Marmann zu treffen, mußte verrückt sein. Ebenso wie die Detektivin. Wenn sie ihrem Klienten riet, so viel Geld auszuspucken für einen lausigen Kontakt, hatte sie offenbar nicht alle Tassen im Schrank.

Dennoch hätte Solwegyn nichts lieber gehabt als dieses Geld. Nur daß ihm über Nacht unheimlich geworden war.

Er dachte an Üsker.

Die Detektivin und ihr Auftraggeber suchten den Falschen. Wenn er den Kontakt herstellen sollte, um Marmann den Mord an dem Türken anzuhängen, waren sie eindeutig auf dem Holzweg. Nun, es war ihr Problem. Aber es konnte seines werden, wenn er recht behielt und Lubold hinter allem steckte. Lubold, der eigentlich tot sein sollte. Der in Kuwait gefallen war oder auch nicht.

Solwegyn stieß einen leisen Fluch aus. Er hätte sich gar nicht erst auf die Anzeige melden sollen. Hübsch im verborgenen bleiben. Wen interessierte ein Nachtclub in Porz?

Verrückt, verrückt, verrückt!

Es konnte tausend Gründe geben, warum Üsker hatte sterben müssen. Alles konnte purer Zufall sein.

Aber zu deutlich spürte Solwegyn, daß es kein Zufall war, sondern die Handschrift des Teufels, wie sie Lubold bei ZERO genannt hatten.

Und der Teufel starb nicht.

Was, wenn Lubold lebte?

Was hatte Üsker ihm getan? Was glaubte Lubold, das Üsker ihm getan hatte? Oder irgendein anderer.

Warum war Marmann am Telefon so verstört gewesen, als Solwegyn Lubolds Namen nannte? So voller Angst.

»Finde raus, was diese Detektivin von mir will«, hatte er gesagt.

Lubold.

Er hatte es nie verwunden, daß man ihn unter Aberkennung aller

Ehren rausgeworfen hatte, obwohl er froh sein konnte, nicht hinter Gittern zu sitzen. Wie oft hatte Lubold gesagt, jemand müsse dafür bezahlen!

Und es hatte jemand dafür bezahlt. Viele. Nachdem Lubold es in der Legion zum Ausbilder gebracht hatte, bereitete er den Rekruten die Hölle auf Erden. Das Oberkommando bescheinigte ihm, er führe die Truppe zu der Härte glorreicher Tage zurück. Wer ihm entkam, bescheinigte ihm hingegen das Fehlen jeder menschlichen Regung.

Aber das stimmte nicht ganz.

Solwegyn hatte Lubold von seiner anderen Seite kennengelernt. Die kultivierte und gebildete Persönlichkeit. Zuvorkommend, mit einnehmendem Äußeren und tadellosen Manieren. Der Einpeitscher der Legion und spätere Favorit Fouks hatte sich um hundertachtzig Grad drehen können. Seine körperliche Leistungsfähigkeit mochte ans Unmenschliche grenzen, die Art, wie er seine Leute behandelte, ebenso. Unter Zivilisten gab er sich hingegen freundlich und sensibel. Man konnte Spaß mit ihm haben. Sogar das.

Sie hatten Geschäfte miteinander gemacht. Dabei war Solwegyn aufgefallen, daß Lubold nicht rechnen konnte. Also hatte er ihn einige Male übers Ohr gehauen. Nicht schlimm, nur so, daß es sich lohnte.

Genug, um umgebracht zu werden?

Verrückt! Verrückt!

Was hatte Üsker verbrochen, um Lubolds Zorn auf sich zu ziehen? Hatte er ihm ein Kilo faule Erdbeeren verkauft? Warum gebärdete sich Marmann, als habe Lubolds Geist auch mit ihm noch eine Rechnung offen?

Was war plötzlich los nach so vielen Jahren?

Solwegyn stellte fest, daß er schwitzte. In der Mittagshitze verwandelte sich die Villa in einen Brutkasten. Er lief ins Badezimmer und ließ kaltes Wasser über seine Handgelenke laufen.

Das Geld. Die dreißigtausend. Er wollte nicht darauf verzichten. Es war so einfach. Marmann hatte einer Kontaktaufnahme zugestimmt unter der Voraussetzung, daß Solwegyn weder seinen neuen Namen noch seinen Aufenthaltsort preisgab. Er sollte als Vermittler dienen. Das war kaum Arbeit zu nennen.

Für dreißigtausend.

Er brauchte diese dreißigtausend.

Üsker, Marmann... Lubold tötet Üsker, warum? Marmann in Gefahr. Bathge war da noch gewesen, wo war der eigentlich abgeblieben?

Konnte man ihn ausfindig machen, würde er Aufschluß geben können, Hinweise? Bathge auch in Gefahr? War Bathge der Klient von dieser Gemini?

Wie kam er jetzt darauf?

Üsker, Marman, Bathge, Solwegyn.

Vier kleine Negerlein ...

Du drehst allmählich durch, dachte er. Verrennst dich in ein Hirngespinst, das an Absurdität kaum noch zu überbieten ist. Komm wieder auf den Teppich.

Seine Rechte legte sich auf die Waffe in ihrem Halfter. Er betrachtete sein Gesicht im Spiegel und fand, er habe schon besser ausgesehen. Weit besser, trotz des zerstörten Auges.

Wenn er die Polizei rief, würden sie die Suche nach Lubold in die Hand nehmen.

Sie würden ihn schützen.

Aber dann käme alles ans Licht. Er müßte ihnen von der Detektivin erzählen. Sie würden wissen wollen, wie er auf den abwegigen Gedanken kam, ein ehemaliger Kampfgefährte sei nach Jahren und offenbar als lebende Leiche zurückgekehrt, um aus unerfindlichen Gründen Leute umzubringen.

Sie würden ihn ausfragen. Solwegyn stellte sich vor, was bei der Kripo los sein mußte nach dem Mord. Er würde Marmann verraten müssen.

Und wenn schon.

Aber würde ihm die Detektivin, beziehungsweise ihr Klient, dann noch die dreißigtausend geben?

Er konnte sie vorher kassieren. Dann die Polizei anrufen.

Die Polizei!

Er, ein alter Gauner, und die Polizei?

Aber er hatte sich nichts zuschulden kommen lassen, was aktenkundig war. Natürlich war Solwegyn alles andere als sauber, aber er galt als sauber. Das allein zählte.

Und der Keller unter dem Keller – wer sollte den entdecken?

Wie ein kluger Mann einmal gesagt hatte: Es kommt nicht darauf an, wer du bist, sondern, was die Leute von dir halten.

Er tränkte einen Waschlappen mit kaltem Wasser und drückte ihn gegen seine Stirn. Allmählich wurde er ruhiger. Er überlegte. Wenn er jetzt die Kripo anrief, wäre binnen einer Stunde ein Wagen da, also gegen vier. Länger als zwei Stunden würden sie nicht bleiben. Danach konnte er immer noch in aller Ruhe den Deal mit der Detektivin über die Bühne bringen. Wenn er das Geld einmal hatte, sollte sie ruhig versuchen, es ihm wieder abzunehmen. Sogar den Kontakt zu Marmann konnte er herstellen. Nicht mal vertragsbrüchig mußte er werden! Sofern man seine Absprache mit der Gemini überhaupt als Vertrag bezeichnen konnte. Er, Ymir Solwegyn, würde jedenfalls seinen Teil geleistet haben. Geschäftsmännisch korrekt. Was die Kripo für richtig hielt, fiel sozusagen nicht in sein Ressort.

Er grinste sich im Spiegel an, trat aus dem Bad in den großen Wohnraum und steuerte auf den Schreibtisch zu, um das Präsidium anzurufen.

Ein Scharren drang an sein Ohr.

Solwegyn stoppte und ging hinaus in den Flur. Er lehnte sich über das Treppengeländer und spähte ins Erdgeschoß.

»Katya?« rief er.

Sie hatte am Vormittag angerufen, daß sie mit ihrer Freundin in die Stadt gehen und am späten Nachmittag den Pappmaché-Stier besorgen wolle, der für die Anbetung des Minotaurus unerläßlich war.

»Katya, bist du das?«

Von unten erklang ein melodisches Pfeifen. Ein Lied, das Solwegyn bekannt vorkam.

Hatte sie die Sprache verloren?

Er stieg die Treppe ins Erdgeschoß hinab und hörte, wie sich Schritte entfernten und dem Kellerabstieg näherten. Die Person ging so vor ihm her, daß sie eben genug Vorsprung hatte, um außer Sichtweite zu bleiben. Als Solwegyn am unteren Treppenabsatz angelangt war, von wo er die nächsten paar Meter bis zum Kellerdurchgang im Blick hatte, erklang das Pfeifen bereits unter ihm und wurde leiser.

»Katya?« flüsterte er.

Wer immer die gutgelaunte Melodie vor sich hinträllerte, verschwand soeben im Keller und lud Solwegyn ein, ihm zu folgen.

15.05 Uhr. Präsidium

»So! Die Namen und die Fakten und die Fakten und die Namen.«

»Machen Sie nicht mehr draus, als es ist«, sagte Menemenci.

Krantz biß von seiner Pizza ab und breitete Papier vor ihm aus, als wolle er den Schreibtisch tapezieren.

»Über Marmann haben wir alles zusammengetragen«, sagte er. »Siebenundfünfzig geboren, mittlere Reife, alle möglichen Jobs und kleine Windigkeiten ... mal sehen, Spielschulden, Kontakt mit ... uninteressant ... Verlobung am ... mhmhmmhmm ... wieder gelöst ... mhmhmhm ... alles nicht von Belang, so! Ab hier wird's spannend. Fünfundachtzig wegen mißglückten Bankraubes mit Geiselnahme zu mehreren Jahren Haft verurteilt. Flucht zur Fremdenlegion nach Südfrankreich, dort fünf Jahre, zeitweise stationiert in Dschibuti und Guayana, von da Anschluß an ZERO, eine privat geführte Spezialeinheit zwischen GSG 9, Green Berets und RAF, die sich im Golfkrieg durch ein paar verdeckte Einsätze hervorgetan hat und während der Kämpfe in Jugoslawien moralisch vollends ins Abseits rutschte. Verstöße gegen die Genfer Konvention, Verschleppung, Mord, alle Arten von Sabotage, die ganze Palette. Der Gründer der Formation, Said-Asghar Fouk, mußte die Gruppe liquidieren, bevor sie vollends aus dem Ruder lief, aber zu der Zeit war Marmann schon gar nicht mehr dabei. Letztes Lebenszeichen ist ein Lazarettaufenthalt im Anschluß an die Operation Wüstensturm, weswegen, konnten wir nicht in Erfahrung bringen, wie lange, ebensowenig. Danach hört Marmann auf zu existieren.«

»Tot?«

»Nein. Er hört auf zu existieren. Weg. Verschwindibus.«

»Irgendwas über Gewalttaten?«

»Er wird gezwungenermaßen im Golfkrieg mit Gewalt zu tun gehabt haben. Ansonsten liegt nichts vor. Die Bankangestellten beschrieben ihn als hektisch und überdreht, aber er hat keinem was getan.«

»Warum haben Sie mir keine Pizza mitbestellt?« fragte Menemenci.

Krantz starrte ihn an und klappte den Mund zu.

»Schon gut. Marmann ist also gemeinsam mit Üsker zur Legion gegangen, richtig?«

»Im selben Jahr. Fünfundachtzig scheint das Schlüsseljahr zu sein, wir haben nämlich nachgeforscht, ob in der Zeit noch jemand beigetreten ist.« Er sah Menemenci vorwurfsvoll an. »Leicht war's nicht.«

»Wann hätten wir's je leicht gehabt. Also Üsker. Lassen Sie mich raten, da waren noch mehr Namen auf der Liste. Jens Lubold?«

»Der auch. Verkrachter Bundeswehroffizier. Unehrenhaft entlassen. Legion, dann ZERO. Am Golf gefallen, kommt also nicht in Frage. In dem Brief, den Üsker aufbewahrt hatte, wird er als einer der Männer genannt, die als erste in Frankreich eingetroffen waren. Der Unterzeichner ist ein Simon Bathge, geboren im gleichen Jahr wie Marmann, zeitweise gleiche Schule, sagt der Lebenslauf, dann Abitur, Studium der Betriebswirtschaft, Mitarbeiter bei Ford, nicht vorbestraft, nichts Nennenswertes bis auf die Tatsache, daß sich seine Spur nach Ende des Golfkriegs ebenfalls verliert.«

»Das ist ja prima«, sagte Menemenci. »Üsker ist tot, Lubold ist tot, Marmann und dieser Bathge haben sich in Luft aufgelöst. Wenn ich mich recht entsinne, gab es in dem Brief noch einen fünften mit Namen ...«

»Ymir Solwegyn«, unterbrach ihn Krantz, fest entschlossen, sich nicht die Überraschung verderben zu lassen. »Sie können ihn besuchen, wenn Sie wollen. Er lebt in Köln.«

»Ach«, sagte Menemenci erfreut.

»Steht nicht im Telefonbuch, ist aber gemeldet. Besitzt einen Sexclub in Porz. *Red Lion*. Exilkaukasier, war schon in den Siebzigern bei der Legion. Dann Köln, Geschäftsmann, alles, was dubios ist und nicht nachzuweisen, Verdacht auf Waffenschmuggel. Fünfundachtzig geht er zum zweiten Mal zur Legion, wo er aber nach fünf Jahren wieder abhaut. Seitdem Organisator abgedrehter Sex-Events. Okkultismus, Teufelsanbetung und der ganze Quatsch.«

Menemenci lockerte seine Krawatte. Er schwitzte erbärmlich, während Krantz die drückende Hitze einfach zu ignorieren schien. Sein Anzug saß perfekt wie immer, die Krawatte war einwandfrei gebunden.

»Wenn Solwegyn nicht der Bursche ist, den wir suchen«, sagte Menemenci, »dürfte ihm der Arsch ziemlich auf Grundeis gehen.«

»Wegen Üsker?«

»Er wird davon gelesen haben. Ein günstiger Moment, ihn zu besuchen. Wissen Sie was? Sie haben wirklich gute Arbeit geleistet, Krantz. Ganz ausgezeichnet.«

»Danke«, sagte Krantz überrascht.

»Versuchen Sie, noch mehr über Lubold und Bathge und die ganze Bande rauszukriegen. Ich fahre ins *Red Lion* und überfalle Solwegyn.«

»Glauben Sie wirklich, wir sollten diesem Legionärskapitel so viel Bedeutung beimessen?« fragte Krantz zweifelnd.

»Ja. Das glaube ich.«

»Üsker hat in den Jahren danach mit Sicherheit einen Haufen Leute kennengelernt.«

»Ich kann's Ihnen nicht genau erklären«, sagte Menemenci. »Es ist ein Gefühl.«

»Ein Gefühl.«

»Ja.«

»Ihr Gefühl in allen Ehren, aber erlauben Sie mir, auch die Spuren jenseits der Gefühle weiterzuverfolgen.«

»Sie haben alle Freiheiten.« Menemenci erhob sich und versuchte, die Krawatte wieder geradezurücken. Das Ergebnis sah schlimmer aus als zuvor.

»Wann fahren Sie ins *Red Lion*?« fragte Krantz in dumpfer Vorahnung.

Menemenci fischte sein Jackett von der Stuhllehne, betrachtete mißbilligend die Beulen im Stoff und zog es über.

»Jetzt.«

15.07 Uhr. Red Lion

Solwegyn stand wie gelähmt an der obersten Stufe der Treppe und sah nach unten.

In den Kellerräumen gab es nur winzige Fenster. Obwohl draußen heller Tag war, lag die untere Region der Villa in Dunkelheit getaucht. Das Pfeifen drang unheilvoll und höhnisch aus der Schwärze zu ihm herauf.

Solwegyn erwog, das Weite zu suchen.

Dann stellte er sich vor, wie Katya nach Hause kam und ihn nicht vorfand. Dafür aber jemanden, der im Keller merkwürdig vertraute Melodien pfiff, so daß sie denken mußte, er sei dort unten. Sie würde herunterkommen und ...

Das Pfeifen hörte auf.

Solwegyn zog die Waffe aus dem Halfter. Seine Rechte zitterte unmerklich. Sie hatten Kampfeinsätze unter härtesten Bedingungen bei der Legion erprobt. Nie hatte er gezittert. Aber es war immer noch ein Unterschied, neben den Kameraden mit entsicherter Waffe über ein Feld zu laufen oder an der Schwelle zum eigenen Keller zu stehen, in dessen Tiefe jemand war, der da nicht hingehörte.

Langsam streckte er seine Linke aus und schaltete das Licht ein. Der Treppenschacht erwärmte sich in sanftem Rot. Vorsichtig, als seien die Stufen vermint, begann Solwegyn den Abstieg, bemüht, kein Geräusch zu machen, Zehenspitzen, Ballen, Ferse, Zehenspitzen, Ballen, Ferse ...

Eine Ewigkeit schien zu verstreichen, bis die Treppe endlich hinter ihm lag. Vor seinen Augen erstreckte sich der Gang, zu dessen beiden Seiten die runden Öffnungen in die Lusthöhlen führten, deren Lichtquellen vom Stöhnen und Schreien der Liebenden gespeist wurden. Hinter den Löchern war nichts als Schwärze. Etwas weiter hinten öffneten sich die Durchgänge zu den Folterkammern mit den Wandeisen und Peitschenbänken, dann endete alles an dem Vorhang, hinter dem die Göttin wohnte.

Solwegyn fühlte sein Herz gegen den Brustkorb wummern. Wenn es so laut schlug, wie es in seinen Ohren dröhnte, würde ihn alleine das Geräusch verraten.

Er schlich in den Gang hinein und versuchte, in jede der Öffnungen gleichzeitig zu sehen. Kurz vor den Folterkammern bleib er stehen und drehte sich blitzschnell um.

Niemand.

Ebensoschnell sah er wieder nach vorne. Die Waffe lag schwer und vertraut in seiner Rechten. Er würde nicht zögern zu schießen, wenn es sein mußte. Er würde diesen Rattenfänger mit seiner verfluchten Pfeiferei zur Hölle schicken.

Langsam ging er weiter. Rechts und links öffneten sich die Spielzimmer der Sadomasochisten. Die Streckbänke und Klistiergerüste, an die man gekettet wurde, während einem Gleichgesinnte den Arsch voll scharfe Flüssigkeit pumpten. Ketten mit Haken, um sie durch Brust- und Hodenringe zu ziehen und den Leidenswilligen daran aufzuhängen. Die Lustschaukeln, freischwingende Sessel über einem aufragenden Phallus. Gummikleidung, Peitschen und Masken, Handschellen und schwarze Dildos.

Solwegyn sah genauer hin.

Eine der Ketten schaukelte sacht hin und her.

Der Rest seiner Selbstsicherheit schwand und machte elektrisierender Panik Platz. Wieder wirbelte er herum, die Waffe weit von sich gestreckt.

Nichts.

Zurück!

Niemand.

Vor ihm der rote Stoff.

Solwegyn hielt den Atem an und kämpfte die Panik nieder. So stand er eine Weile, bis alles um ihn herum so still war, daß man eine Maus hätte laufen hören.

Der Pfeifer war jenseits des Vorhangs. Es gab keinen anderen Platz, wo er sich noch hätte aufhalten können.

Er wartete auf ihn.

Aber auch er würde sich fragen, was in der Stille draußen vor sich ging. Wenn er gedacht hatte, Solwegyn zermürben zu können, hatte er sich getäuscht. Solwegyn würde *ihn* zermürben. Er würde so lange hier stehenbleiben, bis der andere herauskam, und dann ...

Wieder begann er zu zittern. Seine Lungen verkrampften sich. Er rang nach Luft und mußte husten.

Jetzt blieb ihm keine Wahl mehr. Mit einem Aufschrei sprang er nach vorne und riß den Vorhang beiseite.

Vor ihm lag das Reich der Göttin.

Sie thronte erhaben und gewaltig über dem Wasserbecken. Ihre Augen sahen über ihn hinweg in unbestimmte Fernen. Ihr Mund schien eine winzige Spur zu lächeln, und zum ersten Mal kam es Solwegyn vor, als drücke ihre Miene die ganze göttliche Grausamkeit, Verachtung und Wollust aus, die er immer in ihr hatte sehen wollen.

Alles geschah gleichzeitig.

Er glaubte einen Schatten aus seinem Blickfeld wirbeln zu sehen, die Andeutung eines Körpers, und begriff im selben Moment, daß die gepfiffene Melodie ein Legionärslied war, das zu seltenen Anlässen gesungen wurde, um die Gefallenen zu ehren. Der Schwung seines Anlaufs trug ihn über die Schwelle auf die Göttin zu. Er versuchte seinen Sprung zu bremsen, hinter sich zu sehen, dann erhielt er einen fürchterlichen Schlag zwischen die Schulterblätter und stürzte mit dem Kopf voran in das beleuchtete Becken.

Kaltes Wasser schlug ihm ins Gesicht. Er tastete nach dem Beckenrand und verlor die Waffe. Prustend riß er den Kopf nach oben, kam mit einem Satz auf die Beine und stolperte nach vorne, um einer weiteren Attacke zu entgehen. Der gegenüberliegende Rand schien sich zu einer Mauer auszuwachsen. Solwegyn sprang keuchend darüber hinweg und drehte sich um seine Achse.

Der Schatten kam um das Becken herumgeschossen und packte ihn. Solwegyns Kopf schlug zwischen die Brüste der Göttin. Vor seinen Augen tanzten bunte Lichter, als seien die Lusthöhlen voller Paare. Seine Beine knickten unter ihm ein. Er fühlte sich hochgerissen und erneut gegen den riesigen Körper geschmettert.

Rechts und links seiner Stirn breiteten sich Schmerzen aus, als habe man Brandeisen darauf gepreßt. Seine Gliedmaßen verwandelten sich in Gummi. Mit einem Ächzen sank er in die Knie, zwei blutige Striemen an den Innenseiten der Brüste hinterlassend. Blut lief ihm in die Augen. Blut tropfte vor ihm auf den Boden. Er suchte nach Halt und kippte langsam auf die Seite.

Verschwommen gewahrte er ein Gesicht, das sich über ihn beugte. Flinke Hände bogen seine Arme nach hinten und schnürten seine Handgelenke zusammen. Wieder wurde er hochgezerrt und gegen eines der abgewinkelten Beine der Göttin gedrückt, während Riemen in sein Fleisch schnitten. Sein Kopf sackte nach vorn, und er fühlte sein Bewußtsein schwinden.

Eine Ohrfeige riß ihn zurück. Eine zweite von der anderen Seite. Eine dritte.

Er stöhnte und blinzelte.

»Ymir. Nicht einschlafen.«

»Nein«, wimmerte er, »Nein, nein, nein ... «

»Ah. Wieder aufgewacht.«

Solwegyns Blick klärte sich.

Sein Gegenüber trat einen Schritt zurück, legte den Kopf schief und betrachtete ihn mit sichtlicher Befriedigung.

»Ich dachte ... «, keuchte Solwegyn. Blut lief über seine Unterlippe. Das Kinn drohte ihm wieder auf die Brust zu sinken. Er nahm alle Kraft zusammen und hob den Blick zu dem anderen.

»Was dachtest du? Ich sei tot? Das dachten einige.«

Der Eindringling setzte sich auf den Beckenrand und stützte das Kinn in die Hände.

»Armer kleiner Ymir.« Er begann zu singen: »Klein, klein, klein sind alle meine Entchen. Klein, klein, klein ist Ymirs kleines Herz. Auf, auf, auf hält Ymir seine Händchen. Klein ist die Welt ... «

»Bitte ... «

»Und groß der Schmerz.«

»Was willst du?« schrie Solwegyn. »Ich hab dir doch nichts getan.«

»Nicht?«

»Hilfe. Hilfe! Oh mein Gott!«

Solwegyn versuchte seine Hände zu bewegen, dann seinen Oberkörper vorzubeugen. Zwecklos. Er war fest mit der Göttin verbunden.

Der andere lachte.

»Wen rufst du? Es ist niemand im Haus.«

»Warum hast du Üsker getötet?« stieß Solwegyn hervor.

»Üsker, der kleine Üsker?« Sein Peiniger tat, als müsse er überlegen. »Klein, klein, klein ... Üsker war ein Schwein. Ich glaube, das war der Grund. Klein, klein, klein ... «

»Warum?«

»Warumpapum!«

Sein Gegenüber hob die Brauen und schnitt eine Grimasse wie ein Clown.

»Üsker war böse. Bi-ba-böse. Fuhr zur Hölle mit Getöse. Ohne Finger, ohne Nöse. Sag mal, Ymir, mein Alter, bist du wirklich so dämlich oder tust du nur so?«

Solwegyn schüttelte stumm den Kopf.

Der andere erhob sich und kam näher.

»Du willst wissen, warum Üsker starb? Das ist die falsche Frage. Die richtige Frage lautet, wer noch alles sterben wird.«

Solwegyn sah ihn mit aufgerissenen Augen an. Die Angst erstickte jedes Wort in seiner Kehle.

»Ich will nicht«, krächzte er.

»Was willst du nicht? Sterben? Das wollte ich auch nicht.«

»Wovon redest du? Du bist tot. Du bist überhaupt nicht hier, alle haben gesagt, daß du tot bist.«

»Ja, es ist eine Menge Blödsinn erzählt worden in den letzten Jahren. Marmann zum Beispiel, von dem hört man die unglaublichsten Dinge.«

Solwegyn keuchte und sagte nichts.

»Ich habe ein bißchen die Augen und Ohren offengehalten«, fuhr der andere fort. »Solltest du zufällig wissen, wo er sich aufhält? Solltest du?«

So schrecklich seine Situation war, schossen Solwegyn plötzlich die dreißigtausend durch den Kopf.

»N.. nein«, sagte er.

»Oh!« Sein Gegenüber setzte eine erschrockene Miene auf. »Nicht? Da bin ich offenbar falsch informiert. Mein Gott, entschuldige, Kamerad! Da muß ein Mißverständnis vorliegen. Ich werde dich natürlich augenblicklich losbinden. Jeeesus! So was Dummes aber auch. Ymir, mein armer Alter, soll ich einen Krankenwagen rufen?«

So viel Besorgnis schwang in der Stimme mit, daß es beinahe echt klang, hätte sein Tonfall nicht zugleich vor Hohn getrieft.

»Ich hab dir doch nichts getan«, wiederholte Solwegyn verzweifelt.

»Du deckst meine Feinde, alter Freund. Das reicht.«

»Ich decke niemanden. Ich habe nicht die gerinste Ahnung, wer deine Feinde sind.«

»Da wäre Marmann, um einen zu nennen.«

»Marmann? Oh Gott im Himmel! Ich weiß nicht mal, ob der überhaupt noch lebt.«

»Hm.« Der andere sah ihn zweifelnd an. »Ist das auch die Wahrheit?«

Solwegyn stutzte. Plötzlich faßte er neue Hoffnung.

»Ja, bestimmt! Ich habe nicht den Schimmer einer Ahnung.«

»Ach, Ymir.« Der Mann schüttelte traurig den Kopf. »Weißt du, woran ich manchmal denke?«

»Nein. Nein.«

»An unsere guten alten Tage. Als wir meinten, wir könnten die ganze Welt bewegen.«

Er begann vor Solwegyn auf und ab zu gehen, den Zeigefinger starr in die Luft gereckt.

»Wir waren Freunde, Ymir. Kameraden. Wir hatten geschworen, uns gegenseitig zu helfen, egal, wie schlimm es auch kommt. Erinnerst du dich?«

»Ja.«

»Uns beizustehen in allen Lagen. Jeder für den anderen da zu sein, bis zum bitteren Ende. Unser Blut zu geben, ja, unser Blut! Erinnerst du dich?«

»I ... ich weiß nicht ...«

»Unser Blut! Willst du mir weismachen, du erinnerst dich nicht? Willst du mich verärgern, wo ich gerade in einer so weichen und barmherzigen Stimmung bin? Willst du mir diese Stimmung versauen, indem du dreckige, stinkende Lügen auskotzt, du erbärmliches Stück Scheiße?«

Rasch trat er auf Solwegyn zu und schlug ihn mehrfach ins Gesicht.

»Ich habe gelitten ...« Ohrfeige von rechts. »Gelitten.« Ohrfeige von links. »Gelitten!« Ohrfeige von rechts. »Gelitten! Gelitten! Gelitten!«

»Aufhören, bitte. Ich ...«

»Gelitten!« schrie der andere. »Ihr seid alle schuld, jeder einzelne. Ich werde euch alle kriegen, alle, die ihr versucht habt, mich zu täuschen und zu hintergehen! Hörst du?«

Solwegyn fühlte, wie er in der Fesselung in sich zusammensackte.

»Ob du mich hörst?«

»J...ja«, hauchte er.

»Das ist ja schön. So, und du sagst mir also, du hast nicht den Schimmer einer Ahnung, wo sich mein Freund Marmann aufhält, wie?«

»Ich schwöre dir, ich ...«

»Ja, und du hast auch geschworen, dein Blut für mich zu geben. Hast du, ich weiß es noch genau.«

Er hatte aufgehört zu schreien. Von einem Moment auf den anderen klang seine Stimme wieder ruhig und gelassen, als plaudere er mit einem Bekannten.

»Tja, Ymir, alter Junge ... fangen wir an.«

Solwegyn sah entsetzt, wie der Mann ein Skalpell aus dem Gürtel zog. Es glitzerte kalt, als er es zwischen Daumen und Zeigefinger in die richtige Position brachte.

Und in dem Gürtel steckte noch mehr.

»Was hast du vor?« wimmerte er.

»Ich mag dich nicht mehr, Ymir. Du hast mich belogen.« Der andere grinste. »Ich glaube, ich werde dich in nächster Zukunft schneiden.«

Solwegyns Schrei hallte durchs Haus.

15.45 Uhr. Menemenci

Er war nahe daran, zurückzufahren, als ihm endlich dämmerte, daß der Club nur hinter der grünen Toreinfahrt liegen konnte.

Wenige Meter weiter wichen die Hecken einem kleinen Parkplatz. Menemenci stellte den Wagen ab, betrachtete sich im Rückspiegel, strich Haarsträhnen aus der Stirn und fand, er sehe ganz passabel aus. Niemand sollte sagen, die Polizei wüßte nicht aufzutreten. Vor allem, wenn sie überraschend kam.

Er stieg aus und trat zu dem Tor. Links war eine Pforte eingelassen. Das Klingelschild wies dezent den Namen des Clubs aus, ohne daß sich erahnen ließ, was sich dahinter verbarg. Menemenci spähte über das Tor, betrachtete die Villa und entdeckte zwischen den Bäumen die Überwachungskameras.

Auch gut.

Als er schellen wollte, fiel ihm auf, daß die Pforte einen Spalt offenstand.

Er bückte sich und untersuchte das Schloß. Weniger, weil er einen konkreten Verdacht hatte, als vielmehr aus Gewohnheit. Offenen Türen haftete grundsätzlich etwas Widernatürliches an.

Aber er konnte nichts Ungewöhnliches finden.

Ohne zu klingeln stieß Menemenci die Pforte auf und ging über die Zufahrt zur Villa. Je überraschender er kam, desto besser. Der Weg stieg leicht an. Auch die Haustür war nur angelehnt. Als Menemenci dagegen drückte, schwang sie lautlos auf und gab den Blick frei auf ein Ungeheuer, das einige Meter weiter hinter einer Bar hockte und die Zähne fletschte. Diffuses Licht tränkte das Innere des Hauses mit Ungewißheit.

Menemenci trat ein und betrachtete staunend die illustre Ansammlung schwebender, knieender und kopulierender Skulpturen unter den schwelenden Augen des Monsters hinter der Bar. Krantz hatte gesagt, Solwegyn würde Geister und Teufel beschwören. Der Teufel hätte sich totgelacht, aber die Begleitumstände waren sicher anregend genug, um sich spaßeshalber beschwören zu lassen.

Er ging bis zu der Bar und ließ den Blick kreisen. Eine Treppe führte ins Obergeschoß. Menemenci ging bis zum Absatz und sah nach oben. Die Treppe beschrieb einen Bogen und endete an einem roten Vorhang.

War da nicht auch ein Durchgang gewesen, der nach unten führte?

Im Keller sind die Leichen, dachte er grinsend. Solange ihn niemand bat, sich auszuweisen und sein Hiersein zu erklären, konnte er die Chance nutzen und sich umsehen. Er ging um die Treppe herum und fand sich vor einem Rundbogen wieder, hinter dem sich eine weitere Treppe abwärts schraubte und in einem rotbeleuchteten Raum endete. Viel war davon nicht zu sehen. Falls der Keller auch nur annähernd so groß war wie das Erdgeschoß, lohnte es sich auf alle Fälle, ihn näher in Augenschein zu nehmen. Zumal es, wie Menemenci feststellte, von unten angenehm kühl heraufzog.

Er schlich die Stufen hinunter und fand sich in einem Gang, der sich weiter hinten nach rechts und links öffnete und an einem neuerlichen roten Vorhang endete. Zu beiden Seiten gewahrte er Löcher in den Wänden, groß genug, um bequem hindurchzukriechen. Er hatte nicht die geringste Ahnung, wozu sie dienten. Als er den Kopf durch eine der Öffnungen steckte, sah er Teppichboden und Kissen sowie Hunderte winziger Lichtquellen. Er fragte sich, wie es in den Höhlen aussehen mochte, wenn alle diese Lichter leuchteten. Der Teppichboden war tiefdunkelblau. Lag man dann im Schoß des Universums?

Er schlich weiter und bestaunte die unheilverheißenden Geräte und Ketten in den angrenzenden Kammern, als er ein langanhaltendes Stöhnen zu hören glaubte.

Menemenci stand stocksteif und lauschte.

Wieder ein Stöhnen.

Langsam zog er die Waffe aus der Gürteltasche. Offenbar wurden hier eine Menge Sadomasospielchen durchgezogen. Gehörte das Stöhnen zum Programm?

Möglich, daß Solwegyn hinter dem Vorhang seinem Privatvergnügen nachging. Aber die Laute hatten nicht gerade lustvoll geklungen. Hinzu addierten sich ein offenes Tor und eine angelehnte Haustür.

Es gehörte eindeutig nicht zum Programm.

Menemenci nahm die Waffe hoch, zog den Vorhang beiseite und trat rasch ein. Sofort sah er zu, daß sein Rücken Wandberührung hatte. Die Waffe schwenkte um hundertachtzig Grad nach rechts und wieder zurück. Es dauerte weniger als zwei Sekunden, und Menemenci wußte, daß niemand im Raum war außer ihm und der Gestalt, die zu Füßen einer weiteren riesigen Figur kauerte.

Er steckte die Waffe wieder ein und lief hinüber zu dem zusammengesunkenen Körper. Im Näherkommen sah er, daß der Mann an den Oberschenkel der weiblichen Figur gebunden waren. Seine Brust hob sich und entließ ein neues Stöhnen, das tief aus ihm herauszudringen schien. Der Kopf auf seiner Brust. Menemenci warf einen Blick hinter sich, kniete nieder und hob das Kinn des Mannes an.

Er prallte zurück.

Was um Gottes willen war mit seinem Gesicht geschehen? Stirn und Wangen waren voller Blut. Stellenweise sah es aus, als hätte man ihm ...

Im selben Moment öffnete der andere die Augen und starrte Menemenci an. Der linke Augapfel war weiß und teilnahmslos, der andere voller Entsetzen.

»Nein«, kreischte er.

Menemenci preßte ihm die Rechte auf den Mund und legte den Zeigefinger der anderen Hand an die Lippen.

»Ruhig«, flüsterte er. »Ich tu Ihnen nichts.«

Der Mann wimmerte weiter.

»Seien Sie still«, zischte Menenemci. »Ich binde Sie los, aber seien Sie endlich still.«

In das rechte Auge des Mannes kehrte so etwas wie Verständnis und Klarheit zurück. Er nickte heftig. Menemenci zog die Hand fort und suchte die Stricke, mit denen der andere an die Frau gefesselt war, nach Knoten ab.

»Sind Sie Ymir Solwegyn?«

»Ja«, keuchte der Gefesselte. »Machen Sie schnell, ich weiß nicht, wo er ist! Mutter Gottes! Er hat gesagt, er kommt zurück und macht weiter. Aber ich hab ihm doch alles gesagt. Mehr weiß ich nicht, mehr weiß ich doch nicht, oh Gott, machen Sie schnell, bitte!«

Menemencis Hände glitten über die Stricke.

»Wer ist er?« fragte er ruhig. »Derselbe, der Üsker auf dem Gewissen hat?«

»Üsker! Hätte ich bloß niemals auf diese Anzeige reagiert.« Solwegyns Stimme begann zu zittern. »Die Detektivin hat gesagt ... oh Gott, schnell. Machen Sie mich los, ich will hier raus, um Gottes ...«

»Hören Sie endlich auf zu schreien«, fuhr Menemenci ihn an. Er stand auf und lief so schnell er konnte um die Frauengestalt herum. Die Stricke waren um den gewaltigen Schenkel gebunden und dahinter verknotet worden. Er bückte sich, soweit es sein Taillenumfang erlaubte, und begann daran herumzunesteln.

»Ich hole Sie hier raus«, sagte er. »Ich versprech's Ihnen, okay? Wer hat Ihnen das angetan?«

»Ich will nicht so enden wie Üsker«, weinte Solwegyn.

»Sagen Sie mir den Namen.«

Die Stricke saßen fest. Menemenci versuchte, eine der Schlingen mit Daumen und Zeigefinger auseinanderzupressen. Langsam und widerwillig löste sich der Knoten. Er hielt inne, wischte sich den Schweiß von der Stirn, der ihm in die Augen tropfte, und machte weiter.

Hinter der Figur raschelte Kleidung.

Menemenci begriff augenblicklich, daß er in eine Falle geraten war. Er ließ die Stricke fahren und griff nach seiner Waffe, aber seine Finger erreichten das Halfter nicht mehr. Ein heftiger Schlag traf ihn am Hinterkopf.

Alles verschamm vor seinen Augen.

Er sackte nach vorne und schlug auf.

15.56 Uhr. Solwegyn

Ymir Solwegyn wußte im selben Moment, daß der dicke Mann es nicht geschafft hatte.

Er begann zu beten.

Sein Peiniger trat in sein Blickfeld und schüttelte nachsichtig den Kopf.

»Weißt du, was ich hasse«, sagte er. »Wenn jemand meine Spielregeln durcheinanderbringt.« Er seufzte. »Gut, daß du hinter deinem Superweib ein bißchen Platz gelassen hast. Man kann sie von hinten nehmen. Sie hat einen verdammt harten Arsch, muß ich dir sagen, aber alles andere als schlecht. Hast du sie schon versucht zu ficken?«

»Bitte«, wimmerte Solwegyn.

»Ob du sie gefickt hast, will ich wissen?«

»Nein. Nein, ich ...«

»Die Antwort mag ich nicht, mein Alter. Ich mag keine Neins. Denk doch mal positiv.«

»Ja, ja, ja!« heulte Solwegyn. »Ich hab sie gefickt, ja!«

»Na siehst du«, sagte der andere. »Und was machen wir jetzt, nachdem sich dein Besuch unhöflicherweise schlafen gelegt hat?«

»Bitte!« flehte Solwegyn. »Ich hab dir alles gesagt. Ich will nicht sterben wie Üsker, ich hab dir die Wahrheit gesagt, alles, was du wissen wolltest, ich schwöre!«

»Bei wem oder was?«

»Bei meinem Leben!«

»Das ist nichts wert. Komm, laß dir was einfallen, überzeug mich.«

»Beim ... beim Leben meiner Frau.«

»Du hast eine Frau?« prustete der andere los. »Das ist ja hinreißend! Wer hat sich denn in dein vermatschtes Auge verliebt?«

»Ich schwöre, ich schwöre, schwöre, schwöre«, sagte Solwegyn mit ersterbender Stimme. Er hatte einfach keine Kraft mehr. Nicht mehr den kleinsten Rest von Kraft.

Der andere schwieg.

»Gut«, sagte er. »Ich will dir glauben.«

Solwegyn fühlte die Worte heiß in sein Herz dringen. Er hob den Blick und sah seinen Peiniger wie durch Wasserschleier näherkommen.

Er glaubte ihm! Er würde ihn laufenlassen!

»Ymir«, sagte sein Gegenüber und zog eine kleine Flasche hervor. »Weißt du, was ich hier habe?«

»N... nein.«

»Schau, in der Wüste kann es verdammt heiß werden. So, daß man sich wünscht zu sterben, anstatt noch länger in diesem Backofen gebraten zu werden. Kannst du mir folgen?«

Solwegyn nickte mit aufgerissenen Augen.

»Und man ist ja ohnehin kurz davor, den Löffel abzugeben, verstehst du? Hinsichtlich anderer Kleinigkeiten. Das habe ich versucht, Üsker klarzumachen: Wie man empfindet, wenn das Leben aus einem herauskriecht mit der Würde einer Pißlache. Üsker fand meine Ausführungen hochinteressant, und er war am Ende der Meinung, es geschähe ihm ganz recht.«

Solwegyn schwieg.

»Es würde mich freuen, Ymir, auch von dir ein bißchen Reue zu hören.«

»Aber ich hab dir doch nichts getan!«

»Du hast meinem schlimmsten Feind dazu verholfen, sich nach Frankreich zu verpissen. Du hast ihn meinem gerechten Zugriff entzogen.«

»Nicht mit Absicht! Ich schwöre, nicht ...«

»Egal.« Der andere zuckte die Achseln. »Kannst du nicht einsehen, daß ich damit rein psychologisch ein Problem habe?«

»Doch«, sagte Solwegyn schnell.

»Das ist gut. Beichten hat noch immer genützt. Sieh mal, wer beichtet, dem soll vergeben werden. Ist es nicht so?«

»Oh ja, ja, vergib mir ...«

»Du hast was an mir gutzumachen, stimmt's?«

»Ja! Ja, sicher!«

»Dann bin ich froh und beruhigt. Wenn du dich schuldig bekennst, weiß ich, daß meine zweite Lektion nicht umsonst sein wird. Deine Seele soll rein und unbefleckt aus diesem Tag hervorgehen. Für mich war die Hitze die Hölle. Du verdienst ein gnädigeres Schicksal.« Er lachte leise. »Ich übergebe dich dem Fegefeuer.«

Er öffnete die Flasche und goß den Inhalt über Solwegyn aus. Das Zeug stank.

»Nein«, stieß Solwegyn hervor.

»Und Gott wird dich zu sich nehmen in Herrlichkeit.«

»Nein!«

»Amen.«

»Nein!« schrie Solwegyn. »Nein! Nein! Nein!« Aber das letzte Nein ging unter im dumpfen Knall des Feuerballs, der sein Schreien zum Verstummen und sein Herz im selben Moment zum Stillstand brachte.

16.00 Uhr. Vera

Mittlerweile war es so heiß, daß selbst Vera wenig Vergnügen daran fand, den Weiher entlangzulaufen, aber sie hatte es sich nicht anders ausgesucht.

Manchmal fragte sie sich, ob sie übertrieb. Detektive kamen im Gegensatz zur landesüblichen Meinung so gut wie nie in echte Schwierigkeiten und schossen fast ausschließlich mit der Kamera. Sie hingegen absolvierte ein Programm, als wolle sie der GSG 9 den Rang ablaufen.

Es war gut so. Warum auch immer.

Auf halber Höhe genehmigte sie sich eine Rast und rief im Waidmarkt an.

»Roth.«

»Hallo Tom.«

»Daß du dich überhaupt noch traust«, sagte Roth.

»Tut mir leid. Was ist passiert?«

»Was soll passiert sein? Ich hab's vermasselt, das ist passiert.«

»Es ... es tut mir wirklich leid«, sagte sie kleinlaut. »Hast du viel Ärger meinetwegen?«

»Ist noch nicht raus. Menemenci – das ist der Bursche, der den Üsker-Fall bearbeitet – ließ durchblicken, daß er Gnade vor Recht ergehen läßt. Wir werden sehen. Sag mir lieber, ob sich der Schlamassel wenigstens gelohnt hat.«

»Ja. Ich glaube schon.«

»Mach keinen Blödsinn, hörst du«, brummte Roth. »Paß bloß auf dich auf.«

Sie lächelte. Ein Gefühl von Wärme und Zuneigung breitete sich in ihr aus. Sie hatte beinahe vergessen, wie nahe sie und Roth sich standen.

Konnte sie ihn einweihen?

»Tom, ich muß dir was erzählen. Der Mann auf dem Bild, das ich dir ...«

»Verschon mich mit den Einzelheiten«, unterbrach er sie. »Ich will nichts hören.«

»Ich dachte, es interessiert dich«, sagte sie verwirrt.

»Das tut es auch. Aber nicht im Augenblick. Laß uns einfach davon ausgehen, ich hätte dich in den letzten beiden Tagen nicht erreichen können.«

Sie verstand augenblicklich. Menemenci hatte Bedingungen gestellt.

»Mehr kann ich wirklich nicht für dich tun, Kleines.«

»Danke, Tom«, sagte sie leise. »Ich mach das alles wieder gut.«

»Ja. Das weiß ich. Paß auf dich auf.«

Er beendete das Gespräch. Vera stand eine kurze Weile niedergeschlagen im Schatten der Bäume und überlegte, ob sie zurück zum Wagen gehen sollte.

Roth riskierte seinen Job, um ihren Auftrag zu decken. Sie war ihm verdammt noch mal was schuldig!

Entschlossen lief sie weiter.

16.06 Uhr. Red Lion

Menemenci hatte eine Vision.

Er saß an seinem Schreibtisch, und Krantz kam herein. Er sah anders aus als sonst. Seine Augen flackerten. Er hob die Arme und öffnete den Mund, und aus Handflächen und Rachen schossen grelle Flammen, die Menemenci einhüllten und versengten. Schützend hielt er die Hände vors Gesicht und versuchte aufzustehen. Aber er schien an seinem Stuhl festzukleben, so sehr er sich auch abmühte ...

Er schlug die Augen auf.

Vor seinen Augen zuckten hellgelbe Reflexe. Die Hitze verbrannte ihm das Gesicht. Im selben Moment begriff er, warum er nicht hatte aufstehen können. Reflexartig rollte er sich von dem Feuer weg und kam schwankend auf die Beine.

Die Hitze saugte ihm die Luft aus den Lungen. Über seinen rechten Ärmel züngelten kleine Flammen. Er schlug sie mit der flachen Hand aus und stolperte um die Frauengestalt herum, die jetzt lichterloh brannte. Ihre Augen sahen aus dem tosenden Inferno unbeeindruckt über ihn und das ganze Weltgeschehen hinweg.

Das Feuer hatte den Mann zu ihren Füßen vollständig eingehüllt. Er war zweifellos tot.

Mit einem Stöhnen griff sich Menenemci an den schmerzenden Hinterkopf.

Schwindel überfiel ihn. Fast alles ringsum war bereits ein Raub der Flammen geworden. Vor seinen Augen sank der rote Vorhang in glühenden Fetzen nieder und zog eine Grenze der Zerstörung.

Er mußte da durch. Es war seine einzige Chance, das Haus lebend zu verlassen.

Noch einmal wanderte sein Blick zu der Göttin und der geopferten Gestalt zu ihren Füßen. Das Feuer schien ihn anzubrüllen, er solle sich endlich nach draußen scheren. Menemenci ballte die Fäuste. Er hatte Solwegyn nicht retten können. Es war seine Schuld. Warum hatte er nicht überall nachgesehen, bevor er sich wie ein Schuljunge hingekniet und die Waffe eingesteckt hatte?

Ein Funkenregen ging auf ihn nieder. Mit einem Krachen drehte sich der Kopf der Göttin. Die Augen ruhten einen Augenblick auf Menemenci, dann stürzte der Kopf über den Brustkorb auf ihn zu.

Menemenci wirbelte herum und sprang durch den flammenschlagenden Vorhang. Hinter ihm prallte die Feuerkugel des Kopfes auf den Rand des Beckens, in dem das Wasser dampfte und brodelte, flog darüber hinweg, hinauskatapultiert aus dem unterirdischen Tempel, ein loderndes Geschoß. Menemenci rannte aus Leibeskräften auf die Treppe zu, verharrte einen atemlosen Augenblick und hastete nach oben. Wo er zuvor gestanden hatte, knallte der Kopf gegen das Geländer und zerbarst in tausend Stücke.

Das Erdgeschoß war mit beißendem Qualm gefüllt. Menemenci schlug den Ärmel vors Gesicht und tastete sich zur Haustür. Aus den Schwaden verfolgten ihn die roten Augen des Monsters hinter der Bar, dann war er endlich draußen und hastete zum Tor.

Im selben Moment ließ eine Explosion den Boden erzittern. Ohne hinter sich zu blicken, riß Menemenci die Pforte auf und rannte über die Straße auf die andere Seite. Eine zweite Explosion war zu hören. Er drehte sich um und sah das Erdgeschoß auseinanderfliegen. Aus der zerstörten Glasfront wälzte sich eine orangerote Wolke, hüllte die Bäume ein und waberte über die Hecke auf Menemenci zu. Das Obergeschoß schien einen Augenblick frei in der Luft zu hängen, dann stürzte der vordere Teil mit der Terrasse in sich zusammen und begrub Solwegyns Reich der schwarzen Künste unter Tonnen von Gestein. Als sei der Kollaps des Hauses ein Signal zum Rückzug gewesen, verwirbelte die Feuerwalze über dem Gehsteig und löste sich auf.

Da war mehr in die Luft geflogen als die Ölheizung.

Atemlos starrte Menemenci auf die brennenden Trümmer. Dann lief er zu seinem Wagen, riß die Tür auf und rief über Sprechfunk Krantz.

»Gut, daß Sie sich noch mal melden«, sagte Krantz. »Wenn Sie Solwegyn besuchen, sollten Sie ihn fragen ...«

»Ich kann ihn nichts mehr fragen«, sagte Menemenci.
»Was? Wieso nicht?«
»Der Teufel hat ihn geholt.«

19.25 Uhr. Vera

Bathge traf wie verabredet ein. Sie tranken einen Kaffee in der DeTechtei und nahmen Veras Zweitwagen, einen Toyota Kombi. Hübsch bieder und unauffällig. Vera präsentierte den Boxster höchst ungern ihren Klienten. Keiner brauchte zu wissen, was sie technisch alles auf Lager hatte. Ebensowenig, daß sie sich einen Porsche leisten konnte.

Am allerwenigsten hatte sie Lust, neugierigen Fragern zu erklären, sie habe den Wagen mit Schmerzensgeld bezahlt.

Der Kombi tat's genauso.

Während der Fahrt versank Bathge entgegen seiner sonstigen Gewohnheit in grüblerisches Schweigen.

»Es kann nicht sein«, sagte er schließlich.

»Was?« fragte Vera.

»Lubold ist tot. Marmann war so gut wie tot. Was ist das hier? Ein Zombie-Aufstand?«

»Was Marmann angeht, kann uns Solwegyn weiterhelfen.«

»Ja, für dreißigtausend, die ich nicht mal bei mir habe. Sind Sie sicher, daß er mir helfen wird?«

»Hatten Sie je Probleme mit Solwegyn?«

»Nein.«

»Dann wird er überrascht und erfreut sein, Sie wiederzusehen. Vielleicht erläßt er Ihnen die Summe. Er fürchtet selber um seine Sicherheit, seit Üsker tot ist. Geben Sie ihm das Gefühl, Sie könnten das Problem gemeinsam lösen.«

Bathge sah sie zweifelnd an.

»Viel hatte ich mit dem alten Gauner nie zu tun, aber eines weiß ich. Bevor Solwegyn auf sein Geld verzichtet, läßt er sich lieber in Stücke reißen.«

»Er wird uns helfen«, sagte Vera sehr bestimmt.

Bathge lächelte.

»Darf man in dem Wagen rauchen?«

Sie deutete stumm auf den Aschenbecher und nahm die Auffahrt zur Severinsbrücke. Sie würden einige Minuten zu früh sein. Notfalls konnten sie im Wagen warten.

Sie spürte, daß er sie weiterhin ansah, und schaute geradeaus. Im allgemeinen empfand sie es als unangenehm, angestarrt zu werden. Diesmal war es anders. Bathges Aufmerksamkeit brachte eine Saite in ihr zum Schwingen, die sie verstummt geglaubt hatte.

Nichts verstummt wirklich. Nur der Ton kann sich ändern.

»Er wird uns helfen!« bekräftigte sie.

Ein Klient ist ein Klient ist ein Klient ...

Bathge sagte nichts.

Sie fuhren ein kurzes Stück über die Autobahn südostwärts und nahmen die nächste Ausfahrt. An der Ampel konnte Vera bereits die Kreuzung ausmachen, an der es rechts zum *Red Lion* ging.

»Ruhige Gegend«, sagte Bathge.

Zwei Polizeiwagen schossen über die Kreuzung.

»Ja«, erwiderte Vera. »Sehr idyllisch.«

Von bösen Ahnungen erfüllt, fuhr sie weiter bis zur Kreuzung. Straßensperren wurden soeben zur Seite geräumt. Sie bog rechts ab und ließ den Wagen langsam dahinrollen.

»Ich hoffe sehr«, sagte Bathge mit deutlicher Unruhe in der Stimme, den Finger auf die Szenerie vor ihnen gerichtet, »das *Red Lion* ist nicht ... das da.«

»Doch«, sagte Vera tonlos.

Wo Solwegyns Nachtclub gewesen war, klaffte eine schwarzverbrannte Schneise. Äste waren von den Bäumen im Vorgarten gerissen worden, die Rinde war verkohlt. Das Haus selber konnte sie nicht sehen, aber eine dumpfe Gewißheit sagte ihr, daß nicht mehr viel davon stand. Feuerwehrwagen, Polizeifahrzeuge und Ambulanzfahrzeuge parkten quer über der Straße und versperrten die Weiterfahrt.

»Drehen Sie um«, zischte Bathge.

»Langsam«, sagte Vera. »Wenn wir wie die Wilden kehrt machen ... «

»Wenn mich die Polizei zu fassen kriegt, stehe ich morgen in der Zeitung! Und Üskers Mörder wird die Zeitung lesen, darauf können Sie Gift nehmen! Drehen Sie um!«

»Niemand ist hier außer einer Million Feuerwehrleute«, beruhigte ihn Vera, aber sie wußte, daß das nicht stimmte. Das Polizeiaufgebot war riesig. Bathge hatte vermutlich recht. Sie stoppte den Wagen, um zurückzusetzen. Im selben Moment sah sie einen der Feuerwehrleute zu ihnen herüberkommen.

»Fahren Sie endlich!«

»Jetzt bleiben wir brav stehen«, sagte Vera leise und bestimmt. »Es wird schon alles gut gehen.«

Bathge drückte sich tiefer in den Sitz und sah verzweifelt zur anderen Seite. Vera verstand, was in ihm vorging. Wie es aussah, war soeben seine einzige Hoffnung zerstört worden, mit Marmann in Kontakt zu treten. Er würde nie erfahren, welcher Wahnsinn unter den früheren Legionären wütete. Oder vielleicht doch, dann aber am eigenen Leib.

»Erst Üsker«, flüsterte Bathge. »Und jetzt ... «

»Das hier muß gar nichts mit Üsker zu tun haben«, sagte Vera.

Natürlich hat es das, dachte sie im gleichen Augenblick. Red dir nichts schön, Solwegyn wurde ausgeschaltet.

Oder er lebt. Wer sagt denn, daß er gleich ...

Sie drehte die Scheibe herunter und lächelte den Feuerwehrmann unschuldig an.

»Habe ich irgendein Schild übersehen?«

»Wir haben die Sperrung aufgehoben«, sagte der Mann. »In zwei Minuten sind wir hier weg. Trotzdem besser, wenn Sie eine andere Route fahren.«

»Was ist denn überhaupt passiert?«

»Da ist ein Haus in die Luft geflogen. Nur noch ein Trümmerhaufen. Fahren Sie zurück.«

Vera beschloß, aufs Ganze zu gehen.

»Doch nicht das *Red Lion*?« fragte sie entsetzt.

Der Mann musterte sie und warf dann einen Blick auf Bathge. Vera schielte nervös nach rechts, aber Bathge beugte sich bereits gelassen herüber und trug die ehrliche Besorgnis der Ahnungslosen zur Schau.

»Es ist doch hoffentlich niemand zu Tode gekommen?« fragte er.

Der Feuerwehrmann schien unruhig zu werden. Die Befragung überschritt eindeutig seine Kompetenzen.

»Warten Sie einen Moment«, sagte er.

Er ging zurück zu den Polizeiwagen und weiter zu einer Personengruppe, die eben das Grundstück verließ und auf die Straße trat.

»Das gefällt mir nicht«, murmelte Bathge.

Vera sah, wie sich einer aus der Gruppe löste und auf den Feuerwehrmann zuging. Sie sprachen miteinander. Er stand ein gutes Stück weit weg, Dennoch erkannte Vera ihn an der Statur.

Es war Menemenci.

»Mir auch nicht«, sagte sie. Ohne Hast legte sie den Rückwärtsgang ein, fuhr einen Bogen und ließ den Wagen in normalem Tempo zurück zur Kreuzung rollen. Die Ampel schaltete auf Grün. Sie warf einen Blick in den Rückspiegel, aber niemand folgte ihnen.

Wenig später waren sie auf der Autobahn.

Bathge saß mit versteinertem Gesicht neben ihr. Während der ganzen Fahrt zurück zur Schaafenstraße sagte er nichts. Sie parkten vor der DeTechtei und blieben sitzen, als hätten sie es so verabredet.

Vera sah zu ihm hinüber.

Seine Angst umgab ihn beinahe wie eine Aura. Angst vor dem Sterben.

»Wir werden einen anderen Weg finden«, sagte sie leise.

Er drehte den Kopf und schnaubte.

»Was für einen Weg? Ich werde tot sein, bevor wir einen Weg finden. Ist Ihnen klar, was das bedeutet? Warum Solwegyn sterben mußte?«

Vera kannte die Antwort. Die ganze Zeit über hatte sie die Tatsachen verdrängt, aber es gab keinen Zweifel.

Wer immer für Solwegyns Tod verantwortlich war, mußte über ihre Aktivitäten in den letzten Tagen informiert gewesen sein. Solwegyn hatte sterben müssen, bevor das Treffen mit Bathge zustandekam. Der Mörder hatte davon erfahren und es so vehement verhindert, daß davon die Bäume in Fetzen gerissen worden waren.

Er war ihnen auf den Fersen. Er wußte, worüber sie sprachen und was sie taten und was sie dachten.

»Nein«, sagte Vera heftig. »Nein, es ist unmöglich!« Sie schlug mit der flachen Hand aufs Lenkrad. »Niemand kann uns angezapft haben. Es ist ...«

Plötzlich kam ihr eine Idee.

Nicht sie waren überwacht worden, sondern Solwegyn.

Und wer hatte von dem Gespräch zwischen ihr und dem Nachtclubkönig gewußt und es sogar mitangehört, Wort für Wort?

»Katya«, sagte sie leise.

»Ich verstehe nicht.«

»Das Mädchen, das bei Solwegyn war, als ich mit ihm sprach.«

Bathge runzelte die Stirn.

»Glauben Sie, Marmann hat eine Verbündete?«

»Warum nicht? Wieso übrigens Marmann? Glauben Sie immer noch, Marmann hat es auf Sie abgesehen?«

»Wenn diese Katya eine Verbündete wäre, hätte der Mörder sich nicht an Solwegyn vergreifen müssen. Er hätte über sie herausbekommen, wo Marmann ...«

Bathge hielt inne.

»Genau«, sagte Vera.

»Er hat Marmann gesucht, ebenso wie wir«, flüsterte Bathge.

»Ja, und bei Üsker hat er angefangen. Marmann jagt Sie nicht. Er wird selber gejagt. Jemand ist bereit, zwei Menschen zu ermorden, um an ihn ranzukommen. Offengestanden, wenn ich Marmann wäre, würde ich versuchen, auf die Größe eines Atoms zusammenzuschrumpfen.«

Bathge stieß überrascht den Atem aus.

»Wahrscheinlich hat Katya keine Ahnung von Solwegyns Verbindung zu Marmann«, fuhr Vera fort. »Sie hat es erst erfahren, als er und ich darüber sprachen. Ich glaube kaum, daß sie Solwegyn bewußt verraten hat. Vielleicht wurde sie selber benutzt.«

»Wie kommen Sie darauf?«

»Sie ...« Vera überlegte. »Sie schien ihn zu lieben.«

»Das sind alles Hypothesen, Vera. Tatsächlich wissen wir nicht das geringste. Weder, warum das *Red Lion* in die Luft geflogen ist, noch, ob Solwegyn wirklich tot ist oder diese Katya lebt. Wer sagt uns das?«

»Ja«, murmelte Vera. »Wer sagt uns das?«

Sie wandte ihm das Gesicht zu. Erst jetzt fiel ihr auf, daß sie ihn seit einer halben Stunde ohne Zigarette sah. Keine Rauchschwaden markierten den Sicherheitsabstand, den er sonst so rigoros aufrecht erhielt.

In seinen Augen lag eine solche Verzweiflung, daß sie plötzlich das Bedürfnis hatte, ihn in die Arme zu schließen.

Sofort zog ihre innere Abwehr dagegen auf. Aber diesmal hörte sie nicht auf die Stimmen, die ihr rieten, sich zu einem Punkt zusammenzuziehen und zu verschwinden. Sie schickte die Armada der Neins und Niewieders zurück in den Abgrund und hoffte, so bald nichts mehr von ihnen zu hören.

»Was haben Sie jetzt vor?« fragte sie nach einer Weile.

Er zuckte die Achseln.

»Ich weiß nicht. Ich weiß überhaupt nichts mehr.«

»Haben Sie ein Zuhause?«

Sie hoffte, er würde die Frage nicht als Verletzung ihrer Vereinbarung sehen, aber er lächelte schwach und schüttelte den Kopf.

»Es gibt einen Ort, an dem ich mich aufhalte. Dann wieder bin ich an einem anderen. Das geht seit Jahren so.«

Veras Verstand mobilisierte seine letzten Reserven.

Klient, Klient, er ist ein ...

Laß ihn nicht die Kontrolle über dich ...

Niemand soll je wieder ...

Du hast schon einmal zugelassen ...

Besser einsam als ...

Sie startete den Wagen, legte den Gang ein und fuhr los.

»Was halten Sie von Prosecco?« fragte sie.

Er ließ zwei Ampeln verstreichen, bevor er sagte: »Ich halte viel davon, ihn nicht alt werden zu lassen.«

Sie steuerte den Wagen um den stillen begrünten Platz gegenüber der alten Synagoge, den viele Kölner für den schönsten Flecken der Stadt hielten, bog in eine Seitenstraße ein und parkte gegenüber der alten Dame. So hatte sie das Haus gleich nach ihrem Einzug getauft.

Die alte Dame stand freundlich da und ein wenig zurückgesetzt, wie es sich für vornehme alte Damen ziemte.

»Das ist gut«, gab Vera zurück. »Ich habe nämlich nichts anderes. Wasser und Prosecco. Sie können wählen oder ablehnen.«

Bathge sah zu, wie sie den Schlüssel aus dem Schloß zog und das Steuerrad ein Stück drehte, bis die Lenkradsicherung einklickte, dann den Schlüssel in eine kleine schwarze Umhängetasche gleiten ließ und die Fahrertür öffnete.

Sie drehte sich zu ihm um.

»Worauf warten Sie? Glauben Sie ja nicht, ich bringe Ihnen das Glas nach unten.«

Bathge lächelte. Dann stieg er ebenfalls aus.

»Es sind fünf Stockwerke und kein Aufzug«, gab sie zu bedenken.

»Ich bin Kummer gewohnt.«

Hintereinander stiegen sie die Treppen hoch, Bathge mit zwei Metern Abstand. Sicherheitsabstand? fragte sich Vera. Immer noch fand sich keine Zigarette in seinem Mundwinkel, und als sie die kleine Empore am Ende der obersten Treppe betraten und Vera aufschloß, war er plötzlich dicht hinter ihr, ohne sie zu berühren.

Dennoch spürte sie ihn.

»Kommen Sie rein.«

Sie ging ihm voraus und geradewegs ins Bad, wo sie sich kaltes Wasser ins Gesicht klatschte und sich so nah im Spiegel betrachtete, daß ihre Nasenspitze fast das Glas berührte.

Du bist verrückt!

Wie gut, daß du verrückt bist.

»Prosecco ist im Kühlschrank«, rief sie. »Im Schrank darüber finden Sie die Gläser. Ich bin sofort da.«

Mit klopfendem Herzen stand sie vor dem Spiegel und betrachtete sich. Ein Gefühl der Furcht beschlich sie, jetzt da rauszugehen und mit ihm zu trinken, und zugleich ein solch rasender Durst nach Nähe, daß sie sich vorkam wie eine Wüste, rissig geworden durch die Kräfte der Einsamkeit.

Sie sah ihre Narbe und sah darüber hinweg. Ihre Hand streckte sich nach dem schlanken Escada-Flacon, zögerte, zog sich zurück.

»Nun mal nicht übertreiben«, murmelte sie ihrem Spiegelbild zu. Sie schnitten einander ein paar Fratzen, dann entließen sie sich gegenseitig in ihre Welten, eine so hypothetisch wie die andere.

Bathge erwartete sie.

Überraschenderweise war die Angst vollständig aus seinen Augen verschwunden.

Er stand in ihrem Wohnzimmer und betrachtete das einzige Selbstporträt, das sie hatte rahmen lassen, weil es ihr am gelungensten von allen schien. Auf dem schwarzlackierten japanischen Tisch standen zwei gefüllte Gläser und eine geöffnete Flasche. Vera überlegte, wann sie das letzte Mal ein solches Arrangement gesehen hatte. In dieser Wohnung jedenfalls nicht. Ihre One-Night-Stands hatten trinken können, soviel sie wollten, bevor sie ihnen freundlich die Wohnungstüre beschrieb, aber nie hatte sie mitgetrunken.

Sie nahm ihr Glas, gab ihm seines, stellte sich neben ihn und ließ ihren Blick das Bild erwandern, als sähe sie es das erste Mal.

Plötzlich kamen ihr Zweifel, ob es wirklich das beste war. Die Frau dort war sie, aber in welchem Moment ihres Lebens auf Papier gebannt?

War ein Moment ein Mensch?

Sie standen eine Weile davor.

»Van Gogh hat Selbstporträts gemalt, um besser mit sich leben zu können«, sagte Bathge. Es klang nicht dozierend oder selbstgefällig. Es war schlicht und einfach der Satz, der gerade am besten paßte.

Immer gab es zu Beginn diese Sätze, die so wunderbar paßten.

Und irgendwann kommt ein Satz, der nicht ganz so gut paßt, dachte Vera. Und dann passen sie immer weniger, und schließlich kommen überhaupt keine Sätze mehr, sondern nur noch die harten, hilflosen Argumente.

Aber vielleicht ging es auch anders.

Bathge sah von dem Porträt zu ihr und wieder zurück. Sie trank einen Schluck.

»Wie viele dieser Bilder haben Sie gemalt?«

»Ich weiß nicht. Dutzende.«

»Sie sind schön.« Er lachte. »Jedenfalls die beiden, die ich kenne. Ich vermute, die anderen sind ähnlich.«

»Möchten Sie sie sehen?«

Ihre innere Abwehr steckte auch diese Niederlage schweigend weg.

»Sehr gerne«, sagte er.

Sie holte die Sammlung aus dem Schubladenschrank und breitete sie vor ihm aus. Vera in dutzendfacher Ausfertigung. Zumeist seltsam unbeteiligt, auf den schlechteren Versuchen grimassierend, auf den besseren mit sparsamen, kräftigen Strichen ins Leben gerufen.

Ihre letzten Arbeiten zeigten einen immer reduzierteren Strich, aber zugleich den stärksten Ausdruck.

Bathge stand lange schweigend davor.

Sie fragte sich neugierig, welche der Arbeiten er besonders hervorheben würde. Welche ihm am besten gefiele.

So wie du da bist, auf diesem Bild, würde er sagen, finde ich dich am besten.

Sei so.

Sei, wie ich dich haben will.

Er würde urteilen, und verurteilt würde sie die Bilder wegschließen und sich ärgern, ihm die Sammlung überhaupt gezeigt zu haben.

»Wozu das Ganze?« fragte er statt dessen. Kein Urteil, kein Lob, keine Kritik.

Vera zuckte die Achseln.

»Wie Van Gogh schon sagte: vielleicht, um besser mit mir leben zu können.«

»Haben Sie solche Angst vor dem Verschwinden?«

Sie hielt den Blick weiter zu Boden gerichtet.

»Ich glaube«, sagte Bathge, »van Gogh fürchtete, in zwei Menschen zu zerfallen. Den gesunden und den kranken, den lebenslustigen und den wahnsinnigen, der sich selbst zerstört. Ihre Porträts sagen mir etwas anderes.«

»Was?«

»Ich weiß nicht, wie ich es ausdrücken soll, ohne Sie vielleicht zu kränken.«

»Nur zu«, sagte Vera. »Ich bin hart im Nehmen.«

»Das glaube ich Ihnen aufs Wort.« Er zögerte. »Kann auch sein, daß ich danebenliege. Aber es kommt mir so vor, als hätte die Frau, die diese Bilder gemalt hat, sich ständig beweisen müssen, daß sie ... existiert. Daß sie da ist und eine Bedeutung hat. Daß sie nicht nur aus den Wünschen und Vorstellungen anderer besteht und darum vergehen muß, wenn diese Vorstellungen enden. – Ja, es scheint ... als hätte sie tatsächlich gegen ihr eigenes Verschwinden angemalt.«

Veras hörte ihm unbeweglich zu.

»Kann es nicht auch sein, daß sie versucht hat, zu sich selbst zurückzufinden?« sagte sie.

Er nickte.

»Ja, aber dann ... was war noch von ihr übrig, als sie damit angefangen hat?«

Vera wandte den Kopf ab. Die untergehende Sonne zeichnete Schrägen aus Licht in den Raum. Etwas in ihr schmerzte kurz und heftig und verging.

»Tut mir leid«, sagte Bathge. »Ich hatte nicht das Recht ... «

»Doch«, sagte Vera.

Sie drehte sich zu ihm um, umfaßte ihn mit der freien Hand und zog ihn zu sich heran.

Sie küßte ihn.

Sachte erkundete sie die Regionen seiner Lippen, die sich bereitwillig öffneten, sandte ihre Zungenspitze aus, um seine hervorzulocken. Es war einer jener Küsse, während derer sich das Universum um die Erde dreht, und als sie atemlos den Kopf zurückwarf und die Reflexe des späten Sonnenlichts in seinen Augen sah, fand sie bestätigt, daß Vera Gemini existierte.

Sie liebten sich auf einem Bett aus Bleistiftgesichtern.

Die Zeichnungen raschelten unter ihren Körpern, knitterten, rissen, wurden durcheinandergewirbelt vom plötzlich aufziehenden Wind, der durch das offene Fenster drang. Sie schwebten im Zentrum eines glühenden Wirbels. Jedes ihrer Atome schien mit höchster Ladung dahinzurasen, Teil einer Energie, die sich ausdehnte wie nach einem zweiten Urknall, Bezugspunkte schuf, Inseln im Chaos, Welten, einen Kosmos ihres Namens, unaufhaltsam, einzig, allesbeherrschend. Im Feuer ihrer Selbsterschaffung bogen sich die Bleistiftgesichter mit glühenden Rändern, erstrahlten und wurden zu Asche, um Zeit und Raum zu schaffen für Neues.

Der Winkel der Sonnenschrägen verflachte sich, bis sie ganz verschwanden und der Himmel sich zu einem bleiernen Rosablau verfärbte. Schwalbengeschwader schossen jubilierend ums Haus, stürzten sich in irrwitzigen Manövern auf Schwärme von Mücken. Die Straßenlaternen sprangen an, ungeachtet der verbliebenen Helligkeit, summend und selbstgefällig, bis ein klarer weißer Mond auf einer wolkigen See dahintrieb und ihnen die Schau stahl.

Vera sah mit halbgeschlossenen Lidern zur Decke.

Dunkel.

Angenehm warm.

Nein, dachte sie, so einfach ist die Vergangenheit nicht loszuwerden. Wozu auch? Sie ist und bleibt ein Teil, so wie Gliedmaßen an einem Körper. Die Vergangenheit zu leugnen heißt, dieses eine Leben zu leugnen, das man lebt. Und dieses Leben ist unteilbar. Um ein neues zu beginnen, muß man gestorben sein.

Aber wenn die Vergangenheit Macht über uns gewinnt, werden wir zu Hüllen, die reden und sich bewegen. Wir sterben zweimal, und mindestens einmal zu früh.

War die Macht gebrochen?

Sie drehte den Kopf und betrachtete den Mann, dem sie gestattet hatte, sie zu küssen, zu lieben, sie im Arm zu halten, zu streicheln, zu bleiben.

Warum Simon Bathge?

Alles daran war falsch. Er war ihr Klient. Er hatte sie mehrfach belogen. Seine Nähe brachte die Nähe eines Psychopathen mit sich, der sie beide observierte, möglicherweise sogar in diesem Augenblick.

Warum nicht die anderen?

Einige waren wirklich nett gewesen. Zuvorkommend, witzig und charmant. Attraktiv. Gute Liebhaber, denen die Enttäuschung im Gesicht geschrieben stand, wenn Vera sie aus ihrem Leben warf, kaum daß sie einen Blick hineingeworfen hatten.

Viele hatten sich redlich bemüht.

Grauenhaft.

Dieses redliche Bemühen, Erzeugen von Verbindlichkeit, klettenhafte Getue. Anrufe, Blumen, allzuschnell geäußerte Liebesbekundungen. Zukunftspläne. Beängstigend. Erdrückend. Erstickend. Dieses Verlangen, gib mir mehr. Warum darf ich dich nicht küssen? Wir haben miteinander geschlafen, warum darf ich dich nicht küssen? Gib mir, ich gebe dir, gib mir, ich gebe dir. Warum dies nicht, warum das nicht?

Oh, Vera, kann ich dein verständnisvoller Partner sein? Sag mir, was dich bedrückt. Wie kann ich dir helfen?

He, kaputtes Spielzeug. Wie kann ich dich reparieren?

Blöde Fragen.

Ansprüche!

Da, da ist die Tür. Vergiß nicht, deinen Geruch mitzunehmen.

Bathge hatte sich nicht bemüht. Er hatte es ihr überlassen, sich zu bemühen.

War es das?

Sie rollte sich auf den Bauch und sah in ihr eigenes Gesicht, eines der vielen Porträts. Das bin nicht ich, dachte sie. Nur Linien und Proportionen. Handwerklich gelungen wie ein Türschloß.

Sie fragte sich, wie es dem Holländer geglückt war, seine Seele in die Selbstporträts zu legen, die so analytisch und distanziert anmuteten und zugleich so voller Leben waren. Aber Van Gogh hatte sich seiner Existenz nicht zu versichern brauchen. Vielmehr schien er seinen Hunger nach Leben, diese überbordende, ungeordnete Energie, die zuviel war für seine physische Existenz, einfach in Öl übertragen zu haben. Sein Plan mußte gewesen sein, aus dem wirklichen Leben in das seiner Bilder überzuwechseln, die ihn überdauern würden, und es war ihm gelungen.

Oh Gott, dachte sie, was für Gedanken nach einem guten Fick. Wie schön, so was denken zu können.

»He«, sagte Bathge.

Sein Zeigefinger fuhr ihre Wirbelsäule entlang.

Wärme. Wohlbehagen.

Sie hörte sich schnurren. Tief aus ihrem Innern heraus. Ein Geräusch, das sich nicht bewußt erzeugen ließ, sondern den Umständen folgte wie Zugvögel.

Sie hatte es verstummt geglaubt.

Er lächelte und stupste sie sacht gegen die Nase.

»Die Knubbelnase«, sagte Vera.

»Ja«, sagte er. »Ein bißchen knubbelig ist sie tatsächlich.«

»Du sollst widersprechen«, brummte sie.

»Es ist eine wunderschöne Knubbelnase. Wunderschön. Was sagtest du, soll ich?«

»Du sollst ...« Sie reckte sich. »Weißt du was? Du hast den Schampus aufgemacht, jetzt bist du auch dafür verantwortlich. Du sollst die Gläser vollmachen.«

Er lachte, robbte zur Flasche und füllte ihnen nach.

»Worauf trinken wir?«

»Ich weiß nicht. Auf die Freiheit, nicht ständig auf irgendwas trinken zu müssen, okay?«

»Okay.«

Sie legte den Kopf in die Armbeuge und sah ihn an. Seine Hand ruhte jetzt oberhalb ihrer Pobacken, sandte Ströme von Energie aus. Sie wünschte sich, er würde sie nie wieder von dort fortnehmen.

Aber plötzlich kam ihr eine Idee, und sie sprang auf und holte ein Feuerzeug aus der Küche. Nacheinander zündete sie die Kerzen an, bis das Wohnzimmer in warmem Licht erstrahlte, sprang zwischen den Leuchtern umher wie ein Kind und genoß es, ihn teilhaben zu lassen.

»Deine Geheimnisse gegen meine«, rief sie.

Er lachte leise.

»Was möchtest du wissen?«

Sie schüttelte den Kopf und legte sich so vor ihn hin, daß ihre Gesichter einander zugewandt waren.

»Nichts.«

»Keine Geheimnisse?«

»Ich möchte was wissen, aber nichts hören. Ich will was erzählen, aber nichts sagen. Geht das?«

Er sah in sein Glas.

»Ja«, sagte er. »Ich glaube schon.«

Es ist eine seltsame Logik in den Dingen. Seltsam und beängstigend.

Nachdem wir miteinander geschlafen haben, dachte Vera, muß es nun wohl heißen, gib mir deine Geschichte. Erzähl mir. Wie ist dein Leben? Was tust du? Wer bist du? Wir haben uns das Recht ervögelt, ineinander zu blicken.

Wir haben ein Anrecht.

Absurd!

Was mochte Leute in den Glauben versetzen, die Einführung des männlichen Glieds in die weibliche Scheide verschaffe einer der beteiligten Personen irgendein Anrecht? Und wenn die anschließende Wärme der Umarmung und der Wunsch nach fortdauernder Nähe einander noch so nahebringen mochten, wer sagte, daß immer gleich die Karten auf den Tisch gelegt werden mußten? Wir haben einander angezogen und ausgezogen, warum sollen wir uns noch das Fleisch von den Knochen reißen und offenlegen, was sich nur von selber öffnen kann?

Sie hätte ihn fragen können. Sag mir, wie hast du gelebt in den letzten Jahren. Gib mir dieses Leben. Ich weiß so wenig über dich.

Aber sie wußte, was seine Hände taten.

Sie wußte, wie er sie ansah.

Sie wußte, wie er eine Flasche entkorkte und zwei Gläser füllte, langsam und mit Bedacht, ohne zu zittern, etwa dreiviertelvoll und beide exakt in gleicher Höhe, und wie er beobachtete, was er tat, und es für wert befand, alles daran genau in Augenschein zu nehmen.

Wozu reden?

Wir breiten Worte voreinander aus wie Fotografien, um die Landschaft unserer Seele zu beschreiben. Und wie Fotos enttäuschen sie uns. Die Schlucht, die so unspektakulär erscheint und doch in Wirklichkeit so tief abfällt. Das Panorama, nicht annähernd so gewaltig, als stünde man in eigener Person davor. Alles verflacht, wird bunt, geschwätzig und beliebig, aus dem Zusammenhang gerissen. Wir führen einen Machtkampf der Offenbarungen, peinlich darauf bedacht, daß keiner mehr preisgibt als der andere, im Glauben, dem anderen auf diese Weise näherzukommen, wir ihm, nicht er uns. Wir reden und reden und entfernen uns mit jedem Wort ein Stückchen weiter weg von dem, was wir ausdrücken wollen.

Bathge hätte sie fragen können.

Deine Geheimnisse gegen meine. Deine Geschichte, Vera. Du bist dran.

Sie lauschte seinen Atemzügen und reckte sich, als könne sie ihre Gliedmaßen endlos strecken.

Meine Geheimnisse.

Ich habe geheiratet irgendwann. Das ist kein Geheimnis. Ich habe nie geglaubt, daß es in meinem Leben Geheimnisse geben wird. Einen Polizisten. Du kommst nicht weiter als bis zur nächsten silbernen Knopfreihe, wenn du darauf Tag und Nacht deine Arbeit machst und sie in einem Polizeipräsidium stattfindet. Zwischen abgewetzten Möbeln und von Neon beleuchtet wird alles entweder häßlicher oder schöner, und Karl wurde eben schöner mit jedem Mal. Er schleppte

Fusseln und Haare an. Wir untersuchten nicht alles im Waidmarkt, das meiste schickten wir raus, aber die Polizei in Köln hat ihre eigenen Spurensucher. Nachdem ich gelernt hatte, was das berühmte Schwarze unterm Fingernagel über einen Mord aussagen kann, ließen sie mich endlich an die Tatorte. Männer sind nicht wirklich der Meinung, daß Frauen weniger können. Sie wissen bloß nicht, was für sie bleibt, wenn wir in allem genauso gut sind wie sie, also halten sie uns an der langen Leine, und alles dauert etwas länger.

Ich habe Roth gesagt, ohne ihn wäre ich nichts. Das funktionierte. Es war ungerecht ihm gegenüber, er war tatsächlich gut zu mir. Aber er war auch mein Vorgesetzter, und es hat gewirkt. Männer akzeptieren starke und erfolgreiche Frauen, wenn nach außen klar ist, daß sie ihnen alles zu verdanken haben.

Ich habe so etwas wie Karriere gemacht und kam raus an die Front. Man stochert in unschönen Sachen rum, in dem, was von Menschen geblieben ist. Haare. Fasern. Winzige Hautfetzen. Mein Leben lang habe ich Ohnmacht verspürt beim Gedanken, daß eine einzige Zelle dieser Fetzchen den kompletten genetischen Code birgt von jemandem, der gerade einen anderen vergewaltigt oder erstochen oder erschossen hat. Daß jeder noch so kümmerliche miese Abschaum unter dem Mikroskop für kurze Zeit zum Wunder wird. Oder das nagende Mitleid mit den Opfern, deren Haare man von einem Teppich aufsammelt oder von einem Bürgersteig, obwohl sie auf eine Kopfhaut über ein lachendes Gesicht gehören.

Blut läßt mich kalt. Seltsamerweise. Vielleicht, weil ein menschlicher Körper nach außen immer noch intakt scheint ohne Blut. Was uns ängstigt, ist, zerrissen zu werden, zerfetzt und verstümmelt. Etwas von uns zu verlieren und diesen Makel durch die Welt tragen zu müssen. Der sichtbare Verlust. Während meiner Zeit bei der Spurensicherung habe ich mich oft gefragt, was ich täte, wenn ich ein Bein oder einen Arm verlieren würde. Nicht mehr vollständig zu sein im Sinne einer auf Perfektion bedachten Öffentlichkeit ist weit schlimmer als Blutleere.

Polizisten werden sonderbar, wenn sie längere Zeit solchen Dingen ausgesetzt sind. Sie suchen Partner, um ihre Erfahrungen zu teilen. Mit Gewaltverbrechen befaßt zu sein, zwingt einen, sich mit einer Hornhaut zu umgeben. Man ertappt sich dabei, nach Hause zu kommen und den Kratzer am Bein des eigenen Kindes, das gotterbärmlich weint, zur Nichtigkeit zu degradieren. Die Sichtweise für das Schreckliche verlagert sich. Entweder man geht zugrunde, oder man verliert den Bezug zu den alltäglichen Wehwehchen, die aber nun mal neunundneunzigkommaneun Prozent der Menschheit heillos entsetzen. Man steht daneben und fühlt sich eines Tages nicht mehr zugehörig, weder zu den Alltagsmenschen noch zu den Gewaltverbrechern.

Man wird also einsam.

Mir selber ist wenig begegnet, was mich in diese Isolation hätte treiben können. Karl hatte mehr gesehen. Er schwieg darüber. Er wurde respektiert, weil er schweigen konnte. Er strahlte etwas aus, das ich gern gehabt hätte. Eine eherne Ruhe. Irgendwie fühlte ich mich geehrt, als er begann, mir von den Schatten zu erzählen, die ihn heimsuchten. Er merkte, daß ich ihn verstand. Zu der Zeit wußte ich gar nichts. Ich wußte nicht, daß er Rohypnol nahm, dieses Schlafmittel, das unter Umständen gegenteilige Wirkung hat und enorm aufputscht. Er ist mit vielem nicht zurechtgekommen, aber es funktionierte, solange er die Kontrolle hatte oder zu haben glaubte.

Doch, er war sensibel und zärtlich. Nicht unbedingt kontaktfreudig, aber ich dachte, das könnte ich ja besorgen, den Freundeskreis. Ich hatte keinerlei Zweifel, daß er sich Freunde wünschte. Er selber war eben schüchtern. Das ist eine erregende Kombination, Kraft, Souveränität und Schüchternheit. Man glaubt tatsächlich, einen zweiten Clint Eastwood vor sich zu haben, ohne zu ahnen, daß die Kraft Stoik, die Souveränität Desinteresse und die Schüchternheit mangelndes Selbstbewußtsein sind.

Man ahnt so vieles nicht.

Die Hochzeit war ein Jahr, nachdem wir das erste Mal zusammen über einem Mikroskop gehangen hatten. Unsere ersten Monate waren traumhaft, alles stimmte. Wann immer wir konnten, fuhren wir weg. Karl liebte die Einsamkeit, also gewöhnte ich mir an, sie auch zu lieben. Ich wollte nichts anderes, als an seiner Seite zu sein, also war die Einsamkeit in Ordnung. Wir verbrachten unseren ersten Urlaub in den Highlands, obwohl ich lieber nach Italien gefahren wäre, aber er versprach, wir würden das im kommenden Jahr nachholen. Er hatte ein Cabrio gekauft. Wir hatten Glück mit dem Wetter, fuhren offen und lernten Millionen Schafe kennen und kein Schwein. Ich glaube, es war das einzige Mal, daß Ausgewogenheit und Harmonie zwischen uns herrschten.

Eine Beziehung ist kein Schmelzofen. Ich bin der unumstößlichen Überzeugung, daß man nicht alles teilen kann. Es gibt Orte und Situationen, da fühle ich mich wie angekoppelt, wie eine lang gesuchte Steckverbindung, ein fehlendes Puzzleteil. Man muß sehr ehrlich mit sich selber sein, um das auszukosten. Wenn dir jemand beibiegen will, dieses Empfinden sei falsch, will er sich nur selbst zur Hauptsache machen. Zwei Hauptsachen, das ist legitim. Das geht. Jeder soll seine eigene Hauptsache bleiben, um so eher kann eine Beziehung mit allem gegenseitigen Respekt funktionieren. Aber eben darum denke ich auch, daß gemeinsames Erleben immer nur die Schnittmenge des Unausgesprochenen sein kann. Darüber hinaus muß jeder sehen, daß er mit sich selber glücklich wird, sonst kann er mit keinem glücklich werden.

Karl verstand diesen Gedanken nicht mal ansatzweise.

Als Roth mir anbot, die stellvertretende Leitung der Abteilung zu übernehmen, reagierte Karl seltsam verletzt. Er drängte mich, meinen Job ganz aufzugeben. Das war komisch, schließlich hatte ihn ja angeblich meine Selbständigkeit so sehr fasziniert. Ich frage mich, ob das eine Diaspora der Zweisamkeit ist. Immer wollen wir dem Partner abgewöhnen, was uns an ihm gefallen hat, es könnte ja auch anderen gefallen. Karl hätte mich am liebsten weggeschlossen. Ich verstand nicht, was er meinte, als er sagte, es sei wegen der Kinder. Ich fragte ihn, von welchen Kindern er überhaupt rede, und er wirkte noch verletzter und meinte, von unseren natürlich, von welchen denn sonst? Es war das erste Mal, daß er mich betrachtete, als sei ich ein Feind, also erklärte ich ihm, daß ich gerne Kinder hätte, nur später. Er beharrte darauf, ich solle den Dienst quittieren. Er fand andere Gründe. Daß wir mehr Zeit füreinander hätten, sein Gehalt ausreichend sei für beide, ich es an seiner Seite nicht nötig hätte zu arbeiten. All das.

Gut, er war das Wichtigste in meinem Leben. Also konnte mein Job nur das Zweitwichtigste sein. Wieder ein Stück Logik aus der Algebra der Ehe. Ich stand kurz davor nachzugeben, aber etwas sagte mir, es sei falsch.

Wie ein Tsunami hat sich alles aufgebaut. Tsunamis, die gigantische Wellen im Ozean, mehrere Kilometer lang und tief. Auf offener See heben sie einen Ozeanriesen ein bis zwei Zentimeter an, das ist alles. Unterseeisch wälzen sie sich auf die Küste zu, bis der ansteigende Untergrund sie abbremst und sich die gewaltige Masse bewegten Wassers in Sekundenschnelle auftürmt. Schockartig wächst der Tsunami aus völlig ruhiger See und reckt sich bis zu fünfzig Meter über die erstarrten Menschen, denen keine Zeit für nichts mehr bleibt. Er bricht über sie herein, trägt Schiffe kilometerweit ins Landesinnere, reißt Häuser und Städte ein, zerschmettert festgeglaubte Strukturen, ebnet ein, was als stabil galt, lehrt uns den Rückfall in die Urzeit.

Ich hätte nie geglaubt, daß Karl mich schlagen könnte. Ich hätte auch nie geglaubt, daß der Krakatau noch mal ausbricht. Ich hätte nie geglaubt, daß *mir* so was passieren könnte. Ich hätte nie geglaubt, daß jemand auf den Papst schießt.

Ich glaubte es selbst dann noch nicht, als ich mein Blut schmeckte. Es gab keinen Anlaß. Wir waren auf einer Party gewesen. Ich hatte jede Menge Spaß, und als wir draußen auf der Straße waren, langte er mir eine. Ich hab nicht mal gesehen, wie er ausholte, nur daß plötzlich seine Faust in meinem Gesicht war. Der Schmerz spielt keine Rolle. Im Moment, da er dich schlägt, vergißt du, es schmerzhaft zu finden. Ich stand da, wir standen da, ich neben mir, betrachtete mir den Schlamassel und versuchte zu ergründen, was vorgefallen war. Ein Irrtum, das war schon mal klar. Dieses Vorkommnis war für jemand anderen gedacht, für ein anderes Paar, nicht für uns. Ich konnte nicht begreifen, daß eine dieser Hände, daß dieser Mann mich geschlagen hatte, das gehörte nicht in meine Ehe.

Zu Anfang verdrängst du schnell. Ich steckte diesen Schlag ein und leugnete ihn sofort. Ein Ausrutscher. Ach was, ein schlimmer Traum. Er würde so was niemals tun. Das ist überhaupt nicht passiert. Laß uns nach Hause gehen und so tun, als sei nichts gewesen.

Am nächsten Tag entschuldigte er sich. Er grämte sich so sehr, daß er mir schon wieder leid tat. Das machen sie immer, die Schläger. Sie entschuldigen sich, um ihre eigene Welt wieder in Ordnung zu bringen, nicht die des Opfers.

Entweder geht man nach dem ersten Schlag oder nie. Aber den Ratschlag kann dir keiner geben, weil du dich schämst und schweigst. Überhaupt ist das mit den Ratschlägen so eine Sache. Katastrophenspezialisten wohnen überall, nur nicht in Katastrophengebieten. Du denkst halt, der Krakatau ist einmal ausgebrochen, jetzt wird er Ruhe geben. Auf den Papst schießt keiner ein zweites Mal. Dein Mann wird eines Tages voller Zerknirschung daran denken, wie er ein einziges Mal im Leben die Kontrolle verloren hat. So stellst du dir das vor und versuchst es ihm recht zu machen, bis die zweite Überraschung ranfliegt, mitten in die Fresse.

Karl gewöhnte sich an, mich mit Argusaugen zu beobachten. Ich versuchte, ihn von diesem elenden Zeug runterzubringen, das er brauchte, um sich halbwegs zu stabilisieren. Er heulte und tat mir wieder leid. Dann schlug er zu. Ich hätte ihn nicht heulen sehen dürfen. Der Herr im Haus heult nicht. Alles war meine Schuld, weil ich eigene Freunde hatte, eigene Pläne, eigene Ziele, Wünsche und Vorstellungen, einen eigenen Kopf, alles gegen ihn gerichtet.

Es heißt, prügelnde Männer seien das Resultat der Wohlstandsspirale. Druck von oben nach unten, und ganz unten ist eben zu Hause. Ich glaube eher, Prügeln ist ein persönliches Problem. Es gibt in jeder Gesellschaft, ob archaisch oder industriell, christlich, moslemisch oder buddhistisch, Männer, die sich in der Gleichberechtigung unterlegen fühlen. Ihr Lebensinhalt besteht in Dominanz. Was darstellen in den Augen anderer. Das hat mit Wohlstand nichts zu tun, sondern mit den Werten und Hierarchien, die eine Gesellschaft postuliert. Und die Polizei ist verdammt hierarchisch. Da wie beim Militär nähen sie dir als Mann das Selbstbewußtsein auf die Schulter und heften es dir an die Brust, weil du so schön Jawohl sagen kannst. Selbst der kleinste Arsch hat noch jemanden, den er anbrüllen kann. Und der allerkleinste Arsch brüllt zu Hause.

Das Schlimme ist, daß du irgendwann den Horizont verlierst. Er prügelt, aber er bringt dich dazu, zu glauben, er sei im Recht, und es sei deine Schuld, daß es eine Scheißehe ist. Er sagt, du mußt dich ändern, dann wird alles wieder gut. Wenn ich glaubte, erkannt zu haben, was Karl störte, stellte ich es ab. Ich traf mich nicht mehr mit den Freunden, die er haßte, ging kaum noch alleine weg, äußerte bestimmte Meinungen so lange nicht mehr, bis ich selber davon überzeugt war, sie seien falsch. Irgendwann hatte er mich so weit, daß ich nicht wagte, im Restaurant zu bestellen, aus Angst, der Kellner könnte mich anlächeln. Ich schminkte mich nicht mehr. Ich lief in Sack und Asche durch die Gegend.

Einfach aufbegehren?

Sicher, anfangs denkst du darüber nach. Du setzt deinen Kopf durch und riskierst die Prügel, die du ohnehin bekommen würdest, aber seltsamerweise bleiben sie aus. Statt dessen spricht er nicht mit dir. Tagelang. Sprachlosigkeit ist das Grausamste, was man einem Menschen antun kann. Grün und blau um die Augen flehst du ihn schließlich an, endlich den Mund aufzumachen, dich in den Arm zu nehmen. Du gibst alles zu. Ja, ich bin schuld! Ja, du hast recht! Du hast in allem recht! Ich werde mich ändern. Bitte sprich mit mir, ich werde mich ändern, bitte sprich mit mir, bitte! Alles bist du bereit zu tun oder zu lassen, je nachdem, wie er es will, um nicht öffentlich bekennen zu müssen, wie dein Leben aussieht.

Ich dachte, ich kann ihn ändern, wenn ich mich selber ändere. Ich machte mich für alles verantwortlich und fühlte mich für alles schuldig. Wenn er Ärger im Job hatte, fühlte ich mich schuldig. Wenn er vergaß, mir zum Geburtstag zu gratulieren, fühlte ich mich schuldig. Wenn er mich anschrie, ich treibe es hinter seinem Rücken mit Türken und Farbigen, fühlte ich mich schuldig. Wenn ich das Rohypnol entdeckte, das er angeblich nicht mehr nahm, fühlte ich mich schuldig. Er hatte es als Kind nicht leicht gehabt. Ich fühlte mich schuldig. Wegen Eva mußte Adam aus dem Paradies. Ich fühlte mich schuldig. Schuldig und wert, bestraft zu werden.

Ich schrumpfte auf einen Punkt.

Mein stolzer und angesehener Kämpfer für Gerechtigkeit war ein solches Waschweib, daß er alleine meine Existenz schon als Bedrohung empfand. Eine Psychologin, die später in meinem Prozeß aussagte, meinte zu mir, ich hätte ihm ein einziges Mal befehlen sollen, sich niederzuknien, ihm die Hochhackigen ins Gesicht drücken und sagen sollen: »Leck!« Er wäre zusammengebrochen, eine devote kleine Null, ohne Befehl außerstande, sich alleine den Arsch abzuwischen. Alle, die Frauen schlagen, sind im Grunde solche Nullen.

Aber den Zeitpunkt hatte ich verpaßt.

Meinen Job hatte ich längst aufgegeben. Es nützte nichts. Mehrfach war ich im Krankenhaus, um das Märchen von der steilen Kellertreppe zu erzählen. Karl sagte, wenn du ein Wort sagst, breche ich dir die Knochen. Ich sagte nichts, und er brach sie mir trotzdem. Er nahm sein Rohypnol und prügelte mich halb besinnungslos. Er schaffte es, auf mir zu sitzen und eine Zigarette auf meinem Hinterteil auszudrücken, damit ich lernte, wie ich ihn zu respektieren habe.

Er schaffte es, daß ich unsere Ehe für eine ganz normale Ehe hielt.

Eines Tages gelang es mir, ihm zu entwischen. Ich traf Roth und erzählte ihm von allem. Roth redete drei Stunden auf mich ein, dann wußte er, daß ich mich vorerst nicht umbringen würde.

Dann ...

Als ich an diesem Tag nach Hause komme, ist Karl schon da. Er sitzt demonstrativ vor dem leeren Küchentisch und fragt leise, wo das Abendessen ist. Ganz leise und beherrscht. Ich sehe ihn an und sage: Siehst du es irgendwo?

Im nächsten Moment knalle ich gegen die Tür. Er schleudert mich zu Boden und schlägt meinen Kopf auf die Fliesen. Dann packt er mich und zerrt mich zum Kühlschrank, reißt die Tür auf und drückt meinen Kopf ins Innere.

Siehst *du* es? schreit er. Siehst *du* es?

Mittlerweile blute ich von der Stirn. Ich versuche, mich irgendwo festzuhalten, ich weiß nicht, was nach all den Jahren und den unzähligen Erniedrigungen plötzlich den Ausschlag gibt, aber als ich wieder zum Vorschein komme, halte ich eine Flasche in der Hand und schmettere sie in sein Gesicht.

Karl ist völlig verblüfft. Ich wohl noch mehr als er. Der Impuls drängt hoch, um Entschuldigung zu flehen, in die hinterste Ecke zu kriechen und bereitwillig in Kauf zu nehmen, daß er mich jetzt totschlagen und mein nichtswürdiges, kleines, schuldiges Leben beenden wird. Ich weiß, daß er mich töten wird. Ich sehe die grenzenlose Verwunderung in seinen Zügen und dann, wie sich sein Gesicht zur Fratze verzerrt, wie er die Faust ballt und diese Faust wie ein Geschoß heranfliegt.

Nein.

Ich ziehe ihm die Flasche ein zweites Mal über. Sie zerbricht. Diesmal geht er in die Knie. Er kriecht auf dem Küchenboden rum und sabbert und blutet ihn voll. Ich trete zu und sehe ihn zur Seite kippen.

Ich werde, was er ist.

Am Ende rührt er sich nicht mehr. Er liegt auf seinem Gesicht und scheint nicht mal mehr zu atmen. Ich setze mich neben ihn und trinke ein Glas Milch. Dann rufe ich Roth an. Er kommt mich holen. Ich will weinen, aber ich starre nur dumpf aus dem Wagenfenster und sehe den Notärzten zu, wie sie die Bahre mit Karl hinten reinschieben und losbrausen.

Karl ist ein zäher Brocken. Ich habe ihm den Schädel und den Kiefer und ein paar Rippen gebrochen, aber er übersteht auch das. Seelisch habe ich ihn kleingekriegt. Ich habe ihn zum Wimmern und er mich zum Verstummen gebracht.

Für Jahre.

Eine Zeitlang wohne ich bei Tom Roth und seiner Frau Marga. Wir wissen nicht, was Karl tun wird, wenn sie ihn aus dem Krankenhaus entlassen, ob er versuchen wird, mich zu töten, aber er tut gar nichts. Es gibt eine Anzeige wegen Körperverletzung und einen Prozeß, den ich in allen Punkten gewinne. Karl wird vor Gericht demontiert, zerkleinert und zerfetzt, daß ich in den Pausen raus und mich übergeben muß aus Ekel vor dem Haufen Protoplasma, der mein Mann gewesen ist.

Meine Anwältin fragt, ob ich Karl hätte töten können. Ich sage ja. Ich sage auch heute noch ja. Sie rät mir, vor Gericht bloß meine Klappe zu halten.

Ich halte sie.

Man spricht mir einen Haufen Geld zu. Schmerzensgeld. Ich heiße wieder Gemini nach meinem Vater, Diplomat in Rom, und seiner deutschen, sehr vornehmen Frau, deren zwei andere Kinder Dr. und Dr. Dr. geworden sind. Sie freuen sich, von mir zu hören und wundern sich über den Prozeß. Sie haben gar nichts mitgekriegt. Schwarze Schafe hört man nicht gern blöken.

Ich habe Geld für die DeTechtei ...

»Vera.«

Sie öffnete die Augen und sah Bathge über sich gebeugt.

»Mhm?«

»Nichts.«

Er lächelte und küßte sie.

Hätte ich es dir erzählen sollen, Simon? Aber wozu die Welt mit noch mehr Worten dekorieren? Worte können Schläge sein, aber sie können Schläge nicht beschreiben.

Du hast mich nicht gefragt. Nach allem, was du mir über meine Bilder erzählt hast, bin ich dankbar, daß du nicht gefragt hast, obwohl du weißt, daß nichts in Ordnung ist.

Irgendwann vielleicht.

Wert ist nur, was man erzählt. Nicht, was erfragt wird.

Sie lächelte zurück, spitzte die Lippen und sagte:

»Blubb.«

Er hob die Brauen.

Vera kicherte und rollte sich in ihm zusammen.

Laß uns tief unten, tief unter Wasser bleiben, solange wir Luft haben. Lieber in Eintracht verstummen, als uns an der Oberfläche zu verlieren.

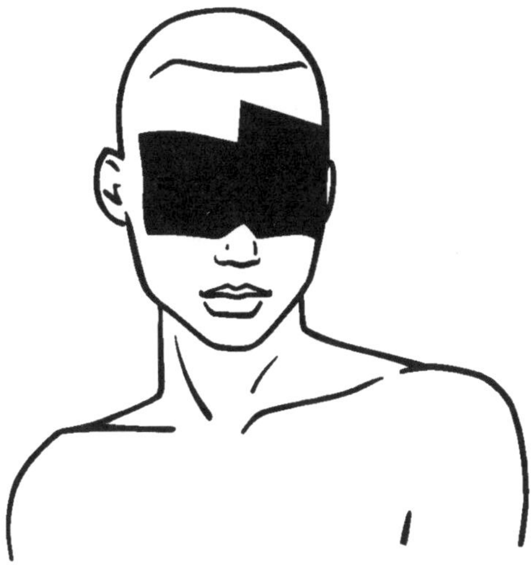

Samstag, 28. August

8.10 Uhr. Vera

Sie saß inmitten der Kerzen und war glücklich.

Plötzlich spürte sie etwas auf ihrer Schulter. Er kitzelte sie und krabbelte über sie hinweg. Erschrocken schlug sie mit der Hand danach.

Zu ihrer Verblüffung war es Sand.

Er kam von oben in dünnen Bächen und erstickte das Licht der kleinen tanzenden Flammen. Hastig erhob sie sich und versuchte, die Kerzen wieder anzuzünden, aber je mehr sie sich abmühte, desto dichter wurde der weiße Regen. Sturmböen kamen auf. Die Körner piekten sie und stachen wie Nadelspitzen in ihre Haut, und alles um sie herum verschwand, bis Vera, die Hände vors Gesicht gepreßt, durch einen weißen Strudel gewirbelt wurde und kopfüber nach unten stürzte.

Jemand sagte etwas, und von einem auf den anderen Moment legte sich der Sturm. Sie rieb sich die Augen und setzte sich auf.

Ihr Schlafzimmer. Ihr Bett. Sie hatte geträumt.

Du solltest aufstehen, dachte sie. Es ist spät. Zu spät. Zu spät wofür? Draußen war es noch dunkel, aber sie schwang die Beine über die Bettkante und ging zur Schlafzimmertür.

Sand unter ihren Füßen.

Verschreckt blinzelte sie in grelles Licht. Eine Wüste erstreckte sich jenseits des Zimmers, ein in Bewegung erstarrter Ozean, nach allen Seiten gleichförmig. Inmitten der Ödnis zirkulierte eine Säule aus Sand und begann, sich zu etwas Vertrautem zu formen.

Erneut hörte sie die Stimme und erkannte plötzlich, was dort vor ihren Augen Gestalt annahm. Sie beschloß, wieder die warme, dämmrige Vertrautheit ihres Schlafzimmer aufzusuchen, aber als sie den Kopf drehte, um hinter sich zu sehen, war auch dort nichts als Wüste, endlos, totenstill, bewachsen mit Knoten struppigen Grases.

Ein gutes Stück entfernt stand Lubold und betrachtete sie ohne Antlitz.

Sie wußte, daß es Lubold war. Er stellte ihr eine Frage, und die Sandmassen, aus denen sein Körper bestand, gerieten leicht in Bewegung, rutschten durcheinander und verfestigten sich wieder.

Dann trat er auf sie zu.

Voller Angst wandte sie sich zur Seite, aber auch dort wartete er schon auf sie, weiß und gesichtslos. Seine Stimme rieselte auf sie herab und begrub sie unter Rätseln. Von Panik ergriffen, kämpfte sie sich frei, rang nach Atem, nur um ihn erneut vor sich treten zu sehen, zum

Leben erwachter Wüstensand, entschlossen, sie unter seinen Fragen zu begraben. Es war offensichtlich, daß sie ihn nur vertreiben konnte, wenn sie seine Rätsel löste, aber die Sandmassen zogen sie immer weiter herab, und sie spürte, daß Lubold und die Wüste eins waren, daß sie in ihm versank und er sie zu einem Teil seiner selbst machte. Sie öffnete den Mund, um zu schreien. Augenblicklich füllte er sich mit feinem, weißen Sand, der ihre Luftröhre verstopfte und in ihre Lungen sickerte ...

Mit letzter Kraftanstrengung schlug sie die Augen auf.

Einen Moment lang wirkte das Erlebnis, ersticken zu müssen, intensiv nach. Da war noch jemand mit ihr im Bett. Er raubte ihr den Platz und die Luft, und sie rückte hastig von ihm ab und setzte sich ein Stück auf.

Die Benommenheit wich.

Lubolds Sandrätsel rieselten aus Veras Kopf und machten dem vorangegangenen Abend Platz.

Wie ungewohnt, mit einem Mann an ihrer Seite aufzuwachen. Gewöhnungsbedürftig. Jetzt, als sie Bathge daliegen sah, die Augen geschlossen und die Lippen leicht geöffnet, war sie einen Moment lang versucht, ihn zu wecken und ihn im wahrsten Sinne des Wortes in die Wüste zu schicken. Raus aus ihrer Wohnung, ihrem Leben. Den Tag alleine zu beginnen, war einfacher. Ohne jemanden, dem sie Erstickungsträume verdankte.

Dann verflog der Spuk und wich wohliger Erinnerung. Ein Teil von ihr versuchte doch noch zu der Erkenntnis zu gelangen, vor der sie im Traum gestanden hatte. Dann gab sie auf, und ihr Bewußtsein löschte die Vision.

Gut so. Erkenntnisse in Träumen waren nichts wert.

Sie legte den Kopf auf seine Brust, lauschte seinen gleichmäßigen Atemzügen und dachte nach. Der Peilsender in dem Feuerzeug fiel ihr ein, das sie ihm geschenkt hatte. Sollte sie ihm endlich die Wahrheit sagen? Wem sollte sie vertrauen, wenn nicht ihm?

Wie würde er reagieren?

Plötzlich fröstelte sie trotz der Hitze, die der Tag schon um die frühe Zeit aussandte. Nein, zuviel Wahrheit. Zu früh. Das mit dem Feuerzeug konnte warten. Es war ein weichgekochter Kompromiß, den sie mit sich schloß, aber sie wollte das Thema noch nicht zur Sprache bringen. Nicht an diesem Morgen, in dem sie ruhten wie in einem Gespinst aus Hoffnungen, hauchzart und kaum fähig, die Last ihrer gemeinsamen Einsamkeit zu tragen. Ohnehin würden sie allzuschnell zurückfinden in die Realität mit ihren Üskers und Solwegyns, Marmanns und Lubolds, zu Bathges Ängsten und zu ihren eigenen.

Leise stand sie auf und ging durch das Wohnzimmer in die Küche. Die halbvolle Flasche Prosecco stand noch zwischen den herumliegenden Zeichnungen, flankiert von zwei leeren Gläsern.

Über den Kerzen krümmten sich schwarze Dochte, aber sie waren nicht heruntergebrannt. Vera suchte nach der Erinnerung, sie gelöscht zu haben. Mit Sicherheit hatte sie es getan. War noch einmal aufgestanden, schon im Halbschlaf, und hatte jede einzelne ausgeblasen. Oder Simon hatte dafür gesorgt, daß sie nicht beide in ihrem Kokon verbrannten.

Oder ein Wüstenwind.

Fast erwartete sie, alles mit einer feinen Sandschicht überzogen zu finden. Von dem Traum war nichts geblieben als zuckendes Unbehagen mit der Tendenz, zu verschwinden wie Zahnschmerzen nach Einnahme einer Tablette. Das Sonnenlicht wirkte betäubend.

Simon.

Plötzlich wurde aus einem Bathge ein Simon. Einfach so, durch den Austausch von Körperflüssigkeiten.

Vera ging in die Küche und stellte die Kaffeemaschine an. Der Eisschrank gab nicht viel her. Milch, Säfte. In der Tür ein Rest Butter. Unten im Fach zweihundert Gramm eingeschweißter Räucherlachs. Sie zog die Gefrierschublade auf und fischte einen Plastikbeutel mit tiefgekühlten Toastscheiben hervor. Der Toaster brauchte eine Minute länger, um sie zu bräunen, aber das Brot konnte nicht schimmeln, ähnlich, wie Gefühle keinen Schaden nehmen, wenn man sie einfriert. Liebe und Abscheu vernünftig portioniert. Immer nur so viel, wie man braucht, und einen Vorrat, an den keiner drankommt.

Sie fand zwei Joghurts.

Gleich zwei!

Gar nicht mal so schlecht für jemanden, der keinen Besuch zum Frühstück erwartete.

Vera legte eine CD von Satie auf und bereitete das Frühstück, während leise Klavierläufe durch die Wohnung perlten. Dann ging sie ihren Klienten wecken, und das Wecken zog sich hin, bis sie beide glühten und der Toast eiskalt war und sie neuen machen mußte, weil sie kalten Toast nicht mochte.

Sie schafften es sogar noch, Bathges persönlichen Alptraum, der nun auch ihrer zu werden drohte, während des gesamten Frühstücks zu ignorieren.

Eine Idylle auf Zeit.

Vera wußte das, und sie wußte auch, daß die Zeit gerade ablief. Sie aßen den Lachs mit den Fingern aus der Folie, bis nichts mehr da war, als müßten sie alles nehmen, was der Augenblick ihnen gönnte.Dann stellte Vera Teller und Tassen in die Spüle, und schweigend zogen sie sich an.

»Was willst du jetzt tun?« fragte sie beiläufig.

Einer mußte ja anfangen.

Er zog eine Zigarette hervor, betrachtete sie nachdenklich und steckte sie wieder weg.

»Keine Ahnung. Was Marmann angeht, hast du wahrscheinlich recht.«

»Also verlegen wir uns auf Lubold?«

»Vera, da ist etwas, das ich nicht verstehe. Warum gerade er? Ich meine, warum der Erstbeste, der uns in den Sinn kommt? Jemand, der seit acht Jahren tot ist.«

»Lubold ist nicht der Erstbeste, sondern der Nächstliegende«, sagte Vera. »Und das weißt du sehr genau.«

»Mir fällt aber beim besten Willen kein Grund ein. Es ist nicht plausibel.«

»Es muß einen geben.« Vera überlegte kurz. »Irgendeine Verbindung zwischen ihm und Marmann. Vergiß mal Üsker. Vergiß auch Solwegyn. Vergiß meinetwegen sogar dich, es sieht ja gar nicht danach aus, daß er dich sucht. Wir sind beide noch am Leben, stimmt's? Gehen wir meinethalben davon aus, er hat uns benutzt, um Marmann zu finden. Wie er das gemacht hat, weiß ich nicht, aber auch das lassen wir mal beiseite. Wahrscheinlich hat er nicht uns überwacht, sondern Solwegyn. Lubold und Marmann, darauf läuft alles hinaus. Was war zwischen den beiden?«

Bathge sah sie von unten herauf an.

»Du stellst Fragen.«

»Du bezahlst mich fürs Fragenstellen. Schon vergessen? Der Hund macht seinen Job.«

Er grinste.

»Hast du einen Aschenbecher?«

»Nein. Aber ich werde einen kaufen.«

»Ich weiß nicht, was Marmann und Lubold miteinander zu schaffen hatten. Ich muß darüber nachdenken. Marmann ist ziemlich auf Lubold abgefahren, schon möglich, daß da mehr war, als mir im Augenblick bewußt ist.«

»Willst du alleine sein, um darüber nachzudenken?«

»Ja, das wäre das beste.« Er zögerte. »Aber ich würde gerne …«

»Ich würde auch sehr gerne«, sagte sie. »Ich will, daß es anfängt, nicht daß es vorbei ist.«

»Sehen wir uns heute abend?«

Sie zögerte.

»Geht in Ordnung.«

»Gut. Bis dahin versuche ich eine Antwort zu finden. Was ist mit dir?«

»Ich werde in Lubolds Vergangenheit rumstochern und hoffen, daß sie nicht allzusehr stinkt.«.

Er strich ihr übers Haar.

»Sei vorsichtig«, sagte er. Sein Blick war besorgt.

Welche Art Sorge, dachte sie. Es gibt die Sorge um sich selber und die um den anderen. Und dann gäbe es noch die Sorge um uns. Vorausgesetzt, daß eine durchvögelte Nacht automatisch in einem ›wir‹ endet. In einem verdoppelten, weil halbierten Leben. Anmaßend.

Aber sie hatte ihn nicht fortgelassen, und die Kerzen hatten sie nicht verbrannt.

Und sie hatten den Lachs gegessen und zusammengesessen bei einem richtigen Frühstück.

»Ich paß schon auf«, sagte sie.

»Ich wäre sehr traurig, wenn du nicht vorsichtig bist!«

»Mach dir keine Gedanken. Ich würde es der Welt mißgönnen, wenn ich ihr nicht länger auf die Nerven fallen kann. Du solltest auf dich achtgeben.«

Er nickte.

»Darin bin ich geübt.«

9.22 Uhr. DeTechtei

Fouk hatte angerufen. Anrufen lassen, genauer gesagt. Die französisch sprechende Frau, mit der sich Vera bereits unterhalten hatte, ließ ausrichten, er habe noch keine Gelegenheit gefunden, das Foto zu betrachten, sie jedoch beauftragt, Informationen über einen Mann namens Andreas Marmann zusammenzustellen. Sie bedauerte den unpassenden Zeitpunkt. Fouk stecke in umfangreichen Vorbereitungen für eine Expedition. Alle verfügbaren Kräfte würden dringend gebraucht. Augenblicklich könne sie nur soviel sagen, daß ein Andreas Marmann für ZERO gearbeitet habe und gegen Ende der Operation Wüstensturm in ein Lazarett der Alliierten eingeliefert worden sei.

Vera fragte, wie lange er dort geblieben war.

Die Frau riet ihr, sich in Geduld zu fassen. Fouk werde sich der Sache annehmen.

Das stand zu bezweifeln.

Außer daß Marmann beim Angriff des Jägers nicht draufgegangen war, hatte Fouk bislang nicht viel zu bieten gehabt. Er bereitete Expeditionen vor. Warum sollte es in seinem Interesse liegen, ihr zu helfen? Der alte General hatte gesagt, Fouk kenne nur Fouk. Darüber hinaus, wie Vera sich hatte überzeugen können, kannte er einen Haufen blumiger Sprüche.

Wenig ermutigend.

Sie brauchte Personal!

Sie brauchte so dringend Leute, daß sie umgehend einen entsprechenden Text in den Computer gab und in die Kölner Redaktionen überspielte. Sie suchte keinen Mann mehr und keine Frau. Einfach nur Detektive.

Dann lehnte sie sich hinter ihrem Datentisch zurück und überlegte.

Der Weg zu Marmann war vorerst abgeschnitten. Solwegyn war tot. Alle Zeitungen berichteten über das Haus in Porz, das in die Luft geflogen war. Unter dem Keller hatten umfangreiche Bestände an Waffen und Sprengstoff gelagert. Solwegyn hatte Waffenschieberei betrieben. Nicht im großen Stil, aber eben so, daß es gereicht hatte, ihn mitsamt seinem Club zu atomisieren. Von der Leiche waren nur ein paar Fetzen geblieben. Der ermittelnde Kommissar Arik Menemenci, hieß es weiter, habe sich in letzter Sekunde aus dem brennenden Haus retten können. Wie und warum er hineingekommen war, blieb ungesagt. Tatverdächtige gab es keine, allerdings kursierten Gerüchte, Solwegyn habe sich mit der russischen Mafia angelegt und verloren. Augenblicklich ermittelte man, mit wem er sich vor seinem Tod zuletzt getroffen hatte. Aufschluß verhieß Katya Solwegyn, seine Frau, die bei ihrer Rückkehr aus der Stadt nur Trümmer vorgefunden hatte. Sie war zum Zeitpunkt der Berichterstattung nicht vernehmungsfähig gewesen.

Katya Solwegyn!

Vera wußte, was ihr bevorstand. Sie tippte auf die Mittagszeit.

Menemenci kam schon eher.

Er sah nicht gut aus. Seine Haut war blasig und gerötet, Brauen und Wimpern abgesengt. Das Haar klebte ihm in der Stirn. Sein Atem ging keuchend, aber er hielt auf ihren Schreibtisch zu, als wolle er ihn umrennen.

»Ich weiß, warum Sie kommen«, sagte Vera. »Möchten Sie einen Kaffee?«

»Nein.« Er ignorierte die Sitzgelegenheiten und starrte sie böse an.

»Ach, pardon, Sie trinken ja keinen. Was Kaltes?«

»Ich will keinen Kaffee, kein Drumherumgerede und keine Ausflüchte«, sagte er. »Können wir uns darauf verständigen?«

»Wir können ein vernünftiges Gespräch miteinander führen, wenn Sie das meinen.«

Er beugte sich vor und stemmte seine Fäuste auf die Tischplatte.

»Nein. Das meine ich nicht.«

»Passen Sie bitte auf. Der Tisch ist teuer. Sie drücken ihre Knöchel gerade auf die Verschlußleiste der hinteren Monitorbank.«

»Der ... was?« fragte er gereizt, nahm aber die Fäuste weg.

»Warum setzen Sie sich nicht?«

»Weil ich schon zu lange rumgesessen habe. Nein, wir werden kein vernünftiges Gespräch miteinander führen. Sagen Sie mir den Namen Ihres Klienten.«

Vera schüttelte den Kopf.

»Langsam, Kommissar, so geht das nicht. Sie können hier nicht reingestürmt kommen und erwarten, daß ich Ihretwegen mein Berufsethos an den Nagel hänge. Ich ... «

»Lassen Sie mich in Ruhe mit Ihrem Ethos!« fuhr Menemenci sie an. »Ich scheiße auf Ihr Ethos! Fragen Sie mal Solwegyn, was er davon hält. Als ich ihn das erste Mal gesehen habe, hatte man ihn an eine Figur gebunden und damit begonnen, ihm die Haut vom Gesicht zu ziehen. Als ich ihn das zweite Mal sah, hätte man den ganzen Circus Maximus mit ihm ausleuchten können. Ich konnte ihm nicht zusehen beim Verbrennen, ich brannte nämlich selber ein bißchen hier und da. Verstehen Sie, Frau Gemini? Ich bin nicht im mindesten in der Stimmung, vernünftige Gespräche zu führen!«

»Dann werden wir nicht weiterkommen.«

Menemenci starrte sie immer noch an, schwer atmend und mit zusammengezogenen Brauen beziehungsweise dem, was davon übrig war. Dann stieß er heftig den Atem aus und sagte im Tonfall bitterster Enttäuschung: »Ich dachte, Sie stünden auf der Seite des Gesetzes.«

»Das tue ich«, entgegnete Vera. Erst Wut, dann Frustration. Sie mußte nur warten, bis er sein Repertoire durchgespielt hatte. »Andererseits bin ich kein Automat, gegen den man tritt, damit er Informationen ausspuckt. Mit ist schon klar, daß Sie wegen Solwegyn kommen. Tragisch, was mit ihm passiert ist. Stimmt es, daß er sich mit der Mafia angelegt hat? Es stand zu lesen, sein Haus sei ein einziges Waffenlager gewesen.«

»Sie sitzen auf einem ziemlich hohen Roß, Frau Gemini.«

»Oh nein.« Sie funkelte ihn zornig an. »Ich hätte nur gern eine Erklärung.«

»Die Erklärung ist ...« Er hielt inne und fuhr leiser fort: »Die Erklärung ist, daß die Frau mittlerweile geredet hat. Solwegyns Frau. Sie ist der Meinung, es sei Ihre Schuld, was mit ihrem Mann passiert ist. Sie haben sich vorgestern mit Solwegyn getroffen. Stimmt das?«

»Ja.«

»Sie haben ihn um etwas gebeten.«

»Ja.«

»Um was?«

»Ich denke, das wird Ihnen Katya Solwegyn berichtet haben.«

»Ich hätte es gerne noch einmal von Ihnen gehört, falls es keine Umstände macht«, sagte Menemenci mit gespielter Liebenswürdigkeit.

»Wir haben über Andreas Marmann gesprochen. Ich fragte ihn, ob er Marmann für mich ausfindig machen könne. Er stellte das in Aussicht.«

»Für dreißigtausend.«

»Sie wissen ja doch schon alles.«

»Er wollte Sie anrufen. Hat er das getan?«

»Ja.«

»Was hat er gesagt? Herrgott, ich muß Ihnen doch nicht alle Würmer einzeln aus der Nase ziehen.«

»Er schien den Kontakt hergestellt zu haben«, sagte Vera widerwillig. »Wir verabredeten uns für gestern abend.«

»Fahren Sie einen schwarzen Toyota Kombi?«

»Unter anderem.«

»Mhm. Dachte ich mir.« Er fuhr sich mit der Hand über die Stirn und zuckte zusammen. »Jetzt sage ich Ihnen mal was. Falls irgend etwas davon neu für Sie sein sollte, passen Sie gut auf, denn ich wiederhole mich ungern. Wir haben einen Brief in Üskers Unterlagen gefunden. Daraus geht hervor, daß sich fünf Kölner Mitte der Achtziger zusammengetan haben, um der Fremdenlegion beizutreten. Soll ich die Namen aufzählen oder wollen Sie es tun?«

»Sie überschätzen meinen Kenntnisstand.«

»Und Sie unterschätzen meine Intelligenz. Ymir Solwegyn, Jens Lubold, Andreas Marmann, Simon Bathge, Mehmet Üsker. Irgendwelche Korrekturen?«

»Nein.«

»Wir wissen ferner, daß Üsker und Solwegyn tot sind. Gleiche Handschrift, unterschiedlicher MO.«

Den Begriff MO hatte der Vater der psychologischen Verbrechensbekämpfung, John Douglas, geprägt, ebenso wie den der Handschrift. MO stand als Kürzel für Modus operandi. Der Modus schloß alle Handlungen ein, die der Mörder während der Tat beging. Oft traten dabei eklatante Unterschiede auf. David Carpenter, einer der legendären Serienmörder in der Geschichte der USA, hatte seine Opfer mal erschossen und mal erstochen, so daß man zeitweise von zwei Tätern ausging. Zu seiner Ergreifung führte letzten Endes die Erkenntnis, daß alle Morde die gleiche Handschrift aufwiesen. Die wiederum war das, was der Täter tun *mußte*, um sich zu verwirklichen. Die Tatsache, daß Carpenter seine Opfer grundsätzlich erniedrigt hatte, bevor er sie tötete, und wie er das tat, führte zu so genauen Aussagen wie der, daß er offensichtlich unter einer Sprachstörung litt und sehr häßlich war. Die Handschrift war etwas Starres, wie eine Signatur. Sie zu entdecken war eine Kunst, weil sie sich oft hinter Vordergründigkeiten verbarg, zwischen denen keinerlei Zusammenhänge zu bestehen schienen.

»Also ist Solwegyn nicht erschossen worden«, mutmaßte Vera.

»Nein«, knurrte Menemenci. »Man hat ihn gefoltert, nicht ganz so ausgiebig wie Üsker, aber wohl so, daß er sich veranlaßt sah, dem Mörder etwas zu verraten.«

»Das ist spekulativ.«

»Nein, ist es nicht. Solwegyn konnte mir nicht mehr sagen, was er seinem Mörder verraten hat, aber *daß* er ihm etwas verraten hat. Das gleiche Spiel wie bei Üsker. Auch Solwegyns Verletzungen waren nicht tödlich. Sie dienten bei Licht betrachtet einem nüchternen Zweck – ihn zum Reden zu bringen. Dann folgte die Hinrichtung. Üsker mußte elendiglich verbluten ...«

»Und Solwegyn?« fragte Vera.

»Verbrennen. Sein Mörder hat sich nicht der Mühe unterzogen, ihn vorher zu erschießen. Er hat einfach Feuerchen gelegt. So.« Menemenci beugte sich vor und tat, als knipse er ein Feuerzeug an.

Vera fühlte sich scheußlich. Sie hätte an Menemencis Stelle nicht anders gesprochen. Vielleicht war es doch keine gute Idee, sein Angebot zur Kooperation abzulehnen.

Aber sie war fest entschlossen, Simon Bathge nicht zu verraten. Es hatte weniger mit der vergangenen Nacht zu tun. Loyalität war eine Grundsatzfrage, solange sie auf Vertrauen fußte.

Und sie hatte beschlossen, Bathge zu vertrauen.

»Das ist schrecklich«, sagte sie.

»Dann gibt es da einen Lubold, der aber tot ist«, sagte Menemenci. »Und einen Marmann, der nach dem Golfkrieg untertauchte. Und einen Bathge. Marmann wird gesucht, bleibt Bathge. Nehmen wir an, Bathge sucht Marmann ...«

»Jeder könnte Marmann suchen. Aus allen möglichen Gründen.«

»... dann heißt Ihr Klient Simon Bathge.«

Vera ließ einen Moment verstreichen.

»Guter Versuch«, sagte sie. »Aber ich werde Ihnen den Namen meines Klienten nicht nennen.«

Menemenci schwieg.

»Wer immer Marmann sucht«, fuhr sie fort, »*muß* etwas mit der Gruppe zu tun haben, das ist mir schon klar. Alles andere wäre zuviel des Zufalls. Aber besteht nicht auch die Möglichkeit, daß dieser Jemand Marmann sucht, um einem weiteren Mord zuvorzukommen?«

Menemenci starrte sie an.

»Mumpitz. Zusammenhangloses Zeug. Sie wollen mir erzählen, Marmann sei Üskers Mörder?«

»Vielleicht ist Marmann auch das nächste Opfer. Rein hypothetisch.«

»Rein hypothetisch. Ah ja. Wissen Sie, was wir noch herausgefunden haben? Auch Üsker hat Marmann gesucht. Er hat in den letzten Jahren mehrfach Nachforschungen anstellen lassen, aber sie verliefen im Sande.«

Auch Üsker? Das war seltsam. Welchen Grund hätte Üsker gehabt, nach dem Mann zu forschen, den sie damals in der Wüste zurückgelassen hatten? Bathge hatte immerhin Gründe vorzuweisen, wenn sich auch abzeichnete, daß er einem gewaltigen Irrtum unterlag.

Aber Üsker?

Menemenci schien ihre Unsicherheit bemerkt zu haben. Er lächelte dünn und ohne Herzlichkeit.

»Wie es aussieht, wissen Sie doch nicht alles«, sagte er. »Aber Sie wissen, daß Solwegyn einräumte, jemand anderer könne der Mörder sein. Erinnern Sie sich?«

»Lubold ist tot, wenn Sie darauf anspielen. Auch das hat Solwegyn gesagt.«

»Seine Frau ist anderer Ansicht. Sie meint, Sie hätten Lubold erst auf seine Fährte gehetzt.«

»Was für ein Unsinn!«

Wirklich? Hatte sie nicht gestern selber die düstere Möglichkeit erwogen, Lubold habe einen Weg gefunden, sie und Bathge zu überwachen, um ihnen immer einen Schritt voraus zu sein?

War das Ganze ein Spiel?

»Lubold ist nur ein Gespenst aus Sand«, sagte sie leise vor sich hin.

»Was?«

»Schon gut.«

Menemenci schien einen Augenblick zu überlegen. Dann veränderte sich sein Gesichtsausdruck und bekam etwas Verständiges und Väterliches.

»Es ist schon ganz anderen passiert, daß sie Verbrechern unwissentlich zugearbeitet haben. Sind Sie sicher, daß Sie Ihrem Klienten vertrauen können?«

»Ja.«

Er nickte deprimiert und legte die Hände ineinander.

»Ich habe versucht, ein Täterprofil zu erstellen«, sagte er. »Demnach hat sich der Mann, der Üsker und Solwegyn getötet hat, enorm unter Kontrolle. Er arbeitet absolut professionell. Nie geht er zu weit. Nie dreht er durch. Als ich Üskers Obduktionsbericht in Händen hielt, dachte ich zuerst, er habe dennoch die Kontrolle verloren, nämlich in dem Augenblick, da er Üsker in den Bauch schoß. Mittlerweile bin ich anderer Meinung. Ich denke durchaus, die Hinrichtung diente einem weit persönlicheren Zweck als die Befragung unter der Folter, war aber nichtsdestoweniger exakt geplant. Die drei Bauchschüsse haben ebensosehr eine Bedeutung wie Solwegyns Tod im Feuer.«

Er sah Vera erwartungsvoll an. Sie nickte stumm.

»Mir kam also der Gedanke, daß der Mörder sich für etwas rächen will, das Üsker und Solwegyn verantwortet haben. Ob bewußt oder nicht, sei dahingestellt. Ich nehme weiter an, daß der Mörder vor unbestimmter Zeit selber dem Tod sehr nahe war, und zwar als Folge eben dieser drei Bauchschüsse. Und daß er zugleich enormer Hitze ausgesetzt war, vielleicht Verbrennungen davontrug.«

Oder in der Wüste gelegen hat, dachte Vera, während ihn die Sonne röstete. Menemenci hatte recht. Ihr gesichtsloser Feind stellte die Umstände seines eigenen qualvollen Beinahe-Todes nach.

Aber all das traf auf Marmann zu.

Doch wieder Marmann.

Es war zum Verzweifeln. Wie man die Geschichte auch betrachtete, immer gab es einen logischen Bruch. Marmann und Lubold schienen ineinander zu verfließen.

Vera zuckte die Achseln.

»Die Frage, ob Marmann Opfer oder Täter ist, kann ich ebensowenig beantworten wie Sie«, sagte Vera.

Menemenci seufzte.

»Warum arbeiten Sie nicht endlich mit mir zusammen«, sagte er. »Ich habe Ihnen jeden nur erdenklichen Beweis meines Vertrauens geliefert. Ich habe Sie Einblick in meine Ermittlungen nehmen lassen. Was glauben Sie, warum ich das alles tue? Herrgott noch mal! Wollen Sie denn, daß noch mehr Unheil geschieht?«

Nein, dachte sie. Nein, ich will nicht.

Ich kann nicht!

Simon würde nie sein Einverständnis geben. Er würde sich der Polizei nicht offenbaren. Und solange sie mit ihm ...

Falsch, schalt sie sich. Solange ich für ihn arbeite. Simon Bathge ist mein Klient!

Menemenci sah sie an. Sein Blick war nicht mehr zornentbrannt wie noch vor wenigen Minuten. Er sandte eine stumme Bitte aus, ihm zu helfen.

»Ich kann nicht«, flüsterte Vera.

Er schüttelte den Kopf.

»Es war mein letzter Versuch«, sagte er. »Jetzt kann ich Ihnen nur noch raten, sich höllisch in acht zu nehmen.«

»Ich passe schon auf.«

»Vor mir«, sagte Menemenci unheilvoll. »Das nächste Mal nehme ich Sie fest. Und glauben Sie mir, ich finde einen Weg. Ich finde immer einen.«

Er nickte ihr kurz zu, stand auf und verließ grußlos den Raum.

13.10 Uhr. Bauturm

Nicole Wüllenrath saß im Café Bauturm, das neben einem Theater und den unbequemsten Stahlstühlen Kölns immerhin Frühstück bis drei Uhr morgens bot. Daran gemessen nahm sie das ihre um kurz nach eins relativ zeitig ein. Sie trank Milchkaffee, aß ein Käsesandwich und blätterte in der neuesten Ausgabe von *Chip*.

Sie hatte eine Freundin besucht, die seit einem halben Jahr in Intertown lebte und dort eine Firma für Mikroprozessoren leitete. Sie hätte die Freundin auch übers Netz besuchen können, aber sie kannten sich bereits aus der Zeit vor Intertown. Es gab Fälle, da machte es tatsächlich mehr Spaß, Menschen leibhaftig gegenüberzusitzen. In ihrem Fall verkehrten sie zu zweit wie vier. Zwei aus Intertown und die beiden aus Köln.

Sie hatten sich darüber amüsiert, zu zweit vier Freundinnen zu sein, dann aber ernstere Probleme erörtert. Intertown krankte an einer techniklastigen Infrastruktur. Zwar konnte dort jeder Schuster, Bäcker, Schneider oder Metzger werden. Die meisten allerdings eröffneten Grafikbüros, Studios zur Realisation virtueller Welten, Vernetzungsgesellschaften und Werbeagenturen. Es erwies sich als schwierig, einem neuen Intertown-Bewohner, dessen technisches Interesse ihn überhaupt erst ins Netz geschleust hatte, klarzumachen, er solle Haare schneiden oder Türschlösser reparieren. Intertown wollte einfach nicht werden wie die reale Welt.

Sie waren zu keiner Lösung gelangt, außer der, zusammen ein Fitneßstudio zu eröffnen, in dem die Intertowner ihre Muskeln stählen konnten. Es gab bereits ein virtuelles Bodybuilding-Programm. Sie überlegten, wie man es verbessern könnte, dann ging Nicole, weil die Freundin eine Verbindung zu einem wichtigen Kunden hergestellt hatte. Er erschien auf dem Monitor als dicker Mann mit breitem Lachen, was außergewöhnlich war, weil sich die Intertowner im allgemeinen mit perfekten Körpern versahen.

Die Kellnerin brachte ihr einen Bananenjoghurt. Sie legte die Zeitschrift weg und begann geistesabwesend zu löffeln.

»Ist der Joghurt gut hier?« fragte eine Stimme.

Sie schaute auf. Ein Mann hatte sich zu ihr an den Tisch gesetzt und lächelte freundlich.

Sie nickte. »Schon ganz gut, ja.«

»Aber teuer, schätze ich.«

Die Sache drohte in ein Gespräch auszuarten.

»Warum schauen Sie nicht in die Karte?« sagte Nicole und drehte demonstrativ den Kopf weg. Sie hatte grundsätzlich etwas dagegen, wenn Leute andere Leute ansprachen. Es war einfach uncool.

»Das habe ich«, sagte der Mann nach einer Pause. »Und es kam mir alles verdammt kostspielig vor. Verdammt teuer. Es wäre in diesen Tagen gut, mehr Geld zu haben, meinen Sie nicht auch?«

»Ja«, sagte sie mürrisch und griff nach ihrer Zeitschrift.

»Ihr Bruder ist der gleichen Ansicht«, sagte der Mann.

Nicole verharrte mitten in der Bewegung. Dann zog sie die Hand zurück und sah den Typ das erste Mal richtig an.

»Wovon reden Sie?«

»Nicht so laut. Von Ihrem Bruder Andreas rede ich. Er hat berechtigte Gründe, nicht selber zu erscheinen, aber er würde sehr gern mit Ihnen sprechen nach so vielen Jahren.«

»Sie kennen Andreas?« fragte sie atemlos.

»Schscht!« Er legte den Finger an die Lippen. »Bitte, Sie müssen leise sein. Ihr Bruder wird immer noch gesucht. Er hat mich gebeten, Sie anzusprechen, ja. Ich habe ... Augenblick! ... «

Er schlug ein Buch auf und entnahm ihm einen Briefumschlag, den er Nicole herüberreichte.

»... eine Nachricht für Sie.«

Sie starrte auf den Umschlag und dann wieder auf den Fremden.

»Darf ich sie lesen?«

»Natürlich.«

Hastig riß sie den Umschlag auf und zog ein gefaltetes Blatt hervor. Als sie es glättete, rutschten ihr zwei Fünfhundertmarkscheine entgegen.

»Weil alles teurer wird.« Der andere grinste. »Keine Bange, Andreas hat weit mehr für Sie vorgesehen.«

Sie las die wenigen Zeilen, die in ausladender Handschrift quer über das Papier geschrieben waren.

Nicole, Schwesterchen,
ich habe Sehnsucht. Wo ich jetzt lebe, bin ich sicher und wohlauf, aber Du fehlst mir. Es sind genug Jahre des Schweigens und der Unsicherheit vergangen. Ich kann selber nicht nach Köln kommen, aber wir können uns trotzdem sehen. Der Mann, der Dir diesen Brief gibt, heißt Marcel. Du

kannst ihm vertrauen, er gehört zu denen, die mir am nächsten stehen. Ich lege ein bißchen Geld bei, Du wirst es brauchen können. In den letzten Jahren habe ich es zu bescheidenem Wohlstand gebracht. Ich möchte, daß Du daran teilhast. Was ich überhaupt am liebsten möchte, ist, Deine Stimme wieder zu hören. Marcel hält auch hierfür eine Möglichkeit bereit. Werde ich bald mit Dir sprechen? Ich freue mich so sehr. In Liebe, wenn's auch lange her ist,
Dein Andi

Sie las den Brief ein zweites und ein drittes Mal. Es wollte ihr nicht in den Sinn.

»Sie sind Marcel?« fragte sie.

Er nickte.

»Ich verstehe das alles nicht.«

»Andreas konnte sich lange nicht melden. Aber er hat Ihnen Geld geschickt, um es wenigstens ein bißchen gutzumachen.«

»Ja, das stimmt!«

»Was ich Ihnen gleich dazu sagen muß, ist, daß Andreas keinen Kontakt zu seinen Eltern wünscht. Das müssen Sie berücksichtigen. Er bittet Sie, ihnen gegenüber nichts von dem Brief und dem Gespräch zu erwähnen. Zumindest so lange nicht, bis er es sich anders überlegt.«

»Welches Gespräch?« fragte Nicole.

»Würden Sie denn gerne mit ihm sprechen?«

»Ja, sofort, ich ... «

Sie kniff mißtrauisch die Augen zusammen.

»Sagen Sie mal ... Marcel«, sagte sie gedehnt. »Da erlaubt sich keiner einen blöden Scherz mit mir, oder?«

Er deutete auf den Brief.

»Schauen Sie sich die Handschrift an. Urteilen Sie selber, ob es seine ist.«

Hilflos las sie den Brief ein viertes Mal und versuchte sich an Andis Handschrift zu erinnern. Das lag alles so lange zurück. Sie war dreizehn gewesen oder vierzehn.

»Ich ... Ja, ich glaube schon.«

»Verstehe. Sie sind unsicher. Okay, ich will Ihnen nichts aufdrängen. Aber seine Stimme werden Sie erkennen?«

»Ja!«

»Gut. Sie können ihn aus meinem Wagen anrufen.«

»Wagen?«

Er hob beruhigend die Hände. »Bitte. Haben Sie keine Angst. Ich stehe wenige Meter weiter am Straßenrand. Tausend Leute gehen da vorbei. Sie setzen sich hinters Steuer, ich bleibe draußen und warte. Wenn Sie fertig sind, steigen Sie wieder aus. Würden Sie das tun?«

Nicole überlegte. Sie fühlte sich der Situation nicht gewachsen. Andi. Sie sollte mit Andi sprechen. Andi, der ihr immer vorgelesen hatte, als sie klein war.

»Eine Detektivin hat ihn gesucht«, sagte sie zu Marcel.

Er krauste die Stirn. »Wen? Andreas?«

»Ja.«

»Wann war das?«

»Vor wenigen Tagen.«

»Hm.« Er nickte versonnen. »Andreas hat sich so was Ähnliches gedacht. Er meinte, augenblicklich könnten einige Zeitgenossen auf die Idee verfallen, ihn finden zu wollen. Aber daß sie so schnell sind ...«

»Wer sind *sie*?«

»Ein paar Leute, deren Motive ziemlich ... egal. Eine Detektivin, sagen Sie? Dafür hat sie sich ausgegeben?«

»Ja.« Nicoles Zweifel zerstoben. Sie fühlte ihr Herz heftig schlagen. Das hier war wie in einem Krimi.

»Ein Grund mehr, mit Andreas zu sprechen«, sagte Marcel entschlossen. Er machte ein besorgtes Gesicht. »Sie müssen ihm unbedingt davon erzählen. Werden Sie das tun?«

»Wann?«

»Jetzt, wenn Sie wollen. Wir können rübergehen, ich stehe vor dem italienischen Restaurant.« Sein Finger wies auf die andere Straßenseite. »Der Wagen in der zweiten Reihe, sehen Sie ihn?«

»Ja.« Nicole zögerte. Sie zog die beiden Geldscheine ein Stück aus dem Umschlag und steckte sie wieder hinein.

»Ist Andi wirklich reich geworden?«

»Reich wäre übertrieben. Aber es geht ihm gut.«

»Okay!« Sie nahm den Rucksack, den sie zwischen ihre Füße gestellt hatte, stopfte den Brief hinein und zog ihr Portemonnaie hervor. »Warten Sie einen Moment.«

Sie zahlte an der Theke. Als sie hinaus auf die Straße trat, war Marcel verschwunden. Verwundert blickte sie sich um und hörte ihn plötzlich rufen. Er stand neben dem Wagen und hatte die Fahrertür geöffnet.

»Kommen Sie.«

Nicole hastete über die Straße.

»Hier. Bitte.«

Er schob sie sanft auf den Fahrersitz. Einen Moment lang versteifte sie sich, dann ließ sie es geschehen und nahm Platz. Was sollte ihr schon passieren? Sie saß hinterm Steuer. Er konnte nicht einfach mit ihr durchbrennen.

»Das Telefon ist neben der Konsole, Sie können es aus der Halterung lösen, indem Sie rechts und links dagegendrücken, ich sage Ihnen dann die Nummer. Sehen Sie, es geht ganz einfach, nämlich so.«

Er machte eine Bewegung mit Daumen und Zeigefinger. Nicole versuchte es, aber der Hörer wollte sich nicht lösen. Vielleicht hatte sie nicht die richtige Stelle gefunden. Sie probierte es ein zweites Mal, ohne auf das Geräusch der Türe hinter sich zu achten.

Plötzlich spürte sie etwas Kaltes im Nacken.

»Nicht schreien, nicht rausspringen, nicht wehren«, sagte der Mann, der sich Marcel genannt hatte, leise. »Jeder Versuch würde schiefgehen und dazu führen, daß ich dich töten muß. Hast du verstanden?«

Nicole merkte, wie alles Blut aus ihrem Kopf wich.

Nicht ich, dachte sie. Bitte, lieber Gott, nicht ich.

»Du wirst die Tür zumachen«, befahl er. »Der Zündschlüssel steckt. Fahr einfach los und folge meinen Anweisungen, dann wird dir nichts geschehen. Hast du das begriffen?«

Sie stieß ein kaum hörbares Wimmern aus.

»Ganz ruhig, Nicole. Du mußt dir keine Sorgen machen. Nicht, daß du vor lauter Nervosität gegen den nächsten Baum fährst. Auch dann müßte ich dich töten. Offengesagt, du wärst auch tot ganz nützlich, also fordere es nicht heraus. Noch mal: Hast du alles begriffen?«

»Ja.«

»Gut. Und du wirst tun, was ich sage?«

»J … ja.«

»Das ist fein«, sagte er väterlich. »Folgsame Mädchen werden belohnt. Ich habe eine Überraschung für dich, Nicole. Du wirst deinen Bruder sehen. Aller Wahrscheinlichkeit nach schon sehr bald. Ist das nicht wunderbar?«

»Wer sind Sie?« wisperte Nicole.

»Ich komm von weit, von weit, weit her«, sang er leise in ihr Ohr, daß sie seinen Atem spüren konnte. »Von Kuwait ward mir der Weg so schwer … Fahr los.«

14.00 Uhr. Vera

Der Fall im Frankenforst war gelöst. Ausnahmsweise hatten sich sämtliche Vorurteile bestätigt. Es war tatsächlich der militante Nachbar gewesen, der mehrfach in das Detektorenlabor eingebrochen und die Gerätschaften sabotiert hatte. Nachdem der Hund des Firmenchefs draußen geblieben war, zeigten ihn die Kameras auf allen drei Monitoren.

Vera war kurz hingefahren und hatte ihren Scheck kassiert. Der Ausgang war gut fürs Geschäft und ließ ihr mehr Zeit, sich um Bathges Problem zu kümmern.

Vorerst hieß dieses Problem Jens Lubold.

Sie wußte, daß sie der Lösung des Falles um so näher rücken würde, je mehr sie über Lubold herausfand. Bis jetzt setzte sich seine Persönlichkeit aus Fragmenten zusammen. Ein bißchen hatte sie von Solwegyn erfahren, Bathge hatte verschiedenes beigesteuert. Daraus ergab sich der geisterhafte Schatten eines Monstrums, kein Mensch. Immer noch fehlte die wahre Persönlichkeit, fehlte vor allem das Motiv.

Sie rief ihren Feldwebel von der Panzerdivision an.

»Es gibt einen Haufen Verfahrensakten gegen Angehörige der Bundeswehr«, sagte der Feldwebel. »Wann soll denn dieser Prozeß stattgefunden haben?«

»Anfang bis Mitte der Achtziger«, sagte Vera. »Wahrscheinlich dreiundachtzig, aber nageln Sie mich nicht drauf fest.«

»Jens Lubold?«

»Ja.«

»Wissen Sie, welchen Rang er damals bekleidete?«

Vera überlegte.

»Nein.«

Sie wußte wirklich so gut wie nichts.

Der Feldwebel räusperte sich. »Na schön. Geben Sie mir eine Viertelstunde. Ich sehe zu, was sich machen läßt. Übrigens, wann sind Sie mal wieder in Bonn?«

»Wenn sich die Gelegenheit ergibt.«

»Kommen Sie auf einen Sprung vorbei. In der Kaserne wird nicht gerade gut gekocht, aber mein Vorzimmer macht immer noch den besten Kaffee.«

»Gerne.«

Sie legte auf und überlegte, ob sie Bathge anrufen sollte, um ihm zu sagen, er solle sich eines gewissen Feuerzeugs entledigen. Aber telefonisch war das noch blöder. Einen Moment lang widerstand sie der Versuchung, dann fuhr sie den kleinen Monitor aus und rief den Stadtplan auf.

Er war im Hyatt.

Wieder – unausweichlich – dieselbe Frage: Was tat er? Was tat er den ganzen Tag?

Vera beschloß, ihn zu fragen. Sie beide waren an einen Punkt gelangt, der keine Unklarheiten mehr vertrug.

Wenige Minuten später meldete sich der Feldwebel.

»Ich kann Ihnen nichts über Jens Lubold erzählen«, meinte er seltsam vergnügt.

»Oh«, sagte Vera enttäuscht.

»Aber Stephan Halm kann es. Und er könnte es sofort, wenn Sie wollen.«

»Stephan Halm? Müßte der mir was sagen?«

»Nein. Oberstleutnant Halm war Kommandant der Kaserne, an der Lubold in Mißkredit geriet. Er leitete den Ermittlungsausschuß. Wenn es jemanden gibt, der Ihnen über Lubold Auskunft geben kann, ist er es.«

Das war großartig!

»Und er hätte Zeit für mich?«

»Sie können gleich hinfahren, wenn Sie wollen. Halm ist seit einigen Jahren nicht mehr im aktiven Dienst. Er arbeitet als freier Berater im Auftrag der Bundesregierung.«

»Was macht er da?«

»Zukunftsforschung. Lesen Sie seine Bücher. Er beschäftigt sich mit der Entwicklung künftiger Kriegsszenarien. Seine Theorien über die Echtzeitgesellschaft sind hochinteressant. Sie sollten ihn allerdings sehr gezielt befragen, sonst kaut er Ihnen ein Ohr ab.«

»Vielleicht sollte ich einige seiner Titel kennen.«

»Das Ende der Verantwortung, darauf können Sie ihn ansprechen, aber tun Sie um Himmels willen nicht so, als hätten Sie's gelesen. Er hebelt Sie ruckzuck aus, und dann sind Sie unten durch. Ich gebe Ihnen die Adresse. Wann können Sie da sein?«

»In einer Stunde.«

»Gut, ich kündige Sie an. Vergessen Sie nicht, daß mein Vorzimmer ...«

»... den besten Kaffee kocht. Bestimmt nicht.«

15.07 Uhr. Kölner Hauptbahnhof

Der Beamte wog das Päckchen.

»Mit Normalbeförderung stehen Sie sich am besten«, sagte er. »Dann ist es zwar nicht gleich am Sonntag da, aber immerhin Montag morgen.«

»Montag ist zu spät«, sagte der Mann vor dem Schalter.

»Wir können's natürlich auch als Expreßgut deklarieren«, räumte der Beamte ein und sah mißbilligend über den Rand seiner Brille. »Das wird aber teuer!«

»Egal.«

»Überlegen Sie sich das. Ich würd den einen Tag in Kauf nehmen.«

»Wissen Sie, mein alter Onkel ist da etwas eigen«, sagte der andere in vertraulichem Ton. »Wenn er sein Geschenk zu spät bekommt, könnte er ... naja, er könnte mich enterben.«

Der Schalterbeamte machte große Augen.

»Muß aber 'n reicher Onkel sein.«

»Ich weiß nicht genau, wie reich er wirklich ist. Aber genug, daß man sich dafür ein Bein ausreißt.« Der Mann grinste. »Oder wenigstens ein Stückchen davon.«

Der Beamte lachte. Zwischen ihnen straffte sich das Band der Verschwörung.

»Na, dann wollen wir Ihrem Päckchen mal Feuer machen. Kostet also ... Moment ...« Er blätterte in einer Tabelle. »Insgesamt mit allem Drum und Dran zwanzig Märker. So 'n Onkel hätt ich auch mal gern.«

»Lieber nicht.« Der Kunde schob das Geld rüber. »Unter uns gesagt, es ist eine einzige Quälerei mit dieser Art Verwandschaft.«

Der Beamte nickte verständnisinnig.

»Machen Sie sich mal keine Sorgen«, sagte er. »Morgen mittag hat er's.«

»Dann bin ich beruhigt.«

Der Mann ging. Der Beamte sah ihm hinterher und wunderte sich über die Welt. Er nahm das Päckchen, um es auf den Stapel anderer Sendungen zu legen, die per Bahnexpreß rausgehen sollten. Sein Blick ruhte eine Sekunde lang auf der Anschrift.

ANDRÉ MORMON, PARIS

»Muß ja wirklich 'n verdammt reicher Onkel sein«, murmelte er.

15.25 Uhr. Bonn

Stephan Halm bewohnte eine der stattlichen Villen in Poppelsdorf, von denen die meisten mittlerweile leerstanden. Die Mietpreise in dieser Gegend sanken beständig. Bonn wurde wieder zu dem, was es gewesen war, bevor man beschlossen hatte, eine Kleinstadt zur Hauptstadt zu machen.

Vera schellte. Eine gepflegte Frau Ende fünfzig öffnete und schenkte ihr ein herzliches Lächeln.

»Ah, ich weiß!« sagte sie. »Sie sind die Detektivin.«

Vera schaute sich um. Sie befand sich in einer pompösen Eingangshalle. Eine Treppe, breit genug, um Kompanien darauf exerzieren zu lassen, erhob sich ins erste Stockwerk.

»Gemini«, sagte sie. »Ihr Mann hat freundlicherweise ...«

»Hier oben«, rief eine Stimme.

Sie drehte den Kopf und sah eine Gestalt, die sich über ein Geländer lehnte und zu ihr herabwinkte.

»Sind Sie Frau Gemini?«

»Ja«, sagte Vera. »Ich hoffe, ich komme nicht ungelegen.«

»Sie kommen wegen Lubold. Nein, nein, ich freue mich. Immer rauf mit Ihnen.«

»Gehen Sie ruhig«, sagte die Frau. »Möchten Sie Tee?«

»Lieber einen Kaffee.«

»Gern, mein Kind.«

Mein Kind. Wann hatte jemand zuletzt »mein Kind« zu ihr gesagt? Hatte es überhaupt je einer gesagt? In ihrer Familie war sie immer nur Vera gewesen.

Sie stieg die Treppe hoch und staunte über die Liebe zum Detail. Das war eine jener Villen, die selten geworden waren und in denen alles stimmte. Keine grobschlächtigen Neuerungen, keine Architekten, die versucht hatten, sich kontrovers einzubringen. In Häusern wie diesem war es Bonn gelungen, eine ganze Epoche deutscher Bundesbeamter unbeschadet zu überstehen.

Stephan Halm schüttelte ihr die Hand und hakte sich bei ihr ein. Er war klein und zappelig. Borstiges weißes Haar stand in alle Richtungen. Das glattrasierte Gesicht wirkte gütig und verständnisvoll, aber Vera ließ sich nicht täuschen. So großväterlich er wirken mochte, strahlte er zugleich Autorität und Würde aus. Sie versuchte sich vorzustellen, welchen Eindruck Halm bei denen hinterlassen hatte, die er befehligte. Ob sie den kleinen Mann gehaßt oder geliebt hatten, ganz sicher hatten sie ihn respektiert.

»Sie müssen entschuldigen, wenn ich Sie warten ließ«, sagte Halm. »Ich war dabei, die Fische zu füttern.«

Er führte sie in ein Arbeitszimmer mit antikem Mobiliar und mehreren mannshohen Aquarien.

»Das ist besser als fernsehen«, sagte er. »Wenn Sie nachdenken wollen, schauen Sie in ein Aquarium, da finden Sie alle Antworten.«

Er lachte. Ein feines, vornehmes Lachen, gewohnt, intellektuelle Bonmots zu kommentieren, deren Inhalt Normalsterblichen auf ewig unverständlich bleiben würde.

Gemeinsam wanderten sie die beleuchteten Kästen entlang.

»Sie scheinen nicht nur in Kriegsführung ein Experte zu sein«, sagte Vera höflich.

»Oh, Fische sind etwas Wunderbares«, sagte Halm voller Enthusiasmus. »Ich liebe sie in jeder Form ihres Auftretens. Einzeln und in Schwärmen, wenn sie jagen oder sich paaren oder einfach nur still in der Strömung stehen, die wir hier simulieren, oder aber auch mit einer leichten Sauce.«

Sie ließ ihren Blick über die Kästen schweifen. Die Bewohner hatten wenig gemein mit Schleierschwänzen und sonstigen Zierfischarten. Etwas schlängelte sich elegant um einen kleinen Felsen, und Vera fragte sich, ob es das war, wonach es aussah. Sie zeigte darauf.

»Ein Zwerghai«, sagte Halm. »Harmlos. Wirklich gefährlich sind nur wenige Arten. Tigerhaie, Weißhaie, Zitronen- und Hammerhaie. Sie sind so etwas wie die Cruise Missiles der Meere. Sie können Geräusche und Gerüche über Kilometer ihrem Beuteschema zuordnen. Ein Kubikzentimeter Rosenessenz auf zweiunddreißig Bodenseen reicht, ihren Geruchssinn anzuregen. Ihr Gehör ist phänomenal. Springen Sie ins Meer, und der Hai – weit draußen – wird Sie hören. Sie schnorcheln, haben den Kopf unter Wasser, und er kommt. Aber sie können ihn nicht orten. Meist nähert er sich von unten, sein Rücken ist dunkler als der Bauch, weshalb er aus ihrer Perspektive mit der Tiefe verschmilzt. Sie können das Biest so lange nicht sehen, bis Sie es spüren. Perfekt.«

»Biester? Ich dachte, Sie lieben Ihre Fische.«

»Deswegen bleiben sie trotzdem Biester, und das ist keineswegs abwertend gemeint«, sagte er. »Ich beschäftige mich mit der Realität, meine Liebe. Kommen Sie, setzen wir uns.«

Sie hatte nie zuvor auf einem alten englischen Ledersofa mit Knöpfen und geschwungenen Armlehnen gesessen. Es war überraschend bequem.

»Sie wollen etwas über Jens Lubold wissen«, sagte Halm und nahm ihr gegenüber Platz. »Warum?«

»Ich habe einen Klienten, der sich für Lubold interessiert.«

»Verstehe. Warum fragen Sie Lubold nicht selber?«

Einen Moment lang war sie verblüfft. Aber woher sollte Halm wissen, was Lubold nach seiner Entlassung getrieben hatte.

»Wie es aussieht, ist er gefallen«, sagte sie.

»Gefallen?«

»Einundneunzig. Am Golf.«

»Im Golfkrieg!« Seine Augen blitzten. »Er hat sich also von der Mutter aller Schlachten adoptieren lassen. Hätte mich auch gewundert, wenn er sich kampflos ins Privatleben zurückgezogen hätte. Auf wessen Seite stand er?«

»Ich schätze, auf der richtigen.«

»Der richtigen?« Halm lachte. »Das haben Sie aber schön gesagt. Welche meinen Sie denn?«

Sie sah ihn verständnislos an. Dann dämmerte ihr, daß sie geantwortet hatte wie auf Knopfdruck.

»Saddams Seite war jedenfalls nicht die richtige.«

Zwecklos. Fauxpas.

»Also war die andere die richtige?« Er lachte wieder. »Na schön, Lubold ist unter die Freiberufler gegangen. Er hätte ebensogut für Saddam kämpfen können. War er bei der Fremdenlegion?«

»Woher wissen Sie das?« fragte Vera überrascht.

Er zuckte die Achseln.

»Keine reguläre Armee hätte ihn aufgenommen, nachdem wir ihn damals rausgeschmissen haben. Ah, da kommt Lorenza mit dem Tee. Oh! Kaffee für die Dame. Gut, gut.«

Halms Frau stellte ein Tablett ab, verteilte Kännchen, Tassen und Gebäck.

Ob die Haie auch Gebäck bekamen?

»Lubold«, fuhr Halm fort, nachdem Lorenza gegangen war, »ist unehrenhaft entlassen worden. Das versperrt viele Türen. Je nachdem, was man verbrochen hat, auch die zur Polizei. Es gibt einen Haufen paramilitärischer Verbände, denen Sie beitreten können, wenn Sie denn partout nicht auf die Uniform verzichten wollen, aber die meisten fechten ihre Kriege in den öffentlichen Grünanlagen aus. Lubold war keine Simulantenseele. Er wollte richtig kämpfen. Da ist die Fremdenlegion das Naheliegendste.«

»Er war tatsächlich bei der Fremdenlegion. Fünf Jahre, glaube ich.«

»Ja, ich weiß. Die Mindestzeit.« Halm schlürfte genüßlich an seinem Tee. »Und dann?«

Vera mußte unwillkürlich lächeln. Halm blieb man keine Antwort schuldig. Sie war hergekommen, um etwas über Lubold zu erfahren. Statt dessen versorgte sie den Oberstleutnant mit den wenigen Informationen, die sie besaß.

»Er wechselte zu einer anderen Organisation. Sie nennt sich ZERO und ... «

»Nannte«, korrigierte Halm. »Fouk hat ZERO liquidiert.«

»Sie kennen Fouk?«

»Nicht persönlich. Aber ich kenne sämtliche Söldnerformationen. ZERO mußte scheitern. Das war vorauszusehen.«

»Warum?«

»Weil Fouk einen schweren Fehler begangen hat. Im Ansatz war sein Konzept der Spezialisierung gut. Aber man gewinnt keine Schlacht mit einem Haufen Einzelkämpfer. ZERO ist Opfer eines übertriebenen Individualismus und menschlicher Führungsschwäche angesichts übermächtiger Technologien geworden. Leute wie Lubold ordnen sich nicht unter, sie befehligen ihre Einheiten dahin, wo es ihnen gerade paßt.«

Vera nahm einen Keks. Er war winzig und köstlich.

»Zu welchem Schluß ist die Kommission damals gelangt?« fragte sie.

Halm hob die Brauen.

»Wir befanden ihn für schuldig. Das Problem war, daß man ihm nicht hundertprozentig nachweisen konnte, den Tod des Soldaten in letzter Konsequenz herbeigeführt zu haben, darum mußten wir es beim Rausschmiß belassen. Ich hätte ihn liebend gerne hinter Gitter gesteckt.«

»Tod des Soldaten?«

»Mord, was denn sonst? Meiner Ansicht nach hat er den Soldaten ermordet. Er wußte, daß der Mann schwerverletzt war. Lubold hat die Bedingungen dafür geschaffen, bewußt und willentlich, daß er schließlich starb.«

»Aber das ist nie so ins Protokoll gekommen?«

Halm machte eine wegwerfende Handbewegung.

»Natürlich nicht. Sonst hätten wir ihn ja eingemauert. Es gibt natürlich immer ein gewisses Risiko, sich während einer Übung zu verletzen oder zu Tode zu kommen. Unfälle sind gar nicht zu vermeiden. Aber hier ging es meines Erachtens um vorsätzlichen Mord.«

»Warum?« fragte Vera. »Warum hätte Lubold ein Interesse daran haben sollen, einen Soldaten zu ermorden?«

»Dafür hätten wir in seinen Kopf schauen müssen«, sagte Halm. »Sehen Sie, ich habe eine Reihe von Befragungen mit ihm durchgeführt. Ich bin kein Psychologe. Ich wollte einfach nur wissen, was für eine Art Mensch er ist. Zugleich haben wir seine Vergangenheit durchleuchtet. Lubold erwies sich als sehr gewandt, wie ich es erwartet hatte. Er war intelligent, gebildet und rhetorisch überdurchschnittlich begabt. Ich kannte ihn übrigens gut und habe ihn sehr geschätzt ... vor der Sache. Wir haben lange Gespräche miteinander geführt, die uns auf hohem geistigem Niveau zu vereinen schienen. Auffassungen, die wir teilten.« Sein Blick schweifte eine Sekunde ab. »Lubold durchschaute die Welt. Das machte ihn so gefährlich. Nachdem wir ihn einige Zeit zwischenhatten, sprachen sich viele aus der Kommission dafür aus, ihn in allen Ehren wieder einzusetzen, so sehr waren sie davon überzeugt, die Fleischwerdung des Pflichtbewußtseins geschaut zu haben.«

»Und was hat sich wirklich abgespielt?«

»Lubold war mit seinen Männern im Feld. Eine strapaziöse Übung, bei der es darum ging, Minenfelder zu umkriechen, Tiefflieger abzuwehren und sich aus großer Höhe fallen zu lassen. Zudem herrschten scheußliche Witterungsbedingungen. Er war dafür bekannt, daß er solche Übungen mit äußerster Härte durchzog, aber im Ernstfall macht's einem ja auch keiner gemütlich. Nun ist Fallen eine Kunst, die nicht jeder beherrscht, und einer der Rekruten kam so unglücklich auf, daß er auf seinen Klappspaten stürzte. Lubold haßte Fehler. Als der Verletzte aus eigener Kraft nicht mehr auf die Beine kam, schrie er ihn an, er solle aufhören zu simulieren. Genau hier scheiden sich die Geister. Lubold konnte glaubhaft darlegen, daß er sich getäuscht sah und eine Simulation das Schicksal der ganzen Truppe besiegelt hätte.«

»Wieso? Es war doch nur eine Übung.«

»Nur eine Übung gibt es nicht in der Armee. Im Krisengebiet können Sie sich auch nicht darauf zurückziehen. Viel schlimmer ist, daß die meisten Soldaten zwischen Wahrhaftigkeit und Simulation kaum noch zu unterscheiden in der Lage sind. Vielleicht schlugen sich darum so viele auf Lubolds Seite. Sie hätten es lieber gesehen, ihn als Vertreter einer alten Härte bestätigt zu wissen, da man der Bundeswehr heute den Schlendrian der ewigen Defensive unterstellt. Wir anderen warfen ihm vor, er habe sehr wohl gewußt, daß der Soldat ernsthaft verwundet war. Nach einigem Hin und Her packte man den Rekruten jedenfalls auf eine Bahre und stürmte einen Hügel hinab. Lubold beschwor eine Katastrophe nach der anderen herauf. Tieffliegerangriff, Minengürtel, Heckenschützen. Mehrmals wurde die Bahre mit dem Mann, der kaum noch bei Besinnung war, fallengelassen. Die Rekruten, die die Bahre trugen, beschworen ihn, die Übung abzubrechen. Er drohte mit Disziplinarverfahren. Es dauerte Stunden, bis der Mann endlich ärztliche Hilfe erhielt.«

»Woran ist er gestorben?«

»Milzriß.«

»Und Sie glauben, Lubold hat seinen Tod bewußt in Kauf genommen?«

»Er hat ihn provoziert«, sagte Halm sehr deutlich. »Nicht in Kauf genommen. Lubold haßte alle, die er für schwach und unzureichend hielt. Je mehr sie ihn anflehten, sich ihrer zu erbarmen, desto schlimmer traktierte er sie. Er hatte beschlossen, daß dieser Soldat Strafe verdiente. Er sollte sterben. Also starb er.«

»Aber warum?« fragte Vera. »Ich verstehe immer noch nicht, was er davon hatte.«

Halm sah sie ruhig an.

»Der Soldat war er selber. Wir haben Lubolds Vergangenheit ergründet. Seine Familienverhältnisse. Seine Kindheit. Im allgemeinen ist das nicht üblich, aber ich wollte es so. Wir stießen auf einen übermächtigen Vater, einen hochrangigen, reichdekorierten Soldaten. Die Frau hatte sich immer ein Mädchen gewünscht, vielleicht, um dem Männlichkeitswahn ihres Privatdespoten etwas entgegensetzen zu können. Sie hat sehr unter ihm gelitten. Als sie einen Jungen zur Welt brachte, verweigerte sie dem Kind jede Liebe. Von seiner Mutter hat Jens Lubold immer nur zu hören bekommen, sie habe ihn nicht gewollt. Dafür verlangte der Vater ihm das letzte ab. Sein Sohn sollte zu einem Elitekämpfer erzogen werden, zu einem richtigen Mann. Was das ist, davon hat jeder seine eigenen Vorstellungen. Der Junge durfte keine Freunde haben. Während andere auf den Rheinwiesen Fußball spielten, wurden ihm Leistungen abverlangt, die ein Fünfjähriger unmöglich erbringen konnte. Während gewöhnliche Kinder Krieg spielten, fand der Krieg für ihn tatsächlich statt. Körperliche Strapazen.

Nachtmärsche. Angriffe, Gefangennahmen, Verhöre, Flucht durchs Unterholz, Hunger, Durst, Belagerung, Durchhalten bis zum letzten Atemzug. Natürlich war er hoffnungslos überfordert, aber der Alte hatte kein Pardon. Je mehr der Junge um Gnade bat, desto schlimmere Bürden erlegte ihm der Vater auf.«

»Männer«, zischte Vera.

»Der Herr erhalte Ihnen Ihre Pauschalisierungen. Vertiefen Sie sich mal in die Geschichten verhaltensgestörter Kinder, die von ihren Müttern malträtiert wurden. Es ist immer das gleiche. Man verlangt dem Kind das Unmögliche ab, wohl wissend, daß es scheitern wird, um es dann unverhältnismäßig hart zu bestrafen. Auch die Vergangenheit dieser Eltern müßten Sie wiederum durchleuchten, um zu verstehen, warum dieser Teufelskreis grundsätzlich in einer Katastrophe endet. Jens, wenn er dem Vater mal wieder nicht gerecht geworden war, wurde in einen Kellerraum gesperrt und mit einem Gummischlauch verprügelt. Oder er mußte die ganze Nacht lang in einer Badewanne mit eiskaltem Wasser ausharren. Manchmal wurde er an einen Baum gebunden, so, daß die Füße über dem Boden hingen. Dann wieder das gleiche Spiel. Bettelte der Junge den Vater an, er solle aufhören, fühlte der sich erst richtig angestachelt. Um Gnade zu bitten hieß, Grausamkeit zu provozieren, soviel hat Jens in dieser Zeit gelernt. Ich würde sagen, er hatte nicht die geringste Chance, ein normaler Mensch zu werden.«

»Mein Gott« sagte Vera. »Wie haben Sie das alles rausbekommen?«

Halm aß einen Keks und lächelte. »Ich schaffte es, Lubold einweisen zu lassen.«

»Er war in ... der Psychiatrie?«

»Kurz. Lubold tobte, als wir ihm damit kamen. Seine Reaktion war unangemessen, er sollte sich ja lediglich einigen Tests unterziehen. Für mich das erste Anzeichen, daß wir es tatsächlich mit einem Psychopathen zu tun hatten.«

»Haben Sie mit seinen Eltern gesprochen?«

»Das hätten wir gerne, aber die Mutter war früh gestorben, und der Vater diente in Übersee und verweigerte jeden Kommentar. Mittlerweile ist auch er tot. Aber Lubolds Aufenthalt in der Psychiatrischen förderte auch so schon eine Menge zutage. Er hat seinen Vater abgrundtief gehaßt und dennoch versucht, es ihm recht zu machen, selbst als Erwachsener. Aber wenn am Ende aller Bemühungen immer neue Strafen stehen, kann man nur scheitern. Und die letzte und konsequenteste Strafe für Versagen ist der Tod. Jens Lubold hatte also zwei

Möglichkeiten. Sich selbst zu richten oder den Wahn seines Vaters auf andere zu projizieren. Er führte am Beispiel des Soldaten in jener Übung konsequent weiter, was sein Vater an ihm begonnen hatte. Es war seine einzige Chance, der Situation Herr zu werden: die Rolle des Vaters einzunehmen. Nur wenn er selber sich als grausam erwies, konnte er den ungeheuren Druck von sich nehmen, dem er sonst nicht standgehalten hätte. Das ist der Grund, warum er Hemmschwellen gezielt abtrainierte. Als der verwundetet Rekrut ihn anflehte, mit dem Manöver aufzuhören, stachelte ihn das erst richtig an, so wie damals seinen Vater, wenn er selber um Gnade gebettelt hatte. Aus all diesen Gründen denke ich, daß Jens Lubold den Rekruten ermordet hat.«

»Aber Sie konnten es nicht beweisen.«

Halm wiegte den Kopf.

»Manche waren geneigt, sich meiner Meinung anzuschließen. Das Problem war und ist, daß eine Struktur, die auf der Basis von Befehl und Gehorsam funktioniert, mit Psychologie nicht viel anfangen kann. Es wäre überhaupt sehr unschön für die Armee gewesen, den Fall öffentlich verhandelt zu wissen, und das hätte sich im Falle einer Mordanklage kaum vermeiden lassen. Also einigten wir uns auf die unehrenhafte Entlassung.«

Vera versuchte, die Geschichte zu verdauen.

»Herr Oberstleutnant«, sagte sie schließlich. »Würden Sie Lubold für fähig halten, jemanden zu Tode zu foltern?«

»Natürlich«, sagte Halm gleichmütig.

»Was müßte geschehen, damit er so etwas tut?«

Der alte Mann zog die Stirn in Falten.

»Ich bin nicht das Orakel von Delphi, meine Liebe«, sagte er. »Aber fest steht, daß Lubold die Vorstellung unmotivierten Handelns zuwider ist. Er läßt seiner Wut nicht einfach freien Lauf. Lubold braucht die Illusion des Sachzwangs. Daß seine Taten Sinn ergeben. So wie das Manöver. Nennen Sie Gründe, und ich sage Ihnen, ob er der Mann ist, den Sie suchen.«

Vera schwieg überrascht.

»Sie suchen ihn doch«, sagte Halm.

»Ja, schon, aber ...«

»Können Sie mir erzählen, worum es geht?«

Sie überlegte kurz.

»Angenommen, drei Leute sind in einer einsamen Gegend unterwegs.«

»Soldaten?«

»Ja. Sagen wir, in der kuwaitischen Wüste. Sie werden angegriffen. Einer wird schwer verletzt, so daß die anderen nicht sicher sind, ob er tot ist. Er liegt im Sand und ...«

»Wie sind diese Leute unterwegs?«

»Mit einem Jeep.«

»Was ist mit dem Feind, der sie angegriffen hat? Greift er weiter an?«

»Nein. Sie haben ihn vernichtet.«

»Gut. Bitte weiter.«

»Also, es ist unklar, ob er tot ist. Einer der beiden im Jeep glaubt es ganz sicher, der andere weiß es nicht hundertprozentig. Sie fahren los und lassen ihn liegen.«

»Den Verletzten.«

»Ja.«

»Der aber gar nicht tot ist.«

»Richtig.«

Halm lehnte sich zurück. »Und das Nachspiel?«

»Jahre später kommt einer der beiden ums Leben. Er wird in seiner Wohnung zu Tode gefoltert. Der zweite schwebt in höchster Gefahr.«

»Oh. Ich verstehe. Lubold ist zurückgekehrt, um sich zu rächen.«

»Ja, weil ...«

Vera hielt inne. Was hatte Halm da gesagt?

»Nein«, korrigierte sie schnell. »Es ist nicht Lubold, der da in der Wüste zurückgeblieben ist, sondern ein anderer. Ich meine, wäre es möglich, daß Lubold ihn ...«

»Rächt? Nein.«

Was hörte sie sich da bloß für einen Unsinn erzählen? Schon wieder waren Lubold und Marmann zu einer Person verschmolzen. Sie hatte sich verheddert. Sie hatte die Geschichte falsch angefangen.

»Was möchten Sie denn nun wissen?« fragte Halm freundlich.

»Tut mir leid. Ich glaube, Sie können mir nicht weiterhelfen.«

»Mein liebes Kind«, sagte Halm in bedauerndem Tonfall. »Das scheint mir ein sehr schwieriger Auftrag zu sein, den Sie da angenommen haben.«

»Ja«, flüsterte Vera. »Allerdings.«

»Nun, offenbar kann ich Ihnen wirklich nicht weiterhelfen. Ich bin kein Polizist und kein Detektiv. Aber ich kann Ihnen sagen, was mich an der Geschichte, die Sie mir gerade erzählt haben, stört.«

»Was?«

»Daß sie ihn liegenlassen. Ob tot oder lebendig.«

»Sie waren in Panik.«

»Wenn ein Soldat nicht unmittelbar bedroht wird – und eine unmittelbare Bedrohung heißt, dem Feind quasi in die Mündung zu sehen – hat er keine Veranlassung zur Panik. Wenn ein Jeep bereitsteht, um zwei Männer in Sicherheit zu bringen, wird er auch drei Männer in Sicherheit bringen können. Es hätte sie maximal zwei Minuten gekostet, den Verletzten aufzuladen.«

»Selbst, wenn er tot war?«

»Selbst dann. Dieser Ehrenkodex gilt übrigens auch unter Söldnern. Im übrigen ist eine Leiche eine Information über den Feind.«

Vera schwieg.

»Wenn ich Ihnen einen Rat geben darf: Nehmen Sie sich mehr Zeit, um Ihren Fall zu reflektieren. Das Vermögen der Reflektion ist uns verlorengegangen. Selektieren Sie Ihre Informationen in unmöglich, möglich, wahrscheinlich und zutreffend. Achten Sie auf Kleinigkeiten.«

»Ich verstehe Sie nicht ganz.«

Er seufzte.

»Verzeihen Sie. Ich neige ein bißchen zur Schulmeisterei. Ich vermute nicht, daß Sie je etwas von mir gelesen haben?«

»Ich muß gestehen ...«

»Macht nichts.« Er stand auf, lief zu einer wandfüllenden Bibliothek und zog ein Buch hervor, das er ihr brachte.

»Ein Geschenk«, sagte er und lachte sein feines Lachen. »Vielleicht kommen Sie beim Blättern zu dem einen oder anderen Schluß, da Sie ja offenbar kein Aquarium besitzen.«

Vera dankte ihm und betrachtete das Buch. Es war nicht sonderlich dick. Die Titelseite zeigte den Himmel über Bagdad, wie er in der ersten Nacht des alliierten Angriffs ausgesehen hatte. Vera erinnerte sich dunkel der Stimme eines Reporters, der das bizarre Szenario vom Fenster des Rashid Hotels aus mitverfolgt hatte: ›Es sieht aus, als seien die Sterne selber in Bewegung geraten!‹

Darüber stand in schmucklosen Buchstaben:

STEPHAN HALM – DAS ENDE DER VERANTWORTUNG

»Dieses Feuerwerk am Himmel«, sagte Halm und wies auf die weißen Blitze über der Stadt, »waren irakische Luftabwehrraketen. Sie haben blind um sich geschossen, weil sie hofften, auf diese Weise wenigstens einige der alliierten Bomber herunterholen zu können.«

»Und? Ist es ihnen gelungen?«

Halm schüttelte den Kopf. »Nein. Es waren überhaupt keine oben. Der irakische Radar war gestört, und wo er scheinbar funktionierte, zeigte er die Flugbahnen von Bombern an, die gar nicht unterwegs waren. Die Alliierten haben diese Flugbahnen simuliert. Der eigentliche Angriff erfolgte erst fünfundzwanzig Minuten später, als die Stealth Fighter wie aus dem Nichts über Bagdad auftauchten. Ich will nicht behaupten, daß zwischen den damaligen Ereignissen und den Umständen Ihres Auftrags irgendein Zusammenhang besteht. Es ist nur, weil Sie zufällig den Golf erwähnten. Ich dachte, es könnte irgendwie passen.«

»Offengestanden, ich hatte das meiste über den Golfkrieg schon wieder vergessen«, sagte Vera. »Die Einzelheiten zumindest.«

Halm nickte.

»Ja, das ist symptomatisch für unsere Zeit. Nachrichten unterliegen einem weitaus kürzeren Verfallsdatum als ein Becher Joghurt. Erinnern Sie sich an Bushs neue Weltordnung? Wie aufgewühlt alle waren? An die Peinlichkeit der guten Vorsätze? Aber werfen Sie einen Blick in die Runde, was geblieben ist. Nichts. Rückkehr zur Tagesordnung. Das einzige, was nachhaltig betroffen macht, ist unser *Mangel* an Betroffenheit. Manchmal kommt es mir vor, als säße die ganze Welt mit einer dicken Backe beim Zahnarzt und schwört, ab jetzt regelmäßig die Zähne zu putzen. Drei Tage später ist der Schmerz Vergangenheit und alle hehren Worte auch. Nicht mal aus bösem Willen. Aus Desinteresse an uns selber. Soll ich Ihnen sagen, was wir aus dem Golfkrieg gelernt haben?«

»Was?«

»Nichts. Und wir werden auch in Zukunft nichts lernen. Wir können es nicht. Wir sind derart gehetzt, Schritt zu halten mit den Segnungen des *global network*, daß uns keine Zeit mehr bleibt, zurückzuschauen. Es gibt Dinge, von denen man sagt, sie dürften nie wieder passieren, erinnern Sie sich? Nein, Sie erinnern sich nicht. Alles wird wieder passieren. Sollten Sie die Fehler der Vergangenheit verpaßt haben, müssen Sie sich keine Sorgen machen. Sie kommen alle wieder in Mode.«

Er lächelte verschmitzt.

»Ansatzweise finden sich vielleicht doch einige Parallelen zu Ihrem Problem. Im wesentlichen verhält sich der einzelne wie das System. Unser System krankt am übermäßigen Vertrauen in die Bilder. Wir sind informationsblind.«

Informationsblind.

Wo hatte sie diesen Ausdruck schon gehört?

Bathge hatte ihn benutzt.

»Was heißt informationsblind?« fragte sie.

»Das ist ganz einfach. Wenn Sie zu viel Schnee sehen, werden Sie schneeblind, das heißt, Sie sehen überhaupt keinen mehr. Wenn Sie zuviel Infotainment konsumieren, werden Sie informationsblind. Die Zukunft wird die Grenze zwischen Realität und Virtualität auflösen, die Medien werden den Zeitbegriff verändern und eine neue Qualität von wahr und unwahr schaffen. Offen gesagt, ich finde das in höchstem Maße faszinierend und anregend. Ich bin ein großer Fan solcher Errungenschaften wie Internet und *virtual reality*. Wir werden lernen müssen, damit umzugehen. Aber dafür ist es unerläßlich, ein paar Dinge zu begreifen. Heute besteht die Kunst nicht mehr darin, an Information zu gelangen, sondern sich ihr zu entziehen. Den Lauf der Welt wird nicht bestimmen, wer das *meiste*, sondern wer das *richtige* weiß. Wenn wir das nicht beherzigen, werden wir verlieren.« Er machte eine Pause. »Die Stealth Fighter über Bagdad gehören zu den gefährlichsten Waffen der Welt. Nicht wegen ihrer Zerstörungskraft, sondern weil man sie nicht sehen kann. Sie bleiben unsichtbar, bis sie direkt über Ihnen sind. Kein Radar kann sie erfassen. Heute ist es nicht anders. Über jedem von uns kreist so ein Bomber, während wir mit leuchtenden Augen das neue Jahrtausend betreten, und entzieht sich unserem Radar. Alles sehen wir vor uns liegen in den wunderbarsten Farben, nur nicht die Wirklichkeit. Mißtrauen Sie den Bildern, Frau Gemini. Den tatsächlichen und denen im Kopf.«

»Ich glaube ...«, Vera zögerte, »das tue ich.«

»Das würde mich freuen. Wir sind es gewohnt, einer abgebildeten Realität mehr Glauben zu schenken als der ungefilterten Wahrnehmung unserer Sinne. Schließen Sie einfach öfter mal die Augen.«

Vera steckte das Buch ein und erhob sich.

»Danke«, sagte sie. »Es war sehr nett, daß Sie sich die Zeit genommen haben.«

Der kleine Mann lächelte entzückt.

»Es war ein Gewinn«, sagte er.

»Eine Frage noch. Wissen Sie, was Lubold unmittelbar nach seiner Entlassung getan hat?«

Halm überlegte.

»Er begann mit Extremsportartikeln zu handeln, soweit ich weiß.

Aber das ging wohl schief.« Er lächelte. »Die Kölner fahren eben lieber mit dem Schiffchen, als im Rhein nach Wracks zu tauchen.«

18.02 Uhr. Das Ende der Verantwortung

Echtzeit – Die unmittelbare, zeitsynchrone Übertragung von Daten. Der Golfkrieg wurde in Echtzeit übertragen. Der Zuschauer vor dem Fernsehschirm erlebte den Krieg im Augenblick seines Geschehens, wodurch der Bildschirm selbst zum Schlachtfeld wurde. Im Augenblick der Direktübertragung wurde alles Gesehene wahr, die Gefahr falscher Rückschlüsse stieg ins Unermeßliche. Nie zuvor haben Bilder auf solche Weise die Situation manipuliert, deren Bilder sie nur waren. Das Fernsehen nahm den Zuschauer als Geisel und konfrontierte ihn mit einer Handlung, der er nicht zu folgen und die er nicht zu reflektieren vermochte. Die scheinbare Wahrheit des Bildes zog nicht zwingend nach sich, daß es auch die Wirklichkeit zeigte. Dem Betrachter blieb nur noch das Miterleben, nicht mehr die Möglichkeit der Verarbeitung via kritischer Distanz. Das Bild nahm die Wertung vorweg, ließ keinen Spielraum zur eigenen Meinungsbildung und Reaktion.

Wenn uns der Golfkrieg etwas gelehrt hat, dann, daß Überinformation und Echtzeitinformation die Grenzen zwischen Realität und Virtualität aufheben und wir weniger denn je zwischen wahr und unwahr unterscheiden können. Die Medien erschöpfen sich im Gegenwärtigen, das Aktuelle wirkt sofort, zwingt uns zu Haltungen und Reaktionen, ohne daß wir den Wahrheitsgehalt prüfen können. Meldungen widersprechen einander, verwirrende Vielfalt entsteht, Verläßlichkeit schwindet.

Im Augenblick, da sich die Information für ungültig erklärt, wird auch das Handeln ungültig. Nichts mehr ist, aber alles könnte sein. Das Resultat sind Irrtümer auf dem Schlachtfeld, Irrtümer in der öffentlichen Meinung, die Unmöglichkeit der Übernahme von Verantwortung, letzten Endes ihre Ablehnung.

So war der Golfkrieg zwar spannend wie die Live-Übertragung einer Fußballweltmeisterschaft, aber er zeigte uns auch die Ohnmacht des einzelnen im Zeitalter der Medienüberflutung. Wir sind zu Sklaven der Bilder geworden, die wir schufen. Wir überlassen den Maschinen und Monitoren das Terrain. Sie sind einfach schneller. Der erste Tarnkrieg der Geschichte in Echtzeit ist zugleich der erste totale Tarnkrieg der Medienberichterstattung geworden. Millionen Fernsehzuschauer liefen über zu einer verfälschten Darstellung. Freund und Feind wurden gleichermaßen überlistet. Gegen die Virtualität gibt es nur Verlierer.

Vera blätterte weiter. Halm erging sich in mehreren Kapiteln über die Rolle der Medien in der Golfberichterstattung. Er legte dar, daß eine Gesellschaft, die den Blick nur noch auf Monitore gerichtet hielt, im Grunde zur Handlungsunfähigkeit verdammt war. Sie traf Entscheidungen für das wirkliche Leben auf der Basis virtuellen Inputs. Sie erlebte nicht die Welt, sondern eine Darstellung der Welt.

Es war zweifellos interessant. Dennoch fragte sie sich, wie Halms Buch sie weiterbringen sollte.

Andererseits handelte es von dem Krieg, in dem Lubold gefallen oder auch nicht gefallen war. Oder auch nicht gefallen.

Mißtrauen Sie den Bildern.

Welchem Bild sollte sie mißtrauen? Sie besaß nur eines, das den Fall betraf. Es zeigte Marmann, Üsker und Bathge in der Wüste von Kuwait.

Ihr Blick fiel auf den immer noch ausgefahrenen Monitor. Er war ausgeschaltet. Im aktivierten Zustand würde er den Stadtplan zeigen und den roten Punkt darin.

Nein, sie besaß viele Bilder!

Sie war umgeben davon. Die Übertragungen der Spider-Cams oder des Senders in Bathges Feuerzeug, ausschließlich Echtzeitdaten. Im Grunde sah sie nichts davon mit eigenen Augen. Ihre Wahrnehmung war die Wahrnehmung der Maschinen. Informationen erreichten sie in Lichtgeschwindigkeit, aber dennoch vorgefiltert.

Na und? Erwies sich die Technik nicht als hilfreich? Hätte sie den Burschen im Detektorenlabor auch mit konventionellen Methoden so schnell geschnappt?

Sie blätterte zurück ins Inhaltsverzeichnis und schlug das Kapitel »Datenmenschen« auf.

Das gute alte Fernsehen weicht also dem Multimedia-Terminal, passives Empfangen von Daten der Selektion und Steuerung. Der Schritt von der Television zur Teleaktion ist so gut wie vollbracht. Über Meßfühler und Sensoren werden wir handlungsfähig und weltweit präsent, ohne uns de facto von der Stelle rühren zu müssen. Das Bildtelefon mutet da fast schon archaisch an. Demgegenüber erleben wir uns in kybernetischen Anzügen. Jeder Quadratmillimeter unserer Haut wird sende- und empfangsbereit. Ob es Realität oder Virtualität ist, die wir in unserer Multimediaburg erleben, spielt am Ende keine Rolle. So oder so können wir Menschen über gewaltige Distanzen berühren, Sex mit ihnen haben, sie schlagen und vielleicht sogar umbringen. So oder so erhalten wir keine Sicherheit über unsere Kommunikationspartner. Im Zweifel haben wir sexuellen Verkehr mit einem Mann, der eine Frau ist. Umgekehrt senden auch wir nur Daten, mit denen wir gefallen oder nicht gefallen, ganz wie es uns beliebt.

Das erinnerte an Nicole Wüllenrath und Intertown. Ob Halm wußte, daß im Internet ganze Städte entstanden?

Aktion wird zur Teleaktion, Reaktion zur Telereaktion. Wir bewegen uns als Abbild in einem Abbild, besser gesagt, in einer potentiellen Welt von unzähligen. Potentiell, wie gesagt, und entsprechend unverbindlich.

Alles hier vollzieht sich mit Hochgeschwindigkeit. Wir haben Sex, gehen gemeinsam auf Partys und unternehmen ausgedehnte Reisen, während wir selber unerkannt und weitgehend regungslos an hermetisch abgeriegelten Orten sitzen und unsere eigenen Aktivitäten verfolgen. Wir gehen immer seltener nach draußen, wo der krasse Gegensatz herrscht, Verarmung und Verrohung. Wir reduzieren uns auf Funktions- und Steuerungseinheiten. Das Empfinden und Erleben übernehmen die Sensoren, die Beschreibung der Welt die Programme. Das Zauberwort heißt Distanz.

Zeit spielt in diesem Universum keine Rolle mehr. Die

Zeit als Faktor des Nachdenkens, der Selbstverinnerlichung, des allmählichen Einsehens, als Schlüssel zum besseren Verständnis hat in der virtuellen Gesellschaft ausgespielt. Sind die Programme, in denen wir uns bewegen, lernfähig, werden sie sich vorerst anpassen, um dadurch unterschwellig die Souveränität des Programmierers zu untergraben und ihn in neue Voraussetzungen zu zwingen. Es ist wie beim Zauberlehrling. Die Geister, die wir riefen, sie wachsen uns über den Kopf. Wir sind nicht länger Herr der Lage.

War Nicole Wüllenrath noch Herr der Lage? Waren die Kinder und Erwachsenen, von deren Gürteln Tamagotchis baumelten, noch Herr der Lage?

War jemand, der einen Teil der Welt über einen Datentisch von IBM wahrnahm, noch Herr der Lage?

Alles, was Halm schrieb, war so einleuchtend, daß es fast schon nicht mehr interessierte. Warum hatte sie dann nie darüber nachgedacht? Weil Selbstverständlichkeiten sich dadurch auswiesen, daß kein Mensch nach ihnen lebte?

Sie las den Rest des Kapitels.

Programme, die sich evolutionieren und schneller dazulernen, als Menschen reagieren können, handeln und schaffen neue Voraussetzungen. In aller Unschuld übernimmt das Programm die Rolle des Entscheiders. Ähnliches passierte im Golfkrieg. Die intelligente Munition, die sich unvorhersehbaren Situationen anpassen konnte, degradierte ab einem gewissen Punkt Feind und Freund gleichermaßen zu Statisten. Der Roboter übernahm die Verantwortung, er konnte alles besser.

So geht die Virtualität ihren eigenen Weg, reißt uns mit und enthebt uns der Möglichkeit totaler Kontrolle. Der Krieg gerät zum Videospiel, das Schicksal der Opfer unterliegt dem Zufallsgenerator, das gewünschte Resultat erzielt, wer am besten spielt, und Schmerzensschreie werden zu bunten Symbolen digitalisiert, an deren Ende vielleicht ein Freispiel wartet. Das Fehlen des realen Schreckens, obgleich er ja irgendwo stattfinden muß, merzt jedes Empfinden für Brutalität und Grausamkeit aus. Immer sinnloser werden unsere Taten anmuten, aber sie werden nur die konsequente Antwort auf die Sinnlosigkeit einer Welt sein, in der uns die virtuelle Distanz vor jedem echten Kontakt schützen soll und wir uns nicht mehr als Menschen, sondern als Menschendaten begreifen, als Wirklichkeitsausschnitte, Zeitpunkte und Statistiken.

Vera legte das Buch zur Seite und dachte an den Folterer dort draußen, den sie nicht kannte und in dessen Seele sie heute dennoch so tief eingedrungen war.

Vediente die Gesellschaft einen Jens Lubold? In den Medien krähte kein Hahn mehr nach Üsker. Im Grunde war es gleich, ob solche Dinge passierten oder nicht. Wen interessierte es letzten Endes wirklich? Über den Moment hinaus?

Wie sollte eine Gesellschaft reagieren, die informationsblind war und sich hinter Scheinwelten verbarrikadierte? Wie grausam mußte sich die Realität gebärden, um endlich wahrgenommen zu werden?

Mißtrauen Sie den Bildern …

Ließ Marmann es so aussehen, als sei er Lubold? Vollstreckte Lubold Marmanns Wünsche? Hatte Marmann Lubold hintergangen? Waren Bathge, Üsker und Marmann verantwortlich für das, was Lubold passiert war? Hatten sie ihm etwas abgenommen, das er besessen hatte, um sich dann untereinander zu zerstreiten, bis er zurückkehrte?

Ich kann Ihnen sagen, was mich an der Geschichte stört. Daß sie ihn liegenließen. Ob tot oder lebendig.

Aber sie waren in Panik gewesen. Weitere irakische Jäger hätten auftauchen können.

Es hätte sie maximal zwei Minuten gekostet, den dritten Mann aufzuladen.

Aber die Jäger!

Mißtrauen Sie. Mißtrauen Sie.

Etwas an der Geschichte stimmte nicht

Eine Kleinigkeit fehlte.

Eine Kleinigkeit, die alle Fragen klären würde.

Sie mußte Bathge danach fragen.

22.10 Uhr. Wohnung

Dann fragte sie ihn doch nicht.

Drei lange Stunden negierten sie die Wirklichkeit, weil die Notwendigkeit, zu den Klängen von Satie Spaghetti zu essen und sich ineinander zu versenken, während der Kerzenschein ihre Gesichter golden tupfte, alle Fragen gegenstandslos erscheinen ließ. Außer vielleicht der, wie dieser Zustand in die Ewigkeit zu retten sei. Und Bathge, dessen Leben in Gefahr und voller Angst war, fragte ebensowenig.

Sie taten erneut, als sei die Zeit erstarrt. Von Halm wollte sie ihm erzählen und von den Zweifeln des alten Mannes, aber noch mehr wollte sie Zeit borgen und nach Möglichkeit vergessen, sie zurückzuzahlen.

Bald würde sie ihn festnageln müssen, was nicht gestimmt hatte an seiner Geschichte. Er würde antworten und lügen oder die Wahrheit sagen, und sie würde feststellen, daß die Zeit keineswegs erstarrt war, sondern wild dahinschoß und sie beide mit sich riß, ein Mahlstrom, in dem es darum ging, den Kopf oben zu behalten, nur darum, und um die Erkenntnis, daß am Ende nichts blieb außer Kraftlosigkeit und Schmerz.

Sie wollte keine Antworten. Nicht jetzt.

Sie hatte Angst, mehr von ihm zu hören als den Schlag seines Herzens, während ihr Kopf auf seiner Brust ruhte, etwas anderes als die Geräusche seines Atems und das Ausblasen des Zigarettenrauchs zwischen seinen Lippen. Hinter ihren geschlossenen Lidern stellte sie sich das Zimmer vor mit dem Bett und ihren Körpern darauf, die wie Bäume Wurzeln umeinander schlugen. Träumte, aufzusteigen, um einen Ozean aus Zeitlosigkeit zu erblicken und in seiner Mitte eine Insel, zu der niemand Zugang hatte außer ihnen, kein Marmann, kein Lubold, keine häßlichen Wahrheiten.

Das Bild verblaßte.

Sie schlug die Augen auf.

In der um neunzig Grad gekippten Szenerie durchwirkten bläuliche Rauchadern das Kerzenlicht. Blauschimmel, schoß es ihr durch den Kopf. Was für ein dämliches Wort in einer solchen Situation! Aber nichts anderes fiel ihr dazu ein. Blauschimmel in Weichkäse.

Sie spürte seine Hand ihr Gesicht erkunden. Ein Finger strich über die Narbe an ihrem Kinn, wo Karl sie vor Jahren mit einer Nagelfeile erwischt hatte, verharrte kurz und glitt weiter. So was wie Karl, das kann dir nicht mehr passieren, dachte sie. Nicht, wenn du dich hinter einen Tisch mit einem Dutzend Monitoren setzt und dich möglichst nicht von der Stelle bewegst. Wenn du in Intertown wohnst und dein Ehemann nur eine Simulation ist. Dir kann nichts geschehen bis zu dem Moment, da du den Cyperspace fühlbar machst und dich dort wiederfindest, von wo du einst aufgebrochen bist im Irrglauben, alles besser machen zu können, indem du überhaupt nichts mehr tust. Dann geht alles wieder von vorne los in einer zweiten Welt.

Rückzug war keine Lösung.

Nichts war gelöst.

Du mußt dich stellen, dachte sie. Noch einmal, ein letztes Mal. Der Gewalt, den Schlägen, dem Blut, der Verachtung. Du wirst erst wieder richtig leben können, wenn du damit aufgeräumt hast. Deine Ängste haben sich gegen dich zusammengetan und die Gestalt eines Mannes aus Sand angenommen, eines Ungeheuers aus den Tiefen der kuwaitischen Wüste, und auch diese Insel jenseits der Zeit wird dich nicht davor bewahren, ihm zu begegnen und den Kampf mit ihm aufzunehmen.

Vielleicht war dieses ominöse Wesen Lubold ihr persönlicher Dämon und Bathge der Vermittler.

Lubold.

Sie zwinkerte. Absurd! Was zum Teufel hatte sie mit Bathges Alpträumen zu schaffen?

Ihr bringt mich um meine Ruhe, du und deine Söldner, wollte sie ihm vorhalten. Marmann kann unmöglich der Mann sein, den ihr in der Wüste zurückgelassen habt. Es ist Lubold. Es war nicht Panik, daß ihr ihn nicht mitgenommen habt. Etwas fehlt. Was hast du mir nicht erzählt? Was fehlt an dieser Geschichte, damit ich sie verstehen kann?

So vieles wollte sie fragen, aber ihre Lippen waren wie zusammengeschweißt.

Nichts sagen, nichts tun, was den Zauber zerstören könnte. Als wäre es die letzte Nacht auf Erden. Ihr stillschweigendes Bündnis, noch einmal bis zum Morgen die Wirklichkeit zu blenden, würde sie eine kurze Weile schützen, wenige Stunden. Dann würde der Traum zerrieseln und den Blick auf ihren gemeinsamen Feind freigeben, und Vera würde versuchen, an ihm zu wachsen oder unterzugehen.

Huch, wie pathetisch.

Könntest du wenigstens ein bißchen versuchen, auf mich aufzupassen, wollte sie fragen.

Aber sie war schon eingeschlafen.

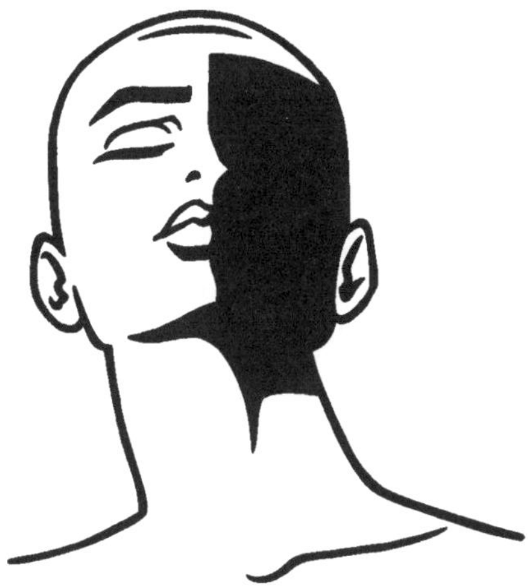

Sonntag, 29. August

7.11 Uhr. Gare du Nord, Paris

Das Päckchen lief ein auf Gleis neun.

Es wurde zusammen mit größeren Paketen und Kisten auf einen Wagen verladen und zur Verteilerstelle gekarrt, wo die Sendungen üblicherweise von den Adressaten abgeholt wurden. In diesem Fall sah das Arrangement die Weiterführung per Kurier vor. Das Päckchen aus Köln würde bis zur Haustür desjenigen reisen, für den es bestimmt war.

Der Mann, der die Sammelstelle unter sich hatte, also sich selber und einen Gehilfen, war mit dem Aufkommen hoffnungslos überfordert. Er war einige Kilometer von Roanne im ländlichen Südfrankreich großgeworden, wo man kein Verständnis für Eile hatte, speziell nicht am Tag des Herrn. Solange er nun schon bei der Bahn arbeitete, vermochte er einfach keine Toleranz aufzubringen gegenüber Eilzustellungen an Sonntagen. Entsprechend übellaunig nahm er die Sendungen in Empfang und pfefferte sie in Fächer, Säcke und auf Handkarren. Dem Päckchen erging es nicht viel besser. Es landete auf einem Stapel seinesgleichen, balancierte dort einige Sekunden und kam ins Rutschen.

Der Mann sah es fallen, schaute schnell weg und wartete, bis es unten lag. Wenn was kaputt war, nicht seine Schuld. Hätte ja bis Montag Zeit gehabt.

Endlich ließ er sich dazu herab, es aufzuheben und wieder auf den Stapel zu legen.

Er stutzte.

Da schien tatsächlich was kaputtgegangen zu sein. Eine Ecke war dunkelrotbraun verfärbt, kaum größer als ein Centimestück. Irgendwas darin war ausgelaufen.

Er betrachtete die Stelle genauer und fuhr mit dem Finger darüber.

Nein, das mußte schon während des Transports passiert sein. Die Flüssigkeit war angetrocknet. Wenn da was durchgesickert war, hatte er es jedenfalls nicht zu verantworten.

Vielleicht ist es Blut, dachte er amüsiert. Vielleicht ist eine Leiche drin. Es hätte allerdings eine sehr kleine Leiche sein müssen. Maximal von der Größe einer Ratte.

Er lachte und warf das Päckchen wieder auf den Stapel. Diesmal blieb es liegen.

8.25 Uhr. Vera

Mit dem Tageslicht war ihr Stillschweigepakt vergangen. Veras Gedanken schwebten nicht mehr, sondern hingen düster über dem Frühstückstisch.

»Ich schätze, wir haben immer noch ein Problem«, sagte Bathge nach einer Weile.

Sie nickte.

»Ja. Ich fürchte, das haben wir.«

Er bestrich ein Brot mit englischer Pastete und biß hinein. Sein Blick war ausgeruht und entspannt. Konnte es sein, daß die Geschichte mittlerweile mehr an ihr nagte als an ihm?

»Tu mir einen Gefallen«, bat sie, »und sag mir noch einmal die Wahrheit.«

Er hielt mitten im Kauen inne und starrte sie an. »Natürlich.«

»Warum habt ihr Marmann liegenlassen?«

Schweigen.

»Ihr hättet ihn mitnehmen können«, sagte sie. »Ihr hättet es sogar müssen. Die Sache mit der Panik hat irgendwo ein großes Loch, stimmt's?«

Längere Zeit sagte Bathge nichts. Dann lächelte er schwach und breitete ergeben die Hände aus.

»Stimmt.«

»Ah.«

»Ja, du hast recht. Ich hätte es dir ohnehin erzählt. Ich hätte es dir erzählen müssen, weil mir noch was eingefallen ist. Etwas, das du auf jeden Fall erfahren mußt!«

»Zu Lubold?«

»Zu Lubold und Marmann, ja.«

Vera legte das Messer aus der Hand und stützte das Kinn in die Hände.

»Da bin ich aber gespannt!«

Er zündete eine Zigarette an und wartete, bis seine Lungen den ersten Zug aufgenommen hatten. »Du erinnerst dich, daß ich einige Details verschwiegen habe. Ohne einen Hehl daraus zu machen. Ich bin einfach nicht davon ausgegangen, daß sie wichtig sein könnten, das war alles.«

»Ich erinnere mich. Du hast gesagt, daß du einiges für dich behalten willst.«

Er senkte den Blick. »Ich habe es darum nicht erzählt, weil es nicht besonders ruhmreich ist. Der Krieg macht seine eigenen Gesetze.«

Sie wartete einen Moment. Dann ergriff sie seine Hand und drückte sie.

»Ich bin nicht so schnell damit, jemanden zu verurteilen. Das weißt du hoffentlich.«

»Ja, ich weiß.«

»Also, was hast du verbrochen?«

Er sah sie an.

»Wir haben Dinge mitgenommen«, sagte er. »Kleinigkeiten. Damals in Kuwait. Keine Plünderungen, nicht das. Aber manchmal bist du in ein Haus gegangen, und die Bewohner waren tot oder verschleppt, alles lag in Trümmern, die Wertgegenstände waren auf einen Haufen geschichtet. Die Iraker haben alles an sich gerissen, was ihnen in die Finger kam, aber sie konnten das Zeug nicht mitnehmen auf ihrer Flucht. Wir räumten die irakischen Widerstandsnester aus, gingen hinein, und sofort war klar, daß das Leben an diesem Ort nicht weitergehen würde. Irgend jemand würde sich die Beute einverleiben, dem sie ohnehin nicht gehörte, also warum nicht wir.«

»Mhm.«

»Ja, mhm. Wie hättest du reagiert?«

»Schwer zu sagen. Ich glaube, in so einer Situation machst du dir über gewisse Anstandsregeln keine Gedanken mehr.«

»Du machst dir keine Gedanken mehr, weil das hieße, sich nach einem Flächenbrand Gedanken über ein Streichholz zu machen. Natürlich nimmst du alles mit, was dir in die Hände fällt. So viel ist das gar nicht. Viel kannst du überhaupt nicht unterbringen, und es ist sowieso offiziell verboten, weil sie es dir wieder abnehmen, wenn sie dich damit erwischen, um es dann selber einzusacken. Also sagst du dir, was soll's? Sterben fürs Vaterland, für Kuwait, für Öl? Wenn du schon den Arsch hinhalten mußt, dann wird dir wegen der paar Kleinigkeiten keiner böse sein.«

»Was waren das für Sachen? Schmuck?«

»Vornehmlich. Eher Souvernirs als wirkliche Werte. Dinge wie bernsteingefaßte Zigarettenspitzen, silberne Wunderlampen, was reiche Leute eben zu Hause rumstehen haben, wenn sie in Kuwait wohnen. Dekorativ. Marmann ließ im Gegensatz zu uns die Finger davon. Er trug dieses verdammte Lächeln zur Schau, immer wenn wir was einsteckten, und am letzten Tag der Offensive erging er sich in dunklen

Andeutungen über ein Vermögen, das nur darauf warte, von ihm ausgebuddelt und mit nach Deutschland genommen zu werden. Wir lachten ihn aus. Aber dann fuhren wir einen Umweg und fanden tatsächlich etwas. Etwas unermeßlich Wertvolles.«

»Ihr habt den Schatz der vierzig Räuber gehoben«, mutmaßte Vera.

»Nein«, sagte Bathge. Kurz verschwanden Mund und Nase hinter dem Rand seiner Kaffeetasse. »Wir haben etwas gefunden, wonach sich die vierzig Räuber die Finger geleckt hätten. Diamanten. Eine ziemliche Menge.«

»Was, einfach so? Im Sand verstreut?«

»Ein Konvoi. In Grund und Boden bombardiert. Nur Tote ringsum. Reiche Kuwaitis, die es nicht geschafft hatten. Marmann gab sich großzügig, er meinte, wie sollten uns den Batzen teilen. Natürlich waren wir völlig von den Socken. Verstehst du, wir waren reich. So reich, daß keiner von uns je in seinem Leben noch einen Finger hätte rühren müssen. Das einzige Problem war, daß wir das Zeug nicht mitnehmen konnten, also suchten wir nach einem Versteck.«

»Und?« fragte Vera fasziniert.

»Wir verbuddelten es nicht weit von der Fundstelle, um es eines Tages abzuholen.« Er machte eine Pause. »Dann wurden wir angegriffen. Den Rest der Geschichte kennst du.«

»Du meine Güte! Was ist aus den Diamanten geworden? Ist je einer von euch zurückgekehrt?«

»Ja, ich. Jahre später, als sich die Lage wieder beruhigt hatte. So, wie wir es eigentlich auch besprochen hatten. Aber es war nichts mehr da. Jemand war mir zuvorgekommen.«

Veras Gedanken überschlugen sich.

»Meinst du, Marmann hat die Diamanten geholt?«

Bathge nickte langsam.

»Hier hat jeder jeden beschissen. Wenn Üsker gewußt hat, daß Marmann noch lebte, und davon bin ich mittlerweile überzeugt, hat er ihn zurückgelassen, um nicht teilen zu müssen.«

»Ein Wunder, daß *du* noch lebst.«

Bathge schüttelte den Kopf

»Üsker war kein Killer, überhaupt nicht. Ich glaube, er hat einfach die Gelegenheit beim Schopf ergriffen.«

Darum also, dachte Vera. Darum sind sie so überstürzt aufgebrochen. Halm hatte recht. Marmann jedoch, totgeglaubt, kehrte zurück und holte die Diamanten. Und Üsker, der ebenfalls nach Jahren zurückgekehrt sein mochte, um nichts mehr von der Beute vorzufinden, begann nun seinerseits, Marmann zu suchen.

Wenn das stimmte, mußte Marmann steinreich sein. Kein Wunder, daß er wie vom Erdboden verschluckt war. Wahrscheinlich hieß er anders, sah anders aus, lebte in einem anderen Land.

Nur einer schien seinen Aufenthaltsort gekannt zu haben. Solwegyn hatte bis zuletzt Marmanns Verbindung zu Deutschland und zu seiner Familie gehalten.

Aber Solwegyn war tot.

Vera ergriff Bathges Handgelenke und zog ihn zu sich heran. Eine Zeitlang ruhten ihre Blicke ineinander. Er strich ihr übers Haar. Ein abgeerntetes Stoppelfeld, dachte sie, mit heruntergeschnittener Vergangenheit. War es nicht an der Zeit, wieder etwas wachsen zu lassen?

»Eines verstehe ich immer noch nicht«, sagte sie.

Er hob die Brauen.

»Du meinst, was Lubold mit alledem zu tun hat?«

»Ja. Darum geht's doch am Ende.«

»Es gibt eine vage Möglichkeit, es herauszufinden. Das fiel mir gestern ein. Ich sagte ja, Üsker, Marmann und ich waren ein Team, aber manchmal wurden Besetzungen kurzfristig umgewürfelt, um keine ... Verklumpungen von Interessen entstehen zu lassen, wie Fouk es ausdrückte. Ich erinnere mich, daß Marmann wenige Tage vor Beginn der Bodenoffensive mit einer anderen Einheit unterwegs war. – Möglicherweise nur mit einem Partner.«

»Und du glaubst ... ?«

»Ich sage nicht, daß ich es weiß. Offengestanden habe ich nicht die geringste Ahnung, mit wem er damals in die Wüste ging. Wir haben ihn nicht gefragt, und er hätte nichts gesagt. Aber wenn es Lubold war, und sie haben den Schatz gemeinsam entdeckt ... «

»... und Marmann hat versucht, Lubold zu hintergehen ... «

»Ja«, sagte Bathge matt. Plötzlich flackerte wieder die Angst in seinen Augen auf. Ihre gemeinsame Insel versank. »Gestern ist mir klargeworden, wie Lubold denkt. Nur drei Menschen kommen in Frage, die seine Diamanten haben könnten, und davon einer ganz speziell.«

»Und die anderen beiden könnten wissen, wo er ist.«

Bathge nickte.

»Darum mußte Üsker sterben. Aber er wußte weder etwas über Marmanns Verbleib noch über den Schatz.« Vera überlegte kurz. »Aber jetzt hat Solwegyn ihm den Weg zu Marmann gewiesen. Das heißt, Lubold braucht dich nicht mehr. Du hast nichts mehr von ihm zu befürchten.«

Bathge grinste schief. »Und was ist mit den Diamanten?«

»Aber die hast du nicht!«

»Das weißt du. Das weiß ich.«

»Und außerdem«, beharrte sie, »ist immer noch nicht raus, ob dieser Lubold überhaupt am Leben ist.«

»Doch, Vera.« Bathge drückte seine Zigarette in dem Aschenbecher aus, den sie eigens für ihn gekauft hatte. »Du hast mich leider überzeugt. Er lebt. Verlaß dich drauf.«

10.02 Uhr. Saint Germain, Paris

Auf halber Höhe des Boulevard Saint Michel bog der Kurier in die Rue de Vaugirard ein, an die sich ein Park mit moosigen Gewässern, grünbewachsenen Riesen und Seejungfrauen anschloß. Für manche war es einer der schönsten Flecken in Paris. Weniger herrschaftlich als der Parc du Champ oder die Tuilerien, mutete der Jardin du Luxembourg wie eine Erfindung der Impressionisten an. Man konnte auf wackligen Klappstühlen im Schatten alter Bäume sitzen oder Kieswege entlangflanieren, Eis essen, am Rand des künstlichen Weihers Zeitung lesen oder einfach nur das Gesicht in die Sonne halten.

Wenige hundert Meter weiter kreuzte der Boulevard Raspail mit seinen alten Bäumen die Rue de Vaugirard. Die Häuser hier gehörten keineswegs nur den Schönen und Reichen. Dennoch haftete ihnen etwas von der eigentümlichen Mischung aus Noblesse, Zurückgezogenheit und *savoir vivre* an, die Paris mit keiner anderen Stadt der Welt teilt. Eine Zurückgezogenheit, die auch ihre Bewohner kennzeichnete. Ob jemand Geld hatte, interessierte nicht in Saint Germain. Millionäre mochten im Jardin de Luxembourg sitzen und Hosen tragen, daß man versucht war, ihnen zehn Francs zu schenken. Wer hierher kam, suchte Antiquitäten, Kunst oder einfach einen Platz im Straßencafé, keine Prominenz. Saint Germain, so lebhaft es zuging, zeichnete sich durch eben die Verschwiegenheit aus, die Vermögende schätzen.

Das Haus, vor dem der Kurier hielt, war alt und gepflegt wie alle Häuser in dieser Gegend, aber es gab eindrucksvollere. Nur das blankpolierte Messingschild zeigte an, daß hier eine renommierte Firma ihren Sitz hatte.

Der Bote schellte.

Sein Weg führte ihn durch ein prachtvoll restauriertes Treppenhaus. Im ersten Stock betrat er einen stilvoll eingerichteten Empfang, händigte das Päckchen einer Frau aus und ließ sich die Sendung quittieren. Eilig verließ er das Haus, stieg in den Wagen und fuhr die nächste Adresse an.

Die Frau betrachtete das Päckchen und wählte eine Nummer.

»*Il est arrivé quelques chose pour Monsieur Mormon*«, sagte sie. Zugleich tippte sie mit der anderen Hand etwas in den Computer auf ihrem Schreibtisch. »*Comment? Il n'est pas dans son bureau? Ah, il est monté.*«

Sie legte auf und verwünschte die Firma dafür, immer noch keinen Fahrstuhl installiert zu haben. Es wäre ein leichtes gewesen, man hätte nur das Treppenhaus verkleinern müssen. Eine Maßnahme, die Mormon rundheraus ablehnte. Wer zu ihm nach oben wollte, mußte laufen. Inklusive er selber.

Ein Immobilienmakler, der keinen Fahrstuhl besaß. Mormon mochte tausendmal die Schönheit des Treppenhauses anführen, Stufen blieben Stufen.

Sie drehte das Päckchen hin und her und erging sich in Spekulationen. Eine Eilzustellung am Sonntag! Schrecklich interessant. Ob es was mit dem Anruf von gestern nachmittag zu tun hatte? Mit dem Mann, der sich hatte vergewissern wollen, daß Mormon diesen Sonntag zu Hause sein würde? Bestimmt hatte es was mit dem Mann zu tun!

Eine Überraschung war da drin.

Warum bekam sie nie Überraschungen? Außer der, daß sie und zwei ihrer Kolleginnen am Tag des Herrn im Kontor zu erscheinen hatten.

Seufzend begab sie sich in den fünften Stock. Früher hatten dort die Wohnungen der Bediensteten gelegen. Aber Mormon hatte die beiden oberen Stockwerke zu einem verbunden, so daß sich die Frau nach beinahe hundert Stufen einem beeindruckenden Entrée gegenübersah. Dennoch gänzlich unbeeindruckt, weil an den Anblick gewöhnt, drückte sie auf die Klingel und wartete.

Einer der Türflügel schwang auf und gab den Blick frei in einen lichtdurchfluteten Raum.

»*Allô, Nadine*«, sagte die Frau, die ihr geöffnet hatte. Sie war Ende dreißig und trug Jeans und T-Shirt.

»*Bonjour Madame Mormon. Un petit paquet est arrivé pour votre époux.*« Sie lächelte pflichteifrig. »*Un envoi urgent d'Allemagne.*«

»*Merci Nadine. Je vais le lui donner.*«

Nadine schien auf etwas zu warten. Ihr Lächeln war wie eingefroren.

»*Merci encore*«, sagte Madame Mormon und schloß die Tür vor ihrer Nase.

Sie ging durch die Wohnung nach hinten und betrat ein Arbeitszimmer. Hinter einem Schreibtisch saß ein athletisch gewachsener Mann mit schwarzem Haar, das erste Anzeichen von Silber aufwies. Sein Blick unter den dichten Brauen hatte etwas Stechendes. Als er sie sah, verzogen sich seine Züge zu einem Lächeln.

»*Qu'y a-t-il, mon chéri?*«

»*Tiens.*« Sie legte das Päckchen vor ihn hin. »*Un envoi urgent d'Allemagne.*«

»*Ah, montre voir!*«

»*Tu attends quelque chose de particulier?*«

»*Non, je ...* « Sein Blick fiel auf den Absender. Er erstarrte. Von einem Moment zum anderen wurde sein Gesicht aschgrau.

»Verdammte Scheiße«, sagte er auf deutsch.

»*Qu'as-tu dit?*«

Er antwortete nicht, sondern starrte auf das Päckchen.

»André? Ist etwas nicht in Ordnung?« Möglicherweise wollte er deutsch sprechen. Das geschah hin und wieder, wenn er unter Streß stand. Und im Augenblick schien er gewaltig unter Streß zu stehen. Sie hatte deutsch gelernt, um ihm eine Freude zu machen, und im allgemeinen freute er sich auch.

Jetzt sah er aus, als sei ihm ein Gespenst erschienen.

»Doch«, murmelte er. Er hob den Kopf und zeigte ein gezwungenes Lächeln. »Doch, doch. Würdest du wohl Nadine Bescheid sagen, sie soll die Verträge fertigmachen für den Verkauf in der Avenue Niel und damit hochkommen. Aber nicht so früh. Sagen wir, in ... « Er warf einen Blick auf die Uhr. »In einer guten Stunde.«

»Ich glaube, sie ist ein bißchen böse, daß sie an einem Sonntag herkommen muß wegen der Sachen. Kannst du nicht sie früher die Verträge ... « Etwas stimmte mit der Satzstellung nicht. Sie versuchte es noch mal. »Wenn du sie früher ... «

»Nein, nein.«

»Ist wirklich alles in Ordnung, *chéri*?«

»Ja doch, sicher! Ich bin nur ziemlich beschäftigt, es ist alles ein bißchen viel im Augenblick. Du tätest mir einen großen Gefallen.«

»Wie du willst. Wer ist der Absender? Jemand, den wir kennen?« Er blinzelte.

»Wie? Nein, niemand. Eine Werbesendung, denke ich. Wir hatten Muster angefordert von ... egal. Sagst du Nadine Bescheid?«

»Naturellement. Ne travailles pas de trop. Tu as l'air fatigué.«

»Promis.«

Nachdem sie gegangen war, saß Anrdé Mormon längere Zeit vor dem Päckchen und traute sich nicht, es zu öffnen. Vorsichtig drehte er es hin und her, schüttelte es und hielt es ans Ohr.

Dann bemerkte er den dunklen Fleck.

Da war etwas ausgelaufen. Nur ein Tropfen. Sah aus wie ...

Seine Hände machten sich an dem Papier zu schaffen, rissen es auf, lösten hastig die Klebestreifen und klappten den Deckel hoch. Im Innern lagen eine Audiokassette, ein Funktelefon, ein Schlüssel und etwas, das in weißen Mull eingwickelt war. Der Mull war dunkel verfärbt, dort, wo die Flüssigkeit durch den Karton gedrungen war.

Er legte Telefon, Kassette und Schlüssel neben sich und betrachtete mit klopfendem Herzen das Mullpaket. Dann nahm er es vorsichtig aus dem Karton und wickelte es auf.

Zuerst dachte er an einen winzigen, verkrümmten Finger. Dann wurde ihm klar, daß er einen abgetrennten Zeh vor sich liegen hatte. Blut war herausgelaufen.

Er starrte auf den Zeh und wieder auf den Absender.

»Lubold«, flüsterte er. »Mein Gott!«

Mit zitternden Fingern griff er nach der Kassette, trat zu einem Hi-Fi-Turm und legte sie ein. Es klickte und rauschte, dann sagte eine wohlbekannte Stimme:

»Andreas, mein lieber Freund. Entschuldige die Störung. Ich wollte mich nur erkundigen, wie's dir geht.«

10.24 Uhr. Vera

Sie waren zum Mittagessen im Hyatt verabredet.

Bathge hatte ihr schließlich verraten, wo er seit seiner Ankunft in Köln wohnte. Unter falschem Namen, wie vermutet. Ein simpler Name war das. So grob, so wenig originell. So narrensicher.

Lustlos fuhr Vera den Monitor aus und sah den roten Punkt starr verharren.

Bathge war im Hotel. Er wartete auf sie.

Es war so sinnlos geworden, ihm nachzuforschen. Er hatte sein Versteck preisgegeben, sie konnte ihn jederzeit erreichen. Sie überlegte, ob sie ihn anrufen und ihm sagen sollte, er möge bitte endlich das verdammte Feuerzeug wegwerfen, aber dann hätte sie einiges zu erklären gehabt. Was sie getan hatte, verbot alleine das Berufsethos. Einem Klienten hinterherzuspionieren, solange nicht ein triftiger Grund vorlag, konnte als Vertragsbruch ausgelegt werden.

Aber Simon Bathge war nicht länger ein gewöhnlicher Klient.

Du bist ein feiges Luder, sagte sie sich.

Dann war sie halt ein feiges Luder!

Irgendwann würde das Feuerzeug leer sein oder er würde es liegenlassen. Irgendwann würde sogar der Sender seinen Geist aufgeben. Warum das Thema überhaupt zur Sprache bringen? Manche Dinge beließ man besser, wie sie waren, bis sie sich von selber erledigten.

Sie klickte den Stadtplan weg und wählte die Nummer von Fouk. Nach mehrmaligem Klingeln meldete sich die französisch sprechende Frau und erklärte ihr, Fouk werde frühestens am Abend zurückerwartet. Er habe nichts hinterlassen, außer, daß er sich melden werde. Ja, das Foto liege ihm vor. Nein, er habe es noch nicht ansehen können.

Mutlos legte sie auf und fragte sich, was sie augenblicklich überhaupt für Bathge tun konnte.

Lubold suchen.

Wie?

Selten zuvor hatte sie sich so hilflos gefühlt. Sie hatte nicht die geringste Vorstellung, wie sie das anstellen sollte. Wenn Lubold so gerissen war, wie sie ihn einschätzte, wußte er, daß der Jäger zugleich gejagt wurde. Sie würde ihn kaum finden, wenn er sich nicht finden lassen wollte.

Das war kein Job mehr für Detektive. Es wurde Zeit, daß sie mit Bathge über Menemenci sprach.

Das Telefon schellte. Es war der Rechtsanwalt mit seinen Fällen. Ob er auf einen Sprung reinschauen könne.

Sie sagte zu.

Lubold hatte sich vorerst erledigt.

10.33 Uhr. Saint Germain, Paris

»Andreas, mein lieber Freund. Entschuldige die Störung. Ich wollte mich nur erkundigen, wie's dir geht. Kamerad Solwegyn meint, du würdest ein beschauliches Leben führen. Das freut mich. Es freut mich wirklich. Ich meine, du kennst mich, ich bin kein mißgünstiger Mensch. Andere würden vielleicht sagen, daß es nicht eben fein von dir war, mit den Diamanten alleine durchzubrennen, aber ich sehe das eher von der Warte des Gönners. Du hast was draus gemacht. Du bist ein ehrbarer Mann geworden. So ehrenwert, daß du jetzt André heißt statt Andreas. Und Mormon mit Nachnamen. Verzeih, das finde ich allerdings ein bißchen weinerlich. Andi, zum Teufel! Warum denn Mormon? Konsequenz habe ich immer bewundert, aber Mormon ist nicht halb so konsequent wie dein Alleingang. – Aber gut. Deine Sache. Du hast dir halt dein sentimentales Seelchen bewahrt. Ich sage, laßt Marmann seine Gefühle haben. Es ist zwar auch ein bißchen schäbig, daß du meinen Tod wolltest, würden andere zu bedenken geben, Menschen, die über ein weniger großes Herz verfügen als ich selber, aber was hättest du machen sollen? Vergeben und vergessen, Andi, kein Problem. Schau, auch Üsker und Solwegyn waren meiner Meinung, daß man die Vergangenheit begraben muß, die guten alten Freunde. Üsker hat's schier zerrissen, er war zu Tränen gerührt. Solwegyn für meine Ideen zu entflammen war fast noch einfacher. Siehst du, André oder Andi oder Andreas, da wären wir also. Laß es dir gutgehen. Bis irgendwann mal. – Das heißt, da wäre noch eine winzige Kleinigkeit, nur wenn es keine Umstände macht. Du weißt, ich falle nicht gern zu Last, aber ... Gott, wie peinlich! Könntest du mich wohl ein bißchen unterstützen? Wo es dir so gut geht und mir leider gar nicht. Du mußt nicht viel dafür tun, und was du tun mußt, habe ich vorbereitet. Wie man's unter Freunden tut ... Also, du gehst morgen, wenn alle Welt wieder in die Hände spuckt, in deine kleine private Schatzkammer oder auf die Bank und hebst ... sagen wir, dreißig Millionen ab. Nicht Francs, mein Lieber! Hahaha! Schelm! Wir reden von guter alter deutscher Währung. Mir

ist aber auch mit Gegenwerten gedient. Falls du noch welche von den Klunkerchen hast, pack sie ein. Alle, daß keines verlorengeht. Begriffen? – Das ist ja schön. Ich habe einen Flug für dich gebucht, die Maschine geht um fünfzehn Uhr fünfzig ab Charles de Gaulle und ist um siebzehn Uhr in Köln, Air France Flug 723. Du hast das Geld beziehungsweise die Steine dabei, das Telefon und den Schlüssel. Sobald du den Sicherheitsbereich verlassen hast, werde ich dich auf dem Funktelefon anrufen, also sieh zu, daß es eingeschaltet ist. Von da an folgst du meinen Instruktionen. Hast du auch das begriffen? Man fragt ja nur. – Ach, und noch was! Versuch nicht, mich aufs Kreuz zu legen. Komm alleine, und wehe, du bringst jemanden mit. Ich wäre sonst gezwungen, deinem Schwesterchen, das du so lieb hast, dies und jenes zu entfernen. Sagen wir, pro Stunde Verspätung so ein Zehlein. Sie hat ein bißchen gemuckst, als ich's abgeschnitten habe, aber wer denkt bei dem ganzen Streß noch an Betäubung! – Au weh, au weh, au weh! Der Schwester fehlt ein Zeh! Und fehlen alle zehne, dann geht's ihr an die Beene ... nein, mein Freund, das wirst du nicht wollen, oder? Und Nicole will es auch nicht. Was meinst du, Schwesterchen?«

Marmann kniete zusammengesunken vor dem HiFi-Turm und hörte zum drittenmal das Band ab. Und zum drittenmal schluchzte Nicole auf und schrie:

»Andi, bitte! Er bringt mich um. Er will mich in Stücke schneiden, bitte, Andi, ich ... «

Dann wieder Lubolds Stimme:

»Sie ist sehr tapfer, deine kleine Schwester. Also enttäusche sie nicht. Keine Tricks, keine Polizei, nichts, was mich verärgern könnte. – Au revoir, mon ami. Komm mich bald besuchen, ich back auch einen Kuchen, nehm Marzipan und Nougat fein und tu die Schwester mit hinein. Hahahaha! Mormon, alter Franzose! Kopf hoch!«

Das Band lief aus.

Marmann schaltete den Rekorder ab und preßte die Stirn gegen den Turm.

Immer noch zitterte er am ganzen Körper. Er wagte nicht, zu seinem Schreibtisch zu gehen und den Zeh anzuschauen. Ihm war hundeelend.

Gleich würde Nadine mit den Verträgen kommen, und seine Frau, er würde Madame ins Gesicht sehen müssen, sie würde ihn fragen, ob ihm besser sei, und er würde lächeln müssen und sagen, ja, Schatz, alles bestens, ah, Nadine, die Verträge, nehmen Sie Platz, wollen mal sehen …

Marmann straffte sich und ging mit steifen Schritten zu seinem Schreibtisch.

Sein Blick fiel auf den Zeh.

Tränen schossen ihm in die Augen. Er rannte hinaus über den Flur in die Toilette, schloß hinter sich ab und erbrach sich.

13.00 Uhr. Hyatt

Bathge hielt einen Schreibblock in der Hand und saugte abwechselnd an einer Zigarette und einem Stift. Als er Vera sah, legte er beides weg und stand auf.

Sie schmiegte sich an ihn und drückte ihn ebensoschnell wieder weg, bevor er sie küssen konnte. Es saßen nicht viele Leute im klimatisierten Foyer. Dennoch fühlte sie sich mit einemmal unangenehm öffentlich. Die Ereignisse der letzten Nächte ankerten in Gewässern, von denen niemand Kenntnis zu haben brauchte. Nur dort galten die Gesetze der Insel. Und auch nur für den Augenblick. Später würde sich verschiedenes zeigen.

In den wenigen Stunden seit dem gemeinsamen Frühstück, dem zweiten in so kurzer Folge nach Jahren selbstgewählter Isolation, war ihr Hochgefühl einer nervösen Mattigkeit gewichen. Ihr Ordnungssinn war gestört. Es gefiel ihr, Bathge zu sehen, ihn zu riechen und zu berühren, ihn zu erwägen. Zugleich aber registrierte sie eine Verdunkelung ihres inneren Horizonts, an dem sich ihre Perspektiven bislang klar abgezeichnet hatten. Der sie beauftragt hatte, war ein anderer geworden. Den sie hatte suchen sollen, war ein anderer geworden. Der Mann, der sie bezahlte und öffentlich küssen wollte, der ihr Wärme und Geborgenheit gab und selber Probleme mit einem Killer hatte, nichts paßte zusammen.

Sicher hatte sie es so gewollt. Aber es wurde zu viel, um gut zu sein. Und es versprach zu gut zu werden, als daß es jetzt schon zu viel sein durfte.

Bathge wartete, bis sie Platz genommen hatte, lächelte und wies hinter sich.

»Manchmal habe ich mir gewünscht, du hättest es rausgefunden. Ich wollte nie Versteck mit dir spielen. Ich hatte nur ... zuviel Angst.«

Heiß, kalt. Sie spürte eine Woge der Zuneigung. Zuckte zurück und versuchte, Distanz zu schaffen.

Heiß, kalt.

Bathge hatte ihr die Wahrheit gesagt. Er hatte ein Stück der Barriere eingerissen, die sie voneinander trennte. Er war auffindbar. Nun fehlten nur noch ... acht Jahre.

Acht Jahre seines Lebens.

Der Anfang heißt Anfang, weil er ein Anfang ist. Es war in Ordnung so. Sie streckte die Rechte aus und legte ihre Fingerspitzen über seine.

»Ich habe einiges über Lubold rausgefunden«, sagte sie. »Gestern schon.«

»Du hast ... « Er richtete sich auf. Du hättest es mir sagen sollen, las sie in seinem Blick. Dann die Erinnerung. Das Einverständnis. Nachträglich bekräftigt.

»Was hast du herausgefunden?« fragte er.

»Ich weiß, warum sie ihn entlassen haben. Ich kenne sein ... Schicksal.«

»Lubold und Schicksal?«

»Er ist ein Mensch wie jeder andere.«

»Und wo hast du diese Einblicke gewonnen?«

»Bei einem freundlichen alten Herrn. Vielleicht hast du mal was von ihm gelesen. Er heißt Stephan Halm.«

Sie sah, wie Bathge die Zigarette aus der Hand fiel und über die Tischplatte rollte. Er nahm sie und steckte sie in seinen Mundwinkel, als sei nichts geschehen.

»Oberstleutnant Halm«, murmelte er. »Als hätte ich den Namen erst gestern das letzte Mal gehört.«

»Du kennst ihn?«

»Lubold hat ihn gehaßt. Ich dachte immer, er bringt den Alten eines

Tages um. Nein, ich kenne ihn nicht. Nicht persönlich. Aber er war die Kraft, der Lubold unterlegen ist. Wegen Halm mußte er gehen.«

»Wegen Halm wäre er noch ganz woanders hingegangen. Der wollte ihn nämlich wegen Mordes drankriegen.« Sie erzählte Bathge von dem Treffen in der Bonner Villa, und wie Halm den Schleier von Lubolds Seele genommen hatte.

Bathge hörte mit unbewegter Miene zu.

»Ja, er hätte ihn gerne aufs Schafott geschickt«, sagte er. Sein Blick war ins Leere gerichtet. »Aber es war wohl gerade unpopulär.«

»Das hat Halm auch gesagt. Sie wollten die Sache unterm Teppich halten.« Vera dachte einen Augenblick nach. »Ein seltsamer alter Kerl«, sinnierte sie. »Hat mir eines seiner Bücher in die Hand gedrückt. Er meinte, es könnte mir bei der Lösung des Falles helfen.«

»Hast du reingeschaut?«

»Ja, schon. Aber ich weiß nicht, was ich davon halten soll. Er schreibt über die Schlacht am Golf und über Fernsehen und Internet. Daß wir den Bezug zur Wirklichkeit verlieren, so was in der Art. Wir bewegen uns unmerklich aus der Realität in die Virtualität, ohne beides voneinander trennen zu können. Was uns nicht gefällt, zappen wir weg. Demgegenüber entwickeln die Computer ihrerseits Strategien, um uns wegzuzappen, alles sehr vertrackt. Und so weiter und so fort. Anfangs dachte ich, es hat nicht das geringste mit unserem Problem zu tun. Mittlerweile bin ich unsicher.«

»Es hat mit der Welt zu tun«, sagte Bathge nach kurzem Schweigen. Plötzlich kam er ihr verändert vor. Härter und auf eigenartige Weise verletzt.

»Ich weiß«, seufzte sie. »Die Welt, die uns die Lubolds beschert und die anderen Geisteskranken, mit denen wir uns herumschlagen müssen. Aber es gibt tausend Bücher über die Welt.«

»Vielleicht war er der Ansicht, es sei auch ein Buch über dich.«

Sie wiederholte die Worte in ihrem Kopf.

Ein Buch über dich?

»Wie meinst du das?«

»Ich meine, die Welt produziert ihre Ungeheuer, aber wer ist die Welt? Wer produziert sie wirklich? Wer läßt sie zu? Ist die Welt etwas Abstraktes? Was ist das für eine Welt, die sich von einem Fernsehsender sagen läßt, wie sie über den Krieg zu denken hat? Wer ist das außer dir und mir?«

»Alle.«

»Und du. Und ich. Stimmt's?«

»Ja. Sicher, du hast recht.«

»Ich weiß von Lubold, wie Halm dachte. Vielleicht kommst du weiter, wenn du beginnst, etwas über dich zu lesen. Über uns. Über alle, die an einem Jens Lubold schuld sind.«

»Es war sein Vater«, sagte Vera. »Er hat ... «

»Nein«, sagte Bathge mit Entschiedenheit. »Es ist die Ignoranz! Immer und immer wieder. Ignoranz und der Mangel an Nachdenklichkeit. Was Eltern ihren Kindern antun, ist eine Sache. Wie die Welt darüber hinweggeht, eine andere. Sie wird auch über Üsker und Solwegyn hinweggehen ... « Er stockte. »Und über mich.«

»Nein!« sagte Vera.

Ihre Hand schob sich weiter über seine.

»Na und?« sagte er. »Machst du dir irgendwelche Illusionen? Wenige Monate vor der Jahrtausendwende wissen wir alles über jeden Fleck der Erde und haben nichts verstanden. Ich lag in meinem Hotelzimmer letzte Woche und zappte mich durch einen Haufen Programme. Spannend. Jedesmal unternimmst du eine Reise. Nur für wenige Minuten, aber die Kräfte des Elektromagnetismus tragen dich mühelos nach China oder auf den Mond. Goethes italienische Reise hat drei Jahre gedauert, wenn ich mich recht erinnere, und er kehrte zurück und meinte, die Italiener nicht in allem verstanden zu haben. Aber du liegst da und siehst Bilder aus China und denkst, hey, das ist China, das ist also China, und die Chinesen wollen alle Auto fahren. Schon bist du wieder weg aus China. Du wirst tausendmal behaupten, dir aus den Fetzen, die dich da erreichen, keine Meinung zu bilden, du tust es dennoch. Du siehst zwei Minuten China, aber du würdest ein Leben brauchen, um einen einzigen Chinesen wirklich zu verstehen, und dann wäre es vielleicht ein Ostchinese, denn die aus dem Süden sind schon wieder anders. Es folgen zwanzig Sekunden Kongo, und du weißt, in Afrika laufen verschreckte schwarze Menschen rum, weil die Stämme einander überfallen und Gemetzel anrichten, also ist in Afrika Gemetzel. Du müßtest Afrikanistik studieren und jahrelang dort leben, um nur den kleinsten Teil Afrikas zu begreifen, aber das kannst du nicht, da ist ja noch China und der ganze Rest, also versuchst du es erst gar nicht. Findest du das nicht reichlich sinnlos?«

»Nein. Die Welt würde nicht mehr funktionieren ohne *global network*. Du kannst nicht alles verstehen. Keiner kann das, aber früher haben die Leute auch nicht alles verstanden. Sie haben Hexen verbrannt, wenn sie was nicht verstanden haben. Dann mußt du grundsätzlich aufhören, dich zu informieren. Dann mußt du auf die Insel.«

»Da gibt es einen Unterschied, Vera. Was die Leute früher nicht verstanden haben, konnten sie nicht verstehen. Sie wußten nicht, was Elektrizität ist. Was ein Blitz ist. Es war niemand da, um es ihnen zu erklären. Aber heute kannst du alles verstehen, wenn du nur willst. Die Welt ist rational erklärt. Warum man nicht schneller reisen kann als mit Lichtgeschwindigkeit und möglicherweise wieder doch, wie Buckelwale sich verständigen und was ihre Laute bedeuten, wie ein Wirbelsturm entsteht und warum Spaghetti nie in einem zu kleinen Topf gekocht werden sollten. Alles kannst du nachlesen. Fünf Minuten Fernsehen reichen, dir das alles zu erklären. Nur über den Menschen versteht der Mensch immer weniger, weil er glaubt, das würde genauso funktionieren wie mit den Buckelwalen und der Lichtgeschwindigkeit. Ich kann sie nicht ertragen, die ein ums andere Mal erschüttert sind, wenn irgendwo in der Welt was schiefgeht. Wir sind nicht mehr zu erschüttern. Im freien Fall der Unverbindlichkeit gibt es keine Erschütterungen. Diese Gesellschaft ist wie ein abgestorbener Zahn.«

»Der raus muß?«

»Es wäre höchste Zeit.«

»Komm mit, wir gehen mal in ein paar Wohnungen. Zu ein paar Leuten. Dann sag mir, ob das abgestorbene Zähne sind. Dieses große kollektive Ungetüm, das du Gesellschaft nennst, wo ist das? Du hast selber gesagt, die Welt ist nicht abstrakt. Wenn du und ich und andere einen Lubold verbrochen haben, können wir das auch wiedergutmachen.«

»Wir könnten es, wenn wir lernfähig wären. Siebenundneunzig haben sie in Miami Gianni Versace erschossen, wenige Tage später seinen Killer, und der war schwul. Was haben wir also gelernt? Etwas über Schwule? Über Miami? Über die Wichtigkeit von Menschen? Drei Wochen später hat kein Hahn mehr nach Versace gekräht. Während des Golfkriegs berichtete CNN über den zufälligen Tod von zwei bis drei GIs, als gäbe es nichts anderes zu vermelden, während sie dem gleichzeitigen Absturz eines Zivilflugzeugs mit mehreren hundert Toten nur ein paar Sekunden widmeten. Wir können nicht lernen, wir können ja nicht einmal entscheiden, was wir sehen wollen.«

»Du kannst alles entscheiden. Du kannst auf einen Knopf drücken und ausschalten.«

»Nein. Das Programm zappt für dich, Vera. Die Medien entscheiden, was wichtig ist und wie du zu empfinden hast. Sie geben dir die Dauer deiner Erschütterung vor. Wie lange du betroffen zu sein hast. Amüsiert. Genervt. Empört. Gerührt. Du zappst deinerseits dagegen an. Du denkst, es ist Information, aber alles ist Propaganda, die Grenze ist aufgehoben, und alle *wollen* Propaganda. Krieg ist wieder führbar, haben einundneunzig viele gesagt, weil kein einziger Toter ihre schöne Glotze verunziert hat. Wer redet da von den verbrannten irakischen Soldaten, die von alliierten Lufttruppen plattgemacht wurden, als sie versuchten, aus Kuwait City zu fliehen? Und dazwischen verkaufen sie dir Coca Cola, Autos und Versicherungen und französischen Käse, damit du weißt, daß alle Franzosen ständig ohlala sagen und Mützen mit Zündschnüren tragen, und dann tanzt ein Haufen Degenerierter durch ein Studio und singt Maggi Maggi Pasta Pasta, als seien alle Italiener Deppen. Damit aufgeladen, äußert die Gesellschaft ihre Meinung und begibt sich wieder vor den Fernsehschirm, vors Internet oder in den Cyberspace, um ihren Unverstand zu erweitern. Wollen die einen Lubold stoppen? Sie lassen ihn doch erst entstehen! Sie billigen ihn! Er hat wie alles seinen begrenzten Nachrichtenwert. Man goutiert ihn, gruselt sich und hat ihn schon wieder vergessen. Wundert es dich, daß er machen kann, was er will?«

Vera sah ihn mit offenem Mund an. Bathge war ungewöhnlich heftig geworden. Er bemerkte ihr Erstaunen, räusperte sich verlegen und verbarg sich hinter einer schnell hervorgestoßenen Rauchwolke.

»Tut mir leid«, sagte er. »Ich wollte ...«

»Nein, wozu? Dir muß überhaupt nichts leid tun.« Sie runzelte die Stirn. »Bist du sicher, seine Bücher nicht gelesen zu haben?«

Bathge lachte leise.

»Halms? Todsicher.«

»Du klingst genau wie er.«

»Es ist nicht schwer, so zu klingen. Halm wollte Lubold vernichten. Ich würde Lubold auch sehr gerne vernichten, aber ich kann es nicht.«

Kryptische Erwiderung, dachte Vera. Weniger als eine Antwort oder mehr?

Sie sah vor sich hin.

»Glaubst du«, fragte sie nach einer Weile, »daß Lubold sich für minderwertig hält?«

Bathge zuckte mit den Schultern.

»Möglich. Vielleicht ist er aber auch vom Herrn geschickt, um die

Menschheit aus ihrem kybernetischen Dornröschenschlaf zu rütteln, indem er zeigt, daß Blut in den Körpern ist und keine Platinen. Ich weiß nicht, Vera.« Er fuhr sich mit beiden Händen über die Augen. »Ich weiß es wirklich nicht. Ehrlich gesagt, ich bin ziemlich durcheinander.«

»Ja«, sagte sie. »Ich auch.«

Ihre Antwort schien Bathge aus seiner seltsamen Stimmung zu reißen. Er sah sie an, als registriere er erst jetzt, mit wem er eigentlich am Tisch saß. Dann beugte er sich vor und küßte sie sanft auf die Nase.

»Vergiß den Unsinn, den ich da geredet habe«, sagte er. »Du hast recht. Wir haben eine Wahl.« Er machte eine Pause. »Ich habe möglicherweise auch eine Spur. Mir sind ein paar Namen eingefallen, Mitglieder von ZERO. Münchner, die viel mit Lubold herumgehangen haben. Ich muß ein bißchen telefonieren, vielleicht gelingt es mir, einen von ihnen aufzustöbern nach so vielen Jahren.«

»Tu das.«

Er sog den letzten Rest Leben aus seiner Zigarette.

»Und du? Was wirst du tun?« fragte er.

»Ich habe ein paar neue Fälle, um die ich mich kümmern muß. Viel Arbeit.« Vera bemerkte seine aufziehende Enttäuschung und fügte schnell hinzu: »Und ich kümmere mich weiter um dein ... unser Problem.«

»Ja, das ist gut.«

Sie zögerte.

»Simon?«

»Schon klar.« Es klang nicht beleidigt. »Du möchtest alleine sein, richtig?«

»Ich möchte einiges verarbeiten. Mach dir keine Gedanken. Ich muß nur einfach mal Zwiesprache mit mir halten.« Sie lächelte. »Ich war jahrelang alleine. Und plötzlich soll alles anders sein. Du hast schon ganz schön viel bekommen für den Anfang.«

»Du nicht?«

»Doch.«

»Möchtest ... du mehr?«

»Vielleicht«, sagte sie.

Sie dachte an seine Hände, den Fluß von Energie. Wärme, Zusammenrollen, ein fast pränatales Wohlbefinden. Beschützt von einem schutzbedürftigen Beschützer. »Gut möglich, ja. Aber nicht heute abend. Okay?«

»Okay.«

Er schwieg.

»Lubold kann uns nichts tun«, sagte Vera im Tonfall der Zuversicht. »Wir sind stärker als er. Er wird sich die Zähne an uns ausbeißen.«

Sie nickte, wie um ihre Worte zu bestätigen.

»Ja. Er wird sich die Zähne ausbeißen!«

Sieh dich vor, Lubold, Sandgespenst. Auch wenn du einen Kubikzentimeter Angst auf zweiunddreißig Bodenseen wittern kannst.

Ich bin ein Kotzbrocken.

Ich bin unverdaulich.

Friß mich, und ich fresse dich von innen.

18.03 Uhr. Menemenci

Während er durch die Schwemme des Brauhauses nach hinten ging, wo der Weg hinaus in den Biergarten führte, dachte Menemenci ernsthaft darüber nach, sich eine Krankenschwester zuzulegen. Sie würde sich um seinen Bauch kümmern und zuhören. Mit wem sonst hätte er seine Erfahrungen teilen können? Jemand, der von Berufs wegen an Scheußlichkeiten gewohnt war, wußte um das Grauen, das einen mitunter beschlich, wenn man nichts mehr fühlte, wo man hätte fühlen müssen.

Menemenci kannte Kripoleute, die sich nicht mal ihrem Ehepartner anvertrauten. Viele hätten es gerne getan, aber wie sollten sie ihren Frauen und Männern begreiflich machen, wie Schreie klingen, die man nur nach innen richten kann?

Immerhin tat sich dieses Problem für Menemenci nicht auf. Er war allein. Es gab keine Frau, die sich vergeblich bemüht hätte, ihm beizustehen. Dabei wünschte er sich eine Frau, die sich vergeblich bemühte, ihm beizustehen. Er wünschte sie sich noch mehr, als diesen Irren zu fangen, der Üsker und Solwegyn getötet hatte.

Aber dann hätte er neue Möbel kaufen müssen.

Gutes Argument!

Man mußte eben nur ein bißchen Blattgold auf die Scheiße packen.

Er hielt Ausschau im Schatten des alten Baumes, der über die Durstigen wachte. An einem der kleineren Tische saß mit übereinandergeschlagenen Beinen ein Mann und aß ein winziges Brötchen mit Tatar. Er trug einen dunklen Anzug über einem blütenweißen Hemd. Die Krawatte war dezent gemustert, das schwarze Haar frisiert, als wolle er die Abendnachrichten verlesen. Die jungenhaften Züge mit den andächtig geschlossenen Augen spiegelten höchsten Genuß, als er das Brötchen zur Hälfte in den Mund steckte und abbiß.

Menemenci grinste schief. Er kannte Cüpper seit Jahren und wunderte sich pausenlos, warum er nicht mindestens seine Statur hatte. Wenn er nicht aß, redete er vom Essen. Wenn er beides nicht tat, war er allerdings ein ausgezeichneter Polizist. So gut, daß Menemenci ihm am Abend zuvor die Akten über Üsker und Solwegyn kopiert und ihn gebeten hatte, seine Meinung dazu abzugeben.

Der Stuhl schürfte laut über den Boden, als er ihn zu sich ranzog. Sein Gegenüber zuckte zusammen und sprang auf.

»Komiffar!« Cüpper besann sich, schluckte den Tatarbrocken herunter und lächelte herzlich. »Sie sind auf die Minute pünktlich.«

»Ja, sicher. Danke, daß Sie sich die Zeit genommen haben.« Menemenci machte eine Pause und grinste zurück: »Kommissar.«

»Haben Sie gegessen?«

»Noch nicht.«

»Das Tatar ist so frisch, daß es Muh sagt. Es gibt nichts Gesünderes, sieht man von den Salmonellen und dem bißchen Rinderwahnsinn ab. Wollen Sie mal beißen?«

»Danke. Ich brauche was zu trinken.«

»Nehmen Sie meines.« Cüpper stellte das fast volle Glas vor ihn hin. »Der Köbes überholt heute jede Schnecke. Es kann ein bißchen dauern.«

Menemenci trank und stieß einen tiefen Seufzer aus.

»Bilde ich mir das ein, oder ist es seit gestern noch heißer geworden?« Er fächelte sich mit dem Bierdeckel Luft zu. »Ich weiß es nicht mehr. Seit einer Woche komme ich mir vor, als würde ich gebacken.«

»Sie haben recht. Die Hitze ist kriminell. Darf ich fragen, was mit Ihrem Gesicht passiert ist?«

»Der Brand bei Solwegyn.«

»Gute Güte!«

»Macht mir zu schaffen«, knurrte Menemenci. »Als wär's nicht so schon schwer genug. Dann auch noch dieses verstockte Weibsbild.«

»Eine Frau? Das ist doch phantastisch!«

»Ja, aber eine, die ich gern verhaften würde.«

»So attraktiv?«

»Nein.«

»Ah. Verstehe.«

Menemenci stürzte das restliche Bier herunter. Sofort brach ihm der Schweiß noch stärker aus.

»Haben Sie mal reingesehen in die Akten?« fragte er.

»Ja.«

»Und?«

»Sie wollen wissen, was ich an Ihrer Stelle täte, mhm?«

Menemenci nickte. »Ich weiß, was ich tun *könnte*«, sagte er. »Aber es basiert auf Hypothesen. Ich brauche eine zweite Meinung.«

»Gut. Ich habe das Persönlichkeitsprofil gelesen, das Sie erstellt haben.« Cüpper fischte ein Blatt aus einem Stapel Papier, der auf dem freien Stuhl neben ihm lag. »Männlich, psychopathisch, sadophil. Klar. Mit großer Wahrscheinlichkeit paranoid-schizophren. Alter dreißig bis vierzig Jahre. Meiner persönlichen Meinung nach ist er eher vierzig, nicht älter als Mitte vierzig. Intelligent, ich würde sogar sagen, hochintelligent. Abitur halte ich für wahrscheinlich. Was steht hier noch? Gepflegte Erscheinung, angenehmes Äußeres, eher zurückhaltendes Auftreten, wahrscheinlich höflich und kultiviert. Stimmt. Er hat keinen Grund, Leute anzuschreien, wo er sich seinen Opfern gegenüber durch schlechte Manieren ausweisen kann. Ich würde ihm einen kreativen Zug genehmigen, äußerlich, meine ich. Irgendwas mit seiner Frisur, vielleicht ein Bart. So ... hm ... was ist das? Ah ja, da haben wir es ja – glattrasiert, wenn aber Bart, dann sauber und gestutzt. Ich tippe auf Bart. Wer mit solcher Akribie zu Werke geht, ist eitel, andererseits dürfte er ein Persönlichkeitsproblem haben, die Psychos haben alle eines. Spricht beides für Behaarung. Fährt ein solides Auto mit allem Drum und Dran, Audi oder BMW, stimmt auch. Dunkle Farbe oder silber. Wohnort ...«

»Das ist schwierig«, sagte Menemenci. »Er könnte Kölner sein, aber ich glaube eher, er ist erst vor kurzem nach Köln gekommen.«

»Ja, wahrscheinlich. Er dachte, sowohl Üsker als auch Marmann hier zu finden. Beide wohnten hier, bevor sie zur Fremdenlegion gingen, er kannte sie von damals, also ist er mit Sicherheit Kölner. Aber er dürfte lange weggewesen sein. Ich schätze, er ist ... Augenblick, der erste Mord, dafür mußte er ein paar Recherchen betreiben ... inklusive Vorbereitung ... na, sagen wir, frühestens vor drei Wochen angekommen.«

»Warum nicht eher?«

»Seine Suche scheint sehr dringlich zu sein. Wäre er schon länger in Köln, wäre Üsker auch schon länger tot.«

»Gut. Deckt sich mit meiner Einschätzung.«

»Er wird sich also irgendwo versteckt halten oder unter falschem Namen … Oh, da kommt Kölsch!«

Sie bestellten eine große Portion Tatar für zwei, gönnten sich einige Minuten Pause, um den schlimmsten Durst zu löschen, und stürzten sich wieder in die Akten.

Diesmal war der Köbes schnell. Wieder wurden sie unterbrochen, aber Menemenci war nicht unglücklich darüber. Er genoß die Gesellschaft des anderen. Cüpper gehörte zu den wenigen Kollegen, die er wirklich schätzte und von denen er bereit war, etwas anzunehmen. Und sei es Tatar auf Röggelchen.

Kauend kehrten sie zur Arbeit zurück.

»So, Geschichtsstunde. Mal sehen … Überall wird deutlich, daß unser Freund ungewöhnlich kontrolliert und organisiert sein muß. Wie alle Hyperkontrollierten wird er irgendeine Macke haben, ein Laster, ein Ventil. Saufen, rauchen, rasen. Etwas, das er exzessiv betreibt. Nicht unbedingt spektakulär, aber in irgendeiner Hinsicht ist er zügellos. Thema Sex …«

»Er ist kein Sexualmörder«, betonte Menemenci. »Wenigstens nicht im klassischen Sinne. Wenn ihm einer abgeht, macht er hinterher jedenfalls sauber.«

»Er tötet Männer. Dann müßte er schwul sein, wenn Sex im Spiel ist. Glaube ich nicht. Wenn ich Sie richtig verstanden habe, tötet er, weil er einen Zweck verfolgt … Ja, Sie haben recht, da ist kein sexuelles Trauma …«

»Aber eine traumatisierend verlaufene Kindheit. Egal, ob er einen Zweck verfolgt oder nicht, vor allem anderen muß jemand innerlich bereit sein, so was überhaupt zu tun. Was ist ihm also selber widerfahren?«

»Das übliche, würde ich sagen. Dominanter Vater, Mutter quasi nicht vorhanden.«

»Oder umgekehrt.«

»Dann würde er sich an Frauen vergreifen.«

»Stimmt. Einigen wir uns vorläufig auf eine männliche Überperson.«

»Meine ich auch. Der Alte muß ihn ziemlich gestreßt haben.«

»Gequält. Aber auch hier ein Höchstmaß an Kontrolle. So sehr, daß der Mörder sogar seinen Haß in kontrollierte Bahnen lenkt. Er ist ein Künstler. Was die Berichte über Üskers Folterungen sagen, das ist schon sehr beachtlich, sehr kreativ in Szene gesetzt. Hier liegt natürlich der Schlüssel. Um den Künstler zu verstehen ...«

»Müssen wir sein Werk betrachten. Ich betrachte es seit nunmehr einer Woche. Mittlerweile wird mir nicht mal mehr schlecht.«

»Inszeniert er seine Taten?«

»Nein. Er ist kein Inszenierer. Drapiert nichts, ordnet nichts an, kein Firlefanz.«

»Mhm.«

»Ich könnte mir vorstellen«, sagte Menemenci nach einem Augenblick des Nachdenkens, »daß dieser Vater in irgendeiner Behörde gearbeitet hat.«

»Hochrangig?«

»Oh ja.«

»Politiker? Soldat? Diese Clique, diese fünf Leute, waren doch alle bei der Fremdenlegion und anschließend bei diesem Söldnerhaufen. Nehmen wir an, der Alte war ein hohes Tier oder so was. Ein gnadenloser Übervater. Nach außen respektiert und geachtet. Würde das passen?«

»Absolut.«

»Auch möglich, daß unser Freund schon vor der Fremdenlegion beim Militär ... nein, Unsinn. Warum sollte er dann zur Legion gehen?«

Menemenci runzelte die Stirn.

»Weil sie ihn entlassen haben«, sagte er langsam. »Es gibt da einen, den sie unehrenhaft entlassen haben.« Er legte Daumen und Zeigefinger um die Nasenwurzel. »Was war noch mal der Hintergrund? Er hat ...«

Cüpper biß in eine Gurke und verzog das Gesicht.

»Ich würde darauf setzen, daß er ein Strafverfahren wegen Körperverletzung an der Backe hatte«, sagte er. »Der Grund mehr oder weniger jeder unehrenhaften Entlassung. Gewalt oder unpassende Äußerungen in der Öffentlichkeit. Seine Veranlagung, Menschen zu quälen, ist ja nicht neu. Vielleicht hat er's übertrieben.«

»Wir müßten das in Erfahrung bringen«, sagte Menemenci nachdenklich. »Aber angeblich ist der Mann, den ich meine, tot.«

»Tja. Die Toten sind auch nicht mehr das, was sie mal waren.«

»Jens Lubold ...« flüsterte Menemenci vor sich hin.

Sein Kollege lehnte sich zurück und schenkte ihm ein strahlendes Gebiß. »Wissen Sie was? Wir haben doch ein ziemlich klares Bild von

Ihrem Mörder. Ich schlage vor, Sie gehen hin und nehmen ihn hops, während ich noch zwei Kölsch organisiere.«

Menemenci schielte ihn verdrossen an.

»Oh«, sagte Cüpper, »mir ist übrigens noch was eingefallen. Nach allem, was der Kerl getan hat und mit welcher Unverfrorenheit er zu Werke gegangen ist, und wenn er noch dazu beim Militär war – meinen Sie nicht, er ist der klassische Polizeifan?«

Polizeifans bildeten eine feststehende Gruppe im Tätererfassungsraster. Tatsächlich hatten viele Serienkiller ein Faible für Organe der öffentlichen Ordnung. Im Grunde verkörperten Polizisten genau das, was sie sich selber erträumten. Polizisten genossen Ansehen und hatten Macht. Sie durften autorisierterweise Schmerzen zufügen, eine verlockende Vorstellung für jemanden, der nichts galt, sich als wertlos empfand und selber gepeinigt wurde. Viele Mörder hätten es begrüßt, selber zur Polizei zu gehen.

Oder zum Militär, dachte Menemenci. Oder sonst zu einer Institution, die das Gesetz …

Das war es!

Wie viele Beispiele hatte es gegeben, in denen sich die Killer allerbester Beziehungen zur Polizei erfreut hatten? Ed Kemper, einer der faszinierendsten Verbrecher aller Zeiten, liebte es, den Polizisten bei der Suche nach ihm über die Schulter zu blicken. Die meisten kannte er gut. Er parkte seinen Wagen vor dem Revier und trank Kaffee mit den Jungs, während in seinem Kofferraum ein abgesägter Frauenkopf ins Leere starrte.

Nie wäre jemand auf die Idee gekommen, der sanfte, gebildete Kemper sei der Mann, der mehrere Frauen getötet, vergewaltigt und zerstückelt hatte, einschließlich seiner Mutter, wenn er sich nicht eines Tages gestellt hätte.

Menemenci lächelte dünn. Der Mörder mußte ein Meister der Verstellung sein. Wahrscheinlich spielte er seine Rolle sogar noch, wenn ihm niemand zusah.

Das war die Antwort!

Nein, mehr noch. Es verhieß die Lösung. Er mußte nur noch die Falle aufbauen. Und er wußte auch, wer ihm dabei helfen würde. Ob sie wollte oder nicht.

»Vielleicht ist es ja Krantz«, witzelte Cüpper.

»Krantz verstellt sich schon so genug«, knurrte Menemenci. »Er ist ein Taschenrechner, der vorgibt, ein Mensch zu sein.«

»Oh! So gut?«

»Sein Problem ist, daß er immer noch nicht begriffen hat, daß Mörder eine Seele haben. Er hält mich für einen Psychiater, nicht für einen Kommissar, und Psychiater hält er durchweg für bescheuert. Wenn ich ihm mit Täterprofilen komme, erzählt er mir jedesmal den gleichen blöden Witz.«

»Wie geht der?«

»Ich kann ihn runterbeten. Wie viele Psychiater braucht man, um eine Glühbirne auszuwechseln?«

»Weiß nicht.«

»Einen. Aber nur, wenn die Glühbirne sich auch wechseln lassen *möchte.*«

Romanus Cüpper sah ihn lange an.

»War gut, daß Sie hergekommen sind«, sagte er mit ernstem Gesicht. »Köbes, zwei Kölsch.«

21.20 Uhr. Vera

Keine Kerzen. Nicht heute abend.

Bis neun Uhr hatte sie in der DeTechtei gesessen und an den Fällen des Rechtsanwalts gearbeitet. Fleißarbeit. Niemand, den sie zu beschatten brauchte. Sie mußte recherchieren und Indizien zusammentragen und Aussagen auf ihren Wahrheitsgehalt prüfen. Es war langweilig und öde, aber lukrativ.

Und es lenkte eine Weile ab.

Der Abend war drückend, die Stadt wie ein abkühlender Backofen. Sie lief nach Hause und riß sämtliche Fenster auf, aber was hereindrang, war eher eine schleichende Krankheit als frische Luft. Sie ging unter die Dusche, ließ eiskaltes Wasser über ihren Körper laufen und atmete heftig ein und aus. Sie hätte stundenlang unter dem brausenden Strahl stehenbleiben können. Es gab so vieles abzuwaschen.

Allein.

Was für ein Unterschied. Anders als einsam sein. Ein solcher Luxus, das Vorliebnehmen mit der eigenen Gesellschaft, wenn man es auch anders haben konnte. Die Pause vor dem nächsten Akt, die Augen reiben, den Kopf wegdrehen voller Vorfreude, wieder hinzusehen.

War es so? Freute sie sich?

Wende dein Glück, bevor es ein anderer tut. Auch ein Standpunkt.

Sie konnte die Beziehung zu Bathge ebensoschnell abbrechen, wie sie begonnen hatte. War man nicht zutiefst unglücklich, lebte es sich auch ohne Glück ganz gut. Auf alle Fälle machte es weniger Probleme.

Als sie tropfnaß ins Wohnzimmer ging, dachte sie an die Nachkriegssiedlung, in der Marmanns Eltern wohnten. Wenn man das Schöne nicht mehr zuließ aus Angst, es ein weiteres Mal zu verlieren, was blieb? Das Häßliche. Die Nerven des Genusses und des Schmerzes waren dieselben. Tötete man die einen, versagten auch die anderen den Dienst.

Machte das Sinn?

Natürlich mochte es legitim sein, nicht mehr zu lieben, um die Wunde nicht zu spüren, wenn die Liebe entrissen wurde. Aber dann führte man halt ein Leben ohne Liebe, ohne das Schöne und Lustvolle, das Angenehme und Beglückende. Man verlor, was man zu schützen gedachte. Man versicherte sich gegen Diebstahl, indem man sein Eigentum fortgab. Um glücklich zu werden, vermied man, glücklich zu werden.

Unsinnig. Paradox.

Vera schaltete den Fernseher ein und überlegte, ob sie ebenfalls hinter einer Nachkriegsfassade lebte.

Du kannst ihn aufgeben, dachte sie. Am besten, du gibst den ganzen Fall ab. Aber was wäre damit gewonnen, was du nicht um so schmerzlicher verloren hättest?

Plötzlich spürte sie eine Welle der Zuneigung und Wärme für ihn. Es war gut, daß er nicht hier war. Um so mehr wurde ihr bewußt, daß sie sich tatsächlich auf ihn freute. Bathge glänzte durch Abwesenheit, aber die Formulierung bekam auf einmal einen anderen Sinn.

Vera streckte sich auf dem Sofa aus und suchte einen Fernsehkanal, dem man folgen konnte.

Nach kurzer Zeit vernahm sie das Sirren des Handys. Sie griff danach, schaltete den Fernsehapparat per Fernbedienung leiser und ging ran.

»Wie geht es dir?« fragte er.

Sie lächelte, zog die Beine an und rollte sich zusammen.

»Gut. Was machst du?«

»Ich habe in halb Deutschland rumtelefoniert«, sagte er. Seine Stimme war voller Optimismus. »Einer der Leute, die mit Lubold zu tun hatten, lebt tatsächlich wieder in München. In Gauting. Er freute sich von mir zu hören, aber er hatte wenig Zeit.«

»Das klingt doch gut.«

»Naja, er könnte schon was wissen. Ich fragte ihn, ob er Lubold tot gesehen habe. Er meinte, die ganze Meldung sei ein Schwindel gewesen.«

»Was?«

»Mehr hat er nicht gesagt. Irgendwas von einem Schwindel, der damals gelaufen sein muß. Keine Ahnung, was er damit meint. Am Telefon mochte er nicht darüber reden.«

»Klingt merkwürdig«, sagte Vera.

»Abwarten. Jedenfalls, ich fahre hin.«

Sie stutzte.

»Nach München?«

»Ja.«

»Wann?«

»Morgen. Morgen früh.«

»Oh.« Enttäuschung stieg in ihr hoch. »Wie lange wirst du fort sein?«

»Nicht lange. Wir sind für morgen abend verabredet, und Dienstag muß er schon wieder verreisen. Er vertritt irgendeinen Elektrokonzern. Ich bin übermorgen wieder da.«

»Gut.«

Bathge machte eine Pause.

»Ich freue mich darauf«, sagte er sanft. »Ich freue mich auf dich. Eben war ich mir eine Weile nicht sicher, aber jetzt ...«

Sie mußte lachen.

»Ging mir genauso.«

»Siehst du! Ich glaube, so muß das sein.«

Übermorgen. Die Enttäuschung wandelte sich in Vorfreude. »Weißt du schon, wann du fährst?«

»Früh. Zwischen neun und zehn Uhr. Bist du in der DeTechtei?«

»Um die Zeit? Klar!«

»Ich springe kurz hoch, bevor ich Gas gebe.«

»Okay.«

»Schlaf gut. Ich versuche dir einen Kuß durchs Telefon zu schicken, aber sei nicht böse, wenn er in der Spiralschnur hängenbleibt.«

»Ich habe keine. Küß mich schon.«

Es schmatzte mehrfach in der Leitung. Sie grinste und hielt das Handy ein Stück vom Ohr weg.

»Genug, das reicht!«

»Gute Nacht, Vera.«

»Gute Nacht, Simon.«

Sie drehte den Kopf und sah zum offenen Fenster hinaus in den nächtlichen Himmel. Der Mond stand klar über den Dächern. Aus dem Fernseher dudelte Musik.

Sie schaltete ihn aus und begnügte sich mit dem Mond.

Montag, 30. August

9.12 Uhr. Präsidium

Das Telefon schellte. Menemenci hob den Kopf von dem Stapel Zeugenaussagen, die nach einer Messerstecherei in der Südstadt zu allem Überfluß auf seinen Schreibtisch geflattert waren. Er fühlte sich benommen. Während der Nacht hatte er kein Auge zugetan. Es war zu heiß gewesen, und er hatte zuviel Bier getrunken mit Cüpper.

Langsam streckte er die Hand aus, nahm den Hörer ab und gähnte hinein.

»Guten Morgen«, sagte Krantz spöttisch.

»Danke.« Menemenci reckte sich. »Sonst noch was?«

»Eine Vermißtenmeldung.«

»Warum so früh? Warum können die Leute sich nicht nachmittags vermissen lassen oder Dienstags?«

»Die Vermißte heißt Nicole Wüllenrath. Ihre Eltern haben sie vergangenen Samstag zum Abendessen erwartet. Sie kam aber nicht und ist seitdem auch nicht mehr aufgetaucht.«

»Na schön. Kümmern Sie sich drum.«

»Ich habe sieben Fälle ...«

»Ich auch.«

»Und Nicole Wüllenrath ist die Schwester von Andreas Marmann«, sagte Krantz mit Nachdruck. »Soll ich mich immer noch drum kümmern?«

Menemenci war schlagartig wach.

»Was sagen Sie?«

»Er hat eine Schwester.«

»Wir hatten Marmanns Familienverhältnisse doch schon überprüft, oder?«

»Ja, aber die Schwester ist uns entgangen.«

»Warum, zum Teufel?«

»Weil wir genug anderes zu tun haben«, ereiferte sich Krantz. »Ich muß halb Köln überprüfen. Natürlich wußten wir, daß er eine Schwester hat, nur nicht, daß sie mittlerweile Wüllenrath heißt. Morgen hätten wir's gewußt.«

»Toll.« Menemenci trommelte mit den Fingern auf seine Schreibtischunterlage. »Nach Üsker und Solwegyn jetzt Marmanns Schwester.«

»Es steht ja nirgendwo geschrieben, daß sie tot oder entführt ist.«

Krantz hatte recht. Dennoch verspürte Menemenci bohrendes Unbehagen. Sein Instinkt sagte ihm, daß Nicole Wüllenrath nicht freiwillig von der Bildfläche verschwunden war. Wenn der Mörder Jens Lubold hieß, war Marmann womöglich das nächste Opfer.

Was war dann Marmanns Schwester?

»Lassen Sie Ihre sieben Fälle liegen«, sagte Menemenci. »Erstens, wir brauchen alle verfügbaren Informationen über Jens Lubold.«

»Der Ex-Offizier, der am Golf gefallen ist?«

»Ich glaube nicht, daß er gefallen ist. Es spricht einiges dafür, daß er Üsker und Solwegyn auf dem Gewissen hat.«

»Oh. Danke, daß Sie mich Einblick nehmen lassen.«

»Morgen hätten Sie's gewußt«, sagte Menemenci sarkastisch. »Lubold dürfte in Köln sein. Wir brauchen vor allem Fotos. Zweitens, Marmanns Schwester. Setzen Sie eine Fahndung in Gang. Wenn sie nicht schon tot ist, schwebt sie wahrscheinlich in Lebensgefahr.«

Nein, sie ist nicht tot, dachte Menemenci. Wenn sie tot wäre, wüßten wir es schon. Sie dient dazu, Marmann herzulocken. Verdammt, warum sind wir nicht früher auf sie gestoßen?

»Drittens«, sagte er, »beantragen wir Haftbefehl gegen Vera Gemini.«

Er überlegte.

»Das als erstes«, fügte er grimmig hinzu.

9.18 Uhr. DeTechtei

Vera hatte soeben festgestellt, daß ihr die Kaffeefilter auszugehen drohten, als Bathge hereinkam.

Vor genau einer Woche war er durch dieselbe Türe getreten. Damals hatte sie ihn nicht kommen hören. Sie war mit einem Spiegel und ihrem Gesicht befaßt gewesen. Beim ersten Wort von ihm hatte sie aufgesehen und einen mittelgroßen Mann mit kastanienbraunen Haaren und gestutztem Bart erblickt. Gutaussehend, aber weit davon entfernt, sie zu beeindrucken. Jetzt sah sie einen anderen Mann, in dessen Augen andere Lichter tanzten und aus dessen Zügen sie andere Geschichten las.

War eine Woche vergangen? Ein Jahr?

»Du siehst gut aus«, sagte sie.

Er stutzte. Dann lachte er. Sie trat auf ihn zu, und Bathge drückte sie an sich. Diesmal hatte sie kein Problem damit, ihn zu küssen. Die

DeTechtei war nicht die Insel der Kerzen, aber wenigstens so etwas wie ihre Spiegelung.

»Nimm dir einen Kaffee.«

Sie lehnte sich gegen die Wand und betrachtete ihn. Lächelnd sah sie zu, wie er den Deckel der Kanne lockerte, zwei Becher halbvoll goß und mit Milch vermischte.

Nichtigkeiten.

Das war es. Nichtigkeiten. Wichtigkeiten. Einfach dem, den man liebt oder lieben könnte, beim Leben zusehen.

»Hast du ein Hotel?« fragte sie.

»Das *Vier Jahreszeiten*.« Bathge reichte ihr einen Zettel. »Anschrift, Telefon, falls irgendwas ist.«

»Und du bist sicher, daß dein Mann vertrauenswürdig ist?«

»Nein«, antwortete Bathge leidenschaftslos. »Im Augenblick traue ich niemandem außer dir. Aber ich glaube, er ist in Ordnung. Schließlich war ich es, der sich an ihn rangemacht hat. Abgesehen davon, habe ich eine Alternative?«

»Nein.«

Bathge nickte, trank in großen Schlucken seinen Kaffee und wischte sich über den Mund. Als gingen sie einer eigenen Beschäftigung nach, förderten seine Finger nacheinander das obligatorische Päckchen Zigaretten und Veras Feuerzeug zum Vorschein. Er hielt die Flamme an die Spitze seiner Zigarette, paffte ein paarmal und steckte Packung und Feuerzeug wieder ein.

»Ich muß los. Wahrscheinlich ist wieder alles voller Staus. Es sind Gewitter angesagt.«

»Wo hast du deinen Wagen?«

»Vor der Tür.« Bathge stellte seinen Becher ab, kam zu ihr herüber und stubste sie zärtlich am Kinn.

»Und, Frau Gemini?« sagte er. »Was machen Sie morgen abend?«

»Ich erwarte den Besuch eines Klienten«, sagte sie und küßte ihn. »Mach, daß du rauskommst. Und fahr vorsichtig.«

Die alten Sprüche. Wie vertraut manches erschien, beinahe beängstigend. Liebling, fahr vorsichtig. Paß auf dich auf. Komm gesund zurück.

Und wie neu zugleich.

Wie anders.

Sie wartete, bis er gegangen war, nahm ihren Kaffee und verzog sich nach hinten.

11.55 Uhr. Präsidium

Krantz saß rot vor Wut hinter seinem Schreibtisch, als endlich die ersten Informationen hereintröpfelten. Sie kamen in Gestalt Sonnenfelds und zweier Beamter. Krantz überlegte, ob er Menemenci hinzuziehen sollte und entschied sich dagegen. Wenigstens in diesem Zimmer war er der Boß.

Sonnenfeld mußte in ein angrenzendes Büro gehen, um Stühle zu holen, von denen Krantz zu wenige besaß. Sie saßen um seinen Schreibtisch versammelt, und er ließ sie eine Minute zusehen, wie es war, an sieben Fällen gleichzeitig zu arbeiten.

»Nun?« fragte er unvermittelt.

»Ähm ... ja. Die Wüllenrath ist freiberuflich als Internet-Programmiererin tätig«, sagte Sonnenfeld. »Samstag vormittag hat sie eine Freundin besucht, wohnhaft Aachener Straße. Sie macht ... nun, sie macht in etwa das gleiche, das ist ein bißchen kompliziert zu erklären.«

»Uninteressant. Weiter.«

»Sporadischer Kontakt zu den Eltern. Die Wüllenrath ist wesentlich jünger als ihr Bruder. Die Eltern sagen, sie verstehen nicht, was sie treibt. Beschäftigt sich ausschließlich mit Computerzeugs, wie sie es nennen. Sie können sich nicht vorstellen, daß ihre Tochter irgendwelche Feinde hat, aber sie können sich eigentlich gar nichts vorstellen. Grund, auszureißen, bestand keiner.«

»Was sagt die Freundin?«

»Dasselbe. Nicole Wüllenrath war ... ähm, sie ist nicht sonderlich kontaktfreudig. Es gibt da eine Internetgemeinde, sie scheint ihr Leben eher im Netz zu verbringen. Interessant ist allerdings, daß sie Besuch von einer Detektivin hatte, die auch schon bei den Marmanns vor der Tür stand.«

»Vera Gemini. Wir werden sie uns vornehmen.« Krantz dachte kurz nach. »Hat unsere Entschwundene der Freundin gegenüber erwähnt, ob sie sich im Anschluß mit jemandem treffen wollte?«

»Nein.«

»Okay. Breuer?«

Einer der beiden anderen Männer setzte sich auf und blätterte in einer Kladde.

»Gegen dreizehn Uhr ist sie ins Café Bauturm gegangen«, sagte er. »Auf geradem Wege von der Freundin, das waren maximal fünf Minuten zu Fuß. Unwahrscheinlich, daß sie in der Zeit jemanden getroffen hat. Im Bauturm hat sie gefrühstückt, Milchkaffee und Käsesandwich. Die Kellnerin, die sie bedient hat, meint, ein Mann hätte sich neben sie gesetzt, aber sie kann sich keine Gesichter merken.«

Krantz grunzte unwillig und zuckte die Achseln. Nie konnte sich jemand etwas merken. Aber es war immer noch besser, die Leute gaben es zu, als auf Teufel komm raus irgendwelche Geschichten oder Personenbeschreibungen zu erfinden.

»Hat sie mit dem Mann geredet?«

»Ja. Kurz darauf ist sie zur Theke gegangen und hat bezahlt. Der Mann war dann auch verschwunden. Niemand hat sie danach noch gesehen.«

»Hm. Krüger?«

»In der Wohnung nichts«, sagte der Mann von der Spurensicherung. »Mehrere Fingerabdrücke, alles Frauen.«

»Bauturm?«

»Nichts.«

Krantz lehte sich zurück und verschränkte die Hände hinterm Kopf. »Ich will nicht, daß irgendwas davon an die verdammte Presse kommt«, sagte er. »Ist das klar?«

Kollektives Nicken.

»Wir haben genug Probleme mit Falschmeldungen über die PKK. Es hat auch niemand zu wissen brauchen, daß Solwegyn ein Lager für Waffen und Sprengstoff unterhielt, und trotzdem singen sie es mittlerweile in der Kirche.«

Sonnenfeld nickte und fragte sich, ob Krantz wußte, daß sie die falschen Adressaten für seine Warnungen waren. Die Presse fand ohnehin ihren Weg.

Krantz löste die Runde auf und verließ sein Büro, um Menemenci ins Bild zu setzen.

Viel hatte er nicht.

Aber wenigstens den Haftbefehl.

12.02 Uhr. Vera

Es ist nichts Böses dabei, dachte sie, als sie den kleinen Monitor ausfuhr, um Bathges Position festzustellen. Nichts Böses. Nur eine Möglichkeit, ihn zu begleiten.

Die konventionellen Sender verfügten über keine allzugroße Reichweite. Wenn man sich nicht mit einem Verfolgerfahrzeug dranhängte, verlor man irgendwann das Signal. Veras Peilprogramm wurde über Satellit gesteuert und bot ganz andere Möglichkeiten. Augenblicklich empfing der Computer Bathges geographische Position und rechnete sie auf die Darstellung einer Deutschlandkarte um.

Die Karte baute sich auf. Der rote Punkt erglühte auf der geschlängelten Linie der A 3. Bathge war ein gutes Stück hinter Frankfurt. Der Verkehr schien zu fließen.

Vera fuhr mit dem Finger über die Kontrolleiste und deaktivierte das Programm, um sich wieder der Recherche der neuen Fälle zuzuwenden.

Es war ermüdend.

Nach einer Weile stand sie auf und ging nach vorne, um Kaffee zu machen. Sie vermißte die Filter. Richtig, es waren keine mehr da. Sie würde in den Supermarkt am Zülpicher Platz gehen müssen. Verfluchte One-woman-show! Wahrscheinlich fehlte es an allen Ecken und Enden. Vorsichtshalber überprüfte sie ihren Vorrat an Keksen und fand die Dose leer.

Um so was hatte sich Strunk gekümmert.

Nein, offenbar nicht.

Frauenarbeit.

Als sie sich endlich dazu durchgerungen hatte, einkaufen zu gehen, klingelte das Telefon.

»Einen Moment bitte«, sagte die französisch sprechende Frau, mit der sie schon telefoniert hatte. *»Ich verbinde Sie mit Fouk.«*

Fouk!

Vera schob Filter und Kekse auf die Liste der nicht kriegsentscheidenden Dinge und wartete. Nach einigen Sekunden war Fouk in der Leitung.

»Frau Gemini. Ich hoffe, es geht Ihnen gut.«

»Ja«, sagte sie aufgeregt. »Danke, daß Sie zurückrufen. Ich hatte schon befürchtet, Sie hätten mich vergessen.«

»Ihre Stimme läßt die Gedanken erblühen«, erwiderte Fouk galant. »Ich habe Sie nicht vergessen, ich bin im Moment nur außerordentlich beschäftigt.«

»Konnten Sie einen Blick auf das Bild werfen?«

»Ja. Ich habe es sogar wiedererkannt. Kurz vor Desert Storm hat jemand Fotos gemacht zur Erinnerung. Wer wollte, bekam Abzüge. Es war übrigens gut, daß Sie die Namen an die Personen geschrieben haben, das hat manches erleichtert.« Er räusperte sich. »Zu Andreas Marmann kann ich Ihnen folgendes sagen. Er wurde am Abend des fünften und letzten Tages der Bodenoffensive mit einer leichten Armverletzung ins Lazarett eingeliefert.«

Vera stutzte. Leichte Armverletzung?

»Meinen Informationen zufolge war er sehr schwer verwundet«, sagte sie.

»Nein« sagte Fouk entschieden. »Das müßte später gewesen sein. Ich habe mich erkundigt. Marmann war nur wenige Tage in ärztlicher Behandlung und hat Kuwait im Laufe des darauffolgenden Monats verlassen.«

Er hatte die Diamanten geholt und sich abgesetzt. Das machte Sinn, nicht aber die Verletzung.

»Und Üsker?«

»Über den Türken weiß ich nicht mehr viel. Er war Fahrer und hat mit Marmann zusammengearbeitet. Nach Desert Storm hat auch er ZERO verlassen, in Bosnien stand er nicht mehr auf der Besoldungsliste.«

»Was war mit dem Techniker? Simon Bathge?«

Fouk ließ einige Sekunden des Schweigens verstreichen, bevor er sagte: »Ich bin überzeugt, Frau Gemini, Ihr Scharfsinn beschämt die meisten Ihrer Zunft. Allerdings scheint mir, daß Sie einer Reihe falscher Schlüsse ... nein, verzeihen Sie, gottgewollter Mißverständnisse unterliegen. Marmann *war* der Techniker.«

»Ich denke, er war Scharfschütze«, sagte Vera schwach.

»Wie ich Ihnen vor Tagen schon erklärte, verfügte ZERO nur über gute Schützen. Aber es stimmt, einige taten sich besonders hervor. Marmann war Techniker.«

»Und ... Simon Bathge?«

Wieder schwieg Fouk eine Weile.

»Er hielt es nicht lange aus bei ZERO«, sagte er schließlich. »Das Warten wurde ihm zu lang. Bathge hat uns schon Wochen vor Beginn der Bodenoffensive verlassen. Ich hörte Gerüchte, wonach er später in Ruanda umgekommen ist. In Kuwait hat er nie gekämpft.«

»Aber Sie sagten, das Foto sei wenige Tage vor der Offensive aufgenommen worden!«

»Das stimmt.«

»Wie kommt Bathge dann auf das Bild?«

»Überhaupt nicht«, sagte Fouk. »Der dritte Mann auf dem Foto ist nicht Simon Bathge.«

Vera hatte das Gefühl, in einen Schacht zu stürzen. Sie schloß die Augen und wartete darauf, aufzuschlagen.

Immer noch hielt sie den Telefonhörer in der Hand. Wann hatte sie Fouk mit mechanischer Stimmer gedankt und das Gespräch beendet? Eben erst? Vor zehn Minuten?

Unmöglich zu sagen. Die Zeit war außer Kraft gesetzt.

Fouk hatte sich glücklich geschätzt, ihr helfen zu können. Er war sehr zuvorkommend gewesen.

Vera erzitterte.

Vor einer Woche noch war sie in Sicherheit gewesen hinter ihrer Vorkriegsfassade.

Es geschah, was sie aus ähnlichen Situationen schon kannte. Aus sich heraustreten, das eigene Elend mit unverbindlichem Interesse in Augenschein nehmen. Sich am Boden liegen sehen und mit den Gedanken schon woanders sein. Was mach ich zum Abendessen? Muß noch bügeln. Ins Kino könnte man auch mal wieder gehen. Wen ruf ich an?

Nüchtern analysierte sie das Feld der Möglichkeiten. Zur Debatte standen Wut, Angst und Verzweiflung. Eine schöne klebrige Depression. Sie konnte zusammenbrechen. Ohnmächtig werden. Heulen und schreien. Es gab die Alternative, etwas zu zertrümmern. Stilles Weinen bot sich an. Wildes durch-die-Gegend-Fahren mit dem Wagen, panisches Hin- und Herrennen. Nach Hause laufen, sich aufs Bett werfen. Sich besaufen. Roth anrufen.

Menemenci anrufen.

Ihr Verstand entschied anders. Er gebot ihr, die Nummer einer Auskunftei zu wählen, mit der sie in engerem Kontakt stand. Mehrfach wurde sie weiterverbunden. Der Sachbearbeiter, an dessen Ohr sie schließlich landete, versprach, ihr ein Fax zu schicken. Er entschuldigte sich, daß es einige Minuten dauern würde.

Sie wartete.

Sie hörte sich mit normaler Stimme reden und empfand nicht das geringste. Nur eine unterschwellige Erheiterung, von der sie wußte, daß es Hysterie war. Würde sie einmal anfangen zu lachen, könnte sie nicht mehr aufhören, und etwas in ihr würde zerreißen. Alles wäre dann zu spät. Bloß nicht lachen. Lieber sich fühlen wie ein hohler Knochen.

Ein kurzer Sinuston kündigte das Fax an.

Sie wartete geduldig, bis die drei Seiten den Drucker verlassen hatten, breitete sie vor sich aus und überflog den enggedruckten Text. Sie brauchte nicht lange, um den Eintrag zu finden. Der immer noch existierende Großhandel für Tiefseetauch- und Hochseeangelbedarf in den Ruinen der Alten Werft wies als alleinigen Inhaber und Geschäftsführer Jens Lubold aus.

Er begann mit Extremsportartikeln zu handeln, soweit ich weiß. Aber das ging wohl schief. Die Kölner fahren eben lieber mit dem Schiffchen, als im Rhein nach Wracks zu tauchen.

Immer wieder Halm.

Seine Worte hatten ein dumpfes Déjà-vu in ihr hochgeschwemmt, ohne daß sie damals hätte sagen können, was es war. Vor einer Woche hatte sie lediglich die Namen der Firmen und Verbände in Erfahrung gebracht, die die Werft unter sich aufteilten. Ein Fitneßstudio war daruntergewesen, mehrere kleine Handelskontore und Reedereien – und ein Großhandel für Tauchbedarf.

Warum hatte sie Halm nicht besser zugehört?

Die Zeit füllt Ozeane, aber sie fließt nicht zurück.

Plötzlich wurde ihr bewußt, daß sie handeln mußte. Sie suchte Menemencis Karte heraus und wählte die Nummer im Waidmarkt.

Man sagte ihr, Menemenci sei unterwegs. Sie verlangte seinen Stellvertreter, aber auch der war nicht greifbar.

Noch ein Anschluß stand auf der Karte. Eine Funknummer. Vera wählte und landete in Menemencis Mailbox. Ohne eine Nachricht zu hinterlassen, legte sie auf.

Einen Augenblick lang mußte sie sich zusammenreißen, um nicht doch loszuschreien. Ihre Hände ballten sich zu Fäusten, die Fingernägel schnitten in die Handflächen. Sie dachte an die Selbstporträts. Die Kerzen. An seine Berührungen, seinen Atem, seine Hitze auf und in ihr.

Sie versuchte ihn zu hassen.

Er ließ sich nicht so einfach hassen.

Vera hatte erwartet, daß ihr beim Gedanken an die zurückliegenden Nächte speiübel werden würde. Aber der Mann auf dem Fußboden ihres Wohnzimmers, in ihrem Bett, unter ihrer Dusche, an ihrem Frühstückstisch blieb Simon Bathge. Er mochte sich bis zur Perfektion verstellt haben, er mochte hundertmal Lubold sein, aber seine Hände waren zärtlich gewesen, feinfühlig, gut zu ihr.

Der dritte Mann auf dem Foto ist nicht Simon Bathge. Er heißt Lubold. Üsker und Marmann haben ihn damals als tot gemeldet, nachdem sie von einem irakischen Jäger angegriffen worden waren.

Wie hatte sie sich derart täuschen können?

Simon Bathge.

Jens Lubold.

Warum hatte sie die Narben nicht gesehen? Er mußte welche haben, dort, wo die Schüsse seine Bauchdecke durchschlagen hatten.

Sie versuchte ihn sich vorzustellen. Nackt.

Der Eindruck blieb vage.

Alles, was sie gefühlt hatte, an alles erinnerte sie sich mit überwältigender Lebendigkeit. Aber gesehen?

Was hatte sie tatsächlich gesehen im Halbdunkel und morgens früh, bevor er sich angekleidet hatte?

Es war ihr nicht aufgefallen. Er hatte sie seinen Bauch nicht sehen lassen, und sie hatte es nicht gemerkt.

Simon ... Lubold!

Veras Gedanken schichteten sich übereinander. Fest stand, daß Bathge ... daß Lubold in München überhaupt niemanden treffen würde. Gut möglich, daß er unterwegs war, um Deutschland zu verlassen. Was immer seit Solwegyns Tod geschehen war, ob er sein Ziel erreicht, Marmann gefunden und den Schatz mit fast zehnjähriger Verspätung an sich gebracht oder einfach aufgegeben hatte, er drohte zu entwischen. Falls es ihm gelang, die Grenze zu passieren, war Jens Lubold für alle Zeiten verloren.

Aber noch hatte sie ihn am Haken.

In fieberhafter Eile flogen ihre Finger über die Kontrolleiste. Der Monitor baute die Deutschlandkarte auf, zeichnete glühendes Grün auf schwarzen Grund, einer Platine ähnlicher als einem von Menschen bewohnten Land.

Es war zwölf Uhr zwanzig. Der rote Punkt näherte sich Würzburg. Was die Richtung betraf, hatte Lubold nicht gelogen. Warum hatte er ihr verraten, daß er über München fuhr? Er hätte ihr Gott weiß was erzählen können.

Während sie noch auf den Monitor starrte, erkannte sie mit einemmal die Wahrheit.

Diesmal konnte Vera nicht anders und lachte los.

Er wußte Bescheid!

Lubold wußte, daß in dem Feuerzeug ein Sender war. Er hatte es von Anfang an gewußt.

Ahnungslose Vera.

Dumme verliebte Vera.

Natürlich hatte er damit gerechnet, daß sie seine Position verfolgen würde. Er würde München erreichen, das Feuerzeug im *Vier Jahreszeiten* deponieren und weiterfahren. Bis sie registrierte, daß er nicht vorhatte, zurückzukehren, war er längst über alle Berge.

Schnell überschlug sie, wie lange er bis München brauchen würde. Wenn er weiter in dem Tempo vorankam, blieben ihr drei Stunden.

Wie sollte sie in drei Stunden nach München gelangen?

Der Boxster lief Zweihundertsechzig, sofern der Verkehr ihn ließ. Dann hatte Lubold dennoch mindestens zweieinhalb Stunden Vorsprung. Aber während der Fahrt konnte sie versuchen, Menemenci zu erreichen. Vielleicht gelang es der Polizei, Bathge ...

Lubold, verbesserte sie sich. Vielleicht gelang es ihnen, Lubold aufzuhalten oder einzukreisen.

Vergiß es. Die werden das auch ohne dich schaffen. Wozu ihm hinterherhetzen?

Im Grunde war es idiotisch.

Aber sie *wollte* ihm hinterherhetzen! Ihn fragen. Nicht nach dem Mord an Üsker und Solwegyn, sondern nach dem, was er *ihr* angetan hatte.

Plötzlich kam sie sich schäbig und lächerlich vor. Ein trauriger Witz von Weibchen. Dumm und aufgeblasen. Mit Ansprüchen, hui! Eine Detektivin, Donnerwetter! Kleine Maus mit Arsch und Titten, stritzestratz mit großen Schritten, tippelt in die Welt hinein, möchte ernstgenommen sein.

Karls Spottgedicht vor dem Showdown in der Küche.

Na und? Stimmt doch!

Warum putzt du nicht und kochst und hältst die Fresse, Vera? Lies Arztromane, bevor noch jemand durch deine Schuld ums Leben kommt. Laß dich schön ficken, dafür bist du auf der Welt, nicht um dich zu verwirklichen. Schau, was dabei rauskommt! Sieh, was du getan hast! Was hast du getan? Soll ich dich mit dem Gesicht reinreiben, du blöde Hexe? Sieh mich an! Sieh mich an!!! Mach Essen! Warum steht kein Essen auf dem Tisch? Was ist das für ein Scheißhaushalt? Wofür bist du eigentlich gut?

Einen Moment lang starrte sie noch auf den Monitor, während sich ihre Augen mit Tränen der Wut füllten, endlich, endlich!!!

Dann nahm sie die *portable station*, deaktivierte den Tisch, schloß die DeTechtei hinter sich ab und hastete nach unten. Möglicherweise würde Lubold im *Vier Jahreszeiten* etwas essen. Wenn er wenigstens zwei Stunden Aufenthalt eingeplant hatte, konnte sie es schaffen.

Sie stellte sich vor, wie es wäre, ihn im *Vier Jahreszeiten* abzufangen. Wahrscheinlich würde er nicht mal sonderlich beeindruckt sein.

Aber sie würde ihm Gelegenheit geben, sich zu wundern.

Blinzelnd, mit verheulten Augen, trat sie hinaus auf die Straße und tastete nach ihren Autoschlüsseln. Die Luft flimmerte. Der Himmel sah aus, als sei das Sonnenlicht über ihn ausgegossen worden.

Direkt vor ihr hielt ein Mannschaftswagen der Polizei. Uniformierte mit Maschinenpistolen sprangen heraus und kamen auf sie zu. Noch ehe sie begriff, daß der Besuch ihr galt, sah sie sich eingekreist und gepackt. Jemand nahm ihr den Monitor ab. Sie wurde gegen den parkenden Wagen gedrückt, ein anderer schlug ihr die Beine auseinander, begann, sie routiniert abzutasten.

»Hört auf«, schrie Vera. »Das dürft ihr nicht!«

»Ruhig«, sagte einer der Männer. »Ganz ruhig.«

»Ihr macht einen Fehler. Ich will mit Arik Menemenci sprechen! Laßt mich los, ihr ... «

Aus den Augenwinkeln sah sie, wie sich die Türen eines zweiten Polizeifahrzeugs öffneten. Eine schwergewichtige Gestalt entstieg dem Beifahrersitz und kam zu ihr herüber.

»Gott sei Dank«, stöhnte Vera.

»Frau Gemini ... « begann Menemenci förmlich.

»Ich muß mit Ihnen reden.« Plötzlich traten ihr wieder die Tränen in die Augen. Tränen der Erschöpfung, der Erleichterung und des Zorns. »Gott, bin ich froh, daß Sie hier sind.«

»Ja«, nickte Menemenci. »Ich auch. Frau Gemini, ich verhafte Sie wegen Falschaussage, Behinderung der Staatsgewalt und Beihilfe zum Mord an Ymir Solwegyn.«

Er drehte sich um und machte Platz für einen Mann mit schütterem Haar, der sie schlechtgelaunt anstarrte.

»Krantz, klären Sie Frau Gemini über ihre Rechte auf.«

13.33 Uhr. Präsidium

Menemenci kam in den fensterlosen Raum, in dem sie nun seit über einer Stunde saß. Er zog einen Stuhl heran und setzte sich dicht vor Vera hin.

»Das wurde auch verdammt noch mal Zeit«, fuhr sie ihn an.

Menemenci sah ausdruckslos zurück.

»Haben Sie Ihren Anwalt angerufen?«

»Ja.«

»Gut. Nennen Sie mir den Namen Ihres Klienten.«

»Den kennen Sie doch schon«, sagte Vera ungeduldig. »Können wir nicht endlich ... «

»Ich will den Namen von Ihnen hören.«

Sie seufzte.

»Jens Lubold! Okay?«

»Ihr Klient ist Üskers Mörder«, sagte Menemenci. »Und der von Solwegyn. Er ist auch das, was wir einen Polizeifan nennen.«

»Ich weiß, was Polizeifans sind.«

»Das freut mich. Dann wissen Sie auch, daß Polizeifans es ebenso genießen, sich an Detektive zu hängen. Es muß Lubold großen Spaß bereitet haben, Ihnen bei der Arbeit über die Schulter zu sehen. Haben Sie ihn vielleicht sogar ein bißchen dazu ... animiert?«

Vera hob abwehrend die Hände. »Er hat mich genauso reingelegt wie Sie. Kommen Sie, Menemenci, Sie wollten, daß ich mit Ihnen zusammenarbeite. Jetzt will ich, also warum hören Sie mir nicht endlich zu?«

Er schwieg eine Weile.

»Ich habe Ihnen schon zweimal zugehört«, sagte er langsam. »Es ist nie sonderlich viel dabei rausgekommen.«

»Paragraph vier der Berufsordnung deutscher Detektive: Der Detektiv ist in Auftragssachen zu absoluter Verschwiegenheit verpflichtet, soweit Vorschriften des herrschenden Strafrechts dem nicht entgegenstehen. Was verlangen Sie von mir? Daß ich die Schweigepflicht breche?«

»Ihr Verständnis von Schweigepflicht hat dazu beigetragen, daß ein Mensch getötet wurde und ein anderer verschwunden ist.«

»Was sagen Sie da?«

»Nicole Wüllenrath wird als vermißt gemeldet.«

»Oh nein«, stöhnte Vera.

»Ich kenne auch die anderen Paragraphen«, sagte Menemenci ruhig. »Danach besteht ... wie war das noch? ... für den Detektiv keine Verpflichtung, der Polizei oder der Staatsanwaltschaft Delikte im Sinne des StGB anzuzeigen, sofern nicht der Tatbestand einer Beistandsleistung erfüllt ist. Bei Mitteilungen an Beamte der Strafverfolgungsbehörden ist zu prüfen, ob die Folgen einer solchen Mitteilung im wohlverstandenen Interesse des Auftraggebers liegen.«

»Ich bin beeindruckt«, sagte Vera mit unverhülltem Sarkasmus. »Wozu halten Sie mich dann hier fest? Sie haben nicht eine Minute Zeit zu verlieren.«

»Der Tatbestand liegt vor.«

»Das ist doch lächerlich! Ich hätte Lubold wissentlich unterstützt?«

Menemenci zuckte die Achseln.

»Wollen Sie es abstreiten?«

»Ja!«

»Sie wollen abstreiten, gewußt zu haben, daß Ihr Klient Jens Lubold heißt?«

»Prüfen Sie's nach. Es existiert ein Vertrag zwischen Simon Bathge und der DeTechtei Gemini.«

»Das beweist nichts.«

»Sie wissen sehr genau, daß Sie mich nicht länger als ein paar Stunden hierbehalten können«, sagte Vera scharf. »Also wollen Sie nun endlich zuhören, oder soll uns Lubold durch die Lappen gehen?«

»Ich höre.«

»Gut. Setzen Sie eine Großfahndung in Gang. Ein blauer BMW, Kennzeichen K-MD 830, ist unterwegs nach München. Lubold sitzt darin. Er wird München in etwa ein bis zwei Stunden erreichen und vermutlich das Hotel *Vier Jahreszeiten* ansteuern.« Sie dachte kurz nach. Lubold mußte sich umfassend abgesichert haben für den Fall, daß Vera ihn im Hotel zu erreichen versuchte. »Er wird ein Zimmer auf den Namen Simon Bathge gebucht haben«, sagte sie. »Wahrscheinlich gibt er etwas an der Rezeption ab. Ein Päckchen, eine Tasche, irgend etwas von der Größe, daß ein Feuerzeug hineinpaßt.«

»Ein Feuerzeug?«

»In dem Feuerzeug ist ein Sender. Ich habe Bathge ... Lubold überwacht.«

Menemenci hob erstaunt die Brauen.

»Sie haben ihn überwacht? Sie überwachen Ihre Klienten? Ich bin erschüttert! Wie vereint sich das mit Ihrer Berufsauffassung?« Er beugte sich vor und fletschte die Zähne. »Es sei denn, Sie hätten ihm mißtraut, nicht wahr? Aber in diesem Fall wären Sie verpflichtet gewesen, mir meine Fragen zu beantworten.«

»Ich war mir anfangs nicht sicher.«

»Aber später schon?«

»Ja, zum Teufel! Haben Sie sich noch nie geirrt?«

Menemenci lehnte sich zurück und verschränkte die Arme über dem Bauch. Sein Hemd war schweißdurchtränkt.

»Also Lubold ist auf dem Weg nach München?«

»Ja.«

»Was will er da?«

Vera schüttelte den Kopf.

»Vermutlich gar nichts. Er hat mir irgendeine Geschichte erzählt, aber sie diente nur dazu, mich an der Nase rumzuführen. Er muß rausgefunden haben, daß ich ihn überwache.«

Wann, dachte sie. Was für ein Spiel hat er mit mir getrieben?

»Sie sollen glauben, er sei in München?« fragte Menemenci zweifelnd.

»Ja«, bestätigte Vera. »Er hat nur nicht damit gerechnet, daß ich dank der großzügigen Hilfe der Kripo in den Besitz eines gewissen Fotos gelange, das ihn zusammen mit Üsker und Marmann zeigt.« Sie lachte freudlos. »Hätte Roth es nicht für mich kopiert, wäre ich immer noch völlig ahnungslos. Und Sie auch, Menemenci. Sie würden tausend anderen Spuren hinterherhecheln.«

»Wieso?«

Vera sah ihn mit gequältem Grinsen an.

»Wer hat Sie denn darauf gebracht, den Täterkreis auf einen Haufen Legionäre einzugrenzen? Hätte ich mich nicht für das Bild interessiert ...«

»Danke«, sagte Menemenci spöttisch. »Wo wollten Sie eigentlich eben so schnell hin?«

»Ich wollte ihm folgen.«

»Lubold? Sie wollten nach München?«

»Ich hätte Sie unterwegs angerufen. Ich habe auch vorher versucht, Sie zu erreichen, aber Sie waren gerade unterwegs, um mich in Ketten zu legen.«

»Sie wollten also mit Lubold nach München?«

»Nicht mit Lubold! Sitzen Sie auf den Ohren? Ich wollte ihm hinterher.« Vera schlug mit der Faust auf den Tisch und sprang auf. »Sie stellen eine überflüssige Frage nach der anderen. Warum setzen Sie nicht endlich die Fahndung in Gang?«

»Nehmen Sie doch Platz«, sagte Menemenci gelassen.

Vera sah ihn verzweifelt an. Dann setzte sie sich wieder.

»Wenn ich gelogen habe, werden Sie es schon noch früh genug erfahren«, sagte sie.

Menemenci betrachtete sie abschätzend. Er erhob sich, ging zur Tür und klopfte dagegen. Sie wurde geöffnet. Draußen standen zwei Beamte in Uniform. Menemenci gab einem von ihnen leise Anweisungen. Der Mann nickte und verschwand. Menemenci schloß die Tür und kam zurück.

»Wir werden sehen«, sagte er.

»Das sollten Sie möglichst schnell«, erwiderte Vera. »Ich schätze, Lubold ist gerade dabei, Deutschland zu verlassen.«

»Wie kommen Sie denn darauf?«

»Weil ich davon ausgehe, daß er Marmann mittlerweile gefunden hat. Solwegyn muß ihm verraten haben, wo er sich aufhält.«

»Vielleicht ist er ja unterwegs zu Marmann.«

»Denken Sie, was Sie wollen. Ich bin sicher, daß Lubold kurz vor der Vollendung seiner Pläne steht, wenn nicht sogar schon alles gelaufen ist. Augenblicklich geht er fest davon aus, daß ich mindestens für die Dauer der nächsten vierundzwanzig Stunden auf ihn reinfalle. Er wird nicht nach Köln zurückzukehren.«

Menemenci legte die Stirn in Falten.

»Und warum das Ganze?« fragte er.

»Ich weiß es nicht. Okay?«

»Jetzt kommen Sie schon mit der Wahrheit raus! Sie wissen, warum Üsker und Solwegyn sterben mußten.«

»Ich hab's mir zusammengereimt.«

»Also?«

»Also! Also! Was ist mit der Fahndung? Sie werden ihn verlieren, wenn Sie nicht ...«

»Die Fahndung läuft.«

Vera ließ langsam den Atem entweichen. Plötzlich fühlte sie sich hundemüde.

»Marmann, Üsker und Lubold waren ein Team. Sie arbeiteten für eine Organisation namens ZERO. In Kuwait haben sie etwas sehr Wertvolles gefunden.«

»Was?«

»Diamanten. Ich weiß nicht, ob das stimmt, Lubold hat mir die Geschichte erzählt, und er hat alles mögliche erzählt. Aber es könnte passen. Wenig später wurden sie von einem irakischen Kampfflieger angegriffen. Es gab einen Schwerverletzten.«

»Lubold.«

»Ja. Die anderen ließen ihn liegen. Zumindest einer von ihnen wußte, daß er noch lebte, aber sie meldeten später seinen Tod. Wahrscheinlich konnten sie sich nicht vorstellen, daß Lubold ihren Verrat überleben würde, aber es muß ihm irgendwie gelungen sein.«

»Vielleicht war er gar nicht so schwer verwundet«, meinte Menemenci.

»Der Gedanke kam mir auch schon. Daß Lubold die anderen reingelegt hat. Aber das macht keinen Sinn. Jemand ist ihm zuvorgekommen und hat die Diamanten mitgenommen.«

»Marmann?«

»Es sieht ganz so aus.«

Menemenci schnalzte mit der Zunge.

»Darum war er so versessen darauf, Marmann zu finden«, sagte er mit blitzenden Augen. »Darum wollte ihn auch Üsker finden.«

»Marmann hat alle beide betrogen. Dann ist er untergetaucht. Ich glaube, Solwegyn hat ihm eine neue Identität verschafft. Als Lubold nach Köln zurückkam ... «

»Von wo?«

»Ich weiß es nicht«, sagte Vera kraftlos. »Als er zurückkehrte, begab er sich als erstes auf die Suche nach seinen ehemaligen Kameraden. Aber er fand nur einen, und der wußte nichts.«

»Ja, Lubold hat ihm Löcher in den Bauch gefragt«, sagte Menemenci grimmig. »Drei, um genau zu sein.«

»Dann erschien Solwegyn.«

»Auf Ihre Anzeige hin.«

»Ich weiß. Natürlich konnte Lubold nicht riskieren, zusammen mit mir bei Solwegyn aufzukreuzen, der hätte ihn sofort erkannt. Also mußte er auch Solwegyn aus dem Weg räumen, nachdem der ihm vermutlich alles erzählt hatte, was er wissen wollte.«

»Sie denken, Lubold hat Marmann gefunden?«

»Ja.«

Menemenci strich sich mit dem Handrücken über die Stirn und lockerte seinen Hemdkragen.

»Wollen Sie etwas trinken?« fragte er. »Es ist heiß.«

»Ich will nichts.«

»Wenn Marmanns Schwester verschwunden ist«, sagte Menemenci, »könnte das nicht auch heißen, daß Lubold ihn zwar gefunden hat, aber ein Druckmittel braucht, um Marmann aus seinem Versteck zu locken? Heute ist Montag. Samstag mittag ist Nicole das letzte Mal lebend gesehen worden.«

Die Art, wie er lebend sagte, erfüllte Vera mit Schaudern. Falls Lubold auf der Flucht war, hatte er vielleicht bekommen, was er wollte. Dann war Nicole Wüllenrath mit an Sicherheit grenzender Wahrscheinlichkeit tot. Und es blieb immer noch die Frage, wie lange ihr Sterben gedauert hatte.

Oder aber ...

»Vielleicht hat er sie mitgenommen«, sagte Vera.

»Lubold? Sie meinen, er fährt zu Marmann?«

»Es wäre doch möglich, oder? Sie haben selber gesagt, daß es möglich ist.«

Menemenci nickte langsam.

»Ja«, sagte er gedehnt. »Es wäre möglich.«

»Kommissar!« Vera beugte sich vor. »Glauben Sie immer noch, ich hätte Beihilfe zum Mord geleistet und die Arbeit der Polizei behindert?«

»Warten wir eine Minute«, sagte Menemenci rätselhaft.

»Worauf?«

»Ich möchte Sie mit jemandem konfrontieren.«

Vera rieb sich die Augen und schwieg. Menemenci stand auf und begann, schwerfällig hin- und herzugehen.

Nach kurzer Zeit öffnete sich die Tür, und ein Beamter trat ein. Ihm folgte eine Frau. Sie war stark geschminkt und trug ein Kostüm aus Lederimitat.

Vera hob den Kopf und stieß einen leisen Seufzer aus.

»Katya Solwegyn«, sagte sie. »Es tut mir leid, was geschehen ist.«

Katya starrte sie mit unbewegter Miene an.

Menemenci trat neben sie und zeigte auf Vera. »Das ist die Frau, die Ihren Mann vergangenen Donnerstag aufgesucht hat. Richtig?«

Katya nickte.

»Sie haben ausgesagt, die Besucherin sei für den Tod Ihres Mannes verantwortlich.«

Lange Zeit hielt Katya ihren Blick auf Vera geheftet. Als sie endlich sprach, waren ihre Worte schwer von slawischem Akzent. Darin schwang ein Unterton mit, der unmöglich mißzudeuten war. Gib mir eine Waffe, sagte der Unterton, und ich bringe das Miststück um.

»Die da.« Katya Solwegyn deutete auf Vera. »Sie lügt.«

»Warum glauben Sie, daß sie lügt?« fragte Menemenci sanft. »Sie hat lediglich ihren Klienten geheimgehalten. Dazu war sie verpflichtet.«

Katyas Oberlippe kräuselte sich.

»Sie sagt, kommt von Marmanns Eltern. Ymir sagt, lügt. Er hat Angst.«

»Vor Frau Gemini?«

»Vor dem Mann, der Üsker tötet. Sagt, dreißigtausend. Die da sagt, zuviel!«

Vera konnte Katyas Wut und Trauer mit Händen greifen. Sie stand auf.

Katya wich zurück.

»Es stimmt«, sagte Vera leise. »Ich habe einen schrecklichen Fehler gemacht, und ich kann ihn nicht wiedergutmachen. Ohne mich würde Ihr Mann noch leben.«

Katyas Lippen begannen zu beben.

»Aber ich schwöre, ich hatte keine Ahnung ...«

»Lüge«, zischte Katya. Sie sah aus, als wolle sie Vera gleich an die Gurgel springen.

Vera blieb stehen und breitete die Hände aus.

»Okay. Ich weiß, daß Sie mich am liebsten umbringen würden. Versuchen Sie wenigstens, mir zu glauben. Ich kann nichts rückgängig machen, aber ich kann helfen, den Mörder Ihres Mannes zu finden. Das wollen Sie doch?«

Sie war nicht sicher, ob Katya überhaupt zuhörte. Aus ihrem Brustkorb entrang sich ein Knurren.

»Wir werden Lubold kriegen«, sagte Vera. »Ich verspreche es Ihnen. Er wird nicht ungestraft ...«

Weiter kam sie nicht. Während sie noch sprach, wirbelte Katya herum, riß unter Tränen die Tür auf und rannte nach draußen. Menemenci warf Vera einen undefinierbaren Blick zu und lief Katya hinterher, gefolgt von den Beamten vor der Tür.

Mit einemmal war sie allein.

Vera sah sich mit aufgerissenen Augen um. Ihr blieben nur Sekunden, aber es konnte reichen für eine Flucht aus dem Waidmarkt.

Lauf!

Ihr Körper bog sich. Die Anspannung ließ ihre Muskeln kontrahieren. Eine Minute, und sie wäre draußen, fünf Minuten bis zur Schaafenstraße. Kein Polizist würde ihr Tempo auf langen Strecken mithalten können. Dann in den Boxster springen ...

Und weiter?

Unsinn. Ihr Anwalt würde sie rauspauken. Die Fahndung lief. Für sie war ohnehin alles zu spät. Sie schüttelte den Kopf, fühlte die Müdigkeit zurückkehren und ließ sich auf einen der Stühle sinken.

Menemenci kehrte zurück. Er blieb ihm Türrahmen stehen und sah auf Vera herab.

»Es tut mir leid«, flüsterte sie.

Er zuckte die Achseln. »Mitleid kommt immer zu spät.«

Vera schwieg.

»Sie hatten übrigens recht«, sagte Menemenci nach einer Weile. »Ihr Anwalt wird in einer Stunde hier sein. Ich weiß tatsächlich nicht, wie lange ich Sie hierbehalten kann.« Er lächelte. »Aber ich werde jede Minute herausschinden, die ich kann. Und gnade Ihnen Gott, Sie haben mich angelogen.«

16.45 Uhr. Vera

Ihr Anwalt kam mit zweistündiger Verspätung. Als sie das Polizeipräsidium endlich verlassen durfte, fühlte Vera sich vollkommen ausgebrannt. Die *portable station* in ihrer Hand, die sie ihr gnädigerweise zurückgegeben hatten, kam ihr albern und nutzlos vor.

Sie selber kam sich nutzlos vor. Sie dachte an Katya Solwegyn und fühlte sich scheußlich.

»Irgendwelche Auflagen?« fragte sie.

»Solange Sie in Köln bleiben, dürfen Sie sich frei bewegen«, erwiderte der Anwalt, während sie dem Parkplatz des Präsidiums zustrebten.

Sie zog die Stirn in Falten.

»Was heißt das, solange ich in Köln bleibe?«

Er machte eine Geste des Bedauerns.

»Ich habe Menemenci gesagt, was ich von seinen Methoden halte. Aber natürlich waren mir die Hände gebunden. Sie hätten die Aussage verweigern können, warum mußten Sie ihm halbe Romane erzählen?«

»Ich habe ihm gesagt, was er wissen mußte, mehr nicht«, erwiderte Vera ärgerlich.

»Hätte das nicht Zeit gehabt?«

»Nein.«

Der Anwalt fischte nach seinen Autoschlüsseln. »Menemenci hat glaubhaft dargelegt, daß es da ein paar häßliche Verdachtsmomente gegen Sie gibt«, sagte er. »Ich konnte Sie rauspauken, weil die Beweislast nicht ausreicht, daß Sie tatsächlich einen Mörder geschützt haben, aber ...«

»Aber?«

»Man geht von bedingter Fluchtgefahr aus.« Er sah sie mit offenem Vorwurf an. »Ehrlich, Vera, ich mußte mir das Maul in Fransen quatschen. Was wollen Sie mit einem Anwalt, wenn Sie ihn nicht machen lassen?«

»Ist ja gut.«

»Eben nicht. Sie müssen sich täglich melden, bis die entschieden haben, was weiter mit Ihnen geschieht. Nichts zu machen.«

Idioten, dachte Vera. Ich werde mich schon deswegen melden, um zu erfahren, ob ihr Lubold gekriegt habt. Ich werde mich öfter melden, als euch lieb ist.

Sie bogen auf den Parkplatz ein und schlängelten sich zwischen den enggeparkten Autos durch.

»Glauben Sie mir wenigstens?« fragte sie.

»Ja.« Er grinste. »Nehmen Sie's nicht so schwer. Al Capone mußte sich viermal täglich melden. Soll ich Sie irgendwohin mitnehmen?«

Nach Hause, hätte sie am liebsten gesagt. Wo ich mich in meinem Elend suhlen kann, bis mir schlecht wird. Dorthin, wo ich Simon Bathge meine Bilder gezeigt habe, bevor er sich in Jens Lubold verwandelte.

Klar, ich war's. Kölner Detektivin verführt Killer. Ich hab angefangen. Nicht Lubold.

»Fahren Sie mich in die DeTechtei«, sagte Vera.

17.08 Uhr. Flughafen Köln/Bonn

Die Maschine der Air France landete mit geringfügiger Verspätung. Die *boarding list* wies unter den hundertzweiundsechzig Passagieren einen André Mormon aus. Er trug nichts bei sich außer Handgepäck.

Den Stewardessen, die mit teilnahmsloser Freundlichkeit *au revoir* sagten, als die Leute nacheinander die Kabine verließen, würde er für kurze Zeit in Erinnerung bleiben, weil er sich vehement geweigert hatte, seinen Koffer in der Ablage zu deponieren. Sie bedachten ihn mit einem gezwungenen Lächeln. Er sah an ihnen vorbei.

Andreas Marmann schritt die Röhre entlang, reihte sich in die Schlange zur Paßkontrolle ein und starrte mit leerem Gesicht vor sich hin.

So oft hatte er sich gewünscht, nach Köln zurückkehren zu können.

Aber nicht auf diese Art.

In dem Koffer befanden sich etwas weniger als dreißig Millionen, jedoch kein Geld. Er hatte es nie über sich gebracht, die Diamanten in Bares umzusetzen. So sehr ihn die Aussicht, unermeßlich reich zu sein, in ihren Bann gezogen hatte, so daß er bereit gewesen war, Lubold sterben und Üsker leer ausgehen zu lassen, war sein Vorstellungsvermögen an der Wirklichkeit gescheitert. Über Solwegyns Kontaktleute hatte er eine Handvoll der Steine versetzt und soviel Geld dafür bekommen, daß er sich überfordert sah, es auszugeben. Seine Auffassung von Reichtum erschöpfte sich in einem Haus, ein paar Autos und der Möglichkeit, Menschen Dienste abzuverlangen, die sie ohne Geld nicht verrichtet hätten. Nachdem er monatelang hemmungslos gepraßt hatte, war immer noch mehr als genug von dem Geld übrig gewesen, und er hatte begonnen, sich zu langweilen. Eine Weile konsultierte er Bootsmessen und Werften, um sich Schiffe anzusehen. Die schneeweißen Dinger ängstigten ihn. Er wußte nicht recht, was er anfangen sollte mit einer ganzen Jacht. Er dachte über einen privaten Helikopter nach, ein Flugzeug. Aber er konnte nicht ständig fliegen. Wohin, wozu? Außerdem wußte niemand außer Solwegyn, welchen Schatz er tatsächlich besaß, und auch der Kaukasier kannte nicht die wirklichen Dimensionen. Seinen wahren Reichtum hätte Marmann ohnehin mit niemandem teilen können, ohne aufzufallen.

Und auffallen war das letzte, was er wollte.

Wäre er von Natur aus faul gewesen, wären die Dinge vielleicht anders gelaufen. Aber er war nicht faul. Unstet, mitunter gewissenlos. Er hatte seit jeher zu einer Hyperaktivität geneigt, die in wilde Pläne und tatsächlich auch in harte Arbeit ausarten konnte. Stillsitzen fiel ihm schwer, und maßloser Reichtum war eine äußerst stille Angelegenheit, weil maßlos eintönig.

So hatte er einiges von dem Geld in ein Unternehmen investiert, wohlwissend, daß er ein Hobby betrieb. Und seltsam. Mit der Gewißheit, auch im Falle eines Scheiterns gar nicht scheitern zu können, war ihm gelungen, was er vor seiner Söldnerzeit nicht geschafft hatte. Etwas aufzubauen, das Erfolg hatte. Binnen kurzem war aus dem Experiment ein exklusives Immobilienkontor geworden, mit dem er genug verdiente, um die Grenzen seiner Bedürfnisse hinreichend auszuloten.

Fast der gesamte Schatz blieb unangetastet.

Er brauchte ihn einfach nicht.

Er besaß fast fünfzig Millionen in Diamanten und brauchte sie nicht!

Je länger er die Steine hortete, desto widersinniger erschien es ihm, sie anderen in den Rachen zu werfen. Der Schatz war ein Gesamtkunstwerk, eine Köstlichkeit für die Augen. Er liebte es, mit den Händen durch die funkelnde Masse zu fahren und dem vornehmen Klacken zu lauschen. Den Genuß gönnte er sich selten. Seiner Frau, die er im zweiten Jahr seines Paris-Aufenthalts kennengelernt hatte, gönnte er ihn nie. Kurz vor der Hochzeit hatte er ihr seine Geschichte erzählt. Aber nicht, was damals in der Wüste geschehen war, als er Jens Lubold in die Augen geblickt und gewußt hatte, daß er noch lebte.

Manchmal hatte er sich für seine Gier verflucht. Lubold war rücksichtslos und grausam gewesen, ein Wahnsinniger, aber dieser Wahnsinnige mit seinem krankhaften Vollkommenheitswahn hätte wenigstens geteilt.

Und Üsker?

Üsker, der arme Trottel.

Es war so einfach gewesen, in die Wüste zu fahren und die Steine zu holen. So einfach, daß es beinahe keinen Spaß gemacht hatte.

Marmann seufzte und versuchte, seine Phantasien nicht um Nicole kreisen zu lassen. Der Gedanke, was Lubold ihr angetan haben mochte, erfüllte ihn mit beispiellosem Entsetzen. Inbrünstig hoffte er, Lubold halte sich an seine eigenen Spielregeln.

Ein Zeh.

Na gut. Man konnte leben mit neun Zehen.

Der Koffer wog schwer in seiner Hand. Auch ohne die dreißig Millionen blieb ihm immer noch genug. Seine Kinder würden das Vermögen erben.

Oh ja! Er würde Kinder haben.

Er würde Nicole mit sich nach Frankreich nehmen, und sie alle würden eine Familie sein, wie er sie sich immer ersehnt hatte.

Falls er die Begegnung mit Lubold überlebte.

Aber Marmann hatte gelernt, sich zu schützen. Die Steine waren in dem Koffer, falls alles schiefgehen sollte. Vermischt mit Notizheften, Kugelschreibern, Kosmetikartikeln und Büchern für die Durchleuchtung im Terminal. Er würde Nicole nicht opfern. Wenn es sich tatsächlich nicht vermeiden ließ, würde er die Diamanten hergeben, um Lubold seine Rache abzukaufen.

Wenn!

Aber er hatte nicht vor, es so weit kommen zu lassen. Lubold war zu weit gegangen. Marmann war entschlossen, die Steine wieder mit nach Frankreich zu nehmen. Zusammen mit Nicole.

Langsam drehte er den Kopf und ließ den Blick eine Sekunde lang auf den beiden Männern verweilen, die mit ihm nach Köln gekommen waren.

Sie zeigten keine Regung.

Profis. Gut so.

17.15 Uhr. Vera

Die Kripo hatte ihr Büro durchsucht. Es sah aus wie nach einem Vandalenangriff. Vera nahm es hin. Sie hatte nichts anderes erwartet.

Ein Beamter hielt ihren Schreibtisch okkupiert und kontrollierte die Position des BMW. Ein pickeliger Junge mit hormonschwachem Bartwuchs. Er hatte sich ununterbrochen entschuldigt, während sie ihm die einfachsten Funktionen des Tischs erklärte. Es war ihr gleich. Ihretwegen konnte er dort verrotten.

Gegen siebzehn Uhr lokalisierte das Peilprogramm den roten Punkt in München. Der Beamte begann viel und im Flüsterton zu telefonieren. Vera saß unterdessen in ihrem Vorzimmer und versuchte zu arbeiten, aber innerlich war sie dabei, die Mauer wiederaufzubauen. Zumindest versuchte sie es.

Aber die Mauer ließ sich nicht einfach wieder hochziehen, und der Mann auf der Insel in der Nacht wollte sich partout nicht in Jens Lubold verwandeln.

Seine Hände.

Wie dünn war die Grenze zwischen Zärtlichkeit und Grausamkeit.

Wie alltäglich wurde sie überschritten.

Nicht immer in Form von Schlägen. Es gab eine versteckte Gewalt, die der offenen vorausging: Eifersüchteleien, ständiges Sticheln und Vorwürfe, das Erzeugen von schlechtem Gewissen, Besitzansprüche, Wortlosigkeit. Während er dich berührt, streichelt, liebkost und dich verwöhnt, versucht er schon, dir zu verkaufen, daß du bestimmte Dinge lassen und andere tun sollst. Er gibt sich verständig und kompromißbereit, weshalb du glaubst, er sei tolerant. Du lenkst ein und steckst zurück. Aber damit leitest du die Abwärtsbewegung ein, an deren Ende du immer unrecht haben wirst. Verläßt du ihn, nimmst du ihm seinen letzten jämmerlichen Rest Selbstbewußtsein. Bleibst du, bedrohst du seinen letzten jämmerlichen Rest Selbstbewußtsein. Aus den Streicheleinheiten werden Faustschläge, aber er meint dasselbe. Ich habe das Recht. Die Kontrolle ist mein.

Lubold hatte keine Rechte angemeldet.

War es das, was ihn unterschied?

Er hatte die Kontrolle übernommen, schon. Aber weniger über ihre Person als über die Situation.

Dann war er verschwunden.

Oder war ihm die Kontrolle doch entglitten im Moment, da Vera die Initiative ergriffen und er sich auf sie eingelassen hatte? Was wäre geschehen, wenn sie ihn nicht mit zu sich nach Hause genommen hätte?

»Ich muß ins Revier.«

Sie schreckte hoch und sah das Pickelgesicht vor sich stehen. »Was?« murmelte sie.

»Ich bin weg. Danke, daß ich da hinten … äh … «

Sie winkte ab. Er lächelte verlegen, legte die Hand an die Mütze und verließ die DeTechtei.

Vera legte die Akten zur Seite, auf die sie die ganze Zeit über gestarrt hatte, und versuchte den Faden des Gedankens wieder aufzunehmen.

Was wäre geschehen?

Lubold hätte die Situation abbiegen können. Sie wäre ihm nicht einmal böse gewesen. Mit einem Nein konnte sie wunderbar leben. Warum hatte er es geschehen lassen? Auch so hätte er alles erfahren, was er wissen wollte. Nach seinem verheerenden Besuch bei Solwegyn hatte er Vera schon längst nicht mehr gebraucht.

Oder doch?

Was, wenn er alleine nicht fertig wurde mit dem Lubold, der Menschen folterte und hinrichtete?

Vera dachte an das, was Halm ihr über Lubold erzählt hatte. Wenn die Seele ein Universum war, das man bereisen konnte, wie sah sein Universum aus?

Sie schloß die Augen und versuchte einzutauchen.

17.22 Uhr. Flughafen Köln/Bonn

Marmann verließ den Sicherheitsbereich und blieb unschlüssig in der Ankunftshalle stehen. Seine Begleiter hielten Abstand. Normalerweise arbeiteten sie als Bodyguards für einen Geschäftsfreund. Weil der Geschäftsfreund tatsächlich auch ein Freund war, hatte er sie Marmann geliehen, ohne Fragen zu stellen, und die beiden fragten auch nicht. Sie wurden bezahlt. Sie wußten, daß ihre Aufgabe darin bestand, Marmann und eine Frau, die seine Schwester war, zu schützen und den Mann, den Marmann treffen wollte, möglichst auszuschalten.

Verstohlen sah er sich um. Das letzte Mal hatte er Lubold in der Wüste gesehen. Vor acht Jahren. Einen Mann mit gestutztem Vollbart und kurzen braunen Haaren.

War er hier?

Lubold konnte überall sein. Er konnte so aussehen wie damals oder völlig anders.

Das Handy klingelte in seiner Jackentasche.

Er griff danach und merkte, wie seine Finger zitterten, als er es aufklappte.

»Hattest du einen angenehmen Flug?«

»Jens! Verdammt!« Marmann versuchte, seine Stimme unter Kontrolle zu halten. »Wenn du ihr etwas angetan hast, bringe ich dich eigenhändig um.«

»Aber André!« Lubold klang amüsiert. »Was soll denn das Kriegsgeschrei? Wir sind doch keine Barbaren.«

»Ich will mit Nicole sprechen! Sofort!«

»Du wirst mit ihr sprechen. Wenn ich es dir erlaube.«

Marmann machte ein paar rasche Schritte, blieb stehen und sog die Luft ein.

»Bitte«, sagte er leise. »Nicole trägt keine Schuld.«

»Ich weiß, mein Freund. Ich weiß. Es sind immer die Unschuldigen, die es am härtesten trifft.«

Marmann schluckte. Sein Mund war so trocken wie damals, als der heiße kuwaitische Wind sie alle ausgedörrt hatte. Noch Jahre später hatte er geglaubt, morgens den Sand zwischen den Zähnen knirschen zu hören, wenn er aufwachte, und daß neben ihm ein Mensch in Kampfmontur läge, und daß der Tag den Sturm auf Kuwait City mit sich bringen würde und die Ungewißheit, ob sie die Begegnung mit der republikanischen Garde überleben würden.

Dann hatte er gesehen, daß es eine Frau war an seiner Seite. Seine Frau. Daß er nicht in der Wüste lag, sondern in seinem Bett in Paris. Daß ihm nicht die Garde bevorstand, sondern Termine mit Geschäftspartnern, Interessenten und Banken.

Einen Moment lang war ihm all das so fremd gewesen, daß er nicht wußte, was ihn mehr ängstigte. Das neu erkaufte Glück oder die Vergangenheit. Die Erinnerung an die Hölle oder das Gefühl, zurückzuwollen in die sengende Glut, um das Kapitel endgültig abschließen zu können.

Sie alle hatten nicht abschließen können. Man beendete Kriege, aber man schloß nicht mit ihnen ab.

Er war aufgestanden, ins Bad gegangen und hatte soviel Wasser getrunken, bis ihm fast der Bauch platzte, aber es reichte nie, um seinen Durst zu stillen. Immerzu hatte er geahnt, daß ihn die Vergangenheit einholen würde. Er hatte es befürchtet und herbeigesehnt, und die Furcht und das Sehnen waren in gleichem Maße gewachsen.

Aber so war es nicht fair!

Nicole …

»In Ordnung«, sagte er heiser. »Was soll ich tun?«

»Hast du den Schlüssel mitgebracht, den ich dir geschickt habe?«

»Ja. Er ist in meiner Tasche.«

»Gut. Hol ihn raus und schau ihn dir gut an.«

Marmann stellte den Koffer zwischen seine Beine, um eine Hand frei zu haben, und gehorchte.

»Auf dem Schlüssel steht eine Nummer«, sagte Lubold. »Er gehört zu einem Schließfach. Du bist nicht weit davon entfernt. Geh rüber.«

Marmann warf einen kurzen Blick zu seinen Begleitern. Dann nahm er den Koffer und setzte sich in Bewegung. Nach etwa fünfzig Metern führte ein Durchgang zu den Fächern. Er wanderte die metallenen Wände entlang, bis er das Fach gefunden hatte.

»Ich bin dort. Was jetzt?«

»Schließ auf.«

So lief das also. Er sollte die Steine deponieren, und Lubold würde sie abholen. Das war einfach. Einfach für ihn. Wenn er im Gegenzug

Nicole bekam, brauchten seine Leute hier nur zu warten, bis Lubold auftauchte.

Marmann öffnete das Fach und hob den Koffer, um ihn hineinzustellen.

»Falsch«, sagte Lubolds Stimme.

Marmann erstarrte. Er wagte nicht, den Kopf zu drehen. Lubold konnte ihn sehen!

»Ich dachte ...«

»Du sollst nicht denken. In dem Fach liegt etwas. Nimm es heraus.«

Marmann stellte den Koffer wieder ab und spähte in die dunkle Öffnung. Tatsächlich, ein Mäppchen. Er zog es hervor und öffnete den Reißverschluß.

»Autoschlüssel«, sagte er.

»Richtig. Ein Autoschlüssel. Er paßt auf einen blauen BMW. Geparkt auf Ebene C, Platz 124. Merk dir das gut. Du wirst mit deinem Koffer ... ach übrigens, was ist eigentlich schönes drin?«

»Dreißig Millionen. Wie du es verlangt hast.«

»Dreißig Millionen!« Lubold ließ ein andächtiges Schweigen verstreichen, bevor er fragte: »In welcher Währung?«

»Diamanten«, quetschte Marmann hervor.

»Oh, das ist gut! Das ist besser als alles Geld der Welt. André, ich könnte dich küssen!« Er lachte. »Los, beweg dich. Wir haben nicht ewig Zeit.«

Marmann verließ den Bereich der Schließfächer mit schnellen Schritten und suchte nach Hinweisschildern für die Parkdecks. Er traute sich nicht, seinen Männern Zeichen zu geben. Ohnehin würden sie ihm folgen. So war es ausgemacht.

»Nimm den Lift«, sagte Lubold.

Marmann sah sich um und erblickte die Leuchtanzeigen der Aufzüge. Er stellte sich davor, drückte den Knopf und wartete. Nach wenigen Sekunden glitten die Türen auseinander. Im Hineingehen wandte er sich um und sah, daß die beiden Männer den gegenüberliegenden Lift bestiegen. Sein Herz schlug hart und schmerzhaft, während ihn der Lift nach unten trug. Er trat hinaus auf den Asphalt, überquerte einen Zebrastreifen und sah den Buchstaben C auf großen Leuchtkästen.

Die Männer folgten ihm in einigem Abstand.

Hastig suchten seine Augen die Platznummern ab. Er brauchte nicht lange, um den BMW zu finden. Es waren nur wenige Schritte bis dorthin. Marmann packte den Koffer fester und trat zu dem Wagen.

»Das hast du gut gemacht«, sagte Lubold freundlich.

»Was soll ich jetzt tun?«

»Ruf deine Männer her.«

Marmann zuckte heftig zusammen.

»Ich weiß nicht, wovon ...«

»Soll ich mich klarer ausdrücken? Wir hatten eine Vereinbarung, André, Andreas, Andischatz. Du kommst allein. War es so ausgemacht?«

»Ja.«

»Ja! Warum hast du dich dann nicht daran gehalten? Ist dir klar, was das bedeutet?«

»Nein«, flüsterte Marmann in ohnmächtiger Angst.

»Nicht? Schön, was sollen wir sagen? Was wäre fair? Ein Zeh für jeden Mann, den du mitgebracht hast?«

»Bitte«, wimmerte Marmann.

»Du bittest? Hör zu, Liebling, ich könnte Nicole vierteilen, wenn ich wollte, jetzt in diesem Augenblick. Ich bin überall gleichzeitig. Die Technik macht's möglich, daß ich nur auf ein kleines Knöpfchen drücken muß, und die Frage nach zwei oder zwanzig Zehen hätte sich erledigt.«

»Lubold, ich bitte dich!«

»Sie würde dann immer noch leben, aber sie wäre nicht mehr ganz vollständig, verstehst du?«

»Bitte!«

Es rauschte eine Weile in der Leitung.

»Gut, mein Freund, du findest mich voller Gnade. Ich bin großzügiger, als du es damals warst. Wink deine Leute her und sag ihnen, sie sollen die nächste Maschine zurück nach Frankreich nehmen. Dann steigst du in den Wagen und folgst weiter meinen Instruktionen.« Er machte eine Pause. »Ich gebe Nicole eine letzte Chance. Sie ist verwirkt, wenn die beiden auch nur den Bruchteil einer Sekunde darüber nachdenken sollten, dir zu folgen.«

»Ja!« schrie Marmann. »Ich schicke sie zurück.«

Lubold lachte.

»Ich wußte, du bist vernünftigen Argumenten zugänglich. Guter Hund.«

17.38 Uhr. Vera

Am Grunde wartete …

Sie hatte es versucht. Lubolds inneres Universum blieb in Schwärze verborgen. Solange sie Vergleiche mit sich selber zog, zu dem Normalen, das sie dem Kranken entgegensetzen wollte, kam sie nicht weiter. Das Unbekannte blieb unbegriffen, und sie stürzte nur immer wieder aufs Neue in einen Strudel aus Grausamkeiten.

Offenbar konnte sie sich Lubold nicht nähern, wenn sie versuchte, seine Grausamkeit zu erklären.

Warum war ein Ungeheuer ein Ungeheuer?

Jeder, der sich mit Serienmördern, Folterern, Vergewaltigern, Fanatikern und Jägern auseinandersetzte, stellte sich diese Frage als erste. Und als letzte. Dazwischen lagen die unzähligen Versuche, das Schlimmste zu verhindern, aber die Seele des Mörders blieb verschlossen.

Sie wußte, daß Menemenci sich dieselbe Frage stellen würde. Es war die Standardfrage aller, die das Verbrechen bekämpften, wo es sich mit Vernunft nicht mehr erklären ließ. Die Frage kursierte wie ein pointenloser Witz und konnte einen dazu bringen, stundenlang vor sich hinzustarren, bis man glaubte, den Job wechseln zu müssen.

Warum war ein Ungeheuer *kein* Ungeheuer?

»Auf wessen Seite stand er?«

»Ich schätze, auf der richtigen.«

»Der richtigen? Welche meinen Sie denn?«

Halm schien sie zu verfolgen. Konnte man es einem Menschen wie Lubold zugestehen, die Frage nach richtig und falsch aufzuheben, um ihn zu begreifen?

Auf welcher Seite stand ein Mörder im Augenblick seiner Geburt?

Auch ein Großmeister der Verstellung wie Lubold konnte keine Zärtlichkeiten simulieren. Nicht *so*. Er *war* sanft gewesen. Er hatte sanft sein wollen. Die Einblicke, die er Vera in ihr eigenes Inneres ermöglicht hatte, sein tiefes Verständnis, das alles deutete auf einen sensiblen, feinfühligen Menschen hin, nicht auf ein Monster.

Ließ sich das Entsetzliche über das Gute begreifen? Halm hatte Lubolds Kindheit angeführt, aber damit trieb er an der Oberfläche psychologisierender Allgemeinplätze. Er hatte Lubolds Handeln vielleicht erklären können. Wie aber schaffte man es, wie Lubold zu fühlen?

Was geschah in dem Moment, da ein Mensch zum Unmensch wurde? Was passierte mit ihm in dieser alles entscheidenden Sekunde, wie empfand er sie?

Vera versuchte, Üsker vor ihr geistiges Auge zu rufen. Üsker gefoltert und geschunden auf einem Stuhl. Dann weg mit ihm. Solwegyn, zur Unkenntlichkeit verbrannt. Weg. Sie alle waren nur Symptome. Andere, namenlos und unbekannt, die Lubold im Laufe seines Lebens gequält hatte, bis auch diese Dosis nicht mehr wirkte, fort mit ihnen.

Weiter hinab.

Tiefer.

Der Soldat, den er umgebracht hatte. Weg mit ihm.

Tiefer.

Am Grunde ...

Am Grunde wartete ein kleiner Junge, der spielen wollte. Er sah Vera von unten herauf mit großen Augen an und streckte schüchtern eine Hand aus, um sie zu berühren.

Etwas Großes und Schweres fiel herab und schlug die Hand weg.

Der Junge weinte.

Worte fielen ihr ein, die Lubold gesagt hatte, als sie mit ihm im Foyer des Hyatt gesessen hatte.

Halm wollte Lubold vernichten. Ich würde Lubold auch sehr gerne vernichten, aber ich kann es nicht.

Die ganze Zeit über war dieser Junge dagewesen. Sie hatte ihn eingeladen, sie zu berühren, und er hatte es getan, bevor Lubold der Schlächter wieder die Kontrolle übernahm.

Sie hatte sich täuschen lassen! Und doch wieder nicht. Als nichts mehr sie voneinander trennte als die dünne Schweißschicht zwischen ihren Körpern, hatte sie ihn erkannt, ohne ihn zu begreifen.

Die ganze Zeit über ...

Mißtrauen Sie den Bildern.

Vera stutzte.

Wovon hatte sie sich täuschen lassen? Von ihrem eigenen Peilsender, weil Lubold längst wußte, daß sie ihn überwachte? Von ihrer verdammten Elektronik?

Die ganze Zeit über denkst du, etwas bewegt sich, aber es bewegt sich nicht. Die ganze Zeit über starrst du auf einen roten Punkt und hältst ihn für einen Menschen, weil er laut Programm einer sein müßte.

Aber die Darstellung der Stadt ist nicht die Stadt, und das grüne Raster der Autobahnen sind keine Straßen.

Und der rote Punkt ist ein BMW. Aber vielleicht nicht Lubold.

Oder nicht mal ein BMW.

Ein roter Punkt.

Mehr nicht.

Sie stöhnte auf. Es gab keinen Beweis, nichts, aber dennoch spürte sie, daß es nicht anders sein konnte.

Lubold war immer noch in Köln.

Und sie wußte auch, wo.

17.40 Uhr. Präsidium

»Was soll das heißen, ihr habt ihn laufenlassen?« fragte Krantz entnervt.

»Der Mann ist ein Kurier«, sagte die Stimme des Münchener Kommissars aus dem Telefon. »Wir hatten keine Handhabe, ihn festzuhalten.«

»Und wenn er mit Lubold unter einer Decke steckt?«

»Wir haben ihn verhört und zurückfahren lassen. Mehr konnten wir nicht machen. Es tut mir leid, aber dieser Mann ist einfach nur ein Bote. Er hat nicht das geringste mit dem Fall zu tun.«

»Danke«, murmelte Krantz und legte auf. Dann rief er Menemenci über Funk.

»Ich habe mit München telefoniert«, sagte er. »Es gibt wie immer eine gute und eine schlechte Nachricht.«

»Nur die gute«, sagte Menemenci. Er war auf dem Weg zur Vernehmung in der Südstadt wegen der Messerstecherei. Seit sie die Detektivin wieder auf freien Fuß hatten setzen müssen, war seine Laune unter Null gesunken.

»Also, wir haben den Sender«, begann Krantz zögernd. »Er war in dem Feuerzeug.«

»Na toll! Wo habt ihr ihn erwischt?«

»Im *Vier Jahreszeiten*. Insofern hat die Frau nicht gelogen. Allerdings ...«

»Ja?«

»Lubold war nicht da.«

»Was?«

»Und auch kein blauer BMW. Ein Taxi hat das Feuerzeug abgeliefert, so ein Taxi ohne Dings obendrauf, also ein Funkmietwagen. Der Fahrer hatte den Auftrag, eine Aktenmappe ins *Vier Jahreszeiten* zu bringen.«

»Das kann nicht wahr sein«, stöhnte Menemenci.

»Das Feuerzeug war drin. Sonst nichts. Bezahlt worden ist der Fahrer vorher. Muß das Geschäft seines Lebens gewesen sein.«

Menemenci stieß eine Reihe mehrsilbiger Flüche aus.

»Konnte er den Mann beschreiben, der ihm den Auftrag gegeben hat?«

Krantz nahm seine Notizen zur Hand.

»Mittelgroß, schlank, braune Haare, kurzgestutzter Vollbart. Deckt sich mit der Beschreibung, die wir von der Gemini haben. Seine Anweisungen lauteten, die Mappe an der Rezeption zu hinterlegen und zurückzufahren.«

»Und das Zimmer? Hat Lubold denn überhaupt ein Zimmer gebucht?«

»Ja. Auf den Namen Simon Bathge.«

Menemenci schnaubte vor Wut. Krantz hielt den Hörer ein Stück vom Ohr.

»Vielleicht sollten wir die Detektivin noch mal zwischennehmen«, schlug er vor.

»Vielleicht?« blaffte Menemenci. »Ganz sicher! Schleppt sie verdammt noch mal aufs Revier. Ich sehe zu, daß ich hier so bald wie möglich wegkomme. Und, Krantz ... «

»Ja?«

»Husch, husch die Waldfee!«

Krantz beendete das Gespräch und starrte ins Nichts.

»Fette Sau«, murmelte er. »Blöde Fettsau. Du blödes fettes Stück Scheiße.«

Dann verständigte er die nächste Streife.

17.44 Uhr. Marmann

Lubolds Stimme dirigierte ihn über die Severinsbrücke und dann auf die Rheinuferstraße.

Marmanns Gedanken waren in völligem Aufruhr. Lubold austricksen zu wollen mit seinen geborgten Schlägern, lächerlich! Um ein

Haar hätte er Nicoles letzte Chance verspielt. Wie hatte er nur eine Sekunde lang glauben können, Lubold mit solchen Gangstermethoden beizukommen?

Er hätte es besser wissen müssen.

Unsicher spähte Marmann in den Rückspiegel. Er war sicher, daß Lubold ihn seit dem Moment, da er das Terminal verlassen hatte, begleitete. Möglicherweise fuhr er vor ihm her. Vielleicht war er hinter ihm. Dreimal während der Fahrt hatte Marmann telefonierende Männer in Autos an sich vorbeiziehen sehen. Jedesmal war er zusammengeschreckt, bis er sich sagte, daß Lubold unsichtbar bleiben würde. Ein Phantom, das im Zweifel an mehreren Orten zugleich und nirgends sein konnte, wie er es bei ZERO perfektioniert hatte.

Marmann wußte, daß Lubold kein Zauberer war, sondern einfach nur sehr strukturiert vorging. Er kontrollierte andere, weil er sich selbst zu kontrollieren vermochte. Er war extrem schnell. Nichts entging ihm.

Im Grunde machte es keinen Unterschied, ihn in der Wüste von Kuwait oder in der Stadt zum Feind zu haben.

Die Ampel vor Marmann sprang auf Rot. Er bremste und fragte sich, wie weit er noch würde fahren müssen.

»Es ist nicht mehr weit«, sagte Lubold, als könne er sogar seine Gedanken lesen. »Du mußt gleich abbiegen.«

»Wo?«

»Etwa hundert Meter hinter der Ampel öffnet sich zum Rhein hin eine Durchfahrt. Dort beginnt die Alte Werft. Erinnerst du dich an meine erlesenen Geschäftsräume?«

»Nein.«

»Entschuldige, das Gedächtnis. Ich wußte nicht mehr, ob du seinerzeit dagewesen bist. Offenbar nicht. Egal, du kannst die Bauten nicht übersehen, sie sind groß und ziemlich verfallen. Fahr unter dem Tor hindurch und die dahinterliegende Straße entlang. Sie verläuft in einer Rechtskurve und führt dich direkt zum Rheinufer.«

Marmann wartete auf Grün, trat aufs Gas und reihte sich links ein.

»Ich sehe die Einfahrt«, sagte er.

»Gut.«

»Es ist jede Menge Gegenverkehr. Warte ... jetzt.«

Er steuerte den BMW unter dem geschwungenen Tor hindurch. Die Straße dahinter war kopfsteingepflastert und in schlechtem Zustand. Straße war ohnehin übertrieben. Der Knick kam schon nach wenigen

Metern, und das vertraute Bild der Rheinuferstraße entschwand seinem Blick. Vor ihm lag eine betonierte, von Grasbüscheln aufgerissene Fläche. Links ging es steil runter zu den braunen Fluten des Rheins. Dem Backsteinkomplex zur Rechten entsprang weiter vorne ein Seitentrakt, der bis zum Wasser reichte und von einem weiteren Tor durchbrochen wurde.

Es stand weit offen.

»Ich bin hinter dem Gebäude«, sagte Marmann. »Was soll ich tun?«

»Siehst du die Durchfahrt?«

»Ja.«

»Gleich dahinter parkt ein silberner Ford. Du fährst ein paar Meter weiter und stellst den Wagen dort ab.«

»Wo genau?«

»Das sage ich dir schon.«

Marmann ließ den BMW langsam dahinrollen und das Tor durchqueren. Die Werft dahinter erstreckte sich über eine Länge von gut zweihundert Metern und endete an einer Mauer. Zwei Containerkräne hoben sich gegen den gleißenden Himmel ab wie die Skelette prähistorischer Vögel. Im Wasser lagen ein rostzerfressener Leviathan von Frachter, der schon bessere Tage gesehen hatte, und mehrere kleinere Schiffe.

Weit und breit war niemand zu sehen. Der Eindruck von Verlassenheit lag über allem. Abfall türmte sich vor den Toren, die ins Innere des backsteingemauerten Gebäudes führten. Die meisten sahen aus, als seien sie seit Jahren nicht mehr geöffnet worden, jedes Hüter einer verkommenen Geschichte.

Links, nah am Wasser, stand der Ford. Langsam fuhr Marmann daran vorbei.

»Stop«, sagte Lubolds Stimme.

Marmann legte den ersten Gang ein und schaltete den Motor aus. Der Wagen ruckte und kam zum Stillstand. Zu schnell von der Kupplung gegangen, dachte er. Verfluchte Nervensache, das Ganze.

Er wartete.

»Was ist los, alter Freund? Willst du in dem Wagen verfaulen? Raus mit dir.«

»Ich ... mache dir einen Vorschlag.« Ruhig, Marmann, nicht zittern. »Ich habe die Steine. Ich meine, du weißt, daß ich sie habe. Du kennst mich. Ich habe immer Wort gehalten.«

»Stimmt. Ich kenne dich.«

»Also. Ich stelle den Koffer vor das Tor da. In Ordnung? Oder vor den Ford. Egal. Sag, wohin du ihn haben willst. Dann schickst du mir Nicole raus, und wir verschwinden.«

Lubold schwieg. Er schien zu überlegen.

»Bitte, Jens«, sagte Marmann. »Wenn es die Diamanten sind, die du wolltest, dann hast du sie jetzt. Es gibt keinen Grund, Nicole weiter zu quälen. Schick sie raus.«

»Du traust dich wohl nicht, reinzukommen«, säuselte Lubold.

»Verdammt, das hat nichts mit mir zu tun! Es geht um Nicole.«

»Dir geht es nicht um Nicole. Dir geht es um dein beschissenes kleines Leben.«

»Nein!«

»Weil du feige bist.«

»Dann wäre ich nicht hier. Ich habe keine Angst vor dir, Lubold.« Gott, wie erbärmlich gelogen! »Ich will nur, daß wir ein Ende machen. Laß sie gehen!«

»Ich begrüße es, daß du keine Angst hast«, sagte Lubold väterlich. »Aber schau, weiß ich, was du da in deinem Koffer hast? Weiß ich's? Was würdest du an meiner Stelle tun?«

Marmann schwieg.

»Nein, Andischatzi, jetzt bist du schon den ganzen weiten Weg gekommen aus dem fernen Frankreich, da wäre es ja wohl unhöflich, dich nicht reinzubitten.«

»Jens, ich ...«

»Steig aus!« befahl Lubold eisig. »Jede Verzögerung kostet Zehen!«

»Nein!«

Marmann packte den Koffer, riß die Türe auf und taumelte hinaus ins Sonnenlicht. Sein Blick erwanderte die Fassade des Gebäudes.

Es war riesig. Massiv und feindselig, durchbrochen von schmalen Schluchten, die auf die andere Seite führten, wie Marmann vermutete, dorthin, wo die Welt in Ordnung war und normale Menschen ihre Autos über die Rheinuferstraße steuerten. Viele Scheiben waren zu Bruch gegangen, die unbeschädigten blind von abgelagerten Dreckschichten. Hinter einem der Fenster mußte Lubold sein. Sah auf ihn herab, machte sich über ihn lustig.

Er war da drin, zusammen mit Nicole.

»Bitte tu ihr nicht weh«, flüsterte Marmann. »Sie hat dir nichts getan, ich flehe dich an.«

Er war kurz davor, in Tränen auszubrechen.

»Ich werde ihr nicht weh tun«, sagte Lubold nach einem kurzen Schweigen. »Es liegt ganz an dir.«

»Ja! Sag, was ich tun soll.«

»Direkt vor dir ist ein Stahltor. Siehst du es?«

»Ich sehe einige Stahltore.«

»Ich meine konkret das Tor vor dir.«

»Ja.«

»Darüber sind Reste von Buchstaben zu erkennen. Das hieß mal ABYSS GmbH. Großhandel für Tauchbedarf.«

Marmann kniff die Augen zusammen.

»Ja. Ich glaube, ja.«

»In dem Tor wiederum siehst du eine Tür. Öffne sie.«

Marmann setzte sich auf wackligen Beinen in Bewegung. Sein Angst wuchs ins Unermeßliche, aber der Gedanke an Nicole trieb ihn vorwärts, bis er die rostige Klinke heruntergedrückt und die Türe geöffnet hatte.

Sein erster Eindruck war Schwärze. Kühle Luft wehte ihm entgegen. Es roch nach Schimmel.

»Komm rein und mach hinter dir zu.«

Marmann gehorchte. Das Zuschlagen der Tür erzeugte ein Geräusch, dessen Schallwellen sich bis in die entferntesten Winkel des Gebäudekomplexes auszudehnen schienen. Noch bevor er seine Umgebung sah, wußte Marmann, daß der Raum riesig sein mußte.

Langsam gewöhnten sich seine Augen an die Dunkelheit.

Er befand sich in einem fast leeren Lager von beträchtlichen Ausmaßen und einer Deckenhöhe von gut und gerne fünf Metern, abgestützt von diversen Pfeilern. Direkt vor ihm führte eine freischwingende Stahltreppe nach oben und verschwand in einem Schacht. Fenster gab es nur zum Rhein hin. Bis auf einige Regale, die sich matt gegen die schwärzlichen Wände lehnten, war der Raum vollkommen leer. Dazwischen zeichneten sich gewaltige Flügeltüren in der Finsternis ab.

Ein Lastenaufzug.

»Entschuldige, wenn ich es an der nötigen Beleuchtung fehlen lasse«, sagte Lubold. »Kannst du mittlerweile was erkennen?«

»Ja.«

»Siehst du den Aufzug?«

»Ja, ich sehe ihn.«

»Geh dorthin und warte.«

Marmann lauschte dem Nachhall seiner Schritte, während er zur hinteren Seite des Raumes ging. Außer den Geräuschen, die er selber machte, war es totenstill.

Er wartete vor den geschlossenen Türen.

Hinter ihm raschelte etwas.

In panischer Angst fuhr er herum und sah undeutlich etwas die Wand entlanghuschen. Sein Herz setzte einen Schlag lang aus und pochte weiter, als wolle es dem Brustkorb entkommen.

Dann entfuhr ihm ein nervöses Gelächter.

Ratten.

Wegen einer Ratte hätte er sich fast ...

Ein Kreischen erfüllte die Luft. Irgendwo sprang ein Aggregat an. Über ihm setzte sich etwas in Bewegung. Die Aufzugtüren dröhnten und vibrierten, als die Kabine ihre Fahrt aufnahm und dem Erdgeschoß entgegenratterte.

Unwillkürlich trat Marmann einen Schritt zurück und hielt die Luft an. Die schmalen Glasschlitze in den Türen schienen von oben vollzulaufen mit Licht.

Mit einem Rucken kam der Aufzug zum Stehen.

Lubold? Nicole?

Die Türen glitten auseinander.

17.51 Uhr. Vera

Sie verließ die DeTechtei und lief auf die andere Straßenseite, wo wenige Meter weiter der Boxster geparkt stand.

Im selben Moment sah sie den Polizeiwagen.

Er kam im hohen Tempo auf sie zugefahren. Vera widerstand dem Impuls, loszulaufen, und ging in gemächlichem Tempo weiter. Der Wagen fuhr an ihr vorbei, ohne daß man ihr Beachtung schenkte. Vor der DeTechtei kam er mit quietschenden Reifen zum Stehen. Zwei Polizisten sprangen heraus und verschwanden in großer Eile im Innern des Hauses.

Sekunden später donnerte der Boxster die Schaafenstraße hoch und bog zum Neumarkt ab.

Vera versuchte, sich zu entspannen. Sie war ihnen knapp entkommen, was immer die Kerle gewollt hatten. Natürlich würde Menemenci innerhalb der nächsten fünf Minuten zur Jagd blasen. Viel Zeit blieb ihr nicht. Aber bis zur Werft müßte sie es schaffen.

Während sie den Boxster Richtung Rheinufer steuerte, zog sie Menemencis Karte hervor und wählte die Nummer des Präsidiums.

Man sagte ihr, er sei unterwegs.

Sie unterbrach das Gespräch und gab die zweite Nummer ein. Vor ihr gabelte sich die Straße. Links ging es hoch zur Deutzer Brücke. Sie hielt sich rechts und fuhr auf die Rheinuferstraße. Im selben Moment baute sich die Verbindung auf.

»Menemenci.«

»Gemini.«

Einen Augenblick war es still.

»Sie haben vielleicht Nerven.« Menemenci klang, als wolle er sie fressen. »Wo zum Teufel sind Sie?«

»Auf dem Weg zu Lubold.«

»Sie erzählen einen Haufen Scheiße! Wir haben in München ein Feuerzeug verhaftet.«

»Ich weiß«, sagte sie.

»Sie wissen wohl alles, was?« knurrte Menemenci. »Wenn Sie keinen Riesenärger wollen, sollten Sie Ihren Arsch jetzt aufs Revier bewegen, und zwar schnell.«

»Ich bewege meinen Arsch dahin, wo es mir paßt. Menemenci, ich brauche Ihre Hilfe.«

»Sind Sie übergeschnappt?«

»Ich brauche Ihre Hilfe!« schnauzte Vera. »Sind Sie schwerhörig? Wollen Sie Lubold ans Kreuz nageln oder nicht?«

Sie hörte, wie Menemenci nach Luft schnappte. Dann sagte er mit erstaunlicher Gelassenheit:

»Gut. Reden Sie.«

»Das Feuerzeug war ein Ablenkungsmanöver. Ich glaube, Lubold ist in der Alten Werft hinter der Südbrücke. Ihm gehört ein Stück davon. Sie könnten es nachprüfen, aber Sie werden keine Zeit mehr dazu haben.«

»Keine Volksreden. Weiter.«

»Wahrscheinlich hält er Marmanns Schwester dort gefangen. Ich vermute außerdem, die Werft dient als Treffpunkt zwischen ihm und Marmann. Wenn wir Pech haben, ist alles schon gelaufen.«

»Du lieber Himmel! Seit wann wissen Sie das?«

»Seit mir die Erleuchtung kam. Vor wenigen Minuten. Menemenci, ich habe Sie nicht angelogen. Können Sie nicht wenigstens einmal versuchen, mir zu glauben?«

»Sie machen mich fertig.«
»Sie mich auch!«
»Wo sind Sie jetzt?«
»Auf der Rheinuferstraße. Höhe Ubierring. Ich werde das Werftgelände in wenigen Minuten betreten, also beeilen Sie sich.«
»Ich ...«
»Bitte!« fügte sie hinzu.
»Wenn Sie mich diesmal wieder verladen, können Sie mit Ihrer Lizenz den Boden aufwischen«, sagte Memenemci. »Gut, ich schicke ein paar Leute hin.«
»Wie schnell geht das?«
»Himmel, was weiß ich? So schnell wie möglich. Wir müssen sehen, wer verfügbar ist.«
»Hinter der Werft ist ein Anbau. Irgendwo da muß Lubold seinen Unterschlupf haben. Ein ehemaliger Großhandel für Tiefseetauchbedarf.«
Vera schoß unter der Südbrücke hindurch. Sie sah das Tor zu ihrer Linken auftauchen, riß das Steuer herum und schleuderte auf die gepflasterte Zufahrt.
»Ich mache jetzt Schluß«, sagte sie. »Ich werde zur Straße hin parken. Ein silberner Boxster.«
»Warten Sie!« rief Menemenci. »Was ...?«
»Wünschen Sie mir Glück.«
Sie schaltete ihn weg.

17.54 Uhr. Südstadt

Menemenci feuerte das Handy auf den Beifahrersitz, schlug die Tür zu und ging zurück in die Kneipe, in der sie seit zehn Minuten einen serbischen Zuhälter verhörten.
»Ihr werdet ohne mich weitermachen«, sagte er.
Die Polizisten und der Zuhälter sahen ihn an, einer so ratlos wie der andere.
Menemenci zuckte die Achseln, lief zurück zum Wagen und funkte ins Präsidium.
»Falls Sie wegen der Detektivin anrufen«, sagte Krantz verlegen, »die, ähm ...«
»Habt ihr verpaßt. Ich weiß.«

»Moment! Es war nicht die Rede davon, daß wir sie Tag und Nacht bewachen sollen.«

»Vergessen Sie's. Ich habe vor zwei Minuten mit ihr gesprochen.«

»Was?«

»Möglicherweise hat sie Lubold aufgespürt.«

»Ich komme nicht mehr mit.«

»Trommeln Sie ein Kommando zusammen«, sagte Menemenci. »Alte Werft, noch hinter der Südbrücke. Irgendwo in der Bruchbude muß es einen Großhandel für Tauchbedarf geben.«

»Halt, stop! Die Werft ist riesig! Wo genau?«

»Keine Ahnung.«

»Aber ...«

»Am besten schicken Sie das ganze Revier.«

»Das geht nicht so einfach.« In Krantz' Tonfall machte sich Panik bemerkbar. »Sie sind alle draußen! Wir sind unterbesetzt. Wie viele ... ?«

»Egal!« sagte Menemenci ungeduldig. »Wen Sie kriegen können. Und, Krantz ...«

Krantz seufzte.

»Schon klar. Husch, husch, die Waldfee!«

Menemenci blickte auf die Uhr.

Wie es sich angehört hatte, schlich Vera Gemini in diesen Minuten durch die Werft. Das Einsatzkommando würde nicht lange auf sich warten lassen, vielleicht aber doch zu lange.

Er wäre auf alle Fälle schneller.

Menemenci sah unschlüssig zu der Kneipe hinüber. Dann schwang er sich hinters Steuer und startete den Motor.

17.56 Uhr. Werft

Nichts war in dem Aufzug.

Marmann trat unsicher einen Schritt näher.

»Nur den Koffer«, sagte Lubolds Stimme. »Du bleibst erst mal draußen.«

»Ich ... ich verstehe nicht«, stammelte Marmann. »Du wolltest Nicole ...«

»Den Koffer. Stell ihn in den Aufzug.«

Getrieben von der Ungeduld in Lubolds Stimme ging Marmann

schnell bis in die Mitte der Kabine, stellte den Koffer ab und trat wieder hinaus in die Halle. Die Flügeltüren schlossen sich. Er drehte sich um und sah, wie der Aufzug nach oben geholt wurde. Es ächzte und quietschte, als wühle sich die Kabine wie ein urzeitliches Tier durch die Ablagerungen von Jahrtausenden.

»Lubold?« sagte er in das Telefon.

Das Dröhnen des Aggregats stoppte abrupt.

»Lubold?«

Er bekam keine Antwort.

Die plötzliche Stille war schlimmer zu ertragen als alles andere. Sein Blick wanderte zu der Stahltreppe.

Sekunden dehnten sich zu Ewigkeiten.

Sollte er nach oben gehen?

Aber Nicoles Schicksal hing davon ab, daß er kooperierte. Falls sie überhaupt eine Chance hatte, dann nur, wenn er Lubolds Anweisungen Folge leistete.

Also warten.

Alles würde ein gutes Ende nehmen.

Alles würde gut!

Es sei denn …

Es sei denn, Lubold hatte ihn aufs Kreuz gelegt!

In plötzlichem Schrecken schossen Marmanns Blicke zwischen der Treppe und dem Aufzug hin und her. Was war da oben los? Warum hatte der verfluchte Hurensohn aufgehört, mit ihm zu reden?

»Lubold!« rief er.

»Oh, Monsieur Mormon«, schnarrte es aus dem Telefon. *»Pardon, mon ami.* Ich hatte dich tatsächlich vergessen.«

»Was soll das?« schrie Marmann. »Du hast versprochen, du schickst Nicole!«

»Ich war geblendet von der Pracht meines unverhofften Reichtums«, sagte Lubold gutgelaunt. »Sehr beeindruckend. Du hast Wort gehalten, mein französischer Freund.«

»Ja, habe ich!« Marmann fühlte, wie seine Angst in dunkelrote Wut umschlug. »Und jetzt will ich, daß du deines hältst. Ich habe ein Recht darauf, hörst du?«

»Natürlich hast du das.«

»Wo ist Nicole?«

»Bei mir. Komm und hol sie.«

Marmann verharrte. Mißtrauisch starrte er ins Zwielicht.

»Warum schickst du sie nicht runter?«

»Aber André Andrejewitsch!« höhnte Lubold. »Du kränkst mich. Ich habe dir versprochen, daß ich Nicole gehen lasse, also was regst du dich auf? Du hast deinen Teil der Abmachung gehalten, ich halte meinen. Nimm die Treppe. Es sind nur ein paar Stufen. Binde sie los und bring sie nach Hause. Komm schon, worauf wartest du? Nicole hat sich die Freiheit weiß Gott verdient. Nicht wahr, Schwesterchen?«

»Andi«, flehte Nicoles Stimme in unbestimmter Nähe. Sie klang, als sitze sie am Grunde eines Trichters. »Ich will weg! Hol mich weg von ihm, bitte!«

Marmann erstarrte. Dann klappte er das Handy zu, rannte zur Treppe und stürmte hinauf. Der Stahl schwang dunkel wie eine Glocke, sandte den Nachhall seiner Schritte nach oben. Marmann legte den Kopf in den Nacken. Die Treppe wurde in ungewisser Höhe von der Düsternis verschluckt, nur durchbrochen von Streifen schwacher Helligkeit, wo die Konstruktion die Stockwerke durchbrach. Er rannte weiter. Sein Kopf tauchte über einem betonierten Boden auf. Stockwerk eins. Eine Halle, riesig wie im Erdgeschoß. Stützpfeiler, Fenster zum Rhein, in der rückwärtigen Wand die Flügeltüren des Aufzugs.

Sonst nichts.

Niemand.

Schwer atmend schaute er sich um und hastete weiter. Erneut schloß sich der Schacht. Wieder Beton um ihn herum. Das Rasterblech der Stufen gewährte einen Blick nach unten.

Ein Abgrund!

Im Dom, erinnerte er sich plötzlich, gab es eine ähnliche Treppe, wenn man die Spindel der Steinstufen verlassen hatte. Ein stählernes Konstrukt, das hin-und-herschwang, so daß er als Kind kaum fähig gewesen war, die Aussichtsplattform zu erreichen. Man konnte nicht herunterstürzen, aber man sah durch die Stufen den Steinboden tief unten. Es hatte nur dieses Anblicks bedurft, um ihm jeden Mut zu rauben.

Wie unfaßbar weit lag das zurück. War das wirklich seine Kindheit gewesen?

Seine Hand packte das Geländer, ließ los, griff ein Stück höher erneut zu, während seine Füße auf die Stufen hämmerten. Nicole würde ihn hören.

Sie würde Mut fassen.

Hoffnung.

Geräusche. Dämmerlicht vor seinen Augen. Säulen, Fenster. Der zweite Stock.

Fast wäre er weitergelaufen, so besessen von dem Gedanken, sie Lubold zu entreißen, daß seine Phantasie das zu erwartende Szenario maßlos hatte aufquellen lassen und er beinahe blind war für die Realität. In der Halle, ein genaues Abbild der unteren und der darunter, fiel Nicole erst gar nicht auf. Erst als Marmann genauer hinsah, bemerkte er zwischen zwei Stützpfeilern einen kleinen menschlichen Körper, der zu schweben schien. Einen Engel mit gestutzten Flügeln und auf dem Rücken zusammengebundenen Händen.

Der Engel weinte.

Sein Schluchzen verlor sich zwischen den Pfeilern, kleine Tupfer aus Schmerz und Verzweiflung in der düsteren Leere. Nichts und niemand war zu sehen außer dem scheinbar schwerelosen Körper.

»Nicole!«

Marmann sprang aus dem Gitterkäfig der Treppe und lief quer durch die Halle zu ihr. Im Näherkommen erkannte er, warum sie schwebte. Er blieb stehen und rang nach Luft. Der Decke entsprangen gewaltige Haken. Stahlketten wanden sich darin. Eine der Ketten war unter Nicoles Achseln hindurchgezogen, eine andere um ihre Knöchel gewickelt. Dann hatte Lubold sie hochgezogen, bis sie in gut zwei Metern Höhe waagerecht über dem Boden hing.

Marmann ballte in ohnmächtiger Wut die Fäuste und ging weiter.

Sie hob den Kopf, soweit es ihr möglich war, und wimmerte seinen Namen.

»Ruhig, Nicole.« Er vermochte nur zu flüstern, so sehr schnürte ihm seine Wut die Stimme ab. »Es ist vorbei. Wir werden nach Hause gehen.«

Unter seinen Füßen knirschte etwas.

Marmann blieb stehen und sah nach unten.

Glasscherben.

Ungläubig wanderte sein Blick überden Boden. Er sah nach rechts und links bis zu den Säulen und unter Nicole hindurch, und überall bot sich das gleiche Bild. Alles war übersät mit zerbrochenem Glas, als habe jemand systematisch eine Wagenladung Flaschen hier zerschlagen.

Nicole hing über einem Scherbenfeld von einigen Metern Durchmesser. Um ins Zentrum zu gelangen, gab es nur den Weg hindurch, gleichgültig, von welcher Seite man sich näherte.

Was für eine perfide, überflüssige Spielerei. Hatte Lubold vollends den Verstand verloren? Dann würde es halt knirschen. Er machte einen weiteren Schritt.

»Hallo, Andi.«

Marmann fuhr herum. Lubold war hinter einer Säule hervorgetreten. Unter dem linken Arm hielt er den Koffer, in der Rechten eine .22er Pistole.

Marmann starrte ihn an.

»Was soll das?« zischte er.

Lubold hob erstaunt die Brauen.

»Wovon sprichst du?«

»Was soll dieser Scherbenhaufen? Du hast die Steine! Was willst du noch?«

»Nichts.«

»Du hast versprochen, daß ich Nicole holen kann.«

»Du kannst sie ja holen«, sagte Lubold mit undefinierbarem Lächeln. »*Wenn* du kannst.«

Marmann schnaubte geringschätzig. Er drehte sich um und ging los.

»Stop«, sagte Lubold.

»Nein! Du hast versprochen ... «

Ein Schuß peitschte durch die Halle. Vor Marmanns Füßen splitterte Glas. Er machte einen Satz zurück und sah Lubold mit aufgerissenen Augen an.

»Was machst du denn?« schrie er. »Was willst du jetzt noch?«

Lubold zuckte die Achseln.

»Nicht viel. Ich will dir nur einen Eindruck davon geben, wie es war.«

»Wie was war, Herrgott?«

»Wie es so ganz alleine in der Wüste war.«

Marmann schluckte schwer.

»Das tut mir leid, verdammt.«

»Ja«, nickte Lubold. »Mir auch.«

»Ich habe dafür bezahlt. Also was willst du?«

»Ich will, daß du Nicole holst.« Lubold machte eine Pause. »Zieh deine Schuhe aus und hol sie.«

Marmann wollte etwas erwidern, aber es schnürte ihm die Kehle zu. Er wandte den Kopf und sah auf das Scherbenfeld. Bis zu Nicole waren es mehr als fünf Meter.

»Das ... kannst du nicht wollen«, flüsterte er.

»Nicht? Die gleichen Worte gingen mir damals auch durch den Kopf. Das könnt ihr nicht wollen. Wie soll ich dir meine Empfindungen beschreiben, nachdem ihr fort wart? Drei Kugeln im Körper. Hast du je Schmerzen gelitten, bis sie fast schon keine Rolle mehr spielen? Weil du sie keiner Empfindung von Schmerzlosigkeit mehr gegenüberstellen kannst, sondern alles, jede Faser deines Körpers, jeder deiner Gedanken, der Sand, der Himmel, die Luft, die bloße Tatsache deiner Existenz, Schmerz *ist*?«

Marmann senkte den Blick. Er fühlte Lubolds Aufmerksamkeit wie Tonnen auf sich lasten.

»Diese Erfahrung habe ich mit Üsker geteilt, und mit Solwegyn die Empfindung der Sonne, die dich verbrennt. Denn zu dem Feuer in deinen Eingeweiden kommt das Feuer auf deinem Körper. Es ist unglaublich, was die Sonne mit einem macht. Du glaubst, jeder Tropfen Feuchtigkeit wird aus deinen Poren gezogen und verdampft, so daß eine Mumie ein feuchter Schwamm ist gegen dich. Du hast kein Wasser mehr, nichts, also schwitzt du Blut, das du von deiner Haut blasen kannst, rotbraunes Pulver, und immer noch kennt die Hitze kein Erbarmen.«

»Es tut mir leid«, wiederholte Marmann schwach.

»Aber du schleppst dich vorwärts, und jeder deiner Schritte ist, als ob du in Glas trittst. Von innen, von oben und von unten frißt sich der Schmerz in dich hinein. Wenn du glaubst, du wirst keinen dieser Schritte mehr gehen können, kannst du immer noch einen gehen, aber er kommt dir vor wie eine komplett ausgestattete Hölle mit Teufeln drin und Höllenfeuer und allem Drum und Dran. Ein! – einziger! – Schritt! – Verstehst du?«

Marmann schüttelte den Kopf.

»Du konntest das nicht überleben«, sagte er. »Warum hast du bloß überlebt?«

»Warum? Die Iraker haben mich aufgegabelt. Ein desolater, heulender Haufen Flüchtiger, die meinten, mit einem Kriegsgefangenen hätten sie bessere Karten. Sie hatten alle schreckliche Angst vor den Alliierten und noch mehr vor ihrem hochgeschätzten Saddam. Ich war ihr jämmerlicher kleiner Trumpf. Iraker, stell dir das mal vor! Sie gaben mir Wasser zu trinken und schafften es, unbehelligt mit mir über die Grenze zu kommen. Ich wurde verhört, aber aus mir war ja nichts mehr rauszuholen, also brachten sie mich ins Lazarett und flickten mich zusammen. Kein lebenswichtiges Organ verletzt, ein Wunder.

Die Kugeln waren so nett gewesen, sich zwischen meinen Innereien durchzumogeln. Und schon hatte der große Diktator einen neuen Mitarbeiter.«

»Du hast ... ?«

»Kollaboriert! Schüttelt's dich? Wohl kaum. Ich habe die letzten acht Jahre im Irak verbracht. Ich war Agent und habe dafür Sorge getragen, daß die Leute das Maul aufmachten, wenn einer was von ihnen wissen wollte. Und soll ich dir was sagen? Es ist nicht besser und nicht schlechter da als überall sonst auf der Welt.«

Marmann sah ihn an. In diesem Moment wußte er, daß von Lubold keine Gnade zu erwarten war.

»Bitte laß sie frei«, sagte er.

Lubold bleckte die Zähne.

»Hol sie dir. Schuhe und Strümpfe.«

Tränen liefen über Marmanns Wangen. Mit zitternden Fingern löste er die Schnürsenkel erst des einen, dann des anderen Schuhs, schlüpfte heraus und zog die Socken von den Füßen. Winzige Splitter stachen in seine Haut. Er krümmte die Zehen zusammen und sah hinüber zu Nicole, die wimmernd in ihren Ketten hing.

So voller Angst.

Er biß die Kiefer aufeinander und begann zu gehen.

18.00 Uhr. Vera

Sie sah den blauen BMW.

Von ihrem Platz aus dem Schatten der Gasse heraus konnte sie die Werft beidseitig überblicken. Ein zweiter Wagen parkte hinter dem BMW.

Marmann?

Vorsichtig trat sie ins Licht.

Die Sonne war mittlerweile nur noch als verwaschener Fleck auszumachen. Weiße Schlieren hatten sich davorgezogen, aber gerade das verstärkte den Eindruck, unter einer von Horizont zu Horizont reichenden Neonleuchte zu stehen. Die Werft kam ihr übermäßig grell ausgeleuchtet vor.

Sie schob sich entlang der Backsteinmauer vorwärts. Solange sie dicht unter den Fenstern blieb, war sie aus dem Innern des Gebäudes nicht zu sehen.

Ihre Hand umspannte die Glock 17. Eine GSG 9-Waffe, Kaliber 9mm x 19 Para. Absolut tödlich, wenn man damit umzugehen wußte.

Es war das erste Mal seit langem, daß sie eine Waffe trug. Auf dem Schießstand war sie oft. Ihre Trefferquote lag bei fünfundneunzig Prozent. Dennoch hatte sie sich geschworen, im Einsatz nach Möglichkeit auf jede Bewaffnung zu verzichten. Sie beherrschte mehrere Kampfsportarten und ihren Kopf. Das hatte zu reichen.

Diesmal würde es nicht reichen. Sie machte sich bezüglich Lubold keine Illusionen. Er war ein einziger Überlebensmechanismus. Er würde auch bereit sein, sie zu überleben.

Links und rechts konnte sie die Einfriedungen großer Tore sehen, die ins Innere des Gebäudes führten. Einen Moment lang war sie unsicher. Dann siegte die Intuition. Dort, wo die Wagen standen, mußte es sein. Also das Tor zu ihrer Linken.

Weiter huschte sie die Wand entlang und drückte sich in die Öffnung. Das Tor war verschlossen. Sie riskierte es, einen Schritt davon wegzutreten. Als sie den Kopf in den Nacken legte, sah sie über dem Tor eine verwitterte, kaum lesbare Schrift:

ABYSS GMBH.

Darunter war mit einiger Mühe zu entziffern:

GR..HAN..L F.. T..CHBEDAR.

Eine kleinere Tür war in den linken Torflügel eingelassen. Sie legte den Kopf dagegen und lauschte. Kein Geräusch drang an ihr Ohr, aber das mußte nichts heißen. Stahltüren schluckten den Schall oder leiteten ihn, je nach Gusto des Erbauers.

Schnell drückte sie die Klinke herunter, schlüpfte hinein und ließ die Tür geräuschlos hinter sich zugleiten.

In dem vor ihr liegenden Raum, mehr eine Halle, war niemand. Die Decke wurde von Säulen abgestützt. Rechts eine Stahltreppe. Weiter hinten ein Lastenaufzug.

Vera schloß die Augen.

Immer noch war nichts zu hören. Trotzdem mußte Lubold hier irgendwo sein.

Sie lief zu der Treppe und sah nach oben.

Ein Schacht.

Es ging endlos hinauf. Hatte Lubold den ganzen Komplex gekauft?

Im selben Moment schien es ihr, als habe etwas ihre Trommelfelle in Schwingung versetzt. Menschenlaute. Schrill und abgerissen. Sie hielt den Atem an und horchte.

Ein Schrei. Unterdrückt.

Weit über ihr.

Vera begann, die Stufen hochzusteigen. Stetig und schnell, bemüht, kein Geräusch zu verursachen. Das war schwerer, als gedacht. Die Konstruktion befand sich in ständiger Schwingung. Metallisches Knacken durchlief die Streben und pflanzte sich nach oben wie nach unten fort. Ihre Absätze scharrten auf dem Stahlrost. Irgendwo quietschte etwas.

Sie veranstaltete einen Höllenlärm!

Vera fluchte unterdrückt. Leiser ging es aber nicht. Die Treppe führte ein Eigenleben. Sie stieg noch ein paar Stufen weiter, bis sie in ein ausgedehntes Stockwerk sehen konnte. Es war leer. Kurzentschlossen zog sie die Schuhe aus in der Hoffnung, sie noch einmal wiederzusehen. Die Dinger hatten ein Heidengeld gekostet.

Jetzt gab die Treppe erheblich weniger Geräusche von sich, aber dafür schnitt ihr der metallene Rost ins Fleisch. Sie versuchte, den Schmerz zu ignorieren. Wieder hörte sie die Geräusche, und diesmal klangen sie erheblich näher. Schluchzen, Wimmern, unterdrücktes Stöhnen.

Angespannt und krumm wie eine Katze nahm Vera die letzten Stufen, bevor die Schachtwände der Weiträumigkeit des nächsten Stockwerks wichen. Sie drehte sich einmal um ihre Achse, die Waffe ausgestreckt, und erstarrte.

Das Bild, das sich ihr bot, war von absurder Eindringlichkeit.

Ein Körper, der zu schweben schien. Davor jemand, der sich wie in Zeitlupe darauf zubewegte.

Vera vermochte nicht zu sagen, woher das erbarmungswürdige Schluchzen kam, ob von der hängenden Gestalt oder der anderen. Einige Sekunden verfolgte sie das Schauspiel wie gebannt, dann trat sie aus dem Gitterschacht und ging auf die Gruppe zu.

Es war Nicole, die von der Decke schwebte, an Ketten aufgehängt wie eine Rinderhälfte.

Davor ein Mann. Barfuß.

Und überall Glas.

Sie sah seine schwarzen Haare. Ohne ihn wirklich zu erkennen, wußte Vera, daß es Marmann war. Der Mann, den sie gesucht und schließlich gefunden hatte. In einer Situation, an der sie die Schuld trug.

Lubold schien fort zu sein.

Aber warum dann diese schreckliche Farce?

»Marmann!« rief sie.

Er verharrte. Dann drehte er sich langsam zu ihr um.

»Bleiben Sie stehen«, sagte Vera eindringlich. »Ich werde Nicole losmachen.«

Er schüttelte heftig den Kopf. Der Ausdruck seiner Augen war glasig, sein Mund zuckte vor Schmerzen. Er wankte weiter. Vera sah auf seine Füße.

Sie waren dunkel von Blut.

»Er ...« preßte Marmann hervor. »Er ist ...«

»Ich hole Nicole da runter. Bleiben Sie um Gottes willen endlich stehen.«

»Du wirst niemanden irgendwo runterholen«, sagte eine Stimme hinter ihr. »Laß deine Waffe fallen.«

Bathge.

Lubold.

Fieberhaft ging sie alle Möglichkeiten durch. Zur Seite abtauchen, herumwirbeln, sich zu Boden fallen lassen, schießen, kinoreife Stunts. Aber sie wußte, daß es zwecklos war.

Ihre Finger spreizten sich. Die Glock entglitt ihrer Hand und fiel auf den Beton.

»Kick sie zu mir rüber. Nicht umdrehen.«

Vera zog die Waffe mit einem Fuß heran und trat mit der Ferse dagegen. Sie hörte, wie das Metall über den Stein schlitterte, das Rascheln von Lubolds Kleidung, als er sich bückte und die Glock aufhob. Dann ein Krachen von Metall auf Metall und mehrmaliges Aufschlagen, das sich nach unten hin entfernte.

Er hatte die Glock in den Schacht geworfen.

»Dreh dich um«, sagte er.

Vera gehorchte.

Sie sah den Mann, der sie geliebt hatte. Sie sah den Mörder, dessen Waffe auf ihr Herz zeigte – und endlich verschmolzen sie zu ein und derselben Person. Was ihr Vorstellungsvermögen nicht vermocht hatte, besorgte die Realität. Der dort stand, in der Rechten die Pistole, in der anderen Hand einen Koffer, dessen Inhalt sie erahnte, erschien ihr nur noch monströs.

»Wie soll ich dich nennen?« fragte sie kalt. »Simon? Oder lieber Jens?«

»Simon ist tot«, sagte Lubold.

»Wer hat ihn getötet? Du?«

»Ich hatte Gelegenheit, ihn aufzuspüren. Manche Dinge muß man nun mal von langer Hand vorbereiten. Irgendeine Identität brauchte ich, und seine paßte ausgezeichnet.«

»Wer war dann in meiner Wohnung?« fragte sie. »Lubold oder Bathge?«

Er schüttelte den Kopf.

»Du hättest zu Hause bleiben sollen, Vera.«

»Antworte!«

»Warum mußtest du mir nachschnüffeln?«

»Warum mußtest du mit mir ins Bett?«

Lubold schwieg.

»Na, sag schon!« herrschte sie ihn an. »Der Fick zum Thrill? War es das? Hast du's genossen, wie weit du deine Spielchen mit mir treiben konntest? Hast du dich innerlich totgelacht? Komm, raus damit! Ich kann einiges vertragen. Ich hab schon anderen Idioten zugehört als dir.«

Er lächelte.

»Ich habe es genossen. Ja.«

»Du hast die ganze Woche genossen, wie mir scheint. Üsker, Solwegyn, Nicole und Marmann, und zwischendurch ein bißchen Vera. Ich gratuliere dir zu einer so genußreichen Woche. Bist du wenigstens fertig, oder verlangt es dich danach, noch ein paar Unschuldige durch den Wolf zu drehen?«

»Unschuldige?«

Seine Lider flatterten. Er kam näher und deutete mit der Pistole auf Nicole in ihren Ketten.

»Unschuldige?«

»Gerade sie ist unschuldig!«

»Unschuldig?« schnappte Lubold. »Hat sie dir erzählt, was sie den lieben langen Tag so tut?«

»Ich weiß, was sie tut.«

»Ich auch! Ich hab ein bißchen mit ihr geplaudert, damit mir die Zeit nicht lang wurde. Sie lebt in Intertown. Weißt du, wo das liegt?«

»Ja. In Interworld.«

»Und weißt du, wo *das* liegt? Sie findet es wichtig, in einer Datenwelt zu leben, Vera! In einer Scheinwelt. Dieselbe Welt, in der auch du herumirrst mit deinen Spider-Cams und Suchprogrammen.«

Er trat noch näher heran. Sein Gesicht war voller Verachtung.

»Du willst über mich urteilen? Die da soll unschuldig sein? Was seid ihr für Menschen, Vera? Ihr wollt wissen, was das für eine Welt ist, in der wir leben? Es ist die Welt, die wir gemacht haben. Die ihr gemacht habt. Aber lieber programmiert ihr eine neue, als die alte in Ordnung zu bringen.«

»Dein Moralgezeter kotzt mich noch mehr an als alles, was du getan hast!«

»Ach ja?« Er schien amüsiert. »Dann hast du was mißverstanden. Ich bin weit davon entfernt, moralisch zu sein. Ihr verdient keine Moral. Nichts geht euch irgend etwas an. Niemand interessiert sich wirklich für Üsker, für Solwegyn, niemand! Es kommt in den Abendnachrichten, aber niemanden schert's, wir gucken lieber Serien oder verkrümeln uns in den Cyperspace. Diese Bewohnerin von Intertown da, die immer noch nicht begreift, daß das Fehlen ihres kleinen Zehs kein Programmierfehler ist, soll unschuldig sein? Sie konsumiert Hungersnöte, Kriege und Naturkatastrophen wie Kartoffelchips und verkriecht sich nach Interworld?«

»Und niemand kümmert sich um den kleinen Jens, was?« spottete Vera.

Lubold hielt inne. Dann lachte er trocken.

»Der kleine Jens hat gelernt, sich um sich selber zu kümmern. Andere interessieren mich nicht. Die Menschen sind unmenschlich geworden, Vera. Es ist doch völlig gleichgültig, wen ich noch alles umbringe.«

»Mich zum Beispiel?«

Er absorbierte die Bemerkung.

»Und?« fragte sie. »War es dir auch gleichgültig, als du mir meine Porträts erklärt hast?«

Lubold sah sie an. Sein Blick bekam etwas Verschleiertes.

»Nein«, sagte er leise.

»Als ich die Kerzen angezündet habe?«

»Nein.«

»Wolltest ...« Sie schluckte. »Wolltest du mich nicht beschützen, als wir zusammen ...?«

»Ja!« schrie er. »Verdammt, warum hast du nicht einfach aufgegeben? Warum mußtest du herkommen?«

Sie breitete die Arme aus.

»Dann schieß.«

Er wich einen Schritt zurück und schüttelte den Kopf.

»Das ist nicht meine Schuld, Vera.«

»Schieß«, sagte sie ruhig. »Aber ich rate dir, gut zu treffen. Oder ich schicke dich in eine Hölle, die du dir nicht vorzustellen wagst.«

Hinter ihr erklang ein Schrei. Lubolds Blick schweifte ab. Vera fuhr herum und sah, wie Marmann mit ausgebreiteten Armen auf sie zustolperte.

»Nein!« heulte er. »Neeeiiiiin!«

Sie hörte den Schuß und sah, wie Marmann zurückgeschleudert wurde. Er fiel in die Scherben, wo er regungslos liegenblieb und die Decke anstarrte. Nicole begann hysterisch zu schreien.

»Schöne Grüße an Üsker«, sagte Lubold.

Vera machte einen Satz zur Seite und begann zu rennen. Wieder schoß er, mehrmals schnell hintereinander. Sie schlug Haken wie ein Hase, dann war sie hinter der nächsten Säule.

Einen Augenblick herrschte Stille bis auf Nicoles verzweifeltes Schreien.

Hör auf, flehte Vera. Hör um Gottes willen auf zu schreien. Er wird auch dich erschießen.

Sie hörte seine Schritte und preßte sich schwer atmend gegen die Säule.

»Komm raus, Vera.« Sein Ton war nun wieder gelassen. »Du mußt dir keine Sorgen machen. Nicht im geringsten, hörst du? Das hier findet alles gar nicht statt. Heute gelten Ereignisse erst als existent, wenn eine Kamera drauf gerichtet ist. Wußtest du das nicht?«

Vera rührte sich nicht.

»Vera! Nun komm schon, was soll der Unsinn? Komm da raus. Du hast nicht die geringste Chance.«

»Du auch nicht«, rief sie. »Wenn du hier nicht sofort verschwindest, kannst du dich gleich selber erschießen.«

Die Schritte kamen noch näher.

»In zwei Minuten wimmelt es hier von Polizei«, keuchte sie. »Sie schicken ein Einsatzkommando. Sie sind unterwegs.«

Er verharrte.

»Schön geflunkert«, sagte er, aber sie hörte die Unsicherheit in seiner Stimme.

»Es liegt an dir, ob du Zeit verlieren willst.«

»Du lügst.«

»Wahrscheinlich sind sie schon unten. Ich bin schwer zu treffen, Jens. Ich bin zu schnell. Wir können uns stundenlang um die Säulen jagen, aber soviel Zeit wirst du nicht haben.«

Sie wußte, daß es nicht stimmte.

Er war zu schnell.

Aber plötzlich hörte sie ihn von der Säule weg- und zur Treppe laufen. Im nächsten Moment hämmerten seine Schritte auf den Stahlstufen nach unten.

Sie wartete und versuchte, das Zittern ihres Körpers unter Kontrolle zu bringen. Dann trat sie hinter der Säule hervor und warf einen Blick auf Marmann.

Er war tot. In seiner Stirn klaffte ein kleines, schwarzes Loch.

Nicoles Schreien war in wimmerndes Weinen übergegangen. Vera zögerte einen Augenblick, hin- und hergerissen zwischen dem Verlangen, sie endlich aus ihrer schrecklichen Lage zu befreien, und Lubold zu folgen.

Sie würde sich später um Nicole kümmern.

Falls es ein Später gab.

Schnell lief sie zur Treppe und hastete nach unten. Von Lubolds Schritten war nichts mehr zu hören. Sie nahm zwei, drei Stufen auf einmal, sprang ganze Absätze herunter, ließ den ersten Stock hinter sich, erreichte das Erdgeschoß.

Wo war ihre Waffe? Sie mußte hier irgendwo liegen.

Es war zu dunkel.

Draußen hörte sie einen Motor aufheulen. Sie rannte zu der Stahltür, riß sie auf und sah den silbernen Ford auf die Durchfahrt zuschießen.

Und bremsen.

Ein Wagen kam aus entgegengesetzter Richtung und verstellte die Durchfahrt. Die Fahrertür des Ford schwang auf. Vera sah Lubold herausspringen mit dem Koffer, die Waffe gezückt. Er schoß, noch während der Neuankömmling ausstieg. Vera hörte Glas splittern und sah Menemenci aus dem Wagen taumeln. Er versuchte, seine Waffe in Anschlag zu bringen. Auf seinem Ärmel breitete sich ein roter Fleck aus.

Lubold beschleunigte seinen Gang und feuerte stoisch weiter. Menemenci rannte zu dem geparkten BMW, aber bevor er dahinter Deckung fand, erwischte Lubold ihn abermals.

Der Kommissar wurde herumgerissen. Die Pistole entglitt seiner Hand.

Er stürzte.

Vera rannte los.

Sie sah Lubold auf Menemencis Wagen zugehen. Mit wenigen Sätzen war sie bei dem Kommissar, der heftig keuchend und mit geschlossenen Augen dalag, ging in die Knie, griff nach seiner Pistole.

Lubold hatte den Wagen erreicht. Er drehte ihr den Rücken zu. Sie kam hoch, stolperte vorwärts, hielt die Waffe weit von sich gestreckt.

»Simon!«

Er wirbelte herum.

Sie standen wie in einem Magnesiumblitz, beide in Bewegung erstarrt. Ihre Waffe zeigte auf seinen Kopf, seine auf ihren. Mit ausgestreckten Armen, kaum zwei Meter voneinander entfernt, griff jeder mit gekrümmtem Finger nach dem Leben des anderen.

»Simon ist tot«, sagte Lubold.

»Was hat er von mir gewollt? Ich will es wissen. Was hat Simon Bathge von mir gewollt?«

Er schüttelte den Kopf.

»Ich will es wissen«, forderte sie.

»Dich hat er gewollt«, sagte Lubold. Es klang traurig und verloren. »Dich. Bathge hat einen Fehler gemacht.«

»War das geplant?«

»Nein.«

»Und Lubold? Was will Lubold?«

Sie sah die dünne Schweißschicht auf seiner Stirn. Seine Pupillen zitterten, aber seine Lippen begannen zu lächeln.

Dann schoß er.

Sein Finger krümmte sich. Aber kein todbringendes Projektil drang aus dem Lauf.

Klick.

Ein erstaunter Ausdruck trat in Lubolds Augen.

Klick.

Klick.

Klick.

»Du hast ein bißchen oft geschossen in letzter Zeit«, sagte Vera. »Kann das sein?«

Von der Rheinuferstraße hörte sie schwach die Sirenen der Polizeifahrzeuge. Sie kamen näher. Keine Minute, und sie würden hier sein.

Lubold schien wie erfroren.

Langsam ließ er den Arm mit der leergeschossenen Pistole sinken.

Das Quietschen der Reifen.

Martinshörner.

Blauflackernde Schatten.

Sekunden noch.

Vera hielt Menemencis Waffe unverwandt auf ihn gerichtet. Sie fühlte sich ruhig, fast leicht.

Es ist so einfach, alles zu beenden. So schwer, etwas zu beginnen.

Aber etwas hat begonnen, und die Mauern sind gefallen. Du hast die Wahl, deine Rache zu opfern oder den Urheber deiner Schmerzen, aber wie du auch entscheidest, laß es hinter dir.

Die dunkle Seite ist ein Ort, an dem Zeit sich nicht ausbreiten kann.

Anhang

Kurzchronik des Golfkriegs

Zum besseren Verständnis, weil nach den Ölquellen auch sehr schnell unsere Erinnerung gelöscht worden ist, ein kurzer Abriß der Ereignisse am Golf.

1990

1.8. Um zwanzig Uhr überbringt ein Bote die Nachricht ins Weiße Haus, daß irakische Panzerverbände Kuwait überfallen und besetzt haben.

Im folgenden führen George Bush und Saddam Hussein einen Krieg der Medien. Die Führer wenden sich an das jeweils andere Volk. Die erste Schlacht des Golfkriegs bedient sich des Arsenals der Propaganda. Alle Versuche, den Irak zum Einlenken zu bewegen, schlagen fehl.

1991

9.1. In Genf treffen die Außenminister der USA und des Irak, James Baker und Tarik Asis, zusammen. Die Welt erhofft sich eine friedliche Lösung der Golfkrise. Es wird jedoch keine Einigung erzielt.

17.1. Knapp neunzehn Stunden nach Ablauf des Uno-Ultimatums zur bedingungslosen Räumung Kuwaits greift eine multinationale Armee den Irak an. Bagdad wird bombardiert, das irakische Nachrichtenzentrum zerstört, der größte Teil der irakischen Flugbasen und Raketenabschußrampen zerstört.

18.1. Der Irak beschießt Israel mit konventionellen Waffen. Um die Befreiungsaktion nicht zu gefährden,verzichtet Israel auf Vergeltung.

24.2. Beginn der Operation Desert Storm. Die Alliierten rücken auf breiter Front auf kuwaitisches Gebiet und in den Süden des Iraks vor. Husseins Elitetruppe, die Republikanische Garde, wird eingekesselt und geschlagen.

26.2. Hussein befiehlt den Rückzug seiner Truppen aus Kuwait. Noch einmal kommt es zur Konfronation mit der Garde und zu deren endgültiger Vernichtung. Die Alliierten können nicht verhindern, daß die Iraker Kuwaits Ölquellen in Brand steken und ein ökologisches Desaster anrichten.

27.2. Ohne weitere Bedingungen akzeptiert der Irak die zwölf Uno-Resolutionen.

28.2. Sechs Uhr MEZ. Das Feuer wird eingestellt, erste Bilanzen gezogen. Kuwait ist wieder frei, die irakische Armee vernichtend geschlagen, zehntausende Iraker gefallen, weite Teile der Infrastruktur von Bomben zerstört. Dennoch bleibt Saddam Hussein an der Macht.
Die Alliierten sprechen von rund hundert Toten auf Seiten der Befreier.

3.3. Der Irak akzeptiert die Uno-Bedingungen für einen endgültigen Waffenstillstand.

22.3. Die Uno beschließt, das Handelsembargo gegen den Irak zu lockern.

Übersetzung der französischen Dialoge

Seite 86: *»Ça ne...»*
»Wenn es Ihnen nichts ausmacht.«

Seite 88: *»C'est la vie.«*
»So ist das Leben.«

Seite 188: *»Un petit...»*
»Ein bißchen, ein ganz kleines bißchen.«

Seite 188: *»Pourquoi me...«*
»Warum fragst du?« – »Weil hier einige Dinge passiert sind, die mich daran zweifeln lassen. Wenn Lubold tot ist, mußt du mir jemand anderen nennen, der fähig wäre, einen Menschen zu Tode zu foltern.« – »Was? Von wem redest du?« – »Von Mehmet Üsker.« – »Üsker? Üsker ist tot?« – »Du hörst doch, was ich sage.« – »Aber das ist ja schrecklich!«

Seite 229: *»Bonjour, j'aimerais...«*
»Guten Morgen. Ich hätte gerne Fouk gesprochen.« – »In welcher Angelegenheit, wenn ich fragen darf?« – »Es geht um gemeinsame Freunde aus der Zeit von ZERO. Leute, die er kennt.« – »Sie haben vor einigen Tagen schon mal angerufen, nicht wahr?« – »Ja.« – »Bitte warten Sie einen Moment. Wie, sagten Sie, war Ihr Name?«

Seite 229f.: *»Ici...«*
»Fouk hier.« – »Guten Morgen. Störe ich, oder haben Sie zwei Minuten Zeit?« – »Ich habe Zeit. Von wo rufen Sie an?« – »Aus Deutschland.« – »Sind Sie Deutsche?« – »Ja.«

Seite 326: *»Il est arrivé...«*
»Hier ist was angekommen für Herrn Mormon.... Wie bitte? Er ist nicht in seinem Büro? Ach, er ist hochgegangen.«

Seite 326f.: »*Allo*...«
»Hallo, Nadine.« – »Guten Tag, Frau Mormon. Ein Päckchen ist für Ihren Gatten gekommen. Eilzustellung aus Deutschland.« – »Danke, Nadine. Ich werd's ihm geben... Nochmals danke.«

Seite 327: »*Qu'y a-t-il, mon*...«
»Was gibt's, mein Schatz?« – »Hier. Eilzustellung aus Deutschland.« – »Ah! Zeig mal her.« – »Erwartest du was bestimmtes?... Was hast du gesagt?«

Seite 328: »*Naturellement*...«
»Natürlich. Arbeite nicht zuviel. Du siehst müde aus.« – »Versprochen.«

Dank

an alle, die direkt oder indirekt zur Entstehung dieses Buches beigetragen haben. Jeder soll etwas bekommen.

Britta bekommt den Herz-Buben. Catherine bekommt eine Eins in Französisch. Die vielen Autoren, deren Sachbücher und Dokumentationen mich gefesselt und mir weitergeholfen haben, bekommen einen Ehrenplatz im Bücherregal. Christel bekommt das nächste Mal mehr Zeit. Hejo bekommt hoffentlich keine Alpträume mehr beim Gedanken an schattengesichtige Frauen auf Zeichenpapier.

Und ich bekomme ein Kölsch. Bitte.

KILLING GIESING von Friedrich Ani
Drei ermordete CSU-Mitglieder an einem Tag! Die bayerische Landesregierung, die Münchener Stadtoberen und selbstverständlich auch die Presse stehen Kopf. Natürlich aus Gründen der Freistaatsraison gilt es nun, der Gefahr, daß zu viele Neugierige einen Blick hinter die barocke Fassade bayerischer Politik erhaschen könnten, entschlossen entgegenzutreten. Da ist es ganz praktisch, daß die Tochter des dritten Toten, eines einflußreichen Rechtsanwalts, verschwunden ist. Bevor es Hauptkommissar Schwaiger gelungen ist, das halbblinde Mädchen aufzuspüren, hat man aus der Verschwundenen – nach diskreter Einflußnahme der Staatskanzlei – bereits eine flüchtige Haupttatverdächtige gemacht.
»Eine witzig überdrehte Satire, berstend vor literarisch-krimineller Energie, rasant erzählt und voll greller Farben.« *tz*
München Krimi 1, 200 Seiten. ISBN 3-924491-80-1. DM 16,80 DM.

ABKNALLEN von Friedrich Ani
Als ein Serienmörder die 21jährige Tochter eines Staatssekretärs im Bayerischen Innenministerium entführt, beginnt eine Großfahndung in München und Bayern. Was alle bereits insgeheim befürchten, trifft jedoch nicht zu. Natascha ist noch am Leben und wehrt sich auf ihre Weise – und beschwört damit ein neues, unauslöschliches Drama herauf.
Ein Thriller über eine gnadenlose Jagd, über die geschundene Seele einer jungen Frau und über die »Bestie« (Medienjargon), die – je mehr wir von ihr erfahren – zu einem Menschen mutiert, der uns erschreckenderweise nicht mehr fremd ist. Die Gegenwart des Töters ist die unsrige, wir können die Augen vor ihr verschließen, nicht aber unsere Träume. Und Alpträume sind, wie wir wissen, nur die vernunftabgewandte Seite der Wirklichkeit.
München Krimi 2, 230 Seiten, ISBN 3-924491-99-2. 16,80 DM